NORBERT GSTREIN
In der freien Welt

Roman

Carl Hanser Verlag

1 2 3 4 5   20 19 18 17 16

ISBN 978-3-446-25119-9
© Carl Hanser Verlag München 2016
Alle Rechte vorbehalten
Satz: Greiner & Reichel, Köln
Druck und Bindung: CPI Books GmbH, Leck
Printed in Germany

Manches von dem Folgenden
ist *wirklich* geschehen,
aber ich bin nicht ich,
er ist nicht er,
sie ist nicht sie,
die alte Geschichte

Für Alan Kaufman

You said: »Had the earth not been round,
I would have continued to walk.«

MAHMUD DARWISCH, IN THE PRESENCE OF ABSENCE

Erster Teil

BEOBACHTER,
ZEUGE UND
BEWUNDERER

I

Der Tod meines Freundes John in San Francisco ist mir mit wochenlanger Verspätung bekannt geworden, aber die genauen Umstände liegen immer noch im dunkeln. Es war wenige Tage nach seinem einundsechzigsten Geburtstag, ein Zufall wahrscheinlich, und die ersten Berichte in den Online-Ausgaben des *San Francisco Chronicle* und des *Examiner* gleichen sich fast aufs Wort, sind hier überschrieben mit »Poet dies in knife attack«, dort mit »Poet knifed to death«, ohne weiter darauf einzugehen, dass er Schriftsteller war. Kaum überraschend lautet die offizielle Version, dass er von einer Gruppe Jugendlicher überfallen und, obwohl er sich nicht zur Wehr gesetzt habe, auf offener Straße niedergestochen worden sei. Er war auf dem Heimweg von einer Abendeinladung im Mission District unterwegs, kurz vor Mitternacht, es gab keine Zeugen, und in der amerikanischen Kriminalstatistik ist er sicher nur ein Toter mehr, insbesondere wenn man bedenkt, dass Oakland auf der anderen Seite der Bucht jahrelang eine sogenannte Hochburg des Verbrechens war und vielleicht immer noch ist. Dabei sticht in seinem Fall eine Besonderheit ins Auge, die der Polizei unmöglich entgangen sein kann. Er trug sein Smartphone und angeblich einen Betrag von exakt 157 Dollar 40 bei sich, ohne Zweifel mehr als zu den meisten Zeiten seines Lebens, und ist nicht ausgeraubt worden. Damit fällt das naheliegendste Motiv weg, und bei der Frage, warum sonst er umgebracht worden ist oder wer Interesse gehabt haben könnte, ihn aus der Welt zu schaffen, sehe ich sofort zwei Ermitt-

ERSTER TEIL

lungsbeamte aus dem Fernsehen vor mir, die an eine Tür klopfen und sich treuherzig erkundigen, ob er Feinde gehabt habe. Dazu habe ich Johns Stimme im Ohr, die mich in ihrer Anschmiegsamkeit immer an die Stimme eines Synchronsprechers erinnerte, obwohl es original Englisch war, und wie er sagt, Feinde, um nach einer langen Pause eine dieser einfachen Wahrheiten loszuwerden, vor denen er trotz seiner scharfen Intelligenz keine Scheu hatte, ein Mann, der keine Feinde habe, sei kein Mann.

Ich hatte die Nachricht von Elaine, und das war natürlich kein Zufall. Mit ihr war John zusammen gewesen, als ich Anfang der neunziger Jahre des vergangenen Jahrhunderts zum zweiten Mal ein paar Monate in Kalifornien lebte, und wir telefonierten immer noch von Zeit zu Zeit. Ich hatte sie angerufen, weil ich in der Zeitung auf einen unfreundlichen Artikel über San Francisco gestoßen war und mit ihr darüber sprechen wollte, und als ich mich nichtsahnend erkundigte, wie es unserem gemeinsamen Freund gehe, fragte sie, ob ich es denn nicht gehört hätte.

»Nein«, sagte ich. »Was?«

Ich hielt mich zurück, während sie erzählte, was passiert war. Dabei vermochte ich mich nicht gegen den Andrang der Bilder zu wehren, die ich plötzlich vor Augen hatte, ein weichgezeichneter Film im sanften Licht am äußersten Rand des amerikanischen Kontinents, und alles ein halbes Leben und gleichzeitig erst so erschreckend kurz her. Wir hatten viel Zeit gemeinsam verbracht, und vielleicht waren es meine glücklichsten Monate überhaupt gewesen, die Monate mit John und Elaine in jenem Frühjahr, aber das behielt ich für mich. Ich stand in meinem Arbeitszimmer, schaute in den leeren Schulhof gegenüber und rechnete noch einmal nach, wie spät es in Kalifornien war und ob ich nicht zu früh angerufen hatte, als Elaine sagte, es sei in der Gegend des Mission Dolores Park geschehen.

BEOBACHTER, ZEUGE UND BEWUNDERER

»Sagt dir die Clarion Alley etwas, Hugo?«

»Ich weiß nicht«, sagte ich. »Ich glaube nicht.«

»Sie verbindet die Mission Street mit der Valencia Street. Es ist nur ein schmaler Durchgang. Nach Einbruch der Dunkelheit dürfte dort kaum jemand unterwegs gewesen sein.«

»Klingt nicht unbedingt nach einem Ort, den man sich zum Sterben aussuchen würde«, sagte ich, um irgend etwas zu sagen. »Andererseits hat der Name ja etwas Poetisches. Das macht es nicht weniger wahrscheinlich, dass es sich um ein elendes Rattenloch handelt. Was heißt ›clarion‹ denn auf deutsch?«

»Das fragst du mich?«

»Trompete oder Posaune?«

»Wenn du es sagst.«

»Fanfare?«

»Die Gegend ist sicher nicht mehr so schlimm wie damals«, sagte sie. »Da war es eine finstere Ecke. Jetzt treiben sich tagsüber in der Gasse sogar Touristen herum, die sich die Wandgemälde anschauen. Nicht, dass das etwas bedeuten würde.«

»Haben wir uns nicht immer ganz in der Nähe getroffen?«

»Doch«, sagte sie. »Vor dem alten Missionsgebäude oder direkt am oberen Rand des Parks an der 20th Street. Der Blick von dort über die Stadt hatte es John angetan. Es war einer seiner Lieblingsorte.«

»Ich weiß«, sagte ich. »Er hat sogar ein Gedicht darüber geschrieben. Ich kann es noch auswendig. Ein einziger Gefühlsausbruch.«

»Was für ein Gedicht?«

»Er hat es uns im Park vorgelesen. Eine Beschwörung des Westens, aber mehr noch eine Elegie auf dich. Er hat sich erhoben und ist mit wehenden Haaren im Wind gestanden.«

»Zumindest hast du das davon in Erinnerung behalten«, sagte sie halb abwehrend, halb voller Zustimmung. »Mir ist erst im nachhinein klargeworden, dass wir immer zu dritt zusammengesteckt sind. Aber so war es doch, oder? Jeden Tag.«

»Jeden Tag«, sagte ich. »So war es.«

Meine Wehmut war nicht zu überhören.

»Ich weiß nur nicht mehr, warum ich immer dabeigewesen bin.«

»Na, na, Hugo«, sagte sie. »Das kann ich dir gern verraten. Versteh mich bitte nicht falsch, aber du warst sein Beobachter, Zeuge und Bewunderer. Ohne dich hätte ihm die ganze Geschichte mit mir nur halb soviel Spaß gemacht.«

Wahrscheinlich hatte sie recht. Elaine stammte aus einer Kleinstadt in Nebraska, und sie war der Typ Mädchen, die John um sich scharte oder die auf ihn flogen und mit denen er sich vorstellen konnte, unter freiem Himmel und buchstäblich von nichts als von Luft und Liebe zu leben. Wenigstens hatte er das einmal zu mir gesagt, als ich ihn fragte, ob ihm nicht schwindlig werde bei der Häufigkeit, mit der er seine Freundinnen wechsle, und ob es nicht anstrengend sei, dem Bild des Draufgängers zu entsprechen, mit dem er spielte. Wir hatten ein paar Monate lang zusammengewohnt, in einem mehr als nur renovierungsbedürftigen viktorianischen Haus in Lower Haight, und dort hatte ich auch Elaine kennengelernt, als sie mir eines Nachts, aus Johns Zimmer kommend, auf dem Weg zur Toilette im Gang begegnete. Sie hatte nichts an, hob lächelnd eine Hand und schob sich, groß und jungenhaft schlank, wie sie war, mit ihrem rotblonden Haar, eine Hüfte vorgereckt, die Schultern zurückgenommen, an mir vorbei. Mit den Lippen formte sie ein lautloses »Hi«, und daran musste ich jetzt wieder denken, als ich ihre Worte wiederholte.

BEOBACHTER, ZEUGE UND BEWUNDERER

»Beobachter, Zeuge und Bewunderer.«

Ich hörte sie schlucken, als sie sagte, am Ende sei John trotzdem allein gewesen und zu bewundern und zu bezeugen habe es so viel auch nicht mehr gegeben, und ich wusste nicht, ob sie den Augenblick des Todes meinte oder die letzte Zeit seines Lebens, die letzten Monate oder vielleicht sogar Jahre.

»Er hat sich im übrigen auch immer ausgemalt, dass er so enden würde«, sagte sie, als ich nichts erwiderte. »Erinnerst du dich nicht mehr, Hugo?«

»Allein, meinst du?«

»Nicht nur das«, sagte sie. »Auch die Art und Weise.«

»Dass er auf offener Straße niedergestochen würde?«

»Vielleicht nicht niedergestochen, aber über den Haufen geschossen«, sagte sie mit einem resignierten Ausdruck in der Stimme und als legte sie Wert auf genau diese Formulierung. »Ich weiß allerdings nicht, ob der Unterschied so groß ist.«

Er hatte damit kokettiert und am Anfang womöglich nicht einmal kokettiert, sondern wirklich Angst gehabt. Auch in seinen frühen Schreibversuchen war es ein wiederkehrendes Thema gewesen und *das* Thema seiner ersten publizierten Erzählung *Who I am*, dass er so zu Tode kommen würde, selbst wenn da die meisten noch dachten, was er sich ausmale, sei bloße Fiktion. Er hatte den wenigsten erzählt, dass er während des ersten Libanonkriegs in der israelischen Armee Dienst getan hatte und im Gazastreifen im Einsatz gewesen war, und so dachten viele, die Kampfszenen, die er beschrieb, mit den penibel dargestellten Grausamkeiten, seien genauso reine Erfindung wie der Verfolgungswahn seit seiner Rückkehr und das jahrelang anhaltende Gefühl der Bedrohung.

»Dahinter steckt seine alte Geschichte«, sagte ich. »Er war damals schwer traumatisiert, aber das ist eine Ewigkeit her.

Weißt du, wie lange ich gebraucht habe, um zu begreifen, warum er keinen Tropfen mehr trinkt? Ich habe geglaubt, er macht das freiwillig.«

»Aber das hat doch jeder gewusst, Hugo.«

»Ich nicht.«

»Du hast nicht gewusst, dass er oft zweimal am Tag zu seinen Anonymen Alkoholikern gegangen ist? Er war da noch gar nicht lange trocken. Wie kann dir das entgangen sein?«

»Ich habe gedacht, es ist seine freie Entscheidung, sich von allem fernzuhalten«, sagte ich. »Kennengelernt habe ich ihn anders. Da hat er nicht mehr aufhören können, wenn er einmal angefangen hat. Aber im Grunde hat es immer schon zu seinen asketischen Vorstellungen gepasst.«

Ich hätte Elaine gern gesehen, als ich ihr Lachen hörte. Es klang noch mädchenhaft, aber dazwischen brach ein dunklerer Unterton durch. Ich wusste nicht, ob Sarkasmus darin mitschwang, aber etwas sagte mir, dass sie viel über die Geschichte nachgedacht hatte und nicht noch einmal damit anfangen wollte.

»Der Krieg hat ihn auf jeden Fall weiter beschäftigt«, sagte sie trotzdem. »Manchmal ist es mir erschienen, als würde er es als gerechte Strafe empfinden, wenn sich seine schlimmsten Alpträume erfüllten. Über seine Erlebnisse als Soldat ist er nie hinweggekommen. Auch nach mehr als dreißig Jahren nicht.«

»Als gerechte Strafe?« sagte ich. »Es kann doch nicht sein, dass wir in einem Telefongespräch über zwei Kontinente und einen Ozean hinweg über ihn zu Gericht sitzen.«

»Davon ist keine Rede«, sagte sie. »Wir unterhalten uns über ihn. Außerdem war er selber nicht gerade zurückhaltend, wenn es um seine Heldentaten ging. Er hat doch ungefragt jedem alles erzählt, ob der ein Ohr dafür hatte oder nicht.«

Sie setzte an, noch etwas zu sagen, und es war deutlich zu hören, dass sie es sich verbiss und stattdessen wiederholte, sie rede nur von seinem Gefühl auch nach dreißig Jahren, dass er so enden würde. Dann schwieg sie, und ich legte ihr nahe, daraus keine große Geschichte zu machen, es gebe wahrscheinlich gar nicht so wenige Menschen, die sich zu irgendeinem Zeitpunkt ihres Lebens ausgemalt hätten, wie sie sterben würden, und die dann auch genauso gestorben seien. Ich weiß nicht, warum ich das sagte, aber es hörte sich falsch an und wurde nicht besser dadurch, dass ich es ins Anekdotische zog und damit verharmloste.

»Einmal hat er doch auch gesagt, am liebsten würde er sterben wie ein Revolverheld in einem Western. Erinnerst du dich nicht? Es müsste nur schnell gehen, ein Schusswechsel auf einer staubigen Straße, und entweder er wäre dran oder der andere.«

Ich hatte ihr noch nichts von unserem letzten Treffen erzählt, bei dem er das Thema auch angeschnitten hatte, aber als ich das jetzt tat, war mir im selben Augenblick klar, dass ich mit dem Ende anfangen müsste, wenn ich seine Geschichte in den Griff bekommen wollte, weil die Eindrücke von dieser Begegnung so frisch waren.

»Wir haben uns im Frühjahr noch in Israel gesehen.«

Es war Anfang Juni gewesen, keine drei Wochen vor seinem Tod, und sie reagierte irritiert.

»Das erwähnst du erst jetzt?«

»Tut mir leid«, sagte ich. »Keine böse Absicht.«

»Aber was habt ihr in Israel gemacht?«

In ihre Stimme war etwas Gereiztes getreten. Sie hatte selbst immer mit John dorthin gewollt, aber das konnte nach so vielen Jahren nicht mehr der Grund sein. Damals war kein Tag vergangen, ohne dass sie mit ihm über das Land gesprochen hatte. Es

ERSTER TEIL

war die Zeit der Kuwait-Krise gewesen, und als die Amerikaner im Irak einmarschierten und als Vergeltung die ersten Raketen in Tel Aviv einschlugen, war es ihr nicht mehr gelungen, ihn vom Fernseher wegzubringen. Wie gebannt sah er die immer gleichen Bilder, sich vor Sicherheitsbunkern verängstigt drängende Menschen, futuristische Gasmaskengesichter und grelle Explosionsblitze über der nächtlichen Stadtsilhouette, und rief schließlich im israelischen Konsulat an, er melde sich erneut zum Einsatz, man könne jederzeit über ihn verfügen, er sei bereit zu kämpfen, wohin auch immer man ihn schicke. In seinen späten Dreißigern und mit etlichen Kilo zuviel, wurde er nicht ernst genommen, aber so erfuhr ich auch, dass er eine kleine Tochter in Tel Aviv hatte, deren Mutter ihm jeden Kontakt zu ihr verwehrte, was ihn rasend machte bei der Vorstellung, dem Mädchen könne etwas passieren. Es waren entsetzliche Wochen für ihn gewesen, und gerade die Erinnerung daran ließ mich jetzt aus irgendeinem Grund abwiegeln.

»Was sollen wir in Israel schon gemacht haben«, sagte ich.

»Nichts Besonderes. Wir haben dort Zeit verbracht und es uns gutgehen lassen. Das ist alles.«

Vielleicht war das ein bisschen zu nachlässig, aber ich wunderte mich dennoch, in welcher Erregtheit Elaine sofort über mich herzog.

»Ihr habt euch in Israel getroffen, um dort nichts Besonderes zu machen?« sagte sie. »Da habt ihr euch aber einen schönen Ort ausgesucht. Was erzählst du mir da? Hast du vergessen, dass John Jude war? Ein gemeinsamer Badeurlaub von zwei unbedarften älteren Herren an einem Mittelmeerstrand, willst du das sagen? Den hättet ihr auch woanders haben können.«

»Aber Elaine.«

»John ist hinterrücks ermordet worden, und du erzählst mir,

ihr habt euch drei Wochen davor in Israel getroffen«, fing sie noch einmal an. »Ist das nicht etwas Besonderes? Seine Freunde sitzen hier ratlos herum und suchen nach einem Grund. Kannst du dir nicht vorstellen, dass das auch für die Polizei von Interesse wäre?«

»Ich habe doch gerade erst erfahren, dass er tot ist.«

»Aber dass ihr euch in Israel getroffen habt, erzählst du mir trotzdem so, als würde damit nicht alles unter einem anderen Stern stehen. Verstehst du denn nicht? Wenn ein Jude drei Wochen nach einem Aufenthalt in Israel ermordet wird, ist das doch etwas anderes, als wäre er vorher nur zum Wassertreten auf Hawaii gewesen.«

Ich stimmte zu und versuchte gleichzeitig, ihr zu widersprechen, aber sie unterbrach mich, sie habe keine Zeit mehr, ihr Sohn warte schon, dass sie ihn zur Schule bringe.

»Können wir später noch einmal reden?«

»Natürlich«, sagte ich. »Wann immer du willst.«

»Du musst mir alles erzählen, Hugo. Tag für Tag, wo genau ihr wart, was ihr getan habt, eure Gespräche. Dann kann ich mir ein Bild machen.«

»Sag einfach, wann.«

»Am besten heute abend. Wie groß ist der Zeitunterschied? Acht oder neun Stunden? Du kannst mich auch mitten in der Nacht anrufen.«

Das war ihre alte Quirligkeit, und ich hatte schon aufgelegt, als ich merkte, dass ich gar nicht auf den misslaunigen Artikel über San Francisco zu sprechen gekommen war, wegen dem ich mich bei ihr gemeldet hatte. Wir waren uns damals vor über zwanzig Jahren auf eine Weise vertraut gewesen, die etwas von der Vertrautheit von Geschwistern hatte, aber während ich das hinschreibe, weiß ich, es stimmt nicht, oder es stimmt nur, wenn

ERSTER TEIL

man alle Möglichkeiten und die eine Unmöglichkeit mit da-
zudenkt. Ich hatte mich am Abend immer im letzten Sonnen-
licht zum Lesen auf die Holzstufen vor dem Haus gesetzt, und
wenn sie herauskam und sich eine Zigarette anzündete oder
sich nur wortlos zu mir gesellte und wartete, dass ich das Buch
weglegte, war ich glücklich. Diese Stunde vor dem Dunkelwerden liebte ich über alles, die Geräusche aus der Stadt hatten
etwas anheimelnd Fremdes, der Lärm trat zurück, auf einmal
drang eine Vielzahl von Stimmen aus der Nachbarschaft, aus
offenen Fenstern, aus den Gärten, manchmal eine Polizeisirene,
manchmal etwas, das sich wie Schüsse anhörte, und Elaine saß,
die Arme um die Knie geschlungen, in einem ihrer verspäteten
Blümchenkleider da und sagte, was ich gerade selbst gedacht
hatte, jetzt könnte die Zeit stehenbleiben, oder sinnierte einfach
nur, wie verrückt das auch sei, es habe etwas Beruhigendes, sich
vorzustellen, dass wahrscheinlich schon vor uns ein Mann und
eine Frau auf diesen Stufen gesessen seien und die gleichen Gespräche geführt hätten und dass auch nach uns welche so da-
sitzen würden. Ich fing ihretwegen an zu rauchen und blieb
meistens noch eine Weile rauchend draußen, wenn sie zu John
hineinging, immer mit einer Geste, als würde sie in der küh-
leren Abendluft frösteln, aber wahrscheinlich bilde ich mir das
nur ein. Um Geld zu sparen, hatte er mir sein Zimmer vermietet
und war selbst in die fensterlose Abstellkammer gezogen, drei
mal zwei Meter, wo es außer seinem Schlafsack auf dem Boden,
einer Kiste mit Kleidung und ein paar Büchern nichts gab, und
ich wollte die Laute nicht hören, die wenig später aus dem finsteren Loch drangen.

Als ich selbst einmal eine Frau mit nach Hause brachte, kam
Elaine ein paar Tage lang nicht mehr zu mir auf die Treppe
hinaus. Es war eine Zufallsbekanntschaft aus dem Kino, eine

Nachmittagsvorstellung im *Castro*, und obwohl überall Platz genug blieb, setzte die Fremde sich direkt neben mich. Die Worte, die ich mit ihr wechselte, hätte ich gern gezählt, weniger ging fast nicht, und auch mit ihr zu schlafen war eine lautlose, grimmige Sache, ihr bleiches Gesicht im Dämmerlicht wie ausgeschnitten, die weit aufgerissenen Augen, und vor dem offenen Fenster die Gelassenheit der Palmen, durch die ein Schauer ging, wenn der Wind in sie hineinfuhr. Sie war nicht mehr jung und sagte, ihr Mann sei vor zwei Wochen gestorben, als sie aufstand und sich anzog, im Spiegel über dem Kaminsims ihr Mascara prüfte und sich verabschiedete, ohne Namen oder sonst irgend etwas. Ich überlegte, ob ich das Elaine überhaupt erzählen sollte, als sie endlich wieder draußen vor dem Haus auftauchte, aber ein »Und?« von ihr genügte, und ich kannte kein Halten.

»Na dann, gute Nacht«, sagte sie, als ich geendet hatte. »Muss wohl eine europäische Finesse sein. Die ganze Stadt ist voller Mädchen, und du schleppst ausgerechnet diesen Todesengel an. Ist hoffentlich nicht ansteckend.«

Sie hatte sich nicht hingesetzt und hampelte vor mir hin und her. Kaum war sie ein paar Stufen die Treppe hinuntergehüpft, stieg sie von neuem herauf. Sie wusste nicht wohin mit ihren Händen, vergrub sie im Stoff ihres Kleides, um sie gleich wieder hervorzuholen. Dabei sah sie mich nicht an, sondern starrte abwechselnd vor sich auf den Boden und im nächsten Augenblick haarscharf an mir vorbei.

»Die Erotik des Morbiden, uh?«

»Was soll das heißen, Elaine?«

»Der kleine Tod und der große Tod, uh?«

Ich erwähne das auch, weil sie dann ansatzlos von Johns Mutter redete, die im Krieg als Vierzehn- oder Fünfzehnjährige vor der drohenden Deportation aus Paris geflohen sei und bei italienischen Partisanen in den Bergen überlebt habe. Es war eine irritierende Verbindung, die sie da herstellte, ob zufällig oder bewusst, und ich konnte groteskerweise auch später nicht an diese Flucht denken, ohne mich gleichzeitig an die Frau aus dem Kino zu erinnern, mit der ich geschlafen hatte. John selbst hatte mir gegenüber bis dahin nie von seiner Mutter gesprochen, und Elaine erzählte jetzt, er sei als Kind manchmal mitten in der Nacht von ihrem Schluchzen wach geworden und habe sie dann über ihren Koffer gebeugt auf dem Boden kniend vorgefunden, mit den paar Erinnerungsstücken aus ihrem ersten Leben, den Fotos der Toten, ihrer ermordeten Eltern und Freunde, die sie unter ihrem Bett aufbewahrt und Nacht für Nacht angeschaut habe.

»Das musst du wissen«, sagte sie, nachdem sie eine Weile geschwiegen hatte. »Sonst weißt du gar nichts von ihm.«

So ernst hatte ich sie davor nie erlebt. War es gerade noch, als würde sie nur witzeln, hatte sie von einem Augenblick auf den anderen den Ton gewechselt, und hätte ich es nicht besser gewusst, hätte ich es als gezielten Angriff auf mich empfunden. In dieser Sache schien sie keinen Zweifel zu dulden.

»Ein kleiner Junge, der seiner Mutter dabei zuschaut, wie sie mitten in der Nacht die Fotos ihrer ermordeten Eltern und ihrer ermordeten Onkel und Tanten aus einem Pappkoffer hervorholt. Das war in der Bronx, wo er aufgewachsen ist. Er dürfte noch keine fünf Jahre alt gewesen sein, als er es zum ersten Mal gesehen hat. Das ist seine Geschichte, und genau davor ist er geflohen.«

Ich war so überrumpelt, dass ich nichts sagte, aber wenn ich heute darüber nachdenke, ist mir klar, dass das der Anfang war und dass ich genausogut damit beginnen könnte und nicht mit dem Ende, als wir uns zum letzten Mal trafen. Mir war es immer

BEOBACHTER, ZEUGE UND BEWUNDERER

so selbstverständlich erschienen, John als stark zu sehen, dass ich lange keinen Blick für alles andere hatte, und noch immer legt sich über das Bild des kleinen Jungen, der seine weinende Mutter beobachtet, wie sie sich über den Koffer mit den Bildern ihrer Toten beugt, die imposante Erscheinung, die er als Mann abgegeben hat. Dann höre ich auch jedesmal seine Stimme und wie er sich selbst anpreist, als müsste er gegen die ganze Welt in den Ring steigen.

»Ein Meter fünfundneunzig vom Scheitel bis zur Sohle. Wenn du willst, kannst du gern nachmessen. Hundert bis hundertzehn Kilo Kampfgewicht, je nachdem.«

Ich hatte ihn nach seiner Größe gefragt und brauchte nicht weiterzufragen, weil er nur darauf gewartet hatte, einmal richtig loslegen zu können.

»Im College habe ich Football gespielt«, sagte er. »Alle Positionen, aber hauptsächlich Quarterback. Willst du wissen, wie mein Spitzname war? Knochenbrecher.«

Es folgte eine Aufzählung der Verletzungen, die er sich zugezogen hatte, und so wie er seinen Stolz zelebrierte, tat er es nicht das erste Mal.

»Mehrere angeknackste Rippen, ein ausgeschlagener Schneidezahn, eine Gehirnerschütterung, um von den Prellungen und Quetschungen erst gar nicht zu reden.«

Trotzdem kam ich nicht auf die naheliegende Idee, dass dieses Bramarbasieren für John eine Schwäche weniger verbergen als ihn dagegen immun machen sollte, und ich sehe erst jetzt, was im Grunde schon damals offen zutage lag. Er ließ keine Gelegenheit aus, sich als Kämpfer darzustellen, und seine Art, einen Streit eher zu suchen, als ihm aus dem Weg zu gehen, hat mich an seiner Seite oft genug in Schwierigkeiten gebracht. Ich erinnere mich an Wortgefechte in Bars und auf der Straße, nicht

ERSTER TEIL

nur einmal war es soweit, dass er sagte: »Ich nehme den Großen, du den Kleinen« oder: »Ich nehme den Linken, du den Rechten«, und es lag wahrscheinlich nur an seinem einschüchternden Äußeren, weshalb ich nie beweisen musste, dass ich für ihn einstehen und nicht davonlaufen würde. Ob es mit dem Koffer seiner Muter zu tun hatte oder nicht, er durchquerte den halben Kontinent als blinder Passagier auf Zügen, kaum dass er New York hinter sich gelassen hatte, er verschrieb sich immer neuen Sportarten, hatte eine Zeitlang ein schweres Motorrad und suchte beim Wellenreiten an der kalifornischen Küste oder beim Klettern in den Rocky Mountains die Gefahr, als müsste er sich stets von neuem bestätigen, dass er entkommen war und, wie sehr er das Schicksal auch herausforderte, seinen Kopf immer aus der Schlinge ziehen würde. Er brach sich nicht das Genick, er stürzte nicht ab, und die Züge waren zwar Güterzüge und führten manchmal auch Viehwaggons mit, aber sie fuhren nicht nach Osten, sie fuhren nicht nach Polen, sie fuhren nach Westen, und er saß mit baumelnden Beinen in der offenen Schiebetür und schaute zu, wie die endlose Prärie an ihm vorbeizog, ein kleiner Junge mit der Statur eines Riesen, der mit seinem markanten Gesicht und dem schulterlangen Haar den perfekten Krieger in einem Sandalenfilm abgegeben hätte, einen Söldner in der Armee König Davids, der mit Schwert und Schild durch die judäische Wüste zog.

II

Ich habe John kaum je so entspannt gesehen wie bei unserem letzten Treffen in Israel, nicht lange vor seinem Tod. Als junger Mann hatte er in einem Kibbuz gearbeitet, und als reichte ihm die Erinnerung daran, schien jetzt alles Posieren und Den-harten-Kerl-hervorkehren-Müssen, ob selbstironisch oder nicht, weitgehend von ihm abgefallen. Er war eine andere Person, und das begann schon mit dem Namen. Seine Freunde dort nannten ihn Jonathan, was er sich in Amerika immer verbeten hatte, wo er sogar auf dem »h« in der geschriebenen Kurzform bestand, und das gab ihm trotz seines Alters etwas Knabenhaftes. Er war von San Francisco hingeflogen, ich von Wien aus, und wir hatten fast fünfundzwanzig Jahre nach unserer gemeinsamen kalifornischen Zeit ein letztes Mal Tage zusammen verbracht, die in mir das Glück von damals heraufbeschworen. Dazu brauchte es nicht mehr, als dass wir uns viele Stunden im Freien aufhielten, dass immer Leute um uns waren, Freunde und Bekannte von ihm, und dass wir bis tief in die Nacht hinein diskutierten, mit einer ganz anderen Leidenschaft als zu Hause. Ich hatte meine paar intakten Verbindungen in die österreichische Kulturwelt genützt, um ihn im Sommer davor nach Gmunden zu einem Festival einladen zu lassen, wo er seine Gedichte vorlas und auf einem Podium über den israelisch-palästinensischen Konflikt sprach, und wir hatten uns dort nicht nur für nächstes Jahr, sondern möglichst für irgendwann in den nächsten paar Monaten in Jerusalem verabredet. Wie als Beweis unserer Entschlos-

ERSTER TEIL

senheit gab es dieses Foto von uns, aufgenommen am Strand
von Tel Aviv, auf dem John einen Arm um meine Schultern
gelegt und seinen Kopf mir zugeneigt hat, das Haar schwarz-
gefärbt und lang, wie er es immer noch trug, die Augen von
einer Sonnenbrille verborgen, aber dahinter ohne Zweifel mit
dem weichen und gleichzeitig brennenden Ausdruck, mit dem
allein schon er stets alle um sich eingenommen hat. Er hatte
sich breitbeinig in den Sand gestellt und der Freundin, die den
Schnappschuss machte, Anweisungen gegeben, als hinge unsere Zukunft davon ab. Ich erinnere mich, wie er zu mir sagte, ich
solle mich anstrengen, eine gute Figur abzugeben, das sei unser
Bild für die Nachwelt.

Ich könnte von diesen Tagen erzählen, als wüsste ich immer
noch nichts von seinem Tod oder als strahlten sie in meiner Erinnerung trotz der Missverständnisse, die wir auch hatten, eine
besondere Helligkeit aus, weil ich jetzt weiß, dass er danach nur
noch so kurz lebte. John hatte mich immer gedrängt, endlich
einmal nach Israel zu fahren, und als ich es dann eines Tages
ohne ihn tat und ihm davon berichtete, reagierte er eifersüchtig.
Zuerst verstand ich das nicht, aber dann begriff ich, es hatte weniger damit zu tun, dass ich dort gewesen war, als mit meinem
Sprechen darüber. Ich könnte herumreisen, wo immer ich wollte, dürfte mir aber bloß nicht einbilden, ich wäre dadurch in der
Lage, ihm auch nur irgend etwas von Bedeutung über das Land
zu sagen, in dem er mehrere Jahre verbracht hatte und für das
er bereit gewesen war und immer noch bereit wäre, sein Leben
zu geben.

Wir hatten Streit, als ich ihm sagte, ich hätte vor, auch in die
Westbank zu fahren. Es war am dritten Tag unseres Aufenthalts,
und wir hatten bis dahin das Thema umgangen, was eine ziemlich lange Zeit dafür war. Ich gab mich möglichst beiläufig, und

er tat zuerst, als hätte er nicht gehört, sprach über etwas anderes und fragte dann plötzlich, was ich dort wolle. »Ich weiß nicht«, sagte ich. »Schauen.«
Er wiederholte das Wort und lächelte irritiert.
»Was meinst du mit ›schauen‹? Du willst dir einen Eindruck verschaffen, wo ich im Krieg war, stimmt's? Ein bisschen Sensationstourismus, ein bisschen Gruseln, ein bisschen Kokettieren mit der Gefahr, die es für dich gar nicht gibt, wenn du dich nicht verhältst wie ein Narr. Am liebsten würdest du auch in den Gazastreifen fahren, aber dort lassen sie dich zum Glück nicht hinein. Was erwartest du? Du glaubst doch nicht, dass du dann klüger bist als jetzt?«

Er hatte sich in eine Erregung hineingeredet, die er nicht mehr zu kontrollieren vermochte, und ich beging den Fehler zu sagen, er könne ja mitkommen, was ihn nur noch mehr aufbrachte.

»Kann ich nicht.«

»Natürlich kannst du, John.«

»Kann ich nicht.«

Es klang jetzt so bestimmt, dass ich fast nicht wagte, noch einmal zu widersprechen, und als ich sagte, er habe einen amerikanischen Pass und könne sich frei im Land bewegen, war er voll Hohn.

»Als ob es nur darum ginge. Ich kann nicht dorthin. Das weißt du genau. Außerdem würden die sofort erkennen, dass ich Jude bin.«

»Die Diskussion haben wir schon gehabt. Wie du weißt, siehst du für mich eher aus wie ein römischer Legionär, den es in die falsche Zeit verschlagen hat. Wir sollten nicht noch einmal damit anfangen, wenn wir nicht bei deiner Nase landen wollen.«

»Ich will nur sagen, dass ich auf meinen amerikanischen Pass im Zweifelsfall pfeifen kann«, sagte er. »Ich weiß nicht, welche Sensoren die dafür haben, aber manchmal rede ich mir ein, die Bastarde riechen es.«

»Jetzt riechen Juden also schon«, sagte ich. »Wonach denn bitte? Nach Kamelmist? Nach einer muffigen Gelehrtenstube aus einem anderen Jahrhundert?«

»Nach den Zedern des Libanon«, sagte er. »Wonach sonst?«

»Warum nicht gleich nach Weihrauch und Myrrhe? Nach den sinnbetäubenden Düften des Orients? Nach dem Atem Gottes?«

Ich sah ihn an, und er lachte.

»Vielleicht auch nur nach der Wüste«, sagte er. »Das ist von allen Gerüchen der reinste. Hast du nie T. E. Lawrence gelesen? Dort steht es.«

Es war ein Geplänkel, wie ich es nur mit John haben konnte, weil bei ihm jedes Missverständnis ausgeschlossen war, aber von den drei Tagen meiner Abwesenheit wollte er dann trotzdem nichts wissen. Er tat so, als wären meine Fahrten nach Bethlehem und Hebron, nach Ramallah und Nablus gar nicht geschehen, und fiel mir ins Wort, wenn ich darauf zu sprechen kam. Dabei hätte ich ihm so viel zu sagen, hätte ihn so viel zu fragen gehabt, aber nach den ersten Abfuhren unterließ ich es, und wenn mir doch einmal etwas herausrutschte, biss ich mir auf die Zunge und entschuldigte mich.

Ich erfuhr erst später, dass er in meiner Abwesenheit vergeblich versucht hatte, seine Tochter zu treffen. Auch das trug zu seiner schlechten Laune bei. Er hatte sich schon von Amerika aus mit ihr verabredet, aber jetzt klappte es nicht, und er reagierte nicht wie ein Vater, sondern wie ein zurückgewiesener Liebhaber.

BEOBACHTER, ZEUGE UND BEWUNDERER

Am Tag nach meiner Rückkehr mietete er ein Auto und brachte mich wie als Gegenprogramm zu meinen Verirrungen in den Negev, als wollte er mir zeigen, dass es neben der Herrlichkeit von Tel Aviv mit seinen Stränden, Cafés und dem in allen Reiseführern angepriesenen mediterranen Flair nicht nur Jerusalem, sondern noch eine ganz andere Wirklichkeit des Landes gab. Wir besuchten das Wüstenhaus von Ben Gurion, und ich merkte, wie John mich die ganze Zeit im Auge behielt, während wir durch die Ausstellungsräume des Museums gingen und die karge Wohnung und das rumdum mit Büchern vollgestellte Arbeitszimmer des ersten Premierministers anschauten. So dargeboten, war es wenig, was selbst von einem großen Leben blieb, und in Erinnerung behielt ich vor allem die getrennten Schlafstätten des Ehepaars mit ihren jeweils an die Wand gerückten, schmalen Betten, nicht gerade Feldbetten, aber viel mehr dann auch wieder nicht. Wir waren gemeinsam mit einer Schulklasse da, und wie es seine Art war, hatte John längst Kontakt zu der Lehrerin aufgenommen. Er sprach hebräisch mit ihr, und ich verstand kein Wort, aber er erklärte mir, was sie zu den Schülern sagte.

»Sie hat es mit der Wüste. Du solltest verstehen, mit welcher Inbrunst sie darüber spricht. Sie will von den Kindern wissen, warum die Israeliten nach ihrem Auszug aus Ägypten, vierzig Jahre durch die Wüste geirrt sind, bevor sie das Gelobte Land betreten haben.«

»Wahrscheinlich, weil es der Wille Gottes war.«

»Natürlich«, sagte er. »Aber der lässt sich erklären.«

»Es steckt nicht reine Willkür dahinter?«

»Ausnahmsweise nicht«, sagte er. »Die Generation der in der ägyptischen Sklaverei Aufgewachsenen musste zuerst sterben, bevor Gott die anderen ins Gelobte Land führte. Die in der

ERSTER TEIL

Wüste Geborenen sollten nach seinem Willen Kämpfer sein. Für die Eroberung des Gelobten Landes konnte er keine Sklaven gebrauchen.«

Da war es wieder, sein Lieblingsmotiv, aber ich hielt mich zurück. Gerade in diesen Tagen waren die israelischen Zeitungen voll mit Berichten, dass die Österreicher ihr UN-Kontigent vom Golan abziehen wollten, weil sich die Kämpfe im syrischen Bürgerkrieg bis zur Grenze ausweiteten und die dort stationierten internationalen Truppen Gefahr liefen, in Gefechte verwickelt zu werden, und ich fürchtete schon, John würde noch einmal darauf zu sprechen kommen. Er hatte mehrfach gesagt, es sei eine einzige Erbärmlichkeit, sich im Augenblick der höchsten Not davonzumachen, aber jetzt deutete er nur auf die Schüler.

»Schau sie dir an. Alles kleine Kämpfer. Ich kann mir vorstellen, wovon sie heute nacht träumen. Alles in der Wüste Geborene. Sie werden sich von niemandem wie Lämmer zur Schlachtbank führen lassen.«

Er konnte die martialische Attitüde doch nicht ganz ablegen, die mit seiner Fürsorglichkeit einherging und manchmal nicht von ihr zu unterscheiden war. Das erinnerte mich an viele Gespräche, die wir über die Jahre gehabt hatten. Ich wusste, was alles für ihn mitschwang, aber es war nicht der Augenblick, damit anzufangen. Wie zur Bebilderung des Gesagten stand die Lehrerin vor einer Vitrine, in der die Pistole von Ben Gurion ausgestellt war, und während die Schüler sie umringten, blickte sie John über die Köpfe hinweg an. Ich sah, wie er ihr zulächelte, und wenn ich es nicht besser gewusst hätte, hätte ich schwören können, dass sie sich schon lange kennen mussten. Es war eine seiner stillen Eroberungen, und als ich ihn im Gehen fragte, wie er es geschafft habe, sie für sich einzunehmen, sagte er, ich würde es nie lernen, es sei an seinen Schuhen gelegen,

BEOBACHTER, ZEUGE UND BEWUNDERER

sie habe daran erkannt, dass er gekämpft habe, und ich starrte auf seine ausgelatschten, sandfarbenen Schnürstiefel, die Desert Boots, ohne die ich ihn selten gesehen hatte, und konnte nicht einschätzen, ob er es ernst meinte oder ob er mich nur auf den Arm nehmen wollte.

Am folgenden Tag wanderten wir im Makhtesh Ramon, und lange waren einmal drei, einmal fünf Kampfjets in der Luft, die über dem riesigen Erosionskessel mitten in der Wüste ihre Übungsflüge absolvierten. John bestand darauf, von Sonnenaufgang bis Sonnenuntergang und dann noch bis in die Dunkelheit hinein draußen zu bleiben, anders würde ich keinen wirklichen Eindruck von Raum und Zeit der Gegend bekommen, und wir marschierten jeder mit sechs Litern Wasser im Rucksack, aber ohne weiteren Proviant, auch das eine seiner Bedingungen, in der Morgendämmerung los. Gehen, sonst nichts, war die Devise, so weit und solange wir konnten, reden nur das Notwendigste, und in der Nacht wollten wir uns unter freiem Himmel auf den nackten Wüstenboden legen und in die Sterne schauen. Die Flugzeuge tauchten zum ersten Mal mitten am Vormittag auf, und wir hatten uns schon in eine richtige Trance hineingetrottet, als sie in der Ferne, wie getragen vom Schall, über den Kraterrand hinwegzogen. Wir standen auf einer Erhöhung, und sie schienen unter uns zu fliegen, gerade noch als winzige, schwarze Punkte ins Blau des Himmels getupft, wurden sie rasch größer, spuckten grell leuchtende Hitzekugeln hinter sich aus, die einen Raketenangriff von ihnen ablenken sollten, und verschwanden in einem langen Bogen ins Nichts. Es war nicht nur die Landschaft, wie vor aller Zeit, es war das plötzliche Erscheinen der Flieger, wie nach aller Zeit, das mir von einer Sekunde auf die andere das Gefühl gab, mich in einer Welt ohne Menschen zu bewegen. Ich vergaß fast zu atmen, aber John tat, als achtete er gar nicht darauf, und ging ungerührt weiter. Das Schauspiel wiederholte sich im Viertel- oder Halbstundenabstand, einmal waren sie weiter weg, einmal näher, und schließlich, als wir in einem engen Canyon ein Stück bergab stiegen, war ein Jet plötzlich direkt über uns, schwer zu sagen, ob hundert oder zweihundert Meter, aber sicher nicht mehr. Es geschah fast ohne Ankündigung, ein sanftes Rauschen, dann ein überwältigender Krach, der mir in die Glieder fuhr und das pochende Herz gegen die Brust presste, das Gefühl, gleichzeitig niedergedrückt und emporgehoben zu werden, ein riesiger Schatten, der über uns hinwegging, und schon war es vorbei.

Ich sah John an, der diesmal auch erschüttert wirkte und sich mit beiden Händen gegen die Ohren schlug, als wäre er nicht sicher, ob er noch richtig hören würde.

»Eigentlich ein schöner Tod«, sagte er, kaum dass er sich wieder gefangen hatte. »Ein Augenblick der Euphorie, mehr ist es nicht, ohne dass man wirklich begreift, was passiert.«

Genau das gleiche hatte ich gedacht. Ein Verdächtiger in Gaza oder wo auch immer auf der Welt könnte nicht einmal ein Gebet sprechen, bevor ihn eine Rakete treffen würde. Es war einer der Gedanken, die einem eher gedacht wurden, als dass man sie selbst dachte, und es schauderte mich bei der Vorstellung.

»Besser, als im Bett zu sterben.«

»Alles besser«, sagte John. »Mitten in einer Tätigkeit. In einer Runde mit Freunden. Am besten im Augenblick der Liebe.«

»Was meinst du damit?« fragte ich. »Wenn du mit einer Frau zusammen bist? Ist das nicht ein bisschen pathetisch? Wenn du mit ihr schläfst?«

»Im Augenblick der Liebe«, sagte er. »Und wenn das nicht zu haben ist, noch besser überraschend und ohne das geringste Bewusstsein davon.«

BEOBACHTER, ZEUGE UND BEWUNDERER

Es wäre unsinnig, daraus gleich ein Omen zu machen, aber das Gespräch blieb mir in Erinnerung, und wahrscheinlich leuchtete Tel Aviv am nächsten Abend so, weil wir aus dieser Mondlandschaft der Wüste und aus dieser Ausgesetztheit kamen. Jedenfalls erschien mir die Stadt wie das Zentrum der Welt, als wir wieder dort anlangten. Wir waren am Tag nach unserer Wanderung, einem Sabbat, noch bis in den Nachmittag in dem kleinen Ort am Kraterrand geblieben, wo das Leben fast vollständig zum Erliegen kam und der einsetzende Wind die Hitze kaum milderte, und ich erinnere mich an Johns Müdigkeit, seine Nostalgie, als er sagte, hier habe er mit seiner ersten Frau gleich nach ihrer Hochzeit ein paar Tage verbracht und wie wenig er es in seinem Alter aushalte, irgendwohin zurückzukehren, wo es ihm gutgegangen sei, wie sehr ihn das schmerze. Er war viermal verheiratet gewesen und auch viermal wieder geschieden, aber von seiner ersten Frau sprach er immer mit einer Sanftheit, die sie heraushob, was vielleicht auch damit zusammenhing, dass er sie in Israel kennengelernt hatte. Sie war im Land geblieben, als er wieder nach Amerika ging, und er tat jetzt so, als wäre er aus dem Paradies vertrieben worden oder hätte den Fehler begangen, es freiwillig zu verlassen, und das wäre schon die ganze Geschichte. Dabei verfiel er von einer Vereinfachung in die andere, schwärmte im einen Augenblick, sie seien wie Kinder gewesen, und winkte im nächsten ab, was für ein Unsinn, er rede wie ein alter Mann, dem niemand mehr zuhöre.

Ich wartete auf eine Fortsetzung, aber er sagte nichts weiter, zumindest nichts Konkretes, und drängte dann gleich zum Aufbruch. Für die Rückfahrt wählte er eine andere Route, was ich erst merkte, als links und rechts von der Straße Verbotsschilder mit dem Hinweis FIRING AREA und schließlich ein ganzes eingezäuntes Feld mit nur notdürftig unter Planen verborgenen Panzern auftauchten. Er hatte die Strecke genommen, die an der Grenze zum Gazastreifen entlangführte, und antwortete nicht, als ich ihn fragte, was er damit bezwecke. Es begegnete uns kaum ein Auto, und er holte alles aus dem kleinen Mietwagen heraus, saß tief über das Lenkrad gebeugt und war von meinen Bitten, langsamer zu fahren, nicht zu erreichen. Der Schweiß lief ihm über das Gesicht, und erst als er am Nordende des eingeschlossenen Gebietes nach Westen abbog, Richtung Meer, und dann bald schon die ersten Wohnblocks von Aschkelon zu sehen waren, entspannte er sich. Er wollte an den Strand und schwamm so weit hinaus, dass ich ihn aus den Augen verlor und mir Sorgen machte, bis er wieder zurückkam und sich, schwer atmend und ohne sich abzutrocknen, neben mir in den Sand fallen ließ.

Ich erinnere mich an seine Ausgelassenheit an diesem Abend in Tel Aviv. Wir waren mit dem Schriftsteller Roy Isacowitz zusammen, der damals noch nicht bekannt war, zwei Freundinnen aus ihrer gemeinsamen Zeit im Kibbuz kamen später dazu und verschwanden dann wieder, Kirsten und Alina, und John erzählte eine Anekdote nach der anderen. Ich wünschte, ich hätte sie aufgeschrieben, weil alles durcheinanderging, sein Aufwachsen in der Bronx, die Jahre in Israel, die Zeit als Soldat und sein Leben danach. Wir saßen zuerst in einem Café am Rabin-Platz und gingen dann zu dritt vor an den Strand, und er redete und redete, als wäre es die letzte Gelegenheit für ihn. Das Ende war ein Streit, als Roy ihm von dem Buch erzählte, an dem er gerade schrieb, und John kein gutes Haar daran ließ. Es sollte den Titel *The Ingathering of the Exiles* tragen und in einzelnen Episoden von berühmten Juden handeln, lauter historischen Figuren, die das heutige Israel besuchten und dort allesamt entweder miss-

BEOBACHTER, ZEUGE UND BEWUNDERER

liche Erlebnisse hatten oder sich durch ihr eigenes Verhalten disqualifizierten.

»Was zum Teufel willst du damit beweisen, Roy?« sagte John, als er glaubte, genug gehört zu haben. »Es ist deine übliche antizionistische Scheiße. Warum kannst du das nicht endlich sein lassen? Das mag kein Mensch hören.«

»Aber ist es nicht lustig?«

»Lustig, Roy?«

John brach in ein wildes Lachen aus.

»Anne Frank, die sich beim Besuch von Yad Vashem vollkommen fehl am Platz fühlt. Baruch Spinoza, der vor orthodoxen Rabbis den philosophischen Beweis erbringt, dass die Siedler kein Recht auf ihr biblisches Judäa und Samaria haben. Sigmund Freud, der in einem Jugendcamp in Galiläa an nichts als an das eine denkt und mit seinem Psychogebabbel ein minderjähriges Mädchen herumzukriegen versucht.«

Er war laut geworden.

»Alles Kronzeugen, die am Ende das Existenzrecht des Staates unterminieren«, sagte er. »Ich bitte dich, Roy. Wer sind die anderen? Das ist doch Wahnsinn.«

»Franz Kafka.«

»Natürlich.«

»Bugsy Siegel, Meyer Lansky.«

»Da hast du dir ja ehrenwerte Herren ausgesucht.«

»Alfred Dreyfus. Vielleicht Moses, vielleicht Jesus, vielleicht Gott selbst, falls der Jude ist oder Jude war, wenn man ihn für tot hält. Kandidaten gibt es genug.«

»Findest du das wirklich lustig?«

John drehte sich ganz zu Roy um und fixierte ihn.

»Findest du die Bilder von Anne Frank mit einem Palästinensertuch lustig, mit denen irgendwelche Idioten angeblich auf

ERSTER TEIL

Übergriffe der israelischen Armee in der Westbank aufmerksam machen wollen?«

»Aber das ist doch etwas anderes.«

»Das ist nichts anderes. Provokation um der Provokation willen. Anne Frank, die weiß, dass von ihr erwartet wird, dass sie in Yad Vashem an der Hand des Jerusalemer Bürgermeisters weint, um die richtigen Bilder fürs Fernsehen zu liefern, und keine Träne hervorbringt. Das ist erbärmlich. Du musst doch wissen, wo die Grenzen liegen.«

»Aber dass sie mit israelischen Schriftstellern auf einem Podium über Holocaust-Literatur diskutiert, ist das nicht lustig?«

»Sie diskutiert mit israelischen Schriftstellern?«

»Ja, und die sagen ihr einhellig, dass man so, wie sie über den Holocaust geschrieben hat, nicht über den Holocaust schreiben kann.«

»Das soll lustig sein?«

Ich sehe noch ganz genau vor mir, wie John aufsprang und über den Strand davonlief, weil es mein letztes Bild von ihm ist. Danach habe ich ihn nicht mehr zu Gesicht bekommen. Zuerst dachte ich, er würde umkehren, wenn er sich beruhigt hätte, aber Roy sagte, er kenne das schon, ihre Treffen kulminierten immer, entweder er selbst suche von einem Augenblick auf den anderen das Weite oder John, und es dauere meistens eine Zeit, bis sie wieder eine Annäherung wagten. Sie könnten über alles reden, über Frauen, über die Liebe, über das Leben und den Tod, nur eben über Politik nicht, weil da ihre Meinungen so weit auseinanderlägen, und es wundere ihn, dass ihre Freundschaft das all die Jahre unbeschadet überstanden habe. Ich dachte da noch, ich würde John wenigstens am Abend sehen oder am nächsten oder übernächsten Tag, bevor ich zurückflog, aber er hatte das Handy ausgeschaltet und tauchte auch in seiner Unterkunft in

Jerusalem nicht auf, und so blieb es bei diesem seltsam offenen und unbefriedigenden Ende zwischen uns, das mit seinem Tod besiegelt wurde.

Ich bin ihm nicht gefolgt und habe weiter mit Roy über sein Buch gesprochen, aber dessen Eifer war auf einmal verflogen. Er schien einen Schuldigen für Johns abrupten Aufbruch zu suchen, und ich bot mich dafür an, als ich sagte, er könne in seine illustre Runde von Juden, die Israel bereisten, auch Canetti aufnehmen. Jedenfalls schlug seine Stimmung plötzlich um, kaum dass ich das ausgesprochen hatte.

»Warum sollte ich das tun?«

»Er würde in deinen Zyklus passen.«

»Canetti? Glaube ich nicht. Wie kommst du darauf?«

»Er ließe sich mit ein paar Strichen karikieren.«

»Canetti?«

»Du kennst doch die Anekdoten über ihn? Seine Weibergeschichten. Hast du nicht gehört, dass er ein Frauenheld und Schwerenöter allererster Güte war?«

»So einfach ist das nicht«, sagte er. »Erstens schätze ich Canetti. Das solltest du wissen, bevor du etwas von dir gibst, das du nachher bereust. Zweitens ist es ein kleiner Unterschied, ob die Idee von dir oder von mir stammt.«

Das war auch schon das Ende unseres Gesprächs. Er erhob sich und sagte, es sei ihm eine Freude gewesen, aber er müsse jetzt los. Als er mir blinzelnd die Hand reichte, fühlte ich mich düpiert und blieb sitzen. Ich hatte mir bei meinem Vorschlag nicht viel gedacht, hatte nur umgänglich sein wollen und war zu weit gegangen und fand nicht mehr zurück. Vor meiner Einreise in Israel hatte ich gefürchtet, beim kleinsten Missverständnis als Deutscher oder Österreicher gebrandmarkt zu werden, aber nichts davon, die schiere Freundlichkeit im Flugzeug, die schiere

ERSTER TEIL

Freundlichkeit bei der Passkontrolle, die schiere Freundlichkeit auch seither, und diese Zurückweisung jetzt hatte ich mir nur selber zuzuschreiben. Am liebsten hätte ich mich bei Roy entschuldigt, aber er hatte längst die Esplanade überquert, die den Strand von der Stadt trennt, und war nicht mehr zu sehen. Es war windstill und immer noch heiß, draußen über dem Meer ein irritierendes Flimmern. Die Sonne war untergegangen, und ich überlegte, was ich mit dem Rest des Abends anfangen sollte. Abgesehen von den Tagen, die ich in der Westbank verbracht hatte, war ich zum ersten Mal, seit ich im Land war, allein, und dieses Alleinsein, das ich sonst überall aushielt, war an diesem Ort etwas anderes, fühlte sich kalt und schneidend an. Ich hatte Angst vor der Dunkelheit und war gleichzeitig froh, als es dunkel wurde, und wartete, bis die ersten Sterne erschienen, bevor ich aufstand und ging.

III

Ich sprach nur nebenbei von dem Treffen mit Roy und erwähnte das Buch nicht, an dem er schrieb, als ich Elaine gleich am Morgen nach unserem ersten Gespräch wieder anrief. Roy hatte nichts mit Johns Tod zu tun, und es wäre mir zu kompliziert gewesen, ihr zu erklären, warum ich die Idee so aufregend fand, berühmte Juden aus der Geschichte einen kritischen Blick auf das moderne Israel werfen zu lassen. Bei dem Vorhaben hatte ich sofort an einen meiner Lieblingsautoren gedacht, an Danilo Kiš und sein Buch *Ein Grabmal für Boris Dawidowitsch*, sowie an *Die Naziliteratur in Amerika* von Roberto Bolaño, und was für ungeheure Effekte die beiden durch freien Umgang mit Fakten und Fiktionen erzielten. Natürlich hatte ich auch Angst, missverstanden zu werden. Sich als Österreicher für ein antizionistisches Projekt zu ereifern bringt einen schnell in Erklärungsnot. Ich konnte mir die üblichen Vorwürfe und Verdächtigungen ersparen, die üblichen Diskussionen, warum ich mich ausgerechnet für die Missstände in Israel interessierte und nicht für die in Tschetschenien, in Afghanistan oder irgendwo sonst auf der Welt, wo Dinge passierten, an denen gemessen für die meisten Palästinenser das Leben in den besetzten Gebieten vielleicht nicht gerade ein Leben im Paradies sei, aber immerhin ein Leben, eine Existenz und nicht der sichere Tod.

Dass das ganze Unternehmen auch für Roy ein Risiko barg, lag auf der Hand. Lob von der falschen Seite konnte niemand gebrauchen, und auf Ablehnung von der »richtigen« legte er es ja an. Er hatte gesagt, eine Korrektur des allzu wohlwollenden Blickes auf Israel gerade unter amerikanischen Juden sei längst fällig, obwohl das Geschrei sicher groß wäre, wenn die entsprechenden Leute erkannten, wohin er zielte. Der Vorwurf der Nestbeschmutzung und des jüdischen Selbsthasses war ebenso schnell erhoben wie der des Antisemitismus, und obwohl er sich ernsthaft einredete, damit leben zu können, weil ein solches Urteil jeden Abweichler jederzeit in voller Härte treffen könne und deshalb kein großes Gewicht habe, müsste er erst sehen, wie sich das in Wirklichkeit anfühlte.

Elaine kannte seinen Namen. Sie wusste, dass er ein Freund von John aus der Kibbuz-Zeit war, aber ich verstand nicht gleich, was sie meinte, als sie fragte, ob wir allein gewesen seien. Dabei verfiel sie in einen lauernden Ton.

»Es waren auch zwei Mädchen von damals dabei«, sagte ich. »Kirsten und Alina, wenn ich mich richtig erinnere. Sagen die dir etwas?«

»Zumindest die eine. Kirsten. Ist sie Dänin?«

»Ich weiß nicht«, sagte ich. »Klingt aber so.«

»Sie muss Johns erste große Liebe gewesen sein.«

»Den Eindruck habe ich nicht gehabt, so nachlässig und distanziert, wie er in Tel Aviv mit ihr umgegangen ist. Vielleicht war sie es aber auch gerade deswegen, wer weiß. Es ist auf jeden Fall ein halbes Leben her.«

»John hat mir immer von ihr erzählt«, sagte sie. »Es hat mich beunruhigt, dass ich keine rechte Vorstellung von ihr gehabt habe. Eine hochgewachsene Frau? Das stimmt doch?«

»Ja«, sagte ich. »Aber was soll das?«

»Rothaarig, eher rotblond?«

Das traf alles auf Elaine selbst zu, aber offenbar wollte sie es genau deswegen wissen, und ich antwortete ausweichend.

»Kann sein, kann aber auch nicht sein. Wir sprechen von einer Fünfzigjährigen, Elaine, und du fragst mich nach der Haarfarbe, die sie als Mädchen gehabt hat. Ist das nicht ein bisschen viel verlangt?«

»John hat gesagt, sie sei eine Schönheit gewesen«, sagte sie, ohne darauf einzugehen. »Er hat mich eifersüchtig gemacht, deshalb erinnere ich mich. Sie stammte aus Esbjerg, und im Kibbuz haben alle von ihr hören wollen, wie sie dieses Wort ausspricht. Esbjerg an der Küste, mit ihrem dänischen Lispeln, und das wieder und wieder bis zum Gehtnichtmehr. Angeblich hat es gereicht, sie in der Sommerhitze des Nahen Ostens Esbjerg sagen zu hören, um sich in sie zu verlieben. Ich weiß das noch, weil er mich damit traktiert hat und weil ich es dann nicht mehr aus dem Kopf gebracht habe.«

Ich hatte mir bis dahin keine Gedanken gemacht, wo Elaine stehen oder sitzen mochte, aber als jetzt im Schulhof vor meinem Fenster die ersten Kinder für den Unterricht auftauchten, hätte ich ihr am liebsten die Frage gestellt, was sie von ihrem Zimmer aus sah. Seit ich das letzte Mal in San Francisco gewesen war, vor mehr als acht Jahren, musste sie umgezogen sein. Sie wohnte nicht mehr auf der anderen Seite der Bucht, sondern wieder mitten in der Stadt, am Rand von Chinatown. Soviel ich wusste, hatte sie ein Erkerfenster mit einem Blick weit die Straße hinunter, von dem aus sie vielleicht in die Nacht hinausschaute, aber ich hatte keine Vorstellung, ob es ein Blick in die Dunkelheit einer üblen Gegend war oder in die Behaglichkeit der abendlichen Lichter eines besseren Viertels.

Ich musste schon eine Weile vor mich hin geträumt haben, als ich mich plötzlich sagen hörte, ich hätte ihr das Wichtigste noch gar nicht erzählt. Eigentlich hatte ich nicht darüber sprechen wollen, und ich kann es mir nur mit meiner Unkonzentriertheit erklären, dass ich es doch tat. Dafür klang es ganz schön gewichtig, als mir herausrutschte, ich sei bei unserer Reise nach Israel auch in der Westbank gewesen.

»Was erzählst du da?« sagte sie. »Wo warst du?«

Elaine wollte sofort wissen, ob John mich begleitet habe, und als ich nein sagte, schien sie erleichtert, obwohl sie gleichzeitig ein Geräusch machte, das eher Besorgnis ausdrückte.

»Was hast du dann allein dort gemacht?«

»Kommt darauf an, was dich interessiert. Ich könnte dir alles mögliche erzählen. Willst du die lange oder die kurze Version hören?«

»Vielleicht fängst du mit der kurzen an.«

»Die lässt sich in einem Satz zusammenfassen«, sagte ich. »Ich habe die Schwester eines palästinensischen Schriftstellers getroffen.«

»Und die lange?«

»Ich bin viel zu Fuß gegangen. Dafür bietet sich die Westbank geradezu an. Ich habe mit den Leuten gesprochen. Es ist mir buchstäblich auf Schritt und Tritt passiert, dass mich irgendwer von der Straße weg zum Essen eingeladen hat. Ich bin nirgendwo sonst auf der Welt mit Fremden so leicht ins Gespräch gekommen.«

»Hoffentlich hast du ihnen nicht alles geglaubt«, sagte sie. »John hat immer gesagt, das einzige, was sie dort zur Genüge haben, sind Opfergeschichten. Du wärest beileibe nicht der erste, den sie damit um den Finger gewickelt hätten. Ich bin noch immer nicht in Israel gewesen, aber in die Westbank zieht mich ehrlich gesagt nichts.«

»Dann lässt du dir aber etwas entgehen.«

»Was soll dieses Geschwätz, Hugo?«

»Ich meine es ernst«, sagte ich. »Es ist eine pastorale Gegend

und außerdem biblisches Land. Auch wenn du nicht dafür emp-
fänglich bist, muss dir das aufgehen, sobald du ein paar Tage darin herumläufst. Mich hat es jedenfalls überwältigt.«

»Das macht es nicht besser«, sagte sie, und ich merkte, dass
sie sich die ganze Zeit nur mühsam beherrschte. »Wie wäre es,
wenn du mir endlich verraten würdest, was es mit diesem palästinensischen Schriftsteller auf sich hat?«

Ich konnte natürlich längst nicht mehr zurück, und mir blieb
nur, mich um einen möglichst selbstverständlichen Ton zu be-
mühen, was mir aber nicht gelang.

»Er hat mit John im letzten Jahr bei einem Festival in Österreich diskutiert«, sagte ich, als wäre das allein schon eine Ka-
tastrophenmeldung. »Sie sind zusammen auf einem Podium
gesessen.«

Sie reagierte wie am Tag davor, als ich ihr erzählt hatte, dass
wir gemeinsam in Israel gewesen waren. Offensichtlich wusste
sie auch von dem Festival nichts, obwohl sie noch Kontakt zu
John gehabt hatte, und das raubte ihr den Atem. Sie wiederholte
den Satz, und je klarer jedes Wort war, um so unklarer schien
er zu werden.

»Mit einem palästinensischen Schriftsteller zusammen auf
einem Podium? Du machst einen Witz, Hugo. Wo genau soll
das gewesen sein?«

Ich sagte es ihr, und obwohl sie von Gmunden wahrscheinlich zum ersten Mal hörte, schien sie die Erwähnung des Ortes
nur noch mehr aufzuregen.

»Und dieser Schriftsteller?« sagte sie. »Kennt man ihn?«

»Nein«, sagte ich. »Er dürfte selbst in den palästinensischen
Gebieten ein Unbekannter sein. Es gibt noch nicht einmal ein
Buch von ihm, nur verstreut publizierte Gedichte. Das heißt
aber nicht, dass er der Falsche war.«

ERSTER TEIL

»Wie ist man dann ausgerechnet auf ihn gekommen?«

»Einer der Veranstalter muss ihn in der Westbank kennen-gelernt haben«, sagte ich. »Es war seine Idee, ihn mit John zu-sammenzubringen und sie über die Lage des Landes sprechen zu lassen.«

»Was gibt es da zu sprechen, Hugo?«

»Na ja«, sagte ich. »Schon einiges.«

»Aber doch nicht mit John. Bei der unerschütterlichen Hal-tung, die er zu diesem Thema gehabt hat. ›Es ist sinnlos, mit denen zu reden.‹«

Das stimmte, und als ich sagte, John habe sich gewiss nicht um ein Gespräch mit einem palästinensischen Schriftsteller gerissen, doch die Leute in Österreich hätten ihm einen Grund gegeben, lachte sie, aber es war ein hilfloses Lachen.

»Willst du damit sagen, John hat Kompromisse gemacht?«

»Wäre das so schlimm, Elaine?«

»Wir reden nicht von irgend jemandem, Hugo.«

»Ich weiß«, sagte ich. »Wir reden von Moral.«

»Wir reden von John«, sagte sie. »Warum machst du dich lustig darüber? Du weißt, wie er gedacht hat. Ist das für dich nur lächerlich?«

»Ich muss dir doch nicht erklären, dass am Ende alles eine Frage des Geldes ist«, sagte ich. »Er war nicht der erste und wird auch nicht der letzte sein, der für ein nicht einmal übertrieben hohes Honorar und drei Tage in einem schönen Hotel an einem See seine Prinzipien über Bord wirft.«

Ich wollte nicht überheblich wirken, aber ich fand Elaines Unbedingtheit nicht angebracht. Natürlich war John in seiner Ablehnung absolut gewesen, aber auch *er* konnte sich ändern. Tatsächlich war es mir nicht schwergefallen, ihn für das Festival in Gmunden zu begeistern. Ich hatte gesagt, es sei eine Gele-

genheit für ein Treffen mit mir, und das Gespräch mit dem palästinensischen Schriftsteller als unangenehme Begleiterschei-
nung hingestellt, der er im Zweifelsfall eben aus dem Weg
gehen müsse. Er könne seine Gedichte vorlesen und dann Kopfschmerzen oder sonst etwas vorschützen und sich auf sein Zimmer zurückziehen, ich würde schon dafür sorgen, dass er sein
Honorar in voller Höhe erhalte. Ich hatte mich dann in Gmunden selbst gewundert, wie er alle geplanten Programmpunkte
ohne Murren erfüllte, so dass ich gar nicht lügen musste, als
Elaine wissen wollte, wie die Tage denn verlaufen seien.
»Die beiden haben sich erstaunlich gut verstanden.«
»Keine Meinungsverschiedenheiten?« fragte sie. »Alles eitel
Wonne? Das kann ich mir fast nicht vorstellen. Keine Missverständnisse?«
»Selbstverständlich hat es Verstimmungen gegeben«, sagte
ich. »Aber du hättest John sehen sollen. Du weißt, dass er nicht
der umgänglichste Mensch war und besonders in Gesellschaft
von Männern schnell einmal Probleme hatte, aber mit diesem
palästinensischen Schriftsteller ist er für seine Begriffe ein Herz
und eine Seele gewesen. Er war dort in vielerlei Hinsicht anders
als der John, den du kennst.«
»Ich glaube dir kein Wort, Hugo.«
»Was meinst du damit?«
»Du kannst mir das alles gern erzählen, aber ich glaube dir
nicht«, sagte sie. »Hat er ihn zur Begrüßung links und rechts
auf die Wange geküsst? John ist im Alter sentimental geworden
und hat das am Ende bei jedem zelebriert. Hat er ihn im ersten
Überschwang womöglich seinen Bruder genannt?«
»Aber Elaine«, sagte ich. »Was soll das?«
»Hat er ihn umarmt?«
»Auf jeden Fall sind sie auch außerhalb des Podiums die

meiste Zeit zusammen gewesen«, sagte ich, ohne mich aus der Ruhe bringen zu lassen. »Sie haben mit der Begeisterung von zwei Teenagern stundenlang Tischtennis gespielt, sie sind gemeinsam auf den See hinausgerudert und haben sogar eine Bergtour gemacht. Wenn du es schon so genau wissen willst, sie sind die ganzen drei Tage derselben Frau nachgestiegen, dass es nur so eine Freude war, ihnen bei ihren vergeblichen Bemühungen zuzuschauen. In ihrem Gegockel haben sie sich gegenseitig nicht viel genommen.«

Elaine schwieg, und ich dachte schon, sie hätte ihren Widerstand aufgegeben. Um es nicht zu übertreiben, räumte ich ein, das Gespräch der beiden sei nicht besonders interessant gewesen, sie hätten die üblichen Punkte über die Möglichkeit und Unmöglichkeit eines friedlichen Zusammenlebens im Nahen Osten hin und her gewälzt und dabei einen Jargon angeschlagen, der sich kaum von dem der Politiker unterschieden habe. Sie ließ mich reden, ohne mich zu unterbrechen, und erwachte erst zu neuem Leben, als ich erzählte, dass das Ganze mit dem Plan für ein gemeinsames Buch zu Ende gegangen sei.

»Wozu denn ein Buch?« sagte sie. »Es ist längst alles gesagt. Seit Jahrzehnten folgenloses Gerede. Aber lassen wir das. Das sind Hirngespinste. Mich beschäftigt ohnehin etwas anderes viel mehr.«

Ich hörte sie atmen, so aufgebracht schien sie zu sein.

»Hat John eigentlich gewusst, dass du in der Westbank die Schwester dieses palästinensischen Schriftstellers getroffen hast?«

»Ich habe es ihm beizubringen versucht, aber ich fürchte, es ist nicht bei ihm angekommen«, sagte ich. »In der Zeit, in der ich dort war und sie in Bethlehem besucht habe, hätte ich für ihn auch außerhalb der Welt sein können.«

»Aha«, sagte sie. »Das ist ja aufschlussreich.«

»Ich sage nur, wie ich es empfunden habe.«

»Dann könntest du vielleicht auch sagen, wie du es empfindest, dass er drei Wochen später tot war«, sagte sie. »Die Schwester ist sicher eine Heilige gewesen.«

»Ich weiß nicht, was du hast, Elaine.«

»Sag einfach, wie sie war.«

»Wie soll sie gewesen sein?«

»Du weißt genau, was ich meine«, sagte sie. »Hat sie dir die Hand gegeben? Hat sie ein Kopftuch getragen? Hat sie dir beim Sprechen in die Augen geschaut?«

Ich kannte Elaine nicht so, aber allem Anschein nach legte sie es auf ein Missverständnis an. Sie hatte diese Art, sich mit ihren Geschlechtsgenossinnen in Konkurrenz zu setzen, hinter der bei allem Spielerischen ein ernster Kern steckte, aber damit allein ließ sich ihre Erregung nicht erklären. Schließlich sagte ich, ich könne ihr zumindest den Namen sagen, sie heiße Naima und sei eine Frau wie tausend andere, erntete aber nur ein höhnisches Lachen. Außerdem stimmte mein Satz nicht, immerhin ertappte ich mich manchmal dabei, dass ich unwillkürlich an die Begegnung dachte. Zu etwas Besonderem war sie erst in der Erinnerung geworden, und ich fragte mich bereits, ob ich das Ganze ins Exotische trieb und mir meinen eigenen Orient und meine eigenen Geschichten aus Tausendundeiner Nacht zusammenkonstruierte, obwohl es alles in allem eine nüchterne Sache gewesen war. Ich hatte Naima nach unserem Treffen begeistert geschrieben, wie dankbar ich für den Einblick sei, den sie mir gegeben habe, und von ihr die offensichtlich ironische Antwort bekommen, ich solle vorsichtig sein, sie sei eine arabische Frau. Es war ein seltsamer E-Mail-Wechsel, der dann auch gleich wieder nahezu abbrach, aber seither erhielt ich von Zeit zu Zeit eine

ERSTER TEIL

Nachricht von ihr, als wollte sie unbedingt die Verbindung halten,»Marhaba«, und wie es mir gehe, und ich schickte ihr dann umgehend ein paar Worte zurück. Davon erzählte ich Elaine nichts. Ich war froh, als sie endlich lockerließ und nicht mehr weiterbohrte, und kam sogar dazu, den Artikel über San Francisco zu erwähnen, dessentwegen ich sie am Tag davor angerufen hatte. Er war ein einziger Abgesang, aber sie wollte nicht darüber reden. Sie sagte, es stimme sicher alles, ohne Geld, und das hieß, viel Geld, sei man dort inzwischen längst ein Niemand, und feuilletonistisches Gerede hin oder her, vielleicht verliere die Stadt ja ihre Seele, aber sie finde es immer noch undenkbar, an einem anderen Ort der Welt zu leben. Dann fragte sie mich, ob ich nicht ein paar Tage herkommen möge.

Ich antwortete nicht und hörte verzaubert zu, als sie aufzuzählen begann, was wir alles machen würden, wenn ich sie besuchte, und für ein paar Augenblicke schien Johns Tod vergessen. Es genügte, die Straßennamen zu hören, und die Hoffnung, das Versprechen, die Fluchtmöglichkeiten, die ich damit verband, sie waren alle sofort wieder da. Ich hatte keine Erklärung dafür, aber mit ihren Worten, in ihrer Aussprache, in diesem müde und ein wenig ausgeleiert klingenden Cowboy-Englisch nahm noch die prosaischste Bezeichnung etwas Poetisches an, und ich lauschte erst recht mit geschlossenen Augen, als sie sagte, wir könnten uns in den Mission Dolores Park setzen wie damals, nach Bernal Heights hinaufsteigen oder zum Cliff House hinausfahren, ein Stück den Ocean Beach entlanglaufen und dort den Wellenreitern und Surfern zusehen. Es waren lauter Orte, die in jedem Reiseführer standen, aber sie brauchte mir gar nichts Außergewöhnliches zu bieten. Schließlich hatte ich lange die Vorstellung, in irgendeiner gesichtslosen amerika-

BEOBACHTER, ZEUGE UND BEWUNDERER

nischen Kleinstadt von der vierzehnten in die fünfzehnte Straße zu gehen und das dann auch noch wahrheitsgemäß aufschreiben zu können, viel aufregender gefunden als alles, was mir zu Hause passieren mochte. Dazu kam, dass ich vieles, was sie erwähnte, mit John und der Zeit unseres Kennenlernens verband, weshalb allein schon es seinen Reiz und seine Einmaligkeit hatte.

IV

Zu Naima hatte ich schon vor der Reise nach Israel, noch von zu Hause aus, Verbindung aufgenommen, um mich mit ihr zu verabreden. Die Adresse hatte ich von ihrem Bruder, der mich nicht nur angekündigt haben musste, sondern offenbar voll des Lobes für mich war, und sie schlug als Treffpunkt die Haltestelle vor, an der man vom Bus nach Bethlehem in den nach Hebron umsteigt. Ein Lokal wäre mir lieber gewesen, aber als ich nachfragte, antwortete sie, es sei besser so, und ich drängte nicht weiter und wunderte mich erst, als sich die Leute, die mit mir ausstiegen, entfernten und ich mich allein unter der schon am frühen Vormittag sengenden Sonne an einer Straßenkreuzung wiederfand. Ich hatte am Morgen noch mit John in Jerusalem gefrühstückt und war danach möglichst schnell zum Bus in der Nähe des Damaskustors gegangen, um die Verabredung um halb elf Uhr einhalten zu können. Jetzt stand ich da, und nachdem die paar Gestalten in die Häuser in der Nähe oder buchstäblich in die Landschaft verschwunden waren, schien außer einem kleinen Jungen, vielleicht acht Jahre alt, der aus dem Nichts aufgetaucht war, niemand mehr anwesend zu sein. Auf mich zutretend, packte er mich am Handgelenk, und ich begriff erst, was er von mir wollte, als er Naimas Namen sagte, und ließ mich von ihm zu einem mit laufendem Motor wartenden Taxi ziehen. Er nickte dem Fahrer nur zu, und wir fuhren eine kurze Strecke bis an den Stadtrand. Dort bedeutete er mir zu zahlen, und dann kletterte er unter Zuhilfe-

nahme seiner Hände vor mir eine Böschung hinauf, eine Ge-
röll- oder eher Abfallhalde, aus der blattloses, über und über mit
angewehten Plastiksäcken bedecktes Strauchwerk wuchs. Oben
angelangt, zeigte er auf ein noch halb im Rohbau befindliches
Gebäude und entfernte sich rückwärts, riesige Kulleraugen und
ein Strahlen im Gesicht, ein Abgang, der in der Trostlosigkeit
rundum auf fast filmhaft absurde Weise pittoresk war. Ich zögerte, bevor ich an die Tür klopfte, und als ich keine Antwort
bekam und einfach eintrat, war ich überrascht, ein Café oder sogar Restaurant vorzufinden, weil von außen nichts darauf hin-
gedeutet hatte, kein Schild, kein Bild, kein Schriftzug, rein gar
nichts.

Die Frau, die im hinteren Ende des sonst leeren Gastraumes
saß, gab mir mit keinem Zeichen zu verstehen, dass sie mich
erwartete. Sie hielt sich sehr aufrecht, den Kopf unbedeckt, aber
die Haare von einem Reif zusammengefasst, die Augen dunkel, und im Näherkommen glaubte ich schon, in ihrem unbe-
weglichen Gesicht den spöttischen Ausdruck zu bemerken, mit
dem sie danach jeden meiner Sätze verfolgte. Sie war älter als
ihr Bruder, in ihren späten Dreißigern, doch ich hätte sie um
wenigstens fünf Jahre jünger geschätzt. Mit ihren hohen Ba-
ckenknochen sah sie ihm zwar ähnlich, aber wenn ich ihn nie
anders als leger gekleidet gesehen hatte, Hemd und Hose in
verblichenen Farben, schien sie Wert auf jede Einzelheit zu legen. Sie trug eine weiße Bluse und eine Goldkette um den Hals,
Gold auch an den Handgelenken, und hatte eine Art, mich anzuschauen, als gehörte ich mit meinem Eintreten bereits zum
Inventar. Ich überlegte, mich an einen anderen Tisch zu setzen
und zu warten, was passierte, aber dann ging ich unter den Blicken des Kellners schnurstracks auf sie zu und zog geräuschvoll
den Stuhl ihr gegenüber heraus.

»Ich soll dich von Marwan grüßen«, sagte ich, nachdem ich ihren Namen ausgesprochen hatte, als hätten wir ihn als Losungswort vereinbart. »Es geht ihm gut.«

Seit dem Festival in Gmunden hatte ich regelmäßig Kontakt zu ihrem Bruder gehabt, und ich überreichte Naima jetzt ein Kuvert, das er mir für sie mitgegeben hatte. Er war damals zuerst für ein paar Monate nach Hause zurückgeflogen, dann aber gleich wieder nach Europa gekommen und schlug sich seither mit kleinen Arbeiten und allerlei Zuwendungen durch, hatte seine paar Wochen in Berlin, seine paar Wochen in Wien und dann noch über irgendwelche Vermittlungen Wochen und Wochen in anderen Orten gehabt. Ich wusste, dass in dem Umschlag Geld war, das er sich abgespart hatte, aber ich wusste nicht die Summe, und es hatte etwas Verschwörerisches, wie Naima ihn mir aus der Hand nahm und, ohne auch nur hinzusehen, in ihrer Tasche verstaute.

»Danke für den Kurierdienst«, sagte sie, als ich schon glaubte, ich hätte meine Schuldigkeit getan und könne wieder gehen. »Warum tust du das überhaupt?«

Ich verstand nicht, was sie meinte.

»Was tu' ich denn?«

»Du weißt nicht, wer ich bin«, sagte sie. »Du könntest gerade einer Terroristin einen Umschlag mit Geld zugesteckt haben. Hast du keine Bedenken? Dafür würdest du ein paar Jahre hinter Gittern landen.«

Ich konnte nicht wissen, dass das ihre Art war. Nicht allein, dass sie nicht klagte wie so viele andere, mit denen ich in der Westbank gesprochen hatte, sie unterlief auch von vornherein jede Erwartung, sie könnte es tun. Wenn ich an die Diskussionen dachte, die ich beim Herumfahren im Bus mit allen möglichen Leuten gehabt hatte und die in der Regel in den himmelschreiendsten Geschichten darüber endeten, welches Unrecht ihnen widerfahren sei, erschien mir ihre Direktheit als Wohltat.

Fast jeder hatte seine schlimmen Erfahrungen mit der Besatzungsmacht, angefangen bei den tagtäglichen Schikanen bis hin zu tätlichen Übergriffen, aber sie sagte, trotz der verständlichen Bitterkeit gebe es längst auch eine Folklore des sich gegenseitig Übertreffens, was alles einem bei Straßensperren und an Kontrollpunkten jederzeit passieren könne.

»All die Krankenwagen, die mit dringenden Notfällen nicht durchgelassen worden sind. All die Schwangeren, die ihre Kinder deswegen unter freiem Himmel auf die Welt bringen mussten. All die Unschuldigen, die wegen nichts und wieder nichts vom Fleck weg verhaftet wurden.«

»Stimmt das etwa nicht?«

»Doch, doch«, sagte sie. »Man muss aber genau hinschauen, wer einem was sagt. Manchmal hören Leute nur Geschichten und erzählen sie dann weiter wie ihre eigenen. Das kann das Bild ganz schön verzerren.«

Es schien ihr ausdrücklich darum zu gehen, die Opferrolle von sich zu weisen oder sich sogar lustig darüber zu machen. Sie arbeitete in der Verwaltung der Technischen Universität von Hebron. Ihr Englisch war hervorragend, mit einem Akzent zwar, aber eher als der fiel mir ihre tiefe Männerstimme auf.

»Du willst mit mir hoffentlich nicht über die ›Lage‹ oder die ›Situation in den besetzten Gebieten‹ oder sonst einen Käse sprechen«, sagte sie und tupfte zwei Anführungszeichen in die Luft, als ich sie fragte, wie sie die Stimmung im Land einschätze, nur um es im nächsten Augenblick zu bereuen. »Der letzte Deutsche, mit dem ich ins Gespräch gekommen bin, hat allen Ernstes von mir wissen wollen, ob ich eine dritte Intifada für möglich halte. Als ob die beiden anderen nicht gereicht hätten.

Eine dritte Intifada, das kann wahrscheinlich nur einem Deutschen einfallen.«

Sie musterte mich eingehend.

»Du bist doch Deutscher?«

»Österreicher«, sagte ich. »Im selben Boot.«

»Weißt du, was ich deinem Landsmann gesagt habe?«

»Ich bin neugierig.«

»›Eine dritte Intifada. Schau dich ein bisschen in der Gegend um. Es hängt davon ab, was du unter möglich verstehst. Schau dir nur einmal an, wie eine junge israelische Soldatin mit kaum ein paar Fetzen auf dem Leib und einem umgehängten Gewehr einen Bus kontrolliert und wie die alten Männer in ihren Arme-Leute-Anzügen demütig aussteigen, und du musst gar nicht *mehr* sehen, um alles zu wissen. Du kannst in jedem Dorf Geschichten hören, die dir die Haare zu Berge stehen lassen. Die Frage ist nicht, ob eine dritte Intifada möglich, sondern ob sie wünschenswert ist.‹«

Das klang wie das genaue Gegenteil von dem, was sie vorher gesagt hatte. Offensichtlich immer noch nicht ganz schlüssig, was sie mir zumuten konnte und was nicht, ließ sie ihren Blick jetzt auf mir ruhen. Dabei legte sie die Hände zusammen, Finger an Finger, als könnte sie nicht behutsam genug sein.

»Ich habe ihm gesagt, trotz allem nein«, sagte sie dann. »Eine solche Frage kann ohnehin nur stellen, wer keine Ahnung hat, wie viele von den Unseren beim letzten Aufstand ums Leben gekommen sind. Hunderte von Toten. Das können wir nicht noch einmal brauchen.«

»Und er?« fragte ich. »Was hat er darauf gesagt?«

»Willst du das wirklich hören?«

»Natürlich.«

»Wir müssen die Unterdrückung abschütteln, hat er gesagt.

Dass ich nicht lache. Das sagen sie alle, wenn ihnen sonst keiner zuhört. Wir müssen uns von unserem Joch befreien, und ähnliches wohlfeiles Zeug. Ohne Zeugen sind sie alle Freiheitskämpfer, besonders die Deutschen. Öffentlich klingt das dann wieder ganz anders, und sie sagen brav, was sie sagen müssen. Das übliche Blabla über Israel, mit dem sie sich gegenseitig ihrer Tadellosigkeit versichern. Ein einziger Jammer.«

Ich sah den Kellner an, der uns einen Krug mit Orangensaft und ein Schälchen Oliven gebracht hatte und jetzt, ein Tuch über dem Arm, ein paar Tische weiter stand und sich unbeteiligt gab, jedoch ohne Zweifel zuhörte. An der Wand gegenüber lief ein Fernseher, aber sein Ton war abgedreht, und von draußen vor den Fenstern kam auch kein Laut mehr, nachdem gerade noch ein Hund gebellt hatte und dann gleich unter ängstlichem Gewinsel verstummt war. Der Blick hinaus war ein Blick auf Brachland, und während ich in der Ansammlung aus allerlei offenbar ausrangierten und dort liegengelassenen Sachen rund um einen großen Kühlschrank mit offener Tür vergeblich etwas suchte, woran ich mich festhalten konnte, fühlte ich mich auf einmal fehl am Platz und fragte mich, was ich hier machte. Ich hätte Naima etwas entgegnen müssen, wenigstens zu bedenken geben, dass es nicht so einfach sei, aber ich war nach den zwei Tagen, die ich schon in der Westbank unterwegs war, all der Entgegnungen müde und froh, dass sie selbst das Thema wechselte.

»Viel weiß ich nicht von Deutschland, aber ich kenne Berlin ein bisschen«, sagte sie, als wäre ihr selbst klargeworden, dass sie zu weit gegangen war, und als versuchte sie sich jetzt möglichst umgänglich zu geben.»Ich war vor drei Jahren einmal dort und verstehe nicht, warum alle davon schwärmen. An einem Abend in Ramallah kannst du mehr erleben als in einer ganzen Woche in Berlin. Du musst es dir unbedingt anschauen. Ramallah kommt nicht in der Bibel vor, und das ist in unserer Gegend das Beste, was sich von einem Ort sagen lässt. Die Orte, die in der Bibel vorkommen, sind in der Regel die umkämpften Orte.« Auch wenn ich nicht wusste, was dieser Smalltalk sollte, hatte ich kaum Zweifel, dass sie meinte, was sie sagte. Von der Offensichtlichkeit ihrer Feststellungen schien sie so überzeugt, dass sie nicht einmal Zustimmung suchte. Dafür mochte ich sie, und als sie ansatzlos auf ihren Bruder umschwenkte, hatte ich schon ein Gespür für diesen selbstverständlichen Stolz.

»Erzähl mir von ihm«, sagte sie. »Er lässt nicht viel von sich hören. Was ist das für ein Leben, das er dort führt? Er hat mir geschrieben, du kümmerst dich um ihn.«

»Das hat er nicht nötig«, sagte ich. »Er schreibt. Wir telefonieren manchmal. Er ruft mich an, ich rufe ihn an. Da muss man nicht viel hineininterpretieren. Er kommt gut allein zurecht.«

»Er schreibt?«

»Warum nicht?«

»Er schreibt wie ein Schriftsteller?«

»Ja«, sagte ich. »Kein Grund zur Panik.«

»Er hat immer schon Gedichte geschrieben«, sagte sie. »Aber Marwan ein Schriftsteller? Das muss ich erst schlucken. Weißt du, was er hier in Wirklichkeit gemacht hat? Er hat im Geschäft unseres Vaters ausgeholfen.«

»Das ist keine Schande.«

»Er hat Toiletten und Badezimmereinrichtungen verkauft. Das heißt, er ist viel Zeit untätig im Laden herumgesessen. Von verkaufen war an den meisten Tagen nicht die Rede.«

»Warum soll er deswegen kein Schriftsteller sein?«

»Es geht nicht darum, was ich über ihn denke. Unsere Eltern machen sich Sorgen um ihn. Sie haben Angst, dass er auf Abwege gerät und irgendwelche krummen Dinger dreht. Ich kann mir im Gegensatz zu ihnen zur Not ja sogar vorstellen, dass ihm jemand Geld dafür gibt, dass er schreibt.«

Ich versuchte sie zu beruhigen, aber wenn sie sich gerade noch weltoffen gegeben hatte, verlor sie sich jetzt in kleinteiligem Lamentieren. Es wirkte, als hätte sie sich auf eine bestimmte Art präsentieren wollen, die unter der Last der Realität zusammenbrach. Sie sah besorgt aus und hatte ihre Stimme nicht mehr unter Kontrolle.

»Allein die Umstände, die seine Ausreise gemacht hat«, sagte sie, hörbar ein- und ausatmend. »Einer von uns kann nicht einfach so über die Grenze, auch wenn das Geld dafür da ist und es eine Einladung gibt. Es hat Wochen gedauert, bis er alle Papiere beisammengehabt hat. Wir brauchen sogar eine Genehmigung, um nach Jerusalem zu fahren, und es ist keineswegs sicher, ob wir sie kriegen.«

Sie machte eine Bewegung zum Fenster, wahrscheinlich um die Himmelsrichtung anzuzeigen, aber mir fehlte jede Orientierung.

»Jerusalem ist keine halbe Stunde entfernt. Das lässt es so absurd erscheinen. Für uns könnte es genausogut auf dem Mond liegen.«

Ich erwartete jetzt auch von ihr die übliche Litanei, aber sie fasste sich wieder und meinte, die Geschichte ihres Bruders sei damit natürlich nicht zu Ende.

»Seine Ausreise war das eine. Das andere ist die Rückkehr. Er wird sich fragen lassen müssen, warum er zurückkommt, und er wird sich noch viel mehr fragen lassen müssen, warum er überhaupt hat weggehen dürfen. Die Leute sind in solchen Fällen schnell mit Verdächtigungen zur Hand, und es kann gar nicht anders sein, als dass ihm Dinge unterstellt werden.«

»Welche Dinge denn?« sagte ich. »Kollaboration?«

»Das ist ein zu gewichtiges Wort«, sagte sie. »Aber es gibt genug Möglichkeiten. Hat er zuviel geredet? Hat er an den falschen Stellen Auskunft gegeben? Hat er jemanden verraten? Auf jeden Fall wird er bei seiner Wiedereinreise nicht nur von den israelischen Behörden befragt werden.«

Ich sah, dass sie zu dem Kellner hinüberschaute, der sich an einem der leeren Tische zu schaffen machte, als gäbe es dort etwas zu tun. Er kehrte uns den Rücken zu, und sie deutete auf ihn. Dann sprach sie weiter, aber wenn ich erwartet hatte, sie würde ihre Stimme senken, täuschte ich mich.

»Marwan wird auch unseren Leuten Rede und Antwort stehen müssen«, sagte sie. »Die können noch viel unangenehmer sein, wenn es darauf ankommt.«

Sie schwieg, als ich wissen wollte, wen sie damit meine, und im selben Augenblick drehte sich der Kellner wieder zu uns um und sagte etwas auf arabisch zu ihr, während er mich mit einem ungenierten Blick fixierte. Ich fragte sie, was es bedeute, glaubte ihr aber nicht, als sie erwiderte, er habe sich erkundigt, ob wir noch etwas trinken wollten. Er nahm wieder seinen alten Platz ein, das Tuch über dem Arm, und machte keine Anstalten, sich zu rühren, als sie ihn mit ein paar Worten aufzuscheuchen versuchte. Erst als sie es wiederholte, verließ er den Raum und kam nach einer Weile mit einem neuen Krug Orangensaft zurück, den er vor uns auf den Tisch stellte, ohne unsere Gläser nachzufüllen. Dabei sagte er wieder etwas, das sie ungefragt übersetzte.

»Die Orangen für den Saft kommen von ganz in der Nähe«, sagte sie. »Er würde uns lieber Saft von Orangen aus Jaffa servieren, wenn es die noch gäbe. Dort hat sein Großvater eine Plantage besessen, bevor er fliehen musste. Seine Eltern haben ihm immer erzählt, die Orangen aus Jaffa seien die besten gewesen, und genau das gibt er an seine Kinder weiter.«

Ich war in den letzten Tagen öfter mit dieser Flüchtlingspoesie konfrontiert worden. Wenn man in den besetzten Gebieten jemanden fragte, woher er komme, konnte er nach über sechzig Jahren noch immer den Ort angeben, von dem seine Eltern oder Großeltern vertrieben worden waren. Dabei lebte er schon in der zweiten oder dritten Generation in einem Lager.

»Ich weiß«, sagte ich hilflos. »Die Orangen meiner Kindheit sind auch aus Jaffa gekommen. Ich habe mir gar keinen anderen Ort vorstellen können. Es war ein Synonym dafür.«

Der Kellner wollte wissen, wann ich geboren sei, und als Naima es ihm übersetzte, schüttelte er den Kopf und redete auf sie ein.

»Wenn es nach ihm geht, hat es dort nach 1948 keine richtigen Orangen mehr gegeben«, sagte sie, als er geendet hatte. »Da lässt er nicht mit sich reden.«

»Keine palästinensischen?«

»Darauf läuft es hinaus.«

»Nur mehr israelische Orangen?«

»Orangen, die nicht schmecken«, sagte sie. »Jedenfalls nicht nach der Sonne. Nicht nach dem Meer. Eher schon nach Trockenheit, nach der Mühsal des Erdenlebens und nach dem Staub der Wüste.«

Ich war dieses Gespräch leid, und als sie dann auch noch über Marwan sprach, als wäre er ein Kind, für immer der kleine Bruder, den die große Schwester in jedem beliebigen Alter ein für alle Mal fixieren konnte, schwang ein bisschen Missgunst darin mit. Sie musste von dem Festival in Gmunden wissen, wahrscheinlich auch von seinem Zusammentreffen mit John, es sei denn, er hätte ihr genau den Teil verschwiegen, was immerhin möglich war. Wenn Marwan sich mit einem Juden an einen Tisch setzte und nichts dabei fand, brauchte das der Rest der

ERSTER TEIL

Familie noch lange nicht gutzuheißen, und deshalb vermied ich, es zu erwähnen. Ich sagte ihr jedenfalls nicht, dass ich in Begleitung von John in Jerusalem war, als sie mich fragte, ob ich allein reiste. Dabei sah sie mich mit einem Ausdruck an, der mich daran erinnerte, dass Marwan gesagt hatte, seine Schwester sei geschieden und lebe deswegen wieder bei ihren Eltern, aber ich solle sie bloß nicht darauf ansprechen.

Ich hätte ihr gern Fragen nach ihrem Leben gestellt, aber ich wagte es nicht, und immer wenn mir etwas auf der Zunge lag, etwa, wann sie zum letzten Mal in Jerusalem gewesen sei, fürchtete ich ihren ironischen Blick und ließ es sein. Sie stand auf, als ich ging, und begleitete mich zur Tür, kam jedoch nicht mit hinaus, als dürfte sie draußen nicht mit einem Fremden gesehen werden. Dabei wollte sie wissen, ob ich Marwan träfe, wenn ich wieder daheim sei, und als ich mich erkundigte, ob ich ihm etwas ausrichten solle, schüttelte sie zuerst den Kopf, nickte dann aber.

»Wir warten auf ihn«, sagte sie mit auf einmal unsicherer Stimme. »Es wäre schön, wenn er zur Olivenernte wieder zu Hause wäre.«

Sie sah mich mit einer Eindringlichkeit an, dass ich einen Augenblick absurderweise dachte, es sei eine verschlüsselte Nachricht. Der Kellner beobachtete uns jetzt so aufdringlich, dass ich es unterließ, ihr die Hand zu geben. Ich hatte sie schon ausgestreckt und zog sie schnell wieder zurück.

»Sonst noch etwas?« fragte ich. »Einen Gruß von jemandem?«

»Nein«, sagte sie. »Er weiß, dass wir ihn brauchen.«

Als ich wieder die Geröllhalde hinunterstieg, über die mich der Junge heraufgeführt hatte, beschlich mich das Gefühl, ich würde beobachtet. Nicht nur das Gebäude, aus dem ich gerade getreten war, sondern auch die Häuser rundum, die eigentlich wie verlassen in der Mittagssonne standen, hatten etwas Bedrohliches. Trotz der Hitze fröstelte es mich, aber nichts, keine Menschenseele, sosehr ich mich auch umschauen mochte.

Zuerst überlegte ich, sofort ins Hotel zurückzufahren, aber dann machte ich mich doch noch auf den Weg nach Bethlehem hinein, und was ich dort erlebte, erschien mir wie ein Ersatz für das Gespräch über die »Situation im Land«, das Naima mir verweigert hatte. Denn kaum war ich auf der Straße, bekam ich es mit einer Horde von Taxifahrern zu tun, die mich ins Zentrum bringen wollten. Ich hätte mich für einen entscheiden müssen, alles andere wurde als Affront empfunden, und die ganze Zeit fuhren Wagen mit einem wütenden Hupen an mir vorbei, bis einer sich an meine Fersen heftete. Er blieb zuerst ein paar Meter hinter mir und schloss dann auf, hielt sich auf gleicher Höhe, und der Fahrer bedrängte mich durch das offene Seitenfenster und ließ sich nicht abwimmeln. Ich stieg schließlich ein, und wenn er mich gerade noch gefragt hatte, was ich zu sehen wünschte, brachte er mich jetzt an die Orte seiner Wahl, ohne sich um meine Proteste zu kümmern, ja, er kidnappte mich regelrecht und gab mich erst wieder frei, nachdem er mich an ein halbes Dutzend Aussichtspunkte gekarrt hatte, von denen man über die Mauer hinweg auf den Hängen gegenüber die Reihen und Reihen von Neubauten jüdischer Siedler sah. Dort redete er sich jedesmal wieder so in Rage, dass mir angst und bange wurde über seinem Toben, die Häuser hätten an der Stelle nichts verloren, sie stünden alle auf palästinensischem Gebiet und gehörten abgerissen oder zusammen mit den Bestien, die sie bewohnten, in die Luft gesprengt. Während ich nicht wagte, mich zu rühren, beantwortete ich seine unaufhörlichen Fragen, ob ich nicht sähe, was ihnen angetan würde, mit einem klein-

ERSTER TEIL

lauten Ja und hoffte, dass sich seine Wut wenigstens nicht gegen mich richtete.

Ich war schon wieder in Jerusalem, als mir einfiel, wie ich gleich am ersten Abend in Gmunden mit Marwan am See spazierengegangen war. Da hatte er mir erzählt, aus Bethlehem seien während der zweiten Intifada besonders viele Terroristen gekommen, aus Bethlehem und aus Nablus, und ich hatte nicht einzuschätzen vermocht, ob er mir damit nur zu gefallen versuchte oder protzte oder ob es schlichtweg stimmte. Er sagte, das sei vor Errichtung der Sperrmauer gewesen, die seither das Land weniger teilte als sichtbar zerschnitt, und er sagte nicht Terroristen, er setzte an, Märtyrer zu sagen, verbesserte sich jedoch mit einem Blick auf mich und sagte Selbstmordattentäter, um sich dann auf Freiheitskämpfer zu verständigen. Schmächtig trotz seiner Größe, sanft und zurückhaltend in seinen Umgangsformen, hatte er zumindest in seinem Auftreten nichts mit dem Taxifahrer zu tun, in dessen Hände ich geraten war. Er sprach wehmütig, erwähnte seine Schwester und beglückwünschte sich gleichzeitig, keine Brüder zu haben, denn wenn er welche hätte, wäre die Wahrscheinlichkeit groß, dass längst einer von ihnen mit den Autoritäten in Konflikt stünde und entweder im Gefängnis wäre oder sogar tot, was seine eigenen Chancen, nach Österreich ausreisen und an dem Festival teilnehmen zu dürfen, auf jeden Fall verringert hätte. Ich erinnerte mich, wie er immer wieder meine Hand ergriff und sich bedankte, und ich konnte ihm noch so oft versichern, er habe nicht mir zu danken, sondern den Veranstaltern, die ihn eingeladen hätten, er hörte nicht auf, es sei eine einzigartige Möglichkeit für ihn, endlich richtig zur Welt zu kommen, tatsächlich wie eine Neugeburt, dass er das Land habe verlassen dürfen, weil es dort für einen jungen Mann mit seiner Herkunft nur ein würdeloses Leben unter der

BEOBACHTER, ZEUGE UND BEWUNDERER

Besatzung gebe, es sei denn die Würde, mit dem Kopf so lange gegen die Wand zu rennen, bis man den Schmerz nicht mehr spüre oder sonst auf die eine oder andere Weise ruhiggestellt werde.

V

Dass die Diskussion zwischen John und Marwan in Gmunden zustande kam, ist vor allem Christina zu verdanken. Sie war dort zur Schule gegangen und kannte die Veranstalter des Festivals seit ihrer Jugend. Außerdem hatte sie meinen letzten Roman in der *Neuen Zürcher Zeitung* besprochen, und als ich sie ein paar Wochen später zu einem Interview treffen sollte, dauerte es nur einen Augenblick, bis ich vorschlug, das lieber sein zu lassen und stattdessen etwas anderes zu machen. Es war in Innsbruck, ein klarer Herbsttag, und wir gingen aus der Stadt hinaus, zuerst am Fluss entlang, dann weit in die Felder, und sprachen über alles mögliche, nur nicht über mein Buch. Sie lebte zu der Zeit schon in Wien, ich einmal da, einmal dort, und wenn wir uns danach verabredeten, war es immer für ein oder zwei Nächte, bis sich diese Notwendigkeit wieder verlor.

Wir telefonieren mit kleinen und größeren Unterbrechungen alle paar Wochen, und wenn wir uns sehen, ist eine fast kindliche Scheu zwischen uns. Sie küsst mich zur Begrüßung einmal links, einmal rechts und dann, um es vom üblichen Bussi-Bussi der Kaffeehäuser abzuheben, noch einmal mit viel Nachdruck rechts auf die Wange. Es ist das Zeichen unserer bleibenden Verbindung und lässt mich jedesmal denken, warum wir es nicht ernsthafter versucht haben. Ich habe seitdem, das heißt, seit nunmehr acht Jahren, keinen neuen Roman publiziert, nichts als einen Schnellschuss unter Pseudonym, der mir Geld eingebracht hat und immer noch Geld einbringt, und wenn sie

mich fragt, ob ich schreibe, und ich ja sage, kann ich wenigstens
sicher sein, dass sie etwas darauf gibt.

Ich hatte ihr schon oft von John erzählt, den beiden längeren
Aufenthalten in Kalifornien gegen Ende meines Studiums und
bald danach und unseren Treffen seither, so dass ich sie leicht
zu überzeugen vermochte, auf die Veranstalter einzuwirken, ihn
nach Gmunden zu holen. Nicht, dass er besonders erpicht auf
Österreich war nach seinen ersten Erfahrungen im Land. Bereits
Jahre davor hatte ich ihn für mehrere Wochen nach Innsbruck
eingeladen, aber das war leider schiefgegangen. Damals konnte
ich über die Wohnung eines Freundes verfügen, der ein Sabba-
tical genoss und es zum Reisen nutzte, was mir die Möglichkeit
eröffnete, John dort unterzubringen. Geld für seinen Aufenthalt
hatte ich nicht, aber immerhin gelang es mir, einige Gymna-
sien für ihn zu interessieren, wo er in den Unterricht kommen
und, selbstverständlich gegen Honorar, über seine Erfahrungen
als Sohn einer Holocaust-Überlebenden sprechen sollte, wie es
auch in der Ankündigung hieß.

Es war ein unseliges Unterfangen, und schon nach den ersten beiden Stunden klagte John, er könne nicht mehr, es habe
keinen Sinn, er fühle sich wie ein Mondkalb, das sich blind auf
die Erde verirrt habe, fremder als er es selbst als Jude jemals
sonst irgendwo sein würde. Die Rolle beengte ihn so, dass er
in der Klasse nach wenigen Sätzen über seine Mutter abwehrend meinte, es sei nichts Besonderes, ihr Sohn zu sein, er habe
eine Kindheit gehabt wie viele, wozu das Theater, schließlich
habe sie den Krieg überlebt. In der dritten Stunde weigerte er
sich schon, überhaupt etwas zu dem Thema beizutragen, sprach
über Bücher und Filme, die er liebte, und beantwortete Fragen
nach seinem Leben mit kleinen Anekdoten, die aus einer Fern-
sehserie über das Aufwachsen in allerbesten Verhältnissen hät-

ten stammen können. Damit hatte er einen Ausweg gefunden, aber ich merkte, wie sehr es weiter an ihm zehrte, als er ein paar Tage darauf sagte, er habe sich das alles anders vorgestellt, als vor Nazikindern den Clown geben zu müssen. Obwohl er das Wort gleich wieder zurücknahm, blieb es natürlich stehen, und ich hatte ein Auge auf ihn, wenn er bedrückt in den Straßen der Stadt umherschlich und die einmal eingegangenen Verpflichtungen allem Anschein nach nur mir zuliebe erfüllen wollte. In seiner freien Zeit fuhr er herum, und wenn er von Berlin und Krakau erzählte, wusste ich, dass er auch in Auschwitz und Buchenwald gewesen war und den Schülern danach noch weniger entgegenzutreten vermochte. Zwar schwärmte er ihnen von den Stränden in Kalifornien und vom Surfen vor und gab sich weiter Mühe, für sie »easy-going« zu sein, »all-American«, ein »Sonnyboy«, aber unter der Oberfläche gelang es ihm kaum mehr, das alles auch nur irgendwie unter einen Hut zu bringen.

Unsere anderen Treffen waren nicht in Europa gewesen, ausgenommen die Tage in Irland, wo er mich besuchen kam, als ich dort an der Westküste für ein paar Wochen ein Haus zum Schreiben hatte, aber das lag weit genug im Atlantik. Wir hatten uns in New York gesehen, einmal unmittelbar nach dem 11. September 2001, ein anderes Mal zwei Jahre später, zudem einmal in St. Louis, wo ich an der Washington University ein Seminar gab. Zweimal bin ich auch noch zu ihm nach Kalifornien geflogen, und weil es lange vor der Einladung nach Gmunden zu einem Bruch zwischen uns gekommen war, hatte ich ihn nach Jahren des gegenseitigen Schweigens erst im Herbst davor wieder kontaktiert. Da verbrachte ich ein paar Monate als Housesitter für Freunde in einer Villa in der Toskana. Es war ein richtiges Anwesen in der Crete, mit einer Zypressenallee, einem Swimmingpool und einem unverstellten Blick weit über die Hügel, der allein schon mich versöhnlich stimmte. Ich hatte Zeit zum Nachdenken und konnte nicht glauben, dass John ein für alle Mal aus meinem Leben verschwunden sein sollte, weshalb ich ihm eines Tages schrieb, wir seien es uns schuldig, wenigstens wieder zu reden.

Ein neuerliches Treffen in Österreich machte mir auch deshalb angst, weil ich John so lange nicht mehr gesehen hatte, dass er ein Fremder hätte sein können. Zudem war trotz meines Angebots, wieder zu sprechen, der Streit, den wir bei meinem letzten Besuch in San Francisco gehabt hatten, noch nicht aus der Welt geschafft. Vielleicht war Streit auch ein zu großes Wort für eine Missstimmigkeit, die sich schnell hätte klären lassen, wenn wir nicht beide stur geblieben wären. Wir hatten damals über den Roman eines jungen amerikanischen Autors geredet, der gerade erschienen war, und im Hin und Her nicht gemerkt, dass wir schon lange nicht mehr darüber sprachen, sondern dass John auf *mein* Schreiben und ich auf *sein* Schreiben zielte.

Es war um die alte Frage gegangen, wieviel Leben, wieviel Form die Kunst brauche, nichts, worüber man sich unversöhnlich in die Haare geraten musste, aber wir verbissen uns ineinander. Am Ende sagte er, es täte mir gut, wenn ich mich einmal entspannte, weniger Bücher, mehr Wirklichkeit, weniger Denken, mehr Sex, und ich sagte zu ihm, ich könne auf seine »street credibility« pfeifen, auf die er sich so viel zugutehalte, wenn das auf dem Papier nur Chaos und Auflösung bedeute. Ein Wort gab das andere, und weil wir schon am Tag davor beim gleichen Thema gelandet waren und uns mit der gleichen Unversöhnlichkeit bekämpft hatten, räumte ich noch am selben Abend mein Zimmer in seinem Apartment in der Sutter Street, als wäre es eine Frage der Ehre. Ich zog in ein Hotel ein paar

ERSTER TEIL

Blocks weiter, und wir sahen uns dann nicht nur bis zu meinem Rückflug, sondern auch danach nicht mehr.

Bei diesem Aufenthalt hatte ich ein Bild von ihm gekauft, und ich schrieb ihm in der Folge noch, er möge es vom Rahmen nehmen und mir auf meine Kosten schicken. Vielleicht stimmt es, dass er den Brief nicht erhalten hat, wie er sich später herausredete, jedenfalls bekam ich keine Antwort von ihm und ließ alles auf sich beruhen. Es war ein Ölgemälde im Format von fast zwei mal zwei Metern mit dem plakativen Titel *Self-Portrait as a Hated Jew*, und obwohl es mir weniger gefiel, als dass es mir einen Schrecken versetzte, sagte ich, ich möchte es haben, als er es mir zeigte. Er hatte angefangen, Köpfe im Francis-Bacon-Stil zu malen, und dieses Exemplar war für mich besonders finster, ein riesiges Haupt in grünlich weißen Grautönen mit nur einem einzigen Auge, ein unauflösbares Durcheinander aus Verwachsung und Vermummung. Ein Blick genügte, und ich dachte zu meinem Entsetzen, dass es etwas Embryonenhaftes und gleichzeitig alienhaft nicht Totzukriegendes ausstrahlte. Einmal sah ich ein Fischgesicht darin, einmal Züge wie hinter einer Gasmaske, ein gemartertes Antlitz, und dann war es bei näherem Hinsehen auch noch lorbeerbekränzt oder dornengekrönt mit einem Aufsatz aus winzigen Armen und Beinen. Ich wusste nicht, wo ich es in meiner Wohnung unterbringen könnte, und bei der Vorstellung, im Aufwachen von ihm angestarrt zu werden oder es gar in meinem Arbeitszimmer stehen zu haben, überlief mich eine Gänsehaut.

Trotzdem fragte ich John, wieviel er dafür haben wolle, und er sagte, es sei geschenkt. Das konnte ich nicht annehmen. Ich wusste, wie sehr er das Geld brauchte, und wir einigten uns auf tausend Dollar, die ich ihm seither schuldete.

»Du willst es wirklich haben?« sagte er, als ich ihm die Hand

darauf gab. »Es ist nicht irgend etwas Verschwurbeltes, das dich
umtreibt, es zu kaufen?«
»Ach, John«, sagte ich. »Ich ahne, was du meinst.«
»Wie nennt ihr es? Eine Wiedergutmachung? Ist es das?«
»Ich glaube, ich höre nicht richtig«, sagte ich. »Du weißt, was
ich davon halte. Wozu haben wir so oft darüber gesprochen? Du
kannst mir alles unterstellen, aber nicht das.«
»Es gefällt dir also?«
»Muss es das bei diesem Thema und dieser Ausführung?«
»Nicht unbedingt, aber warum willst du es dann haben?«
»Mein Gott, John, ich kann auch sagen, dass es ein Meister-
werk ist«, sagte ich. »Bist du jetzt zufrieden, oder soll ich dir
auch noch die Füße küssen?«

Seither hatte ich immer wieder überlegt, ihm wenigstens die
tausend Dollar zu überweisen, aber im Glauben, er habe absichtlich nicht auf meinen Brief geantwortet, tat ich es nicht.
Unterschwellig wehrte ich mich wohl auch dagegen, das Bild
endgültig in meinen Besitz zu bringen. Denn ob ich wollte oder
nicht, ich konnte es nicht mehr von mir schieben, wenn ich an
John dachte. Unter den Erinnerungen, die ich an ihn hatte, entwickelte es ein paradoxes Eigenleben. Ich wusste, meine Unruhe vor der Wiederbegegnung hatte nicht nur damit zu tun, dass
ich ihn so lange nicht gesehen hatte, sondern auf eigentümliche
Weise auch mit diesem Monstergemälde, das seit so vielen Jahren zwischen uns stand.

Ich hatte mit Christina verabredet, John gemeinsam vom
Flughafen abzuholen, und traf sie zeitig vor seiner Ankunft
in Salzburg. Höflicher wäre gewesen, ihn zuerst allein zu sehen, aber ich war froh, dass sie mitkam. Sie reiste aus Wien an,
wo sie inzwischen eine Stelle in der Nationalbibliothek hatte.
Für die Nachlässe, aber auch für die Vorlässe österreichischer

ERSTER TEIL

Autoren zuständig, reagierte sie immer häufiger mit Krank-
schreibung, wenn wieder einmal Kartons und Kartons von
Papieren eines schon zu Lebzeiten mehr toten als lebenden
Schriftstellers angeliefert wurden, der weniger Bedeutung und
weniger Talent als die richtigen Verbindungen hatte. Der Glaube an das bisschen Unsterblichkeit im Archiv, das sich in ein
paar Kisten in den Regalen materialisierte, in die womöglich nie
wieder jemand hineinschaute und die dort verstaubten, machte
sie unglücklich. Seit ihrem Anfang dort sagte sie, sie müsse so
schnell wie möglich wieder weg, wenn sie nicht ersticken wolle,
und versuchte es dann doch jedesmal weiter. Sie hatte ein paar
Tage Urlaub genommen, und auf den ersten Blick war ihr von
der ganzen Misere nichts anzumerken. Sehnig und voller Span-
nung, wie sie war, ging ein Leuchten von ihr aus, nicht die geringste Bedrücktheit, und ihr Gesicht hatte immer noch die alte
Offenheit. Ich hatte vergessen, wieviel Hoffnung allein der Körper einer Frau ausstrahlen kann. Ihr Haar hatte sie aus der Stirn
gekämmt, wodurch ihre Augen stärker hervortraten, und sie atmete hörbar, als sie sich zu mir ins Auto setzte.

»Nach allem, was du von ihm erzählst, scheinst du ganz verrückt nach deinem Amerikaner zu sein«, sagte sie, als sie mich
geküsst hatte. »Eigentlich habe ich von Schriftstellern für eine
Weile genug. Ich hoffe, er ist anders als die Herrschaften, mit
denen ich in der Arbeit zu tun habe, und jammert nicht die
ganze Zeit. Sonst kannst du mich sofort wieder aussteigen lassen.«

Ich war froh, dass sie sich auf Anhieb mochten. John kam in
die Eingangshalle und umarmte mich, und als ich ihm Christina
vorstellte, tat er genau das, was ich befürchtet hatte. Er überfiel
sie mit einem Kompliment, sein Standard, diese Mischung aus
altmodischer Höflichkeit und Dreistigkeit. Ich hatte bei anderen

Gelegenheiten gehört, wie er Frauen als »Ma'am« oder »Lady« ansprach, ohne deswegen gleich unten durch zu sein, und auch als er Christina jetzt fragte, was sie in ihrem Leben mache, außer gut auszusehen, wies sie ihn erstaunlicherweise nicht zurecht, wie sie es bei jedem anderen getan hätte.

»Du hast dich übrigens auch gut gehalten«, sagte er zu mir, ohne seinen Blick von ihr abzuwenden. »Bist du immer noch böse?«

»Ach, John«, sagte ich. »War ich doch nie.«

»Wir hatten einen kleinen Streit«, sagte er zu Christina. »Hugo hat mir vor Jahren einmal allen Ernstes weismachen wollen, dass für einen Schriftsteller der Tod wichtiger sei als das Leben.«

»Ganz so dramatisch war es nicht.«

»Doch«, sagte er. »Soll ich mehr erzählen?«

»Ich fürchte, Christina würde sich langweilen.«

Er sah sie an, als wollte er um Erlaubnis bitten, und als er seine Miene zu einem clownhaft betrübten Ausdruck verzog, lachte sie.

»Morbide Kerle, unsere Herren Schriftsteller«, sagte sie dann. »Sie verfolgen nichts mit größerer Hartnäckigkeit als ihren Ruin und ihren Untergang.«

Ich hatte John schon öfter bei seinen Avancen erlebt, hätte aber nicht gedacht, dass er gleich die erstbeste Gelegenheit nützen würde, sich zu verrennen. Es war ganz offensichtlich, dass Christina ihm gefiel. Dazu gehörte auch, dass er sofort eine eindeutige Bemerkung machte, sobald sie auch nur annähernd außer Hörweite war.

»Einmal ehrlich, Hugo, in welcher Beziehung stehst du zu ihr?« sagte er und verlieh seiner Stimme einen leicht schmierigen Anstrich. »Du warst mit ihr im Bett, stimmt's?«

ERSTER TEIL

Natürlich war seine Aufgekratztheit auch gespielt. Sie sollte ihn jünger machen, als er war, und tatsächlich konnte man sich bei seinem Alter um zehn oder fünfzehn Jahre verschätzen. Im Oberkörper zwar voller geworden, war er in den Hüften immer noch schlank, und ich sah zum ersten Mal, dass er die Haare färbte, ein Schwarz wie bei den Indianerperücken meiner Kinderverkleidungen, das so unecht wirkte, dass es nur Absicht sein konnte. Er ließ sich seine Tasche nicht abnehmen, schwang sie über die Schulter und versuchte auf dem Weg zum Auto seine Steifheit in den Knien durch eine demonstrative Beweglichkeit im Becken auszugleichen, was immer wieder zu grotesken Verrenkungen führte.

Als wir im Hotel ankamen, war Marwan schon da, und mit ihm Edwin Ansfelder, der Veranstalter, der ihn in der Westbank aufgegabelt hatte, ein vor Jovialität strotzender Sechzigjähriger mit weißem Haarbusch und um den Hals hängender Lesebrille.

»Stellt euch vor, ich trete in ein Geschäft in Bethlehem, und da steht dieser Bursche und liest den *West-östlichen Divan* auf deutsch«, sagte er. »Wie groß ist die Wahrscheinlichkeit, so etwas in den Palästinensergebieten zu finden, noch dazu in einem Sanitärladen? Ich kann es euch sagen. Exakt null Komma null. Fragt mich nicht, wie ich dort hineingeraten und auf ihn gestoßen bin. Genaugenommen dürfte es ihn gar nicht geben. Um so größer ist das Glück, ihn hierzuhaben.«

Vor Zufriedenheit rieb er sich unaufhörlich die Hände.

»Willkommen noch einmal im Salzkammergut.«

Er schob Marwan wie einen verschüchterten Jungen vor uns hin, obwohl dieser einen Kopf größer als er selbst war und mit seinen über dreißig Jahren nicht wie jemand wirkte, der sich bevormunden ließ.

»Schon erstaunlich, wie dort überall diese Geschäfte hervor-

74

schießen, die Kloschüsseln verkaufen. Verstehe das, wer will. Wenn es in der Gegend sonst gar nichts mehr gibt, findet man noch im tiefsten Niemandsland mindestens ein Friseurgeschäft, ein Brautmodengeschäft und eines, das alles rund ums Bad anbietet.«

Marwan stand, die Arme verschränkt, aufrecht da, schlaksig und ein bisschen wie eine Vogelscheuche in seiner viel zu weiten Jacke, aber mit zusammengebissenen Zähnen und offensichtlich gespannt. Entweder er verstand trotz seines Interesses für Goethe doch nicht so gut deutsch, oder er konnte sich beherrschen. Ich hatte beobachtet, wie er bei unserem Eintreten seine Augen nur eine Sekunde auf Christina ruhen ließ und dann sofort wie ertappt wegsah, und mit jedem Wort Edwin Ansfelders nur immer steifer geworden, schaute er jetzt wieder zu ihr hin. Sie hatte unkonzentriert an der Empfangstheke in einem Prospekt geblättert und fing seinen Blick auf. Einen Moment schien sie zu überlegen, aber dann schritt sie ein.

»Ist ja gut, Edwin«, sagte sie. »Friseur- und Brautmodegeschäfte gibt es auch hier an jeder Ecke, und deine Begeisterung für den Sanitärbereich ist mir neu.«

John und Marwan gaben sich die Hand, sprachen bei der Gelegenheit aber nicht miteinander. Das war am Abend nicht viel anders, auch wenn sie da wenigstens ein paar Worte wechselten. Es gab einen Stehempfang auf der Seeterrasse des Hotels, nichts weiter Aufregendes, nichts weiter Peinliches, obwohl ich mich wieder einmal fragte, warum sich meine Landsleute des unbezwingbaren Charmes von Sachertorte und Apfelstrudel so sicher waren, dass sie meinten, alles andere getrost vernachlässigen zu können. Mit ihrem »Probieren Sie« und ihrem »Kosten Sie doch davon auch noch« schienen die Gastgeber in einem fort zu sagen, wer solche Köstlichkeiten hervorzaubere, könne

ERSTER TEIL

kein schlechter Mensch sein, womit sie am Ende nur das genaue Gegenteil heraufbeschworen. Es war eine kleine Gruppe, fünfundzwanzig Leute, nicht mehr, neben John und Marwan auch die beiden österreichischen Autoren, die etwas über Israel sagen sollten, sowie die üblichen Honoratioren und Interessierten, die bei solchen Anlässen zusammenkamen.

Auch Herr Stramann war an dem Abend schon da, selbst wenn er merkwürdigerweise immer wieder sagte, er sei es eigentlich nicht, jedenfalls nicht offiziell oder zumindest ganz und gar inkognito, bitte kein Aufheben um ihn. Er hatte eine Firma, die medizinische Geräte herstellte und weltweit verkaufte, und war der Hauptsponsor der Veranstaltung, und mit seinen Verdruckst- und Verdrehtheiten sonnte er sich in der Rolle des Geldgebers und ließ sein tiefes Lachen wie ein Operntenor hervordonnern. Neben ihm stand in einem langen, schwarzen Kleid seine Frau Cecilia, fast einen Kopf größer als er und, was ihr Alter betraf, eher seine Enkelin als seine Tochter, eine Schauspielerin am Landestheater und angehende Fernsehkommissarin, von der ich im Vorbeigehen jemanden sagen hörte, sie sei ein talentiertes Persönchen, wofür sich der Unglücksvogel sofort einen Rüffel einfing. Ihr Lachen war hell und klar und klirrte und perlte nur so über der Unterhaltung dahin. Sie hatte ihr Haar hochgesteckt und entblößte die sanfte Krümmung ihres Halses, eine wahre Schönheitslinie. Wenn sie sich nur einen Augenblick von ihrem Mann entfernte, suchte sie gleich wieder seine Nähe, während er sich nicht vom Fleck rührte, und als John und Marwan zu dem Paar stießen, richtete sich um sie schnell ein kleines Grüppchen ein, das den Mittelpunkt der Gesellschaft bildete.

Ich war Edwin Ansfelder entkommen, der unentwegt von seiner Palästinareise erzählte und dabei bewusst immer wieder dieses Wort verwendete, und stand mit Christina etwas abseits an der Balustrade, von wo ich ab und zu ein paar Sätze aus der Runde aufschnappte, während ich mich mit ihr unterhielt. Sie schien, weit über das Wasser blickend, schlechter Laune zu sein. Einer der beiden österreichischen Autoren hatte versucht, sie in ein Gespräch über das Archiv zu verwickeln, und dass ich ihr nicht wie versprochen sofort zu Hilfe geeilt war und sie sich ihm ausgeliefert fühlen musste, drückte ihre Stimmung.

»Als hätte ich nicht gewusst, dass das Geraunze losgeht, wenn ich auf den Falschen treffe, und dann in diesem grässlichen Dialekt«, sagte sie. »Eine Situation zum Davonlaufen, doch ich mag deinen Amerikaner. Vielleicht ein bisschen zu sehr Charmeur für sein Alter, aber wenigstens ist er amüsant. Du musst nicht denken, dass er sich danebenbenimmt, solange er nicht jammert.«

Ich merkte, dass John uns im Blick behielt. Er schien zu ahnen, dass wir über ihn sprachen. Ich versuchte ihn herüberzuwinken, aber als er sein Glas nahm und sich von dem Grüppchen lösen wollte, sah ich, dass Cecilia, die mit dem Rücken zu uns stand, ihre Hand auf seinen Unterarm legte. Sie hob den Kopf und sagte wohl etwas zu ihm oder schaute ihm nur in die Augen.

Auch Christina hatte es lachend beobachtet und meinte, John scheine schon ein neues Opfer gefunden zu haben, während sie ein Blatt aus ihrer Handtasche hervorzog und es mir hinhielt.

»Hast du eigentlich sein Bild in der Programmvorschau gesehen?« fragte sie. »Das wird dich interessieren.«

Ich kannte das Foto. Es zeigte John als Soldaten in der israelischen Armee. Vor langer Zeit hatte er es mir selbst einmal in die Hand gedrückt. Er trug darauf die Uniform, hatte ein Gewehr stramm vor der Brust, einen Helm auf und schaute auf

diese unschuldige Weise jung und unbesiegbar in die Ferne, wie
es der Propaganda zu allen Zeiten gefiel. Das Bild war vor dreißig Jahren während des ersten Libanonkriegs auf der Frontseite der *Jerusalem Post* abgebildet gewesen und illustrierte dort
einen Bericht über Juden aus der Diaspora, wie es hieß, die zum
Kämpfen in das Gelobte Land gekommen waren. Es konnte nur
mit Johns Zustimmung in die Ankündigung geraten sein. Darunter stand »Irgendwo im Westjordanland«, und als wäre das
noch nicht genug, war daneben ein Foto von Marwan abgebildet, das ihn versonnen auf einer alten Steinmauer sitzend zeigte und mit der Unterschrift »In Palästina?« samt diesem pro-
vokanten Fragezeichen versehen war.

»Da hätten sie gleich Kain und Abel drunterschreiben können. Wer lässt so einen Unsinn durchgehen, Christina? Das
geht doch nicht.«

»Meines Wissens hat Edwin die Presse gemacht.«

»Scheint ein Irrläufer zu sein. Ahnt er überhaupt, was er da
tut? Der Mann ist nicht nur ein aufdringlicher Schwätzer, sondern gefährlich.«

»Ein harmloser Dummkopf«, sagte sie. »Er ist mein Lehrer
gewesen. Liebenswert, aber naiv. Er meint es nicht so.«

»Wenn einem alles um die Ohren fliegt, ist das eine schöne Ausrede. ›Ich habe es nicht so gemeint.‹ Nahostbeauftragter
sollte er lieber nicht werden.«

Sie legte mir einen Arm um die Schulter, und ich beobachtete wieder John. Er hatte jetzt in der kleinen Gruppe das Wort,
und alle blickten ihn an. Dann sprach eine Weile nur Cecilia,
und er hörte zu, aber schon fiel er von neuem ein, aufgebracht
durch etwas, das sie gesagt hatte, wie es schien. Ich konnte leider
nichts verstehen, wahrscheinlich weil Wind aufgekommen war
und die Worte verwehte, doch ich schaute ihm gern beim Ges-

tikulieren zu. So kannte ich ihn. Er genoss das Wissen, dass er dem Klischee entsprach, genauso wie beim Gehen, wenn er die Füße absichtlich weit ausstellte, um einen unbeholfenen Watschelgang zu imitieren, und sich umsah, ob sich einer fand, der Anstoß daran nahm und den er fragen könnte, ob er ein Problem damit habe. Es waren ausladende Bewegungen mit offenen Händen, manchmal auch die drei letzten Finger leicht gekrümmt und Daumen und Zeigefinger wie zum Zeichen einer Schusswaffe gestreckt, obwohl ihm das wahrscheinlich nicht bewusst war und er gar nicht drohte, sondern um Verständnis bat.

»Eine merkwürdige Person, diese Schauspielerin«, sagte er, als er gleich darauf zu uns kam. »Ich werde nicht schlau aus ihr.«

»Sie scheint ein aufsteigender Stern zu sein«, sagte ich. »Die Leute hier sagen ihr eine große Zukunft voraus. Was stört dich an ihr? Aus der Ferne wirkt sie geradezu liebreizend.«

»Dann versuch einmal, mit ihr zu reden.«

»Warum?« sagte ich. »So schlimm?«

»Sie behauptet, sie hat einen Onkel in Amerika, der Jude ist«, sagte er. »Das verstehe ich nicht. Warum spricht sie nicht von ihren Eltern? Die müssen doch auch etwas sein, wenn sie schon damit anfängt.«

Dabei schaute er zu ihr hinüber, doch sie stand immer noch mit dem Rücken zu uns und drehte sich erst um und winkte gequält, als ihr Mann sie auf uns aufmerksam machte.

»Einen Wahlonkel vielleicht, aber was heißt das schon, noch dazu am anderen Ende der Welt, wo ihn sich jeder leicht zusammenphantasieren kann, ob es ihn nun gibt oder nicht. Nicht, dass es mich beschäftigen würde. Oder ist das nur eine verkappte österreichische Art zu sagen, dass ihre Eltern nicht ganz präsentabel sind, obwohl sie im Krieg ohnehin zu jung für alles waren oder nicht einmal auf der Welt?«

ERSTER TEIL

Das sagte er ganz ruhig. Ich hatte gefürchtet, der kleinste
Anlass würde genügen, ihn erneut in einen Zustand zu stoßen
wie bei seinem Besuch in Innsbruck vor Jahren, wo er sich erst
wieder bei der Abreise entspannte, doch es ging ihm nur darum, die Logik in Ordnung zu bringen. Damals hätte ich mich
am liebsten für alles entschuldigt, weil ich selbst nichts anderes mehr dachte, als dass man nur ein bisschen an der Oberfläche der Postkarten-Kulisse rundum kratzen müsste, um die
größten Scheußlichkeiten freizulegen, aber jetzt standen wir
nebeneinander an der Balustrade, Christina in unserer Mitte,
und sprachen gleich wieder über etwas anderes. Er blieb nicht
lange, sagte, er sei müde, und ich sah ihn dann noch rauchend
auf dem Balkon seines Zimmers stehen und zu uns herunter-
schauen. Wahrscheinlich wäre er auch ohne seinen Ärger über
Cecilia bald gegangen. Er hatte ein genaues Gespür dafür, wann
in einer Gesellschaft die ersten Betrunkenen ihr Unwesen trieben, und machte sich dann immer davon. Die beiden österreichischen Autoren hatten ihn mit einem Blick auf seine Cola
mehrfach gefragt, ob er nicht wenigstens ein Glas Wein nehme, und er hatte sich ohne Zweifel auch vor ihnen in Sicherheit
gebracht. Jedenfalls hatte er das Licht aus, seine Gestalt war in
der Dunkelheit kaum zu erkennen, nur die Glut der Zigarette,
aber seine Anwesenheit erfüllte mich mit Ruhe. Ich hatte mich
in seiner Nähe immer beschützt gefühlt wie von einem großen
Bruder, den ich nicht hatte, und daran zu denken ließ mich wieder einmal wünschen, ich wäre ihm schon in einem Alter begegnet, in dem ich Amerika nur aus meinen Kinderbüchern
kannte.

Der Bürgermeister war angesagt, erschien dann aber doch
nicht, und die Versammlung löste sich bald auf, nachdem ein
anderer Vertreter der Stadt eine kurze Rede gehalten hatte, ir-

80

gend etwas Erwartbares über den Beitrag des ach so kleinen Österreich zu den ach so großen Fragen im Nahen Osten. Christina blieb noch bei Freunden, und weil Edwin Ansfelder dazugehörte und ich genug von ihm hatte, entfernte ich mich und fand mich später mit Marwan auf der Seepromenade wieder, wo wir ein paar Schritte gingen. Ich erkundigte mich, was er von der Veranstaltung halte, was von John, und er antwortete überschwenglich.

Dann erzählte er von Bethlehem, und als er gleich darauf von den Selbstmordattentätern dort sprach, war ich irritiert und fragte mich, was er damit bezwecke, aber als wäre ihm sein Bekenntnis selbst unangenehm, wollte er im nächsten Augenblick übergangslos wissen, ob Christina meine Frau sei. Ich konnte ihm nicht sagen, wie John die Frage nach meinem Verhältnis zu ihr formuliert hatte, aber ich musste lachen, und etwas an meinem Lachen schien ihn zu verletzen, weil danach kaum mehr ein Wort aus ihm herauszubringen war.

Zurück im Hotel, überlegte ich, bei John zu klopfen. Wir hatten noch nicht allein miteinander gesprochen, und vielleicht bot sich die Gelegenheit. Ich stand schon vor seiner Tür, unterließ es dann aber und war erstaunt, beim Frühstück von ihm zu hören, er habe auf mich gewartet und sich nur so früh zurückgezogen, damit wir ungestört Zeit füreinander hätten.

»Allmählich frage ich mich schon, warum du mir ausweichst«, sagte er lachend. »Vielleicht schlagen am Ende doch deine antisemitischen österreichischen Wurzeln durch, Hugo. Dabei hast du dich über die Jahre so sehr bemüht, das alles loszuwerden. Es ist lächerlich genug, dass wir dieses Festival brauchen, um wieder miteinander zu sprechen.«

»Ich habe oft an dich gedacht, John.«

»Bitte keine Liebeserklärungen.«

»Aber es stimmt.«

ERSTER TEIL

»Du hast oft an mich gedacht und es in all der Zeit trotzdem nicht der Mühe wert gefunden, dich bei mir zu melden.«

»Was war letztes Jahr, aus der Toskana?«

»Letztes Jahr, ja«, sagte er. »Aber davor hätte ich tot für dich sein können. Das Selbstportrait steht immer noch in meinem Gästezimmer in San Francisco. Ehrlich gesagt wäre es nicht schlecht für mich gewesen, wenn du mir den ›Verhassten Juden‹ wirklich abgenommen hättest. Ich meine, nicht nur finanziell. Außerdem schuldest du mir nach wie vor die tausend Dollar.«

»Die kannst du heute noch haben. Wir gehen gleich zu einem Bankomaten und erledigen das, John. Gut, dich endlich wiederzusehen.«

»Ja«, sagte er. »Gut.«

VI

Die Lesungen und Diskussionen begannen erst am nächsten Abend, und John wehrte sich gegen das geplante Freizeit- und Sightseeing-Programm. Er wollte weder das kaiserliche Bad Ischl sehen noch den Karner von Hallstadt oder den Hof von Thomas Bernhard in Ohlsdorf, obwohl dessen langjähriger Lektor zufällig in Gmunden war, den ich gut kannte und der bei der Führung mitgekommen wäre. Auch eine gemeinsame Fahrt in das nahe gelegene Lager Ebensee, eine Außenstelle von Mauthausen, schlug er aus und nahm stattdessen vor seiner Abreise vier Tage später allein ein Taxi dorthin, nicht einmal ich durfte ihn begleiten. Er spielte mit Marwan Tischtennis, das ja, ruderte mit ihm ein Stück auf den See hinaus und bestieg in derselben Gleichgültigkeit am vorletzten Morgen mit ihm den Traunstein, den Hausberg der Stadt, um der Ruhe willen, wie er sagte, und für ein Erinnerungsfoto, aber dass sie ein Herz und eine Seele waren, wie ich es Elaine gegenüber ausdrückte, konnte man nicht behaupten.

Den Auftakt im Programm machten die beiden österreichischen Autoren. Ich saß neben John in der ersten Reihe und konnte nicht erkennen, wie er es aufnahm. Der eine sprach über seinen Vater, der in den letzten Kriegstagen als Befehlshaber eines Kampftrupps die Besatzung eines notgelandeten amerikanischen Bombers meuchlings ermorden ließ, der andere über seine Großmutter und ihre Klage immer freitags um drei mit einem Blick auf das Kruzifix, wer den Heiland umgebracht habe.

ERSTER TEIL

Am Ende stellten sie gleichlautend die rhetorische Frage, was das mit Israel zu tun habe. Brillant war es nicht, aber wenn man an die vielfältigen Möglichkeiten zu scheitern dachte, vielleicht noch das Beste, was sie tun konnten. Die Vorträge waren auf deutsch, und John trug Kopfhörer, um sie simultan auf englisch zu hören. In seinem Gesicht war keine Regung, aber als er selbst die Bühne betrat, nickte er den beiden zu, die sich in einem lauwarm plätschernden Applaus suhlten.

Er las die Stelle aus seinem Erinnerungsbuch *Days like these* vor, in der seine Mutter zuerst vor ihrem Koffer mit den Bildern ihrer Toten kniet und im nächsten Augenblick wahrnimmt, dass er sie beobachtet. Sie richtet sich auf und fängt an zu klagen, alle ermordet, ihre Eltern, ihre Onkel und Tanten, ihre Cousins und Cousinen trotz ihrer Schönheit und Klugheit und ihrer großen Zukunft in Paris, und was sei ihr geblieben, nichts als ein nichtsnutziger, versoffener Ehemann sowie er, ihr nichtsnutziger Sohn, und sein ebenso nichtsnutziger Bruder, die beide nach dem Vater gerieten und aus denen nie etwas würde. Dann schlägt sie ihn, sie nimmt ein Geschirrtuch und drischt damit auf ihn ein, und John war beim Vorlesen wieder das kleine Kind in seinem Pyjama, fünf oder sechs Jahre alt und gerade aus dem Schlaf geschreckt, John mit seinen ein Meter fünfundneunzig, dem schulterlangen Haar und dem Ziegenbärtchen, das er sich stehenließ, ein Hüne, der, über sein Buch gekauert, bettelnd und flehend die Stimme senkte und Tränen in den Augen hatte. Dabei war seine Sprache kaum wiedererkennbar, es musste die Sprache seiner Jugend sein, die Sprache der Bronx.

»Nein, Mami, nein«, kam es mit einem Würgen aus seiner Kehle. »Nicht schlagen. Mami, nicht, bitte, nicht, Mami! Ich verspreche dir, ich werde gut sein.«

Es war still, als er aufhörte zu lesen. Ich schaute mich um, und die meisten im Publikum sahen starr geradeaus, während John, die Stirn in seine aufgestützte Hand gelegt, ebenso reglos dasaß. Da und dort glaubte ich auch bei den Zuhörern Tränen zu sehen, und als der Applaus endlich einsetzte, lag etwas Verlegenes darin, geradeso, als würden da Leute applaudieren, die sich selbst überführt wussten.

Für Marwan war es dann schwer mit seiner Beschreibung des Elends in einem Flüchtlingslager in der Westbank. Es war kälter erzählt, aber selbst wenn es wärmer gewesen wäre, schien noch niemand bereit, etwas Neues aufzunehmen. Die Emotionen lagen ganz bei John und seiner Mutter, und was auch immer Marwan vorbrachte, fand nicht halb soviel Anklang.

Ich hatte die Aufgabe, danach ein Gespräch mit ihnen zu führen, und auch da gelang es John wieder, das Publikum mit ein paar Sätzen für sich einzunehmen. Er erzählte, sein erstes Buch, noch bevor er richtig habe schreiben können, sei ein Comic für seine Mutter gewesen. Darin war er selbst ein jüdischer Supermann, der für sie so viele Nazis wie möglich umbringen wollte, bis noch die letzte dieser elenden Kreaturen vom Erdboden verschwunden wäre. Er spürte sie auf, wo immer er sie finden konnte, und pumpte sie voll Blei, schlug ihnen den Kopf ab, zog ihnen die Haut über die Ohren, machte sie zu Hackfleisch und pökelte sie oder brannte sie mit einem riesigen Flammenwerfer nieder, wie sie es nicht anders verdienten. Es war ein einziger Blutrausch, und wieder präsentierte John sich als kleinen Jungen im Körper eines Riesen, den ich dafür liebte.

»Nicht, dass ich heute noch glaube, dass sich das in einem Comic überhaupt darstellen lässt«, sagte er am Ende. »Mir hat das lange gefallen, Juden als Mäuse und dergleichen, aber im Grunde ist es doch Schwachsinn. Welche Tiere wären dann die Palästinenser? Nicht auszudenken.«

»Vielleicht Küchenschaben«, sagte Marwan. »Warum nicht?«
»Küchenschaben mit um den Bauch geschnallten Sprengstoffgürteln. Das ist allerdings witzig. Sie könnten ein ganzes Aufmarschgebiet infiltrieren.«

John unterbrach sich vor Lachen. Er winkte mit der linken Hand ab, als wäre nicht er es, der sich das ausmalte, sondern ein anderer, den er mit seiner Geste bremsen wollte. Dann fing er noch einmal an.

»Hunderte, ja, Tausende von ihnen«, sagte er. »Eine richtige Armee. Allein die Vorstellung, dass sie sich vor riesigen jüdischen Widersachern der Reihe nach folgenlos in die Luft sprengen. Daraus ließe sich bestimmt etwas machen.«

Marwan sah sich in die Reserve gedrängt und glaubte sich verteidigen zu müssen. Er meinte, er habe leider nichts dergleichen zu bieten, aber es hätte ihm als Kind auch einfallen können, eine mordende Rächerfigur aus der Westbank in die jüdischen Siedlungen zu schicken, das sei dort eine ganz normale Phantasie. Einen Augenblick überlegte ich einzuschreiten, doch er sprach ungerührt weiter.

»Es gibt Leute, die sagen, wir seien die Juden der Israelis.«

Aus dem Publikum war Unmut zu hören, zuerst nur Stühlescharren und Raunen, aber dann konnte ich einzelne Stimmen unterscheiden, bis ein Herr in der vordersten Reihe das Wort an sich riss. Er war sichtlich erregt. Sein Gesicht hatte die Farbe seiner Krawatte, rot oder schon eher violett.

»Die Juden der Juden?«

»Nicht die Juden der Juden. Wenn Sie mir zugehört hätten, wüssten Sie, dass ich das nicht gesagt habe. Die Juden der Israelis.«

»Ekelhaft ist das eine wie das andere. Das kann man nicht einfach so hinnehmen. Von wem soll das stammen?«

BEOBACHTER, ZEUGE UND BEWUNDERER

»Von Primo Levi.«

»Nie im Leben!«

»Wenn Sie wollen, kann ich es Ihnen wörtlich zitieren. ›Jeder ist der Jude von irgend jemandem. Und heute sind die Palästinenser die Juden der Israelis.‹ Das hat Primo Levi gesagt.«
Ich bat Marwan, sich genauer zu erklären, und er wartete, bis es wieder ruhig wurde, und sprach gelassen weiter.

»Ich weiß nicht, in welchem Zusammenhang, aber ich glaube es war während des ersten Libanonkriegs«, sagte er. »Das heißt nicht, dass es stimmt. Außerdem brauchen wir diesen Vergleich gar nicht. Es reicht, wenn wir unsere Geschichte erzählen.«
Fast jedesmal, wenn er einen neuen Gedanken begann, bekräftigte er, er sei stolz, Palästinenser zu sein. Es fehlte nur, dass er die Faust hob, aber dahinter steckte eher Unsicherheit als ein Aufruf zum Kampf. Die kam vielleicht daher, dass er englisch sprach. Er sagte, es brauche keinen politischen Verstand, sondern lediglich elementare Mathematik, um mit einem Blick zu sehen, was in den besetzten Gebieten geschehe, ein paar Statistiken und Zahlen, mehr nicht, die das Unrecht belegten. Dann führte er sie auf, aber so richtig sie sein mochten, in der Anhäufung waren sie zu abstrakt, als dass sie jemanden ergriffen hätten, und löschten sich gegenseitig aus.

Ich dachte schon, das Schlimmste sei überstanden, als es auf dem Podium doch noch zu der offenen Konfrontation kam, die ich von Anfang an gefürchtet hatte. Das begann damit, dass John von den befreiten Gebieten sprach, eine offensichtliche Provokation, und Marwan ihn fragte, ob er damit die besetzten Gebiete meine, und John sagte, Befreiung und Besetzung schlössen sich nicht unbedingt aus. Dann ließ er nicht mehr locker, und problematisch wurde es, als er sich zu dem Ausruf verstieg, was die Palästinenser eigentlich wollten, es gebe kein

87

Land, jedenfalls kein arabisches, in dem es ihnen besser gehe als in Israel.

»Geht es ihnen in Jordanien besser?«

»So stellt sich die Frage nicht«, sagte Marwan. »Was bitte meinst du? Dass es Arbeit gibt, ein Dach über dem Kopf oder aber die Freiheit? Ist das nicht ein kleiner Unterschied?«

»Die Freiheit, ach ja, die Freiheit.«

»Scheint für dich nur zum Lachen zu sein.«

»Vielleicht im Libanon, in Syrien oder in Ägypten? Meinst du die Freiheit dort? Die Freiheit der Wüste? Die Freiheit, im vierzehnten Jahrhundert zu leben? Wovon sprechen wir hier überhaupt?«

Ich bat John, sich zurückzuhalten, aber er hatte sich so in Fahrt geredet, dass er nicht aufhören konnte.

»Sag schon, gibt es ein Land!«

»Es gäbe eines«, sagte Marwan. »Darum geht es ja.«

»Doch nicht etwa euer Palästina? Wo soll das liegen? Diesseits oder jenseits des Jordans oder vielleicht gar auf dem Sinai? Oder ist es am Ende nur ein Hirngespinst, euer Palästina?«

Zum Glück ließ Marwan sich nicht weiter herausfordern. Er saß links von mir auf der Bühne und drehte sich jetzt so über den Tisch hinweg an meiner Schulter vorbei, dass John genötigt war, ihn anzusehen. Dabei setzte er ein Lächeln auf, das gerade wegen seiner Sanftheit etwas Triumphierendes hatte.

»Das wird sich alles früh genug zeigen«, sagte er, nachdem er wieder betont hatte, er sei stolz, Palästinenser zu sein. »Ein paar Jahre noch, dann wissen wir mehr.«

Trotz dieser Dissonanzen war bis dahin alles gutgegangen, aber leider kam am Ende, wie so häufig bei solchen Anlässen, noch die Stunde der Weltverbesserer. Eine Frau mit einem wallenden, grün-gelb changierenden Kleid und einem turbanartig gewickelten Kopftuch in allen Friedensfarben stand auf und stellte sich vor, offenbar eine lokal bekannte Lyrikerin und Malerin, die sich ihrer Bekanntheit nur allzu bewusst war. Sie hatte das Gesicht eines Totenkopfäffchens und veranstaltete in Bad Ischl zwei- bis viermal im Jahr mit dem Geld eines anonymen Mäzens Lesungen mit großen internationalen Autoren. Begeistert sagte sie, was für ein bewegendes Gespräch das gewesen sei, aber jetzt gelte es zu überlegen, was man tun könne, damit der Geist des Festivals nicht einfach verpuffe.

Kaum hatte sie sich wieder gesetzt, erhob sich der Bürgermeister und kündigte an, dass die Stadt die Veranstaltung im nächsten Jahr gern wiederhole, vielleicht mit denselben Teilnehmern, dann könne man sehen, wie sich die Positionen in der Zeit entwickelt hätten.

»Würden die Herren sich noch einmal darauf einlassen?«

John und Marwan erklärten sich beide bereit, und ich setzte schon zum Schlusswort an, als Edwin Ansfelder sich in mein Blickfeld schob. So wie er vor Energie zu beben schien, war mir sofort klar, dass er sich alles noch einmal zu eigen machen wollte. Die Malerin und der Bürgermeister hatten ohne Mikrofon gesprochen, aber er ließ sich natürlich eines kommen.

»Kann man mich hören?« fragte er. »Ist der Ton gut?«

Ich fing einen entschuldigenden Blick von Christina auf, die in seiner Nähe saß und sich in ihrer ganzen Körperhaltung von ihm distanzierte, während er sich, wie um sicherzugehen, dass alle Notiz von ihm nahmen, einmal im Kreis drehte.

»Sich im nächsten Jahr wieder zu treffen ist eine schöne Vorstellung, aber wir dürfen die Zeit bis dahin nicht ungenützt verstreichen lassen. Wie wäre es mit einem gemeinsamen Projekt? Die beiden könnten zusammen etwas machen.«

Es gab da noch nicht den Vorschlag, sie sollten ein Buch

schreiben, aber es war Edwin Ansfelder zu verdanken, dass sich im Laufe des Abends der Plan dazu entwickelte. Kaum war das Podium aufgelöst, stand wieder eine kleine Runde mit John, Marwan und den Stramanns im Zentrum bei einem Glas Wein zusammen. Die Fenster zum See hinaus waren weit offen, von irgendwo wehte leise Musik herein, und das Gespräch dümpelte eine Weile ohne größere Ausschläge nach oben oder unten harmlos dahin. Man sprach von den Plänen für den morgigen Tag, und die Gastgeber waren schon wieder bei der Qualität nicht nur des Essens, sondern des Lebens überhaupt in der Region angelangt, als Edwin Ansfelder wieder davon anfing.

»Wir sollten das mit dem Projekt noch einmal vertiefen.«

Ich hätte ihm am liebsten den Mund zugehalten, aber es war dann nicht er, der die Idee hatte, nein, wenn ich mich richtig erinnere, brachte Cecilia sie auf.

»Warum nicht ein Buch?« sagte sie. »John und Marwan könnten zusammen etwas über den Konflikt im Nahen Osten schreiben, ein Kapitel der eine, ein Kapitel der andere.«

Für mich war das der reinste Kindergarten. Ich halte nicht viel von diesen Aktionen à la Barenboim und wie sie sonst noch heißen, wo für den Frieden zusammen fröhlich musiziert, gesungen und ich weiß nicht was noch alles wird, hier ein oder zwei Dutzend palästinensische Kinder, möglichst schön anzusehen, dort ebenso viele Israelis, nicht weniger schön. Damit stehe ich ziemlich allein da, aber immer wenn ich ein solches Orchester im Fernsehen sehe, fühle ich mich gleich betrogen wie beim Weihnachtsprogramm oder wie wenn jemand versucht, mich durch den Auftritt von Katzen oder Hunden zu rühren.

»Ein gemeinsames Buch?«

»Ja«, sagte Cecilia. »Das leuchtet doch ein.«

»Ich weiß nicht«, sagte ich. »Ein Buch? Sie könnten auch gemeinsam Fußball spielen oder etwas Schönes singen. Warum ein Buch?«

»Kann man immer machen.«

»Ja«, sagte ich. »Genau das meine ich.«

Von meiner Seite hätte es keine größere Skepsis geben können, und dass ich mich eine knappe Stunde später auch noch als Leiter des Projekts wiederfand, wie ich mich selbst spöttisch nannte, war bloße Ironie. Cecilia hatte nicht lockergelassen und zuerst John überredet, dann Marwan mit einem einzigen Satz gewonnen und schließlich, als ich wissen wollte, wer das koordinieren solle, mit dem gestreckten Zeigefinger auf mich gedeutet. Bis dahin war alles Gerede, und ich dachte, ich könnte das Ganze immer noch mit der Frage nach der Finanzierung zu Fall bringen, aber sie reagierte, als hätte sie nur darauf gewartet.

»Da findet sich schon jemand«, sagte sie und legte ihrem Mann, der sich schweigend neben ihr hielt, beide Arme um den Hals. »Nicht wahr, da wird sich schon jemand finden.«

Breitbeinig und wie festgeschraubt an seinem Stehtischchen nickte er, während er sich eine Zigarette anzündete und das Feuer mit beiden Händen schützte, als würde er im Wind stehen. Er trug einen hellblauen Zweireiher mit Einstecktüchlein und schien neben ihr keine andere Rolle für sich zu sehen als die des größten Glückspilzes unter der Sonne, den alle beneideten. Sie küsste ihn, und er stäubte sich etwas tatterig Asche über das Revers, die er mit weichen Handbewegungen wegwischte.

»Soll das ja heißen?«

Ohne ihn loszulassen, flüsterte sie ihm etwas ins Ohr, und er, ganz onkelhafte Liebenswürdigkeit, tat so, als wollte er sie verscheuchen.

»Schon recht, Cecilia. Ich verstehe ja. Eine wunderbare Sache. Ich werde darüber nachdenken. So viel kann das nicht kosten.«

»Es ist den Einsatz auf jeden Fall wert.«

»Das will ich meinen«, sagte er. »Also gut.«

Seine Stimme vibrierte sonor, und rotwangig vom Wein und von der warmen Luft, schien er im reinen mit sich.

»Dann machen wir das.«

Unglaublich, aber ein Wort von ihr genügte, um dem Alten Geld für diesen unausgegorenen Plan aus der Tasche zu locken. Ich hatte da meinen Widerstand schon aufgegeben, und als auch Christina meinte, ich solle mir wenigstens ansehen, was daraus werde, war ich für den Augenblick befriedet. Herr Stramann verabschiedete sich bald, seine Frau blieb noch, und obwohl es kühler wurde, setzten wir anderen uns mit ihr hinaus auf die Terrasse, John, Marwan, Christina und ich, und zum Glück kein Edwin Ansfelder weit und breit. Es war jetzt dunkel, und in Ufernähe fuhr ein Dampfer vorbei, auf dem sich eine Festgesellschaft vergnügte, angeblich das Treffen einer Jägervereinigung, deren Namen ich vergessen habe, die aber irgendwo in einem finsteren Wald sicher besser aufgehoben gewesen wäre als auf dem See. Ich sah John alarmiert an, als Böller oder Salutschüsse krachten, ein kleines Feuerwerk im Dunst verglühte und lautes Lachen über unsere Köpfe hinwegschwappte, aber mehr als ein wissendes Lächeln konnte ich nicht erkennen. Weiter draußen über dem Wasser flimmerte ein Wetterleuchten, und ich versuchte auf englisch die Schönheit des Wortes »Himmelitzen« zu erklären, das ich in der Kindheit dafür gehabt hatte.

Ich weiß nicht, ob ich mich richtig erinnere, dass die Stimmung zwischen uns dann betreten war. John und Marwan saßen so, dass sie nur unter Schwierigkeiten miteinander sprechen konnten, was ihnen entgegenkam, und in mir machte sich die üb-

BEOBACHTER, ZEUGE UND BEWUNDERER

liche Leere nach solchen Veranstaltungen breit, je mehr Worte, um so stärker das Gefühl der Vergeblichkeit, je besser die Aufnahme beim Publikum, um so größer der Verdacht, an einer Alibihandlung und Exkulpation für alles und nichts teilgenommen zu haben. Christina und Cecilia unterhielten sich über das Theater, und weil auch ich nicht versuchte, den Faden aufzunehmen, fiel über das, was auf dem Podium geredet worden war, keine Silbe mehr, als wäre alles nur eine eitle Zurschaustellung gewesen.

John hatte sich aus dem Gespräch ausgeklinkt. Ich konnte nicht beurteilen, ob es Melancholie war. Der Glanz in seinen Augen mochte von den Windlichtern kommen, die über den Tisch und außen auf den Fensterbänken verteilt waren. Zwar sagte er manchmal zu den beiden Frauen ein Wort, aber eher, schien es, um zu kaschieren, dass er dann wieder für eine Weile in sich versank, bis Cecilia ihn fragte, ob das mit seiner Mutter erfunden sei oder ob es sich wirklich so zugetragen habe.

»Sie ist im einen Augenblick noch vor dem Koffer mit den Bildern ihrer Toten gekniet und hat dich im nächsten Augenblick geschlagen?«

Ich sah, wie John sich langsam in seinem Korbsessel aufrichtete und sich zu ihr drehte. Seine Augen schienen jetzt regelrecht zu glühen. Er sagte nichts, und sie hauchte mehr, als dass sie sprach.

»Aber warum?«

Dann endlich traf sie sein Schweigen.

»Tut mir leid«, sagte sie und hielt sich eine Hand vor den Mund, während sie vergeblich ein nervöses Blinzeln zu korrigieren versuchte. »Eine dumme Frage.«

John hatte sich wieder zurücksinken lassen, aber es dauerte nicht lange, und er machte sich davon, eine nur notdürftig getarnte Flucht. Ich war nicht sicher, doch ich glaube, er stand noch wie am Abend davor auf seinem Balkon und schaute zu uns herunter. Zu sehen war er in der Dunkelheit nicht, aber die Tür zu seinem Zimmer schien offenzustehen, und ich konnte seine Anwesenheit spüren, während Cecilia sich immer noch rechtfertigte.

»Hätte ich das nicht sagen sollen? O mein Gott, so ein großer Mann und so verletzlich. Das sieht ihm niemand an. Habe ich ihn beleidigt?«

Das Boot des Jägervereins war nicht mehr zu sehen, als Marwan ins Bett ging. Er hatte die ganze Zeit nur gesprochen, wenn er gefragt wurde, und schien froh, dass er sich ohne ein weiteres Wort entfernen konnte. Draußen über dem Wasser wetterleuchtete es noch, und Christina drückte heimlich meine Hand, als Cecilia endlich merkte, dass es auch für sie Zeit war aufzubrechen. Die beiden österreichischen Autoren strichen noch irgendwo herum, ziemlich angetschechert, wie man in der Gegend sagt, und nicht unbedingt meine Freunde, aber was auch immer sie ausbrüteten, sie vermochten uns nicht gefährlich zu werden. Sie wollten sich zu uns setzen, aber wir rückten nur enger aneinander, und ich nahm meinen ganzen Mut zusammen und bat sie, uns allein zu lassen.

Zwar hatte ich nicht die gleiche Aversion gegen sie wie Christina, die mir gerade noch zugeflüstert hatte, sie würde mir nie im Leben verzeihen, wenn ich nicht dafür sorgte, dass die beiden sich verzögen. Sie hatte Angst, mit ihnen bis in den Morgen über das Archiv sprechen zu müssen und wie man es am besten anstelle, dort hineinzukommen, aber ich beschützte sie, und sie beschützte mich. Wir saßen dann noch lange auf der Terrasse und schauten hinaus auf den See. Über dem Wasser hingen tiefe Wolken, und am Ufer entlang zitterten die Lichter, aber das Gewitter, das sich angekündigt hatte, blieb aus.

VII

Mit Gmunden verbindet mich außer Christina noch eine ganz eigene Geschichte. Dort in der Nähe hat Karl Hermanski sein Sommerhaus, der ehemalige Staatssekretär im Außenministerium, der wegen einer Plagiatsaffäre hatte zurücktreten müssen. Aus einer Familie, die schon in der Monarchie Einfluss sowie Posten und Ämter bei Hofe gehabt hatte, war er erst ein paar Wochen im Dienst, als ihm unbestreitbar nachgewiesen wurde, dass seine Doktorarbeit von der ersten bis zur letzten Zeile abgeschrieben war, ein aus den verschiedensten Quellen wild zusammengestückeltes Sammelsurium, in dem bestenfalls die paar Verbindungssätze Originalität in Anspruch nehmen durften. Im Internet konnte man anhand von Vergleichen mit den Ursprungstexten in wenigen Minuten das beschämende Ausmaß der Dreistigkeit sehen. Es war klar, dass der feine Herr gehen musste, aber er wich lange nicht hinter seine ultimative Verteidigungslinie zurück, dass er das alles nach bestem Wissen und Gewissen *in Eigenregie erstellt* habe und ihm nur ein unerklärlicher Lapsus mit vertauschten Dateien unterlaufen sei, von Absicht keine Rede, von Betrug erst recht nicht. Ich war schnell sicher, dass er auf einen Ghostwriter hereingefallen sein musste, der ihm ein liebloses Konstrukt untergejubelt hatte, aber meine Überraschung war groß, als mir ein guter Bekannter in einer schwachen Minute gestand, er sei der Verfasser. Als Lyriker schlagend erfolglos, war er ein Parteifreund des Geschassten, und ich wusste, dass er mit obskuren Schreibarbeiten sein Geld verdiente, manche legal, manche nicht ganz. Wir trafen uns zu der Zeit fast jeden Abend und sprachen über den sich rasch ausweitenden Skandal, und als er mir von seiner Rolle darin erzählte, sagte ich, das sei seine Gelegenheit, er könne die Geschichte nah an den Fakten aus seiner Sicht darstellen, könne die Wahrheit als geniale Erfindung verkaufen, eine kleine Novelle, und sie unter falschem Namen veröffentlichen. Tatsächlich hatte er alles in der Hand, niemand würde es wagen, dagegen zu klagen, schon gar nicht der Betroffene selbst, aber er winkte ab, als ich ihn drängte, eine solche Chance biete sich nur einmal im Leben, und es war dann ich, der ein Buch daraus machte und dabei kein Detail ausließ, das er mir anvertraute.

Ich brauchte keine sechs Wochen dafür, aber stolz bin ich nicht darauf. Nicht nur, dass sich dieser Bekannte fortan von mir fernhielt, es hat mir auch bange Stunden eingetragen, als ich wenige Tage nach der Publikation im Radio hörte, der ehemalige Staatssekretär sei mit einem Herzinfarkt in die Klinik gebracht worden und befinde sich in einem kritischen Zustand, während sich schnell Stimmen mehrten, es handle sich um einen Selbstmordversuch. Ich hatte aus schierer Wut über die Heruntergekommenheit dieser Klasse mit dem Schreiben angefangen, nachdem ich in einem Interview seines Vaters gelesen hatte, er habe den Sohn in alter Familientradition dazu erzogen, eher in den Tod zu gehen, als eine Lüge hinzunehmen, und jetzt das. Hätte ich dem Alten da noch am liebsten zugerufen, er solle seinem Spross doch die Pistole reichen, von Offizier zu Offizier gewissermaßen, war meine Empörung über diese hochherrschaftliche Selbstgerechtigkeit nun wie weggewischt, und ich konnte es kaum erwarten, dass der Arme gesund nach Hause kam, war überglücklich, als ich davon erfuhr. Mein Buch ging da schon in die vierte oder fünfte Auflage, inzwischen ist es bald in der dreißigsten, und es verkauft sich zu vielen Tausenden im Jahr. Seit Karl Hermanski eingestanden hat, die Geschichte mit dem Ghostwriter sei richtig, findet es mehr und mehr Eingang in die Schulen, wo es als moralische Parabel für das Verhältnis von Wirklichkeit und Literatur gelesen wird, und vom Verlag erfahre ich, dass es ernst zu nehmende Interessenten für eine Verfilmung gibt. Ich habe mein Pseudonym bisher nicht gelüftet, und wenn ich es mit diesem Bekenntnis zu guter Letzt tue, ist es mir immer noch unheimlich.

John ahnte sofort, was los war, als ich ihm nur Andeutungen machte. Er hatte in der Vergangenheit nicht nur einmal gesagt, er sei sicher, dass ich eines Tages über ihn schreiben würde, und könne sich alles in allem einen schlechteren Biografen vorstellen als mich, und allein weil er in diesen Kategorien dachte, musste er wissen, dass Karl Hermanski ein mögliches Thema für mich war. Deshalb sprang er jetzt auch darauf an.

Ich hatte mich mit ihm für den Vormittag nach dem Podiumsgespräch zu einem Ausflug im Auto verabredet. Er sollte erst am Nachmittag wieder an einem Workshop teilnehmen, und wir wollten die Gegend erkunden, als ich den Weg zu Karl Hermanskis Haus einschlug, das keine Viertelstunde vom Stadtzentrum auf einem Hang über dem See liegt. Ich war zur Zeit des Unglücks schon einmal dort gewesen und wusste nicht, was mich jetzt wieder an den Ort meiner Schande trieb, wie ich ihn für mich nannte. Als ich von der Einlieferung in die Klinik gehört hatte, war ich in Panik hingefahren und hatte vor dem hellerleuchteten Gebäude, im Wagen sitzend, bis in die frühen Morgenstunden ein ständiges Kommen und Gehen beobachtet. Es war gerade Festspielzeit, und unter den Besuchern erkannte ich die eine oder andere Berühmtheit, die sich aus Salzburg herbemüht hatte. Die meisten blieben nicht lange, beim Abschied brachte Karl Hermanskis Vater sie zum Gartentor, und ich konnte seine hilflose Miene sehen, wenn er ins Licht trat. Die beiden Kinder mussten irgendwo hinter den Fenstern sein, vielleicht schon im Bett und ohne etwas zu ahnen, zwei Mädchen, die auf den Fotos, die von ihnen verbreitet wurden, wie Zwillinge wirkten, und die Frau erkannte ich um drei Uhr am Morgen, als ein Taxi auf der anderen Straßenseite hielt und sie in Strickjacke und Trainingshose, ihre Blondhaarmähne wild zerzaust, auf die offene Eingangstür zuhuschte, als erwartete sie ein Blitzlichtgewitter. Wahrscheinlich kam sie aus der Klinik, und von ihrem *alten niederländischen Adel*, über den die Klatschblätter in Verbindung mit ihrer *neuen oberösterreichischen Heimat* so verzückt schrieben, war nichts mehr geblieben. Ich hatte das Radio an und hörte, dass der Zustand Karl Hermanskis unverändert sei, aber wenn es in den Sechsuhr- und Siebenuhr-Nachrichten noch keinen Zusatz gegeben hatte, wurde seither jedesmal das Enthüllungsbuch erwähnt, das gerade erschienen sei und den mit dem Tod kämpfenden ehemaligen Staatssekretär in ein äußerst unvorteilhaftes Licht setze. Es waren die immer gleichen Worte, die ich seither nicht mehr aus dem Kopf bekam. Sie fielen mir bei den unmöglichsten Gelegenheiten ein, und natürlich hatte ich sie auch wieder im Ohr, als ich mit John vor dem Haus hielt.

Wir stiegen aus und gingen zu einer Gastwirtschaft ein Stück die Straße hinauf, die einen Gartenausschank hatte, und dort erzählte ich ihm die ganze Geschichte, wobei ich meinen Part zunächst zu verschweigen versuchte. Ich schob einen Freund vor, dem ich alles aufbürdete, aber John glaubte mir kein Wort, und als er sagte, ich solle ihn nicht zum Narren halten und zugeben, dass ich von mir selber sprach, nickte ich nur. Er hatte bis dahin seine Sonnenbrille aufgehabt, was ich bei anderen auf den

BEOBACHTER, ZEUGE UND BEWUNDERER

Tod hasste, ihm aber durchgehen ließ, und schob sie jetzt in die Stirn, um mich mit einem Lächeln zu betrachten. Ich saß ihm gegenüber und konnte es im ersten Augenblick nicht glauben, als er vorschlug, wenn es mir leidtue, bräuchte ich nur zum Haus hinunterzugehen, an der Tür zu klingeln und mich in aller Form zu entschuldigen.

»Sofern ich dich richtig verstehe, ist der Gute doch wohlbehalten aus dem Krankenhaus gekommen. Was macht er jetzt? In der Politik wird kaum Platz mehr für ihn sein.«

»Er ist Teilhaber einer Anwaltskanzlei.«

»Und seine Frau?«

»Macht, was sie davor gemacht hat. ›Charity‹ nennt man das wohl inzwischen auch auf deutsch. Kinderkrebshilfe, Geldsammeln für eine Schule in Ruanda und andere Events, eine Moderation für ein Modemagazin im Lokalfernsehen. Außerdem hat sie eine Affäre mit einem Autogroßhändler in Salzburg gehabt.«

»Die Kinder?«

»Sind in einem englischen Internat.«

»Wahrscheinlich hört sich für diese Leute so ein Absturz an«, sagte er. »Warum zerbrichst du dir den Kopf über sie? Soll ich dir erzählen, wie viele von meinen Freunden in San Francisco in den letzten Jahren auf der Straße gelandet sind, weil sie ihre Mieten nicht mehr bezahlen können, und kein Mensch schert sich einen Deut darum? Der Kerl ist ein kleiner Betrüger und wird sich schnell wieder hochrappeln. Einen Bußgang braucht er ohnehin nur nach außen zu machen, seine Spezis werden ihn schon nicht fallenlassen. Was hast du überhaupt mit seiner Welt zu tun? Wäre es dir lieber, er wäre noch im Amt?«

Ich hatte einen Google Alert auf den Namen Karl Hermanski eingerichtet und wusste deshalb so genau Bescheid. Seit meinem Buch und dem Unglück war ich geradezu süchtig nach immer neuen Nachrichten über ihn. Ich verfolgte alles, was ich finden konnte, die Entlassung aus dem Krankenhaus, die ersten öffentlichen Auftritte, halb in Sack und Asche, aber halb auch schon wieder fordernd, das zeitweilige Auseinandergehen des Paares, die drohende Trennung, die Versöhnung. Es war ein einziges Durcheinander, und ich steckte mittendrin, zitterte mit und lebte im übrigen nicht schlecht davon, weil mit jeder Erwähnung der Affäre in den Medien das Buch einen kleinen Schub bekam. Als die öffentliche Hetzjagd nicht aufhören wollte, schrieb ich einen Gastbeitrag für den *Standard*, es sei nun allmählich genug, man solle Karl Hermanski und die Seinen in Frieden lassen, und schickte in derselben Woche anonym Blumen an seine Frau, samt einem Kärtchen mit den Worten »Sie sind nicht allein«, gezeichnet »ein Verehrer«, sowie Plüschtiere und Schokolade für die Kinder, die dafür eigentlich schon zu alt waren.

Man mag das heuchlerisch finden, aber ich war so verwirrt und gleichzeitig erleichtert, dass die Sache nicht schlimmer ausgegangen war, dass ich zu noch größeren Verrücktheiten imstande gewesen wäre. Deshalb war der Vorschlag von John, an der Haustür zu klingeln und mich zu entschuldigen, gar nicht so abwegig, ob er ihn ernst meinte oder nicht. Andererseits war ich froh, dass er die Verhältnisse zurechtrückte, und genaugenommen habe ich es ihm zu verdanken, dass ich mit der Geschichte endlich meinen Frieden schloss.

»Wenn dieses Buch dein einziges Verbrechen ist, musst du nicht um dein Seelenheil fürchten«, sagte er. »Solange es keinen Toten gegeben hat, kannst du die Bedenken ruhig den Literaturseminaren überlassen.«

Ausgelöst von dieser Geschichte, packte ihn eine überdrehte

Stimmung. Es war ein Sommertag, prall und gleichzeitig schwerelos, wie es sie im Salzkammergut gibt, der Himmel von einem zerfließenden Blau, der Blick über den See weit, und wir schlenderten hinunter zu Karl Hermanskis Haus, nicht um zu klingeln, aber er spähte über die Hecke. Ich hatte das schon öfter bei ihm beobachtet, wenn es um das Leben der anderen ging. Es versetzte ihn in abgrundtiefes Staunen, als hätte er es mit einer Spezies zu tun, der er nicht angehörte, und dieses Staunen fiel dann auf sein eigenes Leben zurück, er hatte das Gefühl, dass er zusehen konnte, wie es vor seinen Augen zerrann. Es war niemand da, aber er bestand darauf, dass wir um das Gebäude herumgingen und auch durch die Fenster auf der Rückseite schauten, und ließ sich erst von mir fortziehen, als ein Mann in einem karierten Hemd mit aufgekrempelten Ärmeln aus dem Nachbarhaus trat und uns bei unserem Treiben beobachtete.

»Wie sich ein solches Leben wohl anfühlt?« sagte John. »Ein Hermanski zu sein. Einen Namen zu haben, der schon zu Kaisers Zeiten Klang gehabt hat. Eine Frau und zwei Kinder wie aus dem Katalog bestellt.«

»Was willst du damit sagen?«

»Nichts weiter«, sagte er. »Aber ich frage mich schon, wie solche Leute durch den Krieg gekommen sind.«

»Vergleichsweise anständig«, sagte ich. »Das hat es gegeben. Der Vater war angeblich sogar im Widerstand. Das macht es um so bedauerlicher, dass auch er jetzt ein blasierter Affe ist, der sich für eine moralische Instanz hält.«

»Trotzdem«, sagte er. »Als ein Hermanski am Morgen aus dem Haus zu treten. Wie das wohl ist? Ein Recht auf die Welt zu haben, einen Anspruch auf ein schönes Leben, und nicht nur geduldet zu sein.«

»Ich beneide ihn nicht.«

ERSTER TEIL

»Von dieser Klassefrau am Gartenzaun geküsst zu werden, in vollem Bewusstsein der eigenen Bedeutung, die winkenden Kinder, blond wie die Engel. Dann kommt ein solcher Scheißkerl wie du und zerstört das alles wegen einer Nichtigkeit. Für so einen ist wahrscheinlich gar nicht zu begreifen, wie das passieren kann.«

Das war ganz John, diese Mischung aus Abscheu und Sehnsucht, wenn er irgendwo auf geordnete Verhältnisse stieß oder auch nur auf den Anschein oder die Oberfläche davon. Auf unseren Streifzügen durch San Francisco hatten wir nur in eine bessere Gegend kommen müssen, dass es ihn fast zerriss vor widerstreitenden Empfindungen, wenn wir durch die Fenster eine Familie beim Abendessen sahen. Man konnte sich seinen Teil holen, rechtmäßig oder nicht, oder eine Bombe hineinwerfen, nur nicht draußen stehen und blöd vor Verlangen hineinstarren wie ein geprügelter Hund. Besonders deutlich stellte er diese Haltung aus, als gerade seine zweite Scheidung durch war und er sich nach einem gerichtlichen Beschluss der Villa in Pacific Heights nicht nähern durfte, wo seine geschiedene Frau nach seinen Worten wieder bei ihren Eltern und deren Geld lebte. Das hinderte ihn nicht daran, mich eines Nachts dorthin zu schleppen und mir zu zeigen, wo er vor einem Dreivierteljahr noch Gast bei Gartenpartys und Dinnereinladungen gewesen war. Angesichts der schieren Pracht fragte er mich mehrmals, ob ich mir das vorstellen könne, und konnte sich selbst nicht vorstellen, ein paar Augenblicke lang Teil dieser Gesellschaft gewesen zu sein, so wie er in der Dunkelheit stand, ein Ausgestoßener in seiner Camouflage-Jacke, die er sonst nur in pathetischen Anwandlungen am Schreibtisch und später zum Malen trug, seinen Stiefeln und der tief in die Stirn gezogenen Kappe.

BEOBACHTER, ZEUGE UND BEWUNDERER

Ich war froh, dass er jetzt nicht davon sprach. Wieder beim
Auto angelangt, fuhren wir nach Fuschl und von dort weiter
nach Salzburg. Wir setzten uns in ein Café und redeten über
den vergangenen Abend, wobei ich es zuerst nur für Höflichkeit hielt, dass er mehr über die beiden österreichischen Autoren hören wollte.

»Wie heißen sie gleich wieder?«

Er erkundigte sich schon zum fünften Mal, und obwohl er offensichtlich seinen Spaß daran hatte, weigerte ich mich, es noch
einmal zu wiederholen.

»Du behältst die Namen ohnehin nicht. Warum nennst du
sie nicht einfach, wie du willst? Sie sind nicht wichtig.«

»Auch wieder wahr.«

Er lachte sein bezwingendstes Lachen.

»Aber schon merkwürdig, der eine mit seiner Jesus-Geschichte«, sagte er. »Er scheint mir ein ziemlich kindliches Ge-
müt zu sein, und ich würde gern wissen, was dahintersteckt.«

»Nicht viel«, sagte ich. »Er hält es heute noch für mutig,
wenn er Sätze wie ›Jesus, ich hasse dich‹ in die Welt schreit.
Im Grunde genommen ein verkappter Betbruder, der meint, er
begehe damit einen Frevel und der Himmel müsste über ihm
einstürzen. Er hat einen Hang zu kleinen Jungen im noch nicht
ganz sauberen Alter, und man tritt ihm sicher nicht zu nahe,
wenn man das auf seine erste Ministrantenliebe zurückführt.
Einem gemeinsamen Freund hat er einmal eine Broschüre mit
Nacktbildern von vielleicht Zehn- oder Zwölfjährigen mit entblößten Penissen gezeigt und ihn gefragt, welcher von den Jungen ihm am besten gefalle. Natürlich steht sein Name auf jeder
Unterschriftenliste ganz oben, wenn es darum geht, irgendwo
ein Unrecht oder eine Unterdrückung anzuprangern.«

»Und der andere mit seinem Nazi-Vater?«

»Den hat er einerseits gehabt, andererseits ist das auch nur die inzwischen übliche Abbitte. Einen Vater im Widerstand kann er nicht vorweisen, und weil er erst gar nicht in den Verdacht geraten will, etwas zu verschweigen, scheint der schlimmstmögliche Nazi-Vater in der Eigendarstellung das zweitbeste. Hauptsache, er ist damit selbst aus dem Schneider.«

Ich wusste, dass John meine Zuspitzungen mochte. Ihm konnte es nicht drastisch genug sein. Er hatte immer belustigter zugehört und unterbrach mich jetzt lachend.

»Du erzählst ja Geschichten, Hugo«, sagte er, und es war unüberhörbar, welche Freude es ihm machte. »Da bin ich gestern aber in feiner Gesellschaft gewesen.«

»Sprich ruhig von der geistigen Blüte des Landes.«

»Ein Jesus-Liebhaber mit pädophilen Neigungen und ein Selbstbezichtigungseuphoriker der üblichsten Sorte? ›Mein Vater war der größere Nazi als dein Vater, und weil ich das ausspreche, musst du dich immer noch brav hinter mir anstellen.‹ Einer von diesem Typus?«

»Ja«, sagte ich. »Das trifft es.«

»Gestern an der Macht, heute wieder.«

Er zog ein Gesicht, als hätte er sich am liebsten vor Vergnügen auf die Schenkel geschlagen, schüttelte dann aber nur den Kopf.

»Österreich werde ich wohl nie verstehen.«

»Ich auch nicht«, sagte ich. »Aber das macht nichts.«

Es war bis zu seinem Tod das einzige Mal, dass er Marwan von sich aus auch nur erwähnte, als er dann sagte, er habe gestern den arabischen Stümper doch ganz schön an die Wand gelesen. Er nannte ihn einen Schmock, und ich wusste, den Kraftausdruck musste ich ihm lassen, er konnte einfach nicht anders über ihn reden, aber ich wunderte mich nicht, dass er danach

BEOBACHTER, ZEUGE UND BEWUNDERER

kein Thema mehr für ihn war. An das gemeinsame Buch glaubte er nicht, und sooft ich ihn in den verbleibenden Monaten darauf ansprach, winkte er ab oder meinte, wenn es am Ende gegen alle Wahrscheinlichkeit doch zustande käme, würde er schon irgendwo in seinen Ordnern und Schachteln etwas Passendes als Beitrag finden. Er nahm zwar das Geld, das Herr Stramann tatsächlich auslegte, aber es war schon bei diesem Gespräch in Salzburg klar, dass er hoffte, die Sache würde im Sande verlaufen.

»So etwas kann man vielleicht mit zwei Berühmtheiten aufziehen«, sagte er. »Aber wer kennt mich in Österreich schon? Das wird eine Luftnummer. Wer kennt den armen Toilettenmann mit seinem lächerlichen ›Ich bin stolz, Palästinenser zu sein‹?«

»Womöglich hat es gerade deswegen seinen Reiz.«

»Meine Gedichtbände sind alle vergriffen. Weißt du, wie hoch die Auflage war? Ich habe sie einzeln in den Kaffeehäusern verkauft.«

»Das macht sie nicht schlechter.«

»Der Toilettenmann hat noch gar nichts geschrieben.«

»Was bedeutet das schon?«

»Es bedeutet, dass die Welt nicht auf uns wartet«, sagte er. »Wenn es die verrückte Schauspielerin scharfmacht, das Geld ihres Mannes zum Fenster hinauszuwerfen, soll es aber nicht mein Problem sein.«

Ich musste an dem Nachmittag unversehens weg und wusste nicht, wie nahe John und Cecilia sich in meiner Abwesenheit kamen. Zurück nach Gmunden brachte ich ihn noch, aber ich fuhr dann gleich nach Hause, und auch den folgenden Tag mit der Tour auf den Traunstein erlebte ich nicht mit. Deshalb kann ich alles nur vermuten und mir aus dem zusammenreimen, was ich später in Erfahrung brachte.

Jedenfalls erschien sie an dem Abend ohne ihren Mann und wich nicht von seiner Seite. Wenn es stimmte, was John sagte, ging auch das Sprechen diesmal besser, kein Wort über ihren jüdischen Onkel in Amerika oder ähnliche Albernheiten. Ich fragte ihn nicht, was ihm das bedeute, aber die Briefe, die sie ihm dann angeblich nach San Francisco schrieb, kann man nicht anders als Liebesbriefe nennen, und ich durfte wieder Beobachter, Zeuge und Bewunderer sein, wenn er ausgiebig daraus zitierte.

»Ich habe meine Erfahrungen damit«, sagte er. »Das kommt daher, dass ich mein Publikum manipuliere. Ich brauche nur die Stelle mit meiner Mutter vorzulesen und kann sicher sein, dass eine Frau mir ins Netz geht, paradoxerweise in der Absicht, mich zu retten. Auf die Idee, dass sie sich damit selbst in Gefahr begeben könnte, kommt sie gar nicht.«

»Das sehe ich weniger zynisch als du«, sagte ich. »Warum nennst du es manipulieren, wenn du beim Lesen selbst Tränen in den Augen hast?«

»Ist es das nicht?«

»Deine Empfindungen sind echt.«

»Trotzdem kalkuliere ich sie, um eine bestimmte Wirkung zu erzielen«, sagte er. »Damit beginnt es doch, oder etwa nicht?«

Am letzten Tag fuhr ich noch einmal nach Gmunden, um ihn gemeinsam mit Christina zum Bahnhof in Salzburg zu bringen. Er reiste weiter nach Italien, in die Gegend von Turin. Dort wollte er den kleinen Bergort besuchen, wo seine Mutter sich am Ende des Krieges bei den Partisanen versteckt hatte. Er war schweigsam auf der Fahrt, vielleicht weil er noch im letzten Augenblick im Lager Ebensee gewesen war und ihn der Besuch dort offensichtlich mitgenommen hatte. Mit halb geschlossenen Augen saß er im Fond, und nicht einmal Christina brachte ihn zum Sprechen.

BEOBACHTER, ZEUGE UND BEWUNDERER

Auf dem Bahnsteig erinnerte ich ihn an die Einladung des Bürgermeisters, das Festival nächstes Jahr in der gleichen Besetzung zu wiederholen, aber er sagte, er könne sich nicht vorstellen, noch einmal hierherzukommen.

»Genausogut können wir uns in Jerusalem verabreden.«

Ich hatte den Eindruck, er rede nur so daher und meine damit nichts weiter, aber einmal ausgesprochen, war es in der Welt.

»Nächstes Jahr?« sagte ich. »Warum nicht?«

Ich dachte da noch keine Sekunde daran, dass es wirklich dazu kommen könnte, und umarmte ihn, und als ich sein Foto am Wochenende in den *Salzburger Nachrichten* sah, war er längst wieder in Amerika. Den kleinen Artikel über das Festival überflog ich nur, weil das Bild allein schon alles sagte. Es zeigte ihn mit Marwan bei der Tour auf den Traunstein. Edwin Ansfelder hatte darauf bestanden, dass sie beim Anstieg zum Gipfel am Seil gingen, und noch bevor mich Christina auf die Absicht aufmerksam machte, wusste ich natürlich, dass das vor allem symbolischen Charakter haben sollte. Sie hatte mir den Zeitungsausschnitt gefaxt, um mich gleich danach anzurufen, und ließ ihrer Wut freien Lauf.

»Verlogener geht es nicht«, sagte sie. »Ein Israeli und ein Palästinenser, sich gegenseitig sichernd, wobei John ja nur bedingt ein Israeli ist. O Gott, was für ein hochtrabender Unsinn, und dann auch noch so gut gemeint. ›Sie hängen zu ihrem Wohl und Wehe aneinander.‹«

»Es steht doch nur im Lokalteil«, sagte ich. »Da sind die Leute solchen Unfug gewöhnt und denken sich nicht viel dabei.«

»Aber lies doch selbst«, sagte sie. »›Sie sind wie siamesische Zwillinge zusammengeschweißt. Wenn einer in den Abgrund stürzt, reißt er den anderen mit. Sie können nur gemeinsam überleben.‹«

»Ist ja nicht ganz falsch«, sagte ich. »Überleg doch.«

»Ach was, Schülerprosa, Schülermoral«, sagte sie. »Wunschdenken und Kitsch. Die Realität ist eine andere, das weißt du genau. Man kann nicht einen Elefanten und eine Maus an ein Seil hängen und so tun, als hätten sie das gleiche Gewicht, ohne damit alles auf den Kopf zu stellen.«

John schrieb mir danach Briefe. Er hasste es zu mailen, wenn es um Persönliches ging, und auch zum Telefon griff er nur, wenn es sich nicht vermeiden ließ, wir telefonierten in den folgenden Monaten ganze zwei Mal. Es waren große Zeichenblätter, mehrfach gefaltet, die er mir schickte, ineinandergreifende Textinseln und Skizzen, und ich erfuhr darin viel mehr über ihn, als ich in Gmunden erfahren hatte, wo wir einem wirklichen Gespräch eher ausgewichen waren. Die wilden Jahre waren längst vorbei, und sein Leben schien noch soldatischer, noch mönchischer geworden zu sein, als ich es kannte. Er konnte als Gegenleistung für seine Hausmeisterdienste in dem Apartmenthaus in der Sutter Street umsonst wohnen und lebte über weite Strecken fast ohne Geld. Er stand früh am Morgen auf, meistens schon um fünf, ging nach North Beach zum Schreiben in ein Café, obwohl er die Gegend später am Tag mied, dann immer noch wie seit so vielen Jahren zu seinen Anonymen Alkoholikern, dann in ein Fitnessstudio, dann in die Bibliothek, wenn sie offen war, jeden Tag, sieben Tage in der Woche, ausgenommen manchmal am Samstag, wenn er an den Strand fuhr, und ausgenommen die Zeiten, in denen er eine Freundin hatte und sein Lebens-, Arbeits- und Dienstplan für ein paar Wochen vollkommen durcheinandergeriet. Wie dieser Mann an der Schwelle zum Alter sich durch Strukturen aufrechterhielt, hatte Würde für mich. Er wusste, die kleinste Abweichung vom Programm konnte ihn in Gefahr bringen, und machte sich in al-

BEOBACHTER, ZEUGE UND BEWUNDERER

ler Frühe in der erst allmählich erwachenden Stadt mit seinem Rucksack auf den Weg. In meiner Vorstellung hatte er eher etwas mit den Ureinwohnern zu tun, die jahrhundertelang als Fischer und Jäger die Gegend durchstreift hatten, als mit den später Hierhergekommenen und ihren Nöten und Ängsten. Einen Hang zum Spirituellen hatte er immer schon gehabt, aber jetzt konnte ich auf einem seiner Blätter lesen, in der Stille wohne die Stimme von YHWH, der von seinem Berg in brennenden Visionen spreche und mit seinem Finger aus Feuer die Welt in ihr Sein schreibe. Auf einem anderen stand, unsere Freundschaft sei eine Freundschaft fürs Leben und wir würden darüber hinaus auch Freunde sein »beyond time, in this Valley of the Shadows«, was mich auf meinen eigenen Wegen immer wieder innehalten und nachdenken und dann unbeirrt weitergehen ließ.

Ich gestand es mir zuerst nicht ein, aber die Briefe schmerzten mich, er fehlte mir. Wenn er klagte, er sei alt, an viel zu vielen Tagen ausgebrannt und ein hoffnungsloser Fall, vermisste ich die Zeit unseres ersten Kennenlernens. Er war der Schwarm aller Mädchen gewesen, gerade weil es Turbulenzen in seinem Leben gegeben hatte und jeder »Mister Nice Guy« neben ihm wie eine leere Mogelpackung aussah. In meinen Augen hörte er nicht auf, der Größte zu sein, weil ich es nicht anders wollte. Hilflos riet ich ihm, seine eigenen Gedichte zu lesen, dann könne er sehen, dass alles noch da sei, was er jemals gedacht, getan und gefühlt habe. Ich bat ihn, mir das Selbstportrait zu schicken, aber wenn er in Gmunden noch beanstandet hatte, dass ich es ihm nicht schon früher abgenommen hätte, wollte er es auf einmal noch eine Weile um sich haben. Es erinnere ihn daran, wer er sei, schrieb er, und ich antwortete ihm postwendend, was für ein himmelschreiender Blödsinn, er bilde sich das mit dem »Verhassten Juden« nur ein.

ERSTER TEIL

Ich hatte mit Christina verabredet, dass wir bald nach dem Festival irgendwo ein paar Tagen gemeinsam verbringen würden, und da erzählte ich ihr davon. Wir wollten von Innsbruck aufbrechen und dann weitersehen. Die Idee war, über den Brenner zu fahren und zu schauen, wohin es uns verschlüge, Italien war schließlich immer noch da, und selbst wenn die Welt dort unterginge, wie man in den Zeitungen lesen konnte, schien es überall, wo wir hinkamen, auf spektakuläre Weise gerade nicht der Fall zu sein. Sie trug einen Strohhut und hatte nur einen kleinen Koffer, als sie sich zu mir ins Auto setzte, und ich musste mich hüten, sie nicht mit tausend Vorschlägen zu überfallen, was wir alles machen könnten, als hätten wir ebenso viele Leben oder jederzeit die Möglichkeit, uns mit einem Wimpernschlag zu vervielfachen.

Wir kamen bis Mantua, wo sie ein Hotel kannte, in dem sie schon mit ihren Eltern gewesen war und das sie mir zeigen wollte. Es war ihre Art, mich an ihrem Leben teilhaben zu lassen. Ich ging in mein Zimmer und wartete auf sie. Wir schliefen miteinander. Es war später Nachmittag und die Hitze des Tages noch nicht verflogen. Ich hatte das Fenster aufgemacht, und von dem Platz unter uns drangen Stimmen herauf. Sie ließ sich ein Bad ein, während sie nackt vor mir hin und her lief. Ich blieb im Bett, und wir unterhielten uns durch die offene Tür.

»Bitte versteh mich nicht falsch«, sagte sie schließlich. »Aber findest du nicht, dass du ein bisschen viel über John redest?«

»Tu' ich das?«

»Ehrlich gesagt hast du die ganze Fahrt über nichts anderes getan. Dann schläfst du mit mir und erzählst gleich danach, was er dir für wunderbare Briefe schreibt. Wenn ich dich nicht kennen würde, müsste ich beleidigt sein. Du redest wie ein Verliebter über ihn.«

»Ein richtiges Coming-out also. Und um dir das zu eröffnen, bin ich mit dir bis Mantua gefahren, Christina? Das sieht mir ähnlich.«

»Was weiß ich. Ist dir überhaupt bewusst, warum er dich so sehr beschäftigt? Diese Besessenheit kenne ich bei dir sonst nur, wenn du schreibst.«

Ich hatte ihr nie erzählt, dass das Buch über Karl Hermanski von mir stammte, und tat es auch jetzt nicht. Wir waren öfter darauf zu sprechen gekommen, und ich kannte ihr Urteil. Sie hatte gesagt, was immer der Arme sich habe zuschulden kommen lassen, es sei ein kalter, herzloser Akt, ihn so vorzuführen, und sie könne sich den Antrieb von demjenigen, der das getan habe, nicht vorstellen, außer es ginge um Geld. Ich sah sie im Spiegel und musste bei dem Gedanken lächeln, wen sie alles in Verdacht gehabt hatte, ohne jemals auf mich zu kommen.

»John ist kein Thema für mich«, sagte ich. »Vergiss es.«

»Unabhängig davon solltest du langsam etwas Neues anfangen. Wie lange hast du schon keine Zeile mehr geschrieben, Hugo? Du darfst dich nicht so hängenlassen.«

»Als hättest nicht du mir beigebracht, dass es wichtigere Dinge gibt. Versprich mir, kein Wort mehr darüber, solange wir unterwegs sind, und komm endlich. Wir gehen essen.«

»Müssen wir das?« sagte sie. »Ich würde lieber hierbleiben. Wir können uns später etwas bringen lassen. Bis dahin erzählst du mir, was mit dir los ist.«

VIII

Zu der Zeit beschäftigte ich mich ohnehin viel mehr mit Marwan, der die Idee mit dem gemeinsamen Buch allem Anschein nach sehr ernst nahm. Jedenfalls war ich kaum aus Gmunden zu Hause, als ich schon die ersten E-Mails von ihm bekam, verfasst in einer Mischung aus Englisch und Deutsch und abgesandt in den einsamen Stunden der Nacht. Er machte immer neue Vorschläge, worüber er schreiben könnte, und weil jedesmal ganze Exposés dabei waren, erhielt ich von ihm Nachhilfe in palästinensischer Geschichte. Was wusste ich schon von der *Katastrophe 1948*, vom Sechs-Tage-Krieg, vom Jom-Kippur-Krieg, von der ersten und der zweiten Intifada? Was von den Libanonkriegen, auch da I und II? Was von den militärischen Operationen im Gazastreifen mit ihren ach so poetischen Bezeichnungen? Er wollte das alles in der Geschichte einer Familie zusammenbringen, Unrecht auf Unrecht, und in den Tippfehlern meinte ich zu erkennen, in welcher Erregung er es in die Tastatur hämmerte. Überwältigt von dieser Energie, hielt ich mich in meinen Antworten kurz, beschränkte mich auf drei oder vier Zeilen und sah zu, mich nicht in seine Welt hineinziehen zu lassen, ohne ganz und gar unverbindlich zu wirken.

Über Wochen bedrängte er mich, ihm Johns E-Mail-Adresse zu geben, und ich musste ihm wieder und wieder erklären, dass da nichts zu machen sei. John hatte mir geschrieben, wenn man von ihm verlange, mit diesem aufdringlichen Kerl eine Brieffreundschaft zu beginnen, dann würde er lieber das Geld zu-

BEOBACHTER, ZEUGE UND BEWUNDERER

rückzahlen, das er für das gemeinsame Buch bekommen hatte, und ich fabulierte für Marwan etwas vom einsiedlerischen Leben meines Freundes zusammen, auf das er Rücksicht nehmen müsse. Ich wusste, dass er mir nicht glaubte und es wahrscheinlich als Kränkung empfand, aber das war nicht mein Problem. Schließlich hatte ich John versprochen, ihn vor derartigen Zumutungen zu bewahren, und wenn ich schon auf einer Seite stand, so immer noch auf seiner.

Die Stramanns hatten Marwan für den Herbst ein Zimmer in ihrem Personalhaus in Attnang-Puchheim in Aussicht gestellt. Er durfte dort frei wohnen, musste nur bei der Obsternte auf dem riesigen Grundstück mithelfen, sich ein wenig um Haus und Garten kümmern und hatte nach der Schwimmsaison auch Zugang zu ihrem Badehäuschen am Attersee, das er zum Rückzug nutzen konnte, solange es warm genug war. Sie hatten ihm zu einem weiteren Visum und der nochmaligen Ausreise verholfen, nachdem er gleich nach dem Festival nach Hause zurückgeflogen war, und boten ihm eine erste Anlaufstelle, bis ihm der Himmel über dem flachen Land buchstäblich auf den Kopf fiel und er so schnell wie möglich von dort wegwollte.

Ich sah ihn erst in Wien wieder, wo ihm Christina über eine Freundin im Kunstverein eine Stipendiatenwohnung im vierten Bezirk vermittelt hatte. Da waren seine Gedichte schon in Zeitschriften erschienen, engagierte Literatur im besten wie im schlechtesten Sinn, und obwohl sie sich dagegen wehrte, von ihm für seine Zwecke eingespannt zu werden, hatte sie die Verbindung hergestellt. Ich war lange nicht in der Stadt gewesen und ließ mir das von ihr erzählen, ein Genuss, mit welchem Sarkasmus sie verfolgte, wie wieder einmal die Erfindung eines Schriftstellers nach allen Regeln der Kunst vonstatten ging und sie auch noch eine Rolle in diesem Zirkus spielte.

ERSTER TEIL

»Natürlich hat ihm seine Biografie dabei geholfen, die sich schön verniedlichen lässt«, sagte sie. »Er hat sich mit den ersten Kontakten jedenfalls nicht schwergetan. Was braucht er sonst schon? Ein Stammcafé zum Frühstücken war schnell gefunden, und seine Wohnung liegt einer Buchhandlung gegenüber, wo er zwei- oder dreimal in der Woche am späten Vormittag seinen zweiten Kaffee nimmt und immer jemanden antrifft, mit dem er ein bisschen politisieren kann.«

»Das macht er?«

»Keine Angst, er gibt sich keine Blöße. Er ist mit seinen Ansichten zurückhaltend und hört lieber zu, was man ihm so alles erzählt über die Probleme in seinem Land und wie sie zu lösen wären. Zumindest hält er keine Brandreden.«

»Anders habe ich es auch nicht von ihm erwartet.«

»Es ist übrigens nicht sein einziger Ort. In einem Zigarrenladen ganz in der Nähe gibt es eine Art Salon, in dem er stundenlang herumhängt. Außerdem hat Cecilia Stramann ihn bei ihren Schauspielerfreundinnen eingeführt, und er ist dort ein gern gesehener Gast.«

»Scheint ein Glückskind zu sein.«

»Ja«, sagte sie. »Überall nur offene Arme.«

»Hat er eine Freundin?«

»Ja«, sagte sie. »Auch das.«

Tatsächlich erkannte ich ihn kaum wieder. Statt Nachlässigkeit lag jetzt in der Wahl seiner Kleidung Exzentrizität, Marke »Brecht, Mao & Co.«, und an seinem Handgelenk blinkte eine schwere Zuhälteruhr, wahrscheinlich unecht, jedoch protzig wie ein übergroßer Siegelring. Sein Deutsch war bei weitem nicht perfekt, aber viel besser als bei dem Festival in Gmunden. Er musste die letzten Monate damit zugebracht haben, es intensiv zu lernen, und sicher half ihm auch die Freundin, die er gleich

BEOBACHTER, ZEUGE UND BEWUNDERER

bei unserem ersten Treffen dabeihatte und mit einem Vergnügen Valerie nannte, als würden die Silben in seinem Mund Purzelbäume schlagen.

Wir hatten uns in einem Café in der Innenstadt verabredet, und es war auch ihr zu verdanken, dass es ein mühsames Gespräch wurde. Sie war Studentin, Germanistik und Philosophie, und obwohl ihr Verhalten es mehrmals nahelegte, gelang es mir in den zwei Stunden nicht, mit Sicherheit herauszufinden, ob ihre Liebe zu ihm politisch motiviert war. Jedenfalls hatte es den Anschein, als hielte sie Marwan für eine große Eroberung, und er wirkte neben ihr domestiziert, geradeso, als hätte er wenig dagegen, wenn sie in ihm ihren höchstpersönlichen Vertreter eines unterdrückten Volkes sah, der gleichzeitig unberechenbar blieb. Sie umklammerte die ganze Zeit seine Hand, was er einerseits zu genießen schien, andererseits aber offensichtlich unpassend fand, und wenn ihm ein Wort fehlte, wusste sie immer schon, was er meinte, und half ihm ungebeten aus. Dann konnte ich in seinen Augen sehen, dass ihn das fuchsteufelswild machte, und ich fragte mich, wie er sie zur Rede stellen würde, wenn sie allein waren.

Er hatte neue Pläne, was er schreiben könnte, aber je mehr er davon preisgab, um so weniger hatte ich den Eindruck, dass er sie auch verwirklichen würde. Der Titel sollte *Das Gesicht verlieren* sein. Er wollte die Geschichten zweier Frauen erzählen, die einer Palästinenserin, die unter ihrer Burka verschwand, und die einer Modepuppe in einem westlichen Land, die sich mit einer ganzen Serie von Schönheitsoperationen selbst auslöschte.

Ich hatte die Idee dahinter sofort verstanden und fand sie abgesehen von ihrer Thesenhaftigkeit auch gut, aber Valerie machte sich dennoch daran, sie ausführlich zu erklären. Sie sag-

ERSTER TEIL

te, es gehe um das Verschwinden von Frauen unter dem männlichen Blick, und das sei in allen Kulturen das gleiche. Obwohl ich ihr keineswegs zustimmte, schwieg ich und sah sie nur an. Es belustigte mich, dass sie selbst gar nicht sichtbarer hätte sein können, mit ihrer hellen, fast durchsichtigen Haut, dem auffälligen Muttermal unter ihrem linken Nasenflügel und dem milchigen Blau ihrer Augen.

Marwan sagte, dass er eigentlich über einen gesichtslosen Mann schreiben wolle und dass es ihre Idee sei, sich stattdessen der beiden Frauen anzunehmen. Er hatte einen entfernten Verwandten, der bei einem Raketenangriff in Gaza seinen ganzen Gesichtsschädel verloren hatte und sich, derart verunstaltet, im Haus seiner Eltern versteckt hielt und nur nachts, wenn alle schliefen, herauskam. Es war eine unheimliche Vorstellung, insbesondere wenn man sich überlegte, dass er vielleicht nicht der einzige war und dass in mondlosen Nächten überall in den besetzten Gebieten diese gesichtslosen Gestalten wie aus dem Erdboden auftauchten und im Schutz der Dunkelheit wie lebende Tote unter den Menschen umherwandelten.

Dass Marwan sich mit dieser Figur identifizierte, war unüberhörbar, und auch als wir später über John sprachen, gefiel er sich in der Rolle des Klandestinen, des Versteckten, ja, des Unterdrückten, die er von da an beibehielt, wann immer er sich nach ihm erkundigte. Er hatte sich auf anderem Weg seine E-Mail-Adresse besorgt und ihm geschrieben, jedoch keine Antwort bekommen und lag mir ein ums andere Mal in den Ohren, der noble Amerikaner sei sich wohl zu gut dafür. Ich hatte schon lange eine Arbeitswohnung in Wien, und wenn ich in der Stadt war, dauerte es in diesen Wochen meistens nicht lange, und er meldete sich. Valerie hatte ihr eigenes Leben, und es war offensichtlich, dass er sich allein nicht zu beschäftigen wusste und sich

BEOBACHTER, ZEUGE UND BEWUNDERER

freute, wenn ich mir Zeit für ihn nahm. Außerdem versuchte er mich zu seinem Mädchen für alles zu machen, und ich wehrte mich zu wenig dagegen. Er lieh sich mein Auto aus, fast als hätte er Anspruch darauf, und ich schaffte es nicht, nein zu sagen. Dann wieder rief er mich an, weil seine Kaffeemaschine kaputt war oder weil er ein Farbband für die Schreibmaschine brauchte, die er in der Abstellkammer seiner Stipendiatenwohnung entdeckt hatte, oder er wollte nur wissen, was er Cecilia zum Geburtstag schenken solle. Das Telefon konnte zu jeder Tageszeit klingeln, und eines Nachts stand er sogar vor meiner Tür und fragte mich, ob er bei mir schlafen dürfe, Valerie habe ihn ausgesperrt. Er war kein unguter Kerl, nur erschreckend unselbständig und aus irgendeinem Grund überzeugt, dass nicht allein ich, sondern alle Welt verantwortlich für sein Wohlergehen war. Ich bereitete ihm ein Bett neben meinem Schreibtisch, und wir sprachen bis in den Morgen. Er erzählte mir von Palästina, als wäre es ein Märchenland für Kinder, von dem Duft nach Jasmin und Oliven, den er vermisse, und weinte sich danach in den Schlaf.

Als er nach Berlin ging, war ich nicht unfroh. Das Literarische Colloquium am Wannsee war auf ihn aufmerksam geworden, und ein paar Wochen lang fand er dort Unterschlupf. Er mailte mir zwar noch von Zeit zu Zeit, aber seine Aufmerksamkeit galt anderen Dingen, und ich war deshalb um so irritierter, als ich einen Anruf aus dem Haus bekam. Den Namen des Herrn, der am Apparat war, verstand ich nicht, und womöglich sollte ich ihn auch gar nicht verstehen, weil ihm die Art und Weise, wie er sich nach Marwan erkundigte, selber peinlich war.

»Wir planen einen Abend mit ihm und sind gewarnt worden, dass Leute auftauchen könnten, die den Anlass für Propaganda nützen«, sagte er. »Hat er in Wien Kontakt zu palästinensischen Gruppen gehabt?«

»Nicht, dass ich wüsste«, sagte ich. »Doch ich habe natürlich nicht jeden seiner Schritte verfolgt.«

»Aber ist es vorstellbar, dass er sich politisch betätigt? Eine antiisraelische Demonstration ganz in der Nähe des Ortes der Wannseekonferenz wäre eine Katastrophe für uns. Trauen Sie ihm das zu?«

»Ich würde nein sagen, aber wie kommen Sie darauf?«

»Er ist mit den falschen Leuten gesehen worden.«

»Mit den falschen Leuten?«

»Das muss noch nichts bedeuten, aber wir können nicht vorsichtig genug sein«, sagte er. »Wir haben eine anonyme Aufforderung bekommen, die Veranstaltung lieber abzublasen.«

Die Sache stellte sich als Fehlalarm heraus, doch obwohl Marwan bestritt, in Berlin mit zwielichtigen Figuren in Verbindung gewesen zu sein, verhielt ich mich ihm gegenüber vorsichtiger, als er wieder zurück war. Ich hatte meine Freunde gefragt, ob sie ihn eine Zeitlang in ihrer ohnehin leerstehenden Villa in der Toskana unterbringen könnten, in der ich so schöne Wochen verbracht hatte, und sagte ihm jetzt trotz ihrer Zustimmung, dass das leider nicht möglich sei. Natürlich hatte ich nichts gegen ihn in der Hand, aber der Gedanke, ihn irgendwo einzuquartieren, ohne ihn gleichzeitig im Blick zu behalten oder mir wenigstens vorstellen zu können, was er mit seiner Zeit anfing, wenn er nicht schrieb, bereitete mir Kopfschmerzen. Er kam noch einmal bei den Stramanns in Attnang-Puchheim unter, die eine weitere Verpflichtungserklärung zur Verlängerung seines Visums abgaben. Doch das war schon eine Notlösung und von beiden Seiten nicht mehr richtig gewollt, und als er dort ging oder vor die Tür gesetzt wurde, fand seine Freundin Valerie etwas in der Nähe von Bruck an der Mur, ein aufgelassenes Bahnwärterhäuschen, wenn ich mich richtig erinnere.

BEOBACHTER, ZEUGE UND BEWUNDERER

Ich frage mich heute natürlich, was er dort tat und ob sie ihn nicht nur an den gottverlassenen Ort geschickt hatte, um ihn nicht bei sich in Wien zu haben. Der Frühling war schon voll im Schwang, und ich ließ mir mit der Beantwortung seiner nun wieder häufiger eintreffenden E-Mails Zeit. Er machte sich Hoffnungen auf die Wiederholung des Festivals in Gmunden gemeinsam mit John, aber als Edwin Ansfelder mich deswegen anrief, redete ich es ihm aus, obwohl die Vorbereitungen angeblich schon liefen. Ich wählte möglichst drastische Worte, er solle sich das aus dem Kopf schlagen, die beiden hassten sich und würden sich für kein Geld der Welt ein zweites Mal vor Publikum zum Affen machen.

Ich konnte mir selbst nicht vorstellen, mit Marwan noch einmal auf ein Podium zu gehen, weniger wegen der fälschlichen Dinge, die ich aus Berlin gehört hatte, als dass ich mich nicht weiter von ihm vereinnahmen lassen wollte, und erzählte ihm deswegen auch von meiner geplanten Reise nach Israel erst im letzten Moment. Er reagierte düpiert, als hätte ich das mit ihm abstimmen müssen, und machte mir Vorwürfe, umschmeichelte mich im einen Augenblick, wie sehr er mich beneide, und verlor im nächsten die Fassung, was ich mir dabei dächte, ihm nicht schon früher etwas davon gesagt zu haben. Ich ließ mich zu einem Treffen vor dem Abflug in Wien überreden, und obwohl ich Befürchtungen hatte, dass er mir noch einmal eine Szene machen würde, saß er mir aufgeräumt gegenüber, versorgte mich mit Tips, was ich anschauen müsse, als würde ich nur ein Land besuchen wie jedes andere, und überreichte mir zuletzt den Umschlag für seine Schwester.

Dass ich John sehen würde, behielt ich natürlich für mich. Wir hatten in den vergangenen Monaten immer wieder mit dem Gedanken gespielt, die nur halb ernst gemeinte Ankündigung von Gmunden, uns in Israel zu treffen, auch wahrzumachen, und als ich mich schließlich aus reiner Neugier nach Flügen erkundigte und sagte, es wäre mir eine Freude, ihm von meinen Karl-Hermanski-Honoraren sein Ticket zu bezahlen, war es schnell eine abgemachte Sache. Wir würden im Abstand von nicht einmal zwei Stunden mitten in der Nacht in Tel Aviv landen, ich würde auf John warten, und wir könnten gemeinsam ein Taxi nehmen, zuerst an den Strand fahren und dann bei Sonnenaufgang weiter nach Jerusalem und dort frühstücken.

Ich glaube, Marwan wäre aus allen Wolken gefallen, hätte er das geahnt. Er brachte mich mit Valerie zum Flughafen, und sie holten mich eine Woche später auch wieder ab. Beide Male schloss er mich in die Arme, und wenn er mich bei der Abreise Bruder nannte und mich fast nicht mehr losließ, schob er mich bei der Rückkehr weit von sich und musterte mich, als müsste mir ins Gesicht geschrieben stehen, woher ich kam.

»Und?« sagte er schließlich, nachdem er mir eine Weile schweigend gegenübergestanden war. »Ist es nicht eine verrückte Erfahrung?«

Er schien sich nur mühsam zurückgehalten zu haben und überfiel mich jetzt mit Fragen. Ohne meine Antworten abzuwarten, erkundigte er sich, ob ich seine Schwester getroffen und ihr den Umschlag übergeben hätte. Dann wollte er wissen, wo ich überall gewesen sei, und als ich ihm die Orte aufzählte, nickte er unentwegt und fing noch einmal an.

»Du warst in Ramallah?«

»Ja.«

»In Nablus? In Dschenin? In Jericho?«

»Ich war überall«, sagte ich. »Im äußersten Norden und im äußersten Süden. In Bethlehem und in Hebron. Ich war sogar in Qalqiliya.«

BEOBACHTER, ZEUGE UND BEWUNDERER

»Du bist durch die Mauer?«

»Wie hätte ich sonst hinkommen sollen?«

»Durch die Sperranlage?«

»Ja«, sagte ich. »Wie alle.«

»Es ist eine Viehschleuse, stimmt's?«

Ich brauchte nicht zu nicken, weil er es sofort wiederholte.

»Eine widerwärtige Viehschleuse, die zeigt, wofür sie uns halten. Wilde Tiere. Hast du gesehen, wie sie die Leute dort abfertigen?«

Ich sagte ja.

»Hast du es wirklich gesehen?«

»Ja«, sagte ich. »Aber was hast du?«

»Hast du die Siedlungen auf den Hügeln gesehen?«

»Natürlich.«

»Die Lager?«

Wieder sagte ich nur ja, aber es genügte ihm nicht, und er fing an zu brüllen, ich hätte gar nichts gesehen, sonst würde ich nicht hier stehen, als wäre ich von einer ganz normalen Urlaubsreise zurückgekehrt, und meinen Mund nicht aufkriegen, sondern mich selbst vor alle hinstellen und das Unrecht laut in die Welt rufen. Ich stand noch zu sehr unter dem Eindruck des Taxifahrers, der mich in Bethlehem in seine Gewalt gebracht hatte, als dass mich dieser Ansturm groß hätte beeindrucken können, und antwortete nicht mehr. Stattdessen blickte ich Valerie an, die diesen verzweifelten Ausdruck in den Augen hatte, der zeigte, dass sie das alles nicht zum ersten Mal hörte. Sie machte in seinem Rücken abfällige Gesten und schritt schließlich ein. Mit einem Griff nach seinem Arm wies sie ihn zurecht, er solle aufhören mit seinem ewigen Jammern und sich benehmen wie ein Mensch oder das nächste Mal lieber zu Hause bleiben.

Das genügte, um ihn zum Verstummen zu bringen, und im

Auto, wo sie im Fond saß, drehte er sich nur mehr von Zeit zu Zeit gequält zu ihr um, während sie mich jetzt fragte, ob ich auch in der Wüste gewesen sei, am Toten Meer und vielleicht sogar ganz im Süden in Eilat, dem in der Bucht von Akaba zwischen Ägypten und Jordanien eingeklemmten Badeort am Roten Meer. Wie um ihn zu ärgern kehrte sie die schönen Seiten von Israel hervor und sprach darüber, als gäbe es keinen Konflikt im Land. Er versuchte noch ein paar Mal zu Wort zu kommen, aber sie unterbrach ihn immer sofort, bis er aufgab und nur mehr schmollend in seinem Sitz hing.

Sie brachten mich zum Westbahnhof, und ich war froh, ihnen entkommen zu sein. Ich wusste nicht, ob sie überhaupt noch zusammen waren, aber es kümmerte mich auch nicht. Marwan sollte wenige Tage darauf eine Stelle in einem Hotel am Semmering antreten, die ihm Valeries Vater beschafft hatte, wahrscheinlich schwarz, und bis zur Nachricht von Johns Tod bekam ich nur eine einzige E-Mail von ihm, die ich bloß überflog. Unmittelbar danach überlegte ich, ihm zu schreiben, dass sich das Projekt mit dem gemeinsamen Buch wohl erübrige, aber dann entschloss ich mich zu warten. Er hatte sich nicht mehr bei mir gemeldet, und ehrlich gesagt hoffte ich, dass ich ihn damit abgehängt hätte und er mit dem Ende seines Visums ausreisen und aus meinem Leben verschwinden würde.

Mit Cecilia hatte ich nicht gerechnet. Zwar hatten wir unmittelbar nach dem Festival noch miteinander zu tun gehabt, um die genauen Modalitäten des Buches zu besprechen, aber seither hatte es keinen Kontakt gegeben. Einmal hatte ich sie in einem Fernsehfilm gesehen, war aber nicht neugierig genug gewesen, länger dranzubleiben. Ich war gar nicht auf die Idee gekommen, sie über Johns Tod zu informieren, und sie hatte davon erst erfahren, als sie nachforschte, warum sie keine Briefe mehr von ihm bekam. Die Nachricht war für sie erst ein paar Stunden alt, und ihre Erschütterung klang in jedem Wort mit, als sie mich eines Abends anrief. Sie wollte nichts davon wissen, die Idee mit dem Buch jetzt einfach fallenzulassen. Da würde ich sie schwer unterschätzen.

Über ihren leidenschaftlichen Umgang damit wunderte ich mich. Ich gab zu bedenken, John habe das Buch nie gewollt, aber sie widersprach mir, dass ich mich täuschte, er habe ihr in den letzten Monaten seines Lebens mehrmals versichert, wie wichtig es ihm sei. Weder die paar Tage in Gmunden noch das, was John mir über ihre Briefe erzählt hatte, rechtfertigten ihren Anspruch. Es war absurd, aber so wie sie tat, hätte sie auch die Witwe sein können. Sie sprach über ihn, als obläge ihr die letzte Verfügungsgewalt.

»Wir sind es ihm schuldig«, sagte sie. »Jetzt einfach alles stehen und liegen zu lassen hat keinen Stil.«

»Aber wir haben doch überhaupt nichts in der Hand.«

»Das wird sich zeigen. Ich bin sicher, dass sich bei seinen Sachen etwas findet. Du könntest nach San Francisco fliegen und schauen. Hast du in den letzten Tagen seinen Namen gegoogelt?«

»Nein«, sagte ich. »Warum?«

»Du weißt, dass er auch gemalt hat. Offenbar plant eine der großen Galerien in der Stadt eine Ausstellung mit seinen Bildern. Es sieht ganz danach aus, als würden wir bald schon nicht mehr von einem Niemand sprechen.«

»Aber was ändert das für unsere Sache?«

»Hast du Lust hinzufliegen?«

»Das kommt ein bisschen plötzlich.«

»Am Geld soll es nicht liegen«, sagte sie. »Wenn ich Zeit hätte, würde ich es selber tun. Das Büro meines Mannes kann dir Flug und Hotel buchen. Bei allem anderen bin ich dir behilflich.«

Zweiter Teil

DIE GLÜCKLICHSTE ZEIT MEINES LEBENS

I

Ich weiß nicht, was Cecilia gesagt hätte, wenn sie die *Cecilia Poems* gekannt hätte, die ich später bei Johns Unterlagen fand, eine Mappe mit knapp vierzig Blättern. Es waren Liebesgedichte, erotische Gedichte, Anbetungen in einem shakespearehaft anmutenden Englisch, und wenn sie die Angesprochene war, wie der Titel nahelegte, und tatsächlich Kenntnis davon gehabt hätte, hätte das vielleicht erklärt, warum sie sich über die erste Idee hinaus, ein Buch mit ihm zu machen, für sein Nachleben zuständig fühlte. Was es mit ihrem jüdischen Onkel in Amerika auf sich hatte, ob nur ein Hirngespinst oder mehr als das, war eine andere Geschichte. Manche von den Gedichten erschienen auf eine Weise explizit, dass sie ins Pornografische kippten, und zu fast jedem gab es eine Aktskizze, sehr unfertig und offensichtlich schnell hingeworfen, ein paar Striche nur, aber mit deutlich gerundeten Brüsten und zwei wilden Schrammen für das Dreieck zwischen den Beinen. Eine Frau, die das Objekt dieser Art von Verehrung war, musste selbst entscheiden, was sie damit tat. Vielleicht gelang es ihr, sich als Muse zu sehen, aber sie konnte sich genausogut missbraucht fühlen als Vorlage für die wüstesten Phantasien. Als ich die Mappe durchblätterte, erinnerte ich mich an einen von Johns Sprüchen, wie sie notorisch nicht ganz geschmacksicher waren. Er hatte gefragt, was Frauen und Gedichte verbinde, und, als ich keine Antwort gab, lachend gesagt, sie kämen von allein und machten ihm keine große Mühe.

ZWEITER TEIL

Die beiden letzten Abende in Gmunden, an denen ich nicht hatte dort sein können, bildeten immer noch ein Rätsel für mich. Was war zwischen Cecilia und John gewesen? Ich hatte Christina schon bald nach dem Festival danach gefragt, und sie verstand zuerst die Frage nicht und lachte dann.

»Was für ein Kind du in diesen Dingen bist, Hugo«, sagte sie. »Cecilia Stramann und John. Sie hat schon einen alten Knacker zu Hause und wird sich nicht noch einen anlachen. Das sind reine Männerphantasien.«

»Aber sie soll nicht von seiner Seite gewichen sein.«

»Sie war charmant zu ihm, ja. Sie hat sich für die Bemerkung über seine Mutter entschuldigt. Daraus folgt doch nichts.«

»Sie schreibt ihm Briefe.«

»Warum nicht?«

»Liebesbriefe«, sagte ich. »Mädchenschwärmereien.«

»Und ihm fällt nichts Besseres ein, als dir brühwarm davon zu erzählen. Wer sagt dir, dass es die wirklich gibt? Hast du dir schon einmal überlegt, dass er dir genau die Märchen über sich aufbindet, die du von ihm hören willst? Du solltest dich lieber fragen, was das mit dir selbst zu tun hat.«

Ich wollte verstehen, warum Cecilia sich so sehr mit John beschäftigte. Deutlich hatte ich in den Ohren, wie sie gesagt hatte, wir würden bald schon nicht mehr von einem Niemand sprechen. Konnte es das sein? Machte sie sich solche Hoffnungen? Unter den absurden Erklärungen, die mir kamen, war das nicht die absurdeste, und ihr Angebot, nach San Francisco zu fliegen, brauchte ich nicht. Auf die Idee hatte mich Elaine bereits gebracht, aber mein Entschluss hatte am Ende vor allem damit zu tun, dass die Geschichte immer mehr Besitz von mir ergriff. Den Flug konnte ich aus eigenen Mitteln bezahlen, und Karl Hermanski würde auch für ein paar Übernachtungen im Hotel ge-

DIE GLÜCKLICHSTE ZEIT MEINES LEBENS

radestehen, wie ich mir selbst sagte. Eigentlich wollte ich früher reisen, aber bis ich mit allen Vorbereitungen durch war, wurde es Dezember. Ich brach am Tag nach Nikolaus auf und sollte am Tag vor Weihnachten wieder zurückkommen, obwohl ich der Phantasie erlag, die Feiertage am besten weit weg von allem und jedem zu verbringen.

Mein Kontakt zu Marwan war in den Wochen davor ganz zum Erliegen gekommen, bis ich ihm schließlich von Johns Tod schrieb. Ich wunderte mich, weil ich nichts mehr von ihm gehört hatte, und dachte, dass vielleicht Cecilia ihn schon darüber informiert hatte, was sich aber als falsch herausstellte. Er war wieder zu Hause, und ganz gegen seine sonstige Gewohnheit, sofort zu reagieren, antwortete er mit ein paar Tagen Verspätung und gab sich nicht weiter bestürzt. Er wollte nur genauere Details hören, und ich versorgte ihn mit dem wenigen, das Elaine mir erzählt hatte. Dann ließ er mich wissen, es sei vielleicht weit hergeholt, aber ein bisschen erinnere ihn das Unglück an den Fall in London im Mai, wo ein britischer Soldat auf offener Straße ermordet worden war. Ich hatte mir auch schon Gedanken darüber gemacht, aber in Wirklichkeit fielen vor allem die Unterschiede zu Johns Geschichte auf, nicht die Gemeinsamkeiten, was auch immer Marwan darin sehen mochte.

In London war es am helllichten Tag geschehen, und die beiden Täter hatten es darauf angelegt, gesehen zu werden, weil es für sie eine Propagandatat war. Sie hatten den Soldaten, der in der Nähe einer Kaserne in Woolwich in Zivil unterwegs war, zuerst angefahren. Dann waren sie aus dem Auto gesprungen und mit einem Fleischerbeil und einem langen Messer auf ihn losgegangen, hatten unter »Allahu Akbar«-Schreien auf ihn eingehackt und -gestochen und versucht, seinen Kopf vom Rumpf zu trennen. Sie hatten keine Anstalten gemacht zu fliehen, waren

ZWEITER TEIL

blutverschmiert dagestanden und hatten bis zum Eintreffen der Polizei die Leute ringsum aufgefordert, sie zu filmen. Dazu hatten sie »Auge um Auge, Zahn um Zahn« in die Handy-Kameras gerufen und erklärt, dass sie mit ihrer Tat den Tod von Muslimen in aller Welt rächen wollten.

Es war ein besonders abstoßendes, besonders grausames Verbrechen, und ich konnte mir nicht vorstellen, dass Marwan etwas daran guthieß. Ich schrieb ihm zurück, ohne darauf einzugehen, und wieder dauerte es ein paar Tage, bis ich Antwort bekam, diesmal allerdings nicht von ihm selbst, sondern von seiner Schwester Naima. Vielleicht schob er sie vor, um mich dafür zu bestrafen, dass ich mich nicht mehr um ihn gekümmert hatte. Es war auf jeden Fall als schieres Faktum seltsam, aber noch seltsamer dadurch, dass sie mich ungefragt ausführlich über ihn informierte. Eher als an eine E-Mail, die jederzeit ergänzt oder revidiert werde konnte, erinnerte mich ihr Ton an einen Brief, der tage- oder gar wochenlang unterwegs war, vom einen Ende der Welt ans andere, und in dem sie deshalb nichts Wichtiges und nichts Unwichtiges auslassen durfte. Zwar hätte ich von ihr keine blumigen Konventionen erwartet, aber es fiel mir nicht schwer, mir dahinter das Wesentliche zusammenzubuchstabieren. Offenbar ging es Marwan gut, obwohl er Österreich und Deutschland vermisste, seit er zurück in Palästina war, und nicht zum Lesen und zum Schreiben kam, weil er wieder im Geschäft der Eltern arbeitete und sehen musste, wie er mit Aushilfsdiensten Geld dazuverdiente.

In San Francisco empfand ich das alles vom ersten Tag an wie die Erinnerung an eine untergegangene Welt. Ich hatte mich bei Elaine angemeldet, meine Ankunft allerdings für drei Tage später angegeben, als sie in Wirklichkeit war. Es erschien mir unabdingbar, die ersten Schritte in einer Stadt allein zu tun, wenn

DIE GLÜCKLICHSTE ZEIT MEINES LEBENS

ich sie noch nicht kannte oder lange nicht mehr dort gewesen war, sonst wurde ich den Eindruck nicht los, ich sähe alles nur mit den Augen der anderen. Ich hatte vergeblich versucht, wieder in dem Hotel ein Zimmer zu bekommen, in das ich mich bei meinem letzten Aufenthalt nach dem Streit mit John abgesetzt hatte, aber ich fand nicht weit davon eines, in der Taylor Street Ecke O'Farrell, von wo es auch nur wenige Minuten zu dem Apartmenthaus in der Sutter Street waren. Gleich am ersten Abend suchte ich die Clarion Alley auf. Sie stellte sich in der Dunkelheit als unheimlicher Durchgang heraus, nicht nur weil John dort zu Tode gekommen war und nicht nur wegen der schlechten Beleuchtung, sondern weil die Gestalten, die sich im Zwielicht herumdrückten und mich um ein paar Münzen angingen, wenig vertrauenerweckend wirkten und dann auch noch einer seine Hose herunterließ, als wollte er mitten auf der Straße sein Geschäft verrichten. Ich tappte an ihm vorbei, und er rief mir etwas Unverständliches nach, während ich die Stelle suchte, an der das Unglück geschehen sein musste. Dort waren, wahrscheinlich nur zufällig und nicht zur Erinnerung an John, Blumen auf den Asphalt und auf die angrenzende Hauswand gemalt. Ich hätte gern das *Schma Israel* für ihn gesprochen, kam aber nicht über die ersten Worte hinaus und blieb dann eine Weile schweigend stehen.

Am Ausgang zur Valencia Street fiel mein Blick als erstes auf die Polizeistation schräg gegenüber. Sie war so nah, dass die Wachhabenden John bei offenen Fenstern schreien gehört hätten, aber ich wusste nicht einmal, ob er überhaupt geschrien hatte. Halb in Trance und ohne zu überlegen, was ich dort wollte, überquerte ich die Straße und trat ein. Ich fragte den Polizisten hinter dem schusssicheren Glas, ob er mir Auskunft geben könne, und als er sich mit einem besorgten Lächeln erkundigte, worüber, hörte ich mich antworten, über den Mordfall in der Clarion Alley. Er schob mir ein Formular hin und sagte, wenn ich eine Aussage machen wolle, brauche er meine Daten. Schon wandte er sich wieder der Schreibarbeit zu, bei der ich ihn unterbrochen hatte, aber er schien mich gleichzeitig auch im Auge zu behalten. Ich setzte mich auf einen der Besucherstühle und überflog das Blatt. Dann legte ich es neben mich und dachte darüber nach, wie ich, ohne einen Verdacht auf mich zu lenken, wieder aus der Situation herauskäme, in die ich mich so kopflos hineinmanövriert hatte.

Meine Rettung war eine Frau, die hereinstürzte und die ganze Aufmerksamkeit des Polizisten auf sich zog. Sie blutete am Kopf, und ich nützte die Gelegenheit und machte mich davon. Während ich die Straße hinuntereilte, drehte ich mich mehrmals um, weil ich Angst hatte, er könnte mir trotzdem noch folgen oder jemanden hinter mir herschicken. Ursprünglich hatte ich vorgehabt, in eine Buchhandlung nur ein kleines Stück weiter zu gehen, die ich öfter mit John aufgesucht hatte, fand sie jetzt aber nicht einmal mehr. Auch einen Abstecher zum Mission Dolores Park und zu unserem Aussichtspunkt an der 20th Street, der nicht weit entfernt gewesen wäre, schlug ich mir für diesen Abend aus dem Kopf. Ich suchte eine Bushaltestelle, nahm dann aber ein Taxi und ließ mich in der Nähe des Hotels absetzen, wo ich noch eine Weile umherschlenderte.

Dabei kam ich auch an dem Apartmenthaus in der Sutter Street vorbei, aber auf die Idee zu klingeln verfiel ich noch nicht. Ich hielt mich eine ganze Weile vor dem Gebäude mit der angeschmutzten weißen Fassade und den Feuerleitern auf und versuchte herauszufinden, welche Fenster zu Johns Wohnung im sechsten Stock gehörten und ob dort Licht brannte, doch die Stufen zum Eingang stieg ich erst am nächsten

DIE GLÜCKLICHSTE ZEIT MEINES LEBENS

Tag hinauf. Es war nach Mittag, und diesmal zögerte ich nicht mehr. An der Tür standen keine Namen, nur die Nummern der Apartments, aber ich konnte es natürlich nicht lassen, wenigstens versuchsweise den Code zu drücken. Er war nicht schwer zu merken, Johns Geburtsjahr, und schon fand ich mich im Foyer wieder. Der Aufzug kam rumpelnd herunter, als ich ihn rief, und kaum dass ich das Scherengitter und die Tür hinter mir geschlossen hatte, setzte er sich ruckelnd wieder in Bewegung.

Oben angelangt, schritt ich lautlos über den Teppichboden und klopfte am Ende des Gangs. Ich wollte mich schon wieder davonstehlen, als ich ein Geräusch hörte. Die Tür ging auf, und eine junge Frau stand vor mir. Mager wie eine halbverhungerte Katze, trug sie einen Anorak über ihrer Latzhose und eine auffällige pinkfarbene Mütze und sah mich misstrauisch an.

»Wie bist du hereingekommen?«

Bevor ich antworten konnte, warf sie die Tür wieder ins Schloss, als würde ihr im selben Augenblick bewusst, was für eine Unvorsichtigkeit sie begangen hatte. Ich wartete und klopfte noch einmal. Dann stellte ich mich so hin, dass sie mich durch den Spion gut sehen konnte, und versuchte, ein möglichst harmloses Gesicht zu machen. Ich hörte, wie sie die Kette vorlegte, und als sie wieder öffnete, sah ich nur ihre weit aufgerissenen Augen in dem schmalen Spalt.

»Was willst du hier?« fragte sie. »Wer bist du?«

»Ein Freund von John.«

»Ach ja«, sagte sie. »Das kann jeder behaupten. Wer sagt, dass du mir nicht irgend etwas erzählst? Außerdem wohnt er nicht mehr hier.«

»Ich weiß«, sagte ich. »Ich hätte zwei oder drei Fragen.«

»Die beantworten sich von selbst«, sagte sie. »Er ist tot.«

ZWEITER TEIL

»Ich weiß«, sagte ich wieder. »Ich habe hier einmal ein paar
Tage verbracht und würde mich gern umsehen. Kannst du mich
einen Augenblick hereinlassen? Ich verspreche dir, gleich wieder
zu gehen.«

Als ich mich beeilte zu erzählen, wie lange ich John gekannt
hatte, hörte sie mit unbewegter Miene zu, und ich konnte nicht
einmal einschätzen, ob sie mir glaubte oder ob sie mich für
einen Schwindler hielt. Ich sagte, ich sei eigens aus Österreich
gekommen, aber auch damit vermochte ich sie nicht zu erweichen.
Sie sah mich weiter starr an, und erst als mir einfiel zu erwähnen,
ich hätte John noch wenige Wochen vor seinem Tod in
Israel getroffen, regte sich etwas bei ihr.

»Dann musst du Hugo sein«, sagte sie ohne viel Begeisterung,
aber doch so, dass ich nicht mehr fürchtete, sie würde mir
noch einmal die Tür vor der Nase zuschlagen. »Warum sagst du
das nicht gleich?«

Ganz überzeugt war sie immer noch nicht, und als sie die
Kette zurückschob, schien sie es halb gegen ihren Willen zu tun.
John hatte mir in Jerusalem von einem Mädchen erzählt, das er
seit einiger Zeit sehe, und das war ohne Zweifel sie. Sie trat zur
Seite und ließ mich in den Vorraum. Die Arme um die Brust geschlungen,
stand sie mit eingeknickten Knien da und bereute
es offensichtlich schon, mich hereingelassen zu haben. Die ausgetretenen
Stiefel, die sie anhatte, wirkten an ihrem Körper viel
zu groß. Eher noch in ihren Zwanzigern als älter, sah sie mitgenommen
aus, ein kleines Gesicht unter der dominierenden
Mütze, übergroße Augen, die abwechselnd ängstlich und offensiv
blickten, und die Haarsträhnen, die an den Wangen hervorschauten,
waren zerzaust.

»Ich bin Diane«, sagte sie. »Eine Freundin von John. Schlimme
Geschichte. Du weißt, dass er ermordet worden ist? Ich kann

DIE GLÜCKLICHSTE ZEIT MEINES LEBENS

es bis heute nicht glauben. Am Tag davor ist er mit mir noch in Berkeley gewesen.«

»Ja«, sagte ich. »Schlimm. Und nach wie vor keine Spur, nehme ich an. Dabei ist es jetzt Monate her.«

»Nein«, sagte sie. »Nichts.«

»Keine Verdächtigen?«

»Nein«, sagte sie. »Die Polizei hat hier alles auf den Kopf gestellt, aber mehr nicht. Schließlich war John auch nur ein mittelloser Freak. Da nimmt es niemand so genau.«

»Und was denkst du, wer es gewesen sein könnte?«

»Keine Ahnung«, sagte sie. »Feinde hat jeder.«

»Und das heißt?«

»Das heißt, was es heißt«, sagte sie. »Nichts weiter.«

Auf einmal verhielt sie sich so, als wäre ihr eine erste Zutraulichkeit nur unterlaufen. Sie schien sich nicht entscheiden zu können, ob sie mir den Zugang zu den beiden Räumen nicht doch versperren sollte, zu Johns Zimmer und dem Gästezimmer, in dem ich ein paar Tage untergebracht gewesen war. Eine Weile standen wir uns schweigend gegenüber, und ich roch jetzt deutlich den Geruch von Marihuana, den ich schon auf dem Gang wahrgenommen hatte, der sich hier im Vorraum aber wie eingedickt hielt, süßlich und schwer. Ich sah, dass sie trotz ihres Anoraks und der Mütze fröstelte, und obwohl ich es selbst nicht kalt fand, erinnerte ich mich, dass in dem Gebäude auch im Winter tagsüber die Heizung abgestellt wurde, weshalb man nach ein paar Stunden so ausgefroren war, dass man es kaum erwarten konnte, wenn sie spät am Nachmittag bullernd wieder in Gang kam.

Dann erst fiel mir auf, dass zumindest im Vorraum alles unverändert wirkte. Es waren dem ersten Anschein nach immer noch Johns Bücher in den Regalen, und auch wenn das Foto an

ZWEITER TEIL

der Wand dem Eingang gegenüber bei meinem letzten Aufenthalt noch nicht dagewesen sein konnte, war es unverkennbar ein Bild seiner Tochter in der Uniform der israelischen Armee. Auch der Blick in die Küche war mir auf fast schon absurde Weise vertraut. Durch die offene Tür sah ich Staffelei und Palette, die bereits damals neben dem kleinen Esstisch ihren Platz gehabt hatten, und über dem Kühlschrank hing an Nägeln nach wie vor das Werkzeug, Hammer, Zange, Schraubenzieher, ja, sogar ein Schlagbohrer, und verdeckte die vergilbten Pin-up-Bilder, die von Johns Vorgänger oder Vorvorgänger stammten. Nur wenige Quadratmeter groß, war das sein Lieblingsarbeitsplatz in der Wohnung gewesen, nicht nur wegen des Lichteinfalls am Morgen, sondern wegen der Sicht aus dem Fenster. Man konnte von dort auf die oberen Stockwerke der Gebäude auf dem Nob Hill sehen, und ich war selbst oft in der Nacht untätig am Spülbecken gestanden und hatte hinaus in die Dunkelheit geschaut und auf die von hinten sichtbare riesige Leuchtschrift auf einem der Dächer.

Ich erkundigte mich, warum Johns Sachen noch da seien, und Diane sagte, sie wisse nicht, wohin damit. Die Hausverwaltung war ihr entgegengekommen. Sie durfte die Wohnung ein halbes Jahr formlos behalten und sollte dafür Johns Pflichten als Apartmentmanager übernehmen und sich um die Räumung kümmern. Die Frist wäre Anfang nächsten Jahres ausgelaufen, aber sie hatte sich noch einmal um eine Verlängerung bemüht und sich deswegen zunächst nicht weiter um die Dinge gekümmert. Sie musste froh sein, ein Dach über dem Kopf zu haben, weil sie sonst auf der Straße gelandet wäre. Darüber hinaus hatte sie John nur wenige Wochen gekannt und fragte sich, warum sie sich überhaupt in die Pflicht nehmen ließ.

DIE GLÜCKLICHSTE ZEIT MEINES LEBENS

»Vermacht hat er alles seinem Bruder«, sagte sie. »Eigentlich ist es *seine* Aufgabe zu entscheiden, was mit der Hinterlassenschaft geschehen soll.«

Das überraschte mich, weil ich John kaum anders als abfällig über seinen Bruder reden gehört hatte. Stets ließ er es sich angelegen sein, deutlich zu machen, dass er ihn am liebsten gar nicht erwähnen würde und dass seine ganze Existenz eine einzige Verlegenheit für ihn war. Er hieß Jeremy und arbeitete für eine Versicherung in New York, und sie hatten seit ihrer Jugend so gut wie keinen Kontakt gehabt, weil jeder Versuch in gegenseitigen Vorwürfen endete. Sie waren Zwillinge, aber John sagte, bei aller äußerlichen Ähnlichkeit hätten sie nicht verschiedener sein können, und ich erinnerte mich noch genau an seine verächtlichen Worte, seinem Bruder sei es genug, wenn er abends ein warmes Essen auf den Tisch bekomme, sein Fernsehprogramm mit einem Kübel Popcorn und einer Sechserpackung Bier habe, sein Gequassel über Motorräder und Autos und alle paar Wochen ein Baseballspiel im Park oder einen Samstagnachmittag auf Coney Island.

»Ich würde auch gern wissen, warum er ausgerechnet ihn als Erben eingesetzt hat«, sagte Diane, als ich meine Verwunderung zum Ausdruck brachte. »Er ist einmal hier gewesen und hat ein paar Sachen mitgenommen. Johns Manuskripte und seine Notizbücher, die schwarzen Kladden. Die haben ihn am meisten interessiert. Über alles andere wollte er sich später den Kopf zerbrechen. Er hat sich aber seither nicht mehr blicken lassen.«

»Wann war das?« fragte ich. »Gleich nach Johns Tod?«

»Ja«, sagte sie. »In der Woche darauf.«

»Und seither nichts mehr?«

»Nein«, sagte sie. »Dafür tauchen immer wieder einmal sogenannte Freunde auf, die sich etwas unter den Nagel reißen

ZWEITER TEIL

wollen. Deshalb habe ich so abweisend auf dich reagiert. Ich lasse längst keinen mehr von denen herein.«

In diesem Augenblick ging die Tür zu Johns Zimmer auf, und ein junger Mann stand schwankend im Rahmen. Er war barfuß, seine heruntergerutschte Hose bauschte sich an den Knöcheln, und er hatte eine Decke um die Schultern gewickelt und bibberte dennoch vor Kälte. Sein Haar war verfilzt, der Bart struppig, vergeblich versuchte er, seinen Blick zu fokussieren, die Pupillen rutschten ihm immer seitlich weg. Er sagte etwas und wiederholte es dann ein ums andere Mal lallend, aber es dauerte eine Weile, bis ich ihn verstand. Offenbar hielt er mich für den Pizzamann und wollte trotz meiner gegenteiligen Erklärungen hartnäckig wieder und wieder wissen, ob ich auch genug Bier mitgebracht hätte.

Das Zimmer hinter ihm war in schreiender Unordnung. Wahllos verstreut auf dem Boden lagen Kissen in verschiedenen Graden der Auflösung und Bücher mit herausgerissenen Seiten. Auf dem Couchtischchen und auf den Stühlen sowie daneben türmten sich Pappteller mit Essensresten, leere und halbvolle Gläser standen herum, ein umgekippter Aschenbecher hatte seinen Inhalt auf den Teppich verstreut. Die beiden Fauteuils, in denen John und ich uns fast jeden Abend gegenübergesessen waren, musste jemand aufgeschlitzt haben, dass die Schaumstofffüllung herausquoll. Wie seit Ewigkeiten zugezogen hielten die schweren, samtroten Vorhänge jedes Tageslicht fern, und der mit dunklen Ölfarben gestrichene Raum war nur von einer nackten, schwarzgetönten Glühbirne an der Decke beleuchtet. Ich trat die paar Schritte vor und schob den Mann beiseite. Er stürzte fast, fing sich aber gerade noch, und ich hätte ihm am liebsten einen richtigen Stoß versetzt. Es machte mich wütend, Johns Refugium in einem solchen Zustand zu sehen.

DIE GLÜCKLICHSTE ZEIT MEINES LEBENS

Mit dem wenigen, das er gehabt hatte, war er immer sorgfältig umgegangen, und die Vandalisierung hier erschien mir wie ein zweiter Anschlag auf sein Leben. Ohne dass mir das richtig bewusst wurde, hob ich ein Buch vom Boden auf, blätterte abwesend darin und suchte einen sauberen Platz, um es dort hinzulegen. Dann warf ich es zurück auf den Haufen, aus dem ich es herausgefischt hatte.

Als Diane mich bat, in das andere Zimmer zu gehen und dort auf sie zu warten, war ich erleichtert. Sie umschlang den Mann und schob und hob ihn dahin zurück, von wo er gekommen war. Er leistete keinen Widerstand, lallte aber immer noch vor sich hin, und sie sah mich über seine Schulter hinweg halb verzweifelt, halb entschuldigend an.

»Ich kümmere mich um ihn und komme dann zu dir«, sagte sie. »Schau dich inzwischen ruhig um.«

Mein Zimmer, wie ich es für mich nannte, war aufgeräumt und alles in allem so, als hätte es in den acht Jahren seit meinem Aufenthalt kaum jemand betreten. Es war immer noch spärlich möbliert, ein Futon, ein kleiner über und über mit Farbe beschmierter Schreibtisch samt Klappstuhl, der freistehende Heizkörper, und sonst außer dem begehbaren Wandschrank nichts, aber als erstes fiel mein Blick auf das Bild, das ich seinerzeit gekauft und dann in Gmunden bezahlt hatte, mein *Self-Portrait as a Hated Jew*. Es stand immer noch so an der Wand, wie John es hingestellt hatte, um es mir zu präsentieren, und strahlte die gleiche Finsternis, die gleiche Grimmigkeit, ja, die gleiche Infamie aus, wie es den Betrachter mit seinem winzigen Zyklopenauge anblickte, als wollte es ihn anklagen, warum er es soweit mit ihm habe kommen lassen. Daneben lehnte jetzt ein kleineres Format, das einen nicht weniger auffallenden Titel trug und das in greller Auflösung befindliche, oval verzerrte

ZWEITER TEIL

Gesicht einer jungen Frau mit brutal geschorenem Haar zeigte. Es konnte seine Ähnlichkeit mit einem Modigliani schwer verleugnen und hieß *Feld Hure*, in genau dieser Schreibweise auf deutsch, mit einer anschließenden Nummer. Ich wusste aus seinen Briefen, dass John es gemalt hatte, als er auf die Erinnerungen einer Auschwitz-Überlebenden gestoßen war, die gleich nach dem Krieg nach Israel auswanderte. Mit dem Schiff in Haifa angelangt, war sie von den Jahren im Lager und von der Reise noch so schwach, dass ein Soldat sie von Bord tragen musste. Als er sie am Strand absetzen wollte, wehrte sie sich plötzlich mit aller Macht dagegen und sagte, sie sei nicht würdig, mit ihren Füßen den Boden des Gelobten Landes zu berühren. Er fragte sie, warum, und sie erzählte ihm ihre Geschichte.

Es gab noch andere Bilder in dem Zimmer. Nicht aufgespannt, lagen die Leinwände, jeweils durch Fettpapier getrennt, übereinandergestapelt auf dem Boden, alle vom gleichen Querformat, etwa ein Meter zwanzig mal siebzig oder achtzig, und ich ließ mich neben ihnen nieder und schaute mir jetzt eine nach der anderen an. Es waren die Bilder, die später als die *Zwillingsbilder* bekannt werden sollten, immer zwei Köpfe nebeneinander, einmal der eine weiß, der andere schwarz, einmal der eine mit zwei roten Pinselschlägen durchgestrichen, einmal der andere, einmal beide. Da unterschieden sie sich nur in der Kleidung, ließen sich beim einen Anzug und Krawatte erkennen, beim anderen ein ausgefranstes T-Shirt. Dort waren es die Frisuren, Glatze und Langhaar. Ein Clownsgesicht fand sich neben einer Leichenbittermiene, ein Richter in seiner Robe neben einem Häftling in Montur, ein Glücklicher neben einem Traurigen. Es war alles ziemlich absehbar, natürlich konnte man das durchdeklinieren und ad infinitum variieren, der eine so, der andere anders, und man würde auf Tausende von Beispielen kom-

DIE GLÜCKLICHSTE ZEIT MEINES LEBENS

men. Als ich auf ein Bild stieß, auf dem am unteren Rand auf dem Jackenärmel des einen ein abgeschnittenes Hakenkreuz und auf dem des anderen ein gekappter Judenstern zu sehen war, hatte ich so etwas fast schon erwartet und konnte mir nicht vorstellen, dass das auch nur für eine kleine Provokation reichte, geschweige für mehr. Ich wusste, John hätte über solche Bedenken gelacht, aber den künstlerischen Wert vermochte ich nicht einzuschätzen, will sagen, ich hatte meine Zweifel, und je mehr ich zu sehen bekam, um so mehr musste ich mir meine Enttäuschung eingestehen. Die letzten Leinwände wollte ich schon gar nicht mehr betrachten, als ich plötzlich doch noch gepackt wurde. Auf einmal erschien mir alles anders. Denn auf ihnen waren die Köpfe nicht nur statisch nebeneinander abgebildet, sondern sie agierten miteinander, was alle Versuche davor zu Studien machte, die am Ende hierhin führten und allein damit ihr eigenes Recht hatten.

Es waren vier Leinwände, ganz unten im Stapel. Auf der ersten fassten sich die beiden aufs Haar gleichen Köpfe mit ihren Händen gegenseitig ins Gesicht. Sie zogen und zerrten daran, aber es kam dann doch überraschend, dass sie es sich auf dem zweiten Bild schon halb heruntergerissen hatten wie eine Maske und auf dem dritten, auf dem sie nur mehr rohe Fleischstümpfe mit erschreckend lebendigen Augen waren, einander die auf den Fingern aufgespannten Hautflächen wie zum Inspizieren hinreckten. Auf dem vierten Bild starrten die beiden jetzt blutigen Köpfe mit offensichtlichem Grauen auf die Innenseiten ihrer eigenen Gesichter, die sie auf Armlänge von sich hielten. Als Betrachter konnte man nicht sehen, was sie dort zu erkennen glaubten, aber das Entsetzen in ihren Blicken ließ keinen Zweifel, dass es noch viel scheußlicher sein musste als alles, was man auf der Leinwand präsentiert bekam.

ZWEITER TEIL

In dieser unmittelbaren Brutalität hatte ich kaum etwas Vergleichbares gesehen, und mir stellte sich nur die Frage, ob John das aus innerer Notwendigkeit oder aus schierer Berechnung und dem Wunsch zu schockieren gemalt hatte. Allein danach wollte ich die Bilder beurteilen. Er hatte einmal gesagt, Zwillinge seien die einzigen, die ihr Gesicht auf dem Körper eines anderen anschauen könnten, und selbst wenn sie von Geburt an daran gewöhnt seien, brauche man nur ein wenig nachzudenken, um zu verstehen, was für eine entsetzliche Geschichte das sei, aber erklärte das etwas? Mit dem Titel für die kleine Serie war es wie immer bei ihm. Er gab seinem Hang zum Plakativen nach und konnte sich nicht entscheiden zwischen *Kain und Abel, Esau und Jakob* oder *Isaak und Ismael.* Zwar waren alle drei Varianten durchgestrichen, aber er hatte sie trotzdem stehenlassen und darunter den neuen Titel *Looking for the Terrorist* geschrieben, der mir immerhin originell erschien. Daneben standen ein paar hebräische Schriftzeichen, die ich nicht lesen konnte.

Das tat dann Diane für mich. Sie erklärte mir, dass sie *Das Blut deines Bruders* bedeuteten. Wie gebannt von den Bildern, hatte ich nicht gemerkt, dass sie hereingekommen und schon eine Weile hinter mir gestanden war. Sie hatte es zuerst hebräisch ausgesprochen, und ich bat sie, es zu wiederholen, und fragte sie, ob sie die Sprache könne, aber sie sagte nein, nur gerade die paar Worte, die John ihr beigebracht habe, und sie sei nicht einmal sicher, ob sie die nicht längst schon ins Unkenntliche verzerre.

»Phantastische Bilder, nicht?« sagte sie. »Bevor er nach Israel gefahren ist und nach seiner Rückkehr hat er Tag und Nacht daran gearbeitet. Die Idee mit den heruntergerissenen Gesichtern scheint er aus einem Buch zu haben. Wenn mich nicht alles täuscht, war es sogar ein deutscher Roman.«

DIE GLÜCKLICHSTE ZEIT MEINES LEBENS

»Ein deutscher Roman?«

»Soweit ich mich erinnere, ja«, sagte sie. »Er muss bei seinen anderen Büchern sein. Ich glaube, der Autor war Rilke oder so. Kann das sein?«

»Ja«, sagte ich. »Das kann sein. Ich habe gar nicht gewusst, dass John ihn gelesen hat. War der Titel vielleicht *Die Aufzeichnungen des Malte Laurids Brigge*?«

»Schon möglich«, sagte sie. »Irgendwie so.«

Ich fragte sie, ob sonst jemand die Bilder gesehen habe, und sie sagte, dass vor einiger Zeit Leute von einer Galerie in Downtown dagewesen seien und ein paar von Johns Leinwänden mitgenommen hätten.

»Eine Ausstellung hatten sie schon vor seinem Tod geplant, aber das hat sich daran zerschlagen, dass er um nichts in der Welt von dem Begriff ›Zionistische Kunst‹ in der Ankündigung abrücken wollte. Sie haben das jetzt noch einmal aufgegriffen, doch es gibt wieder ein Problem mit der Bezeichnung, weil Johns sogenannte Freunde Wind davon bekommen haben und drohen, einen Skandal zu machen, wenn auf seine letzten Wünsche nicht penibel Rücksicht genommen wird. Was glaubst du, wer hier alles hereinwill, seit die Kunde von den *Zwillingsbildern* die Runde macht?«

»Hat John so viele Freunde gehabt?«

»Freunde?« sagte sie. »Das habe ich nicht gesagt.«

»Dann eben sogenannte Freunde.«

»Hyänen finden sich immer, aber ich lasse die Bilder keinen von denen sehen«, sagte sie. »Der einzige andere war natürlich Johns Bruder, und der hat sich vor Abscheu fast übergeben. Er hat gesagt, es sei hundsgemeines, abartiges Zeug und er wolle nichts damit zu tun haben. Am liebsten hätte er alles an Ort und Stelle verbrannt.«

ZWEITER TEIL

Sie deutete auf das Selbsportrait.

»John war besessen davon, dass keiner die Juden mag, und genaugenommen stimmt es natürlich auch, keiner mag sie, obwohl niemand sich traut, das zuzugeben.«

»Was sagst du da?« fragte ich. »Keiner mag die Juden?«

Ich suchte ihren Blick, aber sie schaute an mir vorbei.

»Ja«, sagte sie. »Weil die Juden selbst keinen mögen.«

Sie stand immer noch unschlüssig an der Tür und ging jetzt hinaus, kam aber gleich mit einem Foto wieder zurück und hielt es mir hin. Es zeigte zwei schwer übergewichtige, vielleicht sieben- oder achtjährige Jungen in dunklen Anzügen und mit kurzen, wie Schlabberlätzchen wirkenden Krawatten, die mit herabhängenden Ärmchen vor Standmikrofonen plaziert waren und aus voller Kehle sangen. Ich wollte es in die Hand nehmen, aber sie ließ nicht los.

»John und sein Bruder«, sagte sie. »Wenn es nach ihrer Mutter gegangen wäre, hätten sie eine große Gesangskarriere gehabt. Kannst du dir das vorstellen, diese unbeholfenen Dickerchen? Sie hat Probeaufnahmen machen lassen und ist mit ihnen durch das ganze Land gefahren, weil sie auf einen Agenten hereingefallen ist, der ihr eine Zukunft beim Fernsehen für die beiden versprochen hat, wenn sie nur am richtigen Ort wären.«

Ich hatte die Geschichte selbst für eine Übertreibung gehalten, als John sie mir bei meinem letzten Aufenthalt in San Francisco erzählt hatte. Seine Mutter hatte ihn mit seinem Bruder quer über den Kontinent nach Hollywood geschleppt, um erst dort zu bemerken, dass sie einem Betrüger aufgesessen war, der ihr nicht nur das Geld abnahm, sondern sich auch noch über ihre Naivität und ihre talentlose Brut lustig machte. Wir waren wie so oft spätnachts noch um den Block gegangen, und es war bei diesen Gelegenheiten fast schon die Regel, dass er sich

DIE GLÜCKLICHSTE ZEIT MEINES LEBENS

seinen Erinnerungen hingab. Er sagte, er hätte alles getan, um seiner Mutter ihren Traum von Berühmtheit und Reichtum zu erfüllen, und habe geglaubt, er würde sie mit dem Geld, das er dereinst verdiene, aus dem verlausten Apartment in der Bronx herausholen, ihr ein riesiges Haus mit Swimmingpool kaufen und sie wäre nicht mehr so traurig, wagte sich wieder unter Leute und würde vielleicht sogar von dem Koffer mit ihren Toten loskommen, wenn es nur irgendwie mit seinem Singen klappte. Dabei lachte er, aber es war ein gezwungenes Lachen. Dann blieb er plötzlich mitten im Schritt stehen und fing an loszuträllern. Ich weiß noch genau, es war in der Jones Street, zwischen der Post Street und der Geary Street, wir waren abwärts durch den Tenderloin unterwegs, nur mehr ein paar versprengte Gestalten auf der Straße, und er sang *Santa Lucia*.

Ich schaute auf das Foto und musste plötzlich mit meiner Rührung kämpfen. Diane hatte sich neben mich auf den Boden gesetzt. Sie zauberte eine Zigarette aus ihrem Anorak hervor, zündete sie an und hielt sie mir hin. Ich schüttelte den Kopf, und sie zog mit geschlossenen Augen daran. Dann nahm ich sie ihr doch aus der Hand, steckte sie mir zwischen die Lippen und sog den Rauch so tief ein, wie ich nur konnte.

»Das Foto habe ich erst nach Johns Tod bei seinen Sachen entdeckt«, sagte sie. »Von sich aus hätte er es mir sicher nie gezeigt.«

»Aber doch nicht etwa, weil er so dick war?«

»Nein, nein. Nicht deswegen. Das ist es nicht.«

»Warum dann?« fragte ich. »Warum sollte er es verbergen?«

»Wegen seines Bruders«, sagte sie. »Für sich selbst einzustehen ist ihm gerade noch gelungen. Aber sein Bruder hat ihn daran erinnert, woher er kommt. Das hat es ihm so schwergemacht, mit ihm fertigzuwerden.«

ZWEITER TEIL

Offensichtlich versuchte sie also, die *Zwillingsbilder* mit dem Bruder zu erklären, insbesondere die mit den heruntergerissenen Gesichtern, sonst hätte sie das Foto wohl erst gar nicht geholt. Mir war das zuviel Psychologie. Immer noch ihren Satz im Ohr, keiner würde die Juden mögen, musterte ich sie von der Seite, während sie mir die Zigarette wieder aus der Hand nahm, und fragte sie in einem plötzlichen Impuls, welche Art Freundin sie von John gewesen sei. Es dauerte eine Weile, bis sie reagierte. Ich konnte förmlich zuschauen, wie das Begreifen erst allmählich bei ihr einsetzte. Dann verschluckte sie sich und hustete und sah mich im nächsten Augenblick entgeistert an.

»Du willst hoffentlich nicht wissen, ob ich mit ihm geschlafen habe«, sagte sie. »Oder würde dir das neue Erkenntnisse verschaffen?«

Ich schwieg und sah aus dem Fenster auf das gegenüberliegende Flachdach. Dort war bei meinem letzten Aufenthalt jeden Vormittag um dieselbe Zeit eine junge Frau aufgetaucht. Sie hatte sich hingesetzt, ihren Rücken gegen den niedrigen Aufbau in der Mitte des Gevierts gelehnt, und mit geschlossenen Augen eine Weile vor sich hin gesprochen. Zuerst hatte ich allen Ernstes geglaubt, sie würde beten, aber dann erkannte ich, dass sie ein Freisprechset hatte und telefonierte. Manchmal stand sie auf und ging bis zum hinteren Rand des Daches und blickte von dort über das unregelmäßige Gewürfel der angrenzenden Gebäude, manchmal trat sie an den vorderen Rand vor und winkte mir zu, wenn ich hinausschaute, und daran zu denken machte mich schwindlig.

»Was ist eigentlich mit dem Herrn im Nebenzimmer?« fragte ich. »Der ist ja ganz schön bedient.«

Ich weiß nicht, warum ich mich überhaupt erkundigte. Es spielte keine Rolle, und obwohl es womöglich so klang, ich woll-

DIE GLÜCKLICHSTE ZEIT MEINES LEBENS

te Diane keine Vorwürfe machen. Wer immer der junge Mann war, es störte mich, dass er sich in Johns Sachen eingenistet hatte und mit ihnen offensichtlich umging wie ein Barbar, aber ich konnte es nicht ändern.

»Hat John ihn gekannt?«

Ich stand auf, um zu gehen, und auch Diane erhob sich.

»Warum willst du das wissen?«

»Vergiss es«, sagte ich. »Es geht mich nichts an.«

»Ich kann es dir gern sagen.«

»Vergiss es.«

Als hätte der Mann unsere Unterhaltung mitbekommen, rief er genau in dem Augenblick nach ihr, und sie sagte, es tue ihr leid, dass ich ihn nicht in einem anderen Zustand kennengelernt hätte. Ich trat in den Vorraum, und während sie hinter mir stand, sah ich ihn durch die halb offene Tür auf dem Boden liegen, wo er wie ein für alle Mal hingestreckt wirkte. Die Decke war ihm von den Schultern gerutscht und gab seinen unbehaarten Oberkörper frei, und als sie ihn ansprach, reagierte er nicht. Ich fragte Diane, ob sie zurechtkomme, und gab ihr die Hand, und obwohl sie mir dabei in die Augen blickte, erwiderte sie den Druck nicht.

Ich war bereits aus dem Haus, als mir einfiel, dass ich hatte nachschauen wollen, ob an der Innenseite der Badezimmertür immer noch das Poster von Freddie Mercury hing. John hatte es aufgehängt, obwohl er die Musik von Queen nicht mochte. Es zeigte den Sänger in seinen letzten Lebenswochen, von seiner Krankheit schwer gezeichnet und weiß geschminkt wie ein Clown oder eher wie ein Stummfilmdarsteller aus den Anfängen des Kinos, fast schon ein Geist, als könnte er auf der Leinwand jederzeit endgültig verflimmern und tauchte gegen alle Wahrscheinlichkeit doch wieder auf. Nichts mehr war von seiner einst strotzenden Vitalität übrig, nur seine Sanftheit, nur

ZWEITER TEIL

diese Augen. John hatte mir in Jerusalem erzählt, dass er seit Monaten den Tag damit beginne, sich auf Youtube die ersten paar Sekunden eines Konzerts von Queen abzuspielen. Er fühlte sich der Welt sonst nicht gewachsen, konnte nicht hinaus auf die Straße, wenn er sich nicht vorher auf dem Bildschirm anschaute, wie Freddie Mercury, da noch gesund, begleitet vom Kreischen und Quietschen der sich einstimmenden Gitarren, im Dunkeln die Stufen zur Bühne hochstieg und, plötzlich im Scheinwerferlicht, mit seiner alles umfassenden Stimme anfing zu singen.

Es war helllichter Tag. Nur ein paar Schritte vom Haus entfernt blieb ich in der Sutter Street Ecke Leavenworth in der Sonne stehen und konnte kaum glauben, woher ich kam. Die Dezemberkälte hatte sich verzogen, und es herrschten frühlingshafte Temperaturen. Wenn ich drei Blocks den Hügel hinaufschlenderte, wäre ich auf dem Nob Hill mit seinen Luxushotels und den betressten Dienern am Eingang. Ich könnte zuschauen, wie vielleicht jetzt schon die ersten Limousinen für den Nachmittagstee vorfuhren, oder mich im Huntington Park auf eine Bank setzen und auf die chinesischen Mütter mit ihren Kindern warten, die von Chinatown heraufkamen. Es war Sonntag, und womöglich gäbe es in der Kathedrale gegenüber schon ein Adventskonzert. Dort konnte man angeblich immer noch das alte Geld sehen, was weniger den materiellen Wert meinte als ein Comme-il-faut, tapfer vor sich hin welkende Patriziertöchter, nach einem langen Leben wieder fragil und durchsichtig geworden wie Mädchen, die mit ihren Begleitern zu den musikalischen Darbietungen herbeidefilierten, aufgeputzt, wie sie sechzig oder siebzig Jahre davor zu ihren Debütantinnenbällen gestakst waren. Kaum drei Blocks den Hügel hinunter, Richtung Market Street, war man mitten im Purgatorium. Die unglaublichsten Exemplare der menschlichen Fauna durchstreiften lee-

DIE GLÜCKLICHSTE ZEIT MEINES LEBENS

ren Blicks diese städtische Wildnis mit ihren Sozialwohnhotels, Vierundzwanzigstunden-Geschäften und auf den Gehsteigen kampierenden Obdachlosen. Unter der Hand wurde auf Teufel komm raus gekauft und verkauft, und wahrscheinlich bezogen an den Ecken schon die Prostituierten ihre Stellungen, und die ersten Neonlichter flackerten auf, lange bevor die Sonne unterging. Das war Amerika, wie es im Buch stand, Himmel und Hölle direkt nebeneinander, als könnte man sich tatsächlich frei entscheiden und es würde nur an einem selbst liegen, ob man auf der einen oder auf der anderen Seite landete.

Ich zog mich ins Hotel zurück und blieb dort für den Rest des Nachmittages. Später am Abend ging ich kurz aus, etwas essen und dann zum Union Square hinunter, wo es einen Weihnachtsbaum gab und ein Eisplatz angelegt war, an dem ich eine Weile den Schlittschuhläufern zusah, wie sie ihre Runden drehten. Als ich wieder in meinem Zimmer war, las ich meine E-Mails. Cecilia fragte, ob ich gut angekommen sei, aber ich antwortete nicht. Die *Zwillingsbilder* mit den blutig heruntergerissenen Gesichtern gingen mir nicht aus dem Kopf, und ich wollte ihr das nicht gleich auf die Nase binden. Auch von Naima war eine Nachricht da. Sie erkundigte sich, ob es in Österreich schon geschneit habe, und ließ mich wissen, dass es kalt sei in Palästina und dass dort für die nächsten Tage Schnee angekündigt sei. Angehängt hatte sie ein Bild des Tempelbergs im strömenden Regen, von dem ich meinen Blick lange nicht loszureißen vermochte. Ich überlegte hin und her, was sie damit beabsichtigte, ohne zu einem Schluss zu kommen. Dann schrieb ich ihr unbefangen, ich sei für drei Wochen nach San Francisco geflogen, kehrte gerade von einem langen Spaziergang am Meer zurück und hoffte, dass sie sich trotz der Kälte aufgehoben und in Bethlehem am richtigen Ort fühle.

II

Elaine sprach alles andere als gut über Diane. Eigentlich wollte ich ihr nichts von meinem Besuch in der Sutter Street erzählen, weil ich dann zugeben musste, dass ich schon länger in der Stadt war und nicht erst angekommen, aber das hätte das Gespräch nur unnötig verkompliziert. Sie empfing mich in ihrer Wohnung am Rand von Chinatown, einem kleinen Zweizimmerapartment mit einem Erkerfenster, aus dem man ein winziges Stück Bucht sah, und strich in einem fort den Rock über ihren Knien glatt, während sie mir gegenübersaß. Ich weiß nicht, woher ihre Unsicherheit kam, aber sie blickte mich an, als fühlte sie sich von mir begutachtet. Dabei war ich schon bei meinem Eintreten wieder gleich gefangengenommen von ihr wie damals, als wir uns kennenlernten. Sie hatte immer noch die alte Leichtigkeit, auch wenn sie selbst nicht mehr daran zu glauben schien, immer noch dieses Ätherische, dieses haltlos Verschwebte, wie John es genannt hatte. Während sie zwischen Küche und Wohnzimmer hin- und hereilte und Tee und ein paar Cracker auftischte, erzählte sie mir, wie sie durch die vergangenen Jahre gekommen war. Von ihrem Mann getrennt, lebte sie allein mit ihrem zehnjährigen Sohn, und wenn ich die Andeutungen richtig verstand, musste sie in der Krise Geld verloren haben. Jedenfalls sagte sie mit einem Blick auf die beiden Räume und die kärgliche Möblierung, sie sei dabei sich umzustrukturieren. Sie hatte erst wieder angefangen zu arbeiten, aber ihre Halbtagsstelle in einer Anwaltskanzlei im Financial

DIE GLÜCKLICHSTE ZEIT MEINES LEBENS

District hielt sie so weit über Wasser, dass sie den Kopf heben und sich umschauen konnte, was das Leben für sie sonst noch abwarf.

Ich kann nicht sagen, ob sie auf die Erwähnung von Diane auch deswegen mit so viel Ablehnung reagierte, weil sie gerade noch so offen über sich selbst gesprochen hatte. Sie änderte augenblicklich den Ton, kaum dass ich eine Andeutung machte, und war dann fast nicht wiederzuerkennen. Ich hatte sie noch nie so erlebt und wunderte mich, weil zur Souveränität ihres früheren Auftretens auch Gelassenheit gehört hatte.

»Dass John am Ende auf dieses Biest kommen musste«, sagte sie, und es folgte ein ganzer Schwall von Wörtern, die ich von ihr nicht kannte. »Eine richtige Schlampe, ebenso hilflos wie durchtrieben. Ein bisschen Menschenkenntnis, und man sieht ihr das auf hundert Meter gegen den Wind an. Willst du hören, wie sie ihr Geld verdient?«

»Ich nehme an, du wirst es mir sagen.«

»Sie ist Schauspielerin.«

»Als ob das ein Verbrechen wäre.«

»Dann rat einmal, was für Filme sie macht.«

Ich sagte nichts, und Elaine wetterte einfach weiter.

»John hat sie auf die gleiche Weise für sich rekrutiert wie in den späteren Jahren die meisten seiner Freundinnen. Eine Schreibklasse, die er in unregelmäßigen Abständen in seinem Apartment angeboten hat. Autobiografisches Schreiben, dass ich nicht lache. Weißt du, was für Wracks da bei ihm angestrandet sind? Alle mit irgendwelchen Missbrauchsgeschichten oder sonst einem Gejammer.«

Angeblich waren bei diesen Kursen neun von zehn Teilnehmern Frauen gewesen, und wenn ich dem harten Urteil von Elaine glauben wollte, hatten neun von den neun Probleme gehabt, was John natürlich genau wusste und auszunützen verstand, indem er immer gleich vorging.

»Als erstes hat er ihnen aufgetragen, die Augen zu schließen, ruhig zu werden, ganz Atem und Stille, Unwichtiges auszuklammern und sich auszumalen, allein in einem Raum zu sein und die Person, die sie in ihrem Leben am meisten verletzt habe, käme herein. Was würden sie ihr sagen, wenn sie die Gelegenheit hätten, endlich alles auszusprechen? Fänden sie den Mut, sie zur Rechenschaft zu ziehen? Dann sollten sie die Augen wieder öffnen und es aufschreiben.«

»Ich kann mir denken, welche Märchenprinzen ihnen da vorgeschwebt sind«, sagte ich. »Bestimmt ohne Ausnahme Männer, und sicher nicht die schlechtesten Exemplare.«

»Richtig«, sagte sie. »Oft genug der eigene Vater. John hat wunderbar Verständnis mimen können, wenn die Armen ihm ihr Herz ausgeschüttet haben. Sie sind vor ihm dahingeschmolzen, als wäre nicht er genau der Mann gewesen, mit dem sie ihre wirklich schlechten Erfahrungen erst machen würden.«

»Das hat auch für dich gegolten?«

»Für mich nicht«, sagte sie. »Wir hatten eine gute Zeit.«

»Warum dann dieser Sarkasmus, Elaine?«

»Du hättest seine Schreibschülerinnen sehen sollen«, sagte sie. »Wenn jemand das Unglück angezogen hat, dann sie. Lauter Verlorene. Diane hat bestens in die Reihe gepasst. Ich habe selbst erlebt, wie sie John Daddy genannt hat, und ihm ist es nicht zu blöd gewesen, das aufzugreifen. ›Baby, willst du Daddy nicht einen Kuss geben?‹ Ein alter Mann, der sich selbst als Daddy bezeichnet, kannst du dir ihn in der Rolle vorstellen?«

»Na ja«, sagte ich. »Der erste wäre er nicht gewesen. Klingt nach Hemingway. Nicht, dass es dadurch weniger unangenehm wäre.«

DIE GLÜCKLICHSTE ZEIT MEINES LEBENS

»Sie hat ihn im Restaurant mit ihrer Gabel gefüttert wie eines dieser dämlichen Püppchen, die man jetzt überall sieht. Allein das zeigt, wie weit es mit ihm gekommen war. Wenn ich dergleichen in seiner guten Zeit auch nur versucht hätte, wäre er mir an die Gurgel gesprungen.«

»Auf mich hat Diane einen ganz vernünftigen Eindruck gemacht«, sagte ich. »Ich weiß nicht, was du hast, Elaine.«

»Das kann nicht dein Ernst sein. Eine kleine Betrügerin, die glaubt, sie könne sich mit Johns Bildern sanieren. Sie behauptet, sein Bruder habe sie ihr überlassen, nachdem er sie katalogisiert und fotografiert hatte, sie solle damit machen, was sie wolle.«

»Und das stimmt nicht?«

»Es ist egal, ob es stimmt oder nicht«, sagte sie. »Beweise hat sie keine dafür, lässt aber niemanden in die Wohnung. Was ich meine, ist die Verstiegenheit ihrer Erwartungen. Wir sprechen ja nicht von bedeutender Kunst.«

»Bist du da so sicher?«

»Ach komm, Hugo.«

»Ich bin nicht sicher.«

»Wenn du das bedeutende Kunst nennst. Du hast die Bilder doch gesehen. John hat es mit seinem Engagement immer schon übertrieben, aber was er in seinen letzten Monaten gemalt hat, sprengt jedes Maß. Unerträgliches didaktisches Zeug. Israelische Propaganda im Stil des sozialistischen Realismus.«

»Da muss ich dir widersprechen. Er hat eine Reihe von großartigen Doppelportraits gemalt. Wir scheinen nicht von denselben Bildern zu reden.«

»Von wegen Doppelportraits«, sagte sie. »Alles epigonal.«

»Aber eine große Galerie will ihn doch ausstellen.«

»Von wegen«, sagte sie wieder. »Ein paar Freunde wollten

153

ZWEITER TEIL

das in einem kleinen Laden organisieren, aber es hat sich längst erledigt, weil sie sich nicht einigen können.«

»Über die Bezeichnung ›Zionistische Kunst‹?«

»Das war die Sackgasse, in die John sich verrannt hat. Er hat sich buchstäblich die Erleuchtung versprochen, wenn er nur zu seinen Wurzeln zurückfände. Zu dem Zweck hat er sogar angefangen, Jiddisch zu lernen. Als ich ihn kennengelernt habe, war es genau umgekehrt. Da hat ihn nichts *mehr* umgetrieben, als von dem ganzen Kram ein für alle Mal loszukommen.«

»Aus der Ausstellung wird also nichts?«

»Ich fürchte, nein. Dafür soll es in der City Lights Buchhandlung einen Abend zur Erinnerung an ihn geben. Das ist noch, solange du hier bist. Wenn du willst, können wir zusammen hingehen.«

Wir sprachen eine Weile über anderes, und dann wollte Elaine wissen, ob ich noch Kontakt zu dem palästinensischen Schriftsteller und seiner Schwester hätte. Sie sagte, Johns Freunde seien in großer Aufregung gewesen und natürlich in die irrsten Spekulationen verfallen, als sie ihnen von seiner Israelreise kurz vor seinem Tod erzählt habe. Er hatte angeblich niemanden darüber informiert, und die Polizei sollte tatsächlich noch einmal deswegen Nachforschungen angestellt haben. Soviel Elaine wusste, war dabei aber nichts herausgekommen, genausowenig wie bei allem anderen, was die Beamten in der Sache getan hatten, und der Fall war längst abgeschlossen.

»Bis dahin sind die Ermittlungen ziemlich ziellos verlaufen«, sagte sie. »Die einzige Spur, die wirklich ernsthaft verfolgt wurde, war die zu seinen Anonymen Alkoholikern.«

»Hat es dort einen Verdächtigen gegeben?«

»Das nicht, aber Anhaltspunkte.«

DIE GLÜCKLICHSTE ZEIT MEINES LEBENS

Sie hob die rechte Hand vor ihre Brust, drückte sie wie gegen einen unsichtbaren Widerstand ein paar Mal nach unten und bat mich, mir bloß nicht zuviel zu versprechen, wenn ich nicht enttäuscht werden wollte.

»Ich weiß nicht, ob du die Vorgehensweise bei diesen Treffen kennst, Hugo«, sagte sie dann. »Die Leute suchen sich dort einen sogenannten Sponsor, der sie bei ihrem Weg aus der Sucht an die Hand nehmen soll. Ihm vertrauen sie sich an. Die Idee ist, dass sie ihm auf ihrer Suche nach einer spirituelleren Existenz nichts, aber auch gar nichts selbst von ihren finstersten Abgründen verschweigen.«

»Aber was hat das mit dem Mord an John zu tun?«

»Es sind nicht nur rechtschaffene Bürger mit einem kleinen Problem, die zu diesen Treffen gehen, sondern genug zwielichtige Gestalten, denen man besser nicht begegnet«, sagte sie. »Offenbar haben ausgerechnet die mit Vorliebe John als Sponsor gewählt, weil sie aus irgendeinem Grund einen Geistesverwandten in ihm sahen.«

»Natürlich«, sagte ich. »Muttersöhnchen war er keines.«

»Ich spreche von Knastbrüdern und Unterweltsfiguren.«

»Schon klar, aber worauf willst du hinaus?«

»Manche von ihnen müssen ihm Dinge erzählt haben, die sie ein halbes Leben hinter Gitter gebracht hätten, wenn er damit nicht diskret umgegangen wäre«, sagte sie. »Es kann ihnen nicht entgangen sein, dass es ein gewisses Risiko birgt, sich ausgerechnet einen Schriftsteller als Beichtvater zu nehmen, und vielleicht hat das später einer bereut.«

Selbstverständlich ließ die Polizei alle überprüfen, die in Frage kamen, und entweder, sie hatten ein Alibi, oder sie waren schon nicht mehr am Leben. Es blieben Mutmaßungen, die nirgendwo hinführten, aber ich mochte es, mit Elaine so zu reden,

155

weil ich dadurch einen neuen Einblick in Johns Leben bekam. Außerdem war es eine gute Geschichte, und wer immer wollte und Muße hatte, konnte daraus einen Krimi stricken. Sie hatte sich von der Arbeit freigenommen, und weil ihr Sohn erst am Abend von der Schule zurückkommen sollte, nutzte sie die Stunden, und wir gingen zu dem Haus in Lower Haight, in dem wir uns zum ersten Mal begegnet waren. Auf dem Weg dorthin sprach sie noch immer über die Ermittlungen, und da erzählte sie dann auch, dass John groteskerweise genau in der Zeit, als er umgebracht worden war, selbst als Experte in einem Mordfall vor Gericht hätte auftreten sollen.

»John als Experte?« sagte ich. »Wofür denn?«

»Für die Wahrheit natürlich. Er sollte als Schriftsteller die Texte einer jungen Frau begutachten, ob sie eher autobiografisch waren oder reine Fiktion. Man ist wegen seiner Schreibklassen auf ihn gekommen.«

»Aber vor Gericht?« sagte ich. »Wie das?«

»Die Frau ist in Daly City ermordet worden, und man hat schnell einen Verdächtigen gehabt«, sagte sie. »In ihrer Vagina hat sich sein Sperma gefunden. Also schien der Fall klar, bis die Verteidigung auf die Idee gekommen ist, die Geschichten der Frau als Beweismaterial vorzulegen, die sie in einem Workshop geschrieben hat. Darin geht es um Sex mit Aberdutzenden von wahllos auf der Straße angesprochenen Männern, und es stellt sich seither die Frage, ob das nur ihre Phantasien waren oder ob es auch die Realität gewesen sein könnte.«

»Das würde alles ändern?«

»Immerhin gäbe es dadurch eine Möglichkeit, wie Sperma in ihre Vagina gelangt sein könnte, ohne dass dahinter gleich eine Gewalttat stecken musste.«

»Mit ihrer Einwilligung?«

DIE GLÜCKLICHSTE ZEIT MEINES LEBENS

»Ja«, sagte sie. »Und das würde auch ihren Freund noch einmal in den Fokus rücken, den die Verteidigung für den wahren Täter hält. Er könnte auf die Texte gestoßen sein und die Tat in einem Anfall von Eifersucht begangen haben. Damit wäre kein Stein mehr auf dem anderen.«

Das gefiel mir, ein Schriftsteller als Experte vor Gericht, der entscheiden sollte, wie die Dinge in einer Geschichte sich wirklich verhielten, wahr oder falsch. Ich hatte noch nie gehört, dass es das gab, aber vor diesem Hintergrund bekamen die müßigen Diskussionen, woher jemand die Ideen für sein Schreiben hatte, endlich einen Sinn. Ich musste an mein Karl-Hermanski-Buch denken und stellte mir John als lebenden Lügendetektor vor. Aus seinen Schreibklassen hatte er auf jeden Fall Erfahrung genug, um zu wissen, wie trügerisch der Eindruck von Authentizität sein konnte und dass sich hinter etwas schlecht Gemachtem gegen allen Anschein manchmal das wahre Leben verbarg.

Wir gingen die California Street hügelauf und hügelab und dann die Fillmore Street entlang, und als wir schließlich vor dem Gebäude in der Page Street standen, war die Fassade eingerüstet und mit einem Netz verhängt, aber die Bauarbeiten schienen entweder noch gar nicht angefangen zu haben oder für längere Zeit unterbrochen zu sein. Die Gegend wirkte nach wie vor zwielichtig, wenige Blocks nur vom immer noch marihuanageschwängerten Hippie-Trampelpfad zum Golden Gate Park hinauf, aber damit schon halb aus der Welt, wie man an den wenigen Passanten sehen konnte, wahrscheinlich Arbeitslose aus den nahe gelegenen Sozialwohnkomplexen. Die Sonne schien, und wir setzten uns auf die ausgebleichten Holzstufen vor dem Haus, wo wir seinerzeit so oft gesessen waren, aber noch bevor wir das erste Wort gewechselt hatten, fühlte es sich falsch an. Ich hatte damals immer gehofft, Elaine würde nicht wieder zu

ZWEITER TEIL

John hineingehen, wenn sie vor dem Dunkelwerden zu mir herausgekommen war, und dass ich sie fast fünfundzwanzig Jahre später an diesem einen Nachmittag für mich hatte und nicht fürchten musste, dass sie von ihm gerufen würde, war nach seinem Tod ein schaler Triumph.

»Immer noch die gleiche Bruchbude«, sagte sie jetzt. »Es ist ein unglaubliches Loch gewesen. Hast du eine Ahnung, wer alles damals hier gewohnt hat? Kein einziger von denen hat gearbeitet. Sie haben alle von Sozialhilfe gelebt oder nicht einmal das.«

»Ich war gern mit ihnen zusammen.«

»Ach, Hugo, verschon mich mit deiner Schriftstellerromantik«, sagte sie. »Ich weiß, dass ihr das für das wirkliche Leben haltet, aber das Haus ist bis unter das Dach voller Drogen gewesen. Du bist eines Tages gekommen und hast jederzeit wieder gehen können. Ganz und gar bleiben zu müssen ist etwas anderes.«

»Ich weiß«, sagte ich. »Ich war jung.«

»Wenn du es so nennen willst«, sagte sie. »Die Wahrheit ist, dass du nichts von allem mitbekommen hast. Erinnerst du dich, wie einmal vier Polizisten mit gezückten Waffen im Gang gestanden sind, weil einer der Mitbewohner, vollgedröhnt wie ein Blöder, in der Küche randaliert hat und das Fleischmesser nicht aus der Hand legen wollte? Du bist aus deinem Zimmer gekommen und hast im ersten Augenblick den Ernst der Lage nicht begriffen, als sie dich aufgefordert haben, dich nicht zu bewegen. Glaub mir, es hätte nicht viel gefehlt, und du wärest an dem Tag erschossen worden. Damit will ich nur sagen, dass ein bisschen Wirklichkeitstauglichkeit vielleicht manchmal nicht schadet.«

Damals war ich blind gewesen für die Gegebenheiten im Haus. Ich war froh, dass John mir ein Zimmer anbot, als ich

DIE GLÜCKLICHSTE ZEIT MEINES LEBENS

nach meinem ursprünglichen Aufenthalt vier Jahre zuvor noch einmal nach Kalifornien wollte. Dort hatte ich angefangen, mein erstes Buch zu schreiben, eine Jungfrauengeburt, wie ich es später nannte, und abergläubisch, wie ich nach ein paar vergeblichen Anläufen geworden war, dachte ich, in der paradiesischen Umgebung würde mir nicht nur ein zweites gelingen, sondern es würde mir ebenso leichtfallen. Auch die Nähe zu John spielte dabei eine Rolle. Als der einzige Schriftsteller, den ich kannte, hatte er mich bei meinen Anfängen beflügelt und sollte es jetzt noch einmal tun, aber allein wie ich ohne zu protestieren zuließ, dass er in die Abstellkammer zog und sein eigenes Zimmer für mich freiräumte, treibt mir heute die Schamesröte ins Gesicht. Mehr noch, ich drückte ihm die Miete für die geplanten sechs Monate in bar in die Hand und hatte nicht die geringste Vorstellung, in welchen Verhältnissen er wirklich lebte und als wie beschämend er diese Übergabe empfinden musste. Ich hatte ein dickes Geldbündel in der Hosentasche, mit dem ich bezahlte, was zu bezahlen war, und glaubte das nicht einmal verbergen zu müssen. Mit der gleichen Selbstverständlichkeit stellte ich dann meine Reiseschreibmaschine auf das Klapptischchen vor dem großen Panoramafenster und begann mit einem idyllisch palmwedelzerfächerten Blick auf einen Hügel in der Ferne darauf herumzuklappern, während John nur eine Tür weiter in seinem fensterlosen Kabuff lag und sein Leben zusammenzuhalten versuchte, indem er lautlos Seite für Seite seine Kladden vollschrieb.

Jetzt mit Elaine darüber zu sprechen öffnete mir erst richtig die Augen, in was für einer eigenen Welt ich gelebt hatte. Ich sah, wie einseitig meine Erinnerung war, wenn sich für mich alles auf die gemeinsamen Ausflüge in den Mission Dolores Park reduzierte und auf die Stunden, die ich mit ihr draußen auf der Treppe vor dem Haus verbracht hatte. Von ihr zu erfahren, dass John mich um die Unbefangenheit meines Lebens beneidet habe, erschütterte mich. Angeblich war er manchmal auf seinem Schlafsack gelegen, wenn er mich nach Hause kommen hörte, und hatte gesagt, so gut wie ich möchte er es auch einmal haben. Ich wusste, dass er nichts gegen mich hatte und dass er in diesen Kategorien nur dachte, wenn er aufgebracht war, aber einmal soll ihm dabei der Ausdruck »Täterkind« entschlüpft sein. In den mehr als drei Jahren, die ich ihn nicht gesehen hatte, hatte er alles getan, um sein eigenes Leben so kompliziert wie möglich zu machen. Er hatte zum zweiten Mal geheiratet und sich gleich darauf wieder scheiden lassen, er hatte währenddessen ein Kind mit einer anderen Frau gezeugt, die nichts von ihm wissen wollte und alles daransetzte, das Mädchen von ihm fernzuhalten, und er hatte nach zwanzig Jahren täglichen Alkohols aufgehört zu trinken. Einerseits erleichterte ihm das vieles, andererseits machte es ihm nur klarer, in welchem Schlamassel er steckte. Das Schlimmste aber war, dass die Wahnvorstellungen, die ihn seit seiner Zeit als Soldat in der israelischen Armee immer wieder geplagt hatten, über Nacht zurückgekehrt waren.

»Du musst doch gemerkt haben, wie es um ihn gestanden ist«, sagte Elaine. »Er ist halbe Tage nicht aus seiner Abstellkammer herausgekommen, und seine Fröhlichkeit, wenn wir dann zusammen unterwegs waren, hat doch immer etwas Aufgesetztes gehabt.«

»Ich dachte, ihr wäret glücklich gewesen.«

»Was ist das für eine Kategorie, Hugo?«

»Wart ihr es nicht?«

»Du redest wie in einem Roman für Leihbibliotheken. Er hat versucht, am Leben zu bleiben. Wenn du ihn einmal dabei beobachtet hättest, was für Anstrengungen er unternommen hat,

DIE GLÜCKLICHSTE ZEIT MEINES LEBENS

sich unter seinem Bett zu verkriechen, bis er endlich merkte, dass es nur ein Schlafsack war, wüsstest du, wovon ich spreche. Für ihn waren die Monate die Hölle.«

Ich muss sagen, dass mir das entgangen war. Elaine an seiner Seite zu sehen hatte wohl genügt, um vieles auszublenden. Sie war groß, sie war blond, mit einem rötlichen Stich im Haar, sie hatte Sommersprossen auf der Nase, helle, fast farblose Augen und eine erstaunte Art, »What?« zu sagen, ganz hinten in der Kehle gesprochen, wenn sie etwas nicht verstand. Dazu wollte einfach nicht passen, dass er an schlechten Tagen stundenlang zusammengekauert in einer Ecke seiner Kammer lag und sich durch nichts bewegen ließ, in die Stadt hinauszugehen, die alle Gefahren einer Kampfzone für ihn barg.

Andere Dinge hätten mir auffallen können, und vielleicht waren sie mir sogar aufgefallen, die Gewissenhaftigkeit, mit der er die Tür zweimal absperrte und die Kette vorlegte, wenn er nach Hause kam, seine Art, sich in den Straßen zu bewegen, als versuchte er fortwährend, sich in der Nähe einer Deckung zu halten, der Schreck, wenn ein Motorrad knatternd an ihm vorbeifuhr, sein Zögern, eine offene Fläche zu überqueren. Elaine sagte, er habe sie manchmal vorausgeschickt, sei in einem Hauseingang stehengeblieben und habe zugeschaut, wie sie einen Block hinauf- oder hinuntereilte, um erst nachzukommen, wenn er sah, dass es unbedenklich war. Belebte Plätze wie den Union Square mussten sie dann ohnehin meiden, und er fühlte sich am sichersten, wenn er das Gelände mit einem Blick zu inspizieren vermochte, weshalb es ihn auch immer wieder zum Mission Dolores Park und zu dem Aussichtspunkt an der 20th Street zog, wo ihm das Grün zu Füßen lag. Von allen Orten in der Stadt konnte ihm dort am wenigsten passieren.

ZWEITER TEIL

Elaine hatte zwei arabische Lokale ausfindig gemacht, die sie manchmal mit ihm aufsuchte, eines am Rand von Western Addition, eines im Mission District. Ihn damit zu konfrontieren war ihre Deeskalationsstrategie, wie sie es nannte. Dort ging es nur darum, dass er Falafel bestellte, ohne dass ihm der Schweiß ausbrach. Er sollte sehen, dass es genausowenig gefährlich für ihn war, wie wenn er seinen Imbiss in einem koscheren Deli einnehmen würde. Sie ließ ihn beim Ordern an der Theke nicht aus den Augen und war bereit, sofort einzuspringen, wenn er gefragt wurde, ob er Zwiebeln dazu wolle oder Hummus, und keine Antwort herausbrachte, weil er dachte, dass es sich nicht um eine freie Wahl handelte, sondern um richtig oder falsch, und dass davon sein Leben abhing. Wenn er einen Fehler machte, würde augenblicklich ein Trupp bewaffneter und schwarz maskierter Männer hereinstürmen und das Feuer auf ihn eröffnen.

Das hörte ich mit Staunen. Vielleicht war ich bei einem der Lokalbesuche sogar dabeigewesen, ohne etwas zu merken. Angeblich wollte John nicht, dass ich seinen Zustand mitbekam. Für mich musste es so aussehen, als wäre er der unverwundbare Held, als den ich ihn mir seit unserem ersten Kennenlernen zurechtgeschneidert hatte, und er flehte Elaine an, alles zu tun, um das Bild aufrechtzuerhalten. Deshalb kam sie auch zu mir hinaus, wenn ich vor dem Haus in der letzten Abendsonne lesend auf der Treppe saß. Er selbst schickte sie, um mir eine heile Welt vorzuspielen. Ich sollte mir keine Gedanken machen, was sie zusammen in der fensterlosen Abstellkammer taten, und mich stattdessen lieber mit ihr unterhalten, während er allein den Kampf mit seinen Dämonen ausfocht.

Die glücklichste Zeit meines Lebens? Was für ein Narr ich doch gewesen war. Ich glaubte, mein zweites Buch schreiben zu müssen, das ich heute für ebenso unnötig wie misslungen hal-

DIE GLÜCKLICHSTE ZEIT MEINES LEBENS

te, und gleich nebenan ging es für meinen Freund um Leben oder Tod. Er hatte diese Schübe lange nicht gehabt, aber es war das Jahr 1991, und mit Beginn des Krieges im Irak und den ersten Raketen, die auf Tel Aviv zielten, war es von einem Tag auf den anderen wieder geschehen um ihn. Zwar versuchte er auch das vor mir zu verbergen, aber ich sah natürlich, wie er starr vor dem Fernseher saß und auf immer neue Nachrichten wartete. Irgendwo in dem Häusergewirr, aus dem nach einem Angriff Rauch aufstieg, musste seine kleine Tochter mit der fremden Frau sein, die ihre Mutter war. Diese hatte er in einer Bar in New York kennengelernt, eine Kunststudentin aus einer jüdischen Familie in Boston, aber mehr als ein paar alkoholdurchtränkte Nächte hatten sie nicht zusammen verbracht. Dann sagte sie, dass sie schwanger sei, und kündigte ihm an, nicht nur die Geburt in Israel zu planen, sondern überhaupt auszuwandern, und jetzt ging sie nicht ans Telefon, wenn er anrief und wissen wollte, was mit seinem Kind war. Sooft nur in der Nähe von Tel Aviv eine Rakete einschlug, wählte er sämtliche Nummern in der Stadt durch, die er in seinem Adressbuch fand, bis er jemanden erreichte, der ihm nicht nur bestätigte, dass alles in Ordnung sei, keine Todesopfer, keine Verletzten, wie es schon in den offiziellen Fernseh-Verlautbarungen geheißen hatte, sondern der auch bereit war, zu dem Haus im Florentiner Viertel zu gehen, in dem sie wohnten, und zu schauen, ob es noch stand. Es konnten auch Freunde in Jerusalem oder in Haifa sein, falls er näher niemanden aufzustören vermochte. Zufrieden war er erst, wenn es einer mit eigenen Augen gesehen hatte.

Ich fragte Elaine, ob sie sich erinnere, wie er später selbst über seine Panik gewitzelt hatte, und sie sagte, das sei nur seine Art gewesen, den Schrecken zu bannen, der ihn immer noch packen konnte, als längst alles vorbei war.

ZWEITER TEIL

»Er hat dann jedesmal wieder gesagt, bei den Angriffen sind viel mehr Leute an einem Herzinfarkt gestorben als durch die unmittelbare Einwirkung der Raketen.«

»Ja«, sagte sie. »Aber beruhigt hat ihn das nicht.«

»Mehr Leute sogar unter ihren Gasmasken erstickt.«

»Ja«, sagte sie. »Als wäre das weniger schrecklich. Hat er dir jemals erzählt, dass er hier in San Francisco auf dem Höhepunkt der irakischen Angriffe zum Haus seines ehemaligen Schwiegervaters gegangen ist? Der hatte die richtigen Verbindungen. Ihn wollte er bitten, sich dafür einzusetzen, dass ihn die israelische Armee noch einmal aufnimmt, damit er nicht länger tatenlos zusehen muss.«

»Nein«, sagte ich. »Davon weiß ich nichts.«

»Man hat ihn weggejagt wie einen Hund.«

»Wahrscheinlich war er nicht ganz unschuldig daran.«

»Du kennst doch die Geschichte der Trennung«, sagte sie. »Du weißt, welche Überwindung es ihn gekostet haben muss, nach allem überhaupt noch einmal dorthin zu gehen.«

»Er ist einmal mit mir dort gewesen, um mir das Haus zu zeigen. In Pacific Heights, stimmt's? Ein riesiger Kasten, allererste Adresse.«

»Du kennst die Geschichte also nicht?«

»Nicht im Detail.«

»Aber er hat dir doch von Deborah erzählt?«

»Erstaunlich wenig«, sagte ich. »Ich bin sicher, er hat sich ihr gegenüber schuldig gefühlt. Als er so leichtsinnig war, die andere Frau in New York zu schwängern, ist er schließlich noch nicht einmal ein halbes Jahr mit Deborah verheiratet gewesen. Er hat ihr übel mitgespielt, und man kann von John denken, was man will, aber das war auch für ihn keine kleine Sache. Ich glaube, er hat sie sehr geliebt.«

DIE GLÜCKLICHSTE ZEIT MEINES LEBENS

»Und wie er sie geliebt hat«, sagte sie. »Eine jüdische Prinzessin aus bester Familie mit Geld und einem Abschluss in Yale. Sie war alles, was er nicht war. So kultiviert, so unschuldig, so jung. Angeblich hat er sie vor sich gewarnt, doch sie war es gewöhnt, immer zu bekommen, was sie haben wollte.«

»Aber was hat sie nur bei ihm gesucht?«

»Er war ein gutaussehender Mann. Erinnere dich doch, Hugo, was er für eine Ausstrahlung gehabt hat. Wenn er irgendwo zur Tür hereingekommen ist, haben sich alle Augen auf ihn gerichtet.«

»Und nicht nur die der Frauen.«

»Nein«, sagte sie. »Es hat genug Männer gegeben, die sich mindestens ebenso von ihm angezogen gefühlt haben. Das arme Mädchen. Sie ist so naiv gewesen.«

Sie sprach nicht missgünstig, eher wehmütig über Deborah, nicht anders, als wenn es um ihre kleine Schwester gegangen wäre. Die Geschichte war die Geschichte einer jungen Frau, die das Unheil selbst auf sich herabbeschworen hatte, das sie dann nicht mehr loswurde, ein Melodrama, eine Mesalliance. Ihr Vater war lange gegen die Verbindung gewesen, bevor er umschwenkte. Johns Akzent aus der Bronx hatte ihm gereicht, um alles herauszuhören, zu sehen brauchte er da nicht mehr viel, und als er den zukünftigen Schwiegersohn nach seiner Familie fragte, nach den Eltern und Großeltern, war Paris nur die erste Station, und sie landeten schnell in Polen und Russland und in der ärmsten Armut der Herkunft im finstersten Osten. Er selbst war Amerikaner in der vierten oder fünften Generation und ganz und gar getragen vom Bewusstsein, sich für nichts rechtfertigen zu müssen, ein Geschäftsmann, der mit allem handelte, was nicht niet- und nagelfest war, schließlich aber über Immobilien erst sein richtiges Geld verdient hatte. Er war ein prominentes Mitglied der jüdischen Gemeinde, Spender und Wohltäter in vielen Vereinen, und hatte lange eine führende Position in der Anti-Defamation League innegehabt. Zweimal im Jahr fuhr er nach Israel, möglichst zum Beginn des Pessachfests und später noch einmal, und er brüstete sich damit, dort Kontakte bis in die Spitzen der Politik zu haben. Sein größter Stolz war ein Foto, das ihn mit Scharon zeigte, aufgenommen gleich nach dem Sechs-Tage-Krieg, ein Schwarzweißbild mit breitem weißen Rand, unter dem »Der Kommandeur des Sinai mit einem getreuen Gefolgsmann« stand. Dabei war er selbst niemals auch nur in Hörweite eines Gefechts gewesen und konnte den General in Wirklichkeit nur aus der Ferne bewundern. Auch nannte er ein gewidmetes Exemplar der gerade erschienenen Autobiografie Scharons sein eigen. Das reichte er gern herum, wenn er Gäste hatte, und er bekam nicht genug davon, wieder und wieder den Titel des Buches hervorzuheben, der *Warrior* war und ihm die Brust schwellen ließ. Wenn er dann in Weinlaune geriet und sentimental wurde, schwärmte er abwechselnd von seinem Freund Arik und vom »Schwert Israels«, das die Welt das Fürchten lehre, und darüber fand am Ende auch John seinen Zugang zu ihm. Denn er war ein guter Junge, er hatte gekämpft, er war ein Krieger, er war nach Israel gegangen, er hatte sein Leben für das Land aufs Spiel gesetzt, und das konnte niemand mit Geld aufwiegen. Also beugte man sich dem Wink des Himmels und machte zu guter Letzt bekannt, einem Helden die Hand seiner Tochter zu geben, und was für einem, einem Riesen, wie es ihn nicht einmal in der Bibel gab, einem von den Musen geküssten David in der Gestalt des diesmal unbesiegbaren Goliath.

So wie Elaine die Psychologie der Geschichte herausstellte, hatte sie etwas Zwingendes. John war nicht mehr der Jüngste gewesen, und es brauchte schon eine Erklärung, warum ein

DIE GLÜCKLICHSTE ZEIT MEINES LEBENS

Mädchen aus gutem Haus mit allen Möglichkeiten sich einen Habenichts mit Alkoholproblemen und höchst vagen Zukunftsaussichten einbilden sollte. Das waren ihre Worte, und sie klang mitgenommen von ihrem eigenen Erzählen, als sie sagte, Deborah sei dann gar nicht mehr so sicher gewesen, ob sie gleich heiraten müsse, nur weil sie sich auf einer Party in dieses Bild von Mann verschaut hatte.

»Am Ende geschah es auf Betreiben ihres Vaters.«

»Und dann hat es kein halbes Jahr gedauert.«

»Richtig«, sagte sie. »Deborah hat einen Zusammenbruch gehabt, als sie von der anderen Frau und ihrer Schwangerschaft erfahren hat. Tatsächlich ist sie ein paar Wochen in einer Klinik gewesen. Es muss eine furchtbare Szene im Haus ihrer Eltern gegeben haben. Da hat sie John einen dreckigen Juden genannt.«

»Sie hat John was genannt?«

»Einen dreckigen Juden.«

»Das kann doch nicht sein. Hast du nicht gesagt, sie sei eine jüdische Prinzessin gewesen? Das passt unmöglich zusammen.«

»Aber so war es. Noch dazu in Anwesenheit ihres Vaters. Der ist natürlich entsetzt aufgesprungen, hat aber nichts erwidert. Er hat John nur die Tür gewiesen und ihm gedroht, er solle es nie wieder wagen, auch nur einen Fuß über die Schwelle zu setzen, und nicht glauben, auf etwas Anspruch zu haben, oder er würde ihm eine ganze Horde von Anwälten auf den Hals hetzen.«

»Was für eine Ironie«, sagte ich. »Seine Mutter hat ihn immer gewarnt, bloß keine Schickse zu heiraten, weil ihm von ihr genau das früher oder später passieren würde.«

»Sie würde ihn einen dreckigen Juden nennen.«

»Aber eine Schickse, wohlgemerkt«, sagte ich. »Nicht eine jüdische Prinzessin, und dann auch noch eine, die er geliebt hat.«

ZWEITER TEIL

»Wahrscheinlich war sie derart abgestoßen von ihm, dass es der widerlichste und verbotenste Ausdruck sein musste, der ihr einfiel.«

»Ein dreckiger Jude.«

»Das war in ihrer Welt das schlimmste Schimpfwort.«

Jetzt vermochte ich mir vorzustellen, in welchem Zustand John gewesen sein dürfte, dass er überhaupt auf die Idee gekommen war, er könne noch einmal das Haus seines ehemaligen Schwiegervaters aufsuchen und dort um etwas bitten. Die schiere Verzweiflung musste ihn angetrieben haben, und bei dem Gedanken, dass es an einem der Tage vor fast fünfundzwanzig Jahren war, an denen wir im Mission Dolores Park picknickten oder dort auch nur in der Sonne saßen, wollte ich es kaum glauben. Ich versuchte einen Blick von Elaine aufzufangen, aber sie hatte sich halb abgewandt und schaute zur Seite, als wäre ihr etwas entschlüpft, das sie besser für sich behalten hätte. Die Sonne war hinter Wolken verschwunden, und sofort wurde es unwirtlich auf den Stufen vor dem Haus, so dass wir schließlich aufstanden und gingen. Sie fragte, ob ich noch in den Golden Gate Park wolle, aber mich zog es in den Castro District, auf einem unserer früheren Wege, und wir schlenderten von dort dann die Market Street hinunter Richtung Zentrum. Elaine war schweigsam, und ich hatte keinen Zweifel, sie dachte an John und unsere Stunden zu dritt. Sie war immer in der Mitte gegangen, und ich erinnerte mich, wie er sie aufgezogen hatte mit ihren großen Schritten und ihrer Herkunft aus Nebraska, wo es wahrscheinlich mehr Kühe gebe als Menschen und sonst nichts als eine flache Einöde und den Himmel. Er sagte es mit liebevollem Spott, und es war deutlich zu hören, wie hingezogen er sich dazu fühlte.

»Weißt du noch, wie er dir den Vorschlag gemacht hat, mit

DIE GLÜCKLICHSTE ZEIT MEINES LEBENS

ihm aufs Land zu gehen und drei oder vier Kinder zu kriegen?«
sagte ich. »Irgendwo auf eine Farm.«

»Ich hätte ihm keine drei Wochen zugetraut. Und was für
eine Farm bitte? So wie er sich die vorgestellt hat, hat es sie seit
hundert Jahren nicht mehr gegeben.«

»Aber der Vorschlag war ernst gemeint.«

»Das waren seine Vorschläge immer, nur nicht realistisch.
Mit einem Planwagen weiter nach Westen zu ziehen, wenn man
schon am Pazifik ist, wäre ganz in Johns Sinn gewesen. Er hätte
am liebsten das Meer geteilt wie einst Moses, allein um zu sehen, wohin ihn das bringen würde.«

»Ich weiß«, sagte ich. »Und dann wäre selbstverständlich sein
Spruch gekommen, dass es für Juden nur zwei Orte auf der Welt
gebe. Ich glaube, er stammt von Ben Gurion. Diejenigen, an denen sie nicht sein, und diejenigen, wo sie nicht hinkönnen.«

»Das habe ich anders gehört«, sagte sie. »Zu mir hat John
gesagt, es gibt drei Kasten von Juden. Die erste lebt in Israel, die
zweite in der Diaspora, die dritte in Deutschland oder Österreich. Es versteht sich von selbst, welche die höchste und welche
die niedrigste ist.«

Auf jeden Fall hätte er das wahrscheinlich mit einem seiner »Hör mir zu, Hugo« oder »Hör mir zu, Elaine« eingeleitet:
»Hier ist, was ich dir sage.« Ich vermisste ihn. Ich vermisste ihn
plötzlich, wie ich ihn lange nicht vermisst hatte. Ich vermisste seine Begabung zum Drama. Er wäre stehengeblieben und
hätte uns angesehen wie zwei Kinder, denen er eine Weisheit
fürs Leben mitgab, wobei das Wichtigste und Intimste und seine Gangsterattitüde sich nicht ausschlossen, sein demonstrati-
ver Slang aus der Bronx und sein wildes Gestikulieren.

Dass wir gerade an der neuen Twitter-Niederlassung in der
Market Street vorbeikamen, war Zufall. Ich hätte es gar nicht

ZWEITER TEIL

bemerkt, aber Elaine wies mich darauf hin. Es war ein Art-dé-co-Komplex am Rand des Tenderloin. Ich hatte schon zu Hause in dem Artikel über San Francisco gelesen, welche Hoffnungen und Ängste sich damit verbanden, dass der Konzern in die heruntergekommene Gegend gezogen war, und Elaine bestätigte das. Deshalb wunderte mich auch nicht, von ihr zu hören, es sei in den letzten Jahren nicht mehr Johns Stadt gewesen.

»Viele seiner Freunde sind weggegangen, und er hat sich auch mit dem Gedanken getragen. Manche nur über die Bucht nach Oakland, andere haben die Gegend ganz verlassen. Es ist nicht allein wegen des Geldes, es sind die Leute.«

Diese Klage sollte ich in den folgenden Tagen noch oft hören. Es waren offenbar gar nicht so wenige, die ihr ganzes Leben in der Stadt verbracht hatten und sich jetzt auf einmal daraus vertrieben fühlten. Sie sagten, wenn auch mit anderen Worten, immer das gleiche, und es lief darauf hinaus, dass ihnen nicht nur die Zukunft, sondern auch die Vergangenheit geraubt wurde.

»Zwanzigjährige Kinder, die bei allem nur nach dem Preis fragen und ihn dann auch bezahlen. John ist damit nicht zurechtgekommen. Sie führen sich auf, als könnten sie jeden mit dem richtigen Angebot aus seinem eigenen Leben hinauskaufen.«

»Aber er hat doch sein Auskommen gehabt. War er in seinem Apartment nicht mietfrei? Das muss ihm doch Spielraum gegeben haben.«

»Das reicht nicht, wenn es deine Würde berührt.«

»Was willst du damit sagen?«

»Möchtest du dich von einer jungen Frau, die deine Enkelin sein könnte, mit einem Zehn-Dollar-Schein bitten lassen, ein paar Minuten auf ihr beschissenes Mercedes Coupé aufzupassen, nur weil du ein bisschen verloren herumgestanden bist und sie dich in ihrem Spatzenhirn für einen Bettler hält?«

DIE GLÜCKLICHSTE ZEIT MEINES LEBENS

»Aber er hat doch gar nicht so ausgesehen.«

»Wie ein Bettler vielleicht nicht. Dennoch hat er mit seinem ungepflegten Bart und der speckigen Kappe etwas Heruntergekommenes gehabt. Schließlich ist er mit diesem Image ja auch hausieren gegangen.«

»Und wo ist ihm das passiert?«

»In der Valencia Street. Ausgerechnet dort, wo er früher so gern abgegangen ist. Du kennst die zwei oder drei Blocks, die er über alles geliebt hat, nicht weit von der Stelle, an der er umgebracht wurde. Ich bin ein paar Monate vor seinem Tod noch mit ihm dort gewesen, und er hat mir vor jeder Boutique und vor jedem Bistro erklärt, was es früher war.«

Es schmerzte mich, das zu hören. Keine fünfundzwanzig Jahre reichten also, um jemanden seiner Stadt ganz und gar zu entfremden und sie ihm unmöglich zu machen. John hatte San Francisco über jeden anderen Ort gestellt. Als er aus New York wegging, war er aus genau dem Grund dort gelandet, aus dem immer schon viele dort gelandet waren und es nach wie vor viele tun. Er wollte noch einmal von vorn anfangen, sich neu erfinden, und genaugenommen wollte er nicht nur, er musste, nach seinen Erlebnissen als Soldat in der Westbank und im Gazastreifen, die ihm den Boden unter den Füßen weggerissen hatten. Noch nicht lange aus der Armee entlassen und wieder in Amerika zurück, kam in San Francisco zu sein am ehesten dem Versuch nahe, gar nicht in der Welt, sondern in einer Fiktion zu leben, und das schien ihm die einzige Möglichkeit. Wenn er das später sagte, klang es zwar esoterisch, aber für ihn bedeutete es alles. Beim stundenlangen Herumlaufen in den Straßen wurde ihm nicht nur schwindlig von der Schönheit und vom Taumel der immer neuen Blicke, nein, ihm wuchs die gleiche Kraft zu wie beim Lesen der großen Romane. Er war dann eine Figur

ZWEITER TEIL

und gleichzeitig ihr Erschaffer und konnte sich sein Schicksal selbst zuschreiben, und es war nicht nur eine Freude, am Leben, nicht nur eine Freude, ein Mensch, es war eine Freude, genau *der* Mensch zu sein, zu dem er sich machte. An der Ostküste hatte er es nach seinen Jahren in Israel nicht mehr ausgehalten, weil dort das Skript für seine weitere Zukunft feststand, so unkorrigierbar wie endgültig. Deshalb gab er auch ein pathetisches Bild ab, ein Kriegsveteran, der angefangen hatte, sich systematisch zu Tode zu trinken, und zusehen musste, wie sich nach und nach fast alle Freunde von ihm abwandten. Am Ende lebte er in New York auf der Straße, was das Vornehmste war, das sich über seinen Zustand sagen ließ, und es bedeutete seine Rettung, dass er noch so viel Verstand beisammenhatte, sich mit dem letzten Geld, das er auftreiben konnte, ein Greyhound-Ticket nach San Francisco zu kaufen, um sich soweit wie nur möglich von sich selbst und den Scherben seiner früheren Existenz abzusetzen. Es gibt ein Gedicht von ihm, in dem er schildert, wie er den Mississippi überquert, eine einzige Hymne. Kaum am anderen Ufer, war für ihn augenblicklich das Licht heller, der Himmel größer, der Blick in die Wolken weiter, und es hat die Kraft eines religiösen Erlebnisses, wenn er schreibt, für ihn sei es gewesen, als würde er über den Jordan kommen, der in Wirklichkeit nur ein Rinnsal war, und hier im Westen zum ersten Mal ins Gelobte Land. Das alles sollte die junge Frau in einem Augenblick zerstören, indem sie ihm einen Zehn-Dollar-Schein hinhielt und ihn damit zu dem verurteilte, vor dem er so lange erfolgreich davongelaufen war. Angeblich warf er ihr alle Schimpfworte an den Kopf, die ihm einfielen, aber er wurde die Markierung nicht mehr los, sie hatte ihm im Vorbeigehen das Mal aufgedrückt, dem er nicht entkommen konnte, was auch immer er noch für sich ins Spiel brachte. Er war mit einem Schlag ein alter Mann.

III

Ich war schon am Morgen vor meinem Treffen mit Elaine nach Stanford hinuntergefahren. Dort war ich John vier Jahre vor unserer Zeit in San Francisco zum ersten Mal begegnet. Ich wusste, dass ich diesen Ausflug in die Vergangenheit irgendwann unternehmen musste, wenn ich unserer Geschichte auf den Grund gehen wollte, und das hatte ich längst vor, unabhängig von den Umständen des Mordes und von allem, was Cecilia von mir erwarten mochte. Von ihr war noch eine weitere E-Mail gekommen, die ich auch unbeantwortet ließ, und der Portier im Hotel hatte mir ausgerichtet, eine Frau habe für mich angerufen. Das konnte nur sie gewesen sein, wie auch immer sie herausgefunden hatte, wo ich untergebracht war. Ich hatte nicht gewusst, wie ich den Tag anfangen sollte, und mich dann entschlossen, noch einmal in die Clarion Alley zu gehen. Es war unmittelbar vor dem Hellwerden, und ich wollte mir den Durchgang im ersten Licht genauer ansehen. Dass ich auf dem Weg dorthin in die South Van Ness Avenue geriet, war Zufall, aber einmal in der Nähe, suchte ich nach der Nummer 305. Das war meine Art des Sightseeings. Kurz vor der Abreise von zu Hause hatte ich den Film *Blue Jasmine* gesehen, in dem Cate Blanchett eine verzweifelte Frau spielt, die es von New York nach San Francisco verschlägt, wo auch sie ein neues Leben beginnen will, und das war ihre Adresse. Als ich sie gefunden hatte, stand ich eine Weile wie der schlimmste Stalker vor der Tür und überlegte allen Ernstes, ob ich klingeln sollte.

ZWEITER TEIL

Dann änderte ich meine Pläne und schlenderte die Mission Street Richtung Downtown hinunter, und als ich im Terminal in der 4th Street Ecke King Street sah, dass gleich ein Zug nach San Jose abgehen sollte, kaufte ich ein Ticket und stieg ein. Ich hatte Angst vor dieser Fahrt, weil ich wusste, es würde auch eine Zeitreise werden, und wir hatten die Vororte noch nicht verlassen, als ich mich schon erinnerte, wie ich damals, bei meinem allerersten Mal als Student noch, in Kalifornien angekommen war, mit welchen Illusionen, mit welchem Glauben, mit welcher Naivität auch. Ich hatte ein Stipendium für ein Jahr und sollte eine mathematisch-philosophische Dokorarbeit schreiben, von der ich schon ahnte, dass ich sie weder beenden noch wohl überhaupt richtig anfangen würde. Das Geld verschaffte mir vor allem Zeit und bewahrte mich noch ein paar Monate vor geregelter Arbeit. Vom Flughafen hatte ich damals einen Bus genommen, der mich irgendwo in Palo Alto absetzte, und angetan mit einem pathetischen Pullover, den mir eine Freundin zum Abschied gestrickt hatte, schleppte ich dann meine zwei großen Pappkoffer in der Sommerhitze die ganze Webster Street entlang bis zu der Hausnummer, wo es mir von Österreich aus gelungen war, ein Zimmer zu mieten. Ich hatte mir die Umgebung auf Google Earth wieder angesehen, und das Gebäude stand immer noch da, es sah immer noch genau gleich aus, nach mehr als fünfundzwanzig Jahren, ein Stockwerk nur über dem Erdgeschoss, hineingeduckt unter riesige Kiefern, ganz in der Nähe einer mehrspurigen Durchzugsstraße, zwei Zimmer oben, zwei Zimmer unten und im Backyard, wenige Quadratmeter, zwei im Spätherbst und Winter scheinbar endlos Früchte tragende Orangenbäume.

Ich war an einem Institut untergekommen, das sich *Center for the Study of Language and Information* nannte, und besuchte

DIE GLÜCKLICHSTE ZEIT MEINES LEBENS

Vorlesungen mit schönen Titeln wie *Understanding Computers* oder *Identity, Language and Mind* und den immer neu gestellten Fragen, ob Computer denken könnten, was es eigentlich bedeute, etwas zu verstehen und wie ein Lernender, ein Mensch, vielleicht aber auch eine Maschine, beginnend mit fast nichts, Stufe um Stufe die Welt erobert und sie sich erschafft. Das klang damals alles noch unschuldig, jedenfalls für mich, und hatte erst neuerdings mit den Enthüllungen über das ungezügelte Treiben der amerikanischen Geheimdienste eine ganz und gar finstere Bedeutung erhalten. Bis dahin hatte ich mich oft genug ebenso ironisch wie dann doch irgendwie stolz damit gebrüstet, ich hätte beim selben Professor ein Seminar belegt, der später Larry Page in seiner Klasse haben und diesem entscheidende Hinweise zur Entwicklung von Google geben sollte. Es hatte keine weitere Bedeutung, ich erzählte das einfach, wie man Dinge erzählt, um sich wenn schon nicht im Weltzentrum, so wenigstens doch für ein paar Augenblicke in dessen Nähe zu plazieren. Andererseits hätte ich damals gar nicht *mehr* beeindruckt sein können, als mir ein Arbeitsplatz und ein Computer zugewiesen wurden und ich dort auf dem Bildschirm lange vor allem Internet eine Nachricht für mich vorfand. Die Institutsgebäude waren bessere Holzbaracken, mehr nicht, bis unter die Decke vollgepackt mit Elektronik, und das verstärkte meinen Eindruck, dass es um das Wichtigste ging. Ich hatte ein altes Fahrrad, mit dem ich morgens von der Webster Street auf den Campus fuhr und irgendwann am Abend wieder zurück. Dazwischen war alles Arbeit und Schönheit, wie ich voller Euphorie nach Hause schrieb, und wenn ich Zeit hatte, durchwanderte ich die Umgebung hinunter zur Bucht und hinauf zu den Foothills und sah zu, dass ich mindestens einmal am Tag die kilometerlange Palmenallee entlangkam, die auf den Haupteingang der Universität zuführte, weil ich sonst einfach nicht glauben konnte, dass das alles existierte und dass ich an diesem Ort war.

Das Herbstquartal hatte noch nicht lange begonnen, als ich Kiran kennenlernte, die mich dann mit John zusammenbrachte. Sie stammte aus Indien, und als ich sie fragte, was sie studiere, antwortete sie zuerst *Values, Technology, Science and Society*. Ich sah sie entgeistert an, und sie korrigierte sich auf Journalistik mit dem nicht ganz ernsten Wunsch, Schriftstellerin zu werden. Ihr großer Held war Vikram Seth, der gerade *The Golden Gate* veröffentlicht hatte, seinen Roman in Versform, der in der Gegend spielte, und sie fuhr jedes Wochenende nach San Francisco und ging dort zu literarischen Veranstaltungen. Mich hatte sie in einem sonst leeren Lokal am Rand des Campus angesprochen, in das ich vor einem Regenguss geflohen war. Wie aus dem Nichts stand sie in dem kahlen Raum auf einmal vor mir und sagte, so wie ich aussähe, müsse ich aus Pakistan sein. Ich hatte in den letzten Wochen wenig gegessen und seit vielen Tagen mit niemandem geredet. Deshalb blickte ich sie so überrumpelt an, dass sie in Lachen ausbrach, und das war ein Anfang, wie es irgendein anderer auch hätte sein können, wir wurden Freunde.

Ich erinnere mich nicht, ob sie da schon von John sprach, aber fortan ließ sie keine Gelegenheit aus. Wir trafen uns fast täglich zum Mittagessen in der Mensa oder bei dem Teich auf dem Campus, und wenn sie erst einmal anfing, war immer bald von einem Dichter die Rede, der in den Lokalen von North Beach für ein paar Dollar oder auch nur für ein Glas Wein seine Gedichte anbiete. Ihr Schwärmen in ihrem indischen Englisch klang wie das Schwärmen eines Kindes und war immer auf das phantastischste ausgeschmückt. Ihr Vater hatte eine Orchideenfarm in Delhi, und man mochte meinen, sie habe von klein auf gelernt,

DIE GLÜCKLICHSTE ZEIT MEINES LEBENS

mit der Pracht der Blüten zu konkurrieren, wenn sie immer noch eine Vignette dranhängte, immer noch ein Adjektiv fand, immer noch eine Schleife, einen Begeisterungsschlenker, und sich lebensfroh und todesmutig in jeden Abgrund und jeden Himmel stürzte. Sie war ausgezehrt, mit brennend schwarzen Augen und einer großen Nase, und hatte den Körper einer Zwölfjährigen vor der Pubertät, keine Brüste, keine Hüften, nichts. Wenn sie sich für etwas ereiferte, war sie ebenso herzlich wie scharf und gleichzeitig bereit, alles, was sie gesagt hatte, mit einem ironischen »If you don't mind my saying so« zu relativieren.

Am ersten Dezemberwochenende gab sie mit ihren Mitbewohnerinnen ein Fest, und in den Tagen davor stand in ihren Aufzählungen, wer alles kommen werde, immer John an erster Stelle. Gleichzeitig fürchtete sie, er würde im letzten Augenblick absagen oder aus irgendeinem Grund einfach ausbleiben. Wie in einer Beschwörung betete sie tausend Möglichkeiten herunter, was alles passieren könnte, dass er verhindert wäre, und redete sich in eine schwindelerregende Unruhe hinein.

Fast wäre ich dann selbst nicht hingegangen, weil ich an dem Tag auf Michelle traf. Ich hatte mir vor dem Fest am Abend wenig vorgenommen, wollte nur endlich den Teilchenbeschleuniger besichtigen, der vom Campus aus zu Fuß erreichbar war, und als ich auf dem Rückweg über den Golfplatz zu den Pferdekoppeln und dem alten viktorianischen Stallgebäude kam, lehnte sie am Zaun und schaute zwei Reiterinnen zu, die in dem Sandgeviert dahinter gemächlich ihre Runden drehten. Einen Fuß auf die unterste Latte gesetzt, ihren Kopf zwischen den aufgestützten Händen, war sie ganz versunken in den Anblick und schien nicht zu merken, wie ich mich näherte. Nackenlanges Haar, blauschwarz in der Sonne, ein kurzgeschnittener Pony, das Gesicht konnte ich nicht sehen, aber sie strahlte etwas

ZWEITER TEIL

Kräftiges und Entschlossenes aus. Sie trug eine Jacke mit indianischen Motiven, Mokassins mit der gleichen Verzierung und hatte eine Tasche mit Lederfransen umgehängt, aus der sie mir später einen Kaugummi anbot und sich selbst zwei Streifen auf einmal in den Mund steckte. Einen dritten hatte sie schon ausgepackt, schaute dann aber skeptisch darauf und wickelte ihn wieder ein.

»Interessierst du dich für Pferde?« fragte sie, ohne ihren Blick von den Reiterinnen abzuwenden, als sie schließlich auf mich aufmerksam wurde. »Siehst nicht so aus.«

Ich hatte mich mit der größten Selbstverständlichkeit neben sie gestellt, wie es sonst nicht meine Art war, und erkundigte mich nach ihrem Namen, aber sie lachte nur.

»Langsam, langsam. Zuerst die Pferde. Ja oder nein.«

»Was hängt davon ab?«

»Alles«, sagte sie. »Interessierst du dich?«

»Eigentlich nicht«, sagte ich. »Du schon?«

»Ich schreibe eine Doktorarbeit darüber.«

»Über Pferde?«

Ich hatte gedacht, sie gehöre zu den Stallungen, und sah sie jetzt mit noch mehr Neugier an, als ich es ohnehin bereits getan hatte.

»Nicht direkt«, sagte sie. »Über Muybridge. Hast du schon von ihm gehört? Ein englischer Fotograf, der hier vor hundert Jahren seine berühmten Bewegungsstudien an Pferden gemacht hat.«

»Nein«, sagte ich. »Ich studiere Mathematik.«

»Und das heißt, dass du nichts von der Welt weißt?«

Jetzt wandte sie sich mir zum ersten Mal richtig zu. Ein neugieriger Blick traf mich, weit auseinanderstehende Augen, ein demonstratives Stirnrunzeln, ein Kopfschütteln. Sie hatte eine

DIE GLÜCKLICHSTE ZEIT MEINES LEBENS

Gesichtsfarbe, als würde sie viel Zeit im Freien verbringen. Ein paar Momente schien sie mich zu taxieren, ohne dass ich sagen konnte, zu welchem Ergebnis sie kam. Dann drehte sie sich wieder zu den beiden Reiterinnen um, sprach aber weiter.

»Die ganze Geschichte hat mit einer Wette begonnen«, sagte sie. »Hat ein Pferd beim Traben in einem Augenblick alle Hufe gleichzeitig in der Luft, oder berührt immer mindestens einer den Boden? Das war die Frage. Was glaubst du?«

»Weiß nicht«, sagte ich. »Vielleicht hängt es ja vom Pferd ab, aber es dürfte doch nicht schwer gewesen sein, das herauszufinden.«

»Mit bloßem Auge ist es nicht zu sehen. Die einen haben so gesagt, die anderen so. Eine Serie von schnell hintereinander aufgenommenen Fotos sollte die Entscheidung bringen. Heute lässt sich das leicht bewerkstelligen. Damals war es technisches Neuland.«

Ich mochte es, wenn jemand so über sein Fach sprach, wie sie es tat, und ich sah die Begeisterung in ihren Augen, als sie sagte, Muybridge habe mit seinen Fotostudien noch viel mehr geleistet, als nur die Wette zu entscheiden. Er habe nicht weniger als die Bewegung angehalten, und mit ihr die Zeit, indem er an beliebiger Stelle einzelne Bilder aus dem Lauf herausgeschnitten habe, und er konnte sie auch wieder in Gang setzen, indem er Bild an Bild legte und die Bilder dann hintereinander ablaufen ließ. Die Bewegung anhalten, und mit ihr die Zeit, und sie wieder in Gang setzen, das komme einem göttlichen Akt gleich. Michelle war überzeugt, dass Muybridge immer noch nicht die richtige Anerkennung als der eigentliche Erfinder des Kinos erhalte, und mit ihrer Arbeit wollte sie einen Beitrag leisten, das zu ändern.

Ich hatte Kiran versprochen, früher zu ihr zu kommen und ihr bei den Vorbereitungen für das Fest zu helfen, aber das war

ZWEITER TEIL

vergessen, als Michelle mich fragte, was ich für den Rest des Nachmittages vorhätte. Wir blieben noch eine Weile bei den Koppeln und spazierten dann über den Campus und die Palmenallee hinunter. Sie sagte, im Shopping Center gebe es ein Café, wo wir uns hinsetzen könnten, es sei nicht sehr französisch, aber vielleicht schade das auch nicht, und auf dem Weg dorthin war ich schon in sie verliebt und hörte ihr fasziniert zu.

Wir tranken Kaffee aus riesigen Pappbechern, und ich hätte nicht bezauberter sein können. Schon zu Hause hatte ich das Gerede von der Oberflächlichkeit der Amerikaner und besonders der Amerikanerinnen nie gemocht, und jetzt dachte ich wieder, was ich schon oft gedacht hatte, seit ich im Land war, welche Leichtigkeit, welche beneidenswerte Unbeschwertheit, welche Schönheit des Anfangs. Ich saß mit einer Frau in einem Shopping Center und hätte alles schrecklich finden müssen, die Hektik der Einkaufenden, die schreienden Kinder rundum, aber Michelle gegenübersitzend, fand ich es nur schön und wollte es nur schön finden. Sie klebte ihren Kaugummi unter den Tisch wie eine Schülerin, und ich sah, wie sie lachte, als sie meinen Blick auffing, und hätte sie gegen jeden Nörgler zu Hause dafür und auch für alles andere verteidigt. Ihre Unbefangenheit stürzte sie selbst in Verlegenheit, und die Wahrnehmung ihrer Verlegenheit machte sie im nächsten Augenblick wieder unbefangen, als wollte sie mir zeigen, dass sie meine Gedanken lesen konnte.

Es war längst dunkel, als wir dann doch zu dem Fest gingen. Aus dem Haus am Rand des Campus war schon von weitem Musik zu hören. Obwohl sich niemand draußen aufhielt, hingen im Garten überall Lampions, bunt schwebende Lichter, und als wir eintraten, trugen die Frauen Saris in allen Farben, viele Inderinnen, aber Indien war auch das Motto des Abends. Kiran zog

DIE GLÜCKLICHSTE ZEIT MEINES LEBENS

mich gleich von Michelle weg, machte ihre Vorstellungsrunde mit mir und hörte nicht auf, wen ich alles kennenlernen müsse, und ich wurde hineingerissen in einen sich immer schneller drehenden Wirbel und konnte mich später dann doch nur erinnern, dass ich mich alle paar Augenblicke nach meiner verschwundenen Begleiterin umsah. Ich hatte Angst, sie zu verlieren, aber es genügte ein Blick über die Köpfe der Anwesenden hinweg. Sie lächelte, wenn sie es merkte, und ich ließ mich wieder in ein Gespräch hineinziehen oder stand eine Weile allein da und schaute den Tanzenden zu.

Ich muss da auch John bereits die Hand gegeben haben, aber gesprochen hatten wir noch nicht, und richtig fiel er mir erst später auf. Da war die erste Euphorie schon niedergebrannt, ein paar Gäste schon gegangen, und es hatten sich Grüppchen gebildet. Jetzt war auch Platz zum Sitzen, und nicht nur der Lieferservice, der Pizza, Eiscreme und Kondome bringen sollte, sondern auch der »Mann mit den Chemikalien« war endlich gekommen, worauf noch einmal sechs oder sieben Paare in die hinteren Räume verschwanden und nicht so schnell wieder auftauchten. Obwohl es zu kalt dafür war, hatten andere den Garten für sich entdeckt und standen dort frierend und rauchend herum.

John saß, an die Wand gelehnt, auf dem Boden, das Haar schwarz glänzend, als wäre es feucht, und in weichen Locken über seine Schultern fallend, aber ich wäre vielleicht gar nicht auf ihn aufmerksam geworden, wenn sich nicht Michelle vor ihn hingekauert hätte. Ich hatte sie den ganzen Abend im Gespräch mit vielen Männern gesehen, aber mit keinem hatte es diese offensichtliche Vertrautheit gegeben. Etwas in ihrer Körperhaltung, etwas in seinem Gesicht, seine auffallende Ruhe, sein bereitwilliges Nicken, vielleicht auch nur die Tatsache, dass

ZWEITER TEIL

die beiden durch ihre Konzentriertheit aus dem Treiben rundum gehoben schienen, versetzte mir einen Stich. Er stützte sich mit beiden Händen auf und schaute sie mit vorgeneigtem Kopf an. Ich nahm wahr, wie er lächelte, und versuchte mir ihre Reaktion vorzustellen, weil ich sie nur von hinten sehen konnte. Es waren sicher bloß ein paar Augenblicke, in denen ich das Gefühl hatte, an Ort und Stelle festzufrieren, aber als ich Kirans Stimme hörte, glaubte ich aus einem Traum zu erwachen und hatte kein Maß für die Zeit mehr.

»Habe ich dir eigentlich John schon vorgestellt, Hugo?«

Obwohl ich nickte, zog sie mich zu ihm hin.

»Er schreibt die wunderbarsten Gedichte.«

Sie versicherte sich, dass er sie hören konnte, während ich Michelle nicht aus den Augen ließ, die das Ganze belustigt beobachtete.

»Aber was heißt Gedichte? Es sind Gesänge. Kannst du für meinen Freund nicht eine kleine Kostprobe geben, John?«

»Kiran, du hast versprochen, nicht damit anzufangen.«

»Ein Gedicht, John.«

»Ich bitte dich, Kiran«, sagte er. »Nicht hier.«

Hilfesuchend sah er Michelle an, aber sie stimmte nur ein.

»Ich glaube, du musst«, sagte sie. »Wie kannst du einer solchen Frau einen Wunsch abschlagen, noch dazu wenn sie die Gastgeberin ist?«

Die Musik wurde ausgemacht, und John erhob sich. Er legte den Kopf in den Nacken, schloss seine Augen und begann mit tiefer Stimme zu deklamieren. Ich weiß nicht mehr, welches Gedicht es war, aber ich erinnere mich, dass es still wurde, und ich glaube, es ging nicht allein mir so, sondern auch viele andere hatten den Eindruck, einem magischen Augenblick beizuwohnen. Er stand mit verschränkten Armen da, die Umstehenden

DIE GLÜCKLICHSTE ZEIT MEINES LEBENS

um einen halben Kopf überragend, sein Hemd bis zur Brust aufgeknöpft, und bewegte seinen Oberkörper langsam vor und zurück. Mehr noch als ein Gesang war es ein Gebet, und das lag nicht nur daran, dass er immer wieder offensichtlich hebräische Worte einstreute, sondern an seiner Ernsthaftigkeit, seiner Entrücktheit, an dem trancehaften Zustand, in den er mit den ersten Silben hineingeriet. Er war in einer anderen Welt, und als er sich am Ende verbeugte, reagierte er auf die Bitten um eine Fortsetzung unwirsch, als bereute er es in der Sekunde schon, sich überhaupt dazu herbeigelassen zu haben. Er sagte, es sei genug, und verschwand, ging zuerst in eines der Nebenzimmer und war dann nicht mehr zu finden, als Kiran später nach ihm suchte und alle fragte, ob sie ihn nicht irgendwo gesehen hätten.

Ich traf ihn erst Stunden später wieder, schon im Morgengrauen, als ich mit Michelle um den Teich auf dem Campus ging. Wir hatten das Fest fast als letzte verlassen und wollten noch nicht nach Hause, und als wir das Oval kaum ein Viertel umrundet hatten, kam John uns entgegen. Er machte einen verwirrten Eindruck. Nicht, dass er regelrecht betrunken wirkte, aber es lag ohne Zweifel am Alkohol, dass er zuerst merkwürdig reagierte, als wir ihn fragten, was er da treibe, und so tat, als wäre er ertappt worden und müsste sich vor uns rechtfertigen. Er war nicht nass, aber mein erster Gedanke war, er sei ins Wasser gefallen oder, ganz und gar absurd, aus irgendwelchen Gründen bei den unwirtlichen Temperaturen und noch dazu in seiner Kleidung schwimmen gewesen und komme gerade heraus. In Wirklichkeit hatte er eine Studentin zu ihrem Wohnheim begleitet und wollte den ersten Zug nach San Francisco nehmen, aber wir kamen ins Reden, setzten uns auf einen Holzsteg am Ufer und warteten, dass die Sonne aufging. Es war jetzt noch kälter als den ganzen Abend schon, aber das hinderte uns nicht

ZWEITER TEIL

daran, auf den Brettern auszuharren, bis sich von beiden Seiten die ersten Jogger bei ihrem Morgenlauf näherten und keuchend an uns vorbeitrabten.

Alles in allem mag es vielleicht eine Stunde gewesen sein, aber beim Auseinandergehen tauschten wir unsere Telefonnummern aus. Dabei begann das Gespräch damit, dass Michelle wieder von ihren Pferden anfing und ich meine Eifersucht kaum zu unterdrücken vermochte. John hatte sie gefragt, was sie mache, und da bekam ich zum ersten Mal sein aufdringliches »außer gut auszusehen« zu hören, das über die Jahre in seinem Repertoire bleiben sollte. Ich ärgerte mich über ihn, wagte aber nicht, ihm in die Parade zu fahren, obwohl es dann schnell zwei Situationen gab, in denen ich mich fast nicht zu beherrschen vermochte.

Die erste kam, als Michelle den Namen des Pferdes erwähnte, an dem Muybridge seine frühesten Bewegungsstudien unternommen hatte. Es hieß Occident, und John schwärmte, was für eine schöne Idee, ein Pferd so zu nennen, er sehe es förmlich vor sich in die untergehende Sonne fliegen und im nächsten Augenblick im ersten Licht in seinem Rücken wieder auftauchen. Es war noch lustig, ihnen bei ihrem darauffolgenden theatralischen Streit zuzuhören, wo der Westen wirklich beginne, und wie sie sich nach langem Hin und Her allein schon des Klangs wegen auf Kansas City einigten, obwohl sie beide nie dort gewesen waren. Danach sprachen sie eine Weile über den Pony Express, der vor Einführung des Telegrafen für kurze Zeit die ersten Außenstellen in der amerikanischen Wildnis mit der Zivilisation verbunden hatte, und ergänzten sich wie Fans gegenseitig die Daten, John mit immer mehr Staunen, wie sehr Michelle sich dafür erwärmen konnte. Er sah sie an, als hätte er in ihr einen weiblichen Doppelgänger gefunden.

DIE GLÜCKLICHSTE ZEIT MEINES LEBENS

»Die Route führte von St. Louis, Missouri, nach Sacramento in Kalifornien«, sagte er. »Über dreitausend Kilometer.«

»Stimmt nicht ganz«, sagte sie. »Der Ausgangspunkt war nicht St. Louis, sondern St. Joseph, aber Missouri ist richtig.«

»Das muss man sich vorstellen«, sagte er. »Mutterseelenallein Richtung Westen zu reiten. Denk an die Nächte. Hunderte von Kilometer kein Licht.«

»Ja«, sagte sie. »Zum größten Teil Indianerland.«

»Und für die ganze Strecke haben sie wie lange gebraucht?«

»Zehn Tage. Sie sind Tag und Nacht geritten. Nach ungefähr zwanzig Kilometern haben sie die Pferde gewechselt und nach jeweils acht bis zehn Pferden den Reiter. Ich glaube, der Rekord war sogar noch weniger.«

»Unmöglich«, sagte er. »Du musst dich täuschen.«

»Doch«, sagte sie. »Wollen wir wetten?«

Ich fühlte mich ausgeschlossen, als sie ihm die Hand hinstreckte und er einschlug. Er hielt sie einen Augenblick länger fest als nötig und tat so, als wollte er sie mit einem Ruck zu sich reißen. Dann ließ er sie wieder los und lachte. Das was das erste Mal, dass ich Michelle am liebsten mit mir fortgezogen hätte.

Die zweite Situation kam, als sie sagte, sie stamme aus Alaska, und er nur mit einem »wow, wow, wow« reagierte, bevor er überhaupt weitersprechen konnte.

»Alaska?« sagte er dann. »Kann nicht sein. Gibt es dort wirklich Menschen? Von wo genau? Lass mich raten.«

Er sah sie an, als könnte er es an ihrem Gesicht ablesen.

»Anchorage?«

»Nein«, sagte sie. »Fairbanks.«

»Ich habe als Kind allein schon die Vorstellung von Alaska geliebt«, sagte er. »Jack London, natürlich. *Ruf der Wildnis, Wolfsblut.* Wie ich die Bücher verschlungen habe. Ich habe mir nichts Schöneres denken können, als ein Schlittenhund auf dem Weg zum Polarmeer zu sein.«

»Ein Schlittenhund?« sagte sie lachend. »Interessant.«

Sie richtete ihren Blick erwartungsvoll auf ihn.

»Und was machst du, wenn du gerade nicht deine Gedichte schreibst oder davon träumst, ein Schlittenhund auf dem Weg zum Polarmeer zu sein?«

Er antwortete ausweichend, und es gelang ihr dann gerade noch, aus ihm herauszubekommen, dass er ein paar Jahre in Israel gelebt habe, aber über den Krieg sprach er bei dieser Gelegenheit nicht. Die Frage, ob er Jude sei, erübrigte sich fast, aber sie stellte sie dennoch, und ich sah, wie er zögerte. Es war ein Augenblick der Anspannung, kaum merklich, und was dabei in ihm vorging, glaubte ich erst später zu begreifen, als ich ein paar Mal beobachtet hatte, wie er in der gleichen Situation reagierte. Er schien zuerst abschätzen zu wollen, ob es als Provokation gemeint war, und hatte für den Ernstfall drei Standardantworten parat, drei verschiedene Stufen der Aggression. Entweder er sagte: »Sehe ich so aus?«, oder er sagte: »Ich sehe nur so aus«, oder er ging noch einen Schritt weiter, und es kam ein gereiztes »Ja, aber ich bin trotzdem nicht tot, falls du das meinst«. Darauf konnte ein ganzer Schwall von Schimpfwörtern folgen, aber das war jetzt ja nicht nötig.

Ich wechselte an dem Morgen kaum zwei oder drei Worte direkt mit ihm. Er fragte mich, woher ich käme, und als ich es ihm sagte, erwartete ich schon, er würde das Gespräch auf Waldheim bringen, wie ich es bei der kleinsten Erwähnung von Österreich noch jedesmal erlebte, seit ich nach Kalifornien gekommen war. Sein Name fand sich zu der Zeit immer wieder einmal in den amerikanischen Zeitungen, und über ihn war das Urteil schnell gesprochen, dass er ein Kriegsverbrecher sein musste, aber John

DIE GLÜCKLICHSTE ZEIT MEINES LEBENS

erwiderte nur, ich bräuchte ihn deswegen nicht so treuherzig anzuschauen, er würde mich allein wegen meiner Herkunft nicht gleich für einen Mörder halten. Ich hätte es als Brüskierung nehmen können, wehrte mich aber nur schwach, und er klopfte mir zum ersten Mal in der Art auf die Schulter, wie er es später oft tun sollte. Er suchte dabei Augenkontakt, und obwohl er mich auch im Sitzen um einen halben Kopf überragte, gelang es ihm, mich wie von unten her anzusehen. Dann machte er eines seiner zweideutigen Komplimente, für deren Peinlichkeit er kein Gespür hatte.

»Du weißt wahrscheinlich gar nicht, was für ein Mädchen du da hast«, sagte er, während er auf Michelle deutete. »Solche wie sie werden schon lange nicht mehr gemacht.«

Mehr war es nicht, und als wir ihn zum Zug nach San Francisco brachten, dachte ich trotz der ausgetauschten Telefonnummern nicht, dass ich ihn noch einmal wiedersehen würde, aber er kam schon wenige Tage später erneut nach Stanford herunter, um mit Kiran in einen ihrer Journalistikkurse zu gehen. Ich begleitete sie bis zum Hörsaal, wo er auf sie wartete, nahm selbst aber nicht daran teil. Dann sah ich ihn noch einmal in der Woche darauf in Santa Cruz. Er war dort mit Freunden zum Wellenreiten, Kiran hatte für ein paar Tage das Auto einer Bekannten, und ich fuhr mit ihr dorthin. Wir gingen zum Kliff hinaus und schauten zu, wie die tief unter uns mit ihren Brettern auf dem Wasser liegenden Surfer die richtige Welle abpassten. In ihren schwarzen Gummianzügen sahen sie aus der Ferne aus wie in der Sonne dösende Seehunde, bis sie sich aufrichteten und sich vom Kamm einer Woge landwärts tragen ließen. Kiran war aufgeregt wie ein Kind und rief unentwegt: »Sieh nur, das ist John«, wenn einer einen besonders spektakulären Sprung vollführte, einen Gischtschweif in allen Regenbogenfarben hinter sich herziehend, und bestürmte ihn mit Fragen, als wir später gemeinsam in einem Café an der Promenade saßen. Es war warm wie im Sommer, auf dem Strand beim Pier Beachvolleyballspieler, und er hatte sein Haar zu einem Pferdeschwanz gebunden, was ziemlich affig aussah, trug knielange, buntgemusterte Shorts und Badeschlappen und sagte, gleich hinter dem Horizont liege Hawaii.

Dann sah ich ihn erst in der zweiten Januarwoche wieder. Kiran hatte ein paar Freunde zum Abendessen eingeladen, und als sie in der Küche zu tun hatte, fragte er mich nach Michelle. Ich war mit ihr über Weihnachten in Alaska gewesen, aber während ich noch überlegte, ob ich ihm davon erzählen solle, sagte er schon, er wisse Bescheid.

»Heiße Liebesnächte im ewigen Eis, Treueschwüre zur Wintersonnwende. Michelle hat mir alles anvertraut, mein Lieber. Du siehst aus wie einer, der bis über beide Ohren verknallt ist.«

Auch wenn ich mir nicht vorstellen konnte, dass sie ihm gesagt hatte, warum wir hingeflogen waren, überraschte mich der Ton, den er anschlug, ja, er stieß mich ab. Sie hatte erfahren, dass ihr ehemaliger Freund positiv auf HIV getestet worden war, und sich auf sein Drängen umgehend selbst um einen Termin bemüht und sich untersuchen lassen. Die Ergebnisse sollte sie erst nach den Feiertagen bekommen, und die Reise nach Hause war als Ablenkung gedacht. Ich hatte gesagt, ich käme mit, wenn sie wolle, und nachdem sie eine Weile herumtelefoniert hatte, war es ihr gelungen, zwei sündteure Flüge über Los Angeles und Anchorage zu ergattern, und wir waren am frühen Nachmittag des 23. Dezembers in der schon einbrechenden Dunkelheit in Fairbanks gelandet. Das konnte sie John doch unmöglich alles erzählt haben. Ich sah ihn an und versuchte, an seiner Miene abzulesen, was er wusste, während er weiter seine Faxen trieb.

DIE GLÜCKLICHSTE ZEIT MEINES LEBENS

»Hast du in ihrem Mädchenzimmer geschlafen? Hellblaue Bettwäsche mit Goldsternen? Ein alter Teddybär? Kinderfotos an den Wänden? Die Eltern gleich nebenan?«

Ich spürte, wie mir das Blut in die Wangen schoss.

»Was geht dich das an?« sagte ich. »Hör auf damit.«

»Der Vater ein Redneck mit einem Pick-up und einem ständig bereitliegenden Gewehr? Ich kann es mir vorstellen. Die Mutter eine Kirchgängerin und große Dulderin?«

»Du sollst aufhören.«

»Vielleicht ein freundlicher Familienhund?«

»Ich bitte dich, John.«

»Sag schon. Wie war es? Sie war doch nicht etwa noch Jungfrau? Du österreichischer Schurke wirst nicht eines unserer besten Mädchen um seine Unschuld gebracht haben.«

Ich erhob mich und wechselte den Platz. Er hatte Michelle ein einziges Mal gesehen und mich kaum öfter, geschweige, dass wir jemals richtig geredet hätten, und es gab keinen Grund für diese Albernheiten. Zwar hatte er schon einiges getrunken, aber das entschuldigte ihn nicht, und selbst wenn ich es für mich noch hätte hinnehmen können, für *sie* konnte ich es nicht. Ich stellte mich ans Fenster und schaute hinaus in den Garten, wo immer noch Reste der Lampions vom Fest hingen, und dachte an sie. Ihr Test war negativ, und um das zu feiern, hatte ich sie erst ein paar Tage zuvor in einer etwas angestrengten Geste in die Oper nach San Francisco eingeladen. Die Erinnerung, wie sie verspätet zum Zug gekommen war und gleich als erstes gesagt hatte, wir sollten lieber zu Hause bleiben, sie wolle mit mir sprechen, versetzte mich in einen Schwindel. Ich hatte am Bahnsteig sofort begriffen, dass auf unsere Nähe in Alaska nicht mehr viel folgen würde. Dort hatte ich im zweiten, nie genutzten Kinderzimmer direkt gegenüber von ihrem geschlafen, und

ZWEITER TEIL

als ich zu ihr gegangen war, hatte sie protestiert, das sei sicher die blödeste Art, Selbstmord zu begehen, und ich müsse nicht den Idioten spielen, nur um ihr etwas zu beweisen. Dann hatte sie es aber ohne Widerstand geschehen lassen, dass ich mich zu ihr legte. Unter meinen Händen hatte sich ihr Körper warm und weich und hart und lebendig angefühlt. Es war unter dem Dach, und wir konnten danach müde nebeneinanderliegend durch die eiszapfengesäumte Fensterluke den Nachthimmel und die Sterne sehen, und als die Stille sich mit unserem Schweigen bis zum Zerreißen vollgesogen hatte, flüsterte ich ihr ins Ohr, dass ich sie liebte.

Ich hatte nicht gemerkt, dass John mir nachgegangen war und jetzt neben mir stand. Eine Weile sagte er nichts, schaute nur wie ich hinaus in den Garten. Dann entschuldigte er sich und fragte, ob es schlimm sei. Es war klar, dass er auf Michelle anspielte, und es hätte nach seinen Stänkereien und nach unseren ersten eher neutralen Begegnungen keinen schlechteren Anfang geben können, aber am Ende des Abends waren wir beide betrunken und unterhielten uns bis zum Morgengrauen, und das war der Beginn unserer Freundschaft. Diesmal brachte ich ihn allein zum Zug nach San Francisco, und von da an fuhr ich fast jedes Wochenende selbst hin, manchmal mit Kiran, öfter und öfter aber auch ohne sie, um ihn zu treffen. Er wohnte noch nicht in dem Haus in Lower Haight, sondern irgendwo draußen Richtung Flughafen, in Bayview, und wir verabredeten uns entweder in North Beach oder schon damals im Mission District. Da konnte er noch ganze Nächte durch trinken und beim ersten Tageslicht vorschlagen, zum Meer hinunterzugehen, und weil ich ihm in seiner Verrücktheit nicht nachstehen wollte, landeten wir ein ums andere Mal bei Wind und Wetter am Baker Beach und schlenderten auf dem Sandstrand hin und her, bis unse-

DIE GLÜCKLICHSTE ZEIT MEINES LEBENS

re Köpfe halbwegs ausgenüchtert waren und uns nichts mehr
zu sagen einfiel oder wir von unserem Schweigen genug hatten
oder uns später im Jahr der Nebel endgültig einhüllte, der vom
Ozean hereinkam. Wenn ich ihn auf seine Jahre in Israel ansprach, blockte er immer ab, ich solle damit aufhören. Obwohl
er sich noch mehr wehrte, wenn es direkt um den Krieg ging,
ließ er doch da und dort einzelne Brocken fallen, und ich vermochte mir allmählich ein Bild zu machen. Er äußerte sich darüber, als wäre er nur irgendwo im Ausland gewesen und hätte
dort irgendeine x-beliebige Arbeit getan, die irgend jemand tun
musste, und als ich einmal nicht aufhörte nachzuhaken und es
ihm zu blöd wurde, wies er mich zurecht. Abrupt blieb er stehen
und sagte, meine deutschen oder österreichischen Bedürfnisse
nach Abbitte oder gar Absolution müsse ich woanders befriedi-
gen, er stehe weder als Opfer noch als Täter zur Verfügung, ich
solle ihn mit dem Quark nicht langweilen. Dafür konnte er endlos von Literatur schwärmen und wieder und wieder auf Mal-
colm Lowry und seinen Roman *Unter dem Vulkan* zu sprechen
kommen, einen Liebes- und Säuferroman, wie es keinen zweiten gab. Er liebte Cormac McCarthys *Die Abendröte im Westen*
und meinte, es lasse sich kaum beurteilen, ob der Autor ein großer Schriftsteller sei, obwohl er sich nur für das Schreiben, für
Pick-ups und Waffen interessiere, oder genau deswegen. Das
sah John ähnlich, mit einer einzigen Behauptung ein Blitzlicht
in die Dunkelheit zu werfen, und es spielte keine Rolle, ob der
Satz richtig oder falsch sein mochte, solange er nur den Himmel
erhellte.

Für mich war dieser Blick in eine andere Welt ein einziger
Rausch, und wenn ich mich bereits bei meiner Ankunft in Kalifornien halb von der Mathematik verabschiedet hatte, war ich
jetzt ganz dafür verloren. Computer zu verstehen war schön und

ZWEITER TEIL

gut, aber sich von John anzuhören, was er gerade las, überstieg in seinen Folgen für mich die gesamte Rechenkapazität der damaligen Welt. Ich ging zwar noch zu den Seminaren, doch es konnte keine Rede mehr davon sein, dass ich richtig mitarbeitete, und die Stunden vor dem Bildschirm auf dem mir zugewiesenen Arbeitsplatz verträumte ich. Dafür besorgte ich mir die Bücher, die John erwähnte, und las bei offenem Fenster nächtelang unter meinem Moskitonetz, draußen Orangenbäume und Palmen.

Ich sah Michelle noch. Es ließ sich gar nicht vermeiden, so groß war der Campus nicht, und ich wollte ihr auch nicht aus dem Weg gehen, obwohl ihre Betretenheit bei jeder zufälligen Begegnung nur deutlicher wurde. Sie hatte nach unserer kurzen Aussprache auf der Bahnstation »Freunde« gesagt, und ob ich es wollte oder nicht, das waren wir jetzt. Ich traf in der Mensa auf sie, und wenn wir die ersten Male noch ein paar leichte Worte füreinander fanden, wurde es danach immer gequälter. Einmal betrat ich die Kathedrale am Main Quad, weil ich von dort Orgelmusik hörte, und sie saß in einem zitronengelben Kleid in der ersten Reihe des Gestühls unter den Goldmosaiken und lauschte in der größten Traumversunkenheit, ihr schwarzes Haar glitzernd und funkelnd im Licht, wie mir schien. Als es wärmer wurde, stieß ich ein anderes Mal in einer Runde von Studentinnen auf sie, die sich auf einer der Grünflächen um ihren Professor geschart hatten, alle in kurzen Hosen und Turnschuhen, alle ihre Blicke auf ihn gerichtet, gleich alt wie ich und doch auf eine Weise jung in der kalifornischen Sonne, wie ich es nur als Kind ein paar Jahre lang in den Tiroler Bergen gewesen war. Sie brauchte gar nicht da zu sein, und ich entdeckte sie trotzdem irgendwo auf dem Uferweg, wenn ich zum Teich ging, oder ich schlenderte zu dem viktorianischen Stallgebäude, wo wir uns

DIE GLÜCKLICHSTE ZEIT MEINES LEBENS

zum ersten Mal getroffen hatten, und ich musste nicht einmal die Augen schließen, um sie wieder am Zaun stehen zu sehen und ihre Stimme zu hören. Um ihr näher zu sein, kaufte ich mir ein Buch über Muybridge, und als ich, angeregt davon, gleich darauf auch noch *Die Berge Kaliforniens* von John Muir las, lernte ich in meiner Sehnsucht, die Bäume zu lieben und ihnen Namen zu geben. Sie hatte geschwärmt, dass der ganze Campus und die Wiesen rundum einmal Farmgelände gewesen seien, mit fast achthundert Pferden, und ich lebte ein paar Wochen lang in der Vergangenheit, während um mich in den Laboren Zukunft hergestellt wurde. Mit meinem Fahrrad fuhr ich in die Hügel und stieß fast bis zum Ozean vor, und nach wie vor lief ich wenigstens einmal am Tag die Palmenallee hinauf und hinunter. An deren Ende musste ich nur ein Stück den El Camino Real entlang, am Shopping Center vorbei, Richtung Menlo Park und an der Willow Road rechts abbiegen, und ich stand vor dem Wohnhaus von Michelle, wo ich mich dann eines Morgens ziel- und planlos herumtrieb und John herauskommen sah.

Es war ein Samstag, und ich weiß noch genau das Datum oder könnte es sonst leicht irgendwo nachlesen, weil tags darauf das Fünfzig-Jahre-Jubiläum der Golden Gate Bridge gefeiert werden sollte und ich mich von Kiran hatte überreden lassen, mit ihr nach San Francisco zu fahren, was auch immer sie bei dem zu erwartenden Massenauflauf dort wollte. John blieb eine Weile am Gartentor stehen, dehnte und streckte sich und blickte blinzelnd und gähnend in die Sonne, die erst tief am Himmel hing, aber schon die Hitze ahnen ließ, die der Tag bringen würde. Dann ging er noch einmal zum Haus zurück, hob die vor der Tür liegende Zeitung auf und schlenderte pfeifend und in ihr blätternd die Straße hinunter. Das Haar fiel ihm in wirren Locken ins Gesicht und auf die Schultern. Zu seinen Desert Boots

ZWEITER TEIL

trug er eine arg mitgenommene Levi's und ein T-Shirt mit der Aufschrift GIANTS, und als er an mir vorbeikam, glaubte ich seinen Schweiß zu riechen. Ich hatte mich hinter einen Busch gedrückt, und er war nur wenige Meter entfernt. Im selben Augenblick erkannte ich die Melodie, die er pfiff, und hörte ihn danach sogar singen: »Oh, when the saints go marching in«, ein einziges Jubilieren, immer neu einsetzend. Dann fuhr rumpelnd ein Truck vorbei und verdeckte ihn ein oder zwei Sekunden vor meinen Blicken, als wäre alles nur eine Halluzination. Doch schon entdeckte ich ihn wieder, eine erstaunliche Strecke weiter, wippend in der Hüfte, federnd im Schritt, wie er einen Zweig von einem Eukalyptusbaum riss und gestikulierend und fuchtelnd wilde Violinschlüssel in die Luft schrieb. Einmal drehte er sich sogar um und tänzelte ein paar ungeschickte Tapser rückwärts dahin, bevor er sich in einem weichen Laufschritt davonmachte.

Es war wie nicht zu meinem Leben gehörig und traf mich doch mitten ins Herz, aber wenn ich die Sache später manchmal aus Verlegenheit als das Initialerlebnis für mein eigenes Schreiben hingestellt habe, ist das bestenfalls die halbe Wahrheit. Ich hatte zu dem Zeitpunkt längst begonnen, an den Nachmittagen ein Ringbuch vollzukritzeln, unkonzentrierte Notizen, aus denen mein erstes Buch werden sollte, und es stimmt also allein chronologisch nicht. Trotzdem musste die immer gleiche Anekdote als Ausweichantwort herhalten, wenn ich gefragt wurde, warum ich angefangen hätte zu schreiben, und mir nichts Vernünftiges einfiel. Ich machte dann eine Geschichte aus unerfüllter Liebe und Sehnsucht daraus, und natürlich verselbständigte sie sich und begrub alles, was daran womöglich sogar wahr sein mochte, unter dem Klischee der hundertsten und tausendsten Wiederholung.

DIE GLÜCKLICHSTE ZEIT MEINES LEBENS

Das Ringbuch ist mir erst unlängst einmal wieder in die Hände gekommen, und ich musste schmunzeln, wie ich es überschrieben hatte. Es war eine Kinderei, die meine Versuche von der ersten Zeile an ironisch unterlaufen sollte, so viel Angst hatte ich davor, mich selbst ernst zu nehmen. Also standen meine Anfänge unter dem Motto »Wer stirbt schon gerne unter Palmen III«, und das war eine Erinnerung an die exzessive Konsalik-Lektüre meiner Jugend, bei der sich neben Titeln wie *Der Arzt von Stalingrad* oder *Die Verdammten der Taiga* auch *Wer stirbt schon gerne unter Palmen I & II* gefunden hatte.

Mit John habe ich nie darüber geredet, dass ich ihn an jenem Morgen beobachtet hatte. Dabei kam er sogar noch bei unserer gemeinsamen Israelreise von sich aus auf Michelle zu sprechen. Er fragte mich an einem Abend in Jerusalem, ob ich wisse, was aus dem Mädchen aus Alaska geworden sei, und ich tat im ersten Augenblick so, als verstünde ich nicht, wen er meinte. Darauf sagte er, ich sei doch so verliebt gewesen, und ich antwortete nur: »War ich das?« und wich dem Blick aus, mit dem er mich über den Tisch hinweg ansah, als hätte ich gerade mein eigenes Leben verraten.

Die beiden anderen Male, die ich John in San Francisco besucht hatte, war ich nicht nach Stanford hinuntergefahren, und als mein Zug jetzt dort hielt, wunderte ich mich, wie vertraut mir nach mehr als einem Vierteljahrhundert alles noch war. Ich wusste nicht, wo ich mich zuerst hinwenden sollte, die Willow Road, das Shopping Center, die Webster Street, und schlenderte dann nur die Palmenallee hinauf. Um zu den alten Gebäuden des Instituts zu gelangen, an dem ich damals studiert hatte, dem *Center for the Study of Language and Information*, hätte ich nach rechts abbiegen müssen, aber ich ging daran vorbei. Es war ohnehin umgezogen, und die Frage, ob Computer denken konn-

ZWEITER TEIL

ten, hatte längst ihre Unschuld verloren, denn was sie konnten, lehrte einen das Fürchten, wie auch immer man es nennen wollte, und Denken sollte man in diesem Zusammenhang vielleicht nicht überschätzen. Gleich dahinter lag die berühmte Sandhill Road. Es hatte mir immer ein Lachen entlockt, wenn ich über die deutschen Delegationen aus Wirtschaft und Politik in der Zeitung las, die dort und in den großen Firmenzentralen rundum in den letzten Monaten auf ihren obligatorischen Silicon-Valley-Touren vorstellig geworden waren, als wäre hier der Gral zu finden. In ihrer Begeisterung und Unterwürfigkeit erinnerten sie mich an Kolonisierte, die zum ersten Mal ins kalt-heiße Herz der Kolonialmacht kamen und eingeschüchtert wirkten, als könnten sie jederzeit mit ein paar Glasperlen und warmen Worten abgespeist und ansonsten mit leeren Händen wieder nach Hause geschickt werden. Dabei erkannte ich mich darin nur selbst wieder. Ich hatte Amerika geliebt, allein das Wort »Kalifornien«, den Traum von El Dorado, die Vorstellung, im eigenen Land immer neue Räume erobern zu können, und wenn es auf Erden nicht ginge, dann eben in den virtuellen Welten der Algorithmen oder auf den riesigen Leinwandsegeln des Kinos, für die kein Pazifik zu weit wäre. Von den Mathematikern hatte ich noch zwei oder drei Adressen von früher, und auch bei den Philosophen hätte ich sicher jemanden gefunden, den ich kannte, aber wenn ich mich gerade noch darauf gefreut hatte, einfach irgendwo anzuklopfen, war ich in all dem Nachdenken und Mich-Erinnern plötzlich nicht mehr in der Stimmung, jemanden zu treffen. Vielleicht hätte ich zuerst lieber nach East Palo Alto gehen sollen, Richtung Bucht, um in den weniger schönen Stadtteilen mit einer langsamen Annäherung zu beginnen. Damit ich im nachhinein das Geld für die Reise nach Alaska verdiente, das Michelle mir vorgestreckt hatte, hatte ich damals in der

DIE GLÜCKLICHSTE ZEIT MEINES LEBENS

Bay Road gemeinsam mit einem Mexikaner zwei Wochen lang
in einer Werkstatt gearbeitet, in der Luftballons bedruckt wurden. Ich musste die Ballons auf Düsen pfropfen, die an einem
sich drehenden Rad angebracht waren. Wenn sie, aufgeblasen,
ihren Stempel verpasst bekommen hatten, streifte sie ein Me-
chanismus wieder ab, und sie fielen in eine Kiste. Bezahlt wurde ich nach Gewicht, und eine der Aufschriften, an die ich mich
erinnerte und die ich mitfabriziert hatte, war »Stanford wel-
comes Jesse Jackson«, was mich noch einmal in die Verlegenheit bringt, mich als Statist am Rande der Weltgeschichte auf-
drängen zu müssen. Bei dessen Besuch noch im selben Monat
zogen die Studenten unter seiner Führung und mit Gesängen
über den Campus, und der Schlachtruf, dem ich mich nicht an-
schließen wollte, lautete: »Hey, hey, ho, ho, Western Culture's
gotta go!«

Die Erinnerung daran machte mich schmunzeln, und nachdem ich endgültig entschieden hatte, niemanden aufzusuchen,
setzte ich mich auf der Terrasse vor der Mensa in die Sonne. Es
war warm, und ich zog meine Jacke und meine Turnschuhe aus.
Überall lag Laub von einem Herbst, der hier um Wochen später
einsetzte als zu Hause und dann direkt in den Zauber und Irrsinn des blühendsten Frühlings überging. Die gleichen Gruppen
von Studenten wie früher, meine gleiche impulsive Zuneigung
zu ihnen, wie sie mit ihren Papptellern und längst auch noch
beim Essen aufgeklappten Computern an den Tischen rundum saßen. Ich hätte mich nicht gewundert, wenn Kiran aus der
Buchhandlung gegenüber gekommen wäre und neben mir Platz
genommen hätte. Sie hatte mir einmal einen ganzen Nachmittag lang in ihrem indischen Englisch aus dem Roman *An der
Biegung des großen Flusses* von V. S. Naipaul vorgelesen und sich
immer wieder mit Begeisterungsrufen unterbrochen, und es war

ZWEITER TEIL

das Paradies gewesen. Ich wäre mit ihr gern zu dem Teich auf dem Campus gegangen, an dem ich damals so viel Zeit mit ihr verbracht hatte, aber ich wusste, dass er nicht mehr gefüllt war, hatte es auf Google Earth gesehen, und das leere Oval zog mich nicht an. Er hieß übrigens Lake Lagunita, und damit hätte er für mich wenigstens dem Namen nach auf einer Insel irgendwo in der Südsee liegen können.

IV

Elaine erzählte ich von meinem Besuch in Stanford erst, als wir uns zum zweiten Mal sahen. Das war ein paar Tage später, und in der Zeit dazwischen beschäftigte ich mich mit meinen Recherchen, auch wenn sich deren Fokus immer mehr verschob. Ich würde sicher nicht aufklären, wer John umgebracht hatte, aber dass ich seine Geschichte festhalten könnte, wurde mehr und mehr eine Möglichkeit, die mich umtrieb. Allein deshalb ging ich noch einmal in die Clarion Alley und schrieb dort die Slogans von den Wandbildern ab. Auf den Plastikmülltonnen am Ende der Gasse stand in Reliefschrift TOTER INCORPORATED, und natürlich notierte ich auch das, obwohl ich wusste, dass ich dafür höchstens anekdotische Verwendung haben würde, weil es einer der schönen Funde war, die in einem Roman nur wie eine schlechte Erfindung klangen. Danach fotografierte ich die Polizeistation in der Valencia Street, bis ich von einem Polizisten verscheucht wurde, der auf die Straße trat und fragte, ob ich ein Problem hätte. Ich ging dann weiter bis zur Cesar Chavez Street und nach Bernal Heights hinauf, um Eindrücke von Johns Lieblingsgegend zu sammeln, und blieb auf dem Rückweg minutenlang bei dem Aussichtspunkt an der 20th Street stehen, schaute über den Mission Dolores Park und die Hochhäuser der Stadt in der Ferne und wusste, dass ich gar nicht erst versuchen durfte, den Blick und seine Schönheit zu beschreiben, ihn aber doch in meinem Kopf und in meinem Herzen haben musste, damit er zwischen meinen Sätzen wiederzufinden wäre.

ZWEITER TEIL

Ohne mir viel davon zu versprechen, suchte ich die Galerie auf, deren Vertreter laut Diane ein paar Bilder aus Johns Apartment mitgenommen hatten. Sie war nicht wirklich Downtown, sondern South of Market, in einer Nachbarschaft, in der rundum neue Gebäude hochgezogen wurden und in der ich nicht erwartet hätte, zwischen zwei Baustellen diesen Hinterhofladen zu finden. Im Milchglas an der Tür stand unter einem Davidstern *Steimatzky & Steimatzky* und darunter »Bilder und Rahmen«. Es war nur ein Raum, das große Fenster halb verbarrikadiert, aber zwischen den nachlässig angebrachten Brettern sah ich die leeren, weißen Wandflächen und an einer Stelle sogar ein paar zusammengerollte Leinwände auf dem Parkettfußboden. Die ersten beiden Male, die ich dort vorbeiging, war geschlossen, und niemand in der Nähe konnte mir Auskunft geben, weder der Zeitungsverkäufer ein Stück die Straße hinunter, noch eine Frau, die aus dem gegenüberliegenden Haus trat, aber beim dritten Mal traf ich einen Mann an, der allem Anschein nach gerade herausgekommen war und sich an dem Schloss zu schaffen machte. Er reagierte ängstlich, als ich ihn ansprach, sah sich um, ob andere Leute in der Nähe waren oder ob er mir ausgeliefert wäre, war dann aber doch bereit, auf meine Fragen zu antworten. Von ihm erfuhr ich, dass die Galerie Drohanrufe bekommen habe, als bekannt wurde, dass sie eine Ausstellung mit Johns Bildern plane, und dass in der gleichen Nacht noch das Fenster mit blutroter Farbe beschmiert worden sei.

Er war ein kleiner, gehetzter Mann in einem billigen Anzug und wie aus Plastik wirkenden Halbschuhen. Sein Haar hing ihm links und rechts einer nur schlecht verborgenen Glatze in dünnen Strähnen herunter, und er begann jeden Satz mit einem Hüsteln in die Faust, die er sich wie ein Mikrofon vor den Mund hielt. Er fragte mich, in wessen Auftrag ich käme, und ich erzählte ihm, dass ich schon vor Jahren eines von Johns Bildern gekauft hätte, und mich deshalb für die geplatzte Ausstellung interessierte.

»Wir hätten ihn groß machen können, wenn er nicht so stur gewesen wäre«, sagte er und sah sich in dem wenig Zuversicht weckenden Hof um, als würde er selbst erkennen, wie unwahrscheinlich mir das erscheinen musste. »Es war alles auf dem besten Weg, bis er mit der Forderung gekommen ist, es als ›Zionistische Kunst‹ anzukündigen. Damit bringen Sie heute die Leute auf die Straße. Man hat uns gewarnt, sowie das Wort nur in der Welt war.«

Ich fragte ihn, wer, und er zuckte mit den Schultern. Er sagte, er habe natürlich seine Vermutungen, aber ich konnte ihm noch so sehr versichern, von mir sei nichts zu befürchten, er ließ sich nicht dazu bringen, sie auszusprechen. Ich erfuhr erst später von Elaine, dass die Galerie eine palästinensische Studentenvereinigung an der San Francisco State University in Verdacht hatte, die in der Vergangenheit immer wieder mit antisemischen Aktionen aufgefallen war, aber der Mann verkniff sich jedes Wort dazu. Er hatte wegen der ganzen Sache seine Aufregung gehabt und konnte sie ein zweites Mal nicht gebrauchen. Stattdessen wollte er wissen, welches Bild ich von John gekauft hätte, und als ich es ihm sagte, erkundigte er sich nach dem Preis.

»Wahrscheinlich nicht sein bestes Stück, wenn ich den Titel höre«, sagte er. »Aber für tausend Dollar war es geschenkt. Wollen Sie es verkaufen? Ich biete Ihnen das doppelte.«

Ich hätte es ihm gern gegeben. Es wäre die beste Gelegenheit gewesen, das *Self-Portrait as a Hated Jew* loszuwerden, das mir schon eine Gänsehaut verursachte, wenn ich nur daran dachte, aber für mich hingen zu viele Erinnerungen daran, und deshalb lehnte ich ab. Er sagte, er wolle mir etwas zeigen, schloss die Tür noch einmal auf und bat mich einzutreten. Der Raum schien gerade erst frisch gestrichen worden zu sein, es roch nach Terpentin, und während er sich zu den Leinwänden hinunterbeugte und eine davon auf dem Boden ausrollte, vergaß er zum ersten Mal, mich im Blick zu behalten. Es war ein mit dicker Ölfarbe weiß ausgemaltes Bild, in dessen Mitte von oben nach unten eine millimeterdünne zittrige, rote Linie verlief. Dann strich er eine zweite Leinwand glatt, mit der gleichen millimeterdünnen zittrigen, roten Linie in der Mitte, nur dass sie sonst schwarz war. Die Gemälde stammten beide von John, und noch bevor der Mann sich dazu geäußert hatte, wusste ich, dass sie ihre Bedeutung allein durch die Titel erlangten.

»*In the Presence of YHWH* und *In the Absence of YHWH*«, sagte er. »Lassen Sie sich ruhig Zeit damit, wenn es Sie auf den ersten Blick nicht anspricht.«

Tatsächlich konnte ich nicht viel damit anfangen und beugte mich mehr aus Höflichkeit als aus Interesse darüber.

»Na ja«, sagte ich. »Ich weiß nicht.«

»Es ist keine Frage des Verstehens«, sagte er. »Hören Sie auf Ihre Gefühle. Entweder die Bilder ergreifen Besitz von Ihnen oder nicht. Dazwischen ist nicht viel Platz.«

»Ein bisschen wie alles, was er gemalt hat«, sagte ich. »Simple Kontraste, schamlos esoterisch unterfüttert.«

»Man muss die beiden Leinwände mit den *Zwillingsbildern* gemeinsam aufhängen«, sagte er. »Anders kommen sie nicht richtig zur Geltung. Zuerst die Köpfe, dann die roten Linien. Ob Sie es glauben oder nicht, ein Sammler in New York bietet ein kleines Vermögen für die Serie.«

Vielleicht war es also doch nicht ganz abwegig, wenn Diane die Bilder in Johns Apartment wie ihr Kapital und ihre Lebensversicherung verteidigte. Ich ging am selben Nachmittag noch

DIE GLÜCKLICHSTE ZEIT MEINES LEBENS

einmal in die Sutter Street, drückte am Eingang den Code und
fuhr in den sechsten Stock hinauf, aber auf mein Klopfen öffnete niemand, und solange ich auch ausharrte und sosehr ich
auch lauschte, von drinnen waren diesmal keine Geräusche zu
hören. Am Abend versuchte ich es wieder, und da hing ein Zet-
tel an der Tür, auf dem stand: »Gone fishin'. No use try.« Deshalb entschloss ich mich, am nächsten Tag zur Armory in der
Mission Street Ecke 14th zu gehen. Ich wusste von Elaine, dass
Diane dort arbeitete. Es war ein einschüchternder, festungsglei-
cher Bau mitten in der Stadt, mit flaggenbewehrten Türmen an
den Ecken und zinnenähnlichen Aufsätzen, und als ich die paar
Stufen zum Eingang hinaufstieg und nach ihr fragte, wurde ich
von einem Mann mit dem Aussehen eines Film-Bodyguards
abgewiesen, der mir auch sonst keine Auskunft geben wollte.
Obwohl er immer wieder drohende Blicke herüberwarf, stellte
ich mich auf die andere Straßenseite und beobachtete das Gebäude. Ich suchte nach einer Aufschrift oder sonst einem Hinweis, aber die Fassade war nackt, und die dunklen Backsteine
und die schmalen, hohen Fenster verrieten nichts. Es war fünf
oder halb sechs Uhr am Abend, und ich fürchtete schon, vergeblich zu warten, als schnell hintereinander, aber einzeln drei,
nein, vier, fünf, sechs junge Frauen herauskamen. Ohne sich
auch nur einen Augenblick aufzuhalten, verschwanden sie wie
Schatten in der einbrechenden Dunkelheit, als könnten sie sich
nicht schnell genug unsichtbar machen, wenngleich außer mir
weitum niemand zu sehen war. Dann dauerte es eine Weile, bis
die nächste erschien. Sie war dünn mit einem Hintern und Brüsten wie eine an den richtigen Stellen aufgeblasene Comicfigur
und blieb auf den Stufen vor dem Eingang stehen, nachdem sie
ihr Zwerghündchen zu Boden gelassen hatte, das zaghaft und
ängstlich gegen die Mauer pinkelte und vor ihr auf und ab lief.

ZWEITER TEIL

Schon wollte ich zu ihr hinübergehen und mich bei ihr noch einmal erkundigen, als die Tür wieder aufging und eine Gestalt in einem knielangen Parka und einer großen pinkfarbenen Mütze heraustrat und ich sofort wusste, das war Diane.

Ich folgte ihr in gehörigem Abstand. Sie ging zu der Bahnstation an der 16th Street, wo sie eine Weile einem Straßenmusiker zuhörte, der *Wanted Man* nach Johnny Cash sang. Ich dachte schon, sie würde die U-Bahn nehmen, aber sie zog nur ihr Smartphone heraus, sprach ein paar Worte und schlenderte weiter zur 17th Street. Die nächste Querstraße war die Clarion Alley, und sie verlangsamte ihren Schritt. Sie schien zu überlegen, ob sie sich hineinwagen solle, aber im selben Augenblick tauchte wie aus dem Nichts ein Schatten auf. Von da, wo ich stand, konnte ich nicht viel mehr sehen als eine aus der Gasse vorgestreckte Hand, aus der sie etwas entgegennahm und in die sie allem Anschein nach ein Bündel Dollarnoten steckte. Dann eilte sie weiter die Mission Street hinauf und verschwand nach zwei Blocks in einem einstöckigen Gebäude, das mehr wie eine Verbindungsmauer zwischen den beiden Nachbargebäuden wirkte, wären da nicht die Tür gewesen und ein Dachvorsprung.

An der Clarion Alley war ich einen Augenblick stehengeblieben, hatte dort aber niemanden mehr gesehen. Nur ganz oben in dem Durchgang, nicht weit von der Stelle, an der John umgebracht worden war, trieben sich ein paar Gestalten herum. Selbst wenn jemand gelaufen wäre, hätte er in der kurzen Zeit nicht bis dahin gelangen können. Zu wem auch immer die Hand gehört hatte, er musste Zugang zu einem der ersten Häuser haben oder sich sonst irgendwie in der Nähe versteckt halten. Mein erster Impuls war nachzuschauen, aber dann überlegte ich mir zu meinem Glück, worauf ich mich da einlassen würde, und stürzte weiter hinter Diane her.

DIE GLÜCKLICHSTE ZEIT MEINES LEBENS

In dem Gebäude, das sie betreten hatte, empfing mich schwere Luft, Zigarettenrauch, abgestandenes Bier, ein Geruch nach altem Fett, Urin und Verwesung. Zu bestehen schien es nur aus einem Raum, ein schmieriger, überheizter Laden, und die jungen Männer, die hinter der schmutzigen Glastheke mit bloßen Händen Burritos wickelten, trugen ärmellose Shirts, dass man das feuchte Achselhaar und viel zu viel von ihrer schweißglänzenden Haut sehen konnte. Es gab kein Fenster, Licht nur von Neonröhren, kahle Wände, ein paar Plastiktische und Plastikstühle auf einem auffallend unebenen Boden, die alle besetzt waren. An einer Kasse saß eine mexikanisch aussehende ältere Frau mit einem langen Zopf, die eine Klingel in der Hand hatte, und wenn sie diese mit einer kaum merklichen Bewegung betätigte und eine Nummer aufrief, erhob sich einer der Gäste und holte sein Essen.

Diane saß ganz hinten an einem Tisch. Ich hatte ein paar Minuten gewartet, bevor ich eingetreten war, und sie hatte ihren Parka schon ausgezogen und ein Bier vor sich. Die Mütze hatte sie abgenommen, und ihr brünettes Haar fiel ihr weich auf die Schultern, umrahmte das schmale, ängstliche Gesicht und machte die Augen noch größer. Eine Zigarette in der Hand, schaute sie mich durch den verrauchten Raum an, und entweder sah sie mich nicht oder brachte nichts mit mir in Verbindung, weil sie mich an dem Ort nicht erwartete. Erst als ich mich zwischen den Tischen hindurchzwängte und auf sie zutrat, sah ich, wie sie zusammenzuckte.

»Was machst du hier?« fragte sie, noch bevor ich eine Erklärung abgeben konnte. »Folgst du mir etwa? Bist du ein beschissener Polizist oder was? Kann ich nicht in Ruhe meinen Abend verbringen?«

»Ich möchte noch einmal mit dir reden.«

205

ZWEITER TEIL

»Du willst mit mir reden?« sagte sie. »Wir haben nichts zu reden. Worüber denn? Wenn du ein Selbstgespräch führen willst, steht dem nichts im Weg.«

Einer der Männer an ihrem Tisch erhob sich, und ich nahm seinen Stuhl und rückte ihn ganz dicht an sie heran, bevor ich mich setzte.

»Ich habe dich an der Clarion Alley gesehen.«

»Heißt das, ich darf nicht dorthin?«

»Du hast etwas gekauft.«

»Soll ich dich vielleicht um Erlaubnis bitten?« fragte sie. »Du kommst hierher und willst mir sagen, was ich tun soll. Wenn du ein verdammter Polizist bist, dann heraus mit der Sprache. Sonst halt lieber den Mund. Ich weiß, was du denkst. Die Alte kauft ihr Zeug genau an der Stelle, an der John umgebracht worden ist, und jetzt glaubst du, das eine hat etwas mit dem anderen zu tun.«

Natürlich waren das exakt meine Gedanken. Vielleicht hatte sie schon vor Johns Tod dort ihren Stoff besorgt, und ihm wäre es zuzutrauen gewesen, dass er die Dealer zur Rede stellte, wenn er davon wusste. Seit er selbst mit dem Trinken aufgehört hatte, war sein Verhältnis zu allen Substanzen, wie sein Ausdruck dafür war, und sei es einem Glas Bier oder auch nur einem Hauch Marihuana, ganz und gar moralisierend geworden. Er hatte von Sünde gesprochen und einmal sogar davon, dass er zwar gegen die Todesstrafe sei, aber den Schweinekerlen, die an vierzehnjährige Mädchen Heroin vertickten und ihnen ihre schmutzigen Schwänze hineinsteckten, wenn sie nicht bezahlen konnten, trotzdem das Beil des Henkers an den Hals wünsche. Es wäre eine banale Geschichte gewesen, wenn er sich mit den falschen Leuten angelegt hätte und so ums Leben gekommen wäre, aber zu sterben war nun einmal nichts anderes als genau das.

DIE GLÜCKLICHSTE ZEIT MEINES LEBENS

Diane lachte, als ich das sagte, und meinte, pure Phantasie, wir seien nicht in einem Krimi. Die Polizei hatte angeblich alles bedacht und keinen Hinweis gefunden, dass Johns Tod etwas mit Drogen zu tun haben könnte. Wenn dem so wäre, hätte er doch sicher kein Geld mehr in der Tasche gehabt, als er in seinem eigenen Blut gefunden wurde. Die Dealer mochten zwar blöd sein, aber so blöd nun auch wieder nicht, dass sie sich nicht wenigstens die Zeit nahmen, eine Leiche auf ihre Besitztümer zu untersuchen.

Sie war jetzt ruhiger geworden und verweigerte mir wenigstens nicht mehr das Gespräch. Ich hatte sie eigentlich nur noch einmal nach Johns Bildern fragen wollen, um einen Eindruck zu bekommen, ob sie tatsächlich etwas von deren möglichem Wert ahnte, und war vom Gang der Ereignisse überrumpelt worden. Sie auf ihren Freund anzusprechen, den ich in der Sutter Street in seinem desolaten Zustand gesehen hatte, war wahrscheinlich keine gute Idee, aber nachdem ich eine Weile gezögert hatte, wagte ich es, und sie war sofort wieder in höchster Aufregung.

»Allmählich reicht es aber«, sagte sie. »Darüber rede ich nicht auch noch mit dir. Er hat ein Alibi. Entweder du gehst, oder ich gehe.«

»Ich habe doch gar nichts gesagt.«

»Brauchst du nicht. Ich weiß auch so, was du meinst. Er war zu der Zeit zufällig im Knast. Und jetzt verzieh dich. Ich will meine Ruhe.«

Ich wollte etwas erwidern, aber im selben Augenblick drehte sich am Nebentisch ein Mann nach mir um, der die ganze Zeit schon zugehört hatte. Mit einem sanften Griff umschloss er meinen Unterarm. Er war groß, mit breiten Schultern, trug ein Kopftuch wie ein Pirat und auch eines dieser Muskelshirts und ließ keinen Zweifel, dass er liebend gern beweisen würde, was für ein Kavalier der alten Schule er doch war.

»Das hier ist ein vornehmes Etablissement«, sagte er mit gestelzter Höflichkeit. »Wenn die Lady nicht mit dir sprechen will, solltest du das entweder akzeptieren oder eine Tür weiter gehen.«

Ein Wort von Diane genügte, und er würde sich sicher etwas einfallen lassen, aber sie winkte ab, während sie sich gleichzeitig soweit wie möglich zu mir vorbeugte und flüsternd auf mich einsprach.

»Besser, du gehst«, sagte sie. »Noch ist es nicht zu spät.«

Ich war schon draußen, als mich der Schrecken packte. Das hatte gar nicht so sehr mit dem Mann und seiner Drohung zu tun, sondern mit der Atmosphäre, die in dem Lokal herrschte. Es war, als wäre ich in eine Parallelwirklichkeit geraten, und ich hatte keine Erklärung für die gespenstische Ruhe im Raum, die mir erst jetzt bewusst wurde. Vielleicht war es eine Armenspeisung. Ich hatte nicht weit entfernt ein Schild der Heilsarmee gesehen, aber außen am Gebäude entdeckte ich keinen Hinweis, der etwas dergleichen nahelegte. Es gab nur die dunkelgrün gestrichene Tür, deren Farbe in großen Blasen abblätterte, und allein wer wusste, was sich dahinter befand, konnte überhaupt auf die Idee kommen, sie wäre nicht seit Ewigkeiten verschlossen. Ich hätte mich nicht gewundert, wenn ich bei nochmaligem Öffnen wie in einem Alptraum auf einen leeren Raum gestoßen wäre oder, warum auch nicht, auf eine wild feiernde Festgesellschaft.

Als ich ins Hotel zurückkam, war es nach acht, und ich kann es nur mit dieser Empfindung von Unwirklichkeit erklären, dass ich danach noch ein Taxi herbeiwinkte und zu der Villa in Pacific Heights fuhr, zu der John mich vor so vielen Jahren eines

DIE GLÜCKLICHSTE ZEIT MEINES LEBENS

Nachts mitgenommen hatte, um mir zu zeigen, zu welcher Welt er über Deborah ein paar Monate lang Zugang gehabt hatte. Ich hätte sie sicher nicht mehr gefunden, aber ich hatte von Elaine die Adresse bekommen und brauchte sie nur dem Fahrer zu sagen und mich dann in den Sitz zurücksinken zu lassen. Er nahm die Van Ness Avenue und fuhr den Broadway westwärts fast bis zum Ende, und dort, nicht weit vom Alta Plaza Park, in der Baker Street war es, fast schon am Eingang zum Presidio. Ich stieg aus und bat den Fahrer zu warten. Zur Vallejo Street hinunter führten Stufen, es gab keine Verbindung für Autos, und allein dadurch hatte der Block etwas von einer Gated Community. Ich hätte nicht sagen können, was ich dort wollte. Ich stand nur da, hörte hinter mir den laufenden Motor des Taxis und versuchte mich daran zu erinnern, wie ich mit John hier gestanden war und ob er eher in einer aufgebrachten oder in einer wehmütigen Stimmung gewesen sein mochte. Er hatte mir jedenfalls von Deborah erzählt, und mir fiel wieder ein Detail ein, das allein schon wegen seiner Nichtigkeit etwas Groteskes hatte. Sie hatte angeblich ein ganzes Zimmer voller Plüschtiere gehabt und darunter einen schon in Auflösung befindlichen, langohrigen Hasen, den sie zu ihrem ersten Geburtstag geschenkt bekommen hatte und der jede Nacht ihrer kurzen Ehe in der Mitte zwischen ihnen schlafen durfte.

Dass meine Erinnerung genau das festgehalten hatte, ärgerte mich. John war nicht gesprächig gewesen, hatte auf das Haus gedeutet und erzählt, dass er sich nach einem Gerichtsbeschluss eigentlich mehr als hundert Meter fernzuhalten habe. Es musste nicht lange davor geschehen sein, dass er noch einmal an der Tür geklingelt hatte, um seinen Schwiegervater zu bitten, sich dafür einzusetzen, dass die israelische Armee ihn wieder aufnahm, aber merkwürdigerweise erzählte er nichts davon, viel-

ZWEITER TEIL

leicht weil es eine solche Demütigung für ihn bedeutet hatte, auf die gröbste Weise abgewiesen zu werden. Soviel ich mich erinnerte, sprachen wir vor allem über Belangloses, seine Art, einer Situation ihre besondere Bedeutung zu geben, und die Erwähnung der Plüschtiere war wohl nur eine verklausulierte Form, von seiner Tochter zu reden, die knapp drei Jahre alt war und genau zu der Zeit von ihrer Mutter in einer Wohnung in Tel Aviv wahrscheinlich mit irgendwelchen Spielen an die Raketen aus dem Irak und an eine Kinder-Gasmaske gewöhnt wurde.

Ich stellte mir vor, wie es wäre, wenn ich klingeln würde, um nach so vielen Jahren nach John zu fragen, wer zu dieser schon späten Stunde herauskäme, aber natürlich klingelte ich nicht. Ich ging ein paar Schritte die Stufen Richtung Vallejo Street hinunter, und als ich wieder heraufkam, sah ich, dass der Taxifahrer ausgestiegen war und rauchend an seinem Wagen lehnte. Obwohl es am Tag wieder warm geworden war, hatte es jetzt abgekühlt, und nur in seinem Hemd musste er frieren. So entspannt er auch wirkte, etwas bedeutete mir, dass er die Haltung gerade erst eingenommen hatte und dass er in Wirklichkeit drauf und dran gewesen war, hinter mir herzugehen und zu schauen, was ich dort unten machte. Bis ich ihn erreicht hatte, behielt er mich im Auge, und dass er, seine Zigarette im Mund, mit beiden Händen in den Hosentaschen dastand, konnte mich nicht darüber hinwegtäuschen, dass er zu allem bereit war. Er kam um den Wagen herum und öffnete die Tür, eine ganz und gar ironische Geste, weil er dabei auch noch eine Art Bückling machte, und wir fuhren schon, als er mich fragte, ob ich etwas Bestimmtes gesucht hätte, und ich nein sagte und aus irgendeinem Grund und völlig aus der Luft gegriffen hinzufügte, in einem der Häuser hätte vor vielen Jahren einmal ein Mädchen gewohnt, in das ich verliebt gewesen sei.

DIE GLÜCKLICHSTE ZEIT MEINES LEBENS

Die beiden Male, die ich seit unseren Tagen in Stanford wieder nach Kalifornien gekommen war, hatte ich nicht daran gedacht, Kontakt zu Michelle aufzunehmen, aber jetzt erschien es mir wie das Natürlichste, es zu tun. Weil ich keine Adresse von ihr hatte, durchforstete ich im Hotel das Internet. Wahrscheinlich hatte sie ihren Nachnamen geändert. Ich suchte in Stanford, ich suchte in Fairbanks, ich suchte in San Francisco, überall tausend Bilder, tausend Geschichten, aber nichts, das zu ihr passte, bis ich schließlich auf ihre Eltern verfiel und prompt erfolgreich war. Als ich am nächsten Tag anrief und mich als ehemaligen Studienkollegen ausgab, ohne meinen Namen zu nennen, war ihr Vater dran. Seine Stimme klang zittrig, und ich erinnerte mich, welche Angst ich damals bei meinem Besuch in Alaska vor einem Gespräch unter Männern gehabt hatte, sobald ich nur einen Augenblick mit ihm allein gewesen war. Ich hatte mich in die verrücktesten Phantasien hineingesteigert, als er mir einmal vorgeschlagen hatte, mit ihm spazieren zu gehen, um gleich darauf ganz selbstverständlich ein Gewehr aus dem Schrank zu nehmen. Das Haus war am äußersten Stadtrand gelegen, und ich war neben diesem Mann in eine märchenhaft froststarrende Waldlandschaft gelaufen, als wären wir auf dem Weg zu meiner eigenen Hinrichtung, wir müssten nur die erste Lichtung erreichen. Ich hatte gedacht, er würde mich auf die verweinten Augen seiner Tochter ansprechen, die aus Angst vor der Krankheit immer wieder in Tränen ausbrach, aber er hatte nichts gesagt, während er Schritt für Schritt in den knirschenden Schnee setzte, und auch jetzt verlor er kein Wort zuviel. Er meinte, er müsse die Nummer von Michelle erst suchen, legte einen Augenblick den Hörer beiseite und buchstabierte dann Ziffer für Ziffer herunter, wobei er nach jeder so lange wartete, bis ich sie wiederholt hatte.

ZWEITER TEIL

Michelle lebte seit ein paar Jahren in Sacramento, und dort besuchte ich sie am Tag darauf. Sie klang erfreut am Telefon. Ich mietete ein Auto, und es war nur eine knapp zweistündige Fahrt. Als ich ankam und sie aus dem Reihenhaus trat und mir die Gartentür aufmachte, fühlte ich mich willkommen, aber wie bei meinem Anruf hatte ich den Eindruck, sie weiche mit ihrer Bereitwilligkeit, in Smalltalk zu flüchten, einem bestimmten Gespräch aus. Sie war verheiratet, unterrichtete an einer Highschool Kunst und Geschichte, und ihr Mann und die beiden Kinder waren außer Haus.

»Warum hast du die Mathematik aufgegeben, Hugo?« sagte sie, nachdem sie mich hereingelassen hatte. »Ich habe gehört, du bist auch Schriftsteller geworden.«

»Na ja«, sagte ich. »Eine Art.«

»Weißt du noch, wie du mir den Beweis erklärt hast, dass es unendlich viele Primzahlen gibt? Du hast von seiner Schönheit geschwärmt. Kannst du dich erinnern, wie jung wir waren?«

»Natürlich.«

»Zum Geburtstag hast du mir einen Ausdruck der größten damals bekannten Primzahl geschenkt«, sagte sie. »Meine Freundinnen haben mich gewarnt, ich solle mich vor dir in Sicherheit bringen.«

»Das hast du dann auch getan.«

»Habe ich das?«

Es enttäuschte mich, sie so reden zu hören, obwohl ich nicht hätte sagen können, wie es anders besser gewesen wäre. Schließlich war es nicht ihre Schuld, dass die Zeit verging, und meine Sentimentalität war nicht kleiner als ihre. Je mehr Stunden ich allein mit meinem Computer in einem sonst möglichst leeren Raum verbrachte, um so anfälliger war ich dafür, den Leuten um den Hals zu fallen oder vor ihnen in die Knie zu sinken, und

DIE GLÜCKLICHSTE ZEIT MEINES LEBENS

auch wenn ich nichts dergleichen tat, sagte ich ihr das und bemühte mich erst gar nicht, es mit Ironie zu bemänteln. Es war schön zu sehen, dass sie lebte und nichts von der existenziellen Zähigkeit so vieler Kalifornierinnen ausstrahlte, nichts von dem todtraurigen Hin- und Herkippen zwischen viel zu später Jugend und verheerendem Alter, das einen denken ließ, man hätte alles für sie getan, um ihnen das zu ersparen, aber nicht einmal ein Gott könnte ihnen helfen. Dagegen war sie gefeit, weil sie gar nicht auf die Idee kam, etwas aufhalten zu wollen.

Ich weiß nicht, ob ich von John zu sprechen begann oder sie, aber je mehr ich über ihn sagte, desto mehr hatte ich den Eindruck, sie verstummte. Sie hatte mich gefragt, ob ich noch zu jemandem aus Stanford Kontakt hätte und was aus meiner Inderin geworden sei, wie sie Kiran nannte, aber wann auch immer ich das Gespräch auf ihn zurückbrachte, ließ sie mich reden und sah mich von Mal zu Mal verwunderter an. Schließlich erkundigte ich mich, ob etwas nicht in Ordnung sei, und so erfuhr ich, was er mir zeitlebens verschwiegen hatte. Sie waren verheiratet gewesen, und mir fiel nichts anderes ein, als zu fragen, wie lange.

Wir saßen in ihrem Wohnzimmer, und einen Augenblick glaubte ich, die Zeit würde stillstehen und, wenn ich nicht etwas sagte, das einen sinnvollen Zusammenhang herstellte, mit aller Macht zurückfluten und meine Vergangenheit auslöschen. Der Raum war wie aus dem Katalog einer anderen Periode eingerichtet, mit einer Ledercouch, Lederfauteuils und einem Glastisch in der Mitte, der auf einem gefleckten Kuhfell stand, und ich hatte noch keine Zeit gehabt, das Bücherregal an der Wand zu studieren, wie ich es sonst als erstes tat, wenn ich irgendwo zu Besuch war. Draußen vor dem Fenster parkte ein weißer SUV in der Garageneinfahrt, hinter der das Nachbargrundstück

ZWEITER TEIL

begann, und ich fragte mich sinnlos, welches Jahr dort wohl gerade war. Dabei bekam ich Johns Worte nicht aus dem Kopf, ob ich wisse, was aus dem Mädchen aus Alaska geworden sei, und konnte Michelle ein paar Augenblicke lang nicht hören. Sie bewegte ihre Lippen, aber ihre Stimme kam nicht bei mir an. Dann beugte sie sich vor und berührte mich am Arm, und allein ihre Berührung holte mich wieder in die Welt zurück.

»Sechs Jahre«, sagte sie. »Ganz schön lange.«

Es war genau zu der Zeit gewesen, in der ich John aus den Augen verloren hatte. Ich versuchte nachzurechnen, aber die Jahreszahlen spielten keine Rolle. Dabei sah ich sie an, und etwas an ihrer Ruhe irritierte mich. Sie hatte Tee gemacht und rührte jetzt in einem fort in ihrer Tasse, während sie mit aufrechtem Rücken in ihrem Sessel saß.

»Hat John dir nie davon erzählt?«

»Nein«, sagte ich. »Kein Wort.«

»Ich dachte, du hättest dich deswegen nicht mehr bei mir gemeldet«, sagte sie. »Eigentlich sind wir seit der Zeit in Stanford immer wieder einmal zusammen gewesen. Am Anfang hat sich bei ihm ohnehin nur schwer sagen lassen, ob das gerade der Fall war oder nicht. Verlässlicher ist er erst geworden, als er mit dem Trinken aufgehört hat.«

»Und die anderen Frauen?«

Ich hatte es nicht sagen wollen, aber es drängte sich auf, sie nach Deborah zu fragen, nach der Mutter von Johns Tochter oder Elaine. Das tat ich dann doch nicht, und ich brauchte es auch gar nicht zu tun. Sie hatte sofort verstanden und lächelte mich an.

»Er hat immer andere gehabt«, sagte sie. »Manchmal mag er für eine Weile verschwunden sein, aber er ist danach jedesmal zu mir zurückgekommen. Das Heiraten wäre gar nicht nötig ge-

DIE GLÜCKLICHSTE ZEIT MEINES LEBENS

wesen. Es war sein Spleen, damit jeder das Gefühl zu geben, sie sei die einzige. Doch als er schließlich mich gefragt hat, ist es mir nicht schwergefallen, ja zu sagen.«

Für mich hätte genausogut von jemand anderem die Rede sein können und nicht von meinem Freund John, als sie erzählte, sie hätten zuerst in San Francisco gelebt und seien dann weiter nach Norden gezogen, als er es dort nicht mehr ausgehalten habe. Petaluma, Santa Rosa, Eureka, so hießen die ersten Stationen, die nicht unbedingt nach Glück klangen, und dann seien sie schon in Oregon gewesen, in viel kleineren Orten, immer weiter hinaus aus den Städten und hinein in die Natur, immer näher an die kanadische Grenze. Sie habe ein paar Wochen hier, ein paar Wochen da als Kellnerin gearbeitet, und er habe weiter dieses Zeug über den Krieg geschrieben, oder vielmehr, geschrieben, wenn er glaubte, es tue ihm gut, und dann wieder nicht geschrieben, tagelang, manchmal wochenlang nichts, wenn er dachte, gerade das Schreiben würde ihn umbringen. Sie sagte das ohne jedes Pathos und mit einer Sachlichkeit, als hätte nie Dramatik darin gelegen oder als hätte sie dem Ganzen durch wiederholtes Erzählen alle Dramatik ausgetrieben, und ich ahnte, worauf es hinauslaufen würde.

»Am Ende haben wir die besten Jahre in Alaska verbracht«, sagte sie schließlich. »Dort ist er wenigstens eine Weile zur Ruhe gekommen.«

»In Fairbanks?«

»Ja«, sagte sie. »Wir haben ein Haus direkt neben meinen Eltern gehabt. Kannst du dir das vorstellen? Das gleiche Modell, gleich spartanisch, ein Prefab, nur ein paar Schritte weiter.«

Ich hatte es vor Augen, ein Holzhaus mit einer kleinen Veranda unter den ungerührt dastehenden Bäumen, wie ich es bei meinem Besuch in Alaska gesehen hatte, und fast schon im

ZWEITER TEIL

Wald, ja, in der Wildnis, so weit zurückgesetzt war es von der Straße, von der ein holpriger Schlamm- und Schotterweg hinführte.

»Kaum zu glauben, dass John sich in Sichtweite seiner Schwiegereltern eingenistet hat«, sagte ich. »Was habt ihr dort gemacht?«

»Zuerst alles mögliche. Ich habe weiter gekellnert, und er hat auf dem Bau gearbeitet. Dann habe ich meine erste Stelle an einer Highschool bekommen, und er ist dreimal in der Woche mit einem Truck zum Polarmeer gefahren. Besser hätte es für ihn nicht sein können. Erinnerst du dich an seine Schlittenhund-Phantasien? Er hat Diesel dorthin gebracht, und ich glaube, die Tage auf dem Highway in der menschenleeren Landschaft haben ihm geholfen, seine Gespenster zu vertreiben, wie sonst nichts. Soviel ich weiß, hat er in der Zeit keine einzige Zeile geschrieben.«

»Aber habt ihr Leute gehabt?«

»Wie meinst du das?«

»Na ja, wart ihr ganz allein?«

»Wir haben *uns* gehabt. John ist auf die Jagd gegangen, und ich habe ihn begleitet. Wir sind im Winter manchmal mit Schneeschuhen stundenlang in die weiße Dunkelheit gelaufen.«

Die Vorstellung erfüllte mich mit einer Mischung aus Sehnsucht und Neid, und ich erinnerte mich an mein Gefühl des Ausgeschlossenseins, als sie so viele Jahre davor am Lake Lagunita mit John gesprochen hatte. Ich sah sie an, und zum ersten Mal seit ich angekommen war, erkannte ich das Mädchen in ihr wieder, das ich an der Pferdekoppel in Stanford kennengelernt hatte. Es war mir damals nicht klar gewesen, doch wahrscheinlich hatte mein Verliebtsein auf den ersten Blick damit zu tun gehabt, dass sie genau diese Erdverbundenheit ausstrahlte.

DIE GLÜCKLICHSTE ZEIT MEINES LEBENS

»Aber was ist dann schiefgegangen?«

Ich hatte die Frage, ohne zu überlegen, gestellt und sah, wie sich ihr Blick veränderte. Sie antwortete lange nicht und rührte stattdessen wieder ausgiebig in ihrem Tee. Dann trank sie mit zurückgelegtem Kopf in wenigen Schlucken ihre Tasse aus, und ich war nicht sicher, ob ich mit meiner Neugier etwas angetastet hatte, über das sie nicht reden wollte, oder ob sie überhaupt von der Erinnerungsseligkeit genug hatte.

»Er hat dann doch wieder angefangen zu schreiben und nicht viel hingekriegt«, sagte sie schließlich. »Ich weiß nicht, ob das die Erklärung war oder auch nur Ausdruck eines anderen Unbehagens.«

Damit wechselte sie das Thema, sprach eine Weile über dies und das und erkundigte sich zu guter Letzt, ob sie mich etwas fragen dürfe, das sie mich schon immer hatte fragen wollen.

»Warum hast du damals in Alaska mit mir geschlafen?« sagte sie, als ich nickte. »Was wolltest du damit beweisen?«

Jetzt war ich es, der schwieg, und sie meinte, für sie habe diese Verrücktheit nur meinen Hang zum Fatalen bestätigt, den sie ohnehin in mir gesehen habe.

»Hättest du nicht das Testergebnis abwarten können?«

»Ich war in dich verliebt.«

»Weißt du, wie das bei mir angekommen ist?«

Ich sagte wieder nichts, und erst jetzt betrachtete ich das Bild genauer, das hinter ihr an der Wand angebracht war. Es zeigte sie, vielleicht zehnjährig, in einem weißen Skianzug und mit einer weißen Bommelmütze und einem seligen Ausdruck im Gesicht vor einem endlos weißen Himmel in einem Schneegestöber, beide Hände ausgestreckt, als würde sie schweben. Es war in ihrem Zimmer in Fairbanks gehangen, eine verschwommene Aufnahme, die ich mochte und die mich gleichzeitig ängstigte, und ich wandte meinen Blick nicht davon ab, während Michelle wohl längst ihr Urteil über mich gefällt hatte, dass ich einer war, mit dem man vielleicht sterben könnte, aber sicher nicht leben.

Auf der Rückfahrt ging mir dann nicht aus dem Kopf, dass John von ihr, natürlich ohne mein Wissen, wen er damit meinte, immer nur als von Ehefrau-Nummer-drei gesprochen hatte. Ich hatte es für eine Schrulligkeit gehalten und nie weiter darüber nachgedacht, dass er einen Grund haben könnte, den Namen vor mir zu verbergen. Jetzt versuchte ich ein paar Erinnerungen zusammenzubringen, aber natürlich verhakte sich sein Satz, mit Ehefrau-Nummer-drei habe es im Bett am besten geklappt, den er bei nicht nur einer Gelegenheit geäußert hatte. Er hatte keine Scheu vor solchen Sprüchen, und ich erinnerte mich auch, wie er einmal nicht aufgehört hatte, mich zu bedrängen, wie er gesagt hatte, die besten Mädchen kämen aus Texas und Virginia, aber er könne sich vorstellen, dass Alaska auch einiges zu bieten habe und ob ich ihm nicht mehr verraten wolle. Diese Art Gerede leistete er sich, weil er damit rechnete, man würde ihm verzeihen, ein Freundschaftstest darüber, wie man es aufnahm, wenn er gleich danach davon schwärmte, was er gerade las, oder von seiner Mutter erzählte und ihren schrecklichen Erlebnissen im Krieg. Allerdings wusste ich nicht, welche Befriedigung es ihm verschaffte, welche Genugtuung, über mich zu triumphieren, wenn er mich fragte, ob ich etwas von Michelle gehört hätte, und wenig später irgendeine womöglich schlüpfrige Anekdote über Ehefrau-Nummer-drei zum besten gab, ohne dass ich wissen konnte, dass wir von ein und derselben Person sprachen.

Ich war überrascht gewesen, als ich im Sommer 1998 nach Jahren des Schweigens einen Brief von ihm bekam, und noch mehr, als ich ihm zurückschrieb, ich hätte für ein paar Monate ein Haus an der irischen Westküste, und er drei Wochen später unangemeldet in dem Ort auftauchte, den ich ihm angegeben hatte, leichthin sagte, Ehefrau-Nummer-drei habe ihn an die Luft gesetzt, und dann irgendwelche Geschichten erzählte, die mit der Wirklichkeit kaum etwas zu tun hatten. Er hatte sich zu mir durchgefragt und stand mit nur einer Tasche vor meiner Tür, ein Fremder, den ich zuerst nicht erkannte. Sein Haar war kurz geschnitten, wie ich es sonst nie bei ihm gesehen hatte, eine Sträflingsfrisur, durch die man die beiden sich kreuzenden Narben auf seiner Kopfhaut erkennen konnte, die von seiner Zeit auf der Straße stammten. Er schien deutlich mit ein paar Kilo mehr bepackt, aber es waren immer noch seine Augen. Bleiben wollte er nur wenige Tage, zog dann jedoch für den Rest meines Aufenthalts bei mir ein und begann sein Erinnerungsbuch zu schreiben, das zwei Jahre später unter dem Titel *Days like these* erscheinen sollte. Wir arbeiteten beide tagsüber, gingen am späten Nachmittag auf dem Strand oder in den Downs spazieren, und am frühen Abend, bevor wir uns auf unsere Pub-Runde machten, die er mit Litern von Cola bestand, las er mir vor, was er geschrieben hatte. Es waren herzzerreißende Szenen aus seiner Kindheit in der Bronx, wie er als Judenjunge von den Mitschülern gepiesackt worden war und sich nichts mehr wünschte, als zu sein wie sie, selbst wenn dafür ein anderer in die Rolle des Sündenbocks hätte schlüpfen müssen, und auf diese Weise bekam ich auch zum ersten Mal die Stelle mit seiner Mutter und ihrem Koffer zu hören. Wir blieben an dem Tag zu Hause, und ich kochte Hühnersuppe für ihn, als wäre er wieder das Kind, das mitten in der Nacht von ihrem Weinen wach geworden war und dann nicht mehr schlafen konnte und am nächsten Morgen delirierend mit vierzig Grad Fieber im Bett lag.

ZWEITER TEIL

Es war nach den Monaten in dem Haus in Lower Haight das zweite Mal, dass wir länger zusammenwohnten, und selbst wenn mir die kalifornische Zeit immer als unsere schönste vor Augen steht, habe ich auch daran Erinnerungen, die mir ganz und gar des Gewichts enthoben scheinen, das ich sonst mit ihm in Verbindung bringe. Er war jetzt fünfundvierzig, fast sechsundvierzig, und genoss die Aufmerksamkeit, die ihm von einem Teil der Damenwelt im nahe gelegenen Städtchen bald zuteil wurde. Wenn er die Main Street hinunterschlenderte, drehten sich die Leute nach ihm um, und mit dem Ende der Sommersaison, als die Touristen verschwanden, war er in der kleinen Aussteiger-Community, die zurückblieb, längst eine Berühmtheit, und es gab einen nicht enden wollenden Andrang von Malerinnen, Töpferinnen, Schmuckdesignerinnen oder was sie sonst noch alles sein mochten, die zu jeder Tages- und Nachtzeit an der Tür klopften und nach ihm fragten. Sie kamen über die Heide, sie kamen die Straße entlang, sie kamen aus der Fischfabrik, in der sie arbeiteten, wenn ihnen das Geld ausging und in den Gasthäusern und Hotels kein Personal mehr gebraucht wurde, und ich hatte immer genug Guinness im Haus und verfütterte die Muffins an sie, die eine aufmerksame Nachbarin uns armen Junggesellen alle paar Tage in einem großen Nylonsack an das Gartentor hängte. Er sagte, was sich hier abspiele, sei ärger als im Kibbuz, und manchmal saßen wirklich ganze Runden um ihn und hingen an seinen Lippen, als würden ihm die Tatsachen, dass er gerade aus Alaska kam und, solange es noch warm war, barfuß ging, den Status eines Gurus verleihen. Zwar malte er noch nicht, aber sie hielten ihn für einen verhinderten Maler, weil er so verständig über Kunst sprach, und als er später im Herbst für die Lokalzeitung einen überschwenglichen Bericht über eine Sammelausstellung in der Turnhalle schrieb, war er

DIE GLÜCKLICHSTE ZEIT MEINES LEBENS

ihr König. Draußen in der Bucht gab es einen Delfin, und er fuhr mit einem ganzen Boot voll junger Frauen hinaus, um mit ihm zu schwimmen und an einem der letzten Sonnentage ein Picknick auf dem offenen Meer mit ihnen zu machen, was ihm am gleichen Abend noch Prügel von zwei Bauarbeitern eintrug, deren Liebste mit dabeigewesen waren. Ich musste ihn auf dem Kai bei den Fischerbooten aufsammeln, und er blutete mir das ganze Auto voll, aber danach führte er seine Veilchen wie Trophäen spazieren und stolzierte mit seinem Kopfverband und einem Arm in der Schlinge wie ein Veteran aus dem schlimmsten aller Kriege herum, ohne dass er vor diesen glücklichen Kindern jemals auch nur erwähnte, dass er in der israelischen Armee gewesen war und dort wirklich gekämpft hatte.

V

Im Grunde hatte ich alles, was in *Days like these* über Israel und den Krieg stand, bereits am Ende meines ersten Aufenthalts in Kalifornien von John erfahren. Sosehr er die Themen umging, als wir uns nähergekommen waren und ich an den Wochenenden zu ihm nach San Francisco fuhr, so sehr breitete er sie aus, als er einmal damit begonnen hatte. Das war allerdings erst bei unserem letzten Treffen vor meiner Heimreise, und wenn sonst immer alles Party und gute Laune und Literatur und Mädchen und Alkohol gewesen war, begegnete er mir auf einmal mit einem ganz anderen Ernst.

Dabei hatte auch ich ein paar Wochen zuvor noch mit Befremden und Unverständnis auf seine erste bald darauf publizierte Erzählung reagiert, obwohl man gar nichts in sie hineinlesen musste und alles aus ihr hätte herauslesen können. Allein der Titel hätte mich wachrütteln sollen, das programmatische *Who I am*, und ich schäme mich heute für meinen Vorbehalt, ob es nicht vielleicht doch zu pathetisch sei, wenn er sich auf die ungeschützte Weise mit seiner Mutter identifiziere, wie er es darin tat. Er schrieb, in seinem Herzen sei er ganz und gar sie, sei er mitten in San Francisco oder New York das Judenmädchen, das sich bei den Partisanen in den Bergen verstecke, sei er sie, die in einem Güterzug hätte deportiert werden sollen, und nichts könne ihm helfen, seine ein Meter fünfundneunzig nicht, seine hundertzehn Kilo nicht, und nicht, dass er im College Football gespielt habe oder dass er Soldat gewesen sei, eines Tages würde

DIE GLÜCKLICHSTE ZEIT MEINES LEBENS

ihn das Schicksal ereilen, dem sie gerade noch entgangen war, und er würde unter freiem Himmel umgebracht werden.

Zu der Zeit war er gerade auf Bruno Schulz aufmerksam geworden, den polnisch-jüdischen Schriftsteller und Zeichner, der 1942 in seiner Heimatstadt in der heutigen Ukraine von einem Gestapo-Mann auf offener Straße erschossen worden war. John genierte sich nicht, auch zu ihm eine Parallele zu ziehen und zu schreiben, der Tag liege nicht fern, an dem San Francisco sich als sein Drohobycz erweisen werde, wie der Ort in Galizien hieß, die Mörder wetzten schon ihre Messer und warteten nur noch auf den letzten Befehl. Natürlich war das alles viel zu viel, aber ich werfe mir heute dennoch vor, dass ich es nicht ernster genommen habe, dass ich es mit einer Handbewegung und ein paar gequälten Sätzen abtat.

Vorgelesen hatte er mir die Erzählung noch vor ihrer Publikation nach einer durchzechten Nacht in seinem Zimmer in Bayview. Wir hatten im Morgengrauen ein Taxi zu ihm nach Hause genommen, und er machte in dem spärlich möblierten Raum auf einer am Boden stehenden elektrischen Herdplatte Kaffee und Eier für uns und zauberte dann das Manuskript hervor. Ich war so müde, dass ich gar nicht auf die Idee kam, genauer nachzufragen, und erinnerte mich erst wieder bei unserem letzten Treffen vor meiner Heimreise daran, es zu tun.

Da spazierten wir am Aquatic Park entlang, Richtung Fort Mason und Marina, weil ich zum Abschied noch einmal auf die Golden Gate Bridge wollte. Er tat mir den Gefallen, mich zu begleiten, obwohl er immer gesagt hatte, er sei gleich nach seiner Ankunft in der Stadt einmal dort gewesen und habe damit seine Sightseeing-Pflichten ein für alle Mal erfüllt. Wir hatten bis dahin über alle mögliche gesprochen, und meine Frage musste für ihn wie aus dem Nichts kommen.

ZWEITER TEIL

»Was hat dich eigentlich nach Israel gebracht?«

Ich hätte mich nicht gewundert, wenn er wieder abgewinkt hätte wie sonst immer, aber wahrscheinlich reagierte er diesmal anders, weil die ganze Zeit mitschwang, dass wir uns vielleicht nie wiedersehen würden.

»Du stellst vielleicht Fragen, Hugo«, sagte er. »Welchen Grund sollte ich als Jude brauchen, für eine Weile nach Israel zu gehen, außer genau den? Ich war noch keine dreißig. Reicht das als Erklärung? Ich wollte etwas tun, das einen Sinn ergab. Hätte ich mir lieber eine Arbeit suchen sollen, die mich langweilte und halb krank machte vor Stumpfsinn und mich schon montags oder dienstags vom kommenden Wochenende reden ließ und davon, dass das Wetter hoffentlich gut werde, weil ich sonst nichts hatte und das mein einziger Halt war?«

Es war ein kalter Junitag mit plötzlichen Schauern und einem dichten Nebel, der vom Pazifik hereinrollte und entweder bald die Landzunge erreichen oder im Abstand von ein paar hundert Metern wie eine Wand vor der Küste stehen würde. Wir hatten uns in einem Souvenirladen auf dem Weg billige Regenüberzüge in einem giftigen Grün gekauft, mit denen wir wie ein Dekontaminierungsteam aussahen, das unterwegs zu einem Katastropheneinsatz war, und John streifte jetzt die Kapuze über den Kopf und wirkte damit unheimlich auf mich. Er schritt schnell voran, als wollte er das alles nur hinter sich bringen. Manchmal blieb er gestikulierend stehen, und so habe ich ihn auch in Erinnerung, stehend, seine Hände in die Hüften gestützt, als er mir von der UN-Resolution erzählte, die ihm die letzte Entscheidung abnahm.

»Wenn du willst, kann ich dir die Nummer sagen.«

»Lieber nicht«, sagte ich. »Der Inhalt reicht.«

»Sie besagt, dass Zionismus eine Form von Rassismus ist«,

sagte er. »Ich bin mit einem Freund in der Lobby des UN-Hauptquartiers am East River gestanden, als sie beschlossen wurde. Die Ja-Stimmen sind fast durchweg aus den arabischen Ländern, aus der Dritten Welt und aus dem Ostblock gekommen. Von da an wollte ich so schnell wie möglich nach Israel. Das könnte eine Erklärung sein, falls du auf pathetische Erklärungen stehst. Ich wusste auf einmal, wohin ich gehörte. Wenn sich die ganze Welt gegen uns stellte, war ich selbstverständlich ein Jude.«

»Und weniger pathetisch?«

»Die Mädchen in den Kibbuzim. Angeblich konnte man sich gar nicht so blöd anstellen, dass man dort keine bekam. Skandinavierinnen waren am beliebtesten, und Deutsche. Ich hatte gar nicht gewusst, dass sie Deutsche überhaupt schon ins Land lassen. Aber dort gab es sie dann zuhauf, Kinder, die sich den Dreck ihrer Eltern vom Leib schaffen wollten und jüdischer daherkamen als unsere eigenen Schwestern. Als könnte man einfach auf die Opferseite wechseln, ohne einen Preis dafür zu zahlen. Stört es dich, wenn ich es ein bisschen drastisch ausdrücke?«

»Das weiß ich erst nachher. Warum fragst du überhaupt, John? Du bist doch sonst auch nicht so zimperlich.«

»Wir haben gefickt wie die Könige.«

Ich nahm es schweigend hin, weil ich nicht wusste, wie ich reagieren sollte, aber als er weitersprach, konnte ich unmöglich überhören, wieviel Ressentiment sich bei ihm aufgestaut hatte.

»Dumme deutsche Mädchen voller nutzloser Ideale, die dann die Tränen ihres Unverstandenseins und ihres Liebeskummers in die israelische Erde geweint haben«, sagte er. »Was für verrückte Träumerinnen. Sie haben Hebräisch gelernt und in der brütenden Hitze auf den Feldern gearbeitet, als würde das etwas an der Tatsache ändern, dass ihre Väter unsere Väter in

ZWEITER TEIL

Polen oder in Russland in eine Grube geschossen haben. Darüber können wir doch nicht einfach hinwegsehen.«

»Aber was hätten sie tun sollen?«

»Weiß nicht«, sagte er. »Vielleicht doch lieber zu Hause bleiben und sich noch eine Weile mucksmäuschenstill verhalten. So böse, wie das klingt, meine ich es gar nicht. Ich rede nur von ihrer Naivität. Musterschülerinnen, meistens auch noch aus sogenannten guten Familien, die streberhaft alles richtig machen wollten, wo es nichts mehr richtig zu machen gab. Das kann einem schon auf die Eingeweide schlagen. Außerdem ist mir der ganze Kibbuzgedanke selbst schnell fragwürdig geworden. Die Schulungen in marxistischer Theorie habe ich von Anfang an geschwänzt, aber auch für die Ödnis der körperlichen Arbeit und den Gemeinschaftszwang muss man geschaffen sein, sonst hält man es nicht aus. Ich habe geschaut, dass ich so bald wie möglich wieder wegkomme, und bin an die Hebräische Universität in Jerusalem gegangen, und dann hat auch schon der Krieg begonnen.«

»Der Libanonkrieg?«

»Ja«, sagte er. »Weißt du, wie der Codename dafür war?«

»Woher sollte ich?«

»›Frieden für Galiläa‹. Damit sollten die palästinensischen Angriffe von jenseits der Grenze ein für alle Mal beendet werden. Nur dass es im ganzen Jahr davor in Galiläa so ruhig gewesen war wie schon lange nicht mehr.«

Wir gingen eine Weile schweigend, und als hätte er überlegt, ob er mir das überhaupt anvertrauen solle, sagte er schließlich, erst als man ihm ein Gewehr ausgehändigt habe, sei ihm klargeworden, dass er von Anfang an nichts anderes gewollt habe und dass er allein dafür nach Israel gegangen sei, allein um zu kämpfen.

DIE GLÜCKLICHSTE ZEIT MEINES LEBENS

»Seit ich mich erinnern kann, war das mein Traum. Das Bild eines Juden mit Waffen. Wenn ich als Kind nicht in die Schule mochte, habe ich meine Mutter immer gefragt, was ihr das ganze sinnlose Lernen bei ihrer Flucht aus Paris denn genützt habe. Ich habe zu ihr gesagt, wenn wir uns wehren wollen, brauchen wir keine Schule, wir brauchen etwas anderes. Und jetzt stand ich in in einem Ausbildungslager in der Wüste, hatte ein Gewehr in der Hand und glaubte, mich vor nichts und niemandem fürchten zu müssen. Es war wie eine messianische Offenbarung.«

»Das Bild eines Juden mit Waffen«, sagte ich. »Klingt ganz schön martialisch. Nicht, dass ich die Befriedigung nicht nachvollziehen kann, aber wie lange hat die Euphorie angehalten? Du warst ja kein Kind mehr.«

»Nicht viel länger als bis zum ersten Einsatz«, sagte er. »Wenn man im Krieg war, fragen einen die Leute immer, ob man jemanden getötet hat, als würde die Katastrophe nicht viel früher beginnen. Man wird auf alles mögliche vorbereitet, jedoch nicht darauf, dass man es dann mit Menschen zu tun hat. In den Lagebesprechungen ist immer von Terroristen die Rede gewesen, die aus den libanesischen Kampfgebieten in die Westbank eingesickert sind, aber von denen haben wir kaum welche zu Gesicht bekommen. Wenn wir auftauchten, waren die Männer geflohen, und wir mussten uns mit den Frauen und Kindern herumschlagen.«

Er zögerte einen Moment, und ich weiß nicht, warum ich die Gewissheit hatte, er spreche mit mir über etwas, über das er schon lange mit niemandem mehr gesprochen hatte. Vielleicht kam es daher, dass er bereits ein paar Mal vorbereitend gesagt hatte, wir seien Freunde und er könne vor mir doch offen reden, als müsste er um Verständnis werben und hätte es nicht oh-

ZWEITER TEIL

nehin. Dann gab er mir zu verstehen, unter seinen Kameraden im Krieg seien diese Schwierigkeiten lange kein Thema gewesen oder vielleicht gerade, weil sie zuerst nicht darüber gesprochen hätten, von Anfang an eines, das insgeheim alle beschäftigt habe, aber erst allmählich an die Oberfläche gedrungen sei.

»Du kannst es dir nicht vorstellen«, sagte er und hob seine Stimme gegen den Wind, der in seinen Regenüberzug fuhr und ein schlappendes Geräusch machte. »Du fährst in deinem gepanzerten Fahrzeug in ein beschissenes Kuhdorf, und plötzlich setzt dieses Geschrei ein.«

»Das Geschrei der Frauen und Kinder?«

»Ja, sie umringen dich und fangen wie am Spieß an zu schreien«, sagte er. »Du schaust in ihre Augen und kannst dir nichts vormachen, du siehst ihren Hass. Sie würden augenblicklich in Freudengesänge ausbrechen, wenn dich aus dem Hinterhalt ein Schuss treffen würde und du vor ihren Füßen elendiglich krepieren müsstest, und weil es Frauen und Kinder sind, setzt es dir doppelt und dreifach zu. Von Männern würdest du das alles als selbstverständlich hinnehmen, aber *sie* geben dir das Gefühl, dass du im Unrecht bist. Sonst könnten sie dich nicht so sehr verabscheuen. Die Inbrunst ihrer Verachtung hat fast etwas Religiöses. Die Sonne steht im Zenit, und du weißt, von allen Orten auf der Welt bist du genau an demjenigen, an dem du am allerwenigsten verloren hast.«

»Aber ihr seid doch im Recht gewesen.«

»Im Recht? Vielleicht, aber was bedeutet das schon, wenn du dich dann selbst ins Unrecht setzen musst? Was hilft dir das, wenn du am Abend in deine Basis zurückkehrst und kein Auge zubekommst, weil du nicht aufhören kannst, darüber nachzudenken, was an dem Tag geschehen ist?«

»Ihr habt doch einen Auftrag gehabt.«

DIE GLÜCKLICHSTE ZEIT MEINES LEBENS

»Mag sein«, sagte er. »Aber hat uns das berechtigt, mir nichts, dir nichts in fremde Häuser einzudringen? Die Türen einzutreten und alle Räume zu verwüsten auf der Suche nach Verdächtigen und Waffen, in jeder Ecke schreiende Frauen und Kinder, ihr Entsetzen, ihre Blicke? Das Gewehr auf sie zu richten und sie anzubrüllen, wo die Männer sind? In die Luft zu ballern wie die Blöden, nur um Angst und Schrecken zu verbreiten?«

»Du tust, als hättet ihr das alles aus Jux und Tollerei gemacht«, sagte ich. »Die Terroristen sind doch kein Hirngespinst gewesen. Wovon redest du eigentlich, John? Als hätte es keine Anschläge gegeben, keine Toten.«

»Sicher«, sagte er. »Aber wenn du ein paar Mal zugeschaut hast, wie die Bulldozer auftauchen und ein Haus niederreißen, nur weil dort vielleicht ein Verdächtiger Unterschlupf gefunden hat, weißt du, dass es nicht so einfach ist. Sinnlose Strafaktionen, die ganze Existenzen unter sich begraben. Du kannst dir noch so oft sagen, die Scheißkerle sprengen deine Leute in Bussen und in Restaurants in die Luft und haben nichts anderes verdient, am Ende hilft es nichts. Irgendwann genügt eine Kleinigkeit, und alles gerät dir ins Kippen. Du findest im Schutt eines zerstörten Hauses einen Kinderschuh oder ein paar lose Blätter aus einem Fotoalbum und musst aufpassen, nicht an Ort und Stelle in Tränen auszubrechen.«

Dann sagte er, in der Westbank und im Gazastreifen habe man sich eine Zeitlang etwas vormachen können, aber als die ersten Soldaten aus dem Libanon zurückkehrten, war dem ganzen Land klar, dass dort furchtbare Dinge geschahen. Wer bis dahin geglaubt habe, die israelische Armee könne keine schmutzigen Kriege führen, sei innerhalb weniger Wochen eines Besseren belehrt worden, und so ungern er das eingestehe, auch er habe die Augen nicht davor verschließen können. In Jerusalem und Tel Aviv sei es zu Demonstrationen gekommen, an denen sich manchmal Kampfeinheiten mit ihren Kommandeuren beteiligten, und genau auf dem Höhepunkt des Widerstands habe er die zweifelhafte Ehre gehabt, sein Bild auf der Frontseite der *Jerusalem Post* wiederzufinden, mit einem langen Bericht darüber, wie in diesen schweren Zeiten ausgerechnet Rekruten von außen die Moral der Truppe aufrechterhielten.

Wir hatten jetzt Crissy Field erreicht, und bis zum Aufgang zur Brücke war es nicht mehr weit, als John das sagte. Ich konnte sein Gesicht nicht sehen, weil es von der Kapuze des Regenüberzugs verdeckt war und er mit weit vorgestrecktem Kopf einen halben Schritt vorauslief, aber in seiner Stimme schwang eine Mischung aus Abscheu und Resignation mit. Wenn ich seinen Worten glauben durfte, hatte er diesem elenden Krieg ein paar Tage lang das Gesicht geben müssen, ohne davon zu wissen. Ein Reporter war bei seiner Einheit in der Nähe von Hebron aufgetaucht, hatte mit ihm gesprochen, aber auch mit anderen, ein Fotograf hatte Bilder gemacht, aber niemand hatte ihm gesagt, dass der Bericht dann ausschließlich auf ihn fokussiert sein sollte.

»Sie haben meine Geschichte auf einer ganzen Zeitungsseite ausgebreitet«, sagte er. »Der tapfere Amerikaner, der zum Kämpfen ins Land kommt, während immer mehr eigene Leute sich gegen die Einberufung wehren und die Kommandeure im Libanon Angst vor massenweisen Desertionen haben. Reine Propaganda. ›Ich liebe Israel‹, hat die Überschrift gelautet.«

»Ist doch wunderbar«, sagte ich. »Das tust du ja.«

»Mach dich nur lustig«, sagte er. »Was würdest du sagen, wenn du für eine von Anfang an verlorene Sache deinen Kopf hinhalten müsstest? Würde dich das freuen? Ist dir das Wort ›Muskeljude‹ ein Begriff?«

DIE GLÜCKLICHSTE ZEIT MEINES LEBENS

»Nein«, sagte ich. »Höre ich zum ersten Mal.«

»Genau als solchen haben sie mich angepriesen.«

»Als Muskeljuden?«

Ohne stehenzubleiben, schob er den Ärmel seines Regenüberzugs zurück und hielt mir den unter seinem Sweatshirt sichtbar geballten Bizeps hin. Von seinen Tattoos waren nur die hebräischen Buchstaben für YHWH zu sehen. Es war das einzige Mal, dass er in einer solchen Weise über diese Dinge sprach. Sonst verteidigte er das Kämpferideal immer und verbat sich jeden Zweifel an der israelischen Armee.

»Willst du fühlen?« sagte er. »Fass nur an. Die Muskeln eines verdammten Muskeljuden. Du brauchst keine Angst zu haben.«

Er lachte künstlich.

»Klingt, als wäre es ein Nazi-Wort, oder?«

»Schon ein bisschen.«

»Kommt aber von den ersten Zionisten. Die konnten keine Gelehrten und Stubenhocker gebrauchen, wenn sie das Land fruchtbar machen wollten, und setzten deshalb auf Stärke. Ob sie auch schon ans Kämpfen gedacht haben, weiß ich nicht, aber naheliegen würde es. Ich mit meiner Statur bin ihnen auf jeden Fall nur recht gewesen.«

Im nächsten Augenblick entschuldigte er sich, er könne mich bei unserem letzten Treffen doch nicht mit seinen Kriegsgeschichten vollreden. Dann schwenkte er auch schon um und wollte wissen, was ich als erstes machen würde, wenn ich wieder zu Hause sei, und als ich nicht antwortete, fing er noch einmal an, sich dagegen zu wehren, mit mir zu Fuß über die Golden Gate Bridge zu müssen. Wir entschieden uns schließlich, eine Münze zu werfen, Kopf oder Zahl, entweder wir gingen darüber, oder wir nahmen ein Taxi, fuhren nach Sausalito und suchten uns dort ein Restaurant. Er gewann, und im Fond sitzend, streck-

ZWEITER TEIL

te er auf der Fahrt unentwegt seinen Kopf aus dem Fenster und schrie unartikulierte Laute in den Wind, bis der Fahrer am Straßenrand anhielt und sich weigerte weiterzufahren, wenn er nicht sofort damit aufhöre. John musste ihm ein hohes Trinkgeld versprechen, und es war eine absurde Situation, als er dann auch noch ausstieg und ein Stück in den jetzt dicht über den Hügeln liegenden Nebel lief und sich lange nicht überreden ließ, wieder einzusteigen, tropfnass in seinem Regenüberzug wie eine Vogelscheuche in der verwaschenen Landschaft stand und sagte, er könne genausogut hierbleiben und warten, bis die Sonne wieder hervorkam. Letztlich gebärdete er sich wie ein Verrückter und trank beim Essen ein Glas Wein nach dem anderen, als wollte er vergessen machen, was er gesagt hatte, oder alles in noch größerem Irrsinn ertränken, der die schlimmste Entgleisung schlucken und auslöschen könnte. Ich hatte ihn schon öfter bei seinen Exzessen erlebt, aber wenn ich dabei immer den Eindruck gehabt hatte, er versuche mit dem Trinken etwas in sich niederzuringen, wirkte es jetzt, als lieferte er sich allem gerade dadurch aus.

Zurück nahmen wir die Fähre, und da wollte er wissen, ob ich jemals den *Seewolf* von Jack London gelesen hätte, und erzählte dann trotz meines Nickens die ganze Geschichte. Wir standen im Heck des Bootes im Freien, und in der kalten Luft schien er ungeachtet der Mengen, die er getrunken hatte, einerseits bei klarem Kopf zu sein, leistete sich aber andererseits doch immer wieder die größte Sprunghaftigkeit. Vom Nebel hingen nur mehr ein paar letzte Fetzen in der Luft, und er hielt sich an der Reling fest und starrte in das dunkle Wasser. Die Nacht war zuerst langsam und dann plötzlich gekommen, seine Aufgekratztheit hatte einer melancholischen Stimmung Platz gemacht, und er monologisierte vor sich hin, während wir auf die Lichter der Stadt zufuhren.

DIE GLÜCKLICHSTE ZEIT MEINES LEBENS

Der Seewolf begann hier in der Bucht, mit einem Fährunglück im Nebel, das den Schöngeist und Schwächling Humphrey van Weyden in die Gewalt des brutalen Kapitäns Wolf Larsen brachte. Der fischte ihn aus dem Wasser und hielt ihn an Bord seines Robbenfängers fest, der Kurs auf das offene Meer hinaus nahm.

Ich wusste nicht, ob es nur die Koinzidenz des Ortes war, die John dazu veranlasste, den Roman nachzuerzählen, oder ob er damit etwas über uns und unsere Freundschaft sagen wollte. Er redete sich jedenfalls so sehr in das Buch hinein, dass ich mich nicht gewundert hätte, wenn er uns auf der *Ghost* gesehen hätte, einem im Sturm ächzenden und stöhnenden Segelschoner, unterwegs zu Fanggründen irgendwo weit draußen im Pazifik, und nicht auf dieser müden Fähre, die bald anlegen und uns wieder in unsere Leben entlassen würde. Ich kannte das bei ihm, dieses plötzliche Versinken in Sentimentalitäten. Dann wirkte er, als würde er unterschiedliche Rollen ausprobieren, und es war nur die Laune eines Augenblicks, welche er gerade einnahm. Er schien plötzlich ganz und gar nüchtern und blickte hinüber zur Skyline der schnell näher kommenden Stadt, deren lichtergesäumte Wolkenkratzer in der Dunkelheit etwas Filigranes hatten, als wären sie nicht nur durchsichtig, sondern könnten jederzeit verschwinden, man müsste nur den Strom abdrehen. Im wieder einsetzenden Nieseln hatte er von neuem seinen giftgrünen Regenüberzug angelegt und stand mit wehenden Haaren im Wind.

Es war ein Anblick, der sich mir einprägte, aber wie sehr er sich offenbar in eine andere Welt verirrt hatte, merkte ich erst daran, wie er mit dem japanischen Touristenpaar umsprang, das sich mit uns im Heck der Fähre aufhielt. Sie waren etwas abseits gestanden, solange er gesprochen hatte, und als der Mann jetzt auf ihn zutrat und ihn bat, ein Foto von ihnen zu machen,

ZWEITER TEIL

mit der Brücke als Hintergrund, schien John im ersten Augenblick nicht zu wissen, was von ihm gewollt wurde. Er nahm dem Mann den Apparat aus der Hand und betrachtete ihn von allen Seiten, als hätte er etwas Derartiges noch nie gesehen, und als ich schon fürchtete, er könnte ihn über die Reling werfen, fotografierte er weit an den beiden vorbei. Der Mann sah ihn entsetzt an, ließ sich den Apparat zurückgeben und zog unter Verbeugungen seine Frau mit sich fort. John hatte sich indessen weggedreht und starrte wieder auf das Wasser. Er schien nicht stolz zu sein auf das, was er getan hatte, aber zerknirscht war er auch nicht.

Als wir anlegten, gingen wir die Piers entlang und dann den Telegraph Hill hinauf, einen meiner Lieblingsorte in der Stadt, und von dort hinunter zum Washington Square und zogen ein letztes Mal durch die Lokale von North Beach. John war dort überall Stammgast und immer gut für einen Gratis-Drink und ein paar aufmunternde Worte in den einschlägigen Spelunken. Er sagte schon damals, dass die Ecke Columbus Avenue, Grant Avenue und Broadway im Grunde genommen ein ganz und gar heruntergekommener Flecken sei, mit ihren Touristenfallen und Stripteaseschuppen und den längst reiseführererprobten Dichtercafés mit ihren bestenfalls zweitklassigen Dichtern und Dichterdarstellern in der dritten oder vierten Generation, die sich um die City Lights Buchhandlung scharten. Obwohl er dem Ganzen selbst nicht entkam und letztlich in geradezu plakativer Weise ein Teil davon war, schien er nun plötzlich mit sich im reinen und genoss das halb anerkennende, halb ironisch-resignierte »poet«, mit dem er da und dort begrüßt wurde. Sonst hatte er sich stets auf den vielleicht auch mitschwingenden Spott fixiert, die Verachtung, das Mitleid, und sich die Bezeichnung um so mehr verbeten, je genauer sie auf ihn zutraf, und manch-

DIE GLÜCKLICHSTE ZEIT MEINES LEBENS

mal sogar allein deswegen Streit gesucht, wenn er betrunken war.

Zum ersten Mal hörte ich an diesem Abend auch, dass ihn manche Leute Jack nannten, und sah, wie sehr er das mochte. Er behauptete, er könne es steuern, er könne sie dazu bringen, indem er in einem bestimmten Slang sprach, ein bestimmtes Auftreten hervorkehrte und alles in allem den Eindruck erweckte, er stamme aus dem Westen und sei nicht in New York aufgewachsen. Ich wusste nicht, ob er das nur für mich erfand oder ob es stimmte, aber er sagte, immer wenn er Zweifel habe, ob er wirklich Amerikaner sei, nehme er Zuflucht zu diesem Test und lasse sich ein paar Mal von möglichst knorrigen Kerlen Jack nennen. Dabei war das ein Name, wie er jüdischer nicht sein konnte, und wenn er im Krieg mit seiner Einheit der ägyptischen Grenze nahe gekommen war, hatten die Soldaten von der anderen Seite trotz des Friedensvertrags geschossen und »Yacobi, Yacobi« gerufen, ihr Schimpfwort oder vielleicht auch nur Wort für alle Juden.

Ich hatte mir für den Tag ein Auto von Freunden geliehen und so wenig getrunken, dass ich ihn noch nach Bayview bringen konnte, bevor ich nach Stanford hinunterfuhr. Als ich vor seinem Haus hielt, deutete sich schon die erste Morgendämmerung an. Wir blieben eine Weile im Wagen sitzen, und als er ausstieg, kam er auf meine Seite, lehnte sich mit den Armen auf das Dach, sah mich durch das heruntergelassene Fenster an und meinte, es sei ein Fehler, nach Österreich zurückzukehren. Ich hatte in den vergangenen Wochen genau dasselbe gedacht und nickte, während er mir eine Hand auf die Schulter legte. Er sagte, von einer Frau würde ihm der Abschied leichter fallen, und ich richtete meinen Blick auf das Garagentor vor mir und den Basketballkorb mit dem zerrissenen Netz darüber. Dann ging

ZWEITER TEIL

er, und ich schaute zu, wie er die paar Stufen zum Eingang hinauf nahm und dort wartete, bis ich ausgeparkt hatte. Es dauerte, mich durch die südlichen Stadtviertel zu orientieren, aber sobald ich die Küstenstraße erreicht hatte, blieb ich fast bis Santa Cruz darauf, und die Sonne war schon aufgegangen und tauchte den Ozean in ein milchig stählernes Blau, als ich landeinwärts durch die Hügel meinen Heimweg suchte.

VI

John kam mir gegenüber noch ein zweites Mal auf den *Seewolf* zu sprechen, da allerdings weit drastischer als bei dieser Fährenüberfahrt von Sausalito nach San Francisco. Das war viele Jahre später bei meinem letzten Besuch in seinem Apartment in der Sutter Street und bereitete unseren Streit vor, der mich am Tag darauf dazu brachte, in ein Hotel zu ziehen, und der unseren Kontakt dann so lange abbrechen ließ. Er hatte schon stundenlang neue Argumente gesucht, um mir zu beweisen, dass Leben allein durch Leben in die Literatur komme und nicht, wie ich behauptete, durch Sprache, und war schließlich ausfällig geworden.

»Soll ich dir sagen, an wen du mich erinnerst, Hugo? An diesen verdammten Humphrey van Weyden in dem verdammten Buch. Weißt du, was der von Beruf ist?«

»Nein«, sagte ich. »Etwa Schriftsteller?«

»Er ist Kritiker«, sagte er. »Und nicht einmal ein richtiger. Irgend so ein Hobbydilettant. Der blutleerste Scheißkerl, den man sich vorstellen kann. Wird von diesem Robbenfänger gerettet und vermag sich nicht zu entscheiden, ob er sich vor dem gewalttätigen Wolf Larsen fürchten oder ob er ihn bewundern soll. Glaubt, etwas Besseres zu sein, weil er nie etwas falsch gemacht hat, und bekommt dafür am Ende auch noch die Frau.«

»Ich weiß nicht, warum du dich aufregst, John.«

»Das kann ich dir gern erklären«, sagte er. »Nichts tun, was in der Welt auch nur die geringsten Auswirkungen hätte, und

ZWEITER TEIL

dann stolz sein, wenigstens nichts falsch gemacht zu haben. Ist das nicht erbärmlich, Hugo? Das moralischste Leben wäre demnach eines, das erst gar nicht gelebt würde.«

Ich antwortete nicht, und eine Weile verstieg er sich in müßige Phantastereien. Er hatte wieder angefangen, Nietzsche zu lesen, und das schwang mit, wenn er von einem mutigen Leben sprach, der Bereitschaft, ein Risiko einzugehen, Fehler zu machen, sich zu irren. Er sagte Sätze wie, es seien nicht die Jahre, die zählten, sondern die Stunden und Tage, oder, Hauptsache, man brenne für etwas, selbst wenn es sich am Ende als falsch herausstelle. Originell war es nicht, nicht viel mehr, als man auch in den entsprechenden Ratgebern und Selbsthilfebüchern finden würde, aber er suchte immer neue Worte, als müsste er mich überzeugen. Er hatte mir ungefragt die Gegenposition zugewiesen, und ich konnte vorbringen, was ich wollte, er ließ mich nicht mehr aus der Ecke heraus, in die er mich gedrückt hatte.

»Schreib über mich«, sagte er schließlich. »Du darfst gern alles verwenden, was ich dir über die Jahre von mir erzählt habe. Schreib über unsere Freundschaft und nimm keine Rücksicht. Wenn du willst, kannst du mich zu deinem Wolf Larsen machen, solange nur etwas Schönes dabei herauskommt. Das ist die einzige Auflage. Lieber bin ich das größte Arschloch in einem guten Buch als ein Heiliger in einem schlechten.«

Er hatte schon öfter damit kokettiert, dass sein Leben mein Thema sei, ich dürfe nur nicht ängstlich sein, doch diesmal schien er richtig besessen davon.

»Ich weiß, dass du nicht viel von mir hältst, aber das schärft nur den Blick und verhindert, dass es eine weinerliche Mitleidsgeschichte wird«, sagte er. »Immerhin bin ich Jude und allein deshalb dazu prädestiniert, zum Opfer gemacht zu werden,

DIE GLÜCKLICHSTE ZEIT MEINES LEBENS

wenn schon einmal nicht in der Wirklichkeit, dann auf dem Papier.«

»Aber John«, sagte ich. »Wovon redest du?«

»Du glaubst, ich bin ein alter Macho. Ich sehe doch, wie du die Augen verdrehst, wenn ich irgendwo eine Frau anspreche, und wie du mich gleichzeitig darum beneidest, dass ich mir die Freiheit nehme. Meinst du, ich bin blind, Hugo? Ich sage Ma'am zu ihr und ein paar nette Worte, und du würdest dich am liebsten umdrehen vor Scham. Du machst dir in die Hosen und hast dabei eine Erektion, obwohl das anatomisch kaum geht.«

»Was soll das, John?«

»Wenn du mich für einen Idioten hältst, dann schreib, dass ich ein Idiot bin. Das ist Literatur. Nicht diese Herumdrucksereien.«

»Ich werde gar nichts schreiben.«

»Eines Tages wirst du«, sagte er. »Vielleicht muss ich erst sterben, aber du wärest kein Schriftsteller, wenn du ausgerechnet vor deinem Lebensthema davonläufst.«

Ich erzählte das Elaine, als ich sie wiedertraf. Sie lachte, als ich John imitierte, wie er mit zusammengebissenen Zähnen, als wäre es eine gefährliche Drohung, zu mir gesagt hatte: »No more fiction, Hugo! No more fake shit! Get real, man!« Sie hatte ihr Exemplar von *Days like these* dabei und meinte, er sei überzeugt gewesen, sich in seinen Erinnerungen selbst in ein zu günstiges Licht gesetzt zu haben, einer der Gründe, weshalb er in mir vielleicht denjenigen sah, der das eines Tages korrigieren würde. Wahrscheinlich konnte ich in seinen Attacken tatsächlich einen Auftrag sehen, aber dass ich außer meinem Karl-Hermanski-Buch seit meinem letzten Besuch in San Francisco kaum eine Zeile zu welchem Thema auch immer hingekriegt hatte, erwähnte ich ihr gegenüber nicht. Sie legte den Band auf

ZWEITER TEIL

den Tisch, und ich nahm ihn in die Hand, eine zerlesene Taschenbuchausgabe, die einmal feucht geworden sein musste, so wellig und verzogen war sie. Ich schaute auf das Cover, auf dem ein Portrait von John abgebildet war. Er mochte darauf in seinen Dreißigern sein, wirkte aber viel jünger, und nur die Augen waren die Augen eines alten Mannes. Ich blätterte, ohne zu lesen, und staunte, dass es auf fast jeder Seite Anstreichungen und an vielen Stellen handschriftliche Notizen am Rand gab.

»Sieht ja ganz danach aus, als hättest du es richtig studiert«, sagte ich. »Dabei sagst du selbst, dass er nicht unbedingt die letzte Instanz ist, wenn es um die Einschätzung seines Lebens geht.«

Sie sagte, sie hätte mir gern eine Nummer der Zeitschrift mitgebracht, die John herausgegeben habe, aber sie müsse sie bei ihrem Umzug verlegt haben und könne sie nicht mehr finden. Es handelte sich um ein Untergrundmagazin zu jüdischer Kultur und jüdischem Leben an der amerikanischen Westküste, nur in drei Folgen erschienen, weil dann die Anti-Defamation League eingeschritten war und die Geldgeber ausstiegen. John hatte mir selbst ein Exemplar geben wollen, aber seit die Hefte Sammlerwert hatten und manche Leute bereit waren, absurde Summen dafür zu zahlen, hatte er jedes, das er in die Hand bekam, aus schierer Geldnot sofort wieder verkauft.

Ich hatte nur mehr ungefähr in Erinnerung, wie es zur Einstellung der Zeitschrift gekommen war, und als ich Elaine jetzt danach fragte, meinte sie, es sei zwar eine Farce gewesen, aber John habe auch regelrecht darum gebeten.

»Der Anlass war ein Interview, das er mit einer jüdischen Pornodarstellerin und Prostituierten geführt hat«, sagte sie. »Sie war auf dem Cover und dann noch einmal auf dem Centerfold abgebildet. Darauf hat sie einen Dildo in der einen Hand, ein Zepter in der anderen. Ihre Brüste sind nackt, und sie trägt

DIE GLÜCKLICHSTE ZEIT MEINES LEBENS

ein Lackmieder und Netzstrümpfe sowie einen Davidstern als Diadem auf ihrem Kopf. Daneben steht in der Schreibschrift eines Schulkindes: ›I am a nice Jewish girl.‹«

Elaine hatte angefangen, den Kopf zu schütteln, und hörte nicht mehr damit auf, solange sie darüber sprach.

»Wenn allein schon die Bilder der Dame eine Provokation waren, ist es durch das, was sie erzählt hat, zum Skandal geworden. Denn sie hat über ihre Freier gesprochen und sich dabei mit den Falschen angelegt. Sie hat gesagt, die schlechtesten Kunden seien mit Abstand immer die Chassidim gewesen.«

»Und John hat sie erklären lassen, warum.«

»Natürlich«, sagte sie. »Du kennst ihn ja.«

»Und was war der Befund?«

»Angeblich sind die Chassidim am wenigsten großzügig und haben keinen Respekt vor den Frauen. Mit ihrer Verkorkstheit bringen sie im Bett nicht viel zustande. Dazu kommt, dass sie selbst an unbedenklichen Tagen Angst vor Menstruationsblut haben wie der Teufel vor dem Weihwasser.«

»Das dürfte gereicht haben.«

»Und ob«, sagte sie. »Es hat nicht nur in der jüdischen Gemeinde Proteste ausgelöst, was mehr als verständlich war. Ich habe sein Bedürfnis nie nachvollziehen können, die eigenen Leute so darzustellen. Dagegen ist selbst ein Philip Roth mit seinen Wichsereien und seiner Sexbesessenheit ein Waisenknabe.«

»Ich glaube nicht, dass er es in böser Absicht getan hat«, sagte ich. »Er wollte sie als so normal wie nur möglich zeichnen, und da muss ihm das Schmutzigste gerade gut genug erschienen sein. Die Idee dahinter ist, sie als Menschen wie andere Menschen auch zu sehen. Ich gebe zu, dass er dafür vielleicht ein bisschen viel Aufwand betrieben hat.«

Ich schaute Elaine an und sah die plötzliche Müdigkeit in

ZWEITER TEIL

ihrem Gesicht. Sie hatte mich gerade noch fixiert und schloss jetzt die Augen. Als sie zuerst das eine, dann das andere wieder öffnete, war es wie der Versuch einer Neujustierung.

»Im Grunde genommen verstehe ich ihn ja«, sagte sie. »Aber es ist schon anstrengend, immer seine schlechtesten Seiten hervorkehren zu müssen, um sich zu beweisen, dass man trotzdem akzeptiert ist. Das war Johns Vorstellung von Freiheit. Er konnte tun, was er wollte, und selbst wenn er sich wie das größte Scheusal aufführte, dürfte ihm niemand das Recht auf sein Leben absprechen.«

Wir hatten uns an einem Ort verabredet, der etwas Dramatisches ausstrahlte. Es war eine Bar am Pier 28, fast direkt unter der Bay Bridge, die in großer Höhe über uns die Stadt mit der anderen Seite der Bucht verband. Obwohl es zum Ferry Building am Ende der Market Street nicht weit war, blieb es eine verlassene Gegend, weil die Touristen, wenn sie dort anlangten, die andere Richtung einschlugen, hinaus nach Fisherman's Wharf, und sich niemand ohne Grund hierher verirrte. Außerdem waren es nur ein paar Blocks von Elaines Büro im Financial District, und sie hätte direkt von der Arbeit leicht zu Fuß kommen können, hatte aber doch ein Taxi gerufen, um nicht allein auf der Straße unterwegs zu sein. Es dämmerte schon, und zwischen den Pier-Anlagen konnte man auf das mit dem Himmel verschwimmende Wasser sehen und gegenüber die angeleuchteten Kräne des Hafens von Oakland. Schon weiter die Bucht hinunter schienen drei Containerschiffe festzuliegen und waren doch, wenn man den Blick ab- und wenig später wieder hinwandte, jedesmal ein Stück weiter gerückt. Direkt vor den Fenstern wischten Möwen wie im Wind flatternde weiße Fetzen vorbei, standen einen Augenblick mit ausgebreiteten Schwingen in der Luft, bevor sie sich zusammengefaltet vom Sog mitreißen ließen.

DIE GLÜCKLICHSTE ZEIT MEINES LEBENS

Elaine hatte das Lokal gewählt, weil sie in den letzten Jahren seines Lebens manchmal mit John hierhergekommen war. Sie trug noch ihren Hosenanzug von der Arbeit, eine weiße Bluse, eine Perlenkette, hochhackige Schuhe. So hatte ich sie noch nie gesehen, und als sie aufstand, um etwas zu bestellen, überragte sie die Männer an der Theke. Es war eine kleine Gruppe, die sich dort versammelt hatte, Anzugträger auch sie, mit gelockerten Krawatten, Jungen wie gerade erst aus dem College, die sie johlend begrüßten und nicht mehr gehen lassen wollten. Ich war schon an meinem Platz gesessen, als sie eilig hereingehuscht war, und sie musste die Atmosphäre gleich wahrgenommen haben. Jedenfalls stand sie einen Augenblick in der offenen Tür und schaute sich um, als würde sie am liebsten sofort wieder verschwinden. Sie hatte ihr Haar zu einem Pferdeschwanz gebunden, ihre Wangen waren gerötet, und sie schien noch abgelenkt, als sie mich fragte, wie ich die vergangenen Tage verbracht hätte.

»Ich nehme an, du hast den Mordfall im Alleingang geklärt«, sagte sie spöttisch, während sie sich zu mir setzte. »Ich wette, mein Verdacht hat sich bestätigt, und es war Diane.«

»Willst du wieder anfangen zu poltern, Elaine?«

»Hast du sie noch einmal gesehen?«

»Ja«, sagte ich. »Ich bin zur Armory in der Mission Street gegangen und habe dort gewartet, bis sie mit der Arbeit fertig war und herausgekommen ist.«

»Arbeit nennst du das? Weißt du jetzt, was für Filme sie macht? Soll ich dir ein paar Titel aufzählen? Wenn sie eine Schauspielerin ist, dann kannst du den ganzen Berufsstand vergessen.«

»Ich verstehe ja«, sagte ich. »Aber das ist kein Grund, sich so aufzuregen, Elaine.«

ZWEITER TEIL

»Nein?« sagte sie. »Ist es nicht? Für solche Schauspielerinnen gibt es eine andere Bezeichnung. Muss ich noch deutlicher werden? Das ist die Person, in deren Händen sich Johns Bilder befinden.«

Es dauerte eine Weile, bis sie sich wieder beruhigt hatte. Ich verstand nicht, warum eine Pornodarstellerin sie in Rage versetzen konnte. Am liebsten hätte ich Diane noch weiter verteidigt, aber dann nutzte ich nur die Gelegenheit, das Thema zu wechseln.

»Ich habe nicht den Eindruck, dass sie sich Gedanken über die Bedeutung der Bilder macht«, sagte ich. »Das tun dafür andere. *Steimatzky & Steimatzky*. Die Galerie ist überzeugt, dass die *Zwillingsbilder* einen Wert darstellen, wenn man sie als Serie anbieten kann.«

Das brachte Elaine nur von neuem auf.

»Illoyale Gauner«, sagte sie. »Die waren die ersten, die John fallengelassen haben. Wenn man beim kleinsten Protest einen Rückzieher macht, kann man bald gar nichts mehr tun. Wären sie von den Bildern überzeugt gewesen, hätten sie den Widerstand leicht aussitzen können.«

Ich sah die Tatsachen, wollte aber kein Problem darin sehen. Es war alles gesagt. Diane hatte die *Zwillingsbilder*, *Steimatzky & Steimatzky* hatten *In the Presence of YHWH* und *In the Absence of YHWH*, ich hatte das *Self-Portrait as a Hated Jew*, und zusammen bildeten sie entweder ein bedeutendes Werk oder waren ein Stapel wertloser Leinwand. Der interessierte Käufer, von dem der Mann in der Galerie gesprochen hatte, brauchte gar nicht zu existieren, ließ sich aber durch eine solche Behauptung, wenn sie nur lange genug wiederholt würde, womöglich herbeireden. Ich würde mein Bild vor meiner Heimreise abholen und es mit nach Hause nehmen, auch wenn ich mir immer noch nicht vorstellen konnte, es irgendwo aufzuhängen. Wenn ich nur daran dachte, das gespenstisch verpuppte Gesicht mit seinem einäugigen Blick tagtäglich um mich zu haben, hatte ich nach wie vor Angst. Es irgendwo unsichtbar zu verwahren würde es zur buchstäblichen Leiche im Keller machen, und ich musste mir wohl etwas einfallen lassen, wie es für mich gleichzeitig anwesend und abwesend sein könnte.

Elaine hielt die Bilder ohnehin für eine einzige Nebelwerferei. Allein die Tatsache, dass sie ihre Aussagen überdeutlich vor sich hertrugen, ließ sie danach fragen, was sich dahinter verbarg. Wenn es nach ihr ginge, müsste man die Leinwände umdrehen, nicht nur auf den Kopf stellen, sondern tatsächlich umdrehen, oder man müsste die oberste Schicht Ölfarbe abkratzen und schauen, was zum Vorschein käme. Als Übermalungen wären sie weniger platt, und den schlagenden Hinweis darauf lieferten für sie die beiden YHWH-Bilder, deren rote Linie der Spalt sein könnte, der einen Einblick in eine unbewusste Tiefe oder zumindest auf ein anderes Tableau gab.

»Mich würden Johns Manuskripte und Notizbücher auch mehr interessieren«, sagte ich. »Kannst du dir vorstellen, dass sich darunter etwas Publizierbares findet?«

»Publizieren kann man alles«, sagte sie. »Darum geht es nicht. Sag bloß, du denkst im Ernst über dieses gemeinsame Buch mit dem palästinensischen Schriftsteller nach. Das kann ich nicht glauben.«

Ich sagte nichts, und sie lachte aufgekratzt.

»Wie willst du das Johns Bruder erklären? Der dürfte nicht das geringste Interesse haben, dass noch mehr von der Familiengeschichte in die Welt kommt, zumindest nichts, was nicht mit seinen Vorstellungen konform ist. Hast du dir das überlegt?«

ZWEITER TEIL

»Davon höre ich zum ersten Mal«, sagte ich. »Ich habe nicht gedacht, dass es da Schwierigkeiten geben könnte.«

»Meinst du, es ist Zufall, dass Jeremy gleich nach Johns Tod hier aufgetaucht ist und die Manuskripte an sich genommen hat?« sagte sie. »Vielleicht glaubt er, etwas verbergen zu müssen.«

Sie schien sich jetzt behaglicher zu fühlen. Die Beine übereinandergeschlagen, saß sie auf ihrem Stuhl und schaute hinaus auf das Wasser, während sie sagte, Jeremy sei ein Fall für sich, in seiner Sturheit ganz und gar Johns Bruder und dann doch wieder nicht. Dabei wiegte sie ihren Kopf hin und her.

»Er kann sich nicht vorstellen, dass Johns Horizont weiter gewesen ist als ihre gemeinsame Kindheit in der Bronx. Sich mit der eigenen Familie zu beschäftigen läuft für ihn automatisch auf eine Abrechnung hinaus. Er käme gar nicht auf die Idee, dass sich unter Johns Manuskripten viel wichtigere Sachen finden könnten.«

»Über Israel?«

Sie nickte.

»Über den Krieg?«

»Warum nicht«, sagte sie. »John hat immer gesagt, wenn er im nachhinein lese, was er zeit seines Lebens so alles dazu geschrieben habe, bekomme er mehr und mehr das Gefühl, er hätte es besser sein lassen. Das hat ihn zusehends umgetrieben. Er hat gesagt, er habe fast sechzig Jahre alt werden müssen, um zu begreifen, dass das Wesentliche in seinem Werk die ungeschriebenen Kapitel seien.«

»Ist das nicht das übliche Schriftstellergerede, das nirgendwo hinführt?« sagte ich. »Die Wahrheit liegt im Schweigen und ähnlicher Kram, den man nicht einmal mehr Studenten im ersten Semester aufbinden kann. Wenn ich John mit so etwas gekommen wäre, hätte er mich ausgelacht. Damit reden sich immer neue Generationen von Kaffeehausliteraten ihr Versagen und ihr Scheitern schön.«

»Kann schon sein«, sagte sie. »Aber du unterschätzt ihn.«

»Ich unterschätze ihn?«

»Er hat wirklich darunter gelitten.«

Diese Sensibilität war mir neu bei John, aber ich war selber schuld, dass Elaine damit angefangen hatte. Mit meinen Fragen hatte ich sie erst soweit gebracht, und jetzt musste ich es ausbaden. Ich schaute hinüber zu den Männern an der Theke, von denen mir einer zunickte, als er meinen Blick auffing. Wenn er geahnt hätte, worüber ich mit Elaine sprach, hätte er mich sicher eher bemitleidet und nicht dieses halb wohlwollende, halb schmutzige Grinsen aufgesetzt.

Ich hatte nicht ernsthaft erwartet, dass sie mir beantworten könnte, welche Texte sich unter Johns nachgelassenen Manuskripten fanden. Obwohl sie sich noch von Zeit zu Zeit gesehen hatten, waren sie sich dafür am Ende doch nicht nahe genug gewesen. Wenn ich mehr dazu wissen wollte, solle ich mich direkt an seinen Bruder wenden, war ihr Rat. Sie sagte, sie habe vielleicht sogar noch eine Nummer von ihm und mehr als eine Abfuhr würde ich mir nicht einhandeln, wenn ich ihn anriefe, obwohl sie sich Schöneres vorstellen könne, als ausgerechnet mit ihm zu sprechen. Sie hatte ihn vor zwanzig Jahren einmal mit John zusammen getroffen und wenig Zweifel, dass er noch am selben Ort wohnte wie damals.

»Du kennst ihn?«

»Was heißt kennen?« sagte sie. »Ich habe ihn beim Begräbnis ihrer Mutter gesehen. John hat mich gebeten, ihn zu begleiten. Es war schon lange aus mit uns, aber er hat gesagt, wenn ich dabeiwäre, würde ihm alles leichter fallen.«

ZWEITER TEIL

»Das war in New York?«

»In der Bronx«, sagte sie. »Wo sonst. Es war ein einziges Fiasko. Die arme Frau ist kaum unter der Erde gewesen, da haben sie gestritten wie Henker, die sich gegenseitig den Garaus machen wollen.«

Ich sah, dass sie sich der Erinnerung hingab, und dachte einen Augenblick, sie würde nicht weitererzählen, aber dann brauchte ich gar nicht zu fragen, und sie beschrieb mir die Szene. Es war in einem italienischen Restaurant, die wenigen Trauergäste hatten sich schon in alle Winde zerstreut, und übrig geblieben waren nur mehr John, Jeremy, seine Frau und sie selbst. Die Anspannung war schon vorher die ganze Zeit zu merken gewesen, aber jetzt entzündete sich der Streit an einem einzigen Satz. Jeremys Frau hatte bereits ein paar Mal gesagt, wie schade es sei, dass Johns kleine Tochter nicht habe aus Israel kommen können, und als sie es noch einmal sagte, versuchte sie erst gar nicht, den Vorwurf und die Missgunst zu verbergen.

»Weißt du, wie sehr sich deine Mutter gefreut hätte?«

John hatte sich bis dahin zurückgehalten, aber jetzt reichte es ihm offenbar, und er ließ seiner Wut freien Lauf.

»Was willst du damit sagen?«

»Das weißt du genau«, sagte die Frau. »Du weißt, wie gern sie ihr Enkelkind wenigstens einmal gesehen hätte.«

So wie Elaine Johns tiefe, brummige Stimme und die übertrieben schrille seiner Schwägerin imitierte, hatte ich eine klare Vorstellung von der plötzlichen Gereiztheit. Dabei lehnte sie sich zu mir vor, damit sie an der Theke nicht gehört werden konnte. Sie bemühte sich, leise zu sprechen, aber im nächsten Augenblick wurde sie schon wieder laut, als sie sagte, John habe seine Schwägerin mit ihrer toupierten und blondierten Frisur über den Tisch hinweg angesehen, als wollte er sich jeden Au-

248

genblick auf sie stürzen, und sie gewarnt, seine Tochter aus dem Spiel zu lassen.

»Ertragen hat er sie ohnehin nicht können, aber das mit dem Kind war ihm einfach zuviel. Er hat gesagt, ein Wort noch, und sie werde es bereuen, aber sie hat einfach weitergesprochen. Sie hat nicht gemerkt, wie ernst es ihm war.«

Ich hatte nicht gewusst, dass Johns Mutter zwei Jahre vor ihrem Tod einzig und allein nach Israel geflogen war, um endlich ihre Enkelin zu sehen. Sie hatte sich einer jüdischen Reisegruppe angeschlossen und eine Pauschaltour gebucht, aber nicht an dem geplanten Sightseeing-Programm teilgenommen, war nur zur Klagemauer gegangen, weil ihr ein Fernbleiben von dort wie ein Frevel erschienen wäre, und hatte sich in ihrem Hotelzimmer in Tel Aviv verschanzt und immer wieder die Telefonnummer gewählt, die sie von zu Hause mitgebracht hatte. Es war John gelungen, den Kontakt zur Mutter seiner Tochter herzustellen, und es war alles verabredet gewesen, die alte Frau solle sich melden, wenn sie im Land sei, aber jetzt konnte sie es versuchen, sooft sie wollte, es hob niemand ab.

Elaine hatte bis zu dieser Stelle immer schneller erzählt und unterbrach sich plötzlich, als würde ihr die Bedeutung der Worte selbst erst klar.

»Kannst du dir die alte Frau allein in einem der Hoteltürme mitten in Tel Aviv vorstellen?« fragte sie dann. »Es war in der größten Hitze des Sommers. Das Zimmer auf zwanzig Grad heruntergekühlt und vor ihrem Fenster der Strand mit den Badenden und Sonnenanbetern und womöglich Musik bis in die Nacht. Ihr Blick weit hinaus übers Meer.«

John hatte mit der Mutter seines Kindes wieder Streit bekommen, und die ließ es an der Besucherin aus und wollte sie nicht mehr empfangen.

ZWEITER TEIL

»Sollte die ganze Reise von Amerika umsonst gewesen sein?«

Elaine sagte, die alte Frau habe bis zum vorletzten Tag gewartet und dann ungeachtet der Kosten ein Taxi genommen und sei die ganze Strecke nach Aschkelon gefahren. Dorthin waren Mutter und Tochter wegen der hohen Mieten in Tel Aviv gezogen, und sie suchte ihre Adresse auf. Es war ein Wohnblock in Strandnähe, der wie ausgestorben wirkte, als sie vor der Tür stand.

»Angeblich ist sie dreimal hingegangen, ohne dass ihr jemand geöffnet hätte. Dazwischen hat sie jeweils ein oder zwei Stunden verstreichen lassen. Dann ist sie unverrichteter Dinge wieder zurück in ihr Hotel gefahren.«

Ich erinnerte mich, wie ich vor wenigen Monaten erst mit John in Aschkelon gewesen war, nach unserer Wanderung im Makhtesh Ramon und der irren Fahrt an der Grenze zum Gazastreifen entlang. Er hatte mir nichts von dem vergeblichen Besuch seiner Mutter erzählt, aber vielleicht erklärte auch das seinen aufgelösten Zustand an dem Tag, selbst wenn so viele Jahre dazwischen lagen. Ich konnte jedenfalls die alte Frau jetzt vor mir sehen, wie sie ziellos am Strand umherlief, eine Dame, klein, in einem Sommerkleid, aber mit ihrer über die Schultern gelegten Weste dennoch zu warm angezogen, ein bisschen Lippenstiftrot, eine Handtasche. Vielleicht war sie bei einem der Popcorn- oder Maiskolbenverkäufer stehengeblieben oder ganz vor zum Wasser gegangen, vielleicht sogar bis zur Mole mit den riesigen Wellenbrechern aus Beton, neben denen ich mit John im Sand gelegen war. Ich hatte Aschkelon nicht gemocht, die Trostlosigkeit der Wohnanlagen am Stadtrand, die Sonne, die Grellheit des Lichts, alle Umrisse scharf und dann wieder unscharf, selbst die Leute unter freiem Himmel wie hinter Milchglas in der Hitze, mit nur einer ungefähren Existenz.

DIE GLÜCKLICHSTE ZEIT MEINES LEBENS

»Unglaublich, dass Johns Mutter allein dorthin ist.«

Ich sah Elaine an, die jetzt breitbeinig dasaß und nickte.

»Andererseits ist nicht schwer zu verstehen, was es ihr bedeutet hätte, ihre Enkelin endlich zu sehen«, sagte sie. »Nach all den Toten in Europa ein lebendes Kind in Israel. Dazu kommt, dass der Golfkrieg mit seinen Raketen auf Tel Aviv erst ein Jahr vorbei war. Da war das Kind noch keine vier.«

»Ich weiß«, sagte ich. »John wollte damals unbedingt hin.«

»Ja«, sagte sie. »Um zu kämpfen. Aber gesehen hatte er seine Tochter bis dahin nicht. Er hat es nicht einmal geschafft, sie ans Telefon zu bekommen und ihre Stimme zu hören.«

»Das ist sicher nicht nur seine Schuld gewesen«, sagte ich. »Du weißt, mit wieviel Liebe er immer von ihr gesprochen hat.«

»Nach dem Begräbnis war es jedenfalls ein richtiges Tribunal«, sagte sie. »Die Schwägerin hat nicht lockergelassen und ist John immer von neuem angegangen, immer ungenierter. Sie hat die ganze Grappa-Auswahl auf der Karte durchprobiert und ihm an den Kopf geworfen, er habe alles ruiniert, er habe die Mutter seines Kindes einfach nach Israel ziehen lassen, statt einen gemeinsamen Weg zu finden, und sei selbst an der Flasche gehangen, als seine Tochter ihn am meisten gebraucht habe. Sie hat gesagt, er könne als Jude nicht ein Kind in die Welt setzen und sich dann nicht darum kümmern. Ein jüdisches Kind allein zu lassen sei nichts anderes, als die sechs Millionen allein zu lassen. Am Ende hat sie die Anschuldigung erhoben, er habe seine eigene Mutter damit umgebracht.«

»Was für ein Irrsinn«, sagte ich. »Das kann John doch nicht auf sich sitzengelassen haben. Die sechs Millionen. Eine unglaubliche Infamie.«

»Hat er auch nicht«, sagte sie. »Er hat gesagt, er werde ihr gleich zeigen, was er als Jude alles könne. Er werde ihr als Jude einen kräftigen Arschtritt versetzen, wenn sie nicht sofort den Mund halte. Dann hat er sich an seinen Bruder gewandt, es sei wohl besser, wenn er gehe, und auch das selbstverständlich als Jude, und hat mich mit sich fortgezogen.«

Ich wusste nicht, was sagen, und schaute mich im Raum um, wäre lieber bei den Männern an der Theke gestanden, als dieses Gespräch weiterzuführen, während Elaine wieder aus dem Fenster hinaus auf die Bucht blickte. Sie atmete laut. Als ich sie fragte, wie Johns Tochter eigentlich heiße, sah sie mich einen Augenblick misstrauisch an, bevor sich ihre Züge wieder entspannten.

»Zoe«, sagte sie. »Warum willst du das wissen?«

»Nur so«, sagte ich. »Ein schöner Name.«

»Ja«, sagte sie. »Du weißt, was er bedeutet?«

Ich erinnerte mich, wie John immer von seiner Tochter gesprochen hatte. Er war bereit gewesen, alles in seinem Leben in Frage zu stellen, aber an ihr hielt er fest. Wenn er über seine vertrunkenen Jahre nachsann, konnte er sich zermartern und zerknirscht sagen, er sei für alle Frauen in seinem Leben ein Unglück gewesen und sie hätten ihn besser nie getroffen, aber mit seiner Tochter wollte er immer alles richtig gemacht haben, obwohl es insgesamt nicht mehr als zwei Dutzend Tage waren, die er mit ihr gemeinsam gehabt hatte. Dabei kam er über Sentimentalitäten kaum hinaus, wenn er über sie sprach, Gefühle, die er sich sonst verbat, schienen ihn plötzlich zu überschwemmen, und er klang wie ein Angeklagter vor Gericht, der sich einem schwerwiegenden Verdacht ausgesetzt sah und nur alles richtig machen wollte und damit erst recht alles falsch machte.

»Er scheint ein merkwürdiges Verhältnis zu ihr gehabt zu haben«, sagte ich. »Allein dass seine Liebe zu ihr dafür herhal-

DIE GLÜCKLICHSTE ZEIT MEINES LEBENS

ten musste, dass er noch einmal in die israelische Armee wollte. Kein Wort davon, dass er sie gern in den Arm genommen oder geküsst hätte. Immer nur die Idee, für sie in den Krieg zu ziehen, statt sie einfach aus dem nahöstlichen Schlamassel herauszuholen. Da brauchte ihm niemand zu kommen, dass er sich zu wenig um sie kümmerte. Wie alt war sie dann eigentlich, als er sie zum ersten Mal gesehen hat?«

Elaine schrak auf, als hätte sie nicht zugehört.

»Acht oder neun«, sagte sie. »Viel zu alt jedenfalls.«

»Da hat er sie in Israel besucht?«

»Soviel ich weiß, hat er eine ganze Woche mit ihr verbracht. Ihre Mutter ist auf einmal zugänglich gewesen, und er hat die Gelegenheit genutzt. Er ist sofort hingeflogen, und wenn er später über diesen Besuch gesprochen hat, ist auch darin etwas Martialisches gelegen.«

»Kaum vorstellbar«, sagte ich. »Wie das?«

»Seine Tochter hat ihn mit in ihre Schule genommen, und er hat triumphierend vermelden können, dass sie sich nicht für ihn genieren musste.«

»Genieren?«

»In einer Beziehung war er für sie ein Vater wie andere Väter auch«, sagte sie. »Er hat genauso wie die Väter ihrer Freundinnen in der israelischen Armee gedient. Das war das wichtigste Kriterium. Entsprechend groß ist sein Stolz dann auch gewesen, als sie später selbst ihren Militärdienst abgeleistet hat.«

»Hat er keine Angst um sie gehabt?«

»Natürlich«, sagte sie. »Aber dass sie ihren Mann stand, war ihm wichtiger. Du bist in Israel kein vollwertiger Mensch, wenn du nicht in der Armee gedient hast. Sie fragen dich bei jedem Einstellungsgespräch, bei welcher Einheit du warst, und dann solltest du unbedingt etwas vorweisen können. Er ist überall

ZWEITER TEIL

herumgelaufen und hat erzählt, dass sein kleines Mädchen jetzt endgültig auf sich selbst aufzupassen lerne.«

Beim Gedanken an das Bild von Johns Tochter in Uniform im Vorraum seiner Wohnung erfasste mich eine plötzliche Traurigkeit. Dafür sollte seine Mutter den Krieg überlebt haben, dafür den Nazis entkommen und aus Frankreich geflohen sein, dass dann ihre Enkelin diesen unwirtlichen Streifen Land zwischen dem Jordan und dem Meer mit der Waffe in der Hand verteidigte. Das sollte das Gelobte Land sein, für das John bereit gewesen war zu sterben, und dann hieß seine Tochter, die er nur alle paar Jahre einmal sah, auch noch Zoe, wie das Leben. Sie hätte irgendwo in Amerika aufs College gehen können, sich mit Gleichaltrigen in aller Unschuld vergnügen, vielleicht ein Auslandsjahr in Paris verbringen oder selbst nur ein paar Monate untätig herumsitzen und überlegen, was sie mit ihrem Leben anfangen wolle, wenn sie nur nicht auf die Idee kam, aus welchem Grund auch immer nach Israel zu müssen. Stattdessen patrouillierte sie vielleicht durch die gleichen Dörfer, durch die John selbst schon patrouilliert war, verbrachte die gleichen sinnlosen Tag- und Nachtstunden auf Wache, marschierte die gleichen Gewaltmärsche unter der brennenden Sonne, absolvierte die gleichen Schießübungen und stand im Ernstfall wieder und wieder nur den gleichen feindseligen Gesichtern gegenüber, die ihr zu verstehen gaben, dass sie nicht hierhergehörte und dass nie etwas besser würde, solange sie da war, sondern immer alles nur schlimmer.

Ich fragte Elaine, ob wir aufbrechen wollten. Wir drängten uns an den Männern an der Theke vorbei, die schon deutlich über den Durst getrunken hatten und anfingen, Weihnachtslieder zu singen, die nicht anders klangen als das Gejohle beim Football. Draußen war eine Stimmung wie in einem Krimi, eine

Verlorenheit, als würde gleich etwas geschehen oder es wäre
schon geschehen und wir würden jeden Augenblick darauf stoßen. Der Wind wehte, und die Autos, die einzeln vorbeifuh-
ren, kamen langsam heran und beschleunigten dann scheinbar
unkontrolliert. Es hätte mich nicht gewundert, wenn sich aus
einem eine Gestalt herausgelehnt und ein paar Schüsse in die
schnell hereinbrechende Dunkelheit abgegeben hätte, als wäre
alles eine Filmkulisse. Ich wunderte mich wieder einmal, wie
wenig es in der Stadt brauchte, dass sich selbst mitten in der Be-
tonwüste Risse in eine andere Wirklichkeit auftaten. Mich fröstelte, und Elaine, die dicht neben mir ging, legte einen Arm um
meine Schultern, wie sie es bei John manchmal getan hatte, und
drückte sich an mich.

VII

Jeremy hatte ich mir anders vorgestellt. Schon am Telefon überraschte mich seine Zugänglichkeit. Ich wählte die Nummer, die Elaine mir gegeben hatte, und ganz gegen meine Erwartung brauchte ich ihm nicht viel zu erklären, als ich sagte, ich riefe wegen John an. Er hatte die gleiche Stimme, vielleicht ein bisschen weniger verträumt, dafür resignierter, aber wenn John manchmal fast schon auf parodistische Weise seinen Gangster- und Proleten-Slang hervorkehrte, damit auch jeder seine einfache Herkunft erkannte, war für mich bei Jeremy keine Färbung herauszuhören. Er ließ mich reden und sagte zwischendurch immer wieder »interessant«, als ich meine Geschichte mit seinem Bruder erzählte. Ich erwähnte auch das geplante Buch gemeinsam mit Marwan, was ihn nicht sonderlich zu beeindrucken schien, aber am Ende schlug er vor, ich solle doch einfach vorbeikommen, dann könnten wir uns besser unterhalten und ich dürfe, wenn ich wolle, auch einen Blick in Johns Manuskripte und Notizbücher werfen. Ich hatte ihm gesagt, ich sei in San Francisco, aber er machte den Vorschlag so selbstverständlich, als müsste ich nur über die Straße gehen, und genauso selbstverständlich verabredete ich mich mit ihm für den Abend zwei Tage später, einen passenden Flug würde ich schon finden.

Ich hatte immer jede Gelegenheit genutzt, nach New York zu kommen, und so kurz die beiden Treffen waren, die ich mit John dort hatte, so intensiv waren sie mir in Erinnerung geblieben. Das erste Mal war nur zweieinhalb Monate nach dem

DIE GLÜCKLICHSTE ZEIT MEINES LEBENS

11. September 2001 gewesen. Ich hatte ein kleines Stipendium an der New York University mit einem Apartment in der Bleecker Street, das ich Anfang November antrat und das bis Mitte Januar ging, und John kam zum Silvesterfeiern in die Stadt. Er nahm mich mit auf eine Party an der Upper West Side, die direkt am Riverside Drive in der Wohnung eines Galeristen stattfand, den er mir als »Outlaw« und »Underground-Lebenskünstler« vorstellte, ein kleiner Mann, der einmal viel Geld verdient haben musste und mit seiner fezartigen Kappe und dem dramatisch gezwirbelten Schnurrbart wie einem Zirkus entlaufen wirkte. Die über dreihundert Quadratmeter, auf denen er residierte, waren Zimmer um Zimmer voller Bilder und Bücher, und es gab riesige Spiegel, schwere Samtvorhänge zu den dunkelblau gestrichenen Wänden und Licht nur von Kerzen. Er ging mit zwei Assistentinnen zwischen den Gästen umher, die beide ein kleines Silbertablett mit bunten Pillen in der Hand trugen, griff einmal nach links, einmal nach rechts und verteilte die Kügelchen scheinbar nach Willkür. Männer wie Frauen erschienen mir in der düsteren Beleuchtung wie prächtige Tiere, schon ausgestorben geglaubte Exemplare, die aus dem Winterschlaf oder aus den Tiefen des Ozeans aufgetaucht waren. Im ausgehenden Jahr stellten sie die Schönheit lebender Menschen zur Schau und ließen sich von der schnell wechselnden Stimmung mitreißen, Aufgekratztheit, die sich mit allumfassender Zärtlichkeit abwechselte. Ich hatte so etwas noch nie erlebt, Leute, die sich gerade erst kennengelernt hatten und schon im nächsten Augenblick nicht aufhören wollten, sich zu umarmen, und John blieb die ganze Zeit abseits und schaute ihnen mit glänzenden Augen zu. Wenn sie es besonders exzessiv trieben, nannte er sie wehmütig Amateure, und als wir später ein Taxi zum Tompkins Square Park nahmen und dort trotz der Kälte eine Weile

ZWEITER TEIL

schweigend auf einer Bank saßen, verstand ich seine Sehnsucht.
Hier hatte er in seiner schlechtesten Zeit, als der Suff ihn ganz
und gar im Griff hatte, ein paar Wochen lang auf der Straße geschlafen, und es zog ihn jetzt wieder an genau diesen Ort, als
könnte es für ihn keine größere Geborgenheit geben. Dann fuhren wir durch die nicht zur Ruhe kommende Stadt nach Brook-
lyn und schauten im anbrechenden Morgen von der Esplanade
am East River hinüber auf die Skyline von Manhattan und in
den leeren Himmel des neuen Jahrhunderts. Ich sah, wie er die
Augen schloss, öffnete und wieder schloss und wie er in seiner dicken Daunenjacke schlotterte. Als wir danach noch am
Wasser entlanggingen, stakste ein Betrunkener hinter uns her,
ein Papiersäckchen mit einer Flasche in der Hand, und rappte
den immer gleichen Satz vor sich hin: »I'm the nigga, and I pull
the trigga«, bis John sich nach ihm umwandte und »Shut up,
man!« sagte und dann noch einmal: »Listen to me, man. This
is, what I tell you. Shut up!« und ihm schließlich mit einem »I
love you, brother« in die Arme fiel. Wir wollten am nächsten
Tag zu Ground Zero, aber als er mich abholen sollte, rief die
Freundin an, bei der er übernachtet hatte, und ließ mich wissen,
er sei schon unterwegs nach Westen. Er war, gleich nachdem wir
uns getrennt hatten, zu einem Treffen der Anonymen Alkoholiker gegangen, deren Adresse er immer vorher ausfindig machte, wenn er sich von zu Hause wegbewegte, und hatte dort einen
Trucker kennengelernt, der nach St. Louis fuhr und ihn über den
Mississippi und damit vielleicht in Sicherheit bringen würde.

Das zweite Mal war am Hudson gewesen, im Oktober 2003,
zwei Stunden nördlich von New York. Mich hatte wieder ein
Stipendium dorthin gebracht. John kam aus Tel Aviv, machte
einen Zwischenstopp in der Stadt, bevor er nach San Francisco weiterflog, und besuchte mich in dem Schriftstellerhaus un-

DIE GLÜCKLICHSTE ZEIT MEINES LEBENS

weit von Hudson City. Er war bereits im Jahr davor, am Höhepunkt der zweiten Intifada, in Israel gewesen und hatte die Familien von zwei Mädchen interviewt, die bei einem Selbstmordanschlag ums Leben gekommen waren, beide etwa im Alter seiner Tochter. Dann hatte er *sie* getroffen. Er hatte Zoe ein paar Tage lang auf ihren Wegen begleitet, war wieder mit in ihre Schule gegangen, an den Strand, in ihren Sportclub, zu ihren Freundinnen und hatte in den halbverwaisten Einkaufsstraßen und den menschenleeren Cafés eine Angst kennengelernt, die er um sich selbst nie gehabt hatte. Das Wort »Vater« hatte er auf sich bezogen nie gemocht, aber jetzt entkam er ihm nicht, weil an jeder Straßenecke etwas hätte passieren können, jeder vorbeifahrende Bus eine Gefahr war, jeder Passant, den man nicht kannte und der einem in die Augen schaute oder das eben gerade nicht tat. Das Portrait, das er den beiden toten Mädchen widmete, war ebenso herzzerreißend wie der Artikel, den er eine Woche später im *San Francisco Chronicle* publizierte und der mit *Meine Tochter Zoe* überschrieben war und den nicht normalen Alltag eines ganz normalen Mädchens mit ganz normalen Wünschen und ganz normalen Sehnsüchten in Tel Aviv beschreibt, wo sie nach den Jahren in Aschkelon wieder wohnte. Sie hatte eine Brieffreundin in Kanada, liebte die Romane von Paul Auster und träumte von einem Pferd, und in seinen Augen war sie noch ein Kind. Bei diesem Aufenthalt war ihm zu Ohren gekommen, dass die Armee ehemalige Soldaten mit Erfahrung wieder aufnahm, die mit ihrer Ruhe Vorbildwirkung auf die jungen Rekruten ausstrahlen sollten, und er hatte sich sofort gemeldet. Anders als bei seinem ersten Versuch, sich wieder zu verpflichten, war er so mit über fünfzig Jahren noch einmal zu einem Einsatz gekommen, von dem er jetzt zurückkehrte, hatte Dienst an Kontrollposten im Norden des Landes getan, in Gali-

ZWEITER TEIL

läa, um dort das »Einsickern von verdächtigen Elementen« aus
der Westbank zu verhindern. Vor seinem Rückflug in die USA
hatte er noch eine Woche in einem Hotel in Netanya verbracht,
direkt am Meer, um sich langsam wieder an das zivile Leben zu
gewöhnen, und da hatte er erfahren, dass einer der Jungen aus
seinem Trupp bei einem Attentat umgekommen war. Er stand
noch ganz unter dem Eindruck dieser Nachricht, als ich ihn an
der Amtrak-Station in Hudson City abholte, wollte dann aber,
nachdem er das Notwendigste gesagt hatte, nicht weiter darüber sprechen.

Ich hielt nicht viel von den Haudegen-Gesprächen einer anderen Generation, bei denen es darum ging, dass ein richtiger
Schriftsteller im Krieg gewesen sein müsse, aber das Ungenü-
gen, das ich bei diesem Treffen John gegenüber empfand, hatte
damit zu tun, dass ich aus meinem Stipendiatenzimmer kam,
wohlversorgt mit allem und gepäppelt wie ein Clown, mit Tagen
voller Muße und Abenden mit Diskussionen, die nicht schlimm
waren, die mich gleichzeitig aber immer mit Sehnsucht nach der
Nacht, dem Wald und dem Alleinsein erfüllten. Nicht, dass ich
ihn um seine Erfahrung beneidete, und nicht, dass etwas zwischen uns stand, aber seine Müdigkeit, seine Desillusioniert-
heit und, ja, die Traurigkeit seines Blicks zogen mich ebenso an,
wie sie mich ausschlossen. Es war ein Bilderbuchtag, das Laub
der Bäume in allen Schattierungen von Gelb, Orange, Rot und
Braun, die man sich vorstellen konnte, ein *Indian Summer*, fast
so schön wie das Wort, und wir gingen vor an den Fluss und
dann aus der Stadt hinaus und seinen Lauf entlang zwischen
den Bäumen. Ich hatte mich John nie so nahe gefühlt wie bei
unserem schweigenden Ausschreiten. Er lief auf dem weichen
Waldboden mit federnden Schritten, bückte sich mit sanften Bewegungen unter tief hängenden Ästen durch und atmete allem

DIE GLÜCKLICHSTE ZEIT MEINES LEBENS

Anschein nach um so freier, je weiter wir uns von jeder menschlichen Ansiedlung entfernten. Es war altes Indianerland, und als wir später eine Pause machten und er erzählte, wie er als Junge zum ersten Mal von zu Hause ausgebüchst und mit seinen Freunden bis an den Hudson vorgestoßen war, schon außerhalb von New York, schwang das mit. Sie waren über Nacht am Fluss geblieben, hatten ein Lagerfeuer angezündet und über die im Mondlicht gespenstisch helle Wasserfläche auf die Klippen am anderen Ufer geschaut, und er hatte zum ersten Mal das Gefühl gehabt, es könnte ein anderes Leben für ihn geben, er könnte sich allein behaupten und der Welt seiner Mutter mit ihrem Koffer und ihren Toten entkommen. Vor ihm erstreckte sich ein ganzer Kontinent, und er brauchte keine Angst zu haben, müsste nur einen Fuß vor den anderen setzen und nach Westen gehen, als wäre das Land dort immer noch nicht richtig besiedelt und voller weißer Flecken. Es lag nur an ihm, zweitausend Jahre Geschichte und noch mehr mit einem Schulterzucken abzuwerfen und sich aufzurichten wie der erste Mensch. Er hatte es damals noch nicht damit in Verbindung gebracht, aber er war sicher, dieses Abenteuer sei mit der gleichen Eroberungs-, Benennungs- und Selbsterfindungslust verbunden gewesen wie später der Wunsch, Schriftsteller zu werden. Wir saßen dann auf einer Anhöhe und schauten einem flussaufwärts vorbeiziehenden Lastkahn nach, und ich weiß noch, wie John sagte, es gebe nur zwei Gegenden auf der Welt, in denen er die fortlaufenden Déjà-vu-Erlebnisse habe, in früheren Leben schon einmal dagewesen zu sein, hier am Hudson, als Indianer, und in den Hügeln von Galiläa, wenn auch sicher nicht als Wanderprediger. Wir sprachen über Mark Twain und darüber, dass wir uns, lange bevor wir uns zum ersten Mal begegnet waren, als Leser schon in derselben Welt am Mississippi aufgehalten hatten, mit

ZWEITER TEIL

denselben Träumen und derselben Gewissheit, uns eines Tages zu wehren, so unklar noch sein mochte, wogegen, er in einem Apartment in der Bronx, ich in einem Hotel in den Tiroler Bergen, und was für ein Wunder das war und um wieviel realer als alles, was wir angeblich wirklich erlebt hatten.

Im Jahr darauf, in St. Louis, und damit tatsächlich am Mississippi, stellte sich der gleiche Zauber nicht mehr ein. Ich hielt an der Washington University ein Seminar über das Amerikabild in deutschen Romanen und lud John ein, in meine Klasse zu kommen. Er sprach über Goethes Wirkung in Amerika, nicht sehr kundig und nicht sehr inspiriert, aber das galt für meine Vorträge und die Referate meiner Studenten leider auch, und nach der Stunde verließen wir den Campus fluchtartig. Ich hatte vergessen, wie sehr mich die akademische Welt außerhalb der exakten Wissenschaften beelendete, und war in die Falle gegangen, und John begegnete Professoren ohnehin nur mit einem nachsichtigen Lächeln, als hätte er es mit Leuten zu tun, die beim besten Willen nicht wissen konnten, wovon sie sprachen, wenn es um Literatur und also um das Leben ging. Eine Weile zog ich ihn noch mit seiner amerikanischen Aussprache von »Goethe« auf, während wir den langen Weg durch den Forest Park und dann weiter Richtung Downtown gingen. Es war auf einer Route mit erstaunlich viel Brachland mitten in der Stadt, aufgegebenen Häusern, Durchzugsstraßen, vier- und sechsspurigen Stadtautobahnen, und im Zentrum gab es dann an jeder Ecke Parkplätze und Parkhäuser und eine Menschenleere wie auf dem Mond vor der Landung der ersten Apollo-Raketen, wie er sagte. Vorn am Fluss schwieg er, schaute nur über den schlappen Wasserlauf hinweg auf das andere Ufer und zog mich dann mit sich fort. Er blieb noch zwei Tage, an denen wir das Universitätsgelände nicht mehr verließen, und wieder in San Francis-

DIE GLÜCKLICHSTE ZEIT MEINES LEBENS

co zurück, schrieb er sein bekanntestes Gedicht, das zuerst von einer kleinen Literaturzeitschrift publiziert und dann im *New Yorker* nachgedruckt wurde. Es trägt den Titel *I want America back I & II*, nach einem früheren Gedicht mit dem gleichen Titel, und ist Abgesang und Aufschrei in einem, ungerecht, klarsichtig und sentimental. Die wohlwollende Kritik hat es verglichen mit Eliots *The Waste Land* und Ginsbergs *Howl*, aber das sind nur Namen, und wichtiger als alle politische und soziale Wachheit darin ist die Trauer um die verlorenen Jahre, seine Jahre und die des Landes. Es zeichnet eine Vorhölle, ein Land der letzten Dinge, in dem die Sonne nicht mehr aufgeht. »Ihr habt mir meine Kindheit genommen«, beginnt es. »Ihr habt mir meine Träume genommen, mein Zuhause, das ich nie gehabt habe, ich will Amerika zurück, ich will das Amerika Whitmans, das Amerika Emersons und Thoreaus, ich will seine Größe.« Das Wort »grace« kommt wenigstens ein halbes Dutzend Mal vor, und seine Klage gipfelt in dem Ausruf »We have lost grace. We have lost everything«. Es war das, was man einen Wurf nennt, und ich erinnere mich, wie John mir später erzählte, er habe bald danach die ersten Gedichtzeilen auf einem Graffito im Mission District entdeckt und wie stolz ihn das mache, wie sehr er daraus das Gefühl beziehe, wenigstens dieses eine Mal auch von den Leuten auf der Straße gelesen und gehört zu werden.

All das ging mir auf dem Flug nach New York zu Jeremy durch den Kopf. Es gab einen Zwischenstopp in Minneapolis, wo sich der Weiterflug wegen eines Sturms verzögerte, und als die Maschine dann zitternd und ruckelnd in den grünvioletten Himmel stieg und durch die Wolkendecke trat, war meine Nervosität, Johns Bruder zu treffen, über den ich fast nur Abfälliges gehört hatte, in Vorfreude umgeschlagen. Ich nahm von Newark ein Taxi und fuhr direkt zu der Adresse, die er mir gegeben hat-

ZWEITER TEIL

te. Sie war in der 188th Street, nicht weit von Belmont und direkt in dem Viertel zwischen Grand Concourse und der Fordham Road, die immer wieder als Bezugspunkte auftauchten, wenn John über seine Kindheit sprach. Sie waren nur ein paar Blocks weiter im Süden aufgewachsen, irgendwo in den 170er-Straßen, und Jeremy gewann einen eigenartigen Stolz daraus, dass er abgesehen von einem kurzen Zwischenspiel in Queens und zwei Jahren, die er für seine Versicherungsfirma in Chicago verbracht hatte, der Bronx zeit seines Lebens treu geblieben war. Er wohnte in einem fünfstöckigen, schmucklosen Brownstone mit im Zickzack an der Fassade emporführenden roten Feuerleitern und hatte mich gebeten, noch einmal anzurufen, wenn ich vor der Tür stand, er würde dann herunterkommen und mich abholen.

Es war aber seine Frau, die mir öffnete und sich mit Jennifer vorstellte und unnötigerweise dazusagte, sie sei Johns Schwägerin, falls man das bei einem Toten noch behaupten könne und es nicht eigentlich »gewesen« heißen müsse. Der Einstieg war verunglückt, aber ich hielt es noch für Ungeschicktheit und merkte erst im nachhinein, dass es eine gewollte Frivolität war. Sie trug einen Trainingsanzug in einer schlagenden Kombination aus Mädchenrosa und damenhaftem Trauerviolett, hatte eine angsteinflößende Kurzhaarfrisur, grau wie ein Wolfspelz, und stieg resolut vor mir die Treppe hinauf, stieß sich bei jedem Schritt stärker ab und ging tiefer in die Knie als nötig, als wäre das Treppensteigen Teil ihres Fitnessprogramms, ob ich nun hinter ihr her trottete oder nicht. Ohne sich nach mir umzudrehen, stellte sie mir mehr Fragen, als ich beantworten konnte, warum ich mich für John interessierte, wie ich ihn kennengelernt hätte, wie ich seine Bücher einschätzte, wie seine Bilder, und wusste offenbar ohnehin Bescheid, war immer schon weiter, wenn ich darauf eingehen wollte.

DIE GLÜCKLICHSTE ZEIT MEINES LEBENS

Ich hatte nach dem Anblick seiner Frau nicht erwartet, dass Jeremy mich wie zu einem offiziellen Termin empfing. Er trug Anzughose und Jacke, dazu weiche Slipper, und kam gleich auf den Grund meines Hierseins zu sprechen. Dazu führte er mich an einen Tisch im Wohnzimmer, auf dem eine Flasche Wein, zwei Gläser und ein Teller mit belegten Broten vorbereitet waren.

Jennifer setzte sich merkwürdigerweise im Nebenraum in ein Fauteuil und begann in einer Illustrierten zu blättern, aber so, dass sie uns von dort durch die offene Schiebetür im Blick hatte. Mir war klar, dass sie sich damit einerseits distanzierte, andererseits aber auch in eine gute Position brachte, wenn sie ihrem Mann weiterhelfen oder einschreiten wollte. Jedenfalls schien er genauso zu ihr wie zu mir zu sprechen, auch wenn er sie nicht ansah.

»Ein Buch über Jack?« sagte er, noch bevor er mich richtig begrüßt hatte, und ich war erstaunt, dass auch er John dann die ganze Zeit so nannte. »Was soll das für ein Buch werden? Eine Biografie? Wer soll das bei dem Schlamassel, den er in seinem Leben angerichtet hat, lesen wollen?«

Ich kam nicht dazu, ihn zu korrigieren, dass es um Beiträge von John für ein Buch gehe und nicht um ein Buch über ihn, weil er einfach weiterredete.

»Außerdem hat Jack ja selbst schon alles ausgeplaudert. Hast du seine Bücher gelesen? *Days like these?*«

»Ja«, sagte ich. »Natürlich.«

»Und das andere? Wie heißt es? Das über sein Trinken.«

»*Drown me in Gin.*«

»Unappetitlich, nicht? Allein der Titel. Ganz Jacks Humor.«

»Es sind beides wahrhaftige Bücher.«

»Wahrhaftig?« rief er aus. »Was weißt *du* schon? Wahrhaf-

ZWEITER TEIL

tig? Bist du dabeigewesen? Hast du mit ihm die ersten Lebensjahre verbracht?«

Ich schüttelte den Kopf.

»Aber ich«, sagte er. »Wenn er sonst auch so frei mit der Wahrheit umgegangen ist, dann solltest du ihm besser kein Wort glauben.«

Er schenkte die beiden Gläser voll, dass der Wein fast überschwappte, und ich kam erst jetzt dazu, ihn richtig zu betrachten. Die Ähnlichkeit war schlagend, natürlich, trotz seiner kurzen Haare und der anderen Art, sich zu kleiden. Es irritierte mich, wie in einem Fehlerbild Abweichungen zu suchen. Ich hatte das Gefühl, ich müsste nur eine Schicht ablösen, unter der dann John zum Vorschein käme, roher als sein Bruder, sichtbarer, weniger verschwommen. In *Days like these* hatte er Jeremy kaum erwähnt, ganze zwei Mal, wenn ich es richtig weiß, und auch da nur kurz, und ich konnte mir vorstellen, dass vielleicht das, neben all den familiären Entblößungen, die größte Kränkung war. Von sich lesen zu müssen, ein Schwächling zu sein, kein Kämpfer, ein Sohn, wie ihn die Eltern sich gewünscht hätten, folgsam und brav bis zum Erbrechen, und dann doch nur eine Enttäuschung, musste Jeremy einfach aufgebracht haben. Er war acht Minuten später zur Welt gekommen, und John hatte halb ironisch, halb ernst aus diesen acht Minuten die entscheidenden acht Minuten gemacht, die nie mehr aufzuholen wären. Ich hatte nicht erwartet, dass Jeremy die gleichen Augen haben würde, weil es doch ein ganz anderes Leben war, das er lebte, aber da saß er und sah mich mit Johns Augen an. Er hatte einen Tick, den er mühsam unter Kontrolle zu halten versuchte, doch wenn er sich von mir unbeobachtet glaubte, ruckte er heftig mit dem Kopf und mahlte mit den Kiefern.

»Schreiben hat für Jack nichts mit Wahrheit zu tun gehabt«,

DIE GLÜCKLICHSTE ZEIT MEINES LEBENS

sagte er nach einem solchen Anfall. »Schreiben war für ihn ein Freibrief zum Lügen.«

Über die Heftigkeit, mit der er das vorbrachte, schien er selbst zu erschrecken, so dass er sich im gleichen Augenblick in eine paradoxe Rechtfertigung flüchtete.

»Nicht, dass ich ihm kein anderes Ende gewünscht hätte.«

»Natürlich«, sagte ich hilflos. »Wer hätte das nicht?«

»Wenn er seinen eigenen Tod hätte erleben können, hätte er ihn vielleicht sogar romantisiert. Jack war ein hoffnungsloser Fall. Leben wie in den Romanen, sterben wie in den Romanen.«

Ich fragte mich, ob er Johns Leiche gesehen hatte, wagte aber nicht, ihm die Frage zu stellen. Was bedeutete es, sein eigenes Gesicht auf einem Toten wahrzunehmen, wenn es vielleicht schon eine lebenslange Beleidigung war, es auf dem Körper eines anderen Lebenden ertragen zu müssen? Vielleicht hatte er sich nie Gedanken darüber gemacht, und vielleicht war alles gar nicht schwer, wenn der andere sich immer so verhalten hatte, wie man selbst es nie tun würde.

»Jack hat schon mit vierzehn allen weisgemacht, er würde eines Tages Schriftsteller werden, aber angefangen hat es lange davor mit dem Lesen«, sagte er. »Mit der Wirklichkeit hat ihm dann keiner mehr kommen können. Es hat immer ein Buch gegeben, in dem alles größer, schöner und besser war, oder wenn schon schlecht, dann wenigstens spannend. Er hat am Küchentisch gelesen, er hat beim Aufstehen und beim Zubettgehen gelesen, und wenn ich in der Nacht wach wurde, konnte ich sicher sein, dass er neben mir lag, seine Tachenlampe an hatte und mit gebanntem Blick las.«

Ich sah, dass Jennifer aufmerksam zuhörte. Sie hatte die eine Hand mit der Illustrierten sinken lassen und fuhr sich mit der anderen durch ihr kurzes Haar. Es war, als wollte sie sich damit

ZWEITER TEIL

beschwichtigen, bewirkte aber nur, dass sie sich mehr und mehr aufregte.

»Er hat euch verachtet«, sagte sie schließlich. »Er hat nicht ertragen können, wie ihr esst, wie ihr dasitzt, wie ihr redet. Die Wahrheit ist, er hat euch für Barbaren gehalten und geglaubt, er müsse sich nur aus dem Loch in der Bronx hinauslesen und sei euch damit ein für alle Mal los. Er hat seine ganze Herkunft nicht gemocht, weil er sich eingeredet hat, etwas Besseres zu sein.«

»Du übertreibst, Jenny.«

»Ich übertreibe nicht«, sagte sie. »Wie kann er zu eurer Mutter sagen, sie solle ihn endlich mit ihren Geschichten in Ruhe lassen? Wie kann er ihr an den Kopf werfen, ihr lebtet in Amerika und nicht in ihrer Naziwelt, die offenbar ihre einzige Freude sei? Wie kann er ihr ein paar läppische Erzählungen von Hemingway hinschieben und ihr allen Ernstes Vorhaltungen machen, *das* seien Geschichten und nicht ihr ewiges Gejammer um die Toten?«

»Vielleicht hätte ich dir das alles nie erzählen sollen. Er war jung, Jenny. Sicher größenwahnsinnig und verrückt, aber nicht böse.«

»Berechtigt ihn das, so mit euch umzuspringen?« sagte sie. »Denk an euren Vater, Jerry. Was hat Jack in seinem beschissenen Buch über ihn geschrieben? Das war keine Lappalie.«

Jeremy hob beide Hände, aber sie ließ sich nicht bremsen.

»Er hat geschrieben, er habe es fast nicht ausgehalten vor Traurigkeit, wenn euer Vater am Abend zu seiner Nachtschicht in die Fabrik musste und mit eingezogenen Schultern wie ein Geschlagener aus dem Haus ging. Und in Wirklichkeit? In Wirklichkeit hat Jack ihn zur Weißglut getrieben mit seinen Sprüchen, er werde sich nicht für andere zu Tode rackern, wer-

DIE GLÜCKLICHSTE ZEIT MEINES LEBENS

de sein Leben nicht für ein paar Dollar in einer Fertigungshalle vergeuden, er werde Bücher schreiben, sich von den Frauen bewundern lassen und die ganze Welt bereisen. Das war ganz sicher genau das, was euer Vater von ihm gebraucht hat.«

Ich dachte einen Augenblick, Jeremy würde sie zurechtweisen, aber er stand nur auf und ging im Raum hin und her. Einen solchen Ausbruch hatte er wahrscheinlich lange nicht mehr erlebt, und meine Anwesenheit war jetzt ohne Zweifel schuld daran. Draußen war es schon dunkel, und er blieb vor dem Fenster stehen und schaute auf die Straße hinunter. Dann drehte er sich um und näherte sich der Wand mit dem Bücherregal, aber er starrte nur abwesend darauf, ohne ein Buch herauszuziehen. Ich hatte es längst betrachtet, es waren vor allem Sachbücher, Bücher über den Zweiten Weltkrieg und über die Geschichte Amerikas, aber auch ein paar Romane, auffallend viele von Philip Roth, als hätte er in der Geschichte von Nathan und Henry Zuckerman seine eigene Brudergeschichte gesucht, *Der Ghost Writer, Die Tatsachen, Gegenleben, Operation Shylock, Verschwörung gegen Amerika*, dazu *Humboldts Vermächtnis* und *Herzog* von Saul Bellow und sogar *Der Tunnel* von William Gass, definitiv nicht die Bibliothek eines ganz und gar Uninteressierten, wie John ihn beschrieben hatte. Direkt neben ein paar Fotobänden lehnte ein gerahmtes Bild, das ihre Mutter zeigte und das mir beim Hereinkommen gleich aufgefallen war. Ich hatte es bereits bei John gesehen, Paris 1942, ein Mädchen, das mit klaren Augen in die Welt schaut und einen beim ersten Blick mit Entsetzen denken lässt, wie unwissend sie war, und dann erst, dass das vielleicht genau nicht stimmte. Jeremy nahm das Bild, wog es in seinen Händen, als könnte er sich nicht entscheiden, ob er es mir präsentieren solle, und stellte es wieder zurück. Stattdessen griff er nach der Whiskeyflasche, die einen prominenten Platz

ZWEITER TEIL

im Regal einnahm, und kam mit ihr an den Tisch. Er schob sein Weinglas beiseite und wartete, bis seine Frau wortlos zwei neue Gläser brachte. Dann deutete er darauf, und als ich den Kopf schüttelte, schenkte er sich ein und prostete mir zu.

»Alte Geschichten«, sagte er. »Vorbei.«

Er setzte ein schmerzliches Lächeln auf.

»Wir können die Zeit nicht zurückdrehen.«

Offensichtlich wäre er zufrieden gewesen, wenn er das Thema damit hätte beenden können, aber das schien seine Frau nur um so mehr aufzubringen. Sie hatte sich wieder in ihren Sessel gesetzt, und wenn es überhaupt einen Grund für ihren Platz beiseite gab, führte sie jetzt von dort aus Regie. Denn sie zögerte keine Sekunde und fiel ihm ins Wort.

»Bitte keine Sentimentalitäten und Sprüche. Mach es dir nicht so leicht, Jerry. Es waren auch *deine* Eltern und es war auch *dein* Leben, selbst wenn du das manchmal zu vergessen scheinst.«

»Aber Jenny, was willst du?«

»Erzähl deinem Gast, wie es bei euch zu Hause wirklich war.«

»Das interessiert ihn doch nicht.«

Ich schwieg, und das nahm sie als Aufforderung.

»Erzähl ihm von der Bande, mit der zusammen Jack die ganze Schule terrorisiert hat. ›Die Hunnen kommen‹. Das war doch ihr Name.«

»Ach, Jenny.«

»Erzähl ihm, dass Jack nichts Besseres eingefallen ist, als mit seinen Freunden durchs Schulhaus zu laufen und ›Tötet die Juden‹ zu schreien. Erzähl ihm von ihrem Spiel ›Zurück nach Bergen-Belsen‹. Erzähl ihm davon, dass sie jüngere Schüler gezwungen haben, in einer Schneewehe ihr eigenes Grab zu schaufeln.«

DIE GLÜCKLICHSTE ZEIT MEINES LEBENS

»Das waren Kinderstreiche, Jenny.«

»Kinderstreiche? Sich einen Hitlerschnurrbart aufzukleben und im Laden um die Ecke in schnarrendem Deutsch Süßigkeiten zu bestellen, wenn der Inhaber über achtzig ist und ein Auschwitz-Überlebender? Das nennst du Kinderstreiche?«

»Ich bitte dich, Jenny.«

»Eure Mutter hat das auf jeden Fall anders empfunden, als die Schulpsychologin zu Hause angerufen hat und sie sich vor dieser Schnepfe verantworten musste, warum sie ihren Sohn schlägt«, sagte sie. »Jack hat der Kuh die Narben auf seinen Unterarmen gezeigt und geplärrt, dass eure Mutter ihn mit Drahtkleiderbügeln verdrischt. Damit hat er den Spieß umgedreht. Am Ende war eure Mutter verantwortlich dafür, dass er wie ein Irrer herumläuft und ›Tötet die Juden‹ schreit.«

Ich konnte mich nur wundern über Jennifers Energie. Sie musste ein ganzes Register von Johns Verfehlungen führen und ihren Groll aus einem dunklen Fundus speisen. Immer wenn Jeremy sie beschwichtigte, kam sie mit etwas Neuem oder ergänzte das Alte. Das war eine Härte einem Toten gegenüber, wie ich sie noch nie erlebt hatte, und ich konnte gar nicht anders, als mich zu fragen, was John ihr wohl persönlich angetan hatte. Der Verdacht, dass eine Mann-Frau-Geschichte dahintersteckte, lag nicht fern, und ich tat meinem Freund sicher nicht unrecht, wenn ich ihm unterstellte, dass er dabei keine vornehme Rolle gespielt hatte. Details brauchte ich keine, ich hatte ihn zu oft bei seinen Vorstößen erlebt, als dass ich mir ausmalen wollte, wie er seiner Schwägerin vielleicht zu nah gekommen war. Sie hatte ihn seit dem Begräbnis der Mutter, also seit fast genau zwanzig Jahren nicht mehr als zwei- oder dreimal gesehen, und dafür war ihr Verhalten ungewöhnlich. Dagegen gab sich Jeremy auf fast schon apathische Weise versöhnlich, auch wenn seine

271

ZWEITER TEIL

Gesichtsfarbe von einem Augenblick zum anderen zu wechseln schien, als sie schließlich meinte, sie möchte gern einmal wissen, wie viele Mädchen John zugrunde gerichtet habe.

»Nicht nur die vier Ehefrauen«, sagte sie. »Ich meine all die anderen, die auf seine Versprechungen hereingefallen sind. Genauso leicht, wie er begeistern konnte, ist seine Euphorie wieder erloschen. Er hat ihnen den Himmel auf Erden in Aussicht gestellt, aber was sie bekommen haben, war die Hölle.«

Ich wagte nicht zu fragen, woher sie das wissen konnte, und sah Jeremy an, der seinerseits sie fixierte. Er hielt das Whiskeyglas mit beiden Händen fest und setzte es mit einem lauten Knall auf dem Tisch ab. Es wäre auch von ihm klüger gewesen, nicht nachzuhaken, aber er konnte nicht anders und tat es.

»Pure Phantasterei«, sagte er. »Was redest du da?«

Sie antwortete nicht. Das Lächeln, das sie ihm stattdessen schenkte, wirkte halb qequält, halb mitleidig. Es war nicht einmal sicher, ob sie ihn dabei überhaupt wahrnahm.

»Heiratet und heiratet und heiratet«, sagte sie. »Und nur, um sein Unglück zu verbreiten und die Armen später in seinen Büchern vorzuführen. Seine erste Frau war die Tochter eines Rabbis in Jerusalem. Glaubst du, sie hat gern gelesen, dass er es mochte, wenn sie seinen Schlonk in den Mund nahm?«

Jeremy sah sie entgeistert an, als sie dann Johns andere Worte dafür aufzählte, »mein Mitglied«, »mein Langer«, »mein kleiner Gefährte«, »mein Stolz-und-Glück«, »mein Sturm-und-Drang«, »mein Lazarus«, und sich lustig machte über diese Obsession.

»Ich kann mir nicht vorstellen, dass sich die Tochter eines Rabbis darüber gefreut hat. Wie hat sie eigentlich geheißen? Wir kennen nicht einmal ihren Namen.«

»Die Tochter eines Rabbis«, sagte er. »Na und? Soll ich vor

Ehrfurcht erstarren? Darf sie seinen Schlonk nicht in den Mund nehmen, nur weil sie die Tochter eines Rabbis ist?«

»Und was ist mit Deborah? Vielleicht nimmst du wenigstens sie in Schutz. Was glaubst du, was Deborah dazu sagt, wenn sie Wendungen wie ›jemandem die Scheiße aus dem Hirn ficken‹ oder ›das Hirn aus dem Arsch ficken‹ liest?«

»Ach, Deborah«, sagte er. »Du hast einen Narren gefressen an dieser jüdischen Prinzessin. Dabei hast du sie nur ein einziges Mal gesehen. Bei der Hochzeit, und dann nie wieder.«

»Das Wunder ist, dass sie Jack überhaupt beachtet hat«, sagte sie. »Das werde ich bis ans Ende meiner Tage nicht verstehen. Sie hätte jeden haben können und sucht sich ausgerechnet einen Säufer aus, der doppelt so alt ist und sie auch noch betrügt. Ich könnte die Wände hochgehen, wenn ich daran denke.«

Dann war Ann-Kathrin dran, Johns vierte Frau, von der ich lange nicht einmal gewusst hatte, dass es sie gab. Er hatte mir am Ende immerhin erzählt, sie stamme aus Deutschland und sei nach den paar Monaten ihrer Ehe wieder dorthin zurückgegangen, aber was ich jetzt über sie erfuhr, war etwas ganz anderes. Jennifer hatte sie kaum erwähnt, als ihr Mann dazwischenfuhr, sie solle die Sache ruhen lassen. Er sagte, das sei ein Unglück gewesen, und sie unterbrach ihn, warum er vor der Realität die Augen verschließe und John immer verteidige, das richtige Wort für das, was geschehen sei, sei wohl eher Verbrechen.

»Du weißt, wie er sie behandelt hat. Es war nicht mitanzusehen. Dabei ist sie seinetwegen zum Judentum übergetreten.«

»Nicht seinetwegen«, sagte er. »Sie war schon dabei, es zu tun, als sie ihm begegnet ist. Das war ein Teil des Problems. Genau deswegen ist sie ihm doch verfallen.«

»Ach ja?« sagte sie. »Er war also gar nicht beteiligt? Er hat ihr nichts vorgemacht? Er hat sie nicht gedemütigt?«

ZWEITER TEIL

»Worauf willst du hinaus?«

»Auf das Spiel mit den Initialen ihres Namens etwa.«

»Ann-Kathrin, armes Kind?«

»Das wäre ja noch gegangen«, sagte sie. »Aber möchtest du die ganze Zeit Automat Kalaschnikow genannt werden?«

»Trotzdem war es nicht seine Schuld.«

»Wenn du deiner Frau ständig sagst, sie solle sich doch umbringen und dich endlich in Frieden lassen mit ihrem deutschen Trübsinn, und sie zerbricht daran und landet in der Psychiatrie, dann ist es nicht deine Schuld? Ich glaube, ich verstehe dich nicht, Jerry. Wessen Schuld sonst?«

»Du solltest vorsichtig sein, Jenny. Du hast das alles nur gehört und weißt nicht, ob es stimmt. Außerdem war Ann-Kathrin schon vorher krank.«

»Vielleicht, vielleicht auch nicht.«

»Hast du das nicht selbst gesagt? ›Sie ist ein Fall für das Narrenhaus mit ihren Rehaugen und ihrer verblödeten Sensibilität. Diese ganze Konvertiererei, dieser elende Wunsch, zu den Opfern zu gehören. Keine Ahnung, ob sie einen Nazi-Vater gehabt hat, aber es würde passen. Jedenfalls hat sie endlich einen besseren Grund gefunden, sich andauernd schlecht zu fühlen, als ihre kleinbürgerliche Depression, die ihr natürlich zu wenig war. Sie hat am Ende eine Leidensmiene zur Schau getragen, als hätte sie selbst Auschwitz überlebt.‹ Sind das nicht deine Worte?«

Ich war Zuschauer eines grotesken Stücks, das nur meinetwegen aufgeführt wurde, und ich sah, dass Jeremy am Ende seiner Geduld war, als seine Frau nun auf Zoe zu sprechen kam. Ich hatte ihre Anschuldigung schon von Elaine gehört, ein jüdisches Kind allein zu lassen sei nichts anderes, als die sechs Millionen allein zu lassen, aber als sie das jetzt in ihrem Fauteuil wiederholte, sagte er, ein Wort noch, und er verlasse den Raum. Er blieb aber sitzen und hörte sich ihre Tirade weiter an.

»Hat er jemals für sie gezahlt?« sagte sie. »Keinen Cent. Wenn du nicht über die Jahre Geld nach Israel überwiesen hättest, wäre sie sonstwo geblieben. Was ist das für ein Vater?«

»Er hat sich bemüht.«

»Bemüht? Papperlapapp! Er hat gar nichts getan. Er hat gesagt, er ist Schriftsteller und muss schauen, wie er selbst durchs Leben kommt. Das hat er getan. Und es ist ihm nicht einmal zu blöd gewesen, in seinem Buch über seine Liebe zu ihr zu schreiben. Du hast sie in all den Jahren öfter gesehen als er.«

»Er hat sich noch im Alter zur Armee gemeldet. Du weißt, dass er nur ihretwegen auf die Idee gekommen ist. Sie vor den Feinden Israels in Schutz zu nehmen war seine Vorstellung, etwas für sie zu tun.«

»Vor den Feinden Israels, dass ich nicht lache.«

»Da gibt es nichts zu lachen.«

»Was für ein phantastisches Glück das für sie gewesen sein muss. Du hast ihm den pseudoheroischen Quatsch doch nicht etwa abgenommen. Er hat bekanntlich schon als Jugendlicher nicht erwarten können, endlich ein Gewehr in die Hand zu bekommen. Wenn es nicht die Feinde Israels für ihn gegeben hätte, hätte er sicher einen anderen Grund gefunden, in der Gegend herumzuballern.«

In Jennifers Augen war Michelle die einzige Frau, der gegenüber John sich anständig verhalten hatte, aber bei ihr gab es natürlich den Schönheitsfehler, dass die Gute eine Schickse war, über den sie sich sofort ausließ. Sie sagte, es sei ein Armutszeugnis, mit keinem jüdischen Mädchen auszukommen und dann mit einer Goj nach Alaska zu gehen. Es liege auf der Hand, was er sich damit habe beweisen müssen, und alles in al-

ZWEITER TEIL

lem sei allein die Vorstellung obszön, ein jüdischer Junge, der in einer Blockhütte am Waldrand hause und mit einem Truck Diesel zum Polarmeer bringe. Davon stehe nichts in der Bibel und nichts in der Thora, und natürlich hätten seine Eltern versucht, ihm andere Ideale zu vermitteln als diese elende Sehnsucht nach der Wildnis, diese absurde Glücksvorstellung, weitab von allen Menschen am Rand der Zivilisation verloren zu gehen. Dieser Männlichkeitswahn, diese Verranntheit, Stärke zu zeigen, nur um sich dann ans Nichts zu verschwenden. Dafür habe seine Mutter nach der Ermordung ihrer Nächsten in Europa nicht in Amerika noch einmal neu angefangen, dass ihr Sohn dann am liebsten sein ganzes Leben damit zugebracht hätte, Cowboy und Indianer zu spielen.

Jennifer hatte ihren Sessel wieder verlassen und kam jetzt zu uns an den Tisch, wo sie zuerst mich, dann ihren Mann ansah.

»Ich habe eine Verabredung«, sagte sie, als wäre ihr das gerade eingefallen, ein abrupter Sinneswandel, der ihr ganzes Schimpfen und Klagen nur noch absurder machte. »Kann ich euch allein lassen?«

»Natürlich.«

»Du fängst nicht an, von Jack zu schwärmen, kaum dass ich aus der Tür bin? Versprich es mir. Keine Kindheits- und Jugendanekdoten mit ihm als unwiderstehlichem Helden.«

Sie zog sich im Vorraum eine Jacke über und schaute noch einmal ins Wohnzimmer, ein zerrütteter Anblick in ihrem Trainingsanzug und ihren Turnschuhen.

»Erinnere dich, in welchem Zustand du nach dem Unglück aus San Francisco zurückgekommen bist. Du warst drei Tage krank, so sehr hast du dich geärgert. Dein wunderbarer großer Bruder hat es mit seinen Bildern geschafft, dir sogar noch nach seinem Tod einen üblen Streich zu spielen.«

DIE GLÜCKLICHSTE ZEIT MEINES LEBENS

Von der Treppe waren dann ihre Schritte zu hören, und bis sie endlich verklangen, lauschte Jeremy so angespannt, als könnte sie es sich jederzeit anders überlegen und noch einmal zurückkommen. Tief in den Stuhl gesunken, richtete er sich auf und atmete auf eine Weise laut aus, die ich gar nicht anders auffassen konnte als einen überdrüssigen Kommentar zu ihrem Auftritt.

»Sie hat es zurzeit nicht leicht mit sich«, sagte er schließlich. »Sie lässt sich sonst nicht so sehr hinreißen.«

Einen Augenblick hatte ich Angst, er könnte ein Männergespräch beginnen wollen, aber er stand nur auf und schenkte mir, diesmal ohne zu fragen, ein Glas Whiskey ein, setzte sich wieder und prostete mir über den Tisch hinweg zu. Auf einmal hörte ich von draußen den Verkehr, Autos, die an der nahe gelegenen Kreuzung anfuhren, das Geheul eines Polizeiwagens in der Ferne, und mir wurde wieder richtig bewusst, dass ich in Johns Kindheitsgegend war. Ich hatte es immer gemocht, wenn er davon erzählte. Es hatte mich an meine eigene Kindheit erinnert, und je ausgesetzter er sich gefühlt hatte, je fremder in seinem Zuhause, um so vertrauter war mir das erschienen, um so geborgener. Ich glaubte das Gefühl zu kennen, wenn er auf den Straßen herumgestrichen war und bei Einbruch der Dunkelheit heimkam und hoffte, dass seine Mutter diesmal nicht in einer ihrer Stimmungen war, die sie an ihm auslassen würde. Bei ihm waren es die Straßen der Bronx gewesen, gewiss, aber ich war in den Tiroler Bergen an manchen Winterabenden mit den gleichen Hoffnungen und Ängsten aus dem Schnee nach Hause gelaufen und hatte mich mit einem Buch in meinem Zimmer verkrochen wie er. Ich hatte ihm einmal eine Postkarte mit dem Bild meines Dorfes geschickt, den paar Häusern mit der Kirche zwischen den links und rechts steil ansteigenden Hängen, und hinten draufgeschrieben, das sei die Bronx meiner Kindheit.

ZWEITER TEIL

Jeremy schwieg eine Weile, bevor er übergangslos anfing, von Johns Bildern zu sprechen. Es konnte keine Rede davon sein, dass er sich nicht darum kümmern wollte oder dass er plante, sie Diane zu überlassen. Er sagte, er habe die Fotografien, die er davon gemacht hatte, herumgeschickt und zwar keine Antworten von den Galerien in New York bekommen, aber erst vor wenigen Tagen den Anruf eines Ausstellers in Tel Aviv, der großes Interesse zeige.

»Mir soll recht sein, wenn es jemand in Israel ist, der etwas damit anfangen kann«, sagte er. »Ich habe mich erkundigt. Für die Artsy-Fartsy-Szene hier fehlt Jack angefangen mit dem richtigen Stallgeruch alles. Damit meine ich nicht sein blödsinniges Beharren auf dem Zionismus, aber wenn die Kunstwelt schon einem Juden den Zutritt zu den heiligen Hallen gewährt, dann sicher nur einem Juden nach ihrem Gusto.«

»Da hast du wahrscheinlich recht«, sagte ich. »Hier brauchen sie nur zu hören, dass er in der israelischen Armee war, und es ist aus mit der Kunst.«

»Die Kritiker würden ihn bestenfalls zum Gespött machen mit seiner Naivität und ihm nachweisen, wo er alles zusammengeklaut hat.«

»Gut möglich.«

»Sie würden ihn zu einem Hinterwäldler abstempeln, der nicht einmal eine Ahnung von den simpelsten Begriffen des Malens hat, und ihn dann mit Genuss schlachten.«

»Und sicher nicht mit dem feinsten Besteck.«

»Nein, sie würden ihr gröbstes Werkzeug hervorholen.«

Jeremy selbst hatte ein eher nüchternes Verhältnis zu den Bildern. Wenn ihn ihr Anblick aufgebracht hatte oder wenn er sie, wie Diane glaubte, sogar so abstoßend fand, dass er sie am liebsten verbrannt hätte, ließ er sich jetzt nichts davon an-

DIE GLÜCKLICHSTE ZEIT MEINES LEBENS

merken. Ein Mitarbeiter von *Steimatzky & Steimatzky* in San Francisco hatte auch ihm gegenüber von einem interessierten Sammler in New York gesprochen, der sich aber schnell als Hirngespinst herausstellte, und wenn Johns Bruder wirklich seine Rente aufbessern wollte, musste er andere Ansprechpartner finden. Am liebsten hätte er die Leinwände gleich aus dem Apartment in der Sutter Street geholt und sie bei der Galerie gelassen, aber nach den Drohanrufen, die eingegangen waren, und den Schmierereien am Ausstellungsraum war die Erde verbrannt. Außerdem hielt er wenig von der Westküste, wie aus unserem Gespräch immer wieder ersichtlich wurde, und er hätte eigentlich schneller auf Israel kommen müssen. Dort konnte man die Bezeichnung »Zionistische Kunst« am ehesten beibehalten, und wenn man Johns Biografie richtig in Szene setzte, seine Einsätze in der israelischen Armee erwähnte und sich auf einen kämpfenden Maler oder malenden Kämpfer verständigte, würde sich sicher ein verrückter Amerikaner mit Geld finden, der zuschlug und nicht lange fragen würde, was ihn das kostete. Man musste sich nur die Titel auf der Zunge zergehen lassen, *Self-Portrait as a Hated Jew, Looking for the Terrorist, In the Presence of YHWH* und *In the Absence of YWHW*, um zu wissen, dass man mit dieser Mischung bei den richtigen Leuten fast schon eine Garantie hatte.

Johns Manuskripte und Notizbücher dagegen hatte Jeremy sich noch gar nicht weiter angesehen. Er wollte sich eigens ein paar Tage Urlaub dafür nehmen, um gründlich zu schauen, was sich alles darunter befand, und bis jetzt hatte er sie noch überhaupt nicht aus den beiden Segeltuchkoffern hervorgeholt, in denen er sie aus San Francisco mitgebracht hatte. Diese standen unter der Treppe, die in die obere Etage der Wohnung führte, und als ich ihn bat, einen Blick hineinwerfen zu dürfen, legte

ZWEITER TEIL

er sie auf den Boden und öffnete sie. Ich kannte die schwarzen Kladden, in die John seit vielen Jahren geschrieben hatte. Er hatte sie in New York in einem Schreibwarenladen in Soho gekauft und später in San Francisco ein Geschäft im Mission District dazu gebracht, sie auf Lager zu nehmen. In beiden Koffern zusammen waren es mehrere Dutzend, darunter die Konvolute, aus denen die beiden autobiografischen Bücher *Days like these* und *Drown me in Gin* hervorgegangen waren, sowie etliche voll mit Entwürfen für Gedichte. Es gab Bände, die nur aus Tagebuchanfängen bestanden, meistens in den frühen Januartagen eines Jahres begonnen und dann bald wieder abgebrochen, es gab andere mit Zeichnungen, zwei prall gefüllte Ordner mit offenbar aus Büchern abgetippten Zitaten, Mappen mit losen Blättern, wild durcheinander, aber was mich beim ersten oberflächlichen Schauen am meisten interessierte, waren vier Hefte, alle mit einem weißen Etikett und der Aufschrift *Unwritten* sowie Johns Namenszug. Es konnte Einbildung sein, meine alte Vorliebe für das Paradoxe, aber für mich sah es so aus, als hätte er sie in jedem einzelnen Fall besonders stolz signiert. Natürlich erinnerte ich mich augenblicklich daran, wie Elaine über seine eigene Einschätzung gesagt hatte, dass das Wesentliche in seinem Werk die ungeschriebenen Kapitel seien, und begann wie elektrisiert in einem der Hefte zu blättern. Darin war auf vielen Seiten nur die erste Zeile beschrieben, hier und dort mehr, und meistens in der gleichen Formulierung. Es waren Erinnerungen daran, worüber er eines Tages schreiben wollte, und ob es ein Wochenende in Atlantic City war, der Geburtstag seiner Mutter, eine Begegnung mit einer chinesischen Studentin im Washington Square Park, ob das Muster einer überfahrenen Schlange auf der Straße oder der Blick aus dem Fenster einer Wohnung an der Fifth Avenue, ob die Titel von Büchern oder

DIE GLÜCKLICHSTE ZEIT MEINES LEBENS

die vielen nicht weiter kommentierten Mädchennamen, allein
in der Aufzählung tat sich eine ganze Welt auf.

Ich nahm das zweite Heft heraus und dann das dritte und
das vierte. Zusammengenommen erstreckten sich die Aufzeichnungen fast über sein ganzes Erwachsenenleben, und natürlich
war auch Johns Zeit in Israel erfasst. Ich überflog die Stellen
nur, aber die kleinsten Hinweise genügten, um meine Phantasie
in Gang zu setzen. »Der Gefangene in Hebron«, stand da. »An
der ägyptischen Grenze«, »Der Beduinenmarkt in Beer Sheva«,
»Von Khan Younis nach Gaza City«, »Der beste Soldat von allen«, »Begin«, »Die Kinder am Strand«, »Mitzpe Ramon«, »Der
Hund, der seine eigenen Ohren auffraß«, »Iman«, »Die drei Infiltranten«, »Oberst G.«, »Scharon«, »Bethlehem I«, »Bethlehem II«, »Der Zigarettenverkäufer von Jericho«, »Die drei Mädchen am Straßenrand«.

Zu manchen der aufgezählten Stichwörter kannte ich die Geschichten, weil John sie mir erzählt hatte, zu anderen konnte
ich mir eine denken, und zu wieder anderen fiel mir im Augenblick wenig ein. Ich fragte Jeremy, ob ich Kopien davon machen
könne, und als er einwilligte und sagte, es gebe an einer Ecke
zwei Blocks weiter ein Geschäft, das einen Kopierer habe und
bis Mitternacht offen sei, wartete ich nicht lange, griff mir die
vier Hefte und eilte dorthin. Das war vielleicht unhöflich, aber
ehe er seine Meinung änderte, wollte ich die Gelegenheit nutzen und mein Möglichstes tun.

Es war ein schlecht beleuchteter, kleiner Laden, eher eine
Filmkulisse als Realität, und der Schwarze hinter der Verkaufs-
theke sah mir gelangweilt zu, wie ich Seite um Seite umblät-
terte, das Heft auf die Glasfläche legte und wartete, bis der Kopierer fast geräuschlos seine Arbeit getan hatte. Ich wusste
nicht, ob der Angestellte sehen konnte, dass die meisten Sei-

ZWEITER TEIL

ten weitgehend leer waren, aber seinem Gesichtsausdruck nach zu schließen, hatte er keinen Zweifel, dass es eine einzige Verrücktheit war, was ich da tat. Er mied jeden Blickkontakt, und als er doch einmal zustande kam, deutete er auf die Hefte und fragte, ob ich sie vollständig kopieren wolle, »all this shit«, sagte er und schüttelte ausgiebig den Kopf.

Wieder in der Wohnung zurück, war Jeremy immer noch allein und hatte offenbar noch den einen oder anderen Whiskey getrunken. Die Flasche stand offen auf dem Tisch, und er sprach leicht verlangsamt. Er bot mir nicht an, mich noch einmal zu setzen, aber als ich mich verabschiedete, sagte er, er habe ein Geschenk für mich. Dann drückte er mir die Mappe mit den *Cecilia Poems* in die Hände.

»Du kannst sie behalten«, sagte er. »Daran hat Jack in seinen letzten Monaten gearbeitet.«

Ich streifte das Gummiband von der Mappe, nahm das oberste Blatt heraus und las das erste Gedicht, das mich in seiner Direktheit am ehesten an das *Hohelied* erinnerte, wenngleich die Körperteile, die darin besungen wurden, nicht eindeutiger hätten sein können.

»Ganz schön heftiges Zeug.«

»Ja«, sagte er. »Teuflisch.«

»Ich kann sie wirklich behalten?«

»Frag nicht«, sagte er. »Nimm sie einfach.«

Dann sah er mir in die Augen.

»Ich will, dass du sie hast, weil du weißt, dass Jack kein schlechter Mensch war, und ihn deshalb auch in seinen Abgründen verstehst.«

»Natürlich weiß ich das.«

»Er war kein schlechter Mensch.«

»Natürlich nicht.«

DIE GLÜCKLICHSTE ZEIT MEINES LEBENS

Ich war schon auf der Straße, als ich die Formulierung noch im Kopf hatte. Ich kannte sie von zu Hause. Jemand musste etwas Schlimmes angestellt haben, damit ihm diese Ehre erwiesen wurde, und gewöhnlich geschah es zu Lebzeiten. Es über einen Toten zu sagen war ein hartes Urteil, das geringste, das man ihm zugestehen konnte, und wie zum Bann fiel mir natürlich sofort ein, wie John über seinen Bruder gesagt hatte, er sei ein Idiot. Um zu meinem Hotel zu kommen, nahm ich die U-Bahn nach Manhattan, und auf der langen Fahrt dämmerte ich im Geruckel und Geratter des Waggons, in dem das Licht immer wieder Aussetzer hatte, vor mich hin. Ich hatte die Vorstellung, über John etwas zu schreiben, einmal näher an mich herangelassen, dann wieder von mir weggeschoben, aber jetzt verfestigte sie sich. Ich wusste, wie schwierig es sein würde, ihm gerecht zu werden, keine Rede davon, dass es so einfach wäre, wie er selbst gesagt hatte. Seine Erlaubnis, solange es ein gutes Buch werde, könne ich alles mit ihm machen, war als Programm zu wenig. Ich musste vorsichtig sein, und als erstes galt es, Jeremys Satz zu widersprechen. Nein, John war kein schlechter Mensch gewesen, aber er war auch keiner, über den man das so mir nichts, dir nichts sagen konnte, wie sein Bruder es gesagt hatte. Es war nicht falsch, aber es war in seiner Gönnerhaftigkeit auch nicht richtig, und irgendwo dazwischen war die Geschichte zu erzählen.

VIII

Ich hätte mir nie vorstellen können, dass ich an dem Abend für John in der City Ligths Buchhandlung eine Rede halten würde. Zu tun hatte das sicher auch damit, dass ich dem Bedürfnis nachgab, dem vielen Schlechten, das ich über ihn gehört hatte, öffentlich etwas entgegenzusetzen. Es war einen Tag nach meiner Rückkehr aus New York, und ich ging mit Elaine hin. Ich hatte auf dem Flug die Kopien von Johns Notizbüchern durchsehen wollen, dann aber nur in den *Cecilia Poems* geblättert und schließlich auch sie beiseite gelegt. Die Beschäftigung damit machte mich müde, als würde ich John nicht näherkommen, sondern nur weiter von ihm weggebracht werden, und ich entschloss mich, eine genauere Lektüre auf später zu verschieben.

Die Buchhandlung war voll, Glatzen, Hüte, Knittergesichter, Schildkrötenhälse und Schals, altgewordene *Beatniks*, das ganze Elend, selbst bei denen, die irgendwann als Lieblinge der Götter begonnen hatten oder wenigstens einmal als Wunderkinder der Saison galten. Man hätte genausogut in Graz sein können, wo sie auch nach einem halben Jahrhundert immer noch ihre paar großen Augenblicke feierten und ich, jedesmal wenn ich dort war, wie an keinem anderen Ort auf der Welt an der Traurigkeit der vergehenden Zeit fast erstickte. Ich wusste nicht, warum mir diese bösen Worte in den Sinn kamen, ich war selbst »past the prime of my life«, aber ich hatte auf dem Weg zu der Veranstaltung den Werbeslogan LOOKING FORWARD INTO THE PAST gesehen, und mein Gehirn diktierte mir Anklage um

DIE GLÜCKLICHSTE ZEIT MEINES LEBENS

Anklage. Die Besten starben früh, und tatsächlich waren die
Besten von ihnen früh gestorben, aber man konnte niemandem
vorwerfen, dass er noch am Leben war, auch wenn es unwahrscheinlich schien, dass sich manche der Anwesenden vor vierzig und fünfzig Jahren für ein gerechteres Amerika die Seele
aus dem Leib geschrien oder die Liebe mit der Empfindsam-
keit und dem Verlangen von Quäker-Töchtern besungen hatten, gepaart mit einer sexuellen Explizitheit, wie sie sich ihre
Väter nur von Sodom und Gomorra hatten vorstellen können,
John war dafür »the knowledge and skills of a Mexican hook-
er« eingefallen. Von vielen hier hingen Fotos aus ihrer großen Zeit an den Wänden, Männer mit langen Koteletten und
Heiratsschwindler-Blicken, die zu den Frauen wahrscheinlich
noch *Schätzchen* sagen konnten, ohne dafür exkommuniziert
zu werden, Mädchen mit Ponyfrisuren, Haaren bis zu den Hüften, kurzen Röckchen und Cowboystiefeln, Träumerinnen, die
einmal dünne Gedichtbände gegen den Krieg geschrieben hatten, und wenn man nun daneben, um ein ganzes Leben geal-
tert, die ehemaligen Originale erkannte, kam einem das Schaudern. Ohne ihre Verrücktheit, ohne ihre Drogen und ohne ihr
Kokettieren mit Wahnsinn, Tod und Gefahr waren sie nackt. Sie
hatten versucht, den Unterschied zwischen Leben und Kunst
zum Verschwinden zu bringen, und in ihren schönsten Augenblicken ein paar herzzerreißende Zeilen gewonnen, aber jetzt
war beides verloren, in den meisten Fällen weit und breit keine
Kunst mehr und das Leben auch bald vorbei. »Lowered expecta-
tions« in Johns Worten, wohin man nur sah, und das berühmte Foto von Jack Kerouac und Neal Cassady, Autor des Romans
On the Road der eine, Vorbild für den Protagonisten der andere,
ein Paar von zwillingshafter Filmstar-Schönheit, geradeso, als
hätte James Dean in ihnen zwei Brüder gehabt, schien nur zum

ZWEITER TEIL

Hohn ausgestellt. Man konnte berühmt dafür sein, dass man einmal einen Brief von Hemingway bekommen hatte oder dass man die Geliebte oder die Ehefrau von Gregory Corso gewesen war oder mit seiner Geliebten oder seiner Ehefrau oder der Geliebten seiner Geliebten ein Verhältnis gehabt hatte. Es reichte aber auch schon, ein paar Nächte lang mit William S. Burroughs durchgezecht zu haben, oder man hatte sich mit Allen Ginsberg ein Bett geteilt oder deutete das wenigstens an oder wehrte sich nicht gegen die Andeutungen der Bewunderer. Man schrieb das Jahr 2013, und unter den Gästen gab es einen bekennenden Stalinisten, rote Seide um den Hals wie das größte Arschloch, und ein anderer, der aussah wie Lawrence Ferlinghetti, dessen Titel *A Coney Island of the Mind* ich liebte, wenngleich ich das Buch nie gelesen hatte, einer, der ihm zum Verwechseln ähnelte, wenn er es nicht selbst war, schlurfte mit gichtigen Altmännerschritten zum Rednerpult und eröffnete den Abend mit einem einzigen Satz: »Wir leben in deprimierend finsteren Zeiten, und alles, was wir tun können, ist, nicht aufhören zu singen«, auf den die Angesprochenen mit einem vielkehligen »Yeah!« reagierten, das klang, als wäre es in wochenlangen Proben einstudiert worden.

Ähnlich war auch der Tenor der weiteren Reden, Avantgarde, Widerstand, »street credibility« natürlich, der Mut zum Anderssein, zum Konventions- und Tabubruch wurden beschworen, »a lifetime achievement for resistance, for not backing down, for being against, for saying no«, und als ich es schon nicht mehr hören konnte, griff ein massiger Mann mit Hipster-Hütchen zum Mikrofon und sagte, er wolle nur erzählen, was John immer geantwortet habe, wenn er gefragt wurde, ob er im Krieg Leute umgebracht habe.

»Ich war Kampfsoldat«, zitierte er ihn. »Was glaubst du? Ich

DIE GLÜCKLICHSTE ZEIT MEINES LEBENS

habe ein Gewehr gehabt. Glaubst du, ich habe mir damit nur den Rücken gekratzt?«

Der Applaus war kaum verklungen, als Elaine an das Pult trat.

»Es ist viel über John gesprochen worden«, sagte sie. »Aber niemand hat die Großzügigkeit seines Denkens erwähnt. Niemand hat gesagt, wie witzig er sein konnte. Niemand hat ein Wort über sein enzyklopädisches Wissen verloren, und in welche Welten er einen damit zu entführen vermochte, wohin in Zeit und Raum, bei einem Spaziergang am Ocean Beach oder nur die California Street entlang. Niemand hat beklagt, wie solche Charaktere der Stadt in Zukunft fehlen werden. San Francisco ist verloren ohne ihn.«

Die Yeahs waren diesmal lauter, und dann sprach einer, der vorher inständig gebeten worden war, nicht über sich und seine Freundschaft mit Charles Bukowski zu reden, der aber natürlich genau das tat. Er war ein kleiner Mann mit einer Strubbelfrisur und schadhaften Zähnen, der beim Sprechen einen richtigen Sprühregen verbreitete, und er brauchte ganze drei Sätze, bis er erzählte, wie er dem Meister zum ersten Mal begegnet war. Es hörte sich interessant an, offenbar eines dieser Bewunderungs- und Unterwerfungsverhältnisse, die den Tod überlebten und der Liebe, aber auch dem Hass immer neue Nuancen abgewannen, aber er kam nicht viel weiter, weil er buchstäblich von der Bühne wegapplaudiert wurde. Das Lachen, das seine letzten Worte begleitete, schwankte zwischen Erleichterung und Entsetzen, und er reagierte mit einer Serie von ruckartigen Verbeugungen, knickte seinen Körper in der Mitte zu einem perfekten Neunzig-Grad-Winkel ab und stand sofort wieder aufrecht, als wäre es ihm einerlei, ob er geohrfeigt wurde oder einen Orden bekam.

ZWEITER TEIL

Danach war ich dran. Elaine hatte mich nicht gewarnt, und ich war überrumpelt, als sie jetzt noch einmal nach vorne ging und sagte, unter den Anwesenden befinde sich ein langjähriger Freund von John aus Österreich und ob nicht auch ich ein paar Erinnerungen teilen könne. Ich versuchte mich zu wehren, stand aber schließlich auf und betrat die Bühne.

Ich hatte natürlich nichts vorbereitet und stammelte mich durch die erste Verlegenheit. Mein Englisch gehorchte mir nicht, und ich fürchtete schon, es würde ein pathetischer Auftritt werden, ein erbärmlicher Abgang. Dann fiel mir ein, wie John mich einmal gefragt hatte, wie ich mich aus der Affäre ziehen würde, wenn ich seine Grabrede halten müsste, und mit dem plötzlichen Gefühl, er sei irgendwo anwesend im Raum, legte sich meine Unsicherheit.

»Ich werde Ihnen eine Geschichte erzählen, die John mir bei unserem letzten Treffen anvertraut hat«, sagte ich. »Das war in Israel und ist erst ein paar Monate her. Es ist die Geschichte von Yael Fischer. Die wenigsten von Ihnen können wissen, wer Yael Fischer ist, aber ich werde es Ihnen sagen. Yael Fischer ist die jüngste Physikprofessorin an der Hebräischen Universität in Jerusalem, und wenn Sie mir zuhören wollen, werde ich Ihnen verraten, was das mit John zu tun hat.«

Den Ton hatte ich gefunden, und es fiel mir jetzt leicht, darüber zu sprechen. Yael war noch ein Mädchen gewesen, siebzehn Jahre alt und zum ersten Mal allein auf Reisen, als John in ihr Leben trat. Sie war die Tochter von Freunden, die er im Kibbuz kennengelernt hatte, und er wunderte sich, als er eines Tages einen Anruf von ihnen bekam. Er hatte seit damals nichts mehr von ihnen gehört, aber sie hatten ihn ausfindig gemacht, rissen ihn mit ihrem Klingeln mitten in der Nacht aus dem Schlaf und sprachen dann, Vater und Mutter, abwechselnd auf ihn ein. Er

DIE GLÜCKLICHSTE ZEIT MEINES LEBENS

wusste sofort, wer sie waren, schon seinerzeit ein Paar, aber es dauerte eine Weile, bis er verstand, was sie von ihm wollten. Ihre Tochter war in Kalifornien, wahrscheinlich in der Bay Area, ganz in seiner Nähe, und sie machten sich Sorgen, weil sie seit Tagen nichts mehr von ihr gehört hatten und sie nirgendwo erreichten. Sie hatten eine Telefonnummer und eine Adresse irgendwo in West Oakland und fragten ihn, ob er nicht hinfahren könne und nachschauen. Yael hatte sich sonst verlässlich bei ihnen gemeldet, und sie konnten sich nichts anderes vorstellen, als dass etwas passiert war. Ihre Angst übertrug sich förmlich auf ihn.

Ich bildete mir ein, John würde neben mir stehen, während ich darüber sprach, und mir mit seinem Gangster-Akzent, den er bei Bedarf anschlagen konnte, Satz für Satz einflüstern.

»Ich habe meinen 38er aus dem Badezimmer geholt«, hörte ich ihn sagen. »Dann habe ich meinen Freund Brian von den Anonymen Alkoholikern angerufen und ihn gebeten, mich in einer halben Stunde mit seinem Pick-up abzuholen und mit mir nach Oakland hinüberzufahren, wir hätten dort etwas zu regeln. Ich habe gewusst, dass er nicht lange nachfragen würde, und zwanzig Minuten später stand er vor der Tür. Brian war Rausschmeißer in einer Bar in North Beach. Er war in der Therapie sanft geworden wie ein Lämmchen, konnte aber immer noch seine Fäuste gebrauchen, wenn es darauf ankam.«

Die Leute klatschten, als ich John zu imitieren versuchte.

»Mein 38er«, sagte ich grimmig. »Meine Knarre.«

Ich hatte ihn in Jerusalem gefragt, ob er tatsächlich eine Waffe im Haus habe, und er hatte mich angesehen, als könnte ich das nicht ernst meinen.

»Natürlich habe ich eine Waffe im Haus. Du vergisst einmal mehr, dass ich Jude bin, Hugo. Wenn ich aus der ganzen Nazi-

289

ZWEITER TEIL

Scheiße etwas gelernt habe, dann dass es für einen wie mich besser ist, eine Waffe im Haus zu haben, als darauf zu warten, dass im Ernstfall wieder keiner da ist, der einem hilft.«

Ich muss gestehen, dass ich ihn dafür gemocht hatte, und das bekräftigte ich jetzt am Rednerpult auch. Es wurde still, und ich hatte nicht die Angst vor den falschen Worten, die mich zu Hause immer begleitete. Dort konnte man weder sagen, dass man es mehr als nur nachvollziehbar fand, wenn ein Jude einen Revolver im Badezimmer versteckte, noch konnte man sagen, man habe überhaupt kein Verständnis dafür, ohne Missverständnisse heraufzubeschwören. In beiden Fällen lief man Gefahr, dass es einen Moralapostel gab, der einem vorhielt, dass entweder das eine oder das andere, aber wahrscheinlich ohnehin beides, nur Ausdruck des eigenen Antisemitismus sei. Jetzt aber verkündete ich, wenn meine halbe Familie umgebracht worden wäre, würde ich mich auch nicht ausgerechnet von den Kindern und Enkeln der Täter fragen lassen wollen, wie ich es mit Waffen hielte, und allein schon deshalb habe John meine Sympathien gehabt. Dann erst erzählte ich die Geschichte weiter.

Ich hatte mir den Verlauf nie richtig vorstellen können in seiner Filmhaftigkeit, aber die beiden Männer waren wirklich nach Oakland hinübergefahren und hatten die Adresse ohne Probleme gefunden. Es war ein Abbruchhaus in einer heruntergekommenen Gegend, und den Pick-up am Gehsteigrand abzustellen, hinauszuspringen und die Treppe zu dem Apartment im vierten Stock hinaufzustürmen geschah, ohne dass sie sich absprechen mussten. Sie klingelten einmal und klingelten noch einmal, als nicht geöffnet wurde, und dann ging Brian mit seinen Schultern durch die Tür, John den Revolver im Anschlag hinter ihm. Der Mann, der ihnen im Vorraum entgegentrat, hatte kaum Zeit, von seinem Stuhl aufzuspringen, und war mit zwei schnellen

DIE GLÜCKLICHSTE ZEIT MEINES LEBENS

Schlägen unschädlich gemacht. Das Mädchen lag nackt in einem Durcheinander von Abfall auf einer bloßen Matratze, und sie wehrte sich zuerst, als John sie hochheben wollte. Offensichtlich unter Drogen, redete sie unverständliches Zeug, und erst als er ein paar Worte auf hebräisch zu ihr sagte und dann weiter auf hebräisch auf sie einsprach, sanft und gleichzeitig bestimmt wie auf ein Kind, beruhigte sie sich allmählich und ließ sich von ihm in die Arme nehmen. Mit einer einzigen Bewegung riss er im Vorbeigehen ein Stück Vorhang ab, legte es über sie und trug sie im nächsten Augenblick schon die Treppe hinunter. Rasch plazierte er sie so auf dem Vordersitz des Pick-ups, dass sie zwischen ihnen Halt fand, den Kopf auf seine Schulter gelegt. Er zog Jacke und Pullover aus und deckte sie damit noch einmal zu. Dann fuhren sie mit ihr wie nach einem geglückten Bankraub davon.

John hatte mich auch über die Hintergründe des Ganzen informiert, aber die brauchte ich jetzt nicht, all die Details, wie sie überhaupt dorthin geraten war. Ich erzählte nur noch, dass die beiden Männer Yael nach Mountain View zu einer Freundin brachten, die er aus einem seiner Schreibkurse kannte und die sie ein paar Tage aufpäppelte. Dann steckte John sie in ein Flugzeug, das sie mit Umsteigen in Frankfurt in Tel Aviv abladen sollte.

»Ich bin froh, dass ich Ihnen diese Geschichte über ihn erzählen durfte«, sagte ich am Ende. »Die ihn gekannt haben, werden wissen, dass darin sein wahrer Charakter zum Ausdruck kommt.«

Es fühlte sich alles ein bisschen sehr amerikanisch an. In einem Film hätte ich eine solche Szene gehasst, aber jetzt war ich es selbst, der sie produzierte. Im Applaus der Anwesenden stand ich da und konnte mir nicht verhehlen, dass die Rührung, die viele offensichtlich ergriffen hatte, auch mich überkam. Als es ruhiger wurde, hörte ich da und dort jemanden sagen: »He was a good man«, und das war natürlich etwas anderes als Jeremys »Er war kein schlechter Mensch«. Elaine stellte mir die Leute vor, die zu mir kamen, um ein paar freundliche Worte zu sagen, und am Ende trat eine große Rothaarige vor, vielleicht fünfundvierzig, mit blasser Haut und feinen blauen Äderchen an ihren Schläfen, und sagte, sie sei die Frau aus Mountain View, die Yael ein paar Tage lang bei sich aufgenommen habe.

Ich verstand zuerst ihren Namen nicht, und als ich nachfragte, sah sie mich forschend an, als wollte sie wissen, was John mir von ihr erzählt hatte. Sie hieß Marilyn und sagte, sie unterrichte *Human Sexuality*, auf eine Weise, dass man gar nicht besonders böse zu sein brauchte, um sofort die Frage auf der Zunge zu haben, ob es »inhuman« auch gebe. Ich sah sie groß an, und es stellte sich heraus, dass sie Aufklärungsunterricht für Schüler meinte. Sie hatte einen tiefen, feuchten Blick, mit dem sie einen regelrecht einzusaugen schien. Als wäre es eine Art, Atem zu holen, löste er sich zwischendurch und driftete nach links oder rechts weg, bevor er sich wieder auf einen fokussierte. Ich fühlte mich unbehaglich in ihrer Nähe, weil sie in ihrem ganzen Gebaren den Eindruck erweckte, wir hätten durch John etwas Gemeinsames, ich wüsste etwas über sie, sie wüsste etwas über mich, auch wenn dieses Wissen nicht explizit sein musste.

Sie erzählte, wie sehr John sich auch an den Tagen, nachdem er Yael bei ihr abgeliefert hatte, um das Mädchen gekümmert habe. Er sei jeden Nachmittag vorbeigekommen, um sich zu erkundigen, wie es ihr gehe, und habe sie mit zu einem Treffen der Anonymen Alkoholiker genommen, kaum dass sie wieder auf den Beinen gewesen sei. Die Geschichte dahinter war für Marilyn klar, und auch wenn ich eher Vorsicht walten lassen woll-

DIE GLÜCKLICHSTE ZEIT MEINES LEBENS

te, wenn es ans Psychologisieren ging und die kompliziertesten Sachverhalte plötzlich eine einfache Erklärung bekamen, neigte ich dazu, ihr zuzustimmen. Sie sprach es nicht so deutlich aus, wie ich es hinschreibe, aber sie meinte es so. John hatte nichts für seine Mutter in Frankreich tun können, als sie gerade noch der Deportation entkommen war, und er konnte wenig für seine Tochter in Israel tun, auch wenn er sich vielleicht einbildete, es reiche schon, sich zur Armee zu melden, aber Yael wenigstens hatte er zurück ins Leben gebracht.

»Du hättest seine Zärtlichkeit für sie erleben sollen«, sagte Marilyn. »Ein liebender Vater, und sie war stellvertretend für alle die Tochter Zions, sie war die Tochter Jerusalems für ihn.«

Ich wusste nicht, was sagen, und sagte etwas Unsinniges.

»Und dann macht dieses Mädchen diese brillante Karriere.«

»Ja«, stimmte sie zu. »Die jüngste Physikprofessorin an der Hebräischen Universität in Jerusalem. Ist das nicht wunderbar? Es hätte auch alles anders kommen können.«

Ich sah zu, wie sie ihren Blick nervös über die Anwesenden streichen ließ, bevor sie ihn wieder auf mich richtete. Die ersten Leute hatten schon begonnen, die Buchhandlung zu verlassen, und standen redend und gestikulierend vor dem Schaufenster auf der Straße, ein Glas Wein in der Hand, und sie schien zu warten, bis niemand mehr in der Nähe war, der uns hören konnte. Als sie dann auch noch flüsterte, wusste ich im selben Augenblick, dass etwas Unschönes kommen würde, aber letzten Endes war es wieder nur eine von Johns Geschichten.

»Ich habe mich so über ihn gefreut, dass ich ihm einen Gefallen tun wollte«, sagte sie. »Ich habe zu ihm gesagt, er solle sich vorstellen, ich sei die Zauberfee und er habe drei Wünsche frei.«

»Wie schön«, sagte ich. »Der Beneidenswerte.«

ZWEITER TEIL

»Ja, und wenn es in meiner Macht stünde, würde ich sie ihm alle erfüllen, ohne auch nur eine Frage zu stellen.«

»Was hat er sich gewünscht?«

»Er hat nicht lange überlegt«, sagte sie. »Mit mir die *Sopranos* sehen, einen Riesenbecher Ben & Jerry's mit Vanille- und Schoko-Geschmack essen und danach von mir einen geblasen bekommen.«

»Einen geblasen bekommen?«

»Ja«, sagte sie. »Klingt doch bescheiden.«

Ich wusste nicht, ob sie damit das Pathos meiner Rede zerstören wollte, ob sie einfach nur blöd war oder ob es für jemanden, der *Human Sexuality* unterrichtete, unter Umständen sogar das Selbstverständlichste sein konnte, beim ersten Kennenlernen so zu sprechen. Ich versuchte jedenfalls, sie so schnell wie möglich loszuwerden, und bemühte mich nicht, dabei besonders freundlich zu sein. Ich stand auf, ließ sie stehen und suchte in der sich auflösenden Menge Elaine, die mich vor der Verrückten beschützen würde. Eine Weile trieb Marilyn sich noch bei den Regalen mit der internationalen Literatur herum, als würde sie etwas aushecken, aber dann ging sie, ohne mich noch eines Blickes zu würdigen.

Auch ich hielt mich nicht mehr lange in der Buchhandlung auf, und es gelang mir unter dem Vorwand, ich müsse im Hotel dringend noch E-Mails schreiben, allein zu entkommen. Statt jedoch auf direktem Weg zurückzugehen, schlenderte ich durch Chinatown, wo die Geschäfte schon geschlossen und nur mehr ein paar Restaurants und Billigesslokale geöffnet hatten. Dort hatte ich quirliges Leben bis in die frühen Morgenstunden erwartet, und die stattdessen wie ausgestorben wirkenden Straßen hinterließen ein beklemmendes Katastrophengefühl. Also ging ich zum Portsmouth Square hinunter, im Schatten der

DIE GLÜCKLICHSTE ZEIT MEINES LEBENS

Transamerica Pyramid, aber auch dort war fast niemand, zwei Männer, die mit gespenstischen Bewegungen auf dem Platz auf und ab wandelten und ihre Chi-Gong- oder Tai-Chi- oder weiß der Teufel was für Übungen trieben, und ein Obdachloser, der einen Einkaufswagen mit seinem Krempel vor sich herschob und in einer mir unverständlichen Sprache mit sich selbst redete. Ich ließ ihn vorbei, setzte mich auf eine Bank und war froh, dass wenigstens die Geräusche noch da waren, das ständige Hintergrundrauschen des Verkehrs in der Ferne, das in der Stadt nie erlosch, eine Polizeisirene, sogar das Flappen eines Hubschraubers, der mühsam den Nachthimmel durchpflügte, und, woher auch immer, Stimmen, lauter, leiser, als wären sie von den Gesprächen des Tages dort hängengeblieben.

Ich hatte lange nicht mehr an meinen Besuch mit John in Mauthausen gedacht und wunderte mich, dass er mir jetzt wieder mit aller Macht einfiel. Das war bei seinem Aufenthalt in Innsbruck gewesen, und nachdem er Auschwitz und Buchenwald allein besucht hatte, hatte er mich gefragt, ob ich diesmal mitkommen wolle. Ich wollte eigentlich nicht, wusste aber nicht, wie die Einladung ablehnen, und so fuhren wir an einem Frühherbsttag in meinem Auto hin. An die Gespräche auf der Fahrt erinnere ich mich nicht mehr, aber ich erinnere mich genau, wie froh ich war, in der Gesellschaft von John zu sein, als wir das Lager erreichten. Wir ließen uns am Eingang Pläne geben und gingen dann, ohne auf sie zu schauen, schweigend den Appellplatz zwischen den Baracken auf und ab. Ich wagte nichts zu sagen, wenn John nichts sagte, und beobachtete ihn, wie er seinen Blick umherschweifen ließ und ihn schließlich auf irgendein Detail richtete. Dabei sah ich, wie sein Interesse jedesmal in Verachtung und Abscheu überging, wenn er etwas begriff oder zu begreifen glaubte. Einen Rucksack lässig über die Schul-

ZWEITER TEIL

ter gehängt, sah er an dem Tag mit seiner Schildkappe, seiner Bomberjacke, den üblichen Desert Boots und seinem wild sprießenden Bart noch mehr aus wie ein Soldat, der sich durch die schlimmsten Widerstände gekämpft hatte. Mir war klar, dass das kein Zufall war, sondern dass er sich für den Besuch ein besonders wehrhaftes und martialisches Aussehen verlieh. So wie John dachte, würde er einen solchen Ort nicht betreten, ohne sich zu sagen, er hätte nicht nur ein mögliches Opfer sein können, sondern genausogut später einer der amerikanischen Befreier. Ich war stolz, neben ihm gehen zu dürfen, und je mehr irritierte Blicke er mit seinem Äußeren auf sich zog, um so mehr glaubte ich ihn zu verstehen. Die Gedanken, die ich hatte, mochten sentimental sein, aber was ihn betraf, reduzierten sie sich auf das Elementarste und Notwendigste. Es war gut, dass er am Leben war, es war gut, dass er hier war, und ich, vielleicht sogar ich als Österreicher, obwohl ich sonst nie von mir als Österreicher dachte, konnte mich glücklich schätzen, einen solchen Freund wie ihn zu haben.

Ich fotografierte ihn vor dem Eingangstor, ich fotografierte ihn vor einem Wachturm und einem Stück stacheldrahtbewehrter Lagermauer, ich fotografierte ihn vor der israelischen und vor der amerikanischen Flagge, ich fotografierte ihn vor der Baracke 5, dem »Judenblock«, und auf dem an der Stelle des ehemaligen »Quarantänelagers« später angelegten Friedhof machte ich das Foto von John, das längst mein Lieblingsfoto von ihm ist. Er hatte sich gleich hinter dem Eingang neben einem Grabstein mit eingemeißeltem Davidstern im Gras niedergelassen, legte seinen Arm um den Stein wie um die Schulter eines Freundes und schaute mit einem plötzlich weichen Blick, aus dem alle Verachtung und aller Abscheu gewichen waren, in die Kamera. Den Kopf geneigt, hatte er die noch warme Sonne im Gesicht,

DIE GLÜCKLICHSTE ZEIT MEINES LEBENS

und es war eine selbstverständliche Brüderlichkeit in der Geste, für die ich nur Zeuge sein konnte. An dem Ort, sah ich später im Faltplan des Lagers, lagen die sterblichen Überreste von Häftlingen aus den »amerikanischen Friedhöfen«.

Ich durfte dabei sein, als John sich vor den Krematoriumsöfen im Keller des Krankenreviers auf die Knie sinken ließ und das Kaddisch sprach. Hinter ihm stehend, rührte ich mich nicht. Ich hätte mich auch gern hingekniet, aber ich traute mich nicht, ich hätte John am liebsten umarmt, als er sich wieder erhob, aber ich wagte es nicht. Als er dem Ausgang zustrebte, schien er mich nicht zu sehen, und ich verstand, dieses Stück des Weges musste er allein gehen, und ich konnte nicht mit.

Der Pfad zur sogenannten Todesstiege führte am oberen Rand der Wand entlang, über die Häftlinge von den Wachmannschaften in den Tod gestoßen worden waren, wofür sie sich auch noch das scheußliche Prädikat »Fallschirmspringer« verpassen lassen mussten. Dort standen jetzt Schilder, die nur auf deutsch auf die Absturzgefahr hinwiesen, und als ich das für John übersetzte, sagte er nichts, aber ich glaubte wieder die Verachtung wahrzunehmen, wieder den Abscheu. Wir gingen die Stufen hinunter zum Steinbruch, und auf dem Weg zurück blieb John dann alle paar Schritte in der erbarmungslos gnädigen Sonne stehen und fragte mich, ob ich mir das vorstellen könne. Er meinte das Los der Häftlinge, die über diese Stiege Granitblöcke zum Lager hinaufgeschleppt hatten und beim geringsten Anzeichen von Schwäche ermordet worden waren, aber er meinte natürlich auch das Ganze.

Ich wusste nicht, was antworten, schwieg einmal und sagte dann wieder ja, sagte dann wieder nein. Es klang unbefriedigend, und mir wurde erst später im Auto klar, dass etwas anderes als dieses Begreifen und Nichtbegreifen in einem gar nicht

ZWEITER TEIL

möglich war. Ich grübelte immer noch, und eine Klärung brachte für mich erst das Gespräch, das ich dann mit John führte.

»Man kann es sich nicht vorstellen«, sagte ich. »Oder vielmehr, man hat es sich nicht vorstellen können, bevor es dann geschehen ist.«

»Stimmt«, sagte er. »Wenn man ein Mensch war.«

»Wie meinst du das?«

»Ich spreche nicht von Unmenschen«, sagte er. »Das wäre banal. Man musste wahrscheinlich ein Gott sein, um sich das vor aller Wirklichkeit vorstellen zu können. Wenn man ein Mensch war, hat man es sich nicht vorstellen können, bevor es geschehen ist.«

Er sah mich an und sagte, jetzt sei es umgekehrt.

»Wenn man ein Mensch ist, muss man sich vorstellen können, dass es jederzeit wieder geschehen kann. Die Wirklichkeit geht in diesem Fall der Möglichkeit voraus. Das stellt die ganze Logik auf den Kopf.«

»Nur dass einem dieses Wissen auch nicht weiterhilft.«

»Leider nicht«, sagte er. »Es bleiben müßige Spekulationen über das Paradoxe. Das einzige, was zählt, ist, dass die Häftlinge wirklich zu Zehntausenden umgebracht worden sind. Die lassen sich durch keine syllogistischen Tricks wieder zum Leben erwecken.«

Wir hielten an einer Autobahnraststätte, und er bestellte eine doppelte Portion Gulasch mit zwei Knödeln und verschlang sie regelrecht. Er aß mit einer Gier, wie ich sie noch nie bei ihm gesehen hatte, ließ das Messer beiseite und steckte sich die großen Fleischstücke, während er noch kaute, ungeschnitten in den Mund. Dazu trank er Coca-Cola direkt aus einer Ein-Liter-Flasche, und er nahm sich dann noch eine mit ins Auto, die er auf der Weiterfahrt in atemlosen Schlucken leerte. Über das Lager

DIE GLÜCKLICHSTE ZEIT MEINES LEBENS

verlor er kein Wort mehr, und was immer wir sonst gesprochen haben mögen, in Erinnerung blieb für mich nur, dass er mich nach meiner ersten Liebe fragte.

»Ich meine ganz am Anfang, als du ein kleiner Junge warst«, sagte er. »Wie hat das Mädchen geheißen?«

»Das erste Mädchen, das ich geküsst habe?«

»Nicht unbedingt«, sagte er. »Davor. Womöglich wolltest du nur in der Schule neben ihr sitzen. Vielleicht wolltest du nicht einmal mit ihr sprechen, und es war schon genug, in ihrer Nähe zu sein.«

»Dann war es Veronika«, sagte ich. »Ich wollte sie nur den ganzen Tag ansehen. Ich glaube, ich muss zehn gewesen sein. Sie war blond und hatte ein Armband, auf dem ihr Name eingraviert war. Und bei dir?«

»Madeleine. Sie stammte aus England, und wir haben sie Lady genannt und wegen ihres Akzents gehänselt. Ich habe versucht, sie zu küssen, und bin dafür vom Direktor verwarnt worden.«

»Wie alt warst du?«

»Ich weiß nicht. Wahrscheinlich wie du. Zehn oder elf.«

»Und hast du gewusst, dass es Liebe war?«

»Sicher nicht mit dem Wort. Ich erinnere mich aber, dass ich gedacht habe, dass sie das schönste Mädchen auf der Welt war. Hast du es gewusst?«

»Ich hätte es auf jeden Fall abgestritten. Veronika war wie Sonnenaufgang und Sonnenuntergang für mich. Die Freude, wenn sie einen Raum betreten hat, der Schmerz, wenn sie hinausgegangen ist.«

»Was ist aus ihr geworden?«

»Ehrlich gesagt weiß ich es nicht«, sagte ich. »Ich habe sie aus den Augen verloren. Sie hat wahrscheinlich geheiratet, Kinder. Und Madeleine?«

ZWEITER TEIL

»Sie ist tot«, sagte er. »Drogen.«

»Ach Gott«, sagte ich. »Nein.«

»Doch«, sagte er. »Sie war noch keine achtzehn. Wir sind im Jahr davor ein paar Monate miteinander gegangen. Ich habe gedacht, wenn sie immer mit mir zusammenbliebe, könnte mir mein ganzes Leben nichts passieren.«

Ich schreibe das so auf, wie ich mich erinnere, nicht weil ich das, was wir gesprochen haben, besonders originell finde, sondern weil ich an dem Abend in San Francisco nach den Reden in der City Lights Buchhandlung, auf einer Bank am Portsmouth Square sitzend, überzeugt war, dass dieses Gespräch unmittelbar mit unserem Besuch in Mauthausen zusammenhing. Ich glaube nicht, dass John seine eigene Betroffenheit bewusst war, aber die Beharrlichkeit, mit der er dann nicht aufhören wollte, über das erste Erwachen der Liebe zu reden, die Insistenz, mit der er immer neue Fragen stellte, ließen mich die Bedeutung für ihn ahnen. Soviel Unschuld und Anfang, wie er sich wünschte, gab es nirgendwo, aber er konnte es nicht lassen, nach den paar Augenblicken zu suchen, in denen wenigstens eine Ahnung davon dagewesen sein musste.

Gedankenverloren blieb ich lange sitzen und schlenderte dann die Grant Avenue vor zur Market Street, wo ich eine Straßenbahn bis zum Civic Center nahm, um von dort noch einmal zu dem Haus in der Page Street zu gehen, in dem ich mit John zusammengewohnt hatte. Es war unverändert eingerüstet, und in den Fenstern hinter dem Abdeckungsnetz brannte da und dort Licht. Dem Impuls, zu klingeln und mich von fremden Leuten entweder abwimmeln oder herumführen zu lassen, gab ich nicht nach. Dafür war es längst zu spät, aber selbst wenn es früher gewesen wäre, hätte ich mir diese Erfahrung sparen wollen. Es hätte mich nur geschmerzt, die Räume zu sehen, die einmal

DIE GLÜCKLICHSTE ZEIT MEINES LEBENS

Johns und meine Zimmer oder, besser gesagt, mein Zimmer und Johns Abstellkammer gewesen waren. Wir hatten uns meistens in der Küche getroffen, wenn jeder sein Abendessen zubereitet hatte, John die fertig gekauften Mahlzeiten, die er in der Mikrowelle aufwärmte, und ich meine täglichen Spaghetti mit Tomatensauce. Er war nicht oft in mein Zimmer gekommen, um mit mir zu reden, entweder auf dem einzigen Stuhl am Schreibtisch oder mit dem Rücken zur Nacht auf dem Fensterbrett sitzend, während er mich überhaupt nur ein einziges Mal zu sich gebeten und in dem fensterlosen Kabuff neben sich auf seinen Schlafsack plaziert hatte. Das waren die intimsten Augenblicke zwischen uns gewesen, Seite an Seite, die Arme um die Knie geschlungen und in ein Gespräch vertieft, aber so deutlich ich das Bild vor mir sah, sosehr ich mich an unsere Innigkeit erinnerte, so wenig wollte mir einfallen, was genau wir bei dieser Gelegenheit gesprochen hatten.

Ich blieb nicht lange vor dem Haus stehen und spazierte dann, wieder auf alten Wegen, in den Castro District, von wo ich eine Straßenbahn die Market Street hinunter bis zur Powell Street nahm, die ich hinaufging. Es war spät, kurz vor Mitternacht, als ich vor dem Apartmenthaus in der Sutter Street anlangte. Ohne lange nachzudenken, drückte ich den Code am Eingang, rief den Aufzug, der rumpelnd wie immer herunterkam, öffnete das Scherengitter und die Tür, stieg ein und setzte ihn wieder in Gang. Es dauerte eine halbe Ewigkeit, bis sich die Kabine die sechs Stockwerke emporgearbeitet hatte, und in einem Film hätte ich genausogut der Bösewicht wie das Opfer sein können. Oben angekommen, wartete ich eine Weile, bis ich mit dem Gefühl zu schweben über den Teppichboden ging und an der Tür am Ende des Gangs klopfte, wobei ich keine Bedenken wegen der Uhrzeit hatte.

ZWEITER TEIL

Als hätte sie jemanden erwartet, öffnete Diane diesmal sofort. Sie hatte die Kette vorgelegt und lugte durch den Spalt, keine erkennbare Überraschung in ihrem Gesicht. Nach unserer letzten Begegnung in der Mission Street, wo ich sie bis in das gespenstische mexikanische Lokal verfolgt hatte und höchst ungnädig von ihr abgewiesen worden war, hätte sie jetzt auch anders reagieren können, aber sie sagte nichts und atmete nur ein- oder zweimal laut ein und aus. Dann machte sie die Tür ganz auf.

Ich trat ein und sah ihr in die Augen, als könnte ich darin ablesen, was ich von ihr wollte. Im Vorraum stehend, deutete ich auf Johns Zimmer, und sie verstand meine wortlose Frage und schüttelte den Kopf. Ihr Freund schien nicht da zu sein. Noch immer war kein Wort zwischen uns gefallen, und ich schaute auf das Foto von Johns Tochter in der Uniform der israelischen Armee, das jedem Eintretenden als erstes auffallen musste, und richtete dann meinen Blick von neuem auf Diane. Sie trug wieder ihre ausgetretenen Stiefel, diesmal zu einem schreiend hellgrünen Wollkleid, und ihr Haar streng zurückgekämmt und zu einem Knoten gebunden, wirkte sie bestürzend jung, so dass mir nichts Besseres einfiel, als eine Entschuldigung zusammenzustammeln.

»Es ist spät«, sagte ich. »Ich war in der Gegend.«

Ich weiß nicht, was ich erwartete, aber weil sie immer noch schwieg, packte mich auf einmal doch die Verlegenheit. Ohne weiteres gehen konnte ich nicht, und solange sie nichts sagte, lag es an mir, mit einer Erklärung zu kommen, was mich hierhergetrieben hatte. Sicher war es Sentimentalität, aber das allein schien mir zu wenig.

»Kann ich hier schlafen?«

Ich sah, wie sie den Blick hob und mich musterte.

DIE GLÜCKLICHSTE ZEIT MEINES LEBENS

»Du willst hier schlafen?«

»In meinem Zimmer, versteht sich«, sagte ich. »Das ist vielleicht eine ungewöhnliche Idee, aber ich würde mich freuen.«
Sie nickte, und ich entspannte mich.

»Außerdem würde ich gern nachschauen, ob an der Innenseite der Badezimmertür immer noch das Poster von Freddie Mercury hängt.«

»Nur zu«, sagte sie. »Sieh es dir an. Bist du etwa auch verrückt nach ihm? John hat ihn sich jeden Morgen auf Youtube angesehen.«

»Ich weiß«, sagte ich. »Er hat es mir erzählt.«

»Er ist dann durch die Wohnung gelaufen und hat wieder und wieder ›It's a kind of magic‹ gesungen. Am liebsten hätte er die ganze Welt umarmt. Es war irr, aber ich glaube, es war auch sein Lebensgefühl.«

Sie sagte, ich könne die Jacke ablegen, und fragte, ob sie Tee machen solle, und während sie in der Küche zugange war, konnte ich mich in Johns Zimmer umsehen, wohin sie mich dirigiert hatte. Dort war keine Spur mehr von der Unordnung des letzten Males. Die Pappteller mit Essensresten und die leeren und halbvollen Gläser waren ebenso beseitigt wie die auf dem Boden liegenden Kissen und Bücher, und über die beiden Fauteuils, in denen ich mit John immer gesessen war, waren Wolldecken gebreitet, so dass die herausquellende Schaumstofffüllung nicht zu sehen war. Schon im Vorraum hatte es anders gerochen, nicht mehr nach dem süßlichen Geruch von Marihuana, sondern nach Essen und nach einem künstlichen Duft, Kirschblüte vielleicht, der wahrscheinlich von einem Raumspray kam und sich penetrant ausbreitete. Ich setzte mich und sah an der Wand gegenüber Johns Foto. Es war eine ganze Zeitungsseite, die er dort aufgehängt hatte, die Besprechung von *Days like these* auf der

ZWEITER TEIL

Vorderseite der Wochenendbeilage des *San Francisco Chronicle* mit einem großen Bild von ihm, und er sah mit diesem für ihn charakteristischen Blick in die Kamera, als könnte er immer noch die ganze Welt erobern und als wäre ihm gleichzeitig der Gedanke, dass es sich nicht lohnte und er jeden Anlauf sogleich wieder abbrechen würde, viel wichtiger. Links und rechts davon hingen Aufnahmen seiner beiden Hausgötter, Faulkner und Camus, und ich erinnerte mich wieder an die wehmütigen Gespräche mit John darüber, was für eine merkwürdige Erfahrung es sei, seine Bücher in genau dem Augenblick herauszubringen, in dem sich offenbar immer weniger Leute um Bücher kümmerten, etwas ein ganzes Leben lang gewollt zu haben, das genau dann, wenn man es erreichte, nicht mehr wichtig sei. Seine eigenen Hervorbringungen neben *Schall und Wahn* zu stellen, neben *Licht im August* und *Als ich im Sterben lag*, neben *Der erste Mensch* und *Der Fremde* sollte plötzlich nichts mehr bedeuten. Das Bild von Camus war ein typisches Camus-Bild, Hunderte wie dieses, mit Zigarette und von zeitloser Coolness, eine Spur oder mehr als nur eine Spur prätentiös, das von Faulkner eines mit seiner letzten Liebe und ganz und gar einzigartig, »Faulkner's last love«, wie John immer gesagt hatte, ein Bild allergrößten Selbstbewusstseins, wie der alte Herr mit leicht zusammengekniffenen Augen in die Ferne schaute, aufgenommen in New York, mit Tirolerhut, Krawatte, Einstecktuch, einem Staubmantel über dem Arm und in der Hand womöglich sogar eine Schnupftabakdose, sehr weltmännisch und gegen jeden Angriff, gegen jede Verkürzung und gegen jede Dummheit aus der Zukunft gefeit.

Diane brachte den Tee und setzte sich mir gegenüber. Sie hatte irgendwo eine Kerze gefunden, die sie anzündete, und aus dem Eingießen machte sie eine richtige Prozedur, hob und senk-

DIE GLÜCKLICHSTE ZEIT MEINES LEBENS

te die langschnablige Kanne über den Tassen, als würde sie dadurch erst das Aroma erzeugen. Dann schlug sie die Beine übereinander, beugte sich vor und sah mich an, die verschränkten Arme auf die Oberschenkel gestützt. Das war wie eine Aufforderung, noch einmal von vorn zu beginnen, und ich fragte sie, warum sie nicht bei der Veranstaltung in der City Lights Buchhandlung gewesen sei, was sie mit dem größten Sarkasmus parierte.

»Um mich von den Greisen dort zerfetzen zu lassen?«

»So schlimm war es auch wieder nicht.«

»Für die meisten von denen bin ich bestenfalls eine kleine Nutte«, sagte sie. »Es gibt für eine junge Frau nichts Schlimmeres als altgewordene Schriftsteller. Wenn sie wenigstens nur hinter Sex her wären, könnte man damit umgehen und ja oder nein sagen, aber diese Verlorenheit, die viele von ihnen ausstrahlen, macht einen krank. John hat oft gesagt, er kenne keinen tödlicheren Beweis für ein vergeudetes Leben als mittelmäßige Gedichtbände. Sich Tag um Tag für ein paar Zeilen in einem kleinen Zimmerchen einzusperren, um am Ende festzustellen, dass es die Mühe nicht rechtfertigte. Wenn ich einem von denen die Hand gegeben habe und er nicht mehr loslassen wollte und mich mit dem Blick eines Ertrinkenden fixierte, habe ich jedesmal gedacht, seine einzige Hoffnung ist, mich mit sich in den Abgrund zu ziehen.«

Es war wie eine Fortsetzung meiner eigenen Gedanken, nur auf die Spitze getrieben, mit der Brutalität und Klarsicht der Jugend, als sie jetzt sagte, es gebe nichts Eisigeres als die Hände, mit denen diese alten Knaben ein letztes Mal nach dem Fleisch griffen. Ich schwieg betreten und versuchte an ihrer Miene abzulesen, ob sie auch mich meinte. Mitten in der Nacht an ihrer Tür zu klopfen und dann dazustehen, als hätte ich kein Zuhause, war eine treuherzige Blödheit. Weil der Raum nur schummrig beleuchtet war, konnte ich mein Gesicht in dem schwarzgerahmten Spiegel, der mir gegenüber auf dem Boden stand, nicht sehen, aber ich wusste, ich hätte das Bild des Mannes nicht gemocht, das ich mit meinem rapide sich lichtenden Haar und den Tränensäcken unter den Augen abgab.

»Ich weiß, was du meinst«, sagte ich trotzdem und wagte nicht, sie anzusehen. »Da tummeln sich viele Verzweifelte.«

»John ist anders gewesen.«

»Ich weiß«, sagte ich. »Er hat ein Leben gehabt.«

»Es ist reine Selbstgerechtigkeit, wenn die anderen sich über seine Frauengeschichten das Maul zerreißen«, sagte sie. »Besser, er geht mit seinen Mädchen ins Bett, als sie immer nur mit diesem Verlangen von Hundertjährigen anzustarren, mit dieser Sehnsucht von Toten. Niemand kann solchen Leuten ihr vergeudetes Leben zurückgeben, und wenn, würden sie es ohnehin nur auf andere Weise vergeuden. Entweder jemand ist großherzig, oder er ist es nicht, und man mag über John sagen, was man will, aber er war es.«

»Klingt, als hättest du ihn sehr gemocht.«

»Ja«, sagte sie. »Ich habe ihn sehr gemocht. Er war der wunderbarste alte Mann, den man sich vorstellen kann. Wenn du wüsstest, wieviel wir zusammen gelacht haben.«

»Ich weiß«, sagte ich. »Das hat man mit ihm können.«

»Du hast ihn auch gemocht?«

»Natürlich«, sagte ich. »Er war wie ein Bruder für mich.«

Wir sprachen noch über andere Dinge, aber als ich mir dann auf dem Futon in meinem ehemaligen Zimmer das Bett machte, gingen mir ihre Worte weiter durch den Kopf. Nach all den Reden in der City Lights Buchhandlung bildeten sie den schönsten Nachruf auf John. Diane hatte mir ein Leintuch und eine Decke

DIE GLÜCKLICHSTE ZEIT MEINES LEBENS

gegeben, aber ich fröstelte jetzt, weil die Heizung längst wieder
aus war und der kalte Wind durch die undichten Fenster hereinkam, doch in dem Frösteln war die Geborgenheit der Erinnerung.
Bei meinem letzten Besuch bei John hatte ich in meinen Kleidern
geschlafen und war manchmal mitten in der Nacht aufgestanden,
um mir ein zweites Paar Strümpfe anzuziehen, weil meine Füße
nicht warm wurden, und nun waren meine kalten Füße das Beste,
was ich haben konnte. Ich hatte die Lampe auf dem Schreibtisch
angelassen, und während das kleinere Bild *Feld Hure* ganz aus-
geleuchtet war, eine gespenstische Gegenwart, fiel der Lichtkegel
nur auf den unteren Teil des *Self-Portrait as a Hated Jew*. Das Gesicht war nicht zu erkennen, ein grünliches Schimmern dort, wo
es sein musste, mehr nicht, aber ich wusste, dass ich von dem
Zyklopenauge angeblickt wurde. Vor der Vorstellung hatte ich
mich immer gefürchtet, aber jetzt fühlte ich mich merkwürdigerweise beschützt und bewacht. Das Grauen, das der erste Anblick
bei mir ausgelöst hatte, war einer Vertrautheit gewichen, vielleicht auch nur einer Vertrautheit des Grauens. Ich lag auf dem
Rücken, ohne meinen Blick davon abzuwenden, und als Diane zu
mir kam, musste ich schon eine Weile geschlafen haben.

Es war immer noch dunkel, aber die Lichtverhältnisse im
Raum hatten sich geändert, und ich konnte auf dem Selbstportrait die ersten Konturen des Gesichts erkennen. Sie hatte einen
Schlafanzug an und legte sich zu mir. Ich rückte ein Stück zur
Seite, und sie schlang ihre Arme um mich und drückte sich an
mich, ihren Kopf auf meiner Brust. Ich bewegte mich nicht, versuchte die kleinste Regung zu vermeiden und wagte kaum zu atmen, während ihr Atem immer ruhiger wurde. So sah ich es hell
werden, so sah ich den neuen Tag anbrechen, mit dem Selbstportrait direkt vor mir, das durch ihre Nähe seinen Schrecken
endgültig verloren hatte.

ZWEITER TEIL

Bei meinem ersten Besuch hatte ich gar nicht erwähnt, dass das Bild mir gehörte, und als ich am Morgen davon sprach, erwartete ich Widerstand, weil Diane keinen Zweifel gelassen hatte, dass sie sich als Hüterin des Erbes verstand und alle, die sich darüber hermachen wollten, abwimmelte. Ich sagte ihr, dass ich es von John gekauft hätte und, weil ich am Tag darauf abreiste, gern irgendwann am Nachmittag noch einmal vorbeikommen, es vom Rahmen lösen, zusammenrollen und verpacken würde, um es vielleicht sogar mit ins Flugzeug nehmen zu können. Für meinen Anspruch hatte ich nicht den geringsten Beweis, natürlich hatte es nichts Schriftliches zwischen John und mir gegeben, aber sie überlegte kurz und meinte dann nur, ich solle irgendeine Zeit vorschlagen. Wenn sie mir nicht glaubte, ließ sie sich nichts anmerken, und als ich später mit mehreren riesigen Bögen des dicksten Packpapiers, das ich hatte auftreiben können, wieder erschien, half sie mir. Sie hatte bereits angefangen, die Reißnägel zu entfernen, mit denen die Leinwand auf dem Holzrahmen befestigt war, und jetzt kniete sie neben mir auf dem Boden, und wir rollten sie Zentimeter um Zentimeter auf. Es ließ sich nicht vermeiden, dass die Ölfarbe da und dort brach, aber wenn ich auf die ersten knackenden Geräusche noch mit Panik reagierte und Diane ansah, als würden wir ein Sakrileg begehen, störten sie mich schnell nicht mehr, und die entstehenden Risse gehörten für mich zur Geschichte des Bildes.

Ich verabschiedete mich von ihr, ohne dass wir auf ihren Besuch in der Nacht zu sprechen kamen. Die Rolle mit dem Selbstportrait an meine Brust gedrückt, fuhr ich mit dem Aufzug hinunter. Draußen überlegte ich, ob ich mich ihrer nicht einfach entledigen sollte, sie in einem Eingang ablegen oder einem der Obdachlosen, die mir begegneten, in die Hand drücken, was auch immer er damit täte. Tatsächlich war ich dabei, sie an eine

DIE GLÜCKLICHSTE ZEIT MEINES LEBENS

Hauswand zu lehnen und stehenzulassen und im Zweifelsfall zu verleugnen, wenn mich ein Passant vielleicht fragte, ob sie mir gehöre. Aber dann packte mich doch die Wehmut, als würde ich damit nicht nur Johns Bild, sondern John selbst unrecht tun, und die Vorstellung, dass in Zeiten wie diesen eine herrenlose Packpapierrolle vielleicht sogar vorsorglich gesprengt würde, ließ mich vollends einknicken. Also schulterte ich sie wie mein höchstpersönliches Kreuz, dem nur der Querbalken fehlte, und ging mit ihr die Sutter Street entlang, querte die Leavenworth und die Jones Street und schlenderte dann die Taylor Street hinunter über die Post und die Geary Street zu meinem Hotel an der O'Farrell.

Dort hatte ich meinen Koffer schnell gepackt. Die *Cecilia Poems* und die Kopien von Johns Notizbüchern wollte ich mit in das Handgepäck nehmen. Zusammen mit dem *Self-Portrait as a Hated Jew* waren sie das Wichtigste, was ich aus San Francisco mitbrachte, aber die Vorstellung, sie sollten einem Zweck dienen, war in weite Ferne gerückt. Ich fürchtete mich vor dem Zurückfliegen, nicht vor dem Flug, aber vor dem Nach-Hause-Kommen. Drei Wochen hatte ich in einer Zeitblase verbracht und den Grund meines Hierseins um so weiter aus den Augen verloren, je länger ich hier war. Nicht, dass ich das nicht kannte. Ich brauchte nur nachzudenken, wohin ich in den vergangenen Jahren überall geflogen war, allein weil ich in Gedanken zuvor einen Protagonisten vorausgeschickt hatte, dem ich dann hinterherreiste, um am Ziel meiner Phantasie ein ums andere Mal festzustellen, dass sich seine Geschichte für mich erledigt hatte. Ich war ein nicht schreibender Schriftsteller, aber bevor ich mir das eingestand, musste ich mehrmals nach Paris fliegen, weil ich mir allen Ernstes einbildete, dort ließe sich jenseits aller Klischees noch eine Liebesgeschichte finden, musste ich mitten im

ZWEITER TEIL

Winter auf die Lofoten, um zu erkennen, was ich auch so hätte wissen können, dass ein einsamer Mann und die Dunkelheit zusammen noch keine Erzählung abgaben, musste ich wegen einer Grille nach Havanna, wegen einer anderen nach Buenos Aires und wegen einer dritten nach Mexico City und von dort weiter nach Guadalajara und Acapulco. Erst wenn ich am Ende eines Jahres meine Reiseabrechnungen zusammenstellte, erkannte ich den Irrsinn und fragte mich, was ich dort überall gewollt hatte. Das Finanzamt glaubte mir mehr, als ich mir selbst glaubte, wenn es mir Jahr für Jahr mein zielloses Herumirren als Abschreibeposten für Recherchen durchgehen ließ. Ich wechselte nach meinen Launen die Orte, und mir wurde erst allmählich die versteckte Hoffnung dahinter klar, dass ich mit den Orten auch die Zeit wechseln könnte. Denn genaugenommen ging es mir nur darum, noch einmal einen Anfang zu finden oder, richtiger, *den* Anfang, von dem ausgehend sich dann auch ein Ende zeigen würde.

Dritter Teil

ANWESENDE
ABWESENDE

I

Das Jahresende verbrachte ich in Venedig, und dort traf ich am Tag vor Silvester den Kritiker Atzwanger, von dem ich mich zu einem Interview überreden ließ. Die Wahrheit ist, er musste mich nicht drängen, er fragte mich, und ich sagte ja. Ich war zur Friedhofsinsel San Michele gefahren, wo ich das Grab von Ezra Pound besuchen wollte, und als ich unverrichteter Dinge zum Bootssteg zurückging, weil mir das plötzlich so absurd erschien, kam er mir entgegen. Friedhöfe können etwas Erhebendes haben, aber die übermannshoch gestapelten Betongräber im katholischen Teil hatten mich auf eine Weise deprimiert, die mich schleunigst das Weite suchen ließ, noch bevor ich den richtigen Abschnitt erreicht hatte. Ich war schon am Ausgang, als das von Murano kommende Vaporetto anlegte und ich unter dem Häufchen von vielleicht fünf oder sechs Aussteigenden unfehlbar seine Haarmähne erkannte. Eine Begegnung ließ sich nicht vermeiden, und mir blieb nichts anderes übrig, als die Arme auszubreiten und meine Freude kundzutun.

Ich hatte Atzwanger genau die acht oder mittlerweile fast schon neun Jahre nicht gesehen, die seit der Veröffentlichung meines letzten Romans vergangen waren, und wenn sich auf den ersten Blick etwas feststellen ließ, dann am ehesten, um wieviel mehr er noch er selbst geworden war. Dass er sich in seinem Äußeren als Thomas-Bernhard- oder Doderer-Figur stilisierte, hatte ich immer schon gedacht, und er hatte ja auch zu beiden Autoren bedeutende Studien geschrieben und für das meiste,

DRITTER TEIL

was seither in der österreichischen Literatur erschienen war, nur milde Verachtung übrig. Wie er aber jetzt mit seinen siebenachtellangen Stulphosen, unter denen die Haferlschuhe und die Wollsocken erst richtig zur Geltung kamen, und seinem wetterfleckartigen Umhang dastand, zelebrierte er den Anachronismus, k. k., wenn auch augenzwinkernd. Die Welt oder zumindest der Teil der Welt, von dem er selbst nichts wollte, sollte ruhig über ihn lachen. Mit seiner gedrungenen Physiognomie wirkte er wie ein Landmensch, konnte jedoch die geschliffensten Umgangsformen hervorkehren und das, was man ein druckreifes Deutsch nannte. Eindeutig konservativ, war er gleichzeitig zu lebensbejahend und klug, um in den wichtigen Fragen nicht seine eigenen Wege zu gehen. Ein knappes Jahr war er mit einem ehemaligen Model verheiratet gewesen, was ihm allenthalben verkniffene Bewunderung, saures Unverständnis und in Anspielung auf Salman Rushdie und seine auffallend junge, auffallend schöne damalige Frau den Spitznamen Maharadscha eintrug, unter dem er dann eine Weile eine Kolumne schrieb. Danach hatte er einen Roman über die Liebe eines alten Mannes zu einer Siebzehnjährigen veröffentlicht und war dafür wie der schlimmste Sittenstrolch behandelt und buchstäblich hingerichtet worden. Meine Bücher hatte er nicht schlecht, aber herablassend besprochen, das Karl-Hermanski-Buch als genialen Florettstich mit der Feder gefeiert, den er selbst gern geführt hätte.

»Ich wette, Sie sind zu Ezra Pound gepilgert«, sagte er jetzt, kaum dass wir uns begrüßt hatten. »Ein großer Schriftsteller und ein noch größerer Antisemit.«

Dabei sah er mich an, als wollte er meine Reaktion testen. Er hatte ein Fernglas um den Hals gehängt, das er plötzlich an die Augen hob und in einer ironischen Geste auf mich richtete. Ich spürte, wie sehr er auf eine Antwort wartete, aber ich schwieg und sagte auch nichts, als er mir jovial auf die Schulter klopfte.

»Ach, kommen Sie schon. Wir sind unter uns, mein Lieber. Es wird Ihnen niemand den Kopf abschlagen, wenn Sie sich zu ihm bekennen. Sie haben doch eine Meinung.«

Ich wusste nicht, ob es ihm ernst damit war oder ob er mich nur provozieren wollte. Er hatte sich vorgewagt, und weil ich nicht nachzog, bekam er Angst, sich eine Blöße gegeben zu haben, und musste sie möglichst vernebeln. Auf einmal lächelte er auch noch, und als ich sagte, ich hätte *Die Cantos* nicht gelesen, schüttelte er den Kopf.

»Soll ich Ihnen das glauben?«

»Das können Sie halten, wie Sie wollen.«

»*Die Cantos* nicht gelesen?«

»Ich fürchte, nein«, sagte ich. »Muss ich mich schämen?«

»Dann steht Ihnen aber noch etwas bevor«, sagte er. »Das gehört zu den neunundneunzig Dingen, die Sie unbedingt tun sollten, bevor Sie sterben. Milton, Dante, Pound. Nur über die drei führt der Weg ins Paradies.«

Ich war kein literarischer Feinschmecker und hatte wenig Lust auf solche Gespräche, aber als Atzwanger vorschlug, gemeinsam mit dem Vaporetto zu den Fondamente Nuove hinüberzufahren und dort in der Nähe eine Bar zu suchen und ein Getränk zu nehmen, fiel mir keine Ausrede ein. Er wollte noch auf einen Sprung in den Friedhof, wie er sagte, und ich sollte währenddessen auf ihn warten. In seiner Abwesenheit legte ein Boot an, aber ich war zu unschlüssig, dem Impuls nachzugeben, einzusteigen und ihm so zu entwischen. Es dämmerte schon, als er zurückkam, und das gerade noch bewegte Wasser schien sich jetzt glatt und wie ausgelaugt bis zu den Lichtern der Stadt zu erstrecken. Ich suchte mit ihm einen Platz an Deck, und wir

DRITTER TEIL

lehnten bei der Überfahrt nebeneinander an der Reling, als er das Gespräch wieder aufnahm.

Zwar sagte er nichts mehr über Ezra Pound, aber ich wurde das Gefühl nicht los, dass dessen Gespenst die ganze Zeit zwischen uns stand, und tatsächlich nahm der amerikanische Dichter in dem Portrait, das Atzwanger dann über mich schrieb, eine zentrale Position ein. Denn darin stellte er mich als einen Verehrer dar, den es am letzten Tag des Jahres zum Grab des Meisters ziehe, darin war ich ein großer Bewunderer der *Cantos*, insbesondere der *Pisaner Cantos*, und darin gab *ich* die Einschätzung ab, die er selbst abgegeben hatte, »ein großer Schriftsteller und ein noch größerer Antisemit«, als wollte ich nahelegen, das eine sei eine Steigerung des anderen und schließe sich nicht in Wirklichkeit bis auf eine oder zwei Ausnahmen aus. Es wurden zwei volle Seiten in der Wochenendbeilage der *Presse*, die mir gewidmet waren, und auf dem Foto, das er mit seiner Kamera nach Mitternacht an einem dunklen Kanal von mir machte, schaute ich mit dem Bart, den ich mir seit ein paar Wochen stehenließ, unheilselig und trist in die Welt. Darunter stand mein Name und dahinter, jeweils mit einem Fragezeichen versehen, die beiden Alternativen, die sich für mich nach den Jahren des Schweigens angeblich boten, »Opus magnum?« oder »Verstummt?«.

Dass ich mich überhaupt auf ein Gespräch mit ihm einließ, war natürlich ein Fehler. Ich konnte es mir nur so erklären, dass ich die Worte, die mir entschlüpften, mit immer neuen Worten wieder einzufangen versuchte, was die Sache nur noch schlimmer machte. Ich redete mich um Kopf und Kragen, aber anders kannte ich es nicht, auch wenn diesmal dazukam, dass aus dem geplanten einen Getränk eine ganze Abfolge von Drinks wurde, in einer Reihe von Bars, zuerst noch in der Nähe der Fondamen-

ANWESENDE ABWESENDE

te Nuove und im Ghetto, dann schon entlang der Touristenroute zwischen Rialto-Brücke und San Marco.

Wir nahmen ein ums andere Mal ein Vaporetto, fuhren ein paar Stationen den Canal Grande hinauf oder hinunter und verloren uns in den Gässchen, bis wir wieder in eine Spelunke einfielen, die er zielsicher danach aussuchte, dass sie so voll war, dass man kaum darin stehen konnte. Es war nicht neblig an diesem Abend, aber in meiner Erinnerung hätten wir im Nebel herumgetappt sein können, und meine Stimme vervielfältigte sich in den Stimmen der Passanten, die unsichtbar an uns vorübergingen. Unseren Weg durch die Stadt konnte ich unmöglich auf einer Karte nachvollziehen, aber wir überquerten die Brücke beim Bahnhof und die Brücke an der Accademia, wir liefen den Zattere entlang und landeten irrtümlich auf der Giudecca, und als wir dann die Riva degli Schiavoni hinunterschlenderten, hatte ich Atzwanger alles über John erzählt, was ich ihm nicht erzählen wollte und nie hätte erzählen sollen.

»Ein Jude mit Waffen«, sagte er. »Darüber schreiben Sie?«

Er war stehengeblieben, und von einer Sekunde auf die andere glaubte ich eine kalte Distanzierung wahrzunehmen. Endlich hatte er das Wort gefunden, mit dem er sich dafür revanchieren konnte, dass ich ihn auf der Friedhofsinsel mit meinem Schweigen hatte auflaufen lassen. In seinen Augen schien ein Funke aufzublitzen, der sofort wieder erlosch.

»Ein Jude als Täter?«

»Das würde ich nie so sagen.«

»Aber Sie sprechen doch die ganze Zeit davon«, sagte er. »Seit wir uns getroffen haben, geht es um nichts anderes. Wollen Sie das leugnen? Sie erzählen von Ihrem Freund und seinem Einsatz in der israelischen Armee und können sich nicht entscheiden, ob Sie davon begeistert oder abgestoßen sein sollen.«

DRITTER TEIL

»Trotzdem ist das nicht *mein* Wort dafür.«

»Nicht Ihr Wort?« sagte er. »Sind Sie sicher?«

»So sicher, wie ich nur sein kann«, sagte ich. »Sie haben es ins Gespräch gebracht. Da müssen wir schon genau sein. Es ist *Ihr* Wort.«

Auf jeden Fall war es das Wort, das er in seinem Portrait verwendete, wenn auch mit Anführungszeichen, und das allein reichte, um einen Sturm der Entrüstung auszulösen. Ich weiß noch, wie Christina mich anrief und mich auf die Ausgabe der *Presse* aufmerksam machte, als der Text schließlich erschien. Es war in der vierten Januarwoche, und ich hatte nach dem gemeinsamen Abend nicht mehr an Atzwanger gedacht oder eher wohl den kleinsten Gedanken an ihn sofort beiseite geschoben. Wir waren betrunken auseinandergegangen, und statt einer klaren Erinnerung war ein dumpfes Gefühl geblieben, mich ihm ohne Not ausgeliefert zu haben. Er hatte mich den ganzen Weg bis zu meinem Hotel in Sant' Elena begleitet und sich dort von mir mit den Worten verabschiedet, er habe genug Material und wir könnten uns ein formelles Interview sparen.

»Wenn Sie mir vertrauen und freie Hand lassen, kann ich daraus etwas Schönes machen«, sagte er. »Ich werde über unsere Begegnung schreiben und Ihnen die Zitate, sollte ich welche verwenden, natürlich zum Autorisieren vorlegen.«

Ich sagte nicht ja, aber ich widersprach ihm auch nicht und war froh, als ich mich endlich in mein Zimmer zurückziehen konnte. In der Nacht plagte mich ein furchtbarer Alptraum. Darin ging es um einen Schriftstellerwandertag. Ich war verspätet, und als ich zum verabredeten Treffpunkt kam, warteten dort alle mit schwer bepackten Rucksäcken auf mich und waren mit Eispickeln und Steigeisen wie für den Himalaya ausgerüstet, obwohl es nur eine Wanderung von geringem Schwierigkeits-

ANWESENDE ABWESENDE

grad werden sollte, auf guten Wegen, und wir nie in Schnee und Eis gelangen würden. Selbst trug ich nur eine kurze, schwarze Hose und ein weißes T-Shirt wie beim Sportunterricht in der Schule, dazu Turnschuhe aus Segeltuch, und als ich mich der Gruppe näherte, sagte eine Frau mittleren Alters, eingemummelt bis über die Ohren, ich solle mich nicht fürchten, sie habe immer Kondome dabei. Wir bewegten uns den ganzen Tag in leicht ansteigendem Gelände, was bei mir trotzdem nur die Gewissheit verstärkte, wir befänden uns in einem kontinuierlichen Abstieg. Auf einer Schutzhütte übernachteten wir, und als ich im Morgengrauen von einem Wimmern im Bett unter mir wach wurde, bat ich zuerst um Ruhe und wurde schließlich selbst laut. Eine Weile blieb es still, aber dann setzte es wieder ein, und als ich aufstand und nachschaute, fand ich dort statt eines Schlafsacks eine Frischhaltefolie, die sich eiskalt anfühlte. Ich machte Licht und tastete nach dem Reißverschluss, um sie zu öffnen, und darin lagen in einem wilden Durcheinander die noch lebenden Teile eines menschengroßen, filetierten Fisches, die glitschig vor sich hin zuckten. Etwas sagte mir, ich müsste sie nur richtig zusammensetzen und alles wäre wieder in Ordnung, aber ohne einen Finger zu rühren, schaute ich zu, wie sie einer nach dem anderen verendeten.

Vielleicht hätte mir spätestens das eine Warnung sein müssen, aber Christinas Aufregung kam für mich wie aus heiterem Himmel. Sie hatte Johns Tod so gelassen hingenommen, dass ich mir das zynisch schon damit erklären wollte, dass für jemanden, der in einem Archiv arbeitete, nur ein toter Dichter ein guter Dichter sein konnte, doch jetzt ergriff sie sowohl für ihn als auch für mich Partei. Sie sagte, das Portrait sei noch nicht online verfügbar, aber ich müsse mir so schnell wie möglich die *Presse* besorgen. Ich war gerade in Zürich und wusste nicht, ob ich dort

DRITTER TEIL

überhaupt am selben Tag ein Exemplar der aktuellen Ausgabe bekommen könnte, aber sie breitete sich dann ohnehin am Telefon so ausführlich darüber aus und las immer wieder einzelne Stellen vor, dass ich am Ende den ganzen Text kannte.

»Das hat er wunderbar hingekriegt«, sagte ich. »Wahrscheinlich kann ich froh sein, dass es nicht noch schlimmer gekommen ist.«

»Hast du das alles wirklich gesagt, Hugo?«

»Aber du weißt doch, wie die Leute arbeiten, Christina. Kein Wort. Jedenfalls nicht so, wie es dasteht.«

»Von Johns Notizbüchern hast du ihm aber erzählt?«

»Das muss ich mir wohl vorwerfen«, sagte ich. »Die Tatsache, dass es darunter ungeschriebene gibt, hat ihn fasziniert. Es sind Auflistungen von Stichwörtern, Seite um Seite mit nur einer Überschrift und sonst nichts. Ausreichend Platz, sich alles mögliche zusammenzureimen.«

»Wenn ich den Artikel richtig verstehe, legt er nahe, dass du diese Leerstellen füllen willst«, sagte sie. »Ist das nicht ein bisschen vermessen?«

»Vor allem stimmt es nicht«, sagte ich. »Womöglich habe ich leichtfertig gesagt, es wäre schön, seine Phantasie spielen zu lassen, aber selbst wenn ich wollte, könnte ich es nicht. Ich habe Atzwanger auf Johns erste Erzählung hingewiesen, in der es Beschreibungen von extremer Brutalität gibt. Habe ich die jemals erwähnt? Ihr Titel ist *Who I am*. Er muss sie gelesen haben und jetzt irrtümlich glauben, hinter jedem Stichwort verberge sich ein dunkles Geheimnis, dem ich zur Sprache verhelfen würde. Das ist grober Unfug.«

»Einige der Stichwörter haben es aber auch in sich. Nimm nur ›Der Gefangene in Hebron‹. Da liegt es nahe, dass man sich Gedanken macht.«

»Mag schon sein, aber das sind nur Spekulationen. Man darf nicht dem Mythos erliegen, dass in all dem Ungeschriebenen zwingend eine tiefere Wahrheit steckt. Mir reicht das, was ich aus den Gesprächen mit John weiß. Und ich kann dir gern sagen, was ich mit dem ›Gefangenen in Hebron‹ verbinde. Er hat einmal von einem Verdächtigen erzählt, den er mit einem Trupp gestellt hat und der sich beim Abtransport, im Jeep neben ihm sitzend und eine Kapuze über dem Kopf, eingenässt haben muss. Es scheint ein sechzehnjähriger Junge gewesen zu sein, der beim Verhör zusammengebrochen ist. Er sollte Namen nennen und hat dann buchstäblich jeden einzelnen Bewohner seines Viertels verraten, weil er Angst vor Schlägen gehabt hat.«

»Harmlos ist das nicht gerade.«

»Natürlich nicht«, sagte ich. »Was erwartest du?«

»Und ›Von Khan Younis nach Gaza City‹?«

»Da bin ich überfragt. Gaza City liegt ganz im Norden des Gazastreifens, Khan Younis im Süden, fast an der ägyptischen Grenze. Das kann vieles bedeuten.«

»›Der Hund, der seine eigenen Ohren auffraß‹?«

»Damit ist schon alles gesagt. Dabei geht es um einen Beduinen, der seinem Spürhund die Ohren abschneidet und sie ihm zum Fraß vorwirft. Wenn er nichts hört, wird sein Geruchssinn noch feiner.«

»›Der beste Soldat von allen‹?«

»Das ist eine traurige Geschichte. Der beste Soldat von allen war ein noch einmal eingezogener Veteran, der immer gesagt hat, der beste Soldat von allen sei derjenige, der am Leben bleibe. Er ist selbst von einer Kugel mitten in die Stirn getroffen worden und mit erstaunten Augen dagestanden, bevor das Blut aus dem winzigen Loch hervorgesickert und er ohne einen Laut umgefallen ist.«

DRITTER TEIL

»Eine sehr traurige Geschichte.«

»Du wolltest sie hören.«

»Und ›Die Kinder am Strand‹?«

»Weiß ich nicht«, sagte ich. »Aber ich gebe zu, wenn man an einen Strand im Gazastreifen denkt, klingt es unheilvoll.«

»Tote Kinder?«

»Ich sage doch, ich weiß es nicht.«

»Ermordet?«

»Ich weiß es nicht«, sagte ich noch einmal und versuchte mein eigenes Unbehagen zu vertreiben, ohne zu zeigen, wie sehr mir die Fragerei auf die Nerven ging. »Vielleicht ist es ganz harmlos. Am Strand spielende Kinder, die John gesehen hat. Vielleicht ist es einer der wenigen Lichtblicke in seinem Alltag in der Armee gewesen.«

Ich wusste wirklich nicht mehr, aber der Verhörton, den Christina jetzt anschlug, entsprach genau dem Ton in Atzwangers Portrait. Ich hatte es mir selbst zuzuschreiben, dass ich ihn bei unserer Verabschiedung in Venedig so nachlässig über mich hatte verfügen lassen. Er hatte mir eine E-Mail mit den Zitaten geschickt, die er zu verwenden beabsichtigte, und ich hatte sie nur überflogen, weil ich nichts mehr damit zu tun haben wollte, und ihm blanko die Zustimmung gegeben.

Der Text wurde einen Tag später online gestellt, und es war wieder Christina, die mich darauf hinwies. Als Reaktion gab es anfangs gerade einmal drei Postings. Während das erste deutlich machte, dass man das, was John selbst mit *Unwritten* tituliert habe, ruhig ungeschrieben lassen solle, widersprach das zweite, es müsse alles ans Tageslicht, insbesondere wenn es um die Kriege der Israelis gehe. Das dritte war eine Attacke gegen mich, schreiben oder ungeschrieben lassen, wie immer man dazu stehe, ich sei auf jeden Fall nicht der Richtige, ich sei

ANWESENDE ABWESENDE

der Falsche, ein leergeschriebener Schriftsteller, der sich an jedem Aas mäste, um sein stillstehendes Herz noch einmal zum Schlagen zu bringen, ein Schmarotzer, der sich einer fremden Geschichte bemächtige und weder Anstand noch Scham kenne, wenn er irgendwo die geringste Chance sehe, sich in den Mittelpunkt zu stellen.

Im Grunde war damit alles gesagt, aber in den folgenden Tagen entwickelte sich ein wütender Schwall mit am Ende über zweihundert Kommentaren. Ich hatte mich bis dahin immer davon ferngehalten, anonyme Postings im Netz nachzulesen, und war deshalb höchstens in der Theorie auf ihre Härte vorbereitet. Besonders schmerzte mich, auf welche Weise in einem Eintrag auch auf das Festival in Gmunden eingegangen wurde. Darin hieß es, dass damals schon jedem Anwesenden klar gewesen sein müsse, was für ein fragwürdiger Charakter ich sei und was für eine noch viel fragwürdigere Rolle ich auf dem Podium gespielt hätte mit meiner nur allzu durchschaubaren Taktik, aus Opfern Täter und aus Tätern Opfer zu machen. Die Rede war von meiner schmierigen und widerwärtigen Anbiederung an John und meinen erbärmlichen Versuchen, ihn zu meinem Alibi-, Teddy- und Haus-und-Hof-Juden zu entstellen. Die Worte hätten nicht deutlicher sein können, und auch das Fazit war klar, dass ich ihn damit nur in die Position eines Hanswursts gedrängt hätte, über den ich nach Belieben verfügen konnte.

Das war ein Tiefschlag ohnegleichen, und es wurde nicht besser dadurch, dass als Absender für mich nur wenige Leute in Frage kamen. Ich brauchte nicht lange und war sicher, dass einer der beiden österreichischen Autoren dahinterstecken musste, die auch bei dem Festival aufgetreten waren. Es war also entweder der Jesus-Liebhaber mit seinem Hang zu Knaben im

DRITTER TEIL

Ministrantenalter oder der Selbstbezichtigungseuphoriker mit
seinem Nazi-Vater gewesen, und weil ich dem einen so viel Ge-
hässigkeit nicht zutraute, verfiel ich schnell auf den anderen
und zweifelte nicht, in ihm den Urheber zu haben. Er prahlte
mit seiner Freundschaft zu Daniel Kehlmann, weil er zweimal
mit ihm hatte Kaffee trinken dürfen, und nannte sich in seinen
Postings dreist »Weltvermesser«, doch in Wirklichkeit hieß er
Günther Feyersinger. Eigentlich habe ich seinen richtigen Namen nicht erwähnen wollen, aber ich kann es riskieren, weil die
Hinweise so deutlich waren und weil der Wirrkopf zudem nicht
zum ersten Mal mit dunklen Netzaktivitäten auffiel. Erst vor
ein paar Monaten war bekannt geworden, dass er bei Amazon
sein Unwesen trieb und sich die Mühe machte, die Bücher von
Kollegen, sobald sie ein bisschen Erfolg hatten, mit einem mick-
rigen Sternchen und mit Kommentaren zu bewerten, die häufig
nicht nur unter die Gürtellinie zielten, sondern tiefen Einblick
in sein Denken gewährten. Dabei stellte sich heraus, dass ver-
nichtender als sein Tadel nur sein Lob sein konnte, weil er nie
richtig über die Kategorie »politisch in Ordnung« hinauskam
und damit alles mit dem Grauschleier einer niederschmettern-
den Trostlosigkeit überzog.

Atzwanger hatte in seinem Portrait von mir auch erwähnt,
dass ich mit John in Mauthausen gewesen sei, und das brachte den armen Feyersinger besonders auf. Er wetterte, das sei
ein Versuch, mich auf dem Rücken eines Juden zu nobilitieren,
und meine Phantasie, an der Seite eines Betroffenen in das Lager *einzumarschieren*, sage doch alles. Er wiederholte das Wort
und setzte ein Ausrufezeichen dahinter, als wäre es für sich
nicht kräftig genug. Dass ich es nicht aushielte, an die Opfer
zu denken, ohne mich sofort mit den amerikanischen Befreiern
zu identifizieren, beweise nur, wie wenig ich mich mit meiner

ANWESENDE ABWESENDE

eigenen Herkunft beschäftigt hätte und wes Geistes Kind ich sei. Ich solle doch zuerst einmal offenlegen, was mein Vater und was meine Großväter im Krieg getan hätten, und erklären, wie ich dazu stünde.

Nun hatte ich keinen Nazi-Vater, jedenfalls keinen wie den von Feyersinger, der ja ihm zufolge in den letzten Kriegstagen als Befehlshaber eines Kampftrupps die Besatzung eines notgelandeten amerikanischen Bombers meuchlings hatte ermorden lassen. Damit konnte ich nicht auftrumpfen, um mich dann vor diesem finstersten Schatten um so heller in mein eigenes Licht zu stellen. Mein Vater war am Ende des Krieges dreizehn Jahre alt gewesen, die Großväter waren beide vor meiner Geburt gestorben, und ich hatte viel zu wenig nach ihnen gefragt, viel zu wenig *danach* und viel zu wenig auch nach allem anderen, und konnte leider nur mit Anekdoten aufwarten, die mehr oder weniger aussagekräftig sein mochten. Der eine, mütterlicherseits, hatte einen Sohn Adolf getauft, 1937 geboren, und also hatte ich einen Onkel Adolf, der meine ganze Kindheit lang, als wäre nichts dabei, und dann, obwohl natürlich etwas dabei war, noch zeit seines Lebens mein Onkel Adolf war und blieb, ein sanfter und zurückhaltender Mensch, der mit seinem Namen eine Last zu tragen hatte. Vom anderen, väterlicherseits, wurde eine kleine Heldengeschichte erzählt, die ich nie weiter überprüft habe und die sich bei näherem Hinsehen als womöglich gar nicht so heldenhaft entpuppen würde, weil zu der Zeit über den Ausgang des Krieges kein Zweifel mehr bestehen konnte. Auf jeden Fall hieß es, er habe zwei amerikanischen Spionen, die im Frühjahr 1945 in dem Tiroler Dorf aufgetaucht seien, über die Berge und über die nahe gelegene italienische Grenze zu den vorrückenden Alliierten geholfen und sei, von Nachbarn verraten, als knapp Fünfzigjähriger noch eingezogen worden und

DRITTER TEIL

erst im Jahr darauf als gebrochener und kranker Mann aus der englischen Gefangenschaft zurückgekehrt.

Doch darum ging es ja nicht, und ich hätte mit diesen zwei schwachen Geschichten den rigiden Kriterien von Gut und Böse, die Feyersinger an sich und die Welt richtete, wohl kaum entsprochen. Es war in Wirklichkeit wieder einmal das Soziale, das ich zu sehr vernachlässigt hatte, und ich bereute es jetzt, ihm in Gmunden nicht mehr Aufmerksamkeit geschenkt zu haben. Nicht nur, dass ich John vor ihm abgeschirmt hatte, nicht nur, dass ich selbst ihm aus dem Weg gegangen war, wir hatten auch eine Begegnung gehabt, die unser Verhältnis für immer prägen sollte. Es war in einer Gesprächspause, und ich war auf mein Zimmer gegangen, um ein Buch zu holen, als er mir auf dem Hotelflur entgegentrat und mich bat, einen Augenblick zu ihm zu kommen. Er stand in seiner Tür, und ich war nicht geistesgegenwärtig genug, nein zu sagen, und fand mich im nächsten Moment auf seinem Bettrand sitzend, während er immer wieder beteuerte, wie glücklich er sei, auf dem Festival über seinen Vater sprechen zu dürfen.

Absurd wurde das Ganze aber erst dadurch, dass er nur mit Hemd und Strümpfen bekleidet war und seinen Anzug bügelte, wobei er sich eine geschlagene halbe Stunde lang entschuldigte, es dauere nur mehr eine Minute, und mich zurückhielt, wenn ich aufbrechen wollte. Dabei überprüfte er von Mal zu Mal das Ergebnis, indem er Jacke oder Hose gegen das Licht hielt, und schien nicht zufrieden damit. Er hatte das Bügelbrett ganz ans Fenster geschoben, stand mit seinen stark behaarten Beinen davor und machte selbst einen immer zerknitterteren Eindruck, je näher er der Perfektion kam. Abwechselnd wirkte er einmal, als würde er ein Kätzchen streicheln, so sanft waren seine Bewegungen, dann wieder, als würde er ein Pferd striegeln, so kräftig und bestimmt, und wie er mit seinem weißen Tuch dazwischenging, wie er den Stoff wendete, wie er die Bügelfalten presste und glättete, zeigte allerhöchstes Geschick und war gleichzeitig Ausdruck der reinsten Verzweiflung.

Ich hatte das fast schon vergessen, aber angesichts seiner Kommentare unter dem Portrait in der *Presse* hatte ich wieder dieses Bild vor Augen, ein bügelnder Sohn, der einerseits ein Vaterloser war, andererseits aber mit seinen über sechzig Jahren nichts hatte als seinen Nazi-Vater, den er jetzt mit Kinderstimme seinen Papa nannte, während er seinen schwarzen Anzug wie besessen *aufzuleben* versuchte, als wäre es für sein eigenes Begräbnis. In dem, was er schrieb, lauerten die gleiche Traurigkeit und die gleiche Wut wie in seinem unaufhörlichen Pressen und Glätten. Am Ende hatte er mich allen Ernstes gefragt, ob ich nicht auch etwas hätte, das ein bisschen aufgefrischt gehöre, und als ich nein sagte, war er regelrecht in sich zusammengefallen. Neben mir auf dem Bett lag sein Hut, und einen Augenblick dachte ich, er könnte zum Leben erwachen und mich anblaffen wie ein übergeschnappter Mops, weil ich seinem Herrchen wehgetan hatte.

Als ich wieder in Wien war und Christina traf, hatte sich der größte Sturm gelegt, aber vereinzelt gab es noch Kommentare gegen mich. Wir hatten uns im Café Museum verabredet, und während ich auf sie wartete, hing ich meinen Gedanken nach. Es war ein trister Wintertag, ein leichtes Schneetreiben, so dass ich gleich wieder überlegte, was ich überhaupt hier machte, warum ich in Wien eine Arbeitswohnung hatte, warum ich glaubte, drei oder vier Monate im Jahr in dieser Stadt *ableben* zu müssen, allein um über den Anschein eines festen Wohnsitzes, eine Steuernummer und eine Krankenversicherung zu verfügen, und warum ich nicht endlich anfing, wenigstens ein bisschen System in mein unstetes Leben zu bringen, statt mir nur irgendwo an einem Ende Europas für ein paar Wochen ein erschwingliches Apartment zu suchen und, wenn ich es dort nicht mehr aushielt, am anderen Ende das nächste. Ich hatte die letzten Nächte kaum geschlafen. Die Affäre, zu der sich das Portrait ausgewachsen hatte, setzte mir nach wie vor mehr zu, als ich wahrhaben wollte. Ich konnte immer noch keine zwei Stunden vom Computer fernbleiben, ohne dass ich nachschaute, ob es neue Postings gab, und tatsächlich klappte ich den Laptop gerade zum letzten Mal auf und sofort wieder zu, als Christina das Café betrat.

»Na, Hugo«, sagte sie. »Noch am Leben?«

Wir hatten uns seit unseren paar Tagen in Italien etliche Male gesehen, ohne dass daraus weiter etwas gefolgt wäre, und als sie jetzt feststellte, ich sähe schrecklich aus, definierte das genau unsere Möglichkeiten von Nähe und Distanz. Sie war mit mehreren Flügelmappen bepackt, die sie mit einem Stöhnen, es seien unsterbliche Manuskripte für das Archiv, auf dem Stuhl neben mir ablegte. Dann beugte sie sich über mich und gab mir einen Kuss, und die Kälte der Berührung fühlte sich wie Wärme an.

»Hast du heute den Artikel im *Standard* gelesen?«

»Nein«, sagte ich. »Über *mich*?«

»Es ist widerlich«, sagte sie. »Die behaupten, du habest immer schon mit dem Thema provozieren wollen, und jetzt hättest du deine Rechnung erhalten, indem dich endlich einmal einer beim Wort nimmt und sich nicht mehr mit deinen ungefähren Ausflüchten zufriedengibt. Sie greifen Atzwangers Wendung auf und schreiben sie dir zu. ›Ein Jude als Täter‹. Verdächtig bist du denen ohnehin schon lange. Natürlich schreien sie Zeter und Mordio. Du solltest eine Entgegnung verlangen.«

»Das sind doch Spiegelfechtereien.«

»Nur dass dein Ruf dabei zuschanden geht.«

»Mein Ruf? Ach was! Welcher Ruf?«

»Du solltest das ernst nehmen.«

»Spiegelfechtereien«, sagte ich. »Zu mehr sind die nicht imstande. Muss ich es lesen? Es ist doch immer dasselbe, eine aufrechte Gesinnung, aber keine Intelligenz dahinter. Am Ende immer noch besser, als wenn einer von denen seine Empfindsamkeitssauce über dir auskippt und du dich von ihrer Klebrigkeit wochenlang nicht mehr erholst.«

»Hast du Atzwanger angerufen? Er hat dich in die Scheiße hineingeritten. Vielleicht solltest du ihn bitten, die Dinge richtigzustellen.«

»Ich sollte ihm eine aufs Maul geben«, sagte ich. »Das wäre angemessener. Dann würde er sich zweimal überlegen, mich in diese Ecke zu stellen. Vielleicht sollte ich ihn zum Duell auffordern. Das würde dem alten Trottel mit seinen lächerlichen Kakanismen sogar gefallen. Er hat sicher zwei Pistolen in einem Futteral zu Hause, die wieder einmal eingefettet und auf ihre Funktionstüchtigkeit überprüft gehören.«

Ich war es müde, mich zu rechtfertigen, und überflog den Artikel nur. Wie ich geahnt hatte, stand nichts Neues darin. Also legte ich die Zeitung angewidert beiseite.

»Willst du, dass ich mich deswegen aufhänge?«

Sie hatte sich mir gegenüber gesetzt und sah mich besorgt an.

»Solange du noch solche Scherze machst, scheint ja alles in Ordnung«, sagte sie. »Verlang nur nicht von mir, dass ich dir sage, dass du nicht selber schuld bist.«

Es war jetzt mitten am Nachmittag und das Café fast vollbesetzt, junge Leute über ihre Computer gebeugt, nicht anders als in San Francisco. Sie hatte sich tief in ihren Sessel gefläzt und bestellte eine heiße Schokolade mit einem doppelten Schuss Rum, und ihre Wangen waren noch rot von der Kälte. Ich musste mich zurückhalten, sie nicht zu drängen, mit mir zu verschwinden, die alte Masche, mit der ich mir im besten Fall ein »Kindskopf« einhandelte, im schlechtesten einen gelangweilten Blick. Ich hatte ihr schon oft vorgeschwärmt, dass Wien als Ausgangspunkt für eine Flucht geradezu ideal liege, man komme von dort mit einer einzigen Tankfüllung fast bis Paris, man komme bis Rom und, wenn es nach Norden sein müsse, beinahe über Deutschland hinaus, aber das wollte sie jetzt sicher nicht hören. Das war meine Art, auf Schwierigkeiten zu reagieren, ich stellte mir vor, durch die Dunkelheit zu fahren und am nächsten Morgen an einem anderen Ort zu frühstücken und so allem zu entkommen, und wenn die Vorstellung nicht reichte, um mich zu beruhigen, setzte ich sie noch am selben Abend in die Tat um und fuhr, und nichts schöner, als nach einer Nacht auf der Autobahn vor Müdigkeit schwebend durch Trastevere oder Saint-Germain zu gehen und das österreichische Elend, all die österreichischen Verdächtigungen und Zuweisungen hinter mir zu lassen.

Ich sah Christina an, dass sie ahnte, was in mir vorging, und als sie lächelte, griff ich über den Tisch hinweg nach ihrer Hand. Um mich abzulenken, bat ich sie, von ihrer Arbeit im Archiv zu erzählen, aber sie stöhnte wieder nur, deutete auf die Flügelmappen neben mir und schlug sich beide Hände vor die Augen, während sie sagte, die Nationalbibliothek plane jetzt auch noch ein Literaturmuseum und alle drängten mit ihren schnell angefertigten Handschriften hinein, als wäre es das Paradies und nicht ein Massengrab für Leute, die sich gegenseitig mit der größten Inbrunst hassten. Für die Eröffnung habe man die Autoren gebeten, Gegenstände zu schicken, die in ihrem Alltag

ANWESENDE ABWESENDE

oder für ihr Schreiben eine Bedeutung hätten, und da seien Dinge gekommen, mit denen man eine prächtige Rumpelkammer füllen könnte, neben den fast schon obligatorischen abgefressenen Bleistiftstummeln und ausgedienten Schreibmaschinen, bei denen einzelne Buchstaben fehlten, etwa auch Nachthemden, Seidenschals oder Sitz- und Hämorrhoidenkissen, aber auch exquisitere Stücke wie eine Gasmaske, eine ganze Sammlung von fein säuberlich datierten Selbstmordstricken und eine aufblasbare Gummipuppe. Das brachte mich zum Lachen, und bevor wir aufbrachen, saßen wir eine Weile nur da, schauten uns an und lachten und lachten.

Draußen trieben immer noch Schneeflocken in der Luft, ohne dass es richtig zu schneien begann, und als wir ins Freie traten, wehte uns ein eiskalter Wind ins Gesicht. Ich hatte vorgeschlagen, spazieren zu gehen, und dachte frierend, Richtung Osten würde eine Tankfüllung einen wahrscheinlich tief in die Ukraine bringen, vielleicht sogar bis an die russische Grenze, was mich selbst das winterstarre Wien mit anderen Augen anschauen ließ. Arm in Arm liefen wir die Kärntner Straße hinunter und vor zum Donaukanal und dann die Lände entlang bis zum Franz-Josefs-Bahnhof. Dort in der Nähe wohnte sie, in der Liechtensteinstraße, und als wir vor ihrem Haus ankamen, hatten wir die ganze Aufregung noch einmal durchgesprochen und waren über Israel bei der Bibel angelangt. Sie hatte ein paar Semester Judaistik studiert und genoss es, damit aufzutrumpfen, wie sehr sie darin bewandert war. An den genauen Ablauf des Gesprächs kann ich mich nicht erinnern, aber es gab einen Teil, den ich in den folgenden Monaten nicht aus dem Kopf bekam.

»Es ist ja schön und gut, vom Gott Abrahams, Isaaks und Jakobs und vom Land der Väter zu sprechen, aber vielleicht kommen die Frauen dabei ein bisschen zu kurz«, sagte sie nämlich, nachdem es schon eine Weile hin und her gegangen war. »Von Sara erfährt man ja noch, aber bei Hagar fällt den meisten bereits nicht mehr viel ein.«

»Sie war die Dienstmagd im Haus Abrahams?«

»Die Dienstmagd und die Mutter von Ismael.«

»Der Vater war Abraham?«

»Ja«, sagte sie. »Er hat mit seiner Frau Sara lange kein Kind bekommen, und als es dann doch in buchstäblich biblischem Alter passiert ist und Gott ihnen Isaak geschenkt hat, haben sie die Dienstmagd mit ihrem Sohn gnadenlos in die Wüste getrieben. Es ist für mich eine der anrührendsten Stellen des Alten Testaments. Die rechtlose Mutter, die mit ihrem unehelichen Kind Haus und Hof verlassen muss und alles verliert.«

Wir standen auf der Straße, und sie sprach plötzlich darüber, als würde es um eine reale Begebenheit gehen. Es war dunkel geworden und noch kälter, und sie hatte beide Hände in den Manteltaschen und ihren Kopf im Fell ihrer Kapuze vergraben. Die wenigen Passanten wirkten in ihrer Winterkleidung wie aus einer nie zu Ende gehenden Nachkriegszeit, und wenn einer direkt an uns vorbeiging, schaute sie ihm hinterher, ohne sich ablenken zu lassen.

»Man schickt niemanden ungestraft in die Wüste«, sagte sie. »Wenn er nicht verdurstet, kommt er irgendwann zurück. Du weißt, welchen Ruf die Männer aus der Wüste in der Bibel haben. Sie sind Barbaren.«

»Sie sind Kämpfer.«

»Wie sollte es auch anders sein?«

»Sie kennen keine Gesetze.«

»Ja«, sagte sie. »Sie sind niemandem verpflichtet.«

Ich hätte mir nie vorstellen können, mit ihr über Gestalten aus dem Alten Testament zu reden, als hätte das für unse-

ANWESENDE ABWESENDE

re Lebenswelt auch nur die geringste Bedeutung. Es hatte nie eine Sara und nie eine Hagar gegeben, nie einen Ismael und nie einen Isaak, und doch gab es sie, und doch waren sie von anhaltender Wirkung. Zumindest erweckte Christina in der Art, wie sie darüber sprach, den Eindruck.

»Was soll der mit dieser Vorgeschichte heranwachsende Ismael anderes tun, als auf Rache zu sinnen und nur auf den Tag zu warten, an dem er erwachsen wird und die offene Rechnung begleichen kann?« sagte sie, bevor wir auseinandergingen. »Du weißt, wer seine Nachkommen sind?«

Sobald ich nach Hause kam, suchte ich meine Bibel hervor und las die Stellen nach. Dort stand alles geschrieben, und von Ismael hieß es schon vor seiner Geburt, er werde ein Mensch wie ein Wildesel sein, seine Hand gegen alle und die Hand aller gegen ihn, was nicht gerade auf ein gutes Auskommen hindeutete. Als seine Mutter fortgeschickt wurde, irrte er mit ihr in der Gegend von Beer Sheva umher, und Gott war mit ihm. Er wurde groß und wohnte in der Wüste, und er wurde ein guter Bogenschütze, und als die Zeit dafür gekommen war, nahm er eine Frau aus dem Land Ägypten. Seine Nachkommen sollten sich so mehren, dass man sie nicht zählen konnte, und seine Söhne, deren Namen ich vorher noch nie gehört hatte, waren Nebajot, der Erstgeborene, dann Kedar und Adbeel und Mibsam und Mischma und Duma und Massa, Hadad und Tema, Jetur, Nafisch und Kedma.

II

Etwas mehr als einen Monat nach diesen Ereignissen bekam ich von Naima die Erzählung ihres Bruders geschickt, die ein neues Licht auf alles werfen sollte. Mit dem gemeinsamen Buch hatte ich inzwischen abgeschlossen, und tatsächlich hatte ich von Marwan auch nichts mehr gehört, seit ich ihm die Mitteilung von Johns Tod gemacht hatte und wir uns dann noch über die grässliche Attacke auf den Soldaten in London im Mai davor und die möglichen Parallelen austauschten. Alles, was ich seither über ihn in Erfahrung hatte bringen können, war von seiner Schwester gekommen. Deshalb war meine Überraschung nicht groß, als ich ihre E-Mail öffnete mit nur kurzen Grüßen von ihm, aber einem Hinweis auf eine angehängte Datei mit dem Titel *Der Gesichtslose*, die mich vielleicht interessieren würde. Ich hatte an dem Tag Cecilia besuchen wollen, die ich seit meiner Rückkehr aus San Francisco noch nicht gesehen hatte und die mich drängte, endlich bei ihr vorbeizuschauen, aber als ich anfing zu lesen, wusste ich, dass es Wichtigeres gab, und schob den Besuch noch einmal auf.

Ich weiß nicht, womit ich beginnen soll, mit der perfid grandiosen Machart der Erzählung oder mit der Infamie, mit der Marwan die Ermordung Johns ausschlachtete, wobei es nicht störte, dass es wahrscheinlich eine Übersetzung aus dem Arabischen war und das Englisch alles andere als perfekt. Am Anfang stand ein kruder Rechtfertigungstext, bei dem er sich der kolportierten Stichwörter aus Johns Notizbüchern bediente und allein schon in deren geschmäcklerisch schönem Titel *Unwritten* ein Versagen und ein moralisches Problem sah. Für ihn war er nichts als ein Aufruf an die Feingeister im Westen, sich ganz ihrer komfortablen Blindheit zu überlassen oder sonst eben in bewährter Manier die Augen zu schließen. Ich brauchte nur ein paar Zeilen zu lesen, und mir war klar, dass er im Internet auf mein Portrait in der *Presse* gestoßen sein musste und sich dort die Anregung geholt hatte. Er nannte die Empörung über einen Begriff wie »ein Jude als Täter« eine einzige Heuchelei, die von der tagtäglichen Realität in Palästina entlarvt werde, und schrieb, zu Überschriften wie »Der Gefangene in Hebron«, »Die Kinder am Strand« oder »Die drei Infiltranten« kenne er Hunderte von Geschichten, die zum Himmel schrien und nicht unerzählt bleiben könnten.

Offenbar war er zu seinem ursprünglichen Plan zurückgekehrt, etwas über einen Gesichtsverletzten zu schreiben, der als lebender Toter in der Westbank herumzieht. Es begann mit einem klaren Tag irgendwo im Gazastreifen, keine Wolke, nur das Summen und Schnurren und Säuseln von Drohnen am Himmel, und plötzlich ein Blitz, ein schwarzer Feuerball, der alles auslöscht, ein junger Mann, der gerade aus dem Haus tritt und im einen Augenblick in die Luft gerissen, im nächsten zu Boden geschleudert wird wie von der Faust Gottes. Als er wieder zu Bewusstsein kommt, ist seine Stimme da, eine Stimme, die den Leser fortan begleitet, eine trotzige und aufmüpfige Stimme, die vor einem Stakkato von Bildern mit wild durcheinandergehenden Orten und Zeiten ein und denselben Satz wiederholt, »Ich bin nicht gestorben«, eine Beschwörung, die von Mal zu Mal nur die Gewissheit verstärkt, dass sie wahrscheinlich nicht stimmt und der Erzähler in Wirklichkeit ein Toter sein muss.

DRITTER TEIL

Dagegengeschnitten ist die Geschichte von Johns Ermordung, und soweit ich es beurteilen konnte, war sein letzter Lebenstag mit einer solchen Akkuratesse geschildert, dass ich, noch während ich las, den Text an Elaine weiterleitete und sie bat, mir zu sagen, was sie davon hielt. Ihre Antwort kam rasch, obwohl es bei ihr gleich Mitternacht war, und sie klang schockiert. Sie hatte selbst versucht, Johns letzten Tag zu rekonstruieren, aber wenn sie genaue Auskunft über einzelne Stunden hatte und sogar noch bis eine Stunde vor seinem Tod sagen konnte, was er getan hatte, fehlten ihr zwischendurch immer wieder Puzzleteile und fehlte ihr insbesondere für die letzte Stunde jedes Wissen. Als sie gleich danach auch noch anrief, ließ sie ihrer Erregung freien Lauf.

»Ein Scherz ist das nicht«, sagte sie. »Wenn du mich fragst, spielt er mit Täterwissen, und alle sollen merken, dass er das tut.«

»Ich weiß«, sagte ich. »Die Absicht ist unverkennbar. Er will, dass man sich fragt, woher er die Dinge hat. Aber das meiste kann er recherchiert haben.«

Seit ein paar Wochen gab es eine Seite im Internet, auf der Freunde von John dazu aufriefen, zur Klärung des Falles beizutragen, und alle relevanten Informationen sammelten, und ich war sicher, dass er vieles von dort hatte.

»Seine Art, die Fakten zu arrangieren, ist brillant«, sagte ich. »Der Rest dürfte geschickt ergänzt sein, so dass man den Übergang ins Fiktive kaum merkt.«

Ich hörte, wie Elaine ein bitteres Lachen unterdrückte, als sie erwiderte, sie könne nicht viel Fiktives erkennen, und setzte noch einmal nach.

»Das ist Marwans Methode, aber was man bei ihm für die ganze Wahrheit hält, könnte sich allzuleicht als reine Erfindung herausstellen.«

Das letzte, was man von John wusste, war, dass er bei Freunden zum Abendessen eingeladen gewesen war, alles Maler, die er von Zeit zu Zeit traf. Auch ihre Aussagen waren von der Polizei aufgenommen worden, aber daraus ergab sich nicht viel, eine kleine Gesellschaft mit Gesprächen über Politik, Kunst und private Verhältnisse, wie er sie im Grunde nicht sonderlich liebte. Die Anwesenden hätten sich gewundert, dass er Diane nicht mitgebracht habe, aber sonst habe sich der Abend nicht wesentlich von anderen Abenden unterschieden, die sie zusammen verbracht hätten. John habe die Unterhaltung immer wieder an sich gerissen, obwohl das eigentlich nicht seine Art war, und wenn man nicht gewusst hätte, dass er schon lange nicht mehr trank, hätte man denken können, dass es am Alkohol lag.

In Marwans Darstellung folgten ihm drei Gestalten, als er die Gesellschaft verließ. Sie hatten ihm vor dem Haus aufgelauert und schlichen hinter ihm her, bis er den Eingang zur Clarion Alley erreichte. Dort blieb er eine Weile stehen und schaute die Mission Street hinauf und hinunter, als überlegte er, die Gasse lieber doch zu meiden. Als er schließlich hineinging, kamen ihm zwei der Männer entgegen. Sie hatten sein Zögern ausgenutzt und den Durchgang von der anderen Seite betreten. Jetzt lenkten sie ihn ab und fragten ihn nach der Uhrzeit, während der dritte sich in seinem Rücken bereitmachte.

Der Stich traf John in den Nacken und zerfetzte seine Halsschlagader, und obwohl ich Elaines Ekel vor der detaillierten Beschreibung teilte, konnte Marwan sich das alles natürlich mit ein bisschen Phantasie ausgemalt haben. Es war eine plausible Möglichkeit, dass die Tat so vor sich gegangen war, und man brauchte nicht das geringste Wissen, um darauf zu kommen. Ein oder zwei Krimis im Fernsehen genügten, und man hatte die Anleitung. Das Problem war nur, dass die Art der Verletzung exakt mit dem Obduktionsbericht übereinstimmte, und das wollte Elaine nicht einfach hinnehmen.

Ich wusste von Jeremy, was darin stand. Er hatte gesagt, John habe nicht die geringste Überlebenschance gehabt, der Tod müsse binnen Sekunden eingetreten sein, und die kalte Zielgerichtetheit des Messerstichs deute auf einen Profi hin. Beim Gedanken daran fröstelte es mich, aber ich hörte nicht auf, Elaine zu beschwichtigen, als sie nicht lockerließ und wieder und wieder wissen wollte, wie das alles zusammengehen solle.

»Vielleicht ist doch irgendwo etwas in der Zeitung gestanden«, sagte ich. »Es braucht nur einer von den Ermittlern ein bisschen geplaudert zu haben.«

»Ach, Hugo«, sagte sie. »Du weißt genau, dass das nicht passiert ist. Lass diese Ausweichmanöver. Sie machen nichts besser.«

»Trotzdem beweist das nichts.«

»Dein Bekannter beschreibt den Stich in den Hals genauso, wie er in der Realität war. Das soll nichts beweisen? Die Eintrittsstelle rechts über der Schulter, die Austrittsstelle links über dem Schlüsselbein.«

»Ich will nicht zynisch sein, aber wahrscheinlich beweist das nur, dass es Rechtshänder gibt«, sagte ich. »Auch um auf einen Stich in den Hals zu kommen, braucht es nicht viel. So geschehen diese Dinge nun einmal. Von hinten, und natürlich bietet sich die ungeschützteste Stelle an.«

Selbstverständlich wollte ich nicht so reden, aber ich versuchte alles, um die Möglichkeit, Marwan könnte wirklich mehr gewusst haben, nicht auch von mir Besitz ergreifen zu lassen. Es reichte, dass er eine ekelhafte Geschichte geschrieben hatte, die Anlass zu Spekulationen gab, aber weiter mochte ich nicht gehen. Sich ein Verschwörungsszenario auszumalen war all-

ANWESENDE ABWESENDE

zuleicht, und auch wenn Marwan nie selbst in Amerika gewesen war, ließ sich für ihn sicher schnell eine Verbindung nach San Francisco herstellen.

»Wir dürfen uns in nichts hineinsteigern«, sagte ich. »Es ist ein scheußlicher Text, mehr nicht, und dabei sollten wir es belassen.«

Dass das nicht sehr überzeugend klang, wusste ich. Ich hatte die palästinensische Studentenvereinigung an der San Francisco State University wieder im Kopf, bevor Elaine sie jetzt erwähnte. Von ihr war ich zum ersten Mal auf sie hingewiesen worden, als ich ihr von meinem Besuch bei *Steimatzky & Steimatzky* erzählte. Dort saßen möglicherweise die Verantwortlichen für die Drohanrufe, die bei der Galerie eingegangen waren, und für die Schmierereien an ihrem Fenster, als Johns Bilder unter dem Label »Zionistische Kunst« ausgestellt werden sollten. Es ging gar nicht anders, als dass das auch Elaine jetzt wieder in den Sinn kam. Dabei bemühte sie sich offensichtlich, ihre Aufregung in den Griff zu bekommen.

»Mit diesem Hintergrund macht es die Sache nicht einfacher, dass der Text von einem Palästinenser stammt«, sagte sie. »Vielleicht könnte Diane etwas dazu sagen. Ihr Freund hat an der San Francisco State University studiert. Hast du das aberwitzige Interview gesehen, das sie mit ihm geführt hat?«

»Nein«, sagte ich. »Welcher Freund?«

»Der, den du in der Sutter Street kennengelernt hast.«

»Sie hat ihn interviewt?«

»Ja«, sagte sie. »Ein absurdes Frage-Antwort-Spiel, das auf der Seite von Johns Freunden zu lesen war. Man hat dem Typen dort eine Nähe zu der palästinensischen Studentenvereinigung vorgeworfen. Der Spuk ist nach ein paar Tagen wieder gelöscht worden, aber er war zu seiner Verteidigung gedacht. Diane hat ihn befragt, was er am Tag von Johns Tod gemacht hat, und ihm die Möglichkeit gegeben, ein Alibi zu präsentieren, dass man sich nur wundern konnte, wozu er es in dieser Detailschärfe überhaupt gebraucht hat.«

»Aber war er zu der Zeit nicht sowieso im Knast?«

»Im Knast?« sagte sie. »Wie kommst du darauf?«

»Das habe ich von Diane.«

»Sie hat gesagt, dass er zu der Zeit im Knast war?«

»Ja«, sagte ich. »Damit kommt er nicht in Frage.«

»Das macht das Ganze nur noch abenteuerlicher«, sagte sie. »Nimmt man das Interview, war er bei einem Geburtstagsfest auf der anderen Seite der Bucht, als der Mord geschehen ist. Mindestens fünfundzwanzig Leute können bezeugen, dass er es nicht einen Augenblick verlassen hat. Wenn ihn vor dem Interview niemand unter Verdacht gestellt hat, ist einem danach zumindest die Frage gekommen, was das soll.«

»Ich glaube, ich verstehe nicht«, sagte ich. »Was willst du damit sagen? Ich habe ihn ein einziges Mal gesehen, und er ist bei dieser Begegnung nicht ansprechbar gewesen. Er ist doch selbst nicht Palästinenser?«

»Nein, nein«, sagte sie. »Ein Landei aus dem Süden. Ich glaube, er kommt aus Louisiana. Ein verwirrter Junge, der in San Francisco nie richtig Fuß gefasst hat und labil, wie er ist, jeder Verführung nachgibt. Er hat in der palästinensischen Studentenvereinigung Freunde gehabt.«

»Das reicht, um ihn verdächtig zu machen?«

»Nein«, sagte sie. »Natürlich nicht. Diane würde es wahrscheinlich ohnehin in Abrede stellen. Die Verbindung ist aber doch bemerkenswert.«

Meine Frage, ob Diane ihn überhaupt schon gekannt hatte, als sie mit John zusammen war, ging unter, weil Elaine im nächsten Augenblick auf die Widmung zu sprechen kam, die Marwans *Gesichtslosem* vorangestellt war. Natürlich war sie auch mir beim Lesen sofort aufgefallen, aber mir sagte der Name Sirhan Sirhan nichts, und sie klärte mich jetzt auf. So hieß der Mörder von Bobby Kennedy. Er war Palästinenser, offenbar in Jerusalem geboren und mit seinen Eltern nach Amerika ausgewandert, als er zwölf war.

»Ich weiß das von John«, sagte sie, und ihre Stimme klang brüchig und müde. »Er hat in der Highschool ein Referat darüber gehalten. Der Mord ist am Jahrestag des Beginns des Sechs-Tage-Krieges geschehen. Bobby Kennedy sollte sterben, weil er sich für Israel ausgesprochen hat.«

»Was für eine kranke Scheiße«, sagte ich. »Wie kann man nur auf eine solche Idee verfallen, wenn man nicht ganz und gar abgestumpft und verroht ist?«

»Soviel ich weiß, sitzt der Kerl immer noch im Gefängnis.«

»Das meine ich nicht«, sagte ich. »Ich meine Marwan. Wie kann er seine Geschichte dem Mörder von Bobby Kennedy widmen? Das ist noch viel abstoßender, als ich gedacht habe.«

Als ich aufgelegt hatte, las ich die Erzählung noch einmal. Beim ersten Mal hatte ich die Beschreibung des Gesichtslosen überlesen, aber jetzt konnte ich mir nichts mehr vormachen. Der in der Westbank herumirrende lebende Tote trug ähnliche Gesichtszüge wie mein *Self-Portrait as a Hated Jew*. Es war von Verwachsungen und Vermummungen die Rede, die Parallele ließ sich unmöglich übersehen. Vielleicht hatten John und Marwan bei dem Festival in Gmunden über ihre Pläne gesprochen, und das erklärte die Übereinstimmung, wobei mir eine solche gegenseitige Beeinflussung beim zweiten Gedanken schon unwahrscheinlich schien und es eher einen anderen Grund geben musste, oder es war wirklich nur Zufall. Der Titel von Johns

DRITTER TEIL

Zwillingsbildern, dem Zyklus mit den Paaren, die sich gegenseitig die Gesichter herunterrissen, *Looking for the Terrorist*, bekam so jedenfalls eine schillernde Bedeutung, und dass Marwan seinen lebenden Toten für palästinensische Flüchtlinge auf der ganzen Welt sprechen ließ, hatte etwas doppelt Schauerliches. Er verlieh seine Stimme einem Studenten in London, einem Professor in New York oder einem Parkplatzwächter in Rom genauso wie einem Hafenarbeiter in Kuwait, einem Blumenverkäufer in Berlin oder einem Gemüsehändler in Tunis. Er gab sie einem Schuhputzer in Kairo, einem Kranfahrer in Stockholm, einem Geschäftsmann in Dubai, und unter den vielen über alle Kontinente Verstreuten waren auch drei junge Männer in San Francisco, die durch die nächtlichen Straßen schlichen.

Marwan nannte sie »Present Absentees«, also anwesende Abwesende, was der gespenstischen Unheimlichkeit ihres Auftretens eine noch gespenstischere Entsprechung in der Sprache gab. Besser hätte man die ständige Drohung und die ständige Mahnung, für die sie standen, nicht bezeichnen können. Dass es in Israel auch eine offiziell gebrauchte Wendung mit einer ganz anderen Bedeutung war, erfuhr ich erst später von Christina. Dort wurden die geflohenen oder vertriebenen Palästinenser so genannt, die nach der Staatsgründung und dem Unabhängigkeitskrieg zwar im Land geblieben waren, aber nicht mehr in ihre Heimatorte zurückkehren durften. Es war klar, dass Marwan das wusste, aber auch ohne dieses Wissen gelang es mir, »Present Absentees« nur mit einem Schaudern auszusprechen, weil ich mir sofort ein ganzes Heer von Rechtlosen darunter vorstellte, die nur auf ihre Stunde warteten.

Ich hatte alle paar Tagen wieder auf die von Johns Freunden erstellte Seite im Internet geschaut, wo unter anderem chronologisch aufgelistet war, was er an seinem letzten Lebenstag alles gemacht hatte. Als ich es jetzt wieder tat, wunderte ich mich nicht, dass ich auch auf die Beschreibung der konkreten Messerattacke in der Clarion Alley stieß, die zuvor noch nicht zu finden gewesen war, ja, fast hatte ich es erwartet. Denn wenn Marwan sein Spiel wirklich mit der Raffinesse betrieb, die ich ihm gerne zugestand, musste er die Schilderungen seiner Erzählung auch dorthin verpflanzen, wo sie den größten Anspruch auf Authentizität erhoben. Das würde dann wieder auf die Glaubwürdigkeit seines Geschriebenen zurückwirken. Es schien ihm möglich zu sein, auf der Seite ohne Kontrolle der Betreiber zu veröffentlichen, und ich fragte mich, woher diese Obsession kam, während ich noch einmal die anderen Eintragungen überflog.

Die einzelnen Stationen berührten mich wieder. Allein die Erkenntnis, dass der letzte Tag von Johns Leben bis zu seinem Ende ein Tag wie jeder andere war, erschien mir ebenso herzzerreißend wie banal. Er war wie immer am frühen Morgen zum Schreiben in sein Café nach North Beach geeilt, danach zu seinen Anonymen Alkoholikern, in das Fitnessstudio und in die Bibliothek, dann nach Hause, um erst am Abend wieder auszugehen. Die Bekundungen aller, denen er begegnet war, glichen sich darin, dass er nicht anders gewesen sei als sonst, und brachten trotz aller Details nicht viel mehr zutage, als dass er seinen Kaffee ohne Milch und mit viel Zucker genommen habe, dass er in der Bibliothek lange in einem der Lederfauteuils im Eingangsbereich gesessen sei und dass er bei den Anonymen Alkoholikern den Eindruck erweckt habe, er würde schlafen. Dazu kamen jetzt aber auch Aussagen von Passanten, die ihn getroffen hatten oder jedenfalls getroffen haben wollten. Ein Aktivist einer Menschenrechtsgruppe war sich sicher, dass John am Union Square eine Petition gegen die Heiligsprechung von Junípero Serra unterschrieben hatte, dem Gründungsvater von

DRITTER TEIL

San Francisco, der die spanische Expedition zur Missionierung Kaliforniens geleitet hatte und dessen zweihundertster Geburtstag anstand. Eine kanadische Touristin bezeugte, dass sie John in Chinatown nach dem Weg gefragt habe und von ihm in ein Gespräch verwickelt worden sei, im Laufe dessen er von Neufundland geschwärmt habe, wo er unbedingt einmal hinwolle. Eine junge Frau gab zu Protokoll, er habe ihr im Supermarkt in der Van Ness Avenue den Vortritt gelassen und dann die Einkaufstüten zum Auto getragen und sei mit seinem »Ma'am« und seinem »Lady« von einer altmodischen Höflichkeit gewesen. Es gab auch Fotos von der Clarion Alley, angeblich unmittelbar vor und unmittelbar nach der Tat, die sich allerdings als Fälschungen erwiesen. Auf dem einen sah man einen laufenden Mann, der sich über die Schulter wie nach seinen Verfolgern umblickte, auf dem anderen einen in dem schlecht beleuchteten Durchgang leblos hingestreckten Körper. Beide Bilder hatten eine Zeit aufgedruckt, und zwischen ihnen lagen exakt zweiundzwanzig Sekunden. Das war eine Geschmacklosigkeit und gehörte genauso zu den Skurrilitäten wie die späteren Sichtungen Johns. Dabei schienen das Candlestick-Park-Stadion und der Schalter einer mexikanischen Billigfluglinie in der Abflughalle des Flughafens von Oakland noch die harmlosesten Orte, an denen er nach seinem Tod gesehen worden sein sollte. Ein ehemaliger Freund wollte ihn nämlich in Paris getroffen haben, wo er sich seinen Lebenstraum erfülle und im vorgerückten Alter als Schriftsteller endlich nur vom Schreiben lebe, ein anderer in der Wildnis von Alaska auf dem Weg zum Yukon, und das war bestenfalls drei Monate her.

Den neuen Beitrag mit Johns Bildern entdeckte ich erst ganz am Ende. Jeremy hatte Abbildungen davon zugänglich gemacht, unter anderem auch eine von meinem *Self-Portrait as a Hated*

ANWESENDE ABWESENDE

Jew, und das erklärte vielleicht auch, woher Marwan die Züge
für seinen Gesichtslosen hatte. Ich schaute darauf, als würde ich
an ein Versäumnis erinnert. Im Internet war das Bild prinzi-
piell für die ganze Welt zu sehen, und ich hatte es so viele Wochen nach meiner Rückkehr aus Kalifornien noch nicht einmal
geschafft, einen Platz für das Original zu finden. Es lag immer
noch zusammengerollt und verpackt im Kofferraum meines Autos, wo ich es bei meiner Ankunft verstaut hatte. Ich gestand
es mir nur halb ein, aber ich suchte nach wie vor eine gute Gelegenheit, es loszuwerden, wie mir das schon in San Francisco
durch den Kopf gegangen war. Hatte ich dort noch gehofft, man
würde es mich nicht mit ins Flugzeug nehmen lassen, weil ich es
nicht aufgegeben hatte, dachte ich seither manchmal, ich sollte
es vielleicht bei Ebay anbieten oder sonst irgendwo verkaufen,
und vergaß es dann einfach wieder.

Ich konnte kaum warten, bis es in Kalifornien wieder Morgen war, um Elaine anzurufen. Es musste bei ihr erst halb sieben sein, aber sie war schon seit mehr als einer Stunde wach
und gefasster als am Abend davor. Sie sagte, sie würde sich den
Tag freinehmen und als erstes zur Polizei gehen und die Beamten dort auf Marwans Erzählung hinweisen, verspreche sich
davon aber nicht viel. Dann wollte sie versuchen, Diane zu erreichen, und sie zur Rede stellen, auch wenn das wahrscheinlich noch hoffnungsloser war. Elaine war sachlich, aber als sie
meinte, das sei das wenigste, was sie für John tun könne, brach
doch ihre Sentimentalität hervor, und ich sah sie vor mir, wie ich
sie kennengelernt hatte, ein Mädchen aus Nebraska, das es gewohnt war, die Dinge in die Hand zu nehmen. Wir verabredeten, später noch einmal zu telefonieren, und als sie sich wieder
meldete, war es diesmal bei mir fast Mitternacht. Die Beamten
in der Polizeistation in der Valencia Street, wo sie eigens hin-

DRITTER TEIL

gegangen war, hatten sie nur müde angesehen, und Diane war nicht auffindbar gewesen. Sie hatte vergeblich bei ihr angerufen und war dann in die Sutter Street gegangen, nur um festzustellen, dass die junge Frau nicht mehr dort wohnte. Der Mann, der ihr die Tür öffnete, konnte weder mit dem Namen noch mit ihrer Beschreibung etwas anfangen, und auch die Nachbarn waren keine Hilfe. Er hatte Elaine einen Blick in die Wohnung werfen lassen, und sie hatte sich überzeugen können, dass nicht nur Johns Möbel verschwunden waren, sondern sein ganzes Hab und Gut.

»Jeremy muss die Bilder abgeholt haben«, sagte sie. »Der neue Mieter behauptet, er habe ihn nie getroffen, aber er hat davon gehört. Er sagt, dass vor ihm ein berühmter jüdischer Künstler in dem Apartment gewohnt hat, und ist stolz darauf. Sonst scheint er nicht viel Ahnung von den Ereignissen zu haben.«

»Und von Diane keine Spur?«

»Nein«, sagte sie. »Ich kenne auch niemanden, an den ich mich noch wenden könnte. Ich kann nicht sagen, ob sie Freunde in der Stadt hat. Ich weiß nicht einmal, woher sie stammt.«

»Du könntest zur Armory gehen und dich nach ihr erkundigen.«

»Soll das ein Witz sein? Glaubst du, ich würde etwas anderes zu hören bekommen, als dass dort nie jemand mit ihrem Namen gearbeitet hat? Meinst du nicht, dass sie bei der Art Filme, die sie macht, so schlau ist, sich ein Pseudonym zuzulegen?«

Als Elaine sagte, sie würde jede Wette eingehen, dass nicht einmal Diane ihr richtiger Name sei, brach wieder ihre alte Abneigung durch. Ich dachte an meinen letzten Besuch in der Sutter Street. Ich konnte ihr unmöglich sagen, welches Einverständnis ich da mit der von ihr so geschmähten jungen Frau gehabt hatte. Nur zu erwähnen, dass sie zu mir ins Bett gekommen war und an meiner Seite die Nacht verbracht hatte, hätte unserem Gespräch eine andere Wendung gegeben, selbst wenn ich die Unschuld und Harmlosigkeit des Ganzen betonte. Ich erinnerte mich wieder daran, mit welcher Warmherzigkeit Diane bei dieser Gelegenheit über John gesprochen hatte, und wollte mir nicht vorstellen, sie könnte etwas mit Machenschaften zu tun haben, die zu seinem Tod geführt hatten. Daher sagte ich jetzt auch, sie habe ohnehin aus dem Apartment ausziehen müssen, weshalb ihr Verschwinden nicht viel bedeute, aber Elaine wollte das nicht gelten lassen und meinte, es sei niemandem zu verübeln, wenn er eine Flucht darin sehe.

»Jeremy glaubt, dass sie sich das *Self-Portrait as a Hated Jew* unter den Nagel gerissen hat«, sagte sie. »Zumindest reime ich mir das aus dem zusammen, was der neue Mieter so alles erzählt. Er spricht von einem Kriminalfall, in den eine junge Frau verwickelt ist. Sie soll sich nach dem Mord an dem berühmten jüdischen Künstler mit seinem wertvollsten Bild davongemacht haben.«

»Aber du weißt doch genau, dass das nichts mit Diane zu tun hat«, sagte ich. »Du weißt doch, dass ich den Schinken mit nach Hause genommen habe und dass sie mir vor meiner Abreise sogar noch geholfen hat, ihn zu verpacken.«

»*Ich* weiß es«, sagte sie. »Jeremy aber offenbar nicht.«

Als ich bei ihm in New York zu Besuch gewesen war, hatten wir nicht darüber gesprochen, dass das Selbstportrait in meinem Besitz war, aber das würde sich leicht aufklären lassen.

»Von mir aus kann er es jederzeit haben«, sagte ich. »Ich war ohnehin nie besonders scharf darauf. Glaubst du, dass ich mir das Bild ins Wohnzimmer hänge? Ich habe es noch nicht einmal ausgepackt.«

DRITTER TEIL

»Dennoch musst du eine Beziehung zu ihm haben«, sagte sie. »Immerhin hast du tausend Dollar dafür bezahlt. Du hast dir die Mühe gemacht, es von Amerika nach Europa zu schleppen. Eine Geldanlage wirst du wohl kaum darin sehen.«

»Was willst du damit sagen?«

»Es ist ein Bild von John«, sagte sie. »Was hast du eigentlich für ein Problem damit? Könnte es nicht sein, dass es dir doch mehr bedeutet, als du zugibst? Warum fällt es dir so schwer, dazu zu stehen?«

Ich wusste nicht, worauf sie hinauswollte, aber dass unser Gespräch diesen Verlauf nahm, machte mich immer gereizter, und dass ich das *Self-Portrait as a Hated Jew* am folgenden Tag aus einer Laune Cecilia anbot, hatte für mich auch mit der Abwehr gegen Elaines Unterstellungen zu tun. Wir sprachen noch einmal über den *Gesichtslosen* und dass wahrscheinlich nur Marwan selbst befriedigende Auskunft über die Hintergründe der Erzählung geben könne, aber ich war unkonzentriert, weil mich das Bild plötzlich wieder so sehr beschäftigte. Es verschwamm jetzt ganz mit meinen Phantasien von dem lebenden Toten, der in der Westbank herumirrte, und sein Zyklopenauge starrte mich aus unerwarteten Perspektiven an. Marwan hatte alles getan, um diese Verwirrung zu erzeugen, und ich konnte mir nur schwer vorstellen, dass er Interesse haben würde, zu ihrer Auflösung beizutragen, wenn er sich damit schon so viel Mühe gemacht hatte. Ich hätte einiges darum gegeben, mich aus diesem Schlamassel zu befreien, aber je mehr Elaine und ich redeten, um so mehr hatte ich das Gefühl, mich weiter und weiter zu verstricken. Es war ein Uhr am Morgen, als sie sagte, sie sei spät dran für die Arbeit und müsse jetzt los, und ich konnte nicht behaupten, dass mir in der Stunde, die wir uns unterhalten hatten, auch nur irgend etwas klargeworden war.

ANWESENDE ABWESENDE

Den Besuch bei Cecilia hatte ich erst in ein paar Tagen nachholen wollen, aber als ich nach einer schlaflosen Nacht meine Unruhe nicht in den Griff bekam, kündigte ich mich für gleich nach Mittag bei ihr an, und sie hatte zum Glück nichts anderes vor und hieß mich willkommen. Mit dem Auto hätte ich nach Gmunden sicher keine zweieinhalb Stunden gebraucht, aber irgendwo vor Amstetten war die Autobahn wegen eines Unfalls gesperrt. Also rief ich noch einmal an, dass ich mich verspäten würde, und blieb dann auf den Landstraßen. In den vergangenen Tagen hatte es heftige Schneefälle gegeben, und während ich durch dieses weiße Winterwunder glitt, aus dem alle Farben gewichen waren, dachte ich an Johns Jahre in Alaska und seine Fahrten von Fairbanks zum Polarmeer dreimal in der Woche mit einem riesigen Truck. Ich konnte ihn im Führerhaus des Lastwagens vor mir sehen, und die Vorstellung, mit ihm Hunderte von Meilen in die Wildnis vorzustoßen, vermochte mich zu besänftigen wie sonst nichts.

Als ich ankam, fielen ein paar Flocken, aber eher als dass es wirklich schneite, blieb es ein unschlüssiges Graupeln. Ich hielt vor der Einfahrt zum Haus und schaute auf die Fassade, die dunkel war, undurchsichtiges Glas und nirgendwo ein Licht, ein Neubau mit großen Panoramafenstern, der nichts Einladendes ausstrahlte. Es war schon nach halb fünf am Nachmittag, und das viele Weiß in der Umgebung hatte etwas Dunkles angenommen. Das Tor stand offen, und ich ging zu Fuß den gekiesten Weg hinauf, gestutzte Ziersträucher, gestutzte Bäumchen, ein zugedeckter Brunnen und direkt vor dem Eingang das nackte Gestänge einer Hollywood-Schaukel, deren Sitzpolster fehlten. Als ich klingelte, wurde fast im selben Augenblick geöffnet, und eine Bedienstete mit schwarzem Arbeitskleid und weißem Schürzchen, die mir auf eine Weise die Tür aufhielt, als wollte sie mir den Weg gleichzeitig freimachen und versperren, verbeugte sich leicht und bat mich herein.

Cecilia war allein und empfing mich mit der Überraschung, dass es einen weiteren verheerenden Artikel über mich im *Standard* gab, den ich an dem Tag noch nicht gelesen hatte. Es war erst eine Woche her, dass mir im Café Prückl eine junge Frau nach einem Wortgefecht ein Glas Wein ins Gesicht geschüttet hatte. Sie hatte mich erkannt und von mir verlangt, ich solle mich von dem Begriff »ein Jude als Täter« distanzieren, und es hatte nicht lange gedauert, bis mit reden allein nichts mehr auszurichten war. Ich hatte sie aufgefordert, meinen Tisch zu verlassen, und deutlich gesagt, sonst müsse ich sehr unhöflich werden, und daraus machte der *Standard* jetzt die Geschichte einer Bedrohung, die Cecilia genüsslich vor mir ausbreitete.

»Du scheinst es zurzeit ziemlich wild zu treiben«, sagte sie, indem sie lachend mit der Zeitung vor meinem Gesicht hin und her wedelte. »Was genau hast du zu der Frau denn gesagt? Was dasteht, ist ja so harmlos, dass es fast putzig klingt. Hast du sie wirklich eine selbstgerechte Kuh genannt?«

»Spielt das eine Rolle?«

»Hast du gesagt, du würdest ihr eine runterhauen?«

»Nein«, sagte ich. »Wie blöd müsste ich dafür sein?«

»Jedenfalls eine interessante Art, Selbstmord zu begehen, die du dir da ausgedacht hast. ›Umstrittener Autor bedroht junge Frau.‹ Wenn du so etwas schon tun willst, solltest du es richtig machen.«

»Was meinst du damit?« sagte ich. »Ich lasse mich nächstes Mal gern von dir beraten. Hätte ich theatralischer sein sollen? Auf Youtube werden sie es so noch nicht gestellt haben.«

»Entweder du wählst originellere Schimpfwörter, oder du siehst sie nur mit einem eisigen Blick an«, sagte sie. »Ehrlich gesagt verpufft das ›selbstgerechte Kuh‹ ein bisschen. Da fallen mir aus dem Stegreif tausend andere Dinge ein. Wie soll ich sagen? Es ist zu realistisch. Du musst dem Ganzen mehr Pfiff geben.«

Ich hatte sie seit dem Festival nicht gesehen, und auch wenn wir wegen des gemeinsamen Buches von John und Marwan noch das eine oder andere Mal miteinander gesprochen hatten, gab sie sich vertrauter, als wir uns waren. Aber es war auch ihr längst klar, dass aus dem Projekt nichts werden würde, und wenn wir schon sonst nichts zu tun hatten, konnten wir es wenigstens bei einem Glas Wein endgültig zu Grabe tragen. Ich hatte vorgehabt, ihr einen Ausdruck von Marwans *Gesichtslosem* mitzubringen, dann aber gedacht, ich würde damit vielleicht nur falsche Hoffnungen anstacheln, und erzählte stattdessen davon. Sie wurde beim Zuhören immer ruhiger und sagte schließlich, so sei das mit dem gemeinsamen Buch aber nicht gemeint gewesen, während sie sich schaudernd die Oberarme rieb.

»Das hört sich ja wie ein Bekennerschreiben an.«

Mit dem Abstand von mehr als vierundzwanzig Stunden, den ich inzwischen zu dem Text hatte, schwankte ich immer noch hin und her, was davon zu halten sei, neigte aber mehr und mehr dazu, dass es ein Fehler wäre, zuviel hineinzuinterpretieren. Gerade dass er in den nachprüfbaren Fakten so exakt war, sprach am Ende gegen eine allzu direkte Verknüpfung mit der Realität. Es war ganz offensichtlich, dass Marwan noch das kleinste Detail richtig machen wollte, und wenn das auf den ersten Blick auf ein Wissen aus einer direkten Quelle hinzudeuten schien, war es aus größerer Distanz betrachtet eher ein Beweis dafür, dass er gar nichts wusste und sich deswegen alles so penibel zusammensuchte, wo immer er es finden konnte, und

dann nicht ein Jota davon abzuweichen wagte. Vielleicht war es
Wunschdenken, aber ich wollte ihm nicht so leicht auf den Leim
gehen und rückte sein Machwerk immer weiter in den Bereich
der Fiktion.

»Ein Bekennerschreiben«, sagte ich. »So würde ich es auch
nennen. Bleibt nur die Frage, welche Bewandtnis es damit hat.
Bei einer solchen Tat darf man sich nicht wundern, wenn sich
ein halbes Dutzend Verrückte dranhängen. Ich würde wetten,
dass bei der Polizei in San Francisco noch ganz andere Dinge
eingegangen sind.«

»Meinst du also, es ist falsch?«

»Die Täter jedenfalls sind andere. Ich bin sicher, dass Marwan nie in Amerika gewesen ist. Wahrscheinlich würde er mit
seinem Hintergrund nicht einmal ein Visum bekommen.«

»Aber warum macht er dann so etwas?«

»Was weiß ich«, sagte ich. »Vielleicht ist es ein Spiel.«

»Das nennst du ein Spiel?«

»Würde dir schriftstellerischer Ehrgeiz besser gefallen?«
fragte ich. »Schon dass wir so über seinen Text sprechen, beweist doch, dass er auf perverse Weise gelungen ist. Womöglich
ist allein das Marwans Absicht. Er dreht uns eine lange Nase
und freut sich.«

Wir waren in den Salon gegangen, wo im offenen Kamin ein
Feuer brannte. Die Bedienstete hatte zwei Sessel an die riesige
Fensterfront gerückt, die nach hinten hinaus ging, und Cecilia
saß mir mit übereinandergeschlagenen Beinen gegenüber und
schien mir nur aus Höflichkeit nicht zu widersprechen. Sie trug
Jeans und einen groben Strickpullover und hatte ihr Haar hochgesteckt und mit zwei Stäben fixiert. Neben ihr stand eine Liege
mit großen Gummirädern und an deren Kopfende ein Sauer-
stoffgerät. Ich wusste, dass ihr Mann einen Schlaganfall gehabt

hatte und rund um die Uhr betreut werden musste, und als ich
jetzt auf die Vorrichtung schaute, sagte sie übergangslos, er sei
gerade im Krankenhaus, aber sonst habe er Freude daran, bei
Einbruch der Dämmerung dazuliegen und zuzuschauen, wie
draußen die Lichter angingen. Ich folgte ihrem Blick hinaus, wo
die verbliebene Helligkeit im letzten Kippen zwischen Tag und
Nacht war und man gerade noch die sanft ansteigende Wiese
hinter dem Haus und in einiger Entfernung die nächsten Nach-
bargebäude sah, in denen schon da und dort Lampen an waren
und jeden Augenblick neue aufblinken würden, wenn die Leute
nach Hause kämen. Dabei stellte ich mir ihren Mann an seinem
Platz vor, eine reglos in der Dunkelheit vor sich hin dämmernde
Gestalt, vor der sich ein Panorama in allen Schattierungen von
Weiß auftat, und es konnte kein Bild größerer Einsamkeit geben. Draußen fielen jetzt schwere Flocken mit einer außerirdi-
schen Leichtigkeit, und wenn das ein Kriterium gewesen wäre,
hätte man einen weißen Faden nicht mehr von einem schwarzen unterscheiden können. Eine Weile schauten wir schweigend
der Bediensteten zu, die sich an dem offenen Feuer zu schaffen machte, in den halbverkohlten Kloben herumstocherte und
neue nachlegte. Dann kam ich auf das *Self-Portrait as a Hated
Jew* zu sprechen, und es dauerte nur ein paar Augenblicke, in denen ich es ihr zu beschreiben versuchte, und schon hatte ich es
ihr zum Geschenk gemacht.

Ich wusste nicht, was in mich gefahren war. Undeutlich registrierte ich, dass es mit der Verlassenheit zu tun haben musste, die mich beim Gedanken an Herrn Stramann angesprungen
war. Außerdem wirkte das Haus so riesig, mit seiner Vielzahl
von Zimmern auf zwei Stockwerken, dass ich unwillkürlich gedacht haben musste, irgendwo würde sich schon eines finden,
wo das Bild niemanden störte. Das Paar hatte keine Kinder, und

DRITTER TEIL

ich stellte mir vor, dass es in dem Gebäude Räume gab, die monate- und vielleicht jahrelang kein Mensch betrat, womöglich eine ganze Flucht, in der die Fensterläden geschlossen blieben und die Möbel unter weißen Leintüchern versteckt waren.

»Es würde gut hierher passen«, sagte ich. »Was meinst du? Du könntest es als Leihgabe auf unbestimmte Zeit haben. Wenn ich es dann nicht zurückfordere, geht es allmählich ganz selbstverständlich in deinen Besitz über.«

Cecilia protestierte nur milde, aber ich hätte ahnen müssen, dass es ein Problem geben würde, als ich durch den frisch gefallenen Schnee zum Auto ging, um die Leinwand zu holen und sie dann vor ihr auf dem Boden auszurollen. Während ich mich hinkniete und die Verpackung entfernte, fiel mir jedenfalls wieder ein, welcher Abscheu mich selbst überkommen war, als ich sie zum ersten Mal gesehen hatte. Vielleicht lag es am Licht, der nur schlechten Beleuchtung von den schwachen Glühbirnen an der Decke und dem flackernden Schein vom Feuer, dass ich auch jetzt wieder erschrak. Wenn in diesem Bild tatsächlich Johns Existenzangst zum Ausdruck kam, wenn er es als Selbstportrait empfunden hatte und man es nicht als Stilisierungsversuch abtun konnte, dann musste es zumindest manchmal das nackte Grauen gewesen sein, in seiner Haut zu stecken, und ich hatte bis dahin keine richtige Vorstellung davon gehabt. Ich erinnerte mich wieder, wie ich ihn gefragt hatte, wer ihn denn hasse, um ihn gleich zu beschwichtigen, das sei doch Unsinn, niemand hasse ihn, er bilde sich das ein, und ahnte einmal mehr, dass ich es mir zu einfach gemacht hatte mit meinem Wunsch, ihn groß und stark und unverwundbar zu sehen. Das winzige Auge schaute starr und böse aus den Verwachsungen und Vermummungen, und ich hielt seinem Blick nicht lange stand. Ich hatte die winzigen Arme und Beine, die aus dem Kopf ragten, fast schon vergessen, aber jetzt wirkten sie, als würden sie aus der Leinwand direkt in den Raum greifen. Das Gesicht schien in Bewegung zu sein, verstärkt durch die Risse, die durch das Zusammenrollen entstanden waren, ein Gewimmel und Gewurl von ineinander verschlungenen Würmern, und das weißlich grüne Grau der Farben nahm da und dort Gelb-, Orange- und sogar Rottöne an.

Währenddessen war Cecilia die ganze Zeit hinter mir gestanden, ohne etwas zu sagen, und sie sagte auch jetzt nichts. Ich hörte ihre Schritte auf dem Parkett, die gleich darauf von dem Teppich verschluckt wurden, der vor dem offenen Kamin lag. Sie ging um die Leinwand herum, blieb einmal da stehen, einmal dort, beugte sich darüber und schaute unentwegt nickend darauf. Ich hatte mich erhoben und beobachtete sie, aber je eindringlicher ich sie ansah, um so mehr schien sie sich nur auf das Bild zu konzentrieren. Schließlich setzte sie sich sogar in die Hocke und strich mit der Hand über das verunstaltete Gesicht.

»Mein Gott«, sagte sie. »Das ist ja grauenvoll. Wie kannst du mir das antun? Wieviel Selbsthass braucht es, um so etwas zu malen? Ich will es auf keinen Fall im Haus haben. Am liebsten hätte ich es gar nicht gesehen.«

Ohne zu antworten, kniete ich mich erneut hin und begann, das Bild wieder zusammenzurollen, während sie nicht aufhörte zu lamentieren, ihre Hände jetzt vors Gesicht geschlagen. Sie war wieder aufgestanden, und zwischen ihren Fingern hindurch sah ich, wie bleich sie wirkte. Als sie sagte, ich solle sie nicht falsch verstehen, schwang in ihrer Stimme ein nervöses Zittern mit.

»Was willst du damit machen? Du kannst es ja nicht gut wegwerfen. Gibt es nicht eine Institution, die es dir abnehmen würde?«

Ich sagte, ich könne ein Bild wohl kaum in die Psychiatrie

DRITTER TEIL

einweisen lassen, falls sie das meine, aber sie fand das nicht witzig und sah mich mit einem gequälten Ausdruck an.

»Wie wäre es mit dem jüdischen Museum in Wien?«

»Keine Sorge«, sagte ich. »Ich finde schon einen Ort.«

»Irgendwo in Vorarlberg muss es doch auch eine Einrichtung geben«, sagte sie. »Wenn ich mich nicht täusche, ist es in Hohenems.«

»Was für eine Einrichtung?«

»Du weißt schon.«

»Meinst du ein jüdisches Museum?«

»Ja«, sagte sie. »Da gehört es doch hin.«

Sie meinte es nicht böse. Es war nur sehr ungeschickt, wie sie sich herauszureden versuchte und dabei in ein immer tieferes Durcheinander geriet, aber ihre vollkommene Ablehnung nahm mich sofort wieder für das Selbstportrait ein. Ich schämte mich, es ihr überhaupt angeboten zu haben. Es war wie ein Verrat an John, geradeso, als würde ich ihn noch einmal den Fragen aussetzen, die sie ihm damals beim Festival gestellt hatte. Dort hatte sie von ihm wissen wollen, warum seine Mutter ihn geschlagen habe, nachdem sie sich gerade noch weinend über den Koffer mit ihren Toten gebeugt hatte, und ich schaute jetzt auf das verwachsene und vermummte Gesicht, als würde ich es zum ersten Mal richtig wahrnehmen. Der Blick des Zyklopenauges war viel sanfter, als ich bis dahin gesehen hatte. Es war der Blick eines erschreckten Kindes, dem ich in einem Anfall von Sentimentalität am liebsten versprochen hätte, ich würde es nie mehr im Leben allein lassen.

Eigentlich hatte ich Cecilia auch die *Cecilia Poems* geben wollen, doch das war jetzt nicht mehr möglich. Ich hatte eine Kopie dabei, aber ich wagte nicht einmal, sie zu erwähnen, geschweige denn, sie ihr in die Hand zu drücken, weil ich mir vorstellen konnte, wie sie reagieren würde. Das *Self-Portrait as a Hated Jew* und die erotischen Gedichte würden sich gegenseitig in ein schreckliches Licht setzen, und wenn sie sonst vielleicht locker damit umgegangen wäre, hätte sie in diesem Zusammenhang sicher kein Verständnis für die meist schlüpfrigen Verse in ihrem Namen, die von diesem Monster kamen, das alles andere als ein Offizier und ein Gentleman war. Dann könnten auch die schnell hingeworfenen Aktskizzen, die es zu vielen Zeilen gab, die Zweideutigkeit seiner Worte nur eindeutig brutalisieren, und was herauskäme, wäre eine einzige Katastrophe.

Ich lehnte ihre Einladung zum Abendessen ab. Ihr fiel erst jetzt auf, dass sie mir noch nichts angeboten hatte. Sie wollte nach der Bediensteten rufen, aber es war Zeit zu gehen. In Wirklichkeit konnte sie mich ohnehin nicht schnell genug aus dem Haus haben. Am Ende drückte sie mir jedenfalls die Packpapierrolle mit dem Selbstportrait ungeduldig in die Hand. Ich hatte sie nur provisorisch verklebt, und sie quetschte die herauslappenden Ränder ohne Rücksicht zusammen. Wie um sich zu vergewissern, dass ich auch wirklich verschwand, begleitete sie mich dann zum Auto hinaus. Wir gingen durch den immer noch fallenden Schnee, und als wir das Tor erreichten, fragte ich sie nach den Briefen, die sie John angeblich geschrieben hatte.

Es spielte keine Rolle, und es überraschte mich auch nicht, dass sie deren Existenz glattweg bestritt, aber wie sie das tat, war verräterisch. Sie wollte jetzt durch nichts mehr mit ihm in Verbindung gebracht werden und distanzierte sich mit aufgebrachter Verve. Sie sagte, sie wäre gar nicht auf die Idee gekommen, ihm zu schreiben, und ich konnte ihr glauben oder nicht. Vielleicht hatte John das ja auch nur erfunden, um vor mir mit sechzig Jahren noch als großer Herzensbrecher auftreten zu können, wenn er augenzwinkernd behauptete, mit ihr

DRITTER TEIL

in Kontakt zu stehen. Ich hätte dann wieder meine alte Rolle als Beobachter, Zeuge und Bewunderer innegehabt, gegen die ich mich nicht auflehnen mochte. Die Briefe, die ich von ihm bekommen hatte, hätten jedenfalls nicht empfindsamer sein können, und beim Gedanken daran hätte ich ihn am liebsten vor ihr in Schutz genommen. Ich hatte mich von ihrem altmodischen Duktus immer getragen gefühlt, und wenn er mit »Dein Freund« oder »Dein Bruder« oder »Dein Freund und Bruder John« geendet hatte, war das unabhängig von allem, was sie ihm vielleicht vorwarf, auch eine Wahrheit.

Obwohl es jetzt so dicht schneite, dass man kaum fünf Meter weit sah, beeilte sie sich nicht, zum Haus zurückzugehen. Vielleicht kam sie mir deswegen so verlassen vor, und ich hatte das Gefühl, noch etwas sagen zu müssen, das mir aber nicht einfallen wollte. Sie wartete, bis ich den Motor startete, winkte mit sparsamen Bewegungen und schaute zu, wie ich mich aus dem Schnee am Straßenrand hinausmanövrierte. Auf dem glatten Untergrund drehten die Reifen durch, und es fehlte nicht viel, dass ich nicht mehr losgekommen wäre. Es war noch kein Pflug gefahren, und ich schaffte es gerade auf die Autobahn. Das Abblendlicht vermochte kaum die Dunkelheit zu durchdringen, und im Aufblendlicht sah ich nur die auf die Windschutzscheibe zutreibenden Flocken, also nahm ich die erste Abfahrt und fuhr wieder zurück.

Das Hotel, in dem wir damals bei dem Festival untergebracht gewesen waren, hatte noch ein Zimmer frei, und ich ließ mich in den Kleidern auf das Bett fallen und blieb liegen, bis alle Schwere aus mir gewichen war. Mitternacht war schon vorbei, als ich noch einen Spaziergang durch die menschenleere Stadt unternahm. Es schneite jetzt nicht mehr, aber ich fror, und das Knirschen meiner Schritte im Schnee war weithin zu hören. Ich ging

ANWESENDE ABWESENDE

die Uferstraße entlang, bis ich die letzten Lichter hinter mir gelassen hatte und nur mehr die weiße Dunkelheit des Sees vor mir lag. Dann kehrte ich wieder zurück, und als ich später im Traum in die Wüste hinauslief, war eine Gestalt hinter mir her. Wenn *ich* stehenblieb, blieb *sie* auch stehen, und sie setzte sich wieder in Bewegung, wenn ich mich in Bewegung setzte. Zuerst dachte ich, der Abstand zwischen uns würde sich nicht verringern, aber dann wurde mir klar, dass sie kaum merklich näher kam und mich in genau dem Augenblick erreichen würde, in dem ich selbst am Horizont angelangt wäre.

III

Unmittelbar vor Ostern flog ich nach Israel. Weil ich so abgestoßen von der Perfidie des *Gesichtslosen* war, hatte ich Naima nicht gleich zurückgeschrieben und, als ich es schließlich doch tat, fast schon wie erwartet die üblichen Höflichkeiten und Nettigkeiten als Replik von ihr bekommen. Als ich sie drängte, ihren Bruder zu bewegen, mir zwei oder drei Fragen zu beantworten oder wenigstens die *eine* Frage, wie es mit dem Verhältnis von Fakten und Fiktion in seiner Erzählung stehe, erwiderte sie, sie könne nichts ausrichten, er stelle sich stur, sooft sie ihn darauf anspreche, aber wenn ich die Möglichkeit hätte, in den nächsten Wochen einmal nach Palästina zu kommen, würde sie ein Treffen arrangieren. Ich war schon aus schlechteren Gründen um die halbe Welt geflogen, so dass sich die dreieinhalb oder vier Stunden nach Tel Aviv leicht verantworten ließen, selbst wenn nichts daraus würde. Dazu kam, dass ich auch mit Roy Isacowitz Kontakt aufgenommen hatte, weil ich im Internet auf einen Hinweis auf Johns frühe Texte in einem Magazin namens *Jerusalem Literary Review* gestoßen war. Darüber hatten wir einen kleinen E-Mail-Wechsel geführt, in dessen Verlauf sich der Entschluss zu der Reise endgültig in mir festsetzte. Roy schrieb mir, er besitze alle Ausgaben der Zeitschrift, die in den achtziger Jahren nur fünf Jahre lang erschienen war, und Johns Beiträge seien zwar ambitionierte literarische Versuche, aber in ihrer lyrischen Verdichtung so kryptisch, dass ich für meine Absichten, welche auch immer das seien, sicher nichts Brauchbares

ANWESENDE ABWESENDE

fände. Ich erkundigte mich, ob es darunter auch etwas über den
Krieg gebe, und er antwortete, vielleicht ja, vielleicht nein, aber
das könne kein Mensch sagen, weil kein Mensch sagen könne,
worum es in diesen wirren Assoziationsketten überhaupt gehe,
und am besten würde ich es dabei belassen, dass es sich um Ju-
gendsünden handelte.

Elaine war noch einmal in der Polizeistation in der Valencia Street gewesen und hatte es dort diesmal mit einem ober-
schlauen Beamten zu tun gehabt, der stolz auf seine literarische
Bildung war und sie wie ein Schulmädchen behandelte. Sie hatte
ihm den *Gesichtslosen* vorgelegt und ihm die Zusammenhänge
erklärt, und er war nicht mehr aus dem Lachen herausgekommen, als sie gesagt hatte, mit diesen Beweisen müsse der Mordfall in der Clarion Alley noch einmal neu aufgerollt werden. Er
hatte ihre Worte wiederholt, als wären sie nur ein Witz, und sie
war außer sich, als sie mich am Tag vor meiner Abreise anrief
und davon erzählte.

»Weißt du, was der arrogante Kerl mir erwidert hat? ›Wir
sind nicht im *Malteser Falken*, Lady. Das hier ist ein anderer
Film, der sich Wirklichkeit nennt. Sie sind bei der Polizei von
San Francisco, aber in echt. Wir sind nur für beantwortbare Fra-
gen zuständig und nicht für unbeantwortbare. Ich bin nicht Sam
Spade, oder sehe ich so aus?‹«

»So heißt der Detektiv in dem Roman?«

»Ja«, sagte sie.»Nur habe ich im ersten Augenblick nicht gewusst, wovon er redet, und er hat sich einen Spaß daraus gemacht und mich gefragt, ob ich ihm sagen könne, ob Sam Spade
einmal in Shanghai war.«

»Wie bitte? War der Gute auf Drogen? Warum fragt er das?«

»Das habe ich auch gedacht. Der Witz ist, dass man im Roman nichts davon erfährt, und es war nicht schwer für ihn, mich

damit vorzuführen. ›Sie wollen aber von mir, dass ich genau das herausfinde, Lady. Soll ich alle Bücher von Dashiell Hammett lesen, nur um am Ende zu erkennen, dass es nirgendwo steht? Sam Spade war nicht in Shanghai, aber Sam Spade war auch *nicht* nicht in Shanghai. Ziemlich ungemütlich, was? Wenn Sie über solche Fragen nachdenken, landen Sie schneller im Irrenhaus, als Ihnen lieb ist, Lady.‹ Dabei hat er sich alle Mühe gegeben, wie ein Detektiv in einem Roman zu sprechen. Selbst für einen Polizisten ein unglaublicher Vollidiot.«

»Ein elender Schlaumeier«, sagte ich. »Vielleicht hat er einmal ein Semester Logik gehört. Da kann es schon vorkommen, dass sich die Leute danach ein Leben lang für Philosophen halten und jede Gelegenheit nutzen, jemandem mit ihren Klugscheißereien auf die Nerven zu gehen. Du hättest ihm wenigstens sagen sollen, dass gar keine Gefahr besteht, ihn mit Sam Spade zu verwechseln, weil es solche blöden Hammel wie ihn in Büchern ganz einfach nicht gibt.«

»Das Problem ist, dass wir damit keinen Schritt weiter sind. Er hat sich geweigert, auch nur einen Blick auf den *Gesichtslosen* zu werfen. Ich habe ihm gesagt, es seien nicht mehr als knapp dreißig Seiten, und wie er sich aus der Affäre gezogen hat, grenzt ans Geniale.«

Ich dachte noch am nächsten Tag über seinen unverschämten Satz nach, je kürzer eine Geschichte sei, um so mehr unbeantwortbare Fragen enthalte sie und um so weniger wolle er sich die Finger daran verbrennen. Es war Palmsamstag, und zum Glück konnte ich irgendwann über dieses Beamtenhirn nur mehr lachen. Mein Flug ging spätabends von Wien, und ich kam am Palmsonntag in aller Frühe, irgendwann zwischen eins und zwei, in Tel Aviv an. Ich hatte für die paar Stunden bis zum Morgen kein Hotel genommen, weil günstig keines mehr zu

ANWESENDE ABWESENDE

bekommen war, und wollte am Wasser entlang Richtung Jaffa und wieder zurück spazieren und mir so die Zeit vertreiben und dann vielleicht noch eine Weile in meinem Mietauto schlafen, bevor ich Roy traf. Wir hatten uns für neun Uhr am Rabin-Platz im gleichen Café verabredet, in dem wir damals auch mit John gesessen waren. Ich parkte in einer Seitengasse und lief gleich zum Strand vor. Es war unerwartet kalt, und obwohl es buchstäblich die toten Stunden der Nacht waren und kein Mensch zu sehen, kamen über dem Meer immer noch Flugzeuge herein. Es war jedesmal wieder gespenstisch, wie ihre Positionslichter am Himmel aufblinkten, bevor die Umrisse zu erkennen waren. Sie schienen schräg in der Luft zu hängen, und wenn ihr Lärm über die jetzt vor dem Pessachfest wahrscheinlich bis zum letzten Bett ausgebuchten Hoteltürme strich und mich erreichte, verstärkte das mein Gefühl, allein zu sein. Am Ende ging ich nur ein paar hundert Meter auf der Esplanade Richtung Süden, bevor ich wieder umkehrte. Außer einem eng umschlungenen Paar, das nicht auf mich und kaum auf seinen Weg achtete, begegnete mir niemand, und es lag wahrscheinlich nur an meiner Müdigkeit, dass ich schließlich in Laufschritt verfiel und mich immer wieder über die Schulter hinweg umwandte, als wäre jemand hinter mir her.

Die Sonne war schon aufgegangen, als ich in meinem Auto erwachte. Eine alte Frau war auf dem Gehsteig daneben stehengeblieben und klopfte mit der Spitze ihres Stockes gegen das Seitenfenster. Sie murmelte etwas auf hebräisch, als ich die Scheibe herunterließ, und als sie merkte, dass sie mich nicht verstand, ging sie ein paar Schritte und fiel direkt vor mir auf das Pflaster. Das geschah ohne Vorwarnung, gerade war sie noch gestanden, und jetzt lag sie da. Ich hatte alles erwartet, eine Rüge, weil ich etwas Verbotenes tat, eine Frage, eine Bitte um

DRITTER TEIL

Geld, aber nicht das, und als ich aus dem Wagen sprang und in zwei Sätzen bei ihr war, sprach sie englisch mit mir. Ich erkundigte mich, ob ich einen Krankenwagen rufen solle, aber sie schüttelte den Kopf und bat mich, nur ein paar Augenblicke bei ihr zu bleiben und sie dann auf die Beine zu stellen, sie habe seit Tagen diesen Schwindel und die blöde Fallerei sei ihr schon hundertmal passiert, jedoch nichts, das man ernst nehmen müsse. Sie war eine Dame in ihren Achtzigern mit einem fein zerknitterten Gesicht und schmalen Handgelenken. Das Haar war ihr verrutscht, und sie hatte viel zu viel Rouge aufgelegt. Sie trug einen mädchenhaften Rock und eine weiße Bluse und rang sich ein Lächeln ab, als ich ihr aufhalf und fragte, ob ich sie irgendwo hinbringen könne.

»Nein«, sagte sie. »Ich wohne in der Nähe.«

»Haben Sie dort jemanden?«

»Ich habe eine Tochter, die in London lebt.«

»Und hier sind Sie allein?«

Ich suchte ihren Blick, aber sie schaute an mir vorbei.

»Sie sind ein sehr netter junger Mann«, sagte sie. »Aber ich komme schon zurecht. Machen Sie sich nur keine Sorgen um mich. Ich bin nicht allein.«

Als sie davonging, ließ ich sie nicht aus den Augen und betete, dass sie nicht wieder fallen würde. Ich sah, wie sie die Straße überquerte, ohne richtig nach links und rechts zu schauen. Sollte ich nicht doch die Polizei rufen? Unschlüssig eilte ich schließlich hinter ihr her und sprach sie noch einmal an, aber allem Anschein nach erkannte sie mich nicht mehr und wies mich unwirsch ab. Einen Augenblick schien sie sogar mit ihrem Stock drohen zu wollen, und statt beharrlich zu bleiben, gab ich auf.

Erst als ich schon im Café saß, wurde mir klar, dass sie den einen Satz auf deutsch gesagt hatte: »Sie sind ein sehr netter

junger Mann.«Konnte ich mich täuschen? Auf jeden Fall bereute ich es, sie nicht nach ihrem Namen und nach ihrer Geschichte
gefragt zu haben. Eine alte Frau, die mitten in Tel Aviv vor mir
auf die Straße gestürzt war, und ich wusste nichts weiter von ihr,
weil ich es verabsäumt hatte, mich zu erkundigen. Kaum hatte
ich mir auf der Toilette die Zähne geputzt und mich notdürftig
gewaschen, eilte ich noch einmal zu der Stelle zurück, an der ich
sie davonhumpeln gesehen hatte. Ich schaute die Straße hinunter, so weit ich konnte, ging bis zur ersten Ecke vor und ein Stück
in die Querstraße hinein, aber nichts, nur die noch flach stehen-
de Sonne, ihr gleißendes Licht, das mich zwang, die Augen zu
schließen, und das plötzliche Gefühl, ein Phantom zu sein.

Roy verspätete sich ein bisschen, und als er über den Platz
daherschlenderte, wunderte ich mich, wie vertraut er mir war.
Wir hatten uns nur ein einziges Mal gesehen, und in den paar
E-Mails, die wir ausgetauscht hatten, war es um Johns Tod und
seine Beiträge für die *Jerusalem Literary Review* gegangen, so
dass ich nicht sagen konnte, woher jetzt diese Nähe kam. Entfernt erinnerte er mich an meinen Biologielehrer, der manchmal ein paar Schüler zu sich nach Hause eingeladen hatte und
sich blind stellte, wenn ein Joint die Runde machte. Sein Gesicht hatte etwas freundlich Verschmitztes, rotgeäderte Wangen, dazu ein Gezausel von Bart, das Haar strähnig und lang.
Als wären ihm Staubkörnchen ins Auge geraten, blinzelte er in
einem fort, und ich mochte seine Bereitschaft, beim geringsten
Anlass zu lachen. Er war in dieser absichtsvollen Weise nachlässig gekleidet, die ein Statement sein sollte, ausgebeulte Jeans,
abgetretene, staubige Schuhe und eine khakifarbene Weste mit
so vielen Taschen, dass er gar nicht Zeug genug haben konnte,
um überall etwas hineinzustecken, die ihm aber die Möglichkeit
verschafften, sich auf der Suche nach seinem Telefon oder nach

DRITTER TEIL

Feuerzeug und Zigaretten abzuklopfen, als wäre er in Brand geraten und versuchte die Flammen zu ersticken. Auf meine Frage, wie es ihm gehe, sagte er gutgelaunt, nicht anders, als es ihm immer schon gegangen sei in Israel, und das heiße, bestens, also keine Hoffnung, keine Illusionen und zu wenig Geld zum Davonlaufen. Dann erzählte er lachend, das aufregendste Ereignis seiner augenblicklichen Existenz bestehe darin, dass er jeden Morgen seinen Hund ausführe, der so verstopft sei, dass es eine Ewigkeit dauere, bis er sein Geschäft verrichtet habe.

»Wenn er mit zitternden Flanken in einem Blumenbeet steht und mich ansieht wie ein armer Sünder, spreche ich ihm den Mut zu, den ich selbst gut gebrauchen könnte«, sagte er. »Immerhin kann ich währenddessen eine oder zwei rauchen und wunderbar über das Leben nachdenken, auch wenn nicht unbedingt beglückend ist, was dabei herauskommt.«

Er stand mit seinem Buch *The Ingathering of the Exiles*, gegen das John bei unserem letzten Treffen in Tel Aviv so unversöhnlich polemisiert hatte, vor dem Abschluss und erzählte voller Euphorie davon. Offenbar fehlten ihm nur mehr drei Kapitel, »Jesus«, »Kafka« und »Sabbatai Zwi«, und wenn es stimmte und nicht allein eine kleine Höflichkeit mir gegenüber war, erwog er sogar, meinen Vorschlag zu berücksichtigen und Canetti in seine illustre Runde jüdischer Berühmtheiten aus der Geschichte aufzunehmen, die das heutige Israel besuchten und damit den Blick auf das Land und auf sich selbst erschütterten. Ich erinnerte mich an das Missverständnis, das wir deswegen gehabt hatten, aber als ich ihn darauf ansprechen wollte, bremste er mich.

»Die größte Mühe bereitet mir Kafka«, sagte er. »Ich habe versucht, ihn seine Leidensgeschichte in einer Vater-Sohn-Fernsehshow erzählen zu lassen, bin damit aber nirgendwohin gekommen.«

366

Er stöhnte, als wollte er sich dafür entschuldigen.

»Jetzt bin ich sicher, dass Kafka als Person am besten gar nicht in Erscheinung tritt und dass es stattdessen nur um ein Manuskript gehen kann, das ihm zugeschrieben wird.«

»Die öffentliche Aufregung wäre kaum geringer.«

»Es könnte bei einem Brand in Tel Aviv gerettet worden sein.«

»Ausgerechnet bei einem Brand?« sagte ich. »Wo Kafka doch seine eigenen Romane nach seinem Tod verbrennen lassen wollte.«

»Genau deswegen«, sagte er. »Sein Nachlassverwalter hat ja den Auftrag gehabt, alles dem Feuer zu übergeben, und es dann nicht getan. Was aber, wenn er sich dem Wunsch gefügt hätte, und übrig geblieben wäre nur dieses eine verschollene Manuskript? Darin geht es um einen Palästinenser, dessen Sohn unschuldig im Gefängnis sitzt und der versucht, zu seinem Recht zu kommen. Was glaubst du, was passiert?«

»Ich kann es mir vorstellen«, sagte ich. »Der Vater begibt sich auf einen langen Weg von Abweisungen, Demütigungen und absurden Willkürakten.«

»Und was sagt dir das?«

»Du greifst Motive von Kafka auf.«

»Richtig«, sagte er. »Und was ist das Phantastische daran?«

»Ich weiß nicht, worauf du anspielst.«

»Das Phantastische daran ist, dass nichts daran phantastisch ist«, sagte er. »Es handelt sich um die Realität des Staates Israel.«

Ich konnte nicht einschätzen, ob das nicht eine einzige Verrücktheit war, aber so wie Roy es darstellte, hatte es zumindest auf den ersten Blick etwas Zwingendes. Er redete sich in einen Furor hinein, der ihn immer neue Details anführen ließ. Dabei

DRITTER TEIL

nahm er abwechselnd die Brille ab und setzte sie wieder auf, und wenn er mich ansah, blinzelte er, als würde er gegen die Sonne schauen und gleichzeitig Lob und Tadel erwarten. Es war mir bis dahin gar nicht klar gewesen, wie ähnlich er John darin war, aber offensichtlich revoltierte auch er immer noch dagegen, ein braver jüdischer Sohn sein zu müssen. Er stammte aus Südafrika, war in Johannesburg aufgewachsen und stolz, dass die politische Betätigung seines Vaters es mit sich gebracht hatte, dass er selbst als Kind in den fünfziger Jahren einmal auf dem Schoß von Nelson Mandela gesessen war. Diese Herkunft prägte seine Haltung, und wann immer er etwas über israelische Zustände sagte, betrachtete er sie aus dieser Perspektive und lag das Wort »Apartheid«, ob er es aussprach oder unausgesprochen ließ, nicht fern. Von seiner Überzeugung, dass es genau darauf hinauslaufe, war er ohnehin nicht abzubringen, und wenn er die Meinung der ganzen Welt gegen sich gehabt hätte.

»Am Ende wird mir das alles das Genick brechen«, sagte er jetzt, und eher, als dass es ihn mit Angst erfüllte, schien er daraus eine paradoxe Befriedigung zu ziehen. »Vielleicht sollte ich hoffen, dass ich für meine Geschichten nie einen Verlag finde.«

Er hatte einen Espresso und eine Cola bestellt, nippte abwechselnd an Tasse und Glas und schaute dann darauf, als wüsste er nicht, wovor er sich mehr ekeln sollte.

»Aber sieh dir nur Jonathan an.«

Der Name erzeugte wieder den gleichen Kippeffekt, mit dem John selbst gespielt hatte und der dafür sorgte, dass man, je nachdem, ein Rauhbein aus dem Wilden Westen oder einen sanften Jüngling aus der Bibel in ihm sehen konnte.

»Wohin hat ihn sein beschissener Zionismus gebracht? Ein Leben voller Irrtümer und dann dieser erbärmliche Tod. Sag nicht, das eine habe nichts mit dem anderen zu tun.«

Ich hatte Roy den *Gesichtslosen* geschickt, und seine Meinung dazu konnte nicht klarer sein. Er hatte keinen Zweifel, dass der Mord an John eine politische Tat war und nicht eine bloße Spätabendunterhaltung für ein paar verirrte Jugendliche, die nur sehen wollten, wie es ist, wenn jemand stirbt, und die nicht einmal schlau genug waren, ihm sein Geld abzunehmen, aber Marwans Erzählung hielt er dennoch für Wichtigtuerei. Auch ihm war sie zu sauber gearbeitet, als dass er sie ernst genommen hätte, und er meinte, wer bei Geständnissen Wert auf literarische Perfektion lege, müsse in Wirklichkeit etwas anderes im Schilde führen.

»Dabei ist es nicht schwer vorstellbar, dass Jonathan die Aufmerksamkeit von Verrückten auf sich gezogen hat«, sagte er. Schließlich gibt es überall auf der Welt Fanatiker, denen er mit seiner martialischen Attitüde gerade recht gekommen wäre, und was San Francisco betrifft, muss man nicht lange suchen.«

Er hatte nur ein paar Minuten im Internet herumgesurft und war sofort auf die palästinensische Studentenvereinigung an der San Francisco State University gestoßen, von der er jetzt sprach.

»Ich weiß nicht, wie exponiert Jonathan war, aber dort finden sich sicher Leute, die seinen Meinungen wenig abgewinnen konnten und für die jemand, der einmal als Soldat im Gazastreifen war, nicht mit Gnade rechnen durfte«, sagte er. »Warum sollte es nicht einer von ihnen für eine Heldentat halten, ihn ums Leben zu bringen? Tatsächlich kokettieren sie sogar damit. Hast du dir ihren Netzauftritt einmal angesehen?«

»Natürlich«, sagte ich. »Warum?«

»Dann hast du gesehen, dass sich dort einer ihrer Vertreter mit blankem Messer abbilden lässt und dummes Zeug erzählt. Hältst du das nur für einen kleinen Formfehler? Sich radikal zu gebärden und antisemitische Propaganda in die Welt zu setzen

DRITTER TEIL

ist vielleicht etwas anderes, als einen Mord zu begehen, aber harmlos kann man es trotzdem nicht nennen.«

Ich hatte ihm noch nichts erzählt von den Drohanrufen bei der Galerie *Steimatzky & Steimatzky* und den Schmierereien an ihrem Fenster, als sie Johns Bilder ausstellen wollte und den Begriff »Zionistische Kunst« nur erwähnte. Das holte ich jetzt nach, und Roy schaute mich befriedigt an. Er hatte das *Self-Portrait as a Hated Jew*, von dem ich ihm auch eine Abbildung geschickt hatte, als dilettantisch abgetan und sah sich jetzt bestätigt.

»Zum Glück steht auf schlechte Kunst nicht die Todesstrafe, aber die Spur scheint zumindest nicht falsch«, sagte er. »Wenn nicht alles so wunderbar zusammenpassen würde, könnte man das glatt für die Auflösung des Falles halten.«

Es war tatsächlich kaum vorstellbar, dass es so einfach sein sollte. Um seinen Verdacht nicht noch zu verstärken, erzählte ich ihm nichts von Dianes Freund und seiner Verbindung zu der palästinensischen Studentenvereinigung an der San Francisco State University. Stattdessen gab ich zu bedenken, dass die Polizei das sicher alles überprüft hatte.

»Glaubst du im Ernst, du kannst in Amerika mir nichts, dir nichts eine solche Drohung ins Netz stellen, ohne dass sie dir am nächsten Tag die Tür eintreten? Ein Student, der sich mit einem Messer abbilden lässt und antisemitische Hetzreden verbreitet. Meinst du nicht, dass er von da an keine ruhige Minute mehr gehabt hat?«

Roy neigte nicht zu Alarmismus, aber so schlicht, wie ich es tat, wollte er die Dinge auch wieder nicht aus der Welt geredet haben. Allein dass ich den Staat und die Polizei ins Spiel brachte, genügte für ihn, mich zu diskreditieren. Die Wahrheit der Polizei war immer eine Wahrheit neben der Wahrheit, und man führte mit ihr ohne Not keine Beweise. Lässig zurückgelehnt, wie er auf seinem Stuhl lümmelte, die Beine weit von sich gestreckt, musterte er mich und schien zu keinem Schluss zu kommen, was er von mir halten sollte. Dann ließ er seinen Blick über den riesigen Platz mit dem Springbrunnen in der Mitte schweifen, der schon halb in der Sonne lag. Wir hatten einen Tisch im Freien gewählt, und obwohl wir unter einem Hausvorsprung im Schatten saßen, wurde es allmählich warm, weshalb er sich manchmal mit schwachen Handbewegungen Luft zufächelte.

»Vielleicht hast du recht«, sagte er schließlich. »Aber du musst zugeben, dass Jonathan für diese Verrückten das perfekte Ziel gewesen wäre. Ein amerikanischer Jude, der in der israelischen Armee gekämpft hat. Genauer könnte er ihrem Feindbild gar nicht entsprechen.«

»Schon möglich.«

»Außerdem hat er mit seinen Ansichten nie hinter dem Berg gehalten. Das ist ja gerade das Irritierende, dass Leute, die gar nicht in Israel leben, oft die stärkste Meinung zu allen Geschehnissen im Land haben. Und für ihn haben diese sich darauf reduziert, dass es ein Kampf zwischen den Mächten des Lichtes und den Mächten der Finsternis ist.«

»Wie meinst du das?«

»Töten oder getötet werden.«

»Ich weiß nicht«, sagte ich. »Er hat vielleicht keine Illusionen gehabt, aber es muss auch noch eine andere Wahl geben.«

»Er hat genau gewusst, entweder *sie* oder *wir*«, sagte Roy. »Wir haben ihnen ihr Land weggenommen und können nicht verlangen, dass sie uns lieben. Sie werden uns hassen, solange wir da sind. Meinetwegen kannst du das eine Gleichung mit zwei Unbekannten nennen, aber es ist auf jeden Fall eine Gleichung, die nicht aufgeht.«

DRITTER TEIL

Er machte keinen Hehl daraus, dass für ihn das zionistische
Experiment gescheitert war, wie er sich ausdrückte, und wenn
ich das nicht ohnehin schon gewusst hätte, wurde es mir um so
deutlicher, als Kirsten zu uns stieß. Sie war auch im Jahr davor
dazugekommen, damals mit ihrer Freundin Alina, als ich Roy
gemeinsam mit John getroffen hatte, und wollte mich jetzt noch
einmal sehen. Sie erschien mit dem Fahrrad, in ihrem Korb die
Einkäufe vom Markt, trug kurze Hosen und hatte eine Sonnenbrille auf, die sie dann zum Glück abnahm. Ich hatte sie das letzte Mal wenig beachtet, aber das war jetzt anders, weil mir Elaines Worte nicht aus dem Kopf gingen, sie sei Johns erste große
Liebe gewesen, und ich mich erinnerte, dass sie aus Esbjerg
stammte und dass im Kibbuz alle hatten hören wollen, wie sie
dieses Wort aussprach mit ihrem dänischen Lispeln. Am liebsten hätte ich sie gebeten, es für mich zu tun, als sie sich zu uns
setzte und Roy mit einem Klaps auf die Schulter begrüßte, aber
ich hatte gar keine Gelegenheit dazu, so sehr bestimmte sie von
Anfang an das Gespräch. Sie wollte alles über John wissen, doch
je mehr von unserer gemeinsamen Geschichte ich vor ihr ausbreitete, um so enttäuschter schien sie, weil ihn das nicht wieder lebendig machte noch auch nur die Umstände seines Todes
genauer erklärte. Er hatte ihr in seinen letzten drei Wochen ein
paar Mal geschrieben und darin nicht nur beklagt, wie sehr San
Francisco sich für ihn verändert habe, sondern auch vor ihr die
Befürchtung ausgesprochen, dass in seiner Stadt bald womöglich kein Platz mehr für ihn sei und er sich vorstellen könne,
dort eines schönen Tages auf offener Straße niedergeschossen
zu werden.

Es war fast genau die gleiche Formulierung, die auch Elaine
verwendet hatte, und wenn es mir bei ihr noch gelungen war, sie
von mir zu schieben und als Kokettieren abzutun, als Versuch,

Aufmerksamkeit auf sich zu ziehen, traf sie mich jetzt doppelt.
Vielleicht hatte ich tatsächlich unterschätzt, wie ernst es John
mit seiner Todesahnung gewesen war, vielleicht immer noch zu
wenig verstanden, dass sein *Self-Portrait as a Hated Jew* nicht
einfach nur ein Bild war, sondern der unmittelbarste Ausdruck
seiner Existenz. Wieder fiel mir ein, wie er sich angepriesen
hatte, »Ein Meter fünfundneunzig vom Scheitel bis zur Sohle.
Wenn du willst kannst du gern nachmessen. Hundert bis hundertzehn Kilo Kampfgewicht, je nachdem«, wieder fiel mir der
Revolver ein, den er zu Hause im Badezimmer oder womöglich
sogar unter dem Kopfkissen gehabt hatte, wieder seine Bereitschaft, keinem Kampf auszuweichen, im Gegenteil, ihn eher zu
suchen, »Ich nehme den Großen, du den Kleinen«, »Ich nehme
den Linken, du den Rechten«, aber vor Kirstens Worten zerbrö-
selte Johns Stärke regelrecht. Am Ende war alles nur ein Pfeifen im Wald gewesen, ein Versuch, die Gespenster zu verscheuchen, die ihn dann doch immer eingeholt hatten, und trotzdem
wunderte ich mich, von ihr zu hören, er habe sich nach seinem
letzten Aufenthalt im Land ernsthaft überlegt, ganz nach Israel
zu kommen.

»Es stimmt schon, zuerst habe ich ihn gefragt, warum er
nicht einfach auswanderte, aber er ist sofort darauf angesprungen«, sagte sie. »Er hat gesagt, wenn er jünger wäre, würde er
keinen Augenblick zögern. So stelle sich natürlich die Frage, was
er in Israel überhaupt noch machen könne. Für die Armee wäre
er jedenfalls zu alt.«

Sie saß mit übereinandergeschlagenen Beinen da und zündete sich in aller Ruhe eine Zigarette an, als Roy ihr ins Wort fiel.

»Ach, Kirsten«, sagte er. »Was heißt das schon? Du solltest
ihn kennen. Wenn eine andere Frau ihm angeboten hätte, zu ihr
nach Australien zu ziehen, und er hätte auch nur die geringste

DRITTER TEIL

Perspektive gesehen, dort eine Weile über die Runden zu kommen, wäre ihm das Ende der Welt genauso recht gewesen wie das Heilige Land oder irgend etwas anderes. Darauf kannst du nichts geben. Er hat doch immer schon genommen, was sich ihm angeboten hat. Hättest du ihn bei dir einziehen lassen wollen?«

»Hör doch auf, Roy«, sagte sie. »Er ist tot. Weißt du, wie einsam er war? Er hat in San Francisco niemanden gehabt.«

Ich sah, wie Roy den Kopf schüttelte.

»Soll ich vor Mitleid vergehen? ›Er hat niemanden gehabt.‹ Genau dafür hat er sich ja selbst entschieden. Das war sein Leben, alles zuerst dem Suff und dann seinem Schreiben unterzuordnen. Hat er sich jemals um andere gekümmert?«

»Hier in Tel Aviv hätte es wenigstens seine Tochter gegeben.«

»Da täuschst du dich aber«, sagte er. »Weißt du, wie lange vor seinem Tod sie keinen Kontakt mehr miteinander gehabt haben?«

Ich wunderte mich, wieviel Energie die beiden in ein rein hypothetisches Szenario steckten. Die gemeinsame Kibbuz-Zeit war fünfunddreißig Jahre her, und seit John nach Amerika zurückgegangen war, waren sie bestenfalls sporadisch in Verbindung mit ihm gewesen. Wahrscheinlich hatte Roy recht, als er meinte, der Gute hätte sich gewundert, in was für ein Land er gekommen wäre, wenn er sich wirklich zum Auswandern entschlossen hätte, ja, er hätte es kaum wiedererkannt. Er sagte, Israel als Idee sei schön und gut, aber die Realität sehe leider anders aus, und ebenso sei es schön und gut, Jude zu sein, aber deswegen müsse man nicht vierundzwanzig Stunden am Tag daran erinnert werden.

»Willst du wissen, wohin Jonathan gepasst hätte?«

ANWESENDE ABWESENDE

Er hatte sich auf seinem Stuhl aufgesetzt und sah Kirsten jetzt streitlustig an, wobei er wieder aufgeregt blinzelte.

»Am ehesten noch in eine der Siedlungen auf irgendeinem windigen Hügel in der Westbank«, sagte er, als sie nicht antwortete. »Dort hätte er mit einem Häufchen Verrückter auf das Kommen des Messias warten und seine Phantasien ausleben können. Eine Wagenburg und rundum Indianer, die sich bis in alle Ewigkeit oder jedenfalls bis zum letzten Mann bekämpfen ließen. Was hätte es Schöneres für ihn gegeben? Ein Amerikaner auf seinem ewigen Treck nach Westen, der am Ende noch im Himmel Land erobert hätte. Er wäre nicht der erste Spinner gewesen, der sich vom Pazifik nicht hätte aufhalten lassen und mit seiner Kavallerie direkt in Judäa und Samaria eingefallen wäre.«

Er merkte, dass er über das Ziel hinausgeschossen war, aber er genoss es. Als Kirsten ihm widersprach, er wisse doch gar nichts von John, habe nur ein festes Bild, das er sich vor einem halben Leben von ihm gemacht habe, und tue ihm unrecht, lachte er nur. Sie sagte, es sei schon damals immer das gleiche gewesen, was ihre Einschätzungen betroffen habe, seien sie in ihrer Hitzköpfigkeit beide weit von der Realität gelegen, der eine vielleicht links von der Vernunft, der andere rechts, aber das erlaube ihm, Roy, noch lange nicht, sich über John zu erheben. Dabei ließ sie ihn nicht aus den Augen.

»Jonathan hätte hier sicher seinen Platz gefunden«, sagte sie.

»Er hätte sich schon zu wehren gewusst.«

»Als ob es darum ginge«, sagte Roy. »Sich wehren, sich wehren! Mit über sechzig Jahren. Was hätte er hier tun können?«

»Unterrichten zum Beispiel.«

»Natürlich«, sagte er. »Alle hätten nur auf ihn gewartet. Wie stellst du dir das vor? Glaubst du, man hätte ihm eine Stelle an

375

DRITTER TEIL

der Hebräischen Universität in Jerusalem angeboten? Vielleicht sogar einen Lehrstuhl? Das ist doch lächerlich.«

»Er war in Amerika ein angesehener Schriftsteller.«

»Nur im Traum«, sagte er. »Er war *gar* nichts. Und selbst wenn! Was ist ein angesehener Schriftsteller heute anderes als ein besserer Armleuchter? Flaschen hätte er sammeln können, sich vor einer Gratisküche um eine Suppe anstellen und verbitterte Leserbriefe schreiben, die dann womöglich nicht einmal gedruckt worden wären.«

Ich mischte mich nicht ein, aber ich war froh, als sie aufhörten, sich über John zu bekriegen. Roys Reserviertheit ihm gegenüber schien mir tief aus ihrer gemeinsamen Geschichte zu kommen, hatte aber auch etwas Prinzipielles. Er sagte, er habe manchmal den Eindruck, für jeden Verrückten, der ins Land dränge, verließen es zwei weniger Verrückte, und man könne sich ausrechnen, was das bedeute.

»Soll ich euch sagen, wer heute der beste Zionist ist?«

Er sah sich um, als würde er gehört, und flüsterte dann.

»Der beste Zionist ist heute jemand, der einen anderen dafür bezahlt, dass er in Israel ausharrt und ihm einen Platz für den Notfall warmhält. Wer seinen Verstand halbwegs beisammenhat und es sich leisten kann, bleibt nicht freiwillig hier. Wir können schon morgen wieder in den Libanon oder in den Gazastreifen einmarschieren, und selbst wenn das ein weiteres Mal gutgeht, irgendwann werden wir die Rechnung dafür bekommen.«

Er winkte ab, als ihn Kirsten fragte, was eigentlich mit ihm sei.

»Mit mir?« sagte er. »Mit mir ist gar nichts.«

»Aber warum bist du dann noch hier?«

»Ich muss mich das nicht fragen«, sagte er lachend. »Mir bleibt nichts anderes übrig. Aber *du*? Seit über dreißig Jahren fängst du immer vor Weihnachten an zu jammern, wie schön es jetzt wäre, in deinem geliebten Esbjerg zu sein und noch einmal einen richtigen Winter mit soviel Schnee zu erleben wie in der Kindheit. Du machst alle verrückt mit deiner Sehnsucht, doch hinzufahren traust du dich dann auch nicht, weil du genau weißt, dass dort nichts mehr für dich ist.«

»Und in Johannesburg?«

»Was soll damit sein?«

»Du bist doch dort aufgewachsen.«

»In Johannesburg gibt es zu Weihnachten keinen Schnee.«

»Das meine ich nicht.«

»In Johannesburg gibt es nichts, was mich hinzöge.«

Roy hatte eine Flasche Weißwein bestellt und schenkte Kirsten und mir die Gläser randvoll, bevor er sein Glas hob und uns zuprostete. Es war immer noch nicht Mittag, aber er bestand plötzlich darauf, dass wir auf John tranken. Dann erzählten sie beide abwechselnd vom Kibbuz, und ihr Konflikt war wie weggewischt, als Kirsten an einen Ausflug nach Jerusalem erinnerte. Sie waren mit dem Lastwagen dorthin gebracht worden, Mädchen und Jungen auf der offenen Ladefläche. Sie hatten auf der ganzen Fahrt gesungen, waren singend durch die biblische Landschaft gefahren, und an der Klagemauer war das Singen weitergegangen. Sie sagte, sie hätten sich gegenseitig an den Schultern gefasst und bis zur Trance im Kreis gedreht, und ich sah, wie Roy errötete, als sie fortfuhr, es sei zwar allenthalben zu Verbrüderungen gekommen, aber es habe zwei gegeben, die sich darin besonders hervorgetan und sich ein ums andere Mal ewige Freundschaft geschworen hätten. Der eine sei er selbst gewesen, der andere John.

Es war früher Nachmittag, als ich die beiden verließ und nach Jerusalem fuhr, wo ich wider Erwarten im Österreichischen Hospiz ein Zimmer bekommen hatte, weil eine ganze Reisegruppe ausgefallen war. Wir hatten kein Wort über die *Jerusalem Literary Review* verloren, aber wenn sich ein Gespräch darüber nicht aufdrängte, war es mir auch recht. Wir waren noch zum Strand vorgegangen und hatten gemeinsam zu Mittag gegessen, und sie hatten mich danach zum Auto gebracht. Dort hatte Roy mich eingeladen, am nächsten Abend zu ihm nach Hause zum Seder zu kommen, und als Kirsten zu mir sagte, das sei eine Ehre, verzog er keine Miene und schaute mit tränenden Augen an ihr vorbei. Sie hatten beide weiter über John gesprochen, aber ihre Anekdoten aus der Kibbuz-Zeit hätten auf jeden jungen Mann zutreffen können oder klangen wie im nachhinein zurechtinterpretiert. Dass John damals schon ein obsessiver Leser gewesen sei und man ihn nie ohne ein Buch gesehen habe, nicht einmal bei der Arbeit in den Orangenplantagen oder bei den Fischteichen, war ja nicht gerade eine Eröffnung. Wäre es nur nach Roy gegangen, hätte man ihn für einen ganz und gar extrovertierten Charakter halten müssen, während Kirsten das Grüblerische an ihm hervorhob. Sie versuchte ihm gerecht zu werden, aber erst als sie erzählte, wie sie ihn einmal gefragt habe, was er sich in seinem Leben am meisten wünsche, und lachend seine Antwort zum besten gab, am meisten wünsche er sich, Schriftsteller zu werden, sah ich ihn in seinem Pathos, seiner Ernsthaftigkeit und Rücksichtslosigkeit vor mir.

Ich weiß nicht, was es dann war, das mich so sehr packte an dem Sederabend. Den Tag verbrachte ich in Jerusalem, ohne viel zu tun, ich saß im Garten des Österreichischen Hospizes und las, ich lief kreuz und quer durch die Altstadt, ging über den Ölberg und fuhr mit der Straßenbahn von einer Endhaltestelle zur anderen, und als es Zeit war, nach Tel Aviv aufzubrechen, wäre es mir lieber gewesen, die Verabredung im letzten Moment abzusagen. Dann saß ich aber, eine Kippa auf dem Kopf, in der Runde, die sich bei Roy zu Hause eingefunden hatte, und hörte zu, wie seine Frau erklärte, warum es ihr wichtig sei, die Tradition weiterzugeben, und wie er selbst ihre Ernsthaftigkeit ironisch unterlief. Er verstummte erst, als die jüngste Tochter auf hebräisch die Formeln aufsagte, deren Übersetzung ich in der vor mir liegenden Haggada mitlas und von denen ich nicht genug bekommen konnte. Allein die Frage »Was unterscheidet diese Nacht von allen anderen Nächten?« hätte ich aus ihrem Mund ein ums andere Mal hören wollen. Sie war stolz und nervös und blickte mich zwischendurch immer wieder unverhohlen an, und die älteste Schwester strich ihr beruhigend und aufmunternd über den Rücken, während die mittlere die beiden im Auge behielt. Die Vorstellung, zusammenzusitzen und draußen ginge der Todesengel vorbei, ließ mich nicht los. Ich sah die Mädchen eine nach der anderen an, als wären sie einem der Bilder entsprungen, die ich als Kind im Religionsunterricht mit meinen Buntstiften zu den Zehn Plagen gemalt hatte. Sie feierten den Auszug aus Ägypten, aber in Wirklichkeit waren ihre Eltern und Großeltern aus der ganzen Welt hierhergekommen.

Roy musste nur eine Generation weiter zurückgehen, und er war nicht mehr im Südafrika seiner Kindheit, sondern in Litauen, mit einem Großvater, der dort Landbesitzer gewesen war, und einem Urgroßvater, der es in der russischen Armee zum General gebracht hatte, sowie auf der anderen Seite im Londoner East End. Von der Herkunft seiner Frau erzählte er mir, als wir später noch den Hund ausführten. Ihr Vater war 1947 oder 1948 aus Bagdad zu Fuß durch die Wüste in das gerade sich formierende Israel gegangen. Er hatte im Unabhängigkeitskrieg gekämpft und bei einem seiner ersten Einsätze in einem Minenfeld ein Auge und ein Bein verloren. Die marokkanische

DRITTER TEIL

Schwester, die ihn im Krankenhaus in Tel Aviv pflegte, wurde später seine Frau. Das sagte Roy, indem er seine Brille abnahm und nicht aufhörte, sie an seinem Hemd sauberzuwischen, und wieder in ein hektisches Blinzeln verfiel.

Dabei war die Art und Weise, wie er darüber sprach, ganz anders als sonst. Er hatte seinen Sarkasmus abgelegt und schien selbst erschüttert, wie viele Unwägbarkeiten das Schicksal sich leistete, wie viele Zufälle es brauchte, damit all die Möglichkeiten und Unmöglichkeiten schließlich doch eine wenn auch noch so unwahrscheinliche Wirklichkeit abgaben. Wir waren ein Stück die Straße hinuntergegangen, und er deutete auf eine israelische Flagge vor einem Gebäude und fragte mich, was ich darin sähe. Es war windstill, sie hing schlaff herunter, und der Davidstern war nicht zu erkennen, aber den meinte er nicht, er sprach von den beiden blauen Streifen oberhalb und unterhalb des Sternes. Für ihn standen sie für den Euphrat und den Nil, und wie er das sagte, prägte sich mir für immer ein, weil er dann hinzufügte, das seien die Flüsse des Exils, die auf ihrem langen Weg zum Meer durch die Wüste flössen, und mich dabei ansah, als sollte ich bloß nicht denken, dass er damit auch nur irgendwie scherzen könnte.

Die Straße war wenig belebt, keine Passanten und nur von Zeit zu Zeit ein Auto, das im Schritttempo vorbeifuhr. Obwohl der Hund schon wieder nach Hause zog, blieben wir noch eine Weile draußen, und Roy war plötzlich in sentimentaler Stimmung. Er sagte, manchmal auf seinen spätabendlichen Gängen sei er sicher, er würde in eine leere Wohnung zurückkehren oder es könnte jemand am Eingang stehen und ihm bedeuten, er habe sich in der Tür geirrt, obwohl er durch den Spalt seine Frau und die drei Töchter sehe. Dann wieder sitze er den ganzen Abend am Familientisch und habe Angst auszugehen, weil

380

ihn die Gewissheit befalle, dass er nie mehr heimkäme, wenn
er nur einen Schritt auf die Straße setzte, und sich in eine der
ebenso lächerlichen wie tragischen Gestalten verwandeln würde, die beim Zigarettenholen verschwanden. Sein Vater habe im
Unabhängigkeitskrieg die Bomberpiloten auf ihre Flugtauglich-
keit überprüft, und wenn er selbst manchmal das sichere Gefühl
habe, fliegen zu können, und sich das nicht anders anfühle, als
würde er sich jeden Augenblick in Luft auflösen, sei das ohne
Zweifel sein Vermächtnis. Das war ein Bekenntnis, das mich
schaudern machte, und einen Augenblick legte ich Roy eine
Hand auf die Schulter und zwang ihn stehenzubleiben. Dann
räusperte er sich aber nur und sagte, das seien Hirngespinste,
und wir gingen schweigend weiter.

Wir standen schon wieder vor dem Haus, als er mich zurückhielt und fragte, was die verrückteste Geschichte sei, die ich jemals erlebt hätte. Ich zuckte mit den Schultern, aber mir war
ohnehin klar, dass er nichts hören wollte, sondern nur darauf
brannte, selbst etwas zum besten zu geben. Er zog mich neben
sich auf die Stufen, die zum Eingang hinaufführten, und klopfte sich vergeblich nach den Zigaretten ab, die er beim Essen auf
dem Tisch liegenlassen hatte.

»Es ist lange her«, sagte er dann. »Ich war zwanzig. Damals
bin ich mit einem Mädchen zusammen gewesen, mit dem ich
fast immer nur zugedröhnt war. Ihr Vater war ein einflussrei-
cher Geschäftsmann mit besten Verbindungen bis in die hohe
Politik, ihre Mutter Japanerin, und an dem Abend, von dem ich
spreche, ist sie selbst gerade von einer Reise aus Thailand zurückgekommen und hat unglaublich gutes Zeug dabeigehabt.
Wir waren in ihrer Wohnung in Jerusalem und haben uns auf
die feinste Art aus der Welt hinausgeschossen, als es an die Tür
hämmerte.«

DRITTER TEIL

Der Hund hatte sich vor ihn auf den Gehsteig gelegt, und er gab ihm einen Stups, so dass er aufsprang und sich zwei Schritte weiter beleidigt wieder niederließ.

»Ob du es glaubst oder nicht, draußen ist ein General gestanden. Ich meine, nicht irgendein kleiner Polizist, sondern ein richtig hohes Tier. Mich hätte es nicht gewundert, wenn seine Brust voller Orden gewesen wäre, und wir haben natürlich geglaubt, jetzt stecken wir in der Scheiße. Ich habe kein Wort hervorgebracht, und die Augen meiner Freundin sind mir groß wie Spiegeleier vorgekommen. Wir waren beide nackt. Trotzdem hat er vor uns salutiert und etwas von nationaler Sicherheit gefaselt. Ein General wie aus einem Comicheft, der echter nicht hätte sein können.«

Es stellte sich heraus, dass nur Roys Freundin mitkommen sollte. Sie zog sich schnell etwas an, und er stand dann am Fenster und schaute zu, wie sie mit dem Uniformierten ins Freie trat und in eine riesige Limousine stieg, mit der sie in die Dunkelheit davonfuhr, ein Auto mit Blaulicht voraus, ein anderes hinterher. Er hätte genausogut auch einer Halluzination aufsitzen können. Vage dachte er an eine Entführung und versuchte ihren Vater anzurufen, den er aber nicht erreichte, er überlegte, ob es nicht vielleicht doch besser wäre, sich selbst bei der Polizei zu melden, aber in seinem Zustand kam ihm das wie ein Schuldeingeständnis vor, und er entschloss sich, lieber noch etwas zu rauchen und zu warten. Dabei ging ihm die Wendung nicht aus dem Kopf, die der Uniformierte mehrfach wiederholt hatte. Es konnte doch unmöglich gleich eine Frage der nationalen Sicherheit sein, nur weil sie es sich gutgehen ließen und ein bisschen über die Stränge geschlagen hatten.

»Eine Erklärung habe ich erst erhalten, als meine Freundin im Morgengrauen wieder zurückgekommen ist«, sagte er. »Sie ist von dem General nach Tel Aviv zum Flughafen gebracht worden und dort direkt in einen Raum, in dem mehrere Männer einem jungen Mann gegenübergesessen sind, dessen Oberkörper entblößt war und der aus vielen Wunden blutete. Unter den Männern hat sie einen sofort an seiner Augenklappe erkannt. Es war Mosche Dajan, der sich für die Unannehmlichkeiten entschuldigte und sie bat, ihnen als Dolmetscherin zur Verfügung zu stehen.«

»Dafür ist sie von einem General abgeholt worden?«

»Lass dir sagen, wer der junge Mann war«, sagte er. »Er war einer von den drei japanischen Terroristen, die an dem Tag auf dem Flughafen ein Blutbad mit sechsundzwanzig Toten und vielen Dutzend Verletzten angerichtet haben. Die beiden anderen sind umgekommen. Einer ist erschossen worden, der zweite hat sich selbst mit einer Handgranate in die Luft gesprengt, und der Überlebende ist nur zu einer Aussage bereit gewesen, weil man ihm zugesichert hat, ihm danach eine Pistole zu geben, damit er Selbstmord begehen kann.«

Ich erinnere mich noch genau, wie Roy mehr als vierzig Jahre nach diesen Ereignissen auf den Stufen vor seinem Haus saß und kopfschüttelnd sagte, seine Freundin und er seien an dem Tag wohl die einzigen Leute in Israel gewesen, die tatsächlich die längste Zeit nicht mitbekommen hätten, was auf dem Flughafen geschehen war.

»Und dann wird ausgerechnet sie zum Dolmetschen geholt.«

»Weil sie Japanisch gekonnt hat?« sagte ich. »War das der Grund? Wegen ihrer Mutter? Weil sie sonst niemanden gefunden haben?«

»Daran kannst du sehen, wie klein das Land ist. Jemand im Stab von Mosche Dajan scheint es gewusst zu haben, und irgendwie muss ihnen gelungen sein herauszufinden, wo sie

DRITTER TEIL

wohnt. So ist es dazu gekommen, dass eine junge Frau, die bis obenhin voll Drogen war, plötzlich eine Schlüsselrolle in einem für die nationale Sicherheit höchst bedeutsamen Augenblick eingenommen hat. Ich muss dir nicht sagen, wie baff ich war, als sie mit dieser Geschichte zurückgekommen ist.«

Er hatte sich auf der Treppe weit nach hinten gelehnt, die Ellbogen auf eine Stufe gestützt, und lächelte, als ich ihn fragte, warum *japanische* Terroristen.

»Unterstützer für die palästinensische Sache hat es überall auf der Welt gegeben«, sagte er dann. »Die Ecke, aus der diese drei Attentäter gekommen sind, war die der Weltrevolution und die der Roten Armee. Es ist der erste Selbstmordanschlag überhaupt im Land gewesen. Daran haben sich dann alle folgenden gemessen.«

»Und deine Freundin?« sagte ich. »Was hat sie mit dem Überlebenden gesprochen? Hat sie überhaupt etwas aus ihm herausgebracht? Hat sie ihm gesagt, dass er ein Ungeheuer ist?«

»Angeblich war er vollkommen verstockt«, sagte Roy. »Er wollte nur sterben. Er war besessen davon, wie ein Kirschblütenblatt im Strahl der Morgensonne zu fallen. Das waren seine Worte, aber sie hat damals nicht gewusst, dass das ein altes japanisches Symbol für Reinheit und Vergänglichkeit ist.«

»Im Ernst?« sagte ich. »Er hat diese Schweinerei auch noch poetisch überhöht, als wäre sie nur ein sanfter Mädchentraum, aus dem man im Himmel erwacht?«

»Das wird traditionell mit den Samurai zusammengebracht«, sagte er. »Der Furchtlose muss die Kraft haben, sich lautlos und innerlich unbewegt vom Dasein zu lösen.«

»Lautlos?« sagte ich. »Mit Handgranaten?«

Er nickte, schüttelte den Kopf und nickte dann wieder.

»Habe ich behauptet, dass es logisch ist?«

ANWESENDE ABWESENDE

Es war ein Gespräch, das mir lange nachging, nicht nur wegen der Grausamkeit des Attentats und nicht nur weil wir vor Roys Haus saßen, in dem seine Frau und seine drei Töchter auf unsere Rückkehr warteten, sondern weil sich hinter seiner scheinbaren Unbeteiligtheit bemerkbar machte, wie sehr es ihn bewegte. Er sagte, dass seine Jüngste gerade zur Zeit der zweiten Intifada auf die Welt gekommen sei, als keine Woche ohne einen neuen Selbstmordanschlag vergangen war. Sie hieß wie Johns Tochter Zoe, und ebenso wie John mir damals am Hudson erzählt hatte, er habe nicht gewusst, was Angst sei, bevor er die Angst um seine Tochter in Israel kennengelernt habe, meinte auch Roy jetzt, er habe jahrelang keine ruhige Minute gehabt, wenn eine seiner Töchter aus dem Haus gewesen sei, und bei jedem Klingeln des Telefons nicht nur das Schlimmste gefürchtet, sondern gedacht, das Schicksal allein dadurch herauszufordern, dass er den Hörer abnahm oder eben gerade nicht abnahm. Darin sah er seinen Zustand in diesen Jahren am besten beschrieben, eine Sache tun zu wollen und im selben Augenblick ihr Gegenteil, weil das eine wie das andere ein Omen sein konnte und er sich später nicht vorwerfen wollte, etwas unterlassen zu haben, das ein Unheil hätte abwenden können. Seine drei Töchter waren in seinen Worten drei Herzen, die außerhalb seines Körpers schlugen, als wären es Bomben, die jederzeit hochgehen konnten. Es war ein schräger Vergleich, und als wir wieder hineingingen, bat er mich, vor den anderen kein Wort über das Gesprochene zu verlieren. Ich stand hinter ihm, als er an der Schwelle stehenblieb und sich umschaute, als müsste er sich vergewissern, nicht die falsche Tür erwischt zu haben, oder allen Ernstes kontrollieren, ob die Türpfosten mit dem Blut eines jungen Schafes oder einer jungen Ziege bestrichen waren wie in der Bibel, damit der Todesengel nicht zuschlug. Dann ging er

DRITTER TEIL

um den Tisch herum und berührte die Mädchen eine nach der anderen. Es war mehr als nur das, er legte ihnen die Hand auf, wie mir sofort klarwurde, ließ sie kurz auf ihrem Scheitel liegen, und so beiläufig das erscheinen sollte, die Bedeutung der Geste entging ihnen nicht. Sie schauten alle zu ihm hoch und suchten seinen Blick. Seine Frau beobachtete ihn dabei, und als Roy wieder Platz nahm, kämpfte er mit der Rührung und wischte einmal mehr an den Gläsern seiner Brille herum, als wären sie seine Augen, während er verkündete, es sei jetzt genug mit dem ganzen Hokuspokus, den Schreckgespenstern des Pharao und den Strafaktionen Gottes und er würde lieber einen Witz hören, als zum hundertsten Mal diesen abergläubischen Kram wiederzukäuen.

IV

Der Versuch, Marwan zu treffen, hatte etwas von einem Katz-und-Maus-Spiel, aber ich kam erst am Ende meiner Bemühungen auf den Verdacht, dass die Verabredungen alle nur vorgetäuscht waren und dass ich ihn gar nicht sehen sollte. Ich hatte immer noch keinen direkten Kontakt zu ihm, und die Kommunikation lief nach wie vor über Naima. Gleich nach meiner Ankunft in Israel hatte ich ihr eine SMS geschickt und innerhalb von ein paar Minuten Antwort bekommen, und seither verständigten wir uns so. Die erste Begegnung mit ihrem Bruder war für den Tag nach meiner Einladung bei Roy geplant. Es sollte am Nachmittag in Hebron sein, an einer Kreuzung oder einem Kreisverkehr im Zentrum, wo die Busse und Sammeltaxis hielten. Um mich ein bisschen umzuschauen, fuhr ich schon früher hin. Am Tag zuvor war in den Hügeln westlich der Stadt in der Nähe eines Kontrollpunkts ein israelischer Polizist erschossen worden, wahrscheinlich ein Terrorakt, und der Täter bewegte sich auf freiem Fuß. Er hatte von der Straßenseite das Feuer auf das vorbeifahrende Auto eröffnet und den Mann, der mit Frau und Kindern unterwegs zum Seder bei seinen Eltern war, tödlich getroffen. Ich las darüber in der Zeitung, die ich mit in den Bus genommen hatte, einen nur von Palästinensern und vielleicht dem einen oder anderen Touristen frequentierten alten Mercedes Diesel mit durchgesessenen Sitzen und im Fahrtwind wehenden Vorhängen, der direkt bis Bethlehem fuhr. Mir war klar, dass die Gespräche der anderen um den Anschlag kreis-

DRITTER TEIL

ten, obwohl ich kein Wort verstand und niemanden darauf anzusprechen wagte. Ich wollte nicht, dass einer die Tat vor mir rechtfertigte. Deshalb überlegte ich beim Umsteigen auch, für die Weiterfahrt ein Taxi zu nehmen, aber dann schloss ich mich doch den paar Männern und zwei Frauen an, die an der Haltestelle warteten.

In Hebron war es wahrscheinlich nur ein Tag wie viele. Dort angekommen, lief ich eine Weile ziellos im Suk umher und ging dann in die Shuhada Street. Seit der Zugang für Palästinenser gesperrt blieb, um die jüdischen Siedler im Zentrum zu schützen, war sie einer der Hauptanziehungspunkte für politische Touristen in der Stadt, und ob ich wollte oder nicht, als solcher fühlte ich mich, kaum dass ich den Bereich betreten hatte. Der israelische Soldat an seinem Eingang ließ mich mit einer merkwürdig verlegenen Geste vorbei, nachdem er meinen Pass kontrolliert hatte. Er stand in voller Montur in der Sonne, ausgerüstet wie ein Weltraumritter aus einem Science-Fiction-Film, seine behandschuhten Hände an der Waffe. Nicht weit von seinen Füßen spielten zwei Kinder auf dem Asphalt, ein Mädchen und ein Junge, vielleicht fünf und sechs Jahre alt, sie mit blondem Engelshaar, er mit Schläfenlocken. Sie trugen beide Festtagskleidung wie vor hundert Jahren vielleicht irgendwo in Galizien.

Ich ging ein Stück die menschenleere Straße hinunter, High Noon wie in einem Westernstädtchen, an den Häusern der Siedler vorbei, an einer Jeschiwa oder Synagoge und dann an den Verkaufsständen der palästinensischen Händler, die seit der zweiten Intifada geschlossen und verbarrikadiert waren. Vom anderen Ende näherte sich ein Militärjeep. Seine Heckantenne ragte meterhoch in den Himmel, er fuhr nicht schneller als Schritttempo. Ich blieb stehen, und es dauerte eine halbe Ewigkeit, bis er mich erreicht hatte. Die beiden Uniformierten, die

388

in ihm saßen, trugen Sonnenbrillen und taten so, als würden
sie mir nicht die geringste Aufmerksamkeit schenken, während
sie gleichzeitig demonstrativ auf meiner Höhe wendeten, um
mich herumkurvten und genauso langsam, wie sie gekommen
waren, wieder verschwanden. Ich strebte dem Ausgang zu und
versuchte noch da und dort einen Blick in einen der Hausein-
gänge zu werfen. Es schien niemand anwesend zu sein, aber
als ich mich einmal die paar Stufen einer Treppe hinunterwagte
und unversehens auf einer Terrasse mit Grünpflanzen und einer
Wäscheleine stand, schaute ich im nächsten Moment wieder in
die verborgenen und verspiegelten Augen eines Soldaten, der
eine gelangweilte Bewegung mit dem Gewehr machte, um mich
fortzuscheuchen.

Als ich wieder draußen in der Welt anlangte, atmete ich auf.
Es waren nur ein paar Schritte in dieses Stück Niemandsland
gewesen, aber ich fühlte mich elend und müde und fragte mich,
was ich hier verloren hatte. Auf halbem Weg zum Patriarchengrab fand ich im Suk ein Café, wo ich mich auf einen der Hocker
neben dem Eingang setzte und wartete, bis es Zeit war, zu meinem Treffen zu gehen. Vor mir öffnete sich die Gasse zu einem
kleinen Platz, und in der Zeit meiner Anwesenheit kam zweimal ein Trupp Uniformierter vorbei, Soldaten mit Helmen und
Schilden, dicht an dicht in einer strengen Reihe, die ihr schritt-
weises Vorrücken nach allen Seiten sicherten. Die Jugendlichen,
die an der Wand des Gebäudes gegenüber lehnten, verstumm-
ten bei ihrem Erscheinen und lachten, machten obszöne Gesten
hinter ihnen her, kaum dass sie wieder abzogen. Beim zweiten
Mal warf einer, für die Bewaffneten nicht zu sehen, einen Stein
auf ein Dach, und das polternde Geräusch, das dieser beim He-
runterrollen über die Ziegel verursachte, ließ sie augenblicklich
erstarren, ihre Gewehre im Anschlag. Für den Bruchteil einer

DRITTER TEIL

Sekunde sah es so aus, als könnte alles geschehen, aber dann tappten sie weiter, und auch die Jungen, die gerade noch fluchtbereit gewirkt hatten, entspannten sich wieder und klopften sich wie nach einer Heldentat gegenseitig auf die Schultern.

Naima schrieb zweimal eine SMS, dass Marwan sich verspäten werde, zuerst um eine Stunde, dann noch einmal um eine halbe, und als ich mich schließlich an der Kreuzung einfand, war nicht er es, sondern sie, die mir winkend durch den stockenden Verkehr entgegenkam. Sie sagte, ihr Bruder sei schon nach Bethlehem zurückgefahren, und wenn ich einverstanden sei, könne sie mich später in ihrem Auto mitnehmen und dort mit ihm zusammenbringen. Ich hatte da noch keine Zweifel an seinem Wollen, auch wenn ich aufhorchte, als sie meinte, es sei nicht gut, wenn er mit mir gesehen werde, hier gebe es jetzt besonders viele wachsame Augen und ein von außen Kommender falle auf Schritt und Tritt auf. Als ich sie fragte, warum wir uns dann nicht gleich woanders verabredet hätten und wer etwas dagegen haben könne, dass Marwan mich traf, war nicht viel aus ihr herauszubringen, und ich ließ mich mit der ausweichenden Antwort abspeisen, sie spreche von Leuten, die ihn in den Blick genommen hätten.

Ich erinnerte mich, dass sie schon bei unserem ersten Treffen im Jahr davor Andeutungen gemacht hatte, dass für ihren Bruder die Rückkehr nach Hause nach seinem Aufenthalt in Österreich mit Schwierigkeiten verbunden sein könnte, weil er sich wahrscheinlich Verdächtigungen ausgesetzt sähe. Sie hatte gesagt, ein solcher Kontakt ins Ausland, ja, allein die Möglichkeit eines solchen Kontakts mache ihn in gewissen Kreisen zu einem potentiellen Verräter. Jetzt stellte sich heraus, dass er nicht nur bei seiner Wiedereinreise an der Grenze zu Jordanien aufgehalten und schikaniert worden war, angeblich volle sechs Stunden

390

lang, sondern dass er gleich am Tag darauf Besuch bekommen hatte, aber sie wollte wieder nicht preisgeben, von wem. Wir standen immer noch auf der Insel des Kreisverkehrs, auf der ich ihr entgegengegangen war, und rund um uns stauten sich hupend die Autos, als sie mir schon zum zweiten Mal zu verstehen gab, lieber nicht darüber sprechen zu wollen.

Bevor wir nach Bethlehem fuhren, bestand sie darauf, mich noch einmal in den Suk zu führen. Sie trug das Haar offen, viel Lippenstift, viel Lidschatten, und hatte sich betont westlich angezogen, enge schwarze Jeans, Pumps, eine eng geschnittene schwarz-weiß gestreifte Bluse mit Bordüre, womit sie natürlich auffiel. Als Mädchen war sie ein paar Jahre in Kuwait zur Schule gegangen, und wenn sie mit den Händlern sprach, wurde sie zuerst immer für eine Ausländerin gehalten und genoss es. Sie wollte mir das Patriarchengrab zeigen, aber der Soldat an dem Kontrollposten vor dem Eingang verwehrte ihr den Zutritt, nachdem er nicht einmal einen Blick auf ihren Ausweis geworfen hatte, und wir kehrten um. Sie sagte, sie gehe jede Woche einmal hin und sei fast immer durchgelassen worden, und sprach dann übergangslos von dem Massaker, das dort vor zwanzig Jahren ein jüdischer Siedler während des Freitagsgebets angerichtet hatte. Ich wusste das schon aus dem Reiseführer, es hatte mehr als zwei Dutzend Tote gegeben, aber mir wurde erst jetzt klar, dass der Ort von Anfang an ihr Ziel gewesen war und dass es sie nur deswegen in die Moschee mit den Erinnerungsgräbern von Isaak und Rebekka zog, um mir an der Stelle des Attentats davon erzählen zu können.

Auf dem Rückweg wurden wir von vorbeieilenden Passanten gewarnt, es gebe weiter vorn einen Zusammenstoß, wir sollten einen anderen Weg nehmen, und kaum hatten wir die engen Gassen verlassen, erblickte ich an einer Straßenecke eine Grup-

DRITTER TEIL

pe vermummter Jugendlicher. Ihnen gegenüber hatte sich hinter Schilden eine Einheit Uniformierter postiert, und kaum dass die ersten Steine flogen, hörte ich das Plop-Plop der Gummigeschosse und das Scheppern, mit dem die Tränengasgranaten auf den Asphalt fielen, und sah den Rauch in der Luft. Es wirkte harmlos wie im Fernsehen, und ich blieb stehen, aber Naima packte mich am Arm und zog mich mit sich fort. Sie hatte während der zweiten Intifada in Ramallah erlebt, wie die israelische Armee ihr Wohnhaus geräumt hatte, und ging seither kein Risiko ein, wenn sie nur das geringste Anzeichen von Gewalt wahrnahm. Nachdem sie damals gelauscht hatte, wie sich die Soldaten auf der Suche nach Verdächtigen Stockwerk um Stockwerk vom Dachboden zum Keller voranarbeiteten, hatte sie die Tür zu ihrem Apartment geöffnet, damit sie diese nicht eintreten mussten, und gewartet, bis zwei Rekruten schreiend und gestikulierend an ihrer Schwelle erschienen und ihr befahlen, sich bäuchlings hinzulegen und die Hände im Nacken zu verschränken. Sie hatte sich danach erst erhoben, als das Poltern treppab und der Lärm der davonfahrenden Einsatzwagen lange schon verklungen waren. Jetzt hatte sie ihre Schuhe ausgezogen und trug sie in der Hand, während sie barfuß vor mir her lief und nicht stehenblieb, bevor wir in sicherer Entfernung waren.

Wir saßen bereits im Auto, als ich mich erkundigte, ob der Krawall etwas mit dem erschossenen Polizisten zu tun habe. Sie hatte ihren Sitz ganz vorgerückt und hing, die Ellbogen aufgestützt, ungeduldig über dem Lenkrad, weil wir im Stadtverkehr nur langsam vorankamen. Auf ihrer Stirn standen Schweißperlen, die sofort wieder erschienen, kaum dass sie mit dem Handrücken darübergewischt hatte.

»So etwas kommt beinahe jeden Tag vor«, sagte sie. »Jetzt

sind auch noch die Feiertage. Da genügt der kleinste Funke, um alles zum Brennen zu bringen. Sonst ist es normal.«

Ich fragte sie, ob man schon mehr über den Anschlag wisse und wer verantwortlich sei, und sie lachte verächtlich und sagte, was es da viel zu wissen gäbe.

»Wer soll verantwortlich sein, wenn in Palästina ein israelischer Polizist erschossen wird? Denk einmal scharf nach. Wie wäre es, wenn du die Frage seinen Vorgesetzten stellen würdest?«

»Aber er war nicht im Dienst«, sagte ich. »Er war mit seiner Familie unterwegs. Genausogut hätte es seine Frau oder eines der Kinder erwischen können. So einfach ist das doch nicht.«

»Er war ein Besatzer«, sagte sie. »Soll ich seinetwegen Tränen vergießen? Es hat ihn niemand gebeten, hierherzukommen. Glaubst du, von denen zerbricht sich einer den Kopf, wenn sie einen Jungen mit einem gezielten Schuss zur Strecke bringen, nur weil er einen Stein geworfen hat?«

Wir hatten die Stadt jetzt hinter uns gelassen, doch es ging immer noch zäh voran. Vor uns fuhr ein Lastwagen, der Schutt geladen hatte und dichte, schwarze Abgaswolken ausstieß, die Naima fluchend kommentierte. Ich hatte sie weicher in Erinnerung, aber es mochte mit ihrer Anspannung zu tun haben, dass sie sich jetzt nicht mehr zurückhielt.

»Erinnerst du dich, dass wir bei unserem letzten Treffen in Bethlehem über die Möglichkeit einer dritten Intifada gesprochen haben?«

»Natürlich«, sagte ich. »Wie könnte ich nicht?«

»Erinnerst du dich, was ich gesagt habe?«

»Ja«, sagte ich. »Du hast gesagt, die Frage ist nicht, ob eine dritte Intifada möglich ist, sondern ob sie wünschenswert ist, und hast das verneint.«

DRITTER TEIL

»Ich weiß nicht, ob meine Einschätzung von damals noch stimmt«, sagte sie. »Allein wenn ich sehe, dass in den letzten beiden Wochen kaum ein Tag vergangen ist, an dem es nicht Unruhen auf dem Tempelberg gegeben hat, denke ich manchmal, dass eine dritte Intifada der einzige Ausweg ist. Wenn sie uns von dort vertreiben wollen, müssen wir uns wehren. Alles andere wäre Selbstaufgabe.«

In Bethlehem angekommen, setzten wir uns vor der Katharinenkirche auf eine Steinbank und warteten auf Marwan, aber das Spiel ging von neuem los. Zuerst verspätete er sich um eine halbe, dann noch einmal um eine Dreiviertelstunde, und dann hieß es, er könne leider gar nicht kommen und müsse unser Treffen auf den nächsten Tag verschieben, weil er mit seinem Vater einen dringenden Auftrag zu erledigen habe. Naima trat zum Telefonieren immer ein paar Schritte beiseite und entschuldigte sich, wenn sie wieder zurückkam. Lange war nichts aus ihr herauszubringen, und als sie mir den Vorschlag für einen neuen Versuch machte, war meine Überraschung groß. Wir sollten uns doch wieder in Hebron treffen, weil Marwan darauf bestand, und davon, dass der Ort nicht geeignet sei, war auf einmal keine Rede mehr.

Ich erfuhr erst jetzt, dass er seit ein paar Wochen als Wachmann an Naimas Universität arbeitete. Im Geschäft ihrer Eltern gab es zu wenig zu tun, und sie hatte ihm die Stelle verschafft. Darüber zu sprechen war ihr sichtlich unangenehm. Sie sagte, es sei nur vorübergehend, und als sie mich zum Bus brachte, kannte ich nicht mehr als die dürrsten Fakten. Wir verabredeten uns für den folgenden Morgen an der Haltestelle, wo sie mich in aller Frühe wieder einsammeln und im Auto mitnehmen sollte, und sie beschwichtigte mich zum Abschied noch, wenn wir in Hebron wären, würde ich Marwan gleich als erstes sehen.

ANWESENDE ABWESENDE

Es war spät, als ich nach Jerusalem zurückkam. Der Bus wurde an einem Kontrollpunkt an der Stadtgrenze länger als gewöhnlich aufgehalten. Das Inspizieren der Fahrgäste dauerte, weil bei einem die Papiere beanstandet wurden. Bevor wir weiterfahren konnten, standen wir lange am Straßenrand und durften erst dann wieder einsteigen. Ich war der einzige Tourist, außer mir nur ein paar ältere Männer, die schweigend warteten und rauchten und die Verzögerung über sich ergehen ließen, als kennten sie nichts anderes. Als wir das Damaskustor erreichten, war ich erleichtert und setzte mich gegenüber dem Eingang zum Österreichischen Hospiz an einen der Tische, um noch etwas zu essen. Dort machte die Via Dolorosa einen Knick, und die Soldaten, die zu jeder Tages- und Nachtzeit vor dem Armenischen Gästehaus vis-à-vis standen, erweckten auf den ersten Blick einen absurd schläfrigen Eindruck, waren in Wirklichkeit aber hellwach. Sie stützten sich auf die Metallgitter, mit denen sich in Sekundenschnelle der Durchgang sperren ließ, und fingerten wie abwesend an ihren Handys herum. Ihre Gewehre hatten sie vor sich auf den Boden gerichtet, und es brauchte nur eine kleine Bewegung, um sie in Anschlag zu bringen.

Als ich mich am nächsten Morgen auf den Weg machte, war die Stadt im ersten Licht in ein milchiges Weiß getaucht. Ich nahm nicht den Bus, der durch einen Tunnel direkt nach Bethlehem fuhr, sondern ließ mich von einem Taxi an die Mauer bringen. Dort war ich der einzige, der so früh schon hineinwollte, aber herausgekommen waren bereits mehrere Dutzend Männer, die auf dem Parkplatz davor auf ihren Weitertransport warteten, allem Anschein nach Arbeiter, die morgens und abends durch die Viehschleuse pendelten. Sie sahen zu dieser Stunde schon erschöpft und verschwitzt aus, eine gedrückte Schicksalsgemeinschaft, die eine unheimliche Ruhe ausstrahlte und mit

DRITTER TEIL

ihren Schnurrbärten und Bündeln wie eine Schar Tagelöhner aus einer anderen Zeit wirkte.

Obwohl es noch nicht sieben war und die Sonne erst aufging, waren schon viele Schulkinder unterwegs, ihre Ranzen schwer bepackt auf dem Rücken. Der Weg von dem Durchgang an der Mauer zu dem Treffpunkt, den ich mit Naima vereinbart hatte, führte durch ein Flüchtlingslager, und sie mussten aus den umliegenden Häusern kommen. Ich ging zu Fuß, und manchmal hörte ich ihre Schritte hinter mir, so dass ich mich nach ihnen umdrehte. Zwei Tage zuvor, als ich den Ölberg hinaufgestiegen war und dann auf der anderen Seite hinunter Richtung Abu Dis und Bethanien, war ich von einer Gruppe von Jungen mit Steinen beworfen worden und sah mich deshalb jetzt vor. Sie hatten mich für einen Eindringling gehalten, aber diese hier beachteten mich gar nicht und liefen, ohne aufzuschauen, allein oder zu zweit am Straßenrand, wo der Müll manchmal knöcheltief stand.

Ich musste keine zwei Minuten auf Naima warten, so pünktlich war sie. Sie hatte diesmal ein Kostüm an, wieder Pumps, ihr Haar wieder offen, und was das bedeutete, wurde mir erst klar, als wir in Hebron das Gelände der Universität erreichten. Dort war sie die einzige Frau, die nicht traditionelle Kleidung trug, nicht wenigstens ein Kopftuch und ein Mantelkleid über Hosen wie die meisten, und alle Blicke waren auf uns gerichtet, als wir das Hauptgebäude betraten. Es war ein unscheinbarer, turmartiger Betonbau mit ein paar notdürftig angebrachten Arabesken, die Häuser rundum genauso nackt und nur roh verputzt, viele in halbfertigem Zustand. Die Tür zu einem Hörsaal stand offen, Mädchen und Jungen saßen getrennt, und vor ihnen ging ein Mann mit Prophetenbart auf und ab und warf wilde Blicke in das Auditorium. Wir befanden uns nicht weit vom Zentrum, und aus Naimas Büro im vierten Stock konnte man über die Dächer auf die Hügel in der Ferne sehen. Sie teilte sich den Raum mit drei anderen Frauen, und die Abteile waren durch Stellwände mit einem Streifen Milchglas in Kopfhöhe voneinander getrennt. In einer Ecke des Raums stand eine palästinensische Flagge, und an einer der Wände, vielleicht ein mal eineinhalb Meter groß, hing eine alte Karte von Palästina aus der britischen Mandatszeit, vor der Naima mich mit den Worten, sie habe noch zu tun, allein ließ.

Kaum hatte sie das Büro verlassen, hörte ich hinter mir ein Geräusch. Ich hatte nicht gemerkt, dass an einem der Schreibtische bereits jemand saß, aber jetzt kam eine junge Frau dahinter hervor und trat auf mich zu. Sie war nicht älter als fünfundzwanzig, bis auf das Gesicht ihr ganzer Körper verhüllt, gerade noch die Hände zu sehen in den langen Ärmeln ihres Kleides, aber ihr Blick hätte nicht freier sein können, als sie mich fragte, ob ich auf Marwan wartete.

»Du darfst seiner Schwester nicht sagen, dass ich dir das verrate«, sagte sie. »Aber offen gestanden kann ich mir nur schwer vorstellen, dass er auftauchen wird.«

Für mich kam das derart überraschend, dass ich sie nur ansah. Nicht allein, dass sie so sicher war, mehr noch, dass sie sich einem Fremden anvertraute, den sie gerade zum ersten Mal traf, erschien mir anfangs mysteriös. Wenn ich die Situation in dem Büro richtig einschätzte, war Naima ihre Vorgesetzte, was ihr Verhalten noch unerklärlicher machte. So wie sie dastand und über sie sprach, klang es, als würde sie den Aufstand proben. Dabei schien sie ganz ruhig.

»Er wollte sich heute freinehmen«, sagte sie. »Ich bin nicht sicher, ob er überhaupt hier ist. Er hat davon gesprochen, nach Ramallah zu fahren. Dort soll es eine Demonstration geben.«

DRITTER TEIL

»Dann weiß er nichts von meinem Besuch.«

»Selbstverständlich weiß er davon«, sagte sie mit einer Nachdrücklichkeit, als ginge es genau darum, dass er sich trotzdem widersetzte. »Seiner Schwester liegt viel daran, dass ihr euch seht. In den letzten Tagen hat sie kein wichtigeres Thema gehabt. Dass er sich womöglich mit ganz anderen Plänen trägt, ist ihr entgangen.«

Das war ein Anfang, der all meine Erwartungen erschütterte, aber so lernte ich Amal kennen, und als Marwan um neun nicht erschien und dann auch um zehn und um elf und halb zwölf nicht und Naima nur immer wieder kurz hereinhuschte, um etwas zu holen und einen neuerlichen Aufschub zu verkünden, leistete sie mir Gesellschaft. Ab und zu kehrte sie für ein paar Minuten an ihren Schreibtisch zurück, verließ ihn dann aber sofort wieder und begann erneut ein Gespräch oder wartete darauf, dass ich es tat. Sie sprach ein zerhacktes Englisch, grammatikalisch nahezu perfekt, jedoch mit unkontrollierten Pausen zwischen den Worten und mitunter sogar Silben. Als müsste sie die verlorene Zeit danach einholen, huschte sie über das Wichtigste hinweg und verschluckte es manchmal. Außer den drei Tagen in der Woche, die sie hier in der Verwaltung arbeitete, studierte sie Architektur. Sie schrieb an einer Diplomarbeit über die Einnahme und Zerstörung von Flüchtlingslagern während der zweiten Intifada. Ich hörte staunend zu, als sie ohne jede Ironie erzählte, dass die israelische Armee bei ihrem Vorgehen eine neue Philosophie des Raums entwickelt habe, die sich in der Theorie wunderbar anlasse, in der Praxis aber nur bedeute, dass die Soldaten aus Angst vor Scharfschützen und Sprengfallen buchstäblich durch die Wände von Wohnung zu Wohnung und von Haus zu Haus gegangen waren. Offenbar hatte sie ein Stipendium in England gehabt, das sie während der letzten großen Angriffe auf Gaza abgebrochen hatte, um bei ihren Leuten zu sein, wie sie sagte. Dabei sah sie mich mit einem Ausdruck an, als erwartete sie gar nicht, dass ich sie verstand. Bedeuten sollte er wohl, dass sie das Unglück gewählt hatte, weil man Glück in gewissen Situationen allzuleicht als schlechtes Verhalten ansehen konnte.

Ich merkte erst nach und nach, dass sie auf radikale Weise modern war und sich deshalb nichts beweisen musste. Sie brauchte nicht vom Nachtleben in Ramallah oder von ihren Reisen nach Jordanien oder Ägypten ans Meer zu schwärmen wie Naima, weil sie frei von diesen Maßstäben war. Sie konnte das Kopftuch tragen und hätte es genausogut ablegen können, und allein *dass* sie es konnte, machte sie stolz. Wenn ich später an sie dachte, erinnerte ich mich, mit welcher Selbstverständlichkeit sie von Abu Ammar, Abu Dschihad und Abu Quassam gesprochen hatte, als lebte ich in ihrer Welt und müsste wissen, wer damit gemeint war. Mein Nachhaken löste ein grundsätzliches Gespräch aus, bei dem sie mir die Frage stellte, wie viele Terroristen ich kennen würde, die nach einer ersten Karriere im Untergrund den Friedensnobelpreis bekommen hätten, und wie viele Friedensnobelpreisträger, denen man die Auszeichnung für nichts und wieder nichts hinterhergeworfen habe und die dann in Amt und Würden durch Terrorakte hervorgetreten seien.

Es brauchte nicht viel, damit ich mich ihrer Bestimmtheit nicht zu entziehen vermochte. Sie kannte Marwan über Naima von einer Wandergruppe der Universität, die sich an den Wochenenden zu Tagestouren irgendwo im Umland traf. Er war für die Routen verantwortlich, eine Art Führer für die zehn, manchmal auch mehr Interessierten, und hatte den Ehrgeiz, ihnen jeden Quadratmeter des Landes zu zeigen, auf dem sie sich wenigstens scheinbar frei bewegen durften. Sie sprach in

DRITTER TEIL

einer Mischung aus Reserviertheit und Bewunderung von ihm, und obwohl mein Gefühl wuchs, dass sie einen ganzen Bereich einfach aussparte, drängte ich sie nicht und ließ sie erzählen. Womöglich hatte ihre Zurückhaltung auch mit ihren beiden Kolleginnen zu tun, die später gekommen waren und uns sicher zuhörten. Sie saßen hinter ihren Computern, hatten uns aber an dem Tischchen mitten im Raum im Blick, zu dem hin alle Abteile sich öffneten. Einmal brachte ein Hausdiener Tee, und die beiden gesellten sich für eine Weile zu uns. Der Angestellte war vielleicht fünfzig, wirkte aber wie ein alter Mann, als er sich mit vorsichtigen Schritten und offensichtlichen Schwierigkeiten beim Gehen näherte und das Messingtablett mit den Gläsern vor uns absetzte. Sie stellten ihn als Abu Issa vor und brachten ihm einen Respekt entgegen, der nicht zu seiner Position passen wollte. Er hatte ein zerfurchtes, aber glattrasiertes Gesicht, trug ein weißes Hemd und Stoffhosen, deren Berührung mit der Haut ich mir unangenehm vorstellte, und verfiel immer wieder in einen Ausdruck, als würde er gerade zu einem Lächeln ansetzen, das aber nie kam. Was ich stattdessen wahrzunehmen glaubte, war Schmerz und Freude am Schmerz. Das ergab eine paradoxe Mischung aus Demut und Stolz, und als er wieder hinausging, sprach Amal über ihn, noch bevor er die Tür hinter sich geschlossen hatte, und sagte, er sei bei ihren Wanderungen immer dabei.

»Zu Fuß schafft er es zwar nicht mehr so gut, aber er lässt sich kein Wochenende entgehen. Er tut ein paar Schritte mit uns und fährt dann mit seinem Auto zu einem verabredeten Treffpunkt. Niemand kennt die Hügel um Hebron besser als er. Manchmal tragen wir ihn auch ein Stück, wenn es nicht anders machbar ist, weil es keine Straße gibt. Wir haben dafür eine eigene Vorrichtung.«

»Ihr tragt ihn?«

»Mit einem Sitz, zwei Träger vorne, zwei hinten. Wie sagt man? Ich kenne das englische Wort nicht.«

»Eine Sänfte?«

»Ja«, sagte sie. »Wir tragen ihn in einer Sänfte.«

»Ihr tragt ihn in einer Sänfte in den Hügeln von Hebron herum?«

»Er weiß am genauesten, wie weit wir uns den Siedlungen nähern dürfen, ohne dass wir Angst haben müssen, dass von dort auf uns geschossen wird. Sein Sohn Issa ist Marwans bester Freund. Sie haben ihn dazu gebracht, bei uns mitzumachen.«

Das ergab alles keinen richtigen Sinn, der Stolz, die Demut, die Arbeit als Hausdiener oder Faktotum an der Universität, das absurde Herumgetragenwerden in einer Sänfte, aber als Amal jetzt zu ihrem Schreibtisch ging und mit einem Foto zurückkam, konnte ich mich davon überzeugen, dass sie nicht nur dahergeredet hatte. Darauf war der Mann zu sehen, wie er auf seinem Sitz thronte, der irgendwo in der Landschaft abgestellt war, im Hintergrund der obligatorische Olivenbaum eines Bilderbuch-Palästina und das zerfallene Gemäuer eines Hauses. Abu Issa bedeutete der Vater von Jesus, und was das für den Mann hieß, wenn er auch noch hofiert wurde, konnte ich nur ahnen. Er schaute dem Betrachter so unverblümt in die Augen, dass ich selbst vor dem Bild den Blick am liebsten abgewandt hätte. Links neben ihm stand Marwan, der andere rechts musste sein Sohn sein, ein dicklicher Junge mit weichen Gesichtszügen, der sich in seiner Pose nicht wohlzufühlen schien. Sie hatten beide die Arme hoch über der Brust verschränkt, aber der Versuch, Autorität auszustrahlen, wollte nicht recht gelingen. Dahinter drückten sich vier junge Frauen aneinander, alle mit langen Kleidern und Kopftüchern, alle lachend. Ich suchte Amal unter

DRITTER TEIL

ihnen, und als hätte sie es gemerkt, sagte sie im selben Augenblick, sie sei nicht dabei, weil sie das Foto gemacht habe. »Es ist vom vorletzten Wochenende. Abu Issas Geburtstag. Nicht weit entfernt von dem Ort, wo sie vor zwei Tagen den Polizisten erschossen haben.«

Ich horchte auf, ob sie mir damit etwas nahebringen wollte, aber sie schien auf nichts anzuspielen. Dennoch registrierte ich, dass sie »sie« gesagt hatte. Nach dem Bericht in der Zeitung war es ein Mann gewesen, der in das Auto gefeuert hatte, und entweder war es ihr nur unterlaufen, oder sie ging selbstverständlich davon aus, dass es sich nicht um einen Einzeltäter handeln konnte.

»Wir sind oft in der Gegend«, sagte sie. »Abu Issa stammt von ganz in der Nähe. In den nächsten Wochen brauchen wir gar nicht daran zu denken, überhaupt nur dorthin zu wollen. Man wird keinen Schritt tun können, ohne in eine Kontrolle zu geraten. Sie haben schon angefangen, die Dörfer zu durchsuchen.«

Ich hatte inzwischen mehr über den Anschlag gelesen und sah sie entgeistert an, weil er sie nicht im geringsten zu bewegen schien. Der Polizist war augenblicklich tot gewesen, und man konnte von Glück reden, dass sein Fuß auf dem Gaspedal geblieben war. So hatte seine Frau sich über ihn beugen und das Auto aus der Gefahrenzone manövrieren können, obwohl sie selbst getroffen wurde. Sonst wäre sicher noch mehr passiert mit den vier Kindern im Fond, die ihren Vater verloren hatten.

Es konnte nicht sein, dass Amal darin nur ein Problem für ihre Wandergruppe sah, und je mehr sie dazu sagte, um so unheimlicher wurde mir ihre Prozession mit dem Alten, ihre pathetische Landnahme oder was es sonst sein sollte, genau da,

ANWESENDE ABWESENDE

wo vor zwei Tagen ein Jude in einem vorbeifahrenden Auto erschossen worden war. Selbst wenn die Ereignisse nicht unmittelbar etwas miteinander zu tun hatten, war die Nähe zu groß.
Das wurde nicht besser, als sie auch noch Abu Issas Geschichte erzählte oder vielmehr nicht erzählte, so wie sie Dinge hervorkehrte und andere wegließ. Angeblich hatte er neun Jahre in
israelischen Gefängnissen verbracht, aber als ich sie fragte, warum, erwiderte sie nur, für einen von ihnen brauche es keinen
Grund, er könne wegen nichts und wieder nichts hinter Gittern
landen, der Wunsch nach Freiheit allein sei in der Regel genug.
Es war das übliche Vorgehen, Anklage bei gleichzeitiger Weige-
rung, auch nur die geringste eigene Schuld einzugestehen, und
irgendwo in den vielen Leerstellen schien es etwas zu geben,
wofür sie den Hausdiener bewunderte.

»Es hat keinen Sinn, dir das alles zu erklären«, sagte sie
schließlich. »Wenn du etwas davon verstehen willst, müsste ich
ohnehin nicht mit Abu Issa, sondern mit seinem Vater anfangen.«

»Mit seinem Vater?« sagte ich. »Warum?«

»Abu Issas Vater ist acht Jahre alt gewesen, als die israelischen Soldaten im Herbst 1948 in sein Dorf gekommen sind.«

»Ist er vertrieben worden?«

»Nein«, sagte sie. »Er hat sich in den Hügeln versteckt. Bei
seiner Rückkehr am Tag darauf ist er in den Straßen und vor der
Moschee auf die Toten gestoßen. Es sind Dutzende und Aber-
dutzende gewesen, viele von ihnen keineswegs Kämpfer, im
Gegenteil, wehrlose Männer, Frauen und Kinder.«

Es war zu spät, die Ohren davor zu verschließen, aber beim
Gedanken an Roy und den Sederabend bei ihm zu Hause zweifelte ich, ob es richtig war, mir das hier anzuhören. Dort hatte
ich erzählt, dass ich in die Westbank fahren und eine Freundin

403

DRITTER TEIL

treffen würde, und während er selbst nur neugierig reagiert hatte, war seine Frau von da an zurückhaltend gewesen und hatten mich die beiden älteren Töchter mit einer Mischung aus Nachsicht und Spott, vielleicht auch Verachtung angesehen. Nur in Zoes Blick, wenn ich ihn richtig interpretierte, war absolute Verständnislosigkeit gelegen. Ich dachte jetzt an sie und das Zutrauen, das sie mir zuvor entgegengebracht hatte, und ich dachte an Johns Tochter, die denselben Namen trug. Zweimal Zoe, zweimal Leben, darum ging es doch. Ich wusste zu wenig von Abu Issa und seiner Familiengeschichte, aber ich meinte dunkel zu ahnen, dass auch er zu der Bedrohung gehörte, von der John ebenso wie Roy gesprochen hatte. Sie hatten nicht die gleichen Worte gewählt, aber es reduzierte sich für beide auf ihre Angst als Vater, wenn einem in jedem Augenblick die Gefahr eines Attentats gegenwärtig sein musste. Es war doch nicht so einfach, wie ich mir eingeredet hatte, an einem Abend in Tel Aviv bei einer jüdischen Familie zum Seder zu gehen, von ihr mit der größten Herzlichkeit aufgenommen zu werden und am Tag darauf mit unklaren Absichten nach Hebron zu fahren und sich die Sorgen und Befürchtungen der Gegenseite anzuhören. Das waren andere Koordinatensysteme. Hier wurde der »Tag der Gefangenen« gefeiert, wie Amal mir sagte, dort das Pessachfest, und allein dass ich nach Belieben hin und her wechseln konnte, war schon genug. Ich hatte das Wort zurückgedrängt, aber jetzt stand es mir deutlich vor Augen, und ich konnte mir nichts vormachen, es fühlte sich an wie Verrat.

Als Abu Issa ein zweites Mal mit seinem Messingtablett eintrat, lehnte ich den Tee ab. Es war vielleicht kindisch und allemal zu spät, jetzt noch etwas richtig oder wenigstens anders machen zu wollen, und er sah mich mit einem Lächeln an, als würde er mich durchschauen und um die Vergeblichkeit und leere Eitelkeit meiner Geste wissen. Er schien zu ahnen, dass Amal mir seine Geschichte erzählt hatte. Sein Auftreten war selbstbewusster, und er behandelte mich mit ostentativer Ironie und verneigte sich tief, als er wieder hinausging.

Ich trat an das Fenster. Die Sonne stand jetzt hoch, und der Blick über die Dächer verflimmerte in der Ferne über den Hügeln. Auf einem von ihnen konnte ich ein Gebilde ausmachen, das ich erst auf den zweiten Blick als riesige Menora erkannte, die den Horizont weithin dominierte. Wenn ich mich nicht täuschte, musste irgendwo in dieser Richtung die Siedlung Kirjat Arba liegen, in die der erschossene Polizist mit seiner Familie unterwegs gewesen war. Am Himmel stand reglos ein Beobachtungsballon, und beim Gedanken, dass sein Kameraauge mich womöglich selbst aus dieser Distanz in den Blick nehmen könnte, trat ich unwillkürlich zurück.

Amal hatte sich wieder an ihren Schreibtisch gesetzt, und ich musste schon eine Weile so dagestanden sein, als Naima in Begleitung eines schwarz uniformierten Mannes zurückkam. Sein Name war Eyad, er war der Chef der Wachmänner und sollte mir Auskunft über Marwans Verbleib geben. Offensichtlich war es Naima zu dumm geworden, dass sie mich immer von neuem vertrösten musste, und zum Beweis, dass es nicht an ihr lag, zwang sie jetzt ihn, den Kopf hinzuhalten.

Eyad war ein untersetzter Mann mit einschüchternden Muskeln und dem unbedingten Willen, Naima zu gefallen, aber es konnte keine Rede davon sein, dass er eine Erklärung hatte.

»Marwan ist um acht zu seinem Dienst erwartet worden und nicht erschienen«, sagte er mit einem Widerwillen, als hätte er ihr das schon dreimal gesagt und es würde sich auch beim vierten Mal nichts ändern. »Er hat sich nicht krank gemeldet und auch nicht freigenommen.«

DRITTER TEIL

Sein Englisch war ein merkwürdiges Business-Kauder-welsch, das er sich im Fernstudium selbst beigebracht haben musste, und er stand mit verschränkten Armen da und sah Naima an, als sie ihn unterbrach.

»Bist du sicher, dass das stimmt?«

»Natürlich«, sagte er. »Ich weiß, dass es Leute gibt, die sagen, er habe sich freigenommen. Nur ist das Unsinn. Ich führe selbst die Listen.«

»Kannst du unserem Besucher sagen, ob es Marwans Art ist, einfach wegzubleiben?« sagte sie. »Hat er das früher schon gemacht?«

»Es ist gewiss nicht seine Art. Marwan hat eine ausgezeichnete Dienstauffassung. Er wäre nie ohne Grund einfach nicht erschienen.«

»Welche Erklärung hast du dann dafür?«

»Ich habe doch schon gesagt, dass mir das alles ein Rätsel ist«, sagte er. »Selbstverständlich habe ich ihn immer wieder anzurufen versucht, aber sein Handy ist aus. Ich habe jemanden zu seinem Wohnhaus geschickt, aber er war nicht da. Wir haben den ganzen Campus mehrfach abgesucht. Ich habe überall nachgefragt, aber seit gestern abend hat ihn auch von den anderen Wachmännern keiner gesehen.«

Es war unüberhörbar, wie er unter dem Verhör litt, und als Naima jetzt sagte, er solle mich herumführen und mir das Universitätsgelände zeigen, während sie noch ein paar Telefonate zu erledigen habe, nahm er das hin, um endlich der Situation zu entkommen. Sie wirkte, als hätte sie ihn für jedes Wort am liebsten getreten, und er reagierte darauf merkwürdigerweise mit immer größerer Unterwürfigkeit. Ich hatte wenig Lust, Zeit mit ihm zu verbringen, aber weil ich hoffte, vielleicht doch mehr über Marwan zu erfahren, ging ich mit.

Ich schnappte noch einen Blick von Amal auf, die hinter ihrem Computer saß und sich offensichtlich darüber belustigte, dass ich mir die Gesellschaft dieses Mannes hatte aufhalsen lassen, und schon standen wir draußen in der Hitze, und ich versuchte, seinen formellen Umgang zu unterlaufen. Es gab nicht viel zu sehen, eine neu gebaute Moschee, eine Ansammlung hässlicher Betonklötze, ein paar schlecht bewässerte Grünflächen, die er mir stolz präsentierte. Auf seine Art war er freundlich und naiv, aber das sprach keineswegs für ihn. Wir trafen immer wieder andere Wachmänner, die auch alle schwarz uniformiert waren, und als ich mich erkundigte, warum für den kleinen Campus so viele vonnöten seien, kam er ins Plaudern und sagte, die Studenten ließen sich einiges einfallen, um sie zu überlisten, und es gebe immer wieder Zwischenfälle.

Ich merkte erst daran, dass es ihre Hauptaufgabe war, Mädchen und Jungen voneinander getrennt zu halten, und konnte mir Marwan unmöglich in der Rolle vorstellen. Als wir wieder zurückkamen, fragte ich Naima als erstes, warum sie mir das nicht gesagt hatte. Von der Führung hatte ich schon unten genug, aber Eyad begleitete mich in den vierten Stock und bat mich vor der Tür des Büros, für ihn ein gutes Wort bei ihr einzulegen. Sein Verhältnis zu ihr wurde mir immer unklarer. Er war der Chef eines Trupps von Sittenwächtern und unterwarf sich einer Frau, die als einzige auf dem ganzen Campus kein Kopftuch trug. Die Art, wie sie ihn entließ, als er anklopfte und abwartend herumstand, hätte nicht verächtlicher sein können. Sie verscheuchte ihn mit einer Handbewegung, und er warf mir im Weggehen einen flehenden Blick zu. Im nächsten Moment wollte sie schon von mir wissen, ob er sich gut betragen habe.

»Was möchtest du hören?« sagte ich, ohne zu verbergen, wie aufgebracht ich war. »Sag mir lieber, was für Leute das sind.«

DRITTER TEIL

Naima dirigierte mich in ihr Abteil, bevor sie antwortete.
»Reg dich nicht auf«, sagte sie. »Ich erkläre dir alles.«
»Weißt du, was Eyad zu mir gesagt hat?«
»Beruhige dich doch.«
»Wenn er ein Mädchen und einen Jungen allein irgendwo
sieht, macht er sie darauf aufmerksam, dass es besser für sie ist,
sich in der Gemeinschaft aufzuhalten. Das ist sein Auftrag. Er
nimmt sie an der Hand und führt sie zu den anderen zurück.«
»Er ist dazu da, für Ordnung zu sorgen.«
»Wie meinst du das?« sagte ich. »Ordnung? Das kann nicht
dein Ernst sein. Warum kriecht er dann ausgerechnet vor dir, wo
du dich am wenigsten daran hältst?«
Ich war immer lauter geworden, und obwohl Amal und ihre
beiden Kolleginnen nicht aufblickten, legte Naima einen Finger
auf ihre Lippen und bedeutete mir, leise zu sprechen. Sie schob
mir einen Stuhl hin. Dann ging sie um ihren Schreibtisch herum
und setzte sich.
»Das Problem ist, dass ich ihm nicht traue«, sagte sie, ohne
auf meine Frage einzugehen. »Ich kann mir nicht vorstellen,
dass er nicht weiß, wo Marwan steckt. Seit er in diese Gesellschaft geraten ist, habe ich keine ruhige Minute mehr. Ich habe
gehofft, dass er aufwacht, wenn er dich wiedertrifft.«
»Wozu hast du mich dann mit dem Kerl hinausgeschickt?«
»Ich habe gedacht, dass er vielleicht *dir* etwas erzählt.«
»Es sind Religiöse, stimmt's?«
»So genau verläuft die Trennlinie nicht«, sagte sie. »Wo einer
steht, lässt sich in der Regel erst im Ernstfall sagen.«
»Aber Marwan kann doch unmöglich in einer schwarzen
Uniform hier über den Campus patrouillieren und achtgeben,
dass Mädchen und Jungen immer unter Beobachtung sind. Er
hat in Wien eine Freundin gehabt. Er hat Gedichte geschrieben,

die alles andere als nur harmlos sind. Außerdem ist er doch gar nicht so lange wieder im Land.« Ich war ratlos, aber je mehr scheinbare Argumente ich vorbrachte, um so klarer wurde mir, dass sie nicht griffen. Es kam mir alles wie eine Schmierenkomödie vor, allerdings mit einem vielleicht ernsten, vielleicht sogar gefährlichen Ende. Ich war wie das größte Greenhorn nach Hebron gekommen, ließ mir hier von einer Wandergruppe erzählen, ohne dass ich nachhakte, welchen Zweck sie hatte, und musste mich dann von einem Wachmann aus dem Mittelalter aufklären lassen, wie blind ich für die Realität war. Am liebsten wäre ich zu Amal hinübergegangen und hätte sie gefragt, was sie denn bei ihren romantischen Ausflügen in die Hügel so alles trieben, ob sie das Gelände auskundschafteten, ob sie die Siedlungen beobachteten, ob sie sich von irgendwelchen Aussichtspunkten aus über die Bewegungen von israelischen Truppen informierten. In der Sänfte versteckt, ließen sich prächtig ein paar Kilo Sprengstoff mitschleppen, und je mehr sie sich mit Klamauk umgaben, um so eher würden sie bei Kontrollen als nicht ernst zu nehmende Gauklertruppe durchgehen. Ich war aufgeregt und musste mich erst wieder beruhigen, bevor ich merkte, wie sehr ich mich mit diesen Gedanken ins Romanhafte verstieg.

Andererseits sah ich, welche Sorgen Naima sich machte, und die waren real. Es ging ihr nicht mehr nur darum, ihren Bruder mit mir zusammenzubringen, sondern sie wollte vor allem wissen, ob er sich an einem sicheren Ort befand. Er hätte sich keinen schlechteren Zeitpunkt für sein Verschwinden aussuchen können als genau den Tag nach dem Anschlag auf den Polizisten. Nicht, dass sie glaubte, dass er etwas damit zu tun hatte, aber schließlich war sie seine Schwester, und andere würden das natürlich anders sehen. Solange es weder klar benannte Ver-

DRITTER TEIL

dächtige noch gar einen überführten Täter gab, war es für einen
Mann seines Alters äußerst gefährlich, sich draußen herum-
zutreiben. Er konnte für nichts und wieder nichts festgenommen werden, und in der Gegend rund um Hebron gab es sicher
Väter und Mütter, die ihre Söhne anflehten, nicht auf die Straße
zu gehen, bis sich die Situation wieder entspannte und nicht jeder von ihnen für jedes Verbrechen zwischen den Golanhöhen
und dem Negev in Frage kam, wenn er in eine Kontrolle geriet.
Wir waren auf den Vorplatz hinuntergegangen, als sie das
sagte. Vor der breiten Treppe, die zum Hauptgebäude hinauf-
führte, war ein Zelt aufgestellt, und von drinnen drang eine
schlecht eingestellte Lautsprecherstimme. Es war eine Veranstaltung für behinderte Studenten, und zu Demonstrations-
zwecken traten immer zwei und zwei zu einem Spiel an, das
darin bestand, dass einer den anderen mit verbundenen Augen
zwischen den geparkten Autos herumdirigierte. Aus großen
Kartons wurden weiße T-Shirts verteilt mit einem arabischen
Schriftzug auf der Vorderseite und hinten den Emblemen von
einem halben Dutzend internationaler Organisationen. Viele
von den Mädchen und Jungen zogen sie gleich über und wirkten
erst in dieser Verkleidung wie Hilfsbedürftige, wie die armen
Biafra-Kinder auf den Spendensäckchen meiner Kindheit, die
man mit ein paar Schilling glücklich machen konnte, wenn man
eine Weile auf Kaugummi und Schokolade verzichtete. Es war
wie bei BRUDER IN NOT, ein trostloser Anblick, ihr Lachen mit
den weit entblößten Zähnen sofort wie das allerschönste Sahel-
zonen-Lachen für die edlen Gönnerherzen. Am Rand des Ge-
ländes stand eine ganze Gruppe von Wachmännern, acht oder
neun an der Zahl, und beobachtete gelangweilt das Treiben. Die
Luft war körnig und trocken und zerpixelte den Blick selbst auf
Dinge in der Nähe, rückte sie in die Ferne, in das Flimmern der

Nachmittagshitze. Es war windstill, aber der erste Wind würde
Sand aus der Wüste bringen und alles mit einer hauchfeinen
Staubschicht bedecken.

Ich unternahm einen letzten Versuch, von Naima mehr über
Marwan zu erfahren. Sie hatte bis dahin jeden Anlauf abge-
blockt und mich vertröstet, ich würde ihren Bruder bestimmt
gleich treffen und er könne mir alles selbst erzählen, aber das
zog jetzt nicht mehr als Argument. Bei unserem Spaziergang
durch den Suk am Tag davor hatte sie gesagt, ich solle nicht so
ungeduldig sein, und mich dann mit einem Blick betrachtet,
den sie auch jetzt wieder aufsetzte. Ich hatte mich gerade von
einem kleinen Jungen erpressen lassen, ihm ein Plastikarmband
mit der Aufschrift FREE PALESTINE abzukaufen, und sie hatte
mich in einer Mischung aus Genervtheit und Verachtung angesehen, geradeso, als würde sie mir den Firlefanz am liebsten
aus der Hand reißen und ihn in die nächste Mülltonne stecken.
Meine Frage dort in dem Suk, ob sie mir nicht wenigstens verraten könne, was *sie* von dem *Gesichtslosen* halte, hatte sich damit erübrigt, und sie erübrigte sich auch jetzt auf dem Vorplatz
und verstärkte nur meine Gewissheit, dass es in diesem Teil der
Welt Dinge gab, von denen ich nicht das geringste wusste und
auch nie viel wissen würde.

Auf einmal wollte ich nur mehr weg. Ich würde Marwan
nicht treffen und hatte hier nichts weiter verloren. Bis Naima
nach Bethlehem zurückfahren würde, dauerte es noch zwei
Stunden, und ich überlegte, ins Zentrum zu gehen und den Bus
zu nehmen, ließ es mir aber von ihr ausreden. Wir setzten uns
auf die Treppe vor dem Hauptgebäude, und sie deutete auf den
Beobachtungsballon und fragte, ob ich auch das Gefühl hätte,
dass er sich seit dem Vormittag bewegt habe. Das klang bedroh-
lich, aber er stand immer noch an derselben Stelle, und mich

DRITTER TEIL

irritierte eher, warum er überhaupt da war. Ich suchte den Himmel ab, weithin nichts als ein milchiges Blau, am Horizont ein paar Schleierwolken und keine Gefahr, aber ich bekam von da an nicht aus dem Kopf, wie ich mit John im Makhtesh Ramon wandern gewesen war und plötzlich Kampfjets über uns aufgetaucht waren und mit ihrem Gebrüll den ganzen Erosionskessel ausgefüllt hatten.

Im Auto saßen wir später zu fünft, ich vorn neben Naima und hinten Amal und ihre beiden Kolleginnen. Sie hatte für alle Eislutscher besorgt, und während Naima durch die Straßen in den wenig anheimelnden Außenbezirken von Hebron kurvte, um eine nach der anderen direkt vor ihrer Haustür abzuliefern, schaute ich, wie sie wie Kinder an den Stielen herumschleckten, drei Frauen mit Kopftüchern, ein Bild, für das sich die Stars unter den Dokumentarfilmern in Lebensgefahr begeben hätten, um es in den Kasten zu bekommen und dann vielleicht für die Hauptabendnachrichten gegen eine Szene mit Steine werfenden Jugendlichen zu schneiden. Amal war die letzte, die ausstieg. Sie hatte mir ihre E-Mail-Adresse gegeben und streckte mir, schon neben dem Wagen stehend, die Hand hin, eine kleine Hand, die aus der Fülle ihres Kleides hervorschoss wie ein unruhiges Tier. Ich griff danach, während ich ihren Blick suchte, hielt sie ein paar Augenblicke fest und schaute der Davoneilenden nach, wie sie zwischen den Häusern in ihr Leben verschwand. Naima hatte vorher irgendwann gesagt, Händeschütteln sei nicht üblich zwischen Mann und Frau, ich solle es erst gar nicht versuchen, und ich war jetzt überwältigt wie von einem Kuss, den ich nicht erwartet hatte.

Wir fuhren schweigend weiter, und wenn Naima den ganzen Tag Haltung gewahrt hatte, sackte sie jetzt regelrecht in sich zusammen. Sie machte das Radio an und konnte sich nicht zwischen Musik und den immer aufgeregt wirkenden Stimmen der Sprecher entscheiden. Längst schon hatte sie alle Nummern abtelefoniert, die ihr einfielen, und weil niemand etwas von Marwan wusste, konnte er überall und nirgendwo sein, und sich auszumalen, was das bedeutete, zehrte an ihr. Sie brachte mich direkt zur Mauer und sagte, sie würde von sich hören lassen, wenn sie etwas Neues erführe, wobei sie mich mit einem Lächeln ansah, das aus ihrem Gesicht zu rutschen drohte. Ich beeilte mich, durch die Viehschleuse zu kommen, und war froh, als ich die andere Seite erreichte. Dort nahm ich wieder ein Taxi und bat den Fahrer, mich in der Nähe des Jaffators abzusetzen. Dann ging ich die Jaffa Street hinauf, bis ich die Ben Yehuda Street und die King George Street erreichte, und konnte nicht genug davon bekommen, dort zwischen den Geschäften und Straßencafés herumzulaufen und mich an einen Tisch im Freien zu setzen und den Leuten beim Flanieren zuzusehen, mitten unter den Lichtern und mitten im Leben, bevor ich mich wieder in den Ostteil der Stadt aufmachte.

Den ganzen folgenden Tag wartete ich auf eine schlimme Nachricht. Ich war müde und blieb bis in den frühen Nachmittag im Österreichischen Hospiz. Dort hatte ich damit zu tun, mir einen deutschen Pilger vom Leib zu halten, der schon seit meiner Ankunft Anschluss suchte und jetzt wild darauf war zu erfahren, wie es mir in Hebron ergangen war. Er verließ das Gelände des Gästehauses kaum und konnte dafür dort zu jeder Zeit an jedem Ort auftauchen, seinen Baedeker und ausgerechnet Erich Frieds *Höre, Israel!* in der Hand. Ich entwischte auf das Dach mit der rotweißroten Flagge und dem Blick auf den Tempelberg und den Felsendom und setzte mich auf eine der Bänke, aber er folgte mir, und als ich mich dort schlafend stellte, machte er es sich neben mir bequem und wachte. Er arbeitete in einer

DRITTER TEIL

Behörde und wollte die Osterfeier in der Grabeskirche begehen, und ihn so nahe zu haben erschien mir gefährlicher als alles, was ich in Hebron oder sonst irgendwo erlebt hatte. Er strahlte die Sanftheit der Frommen aus, die ich aus dem Internat kannte, dieses wie bei lebendigem Leib verhungert wirkende Glück der Spirituellen, und ich wusste, das einzige, was ihn vielleicht noch aus seiner Abgeschnürtheit retten könnte, wäre ein Gewaltausbruch.

Es war Gründonnerstag, und als ich endlich hinausging, kam mir auf dem Weg zum Löwentor eine philippinische Reisegruppe entgegen, die sich um das schwere Holzkreuz, das sie dabeihatte, fast prügelte, es aber trotzdem schaffte, mit Inbrunst zu singen. An der Altstadtmauer entlang und die Straße den Ölberg hinauf staute sich Reisebus an Reisebus, hinter den Scheiben alte Leute, vollklimatisiert in der Hitze, als würden sie so direkt am Kidrontal vorbei ans Himmelstor oder an die Tore der Hölle gekarrt. Aus einem der Busse fing ich den Blick einer Frau auf. Ich blieb stehen, und sie lächelte mich an. Ich weiß nicht, an wen sie mich zuerst erinnerte, aber plötzlich musste ich wieder an die Frau denken, die an meinem ersten Morgen in Tel Aviv vor mir auf die Straße gestürzt war und die nach ihrem Namen und ihrer Geschichte zu fragen ich verabsäumt hatte. Als könnte ich das jetzt nachholen, ging ich zur Fahrertür vor, aber je besser es mir gelang, mich dem Chauffeur verständlich zu machen, um so mehr sah er mich an wie einen Verrückten. Er würde mich um nichts in der Welt in seinen Bus lassen, nur weil ich mir einbildete, eine wildfremde Frau fragen zu müssen, wie sie heiße. Ich ging zu ihr zurück, aber sie schaute nicht mehr heraus, und als ich ans Fenster klopfte, wandte sie ihren Blick demonstrativ ab.

Immer noch erschöpft, legte ich mich danach wieder ins Bett. Ich hatte mein Zimmer bis zum Abend behalten, und es war kurz nach Mitternacht, als ich auf dem Flughafen mein Mietauto abgab. Mein Flug zurück ging erst um sechs Uhr am Morgen, und ich hatte Stunden, die Zeitungen der beiden vergangenen Tage zu lesen, die ich gekauft hatte, ohne bislang mehr als nur flüchtig hineinzuschauen. Ich fand nichts über den Mord an dem Polizisten, was ich nicht schon kannte. Er war auf dem Herzl-Berg begraben worden, aber trotz ausgedehnter Fahndungen fehlte vom Täter weiter jede Spur. Während ich mit Naima an ihrer Universität gewesen war, hatte es Verletzte bei Unruhen in Hebron gegeben, und in Jerusalem waren bei Zusammenstößen acht Juden festgenommen worden, die auf den Tempelberg wollten, um dort ein Pessachopfer darzubringen und eine Ziege zu schlachten. Ein verrückter Russe namens Roman Abramowitsch hatte über die Festtage für sich und seine Entourage alle einhundertelf Zimmer eines Luxushotels in einem kleinen Wüstenort im Negev gemietet, und die Londoner Vertretung der Muslimbrüder überlegte sich, ihr Hauptquartier ausgerechnet nach Österreich zu verlegen, was wie ein verspäteter Aprilscherz klang. Ich kam aus dieser Welt oder war sogar noch in ihr, aber das Lesen rückte sie sofort wieder auf Nachrichtendistanz. Den Flug verdämmerte ich, und mein Halbschlaf war voller Bilder. Es war Karfreitag, und ich dachte daran, wie wir an diesem Tag in der Kirche im Dorf, in der ich Ministrant gewesen war, die Klingeln immer durch Holzklöppel ersetzt hatten, die Ratschen genannt wurden. Damals gab es jedes Jahr bis weit in den Frühling hinein Schnee, und wenn wir am Ostersonntag nach der Auferstehungsmesse an einem großen Feuer vor der Friedhofsmauer unsere Kerzen entzündeten und das Licht brennend nach Hause trugen, war es ein Licht aus Jerusalem.

V

Wenn ich meine Tage in Israel nach den Gründen beurteilte, warum ich überhaupt dorthin geflogen war, musste ich sie als Fehlschlag verbuchen. So gesehen war es wieder einmal eine meiner vergeblichen Recherchereisen für nichts und wieder nichts und für das Finanzamt gewesen, die mich in den vergangenen Jahren um die halbe Welt getrieben hatten, doch so einfach ließ sich die Rechnung diesmal nicht machen. Zwar hatte ich mir weder Johns Texte in der *Jerusalem Literary Review* angesehen noch Marwan getroffen, um ihn über den *Gesichtslosen* zu befragen, aber ich war dennoch zufrieden. Das eine ließ sich schnell nachholen. Ich schrieb Roy, und er schickte mir Johns eingescannte Erzählungen aus der Zeitschrift, die nur bewiesen, dass es sich nie gelohnt hätte, dafür die geringste Mühe auf sich zu nehmen. Es stimmte, sie waren lyrisch, sie waren kryptisch, aber es kam ein Drittes hinzu, sie waren auch esoterisch, Paul Celan im Anspruch, Paulo Coelho in der Ausführung, eine verheerende Mischung. Was das andere betraf, war es ohne Zweifel eine schwache Bilanz, zweimal nach Hebron zu fahren und mit leeren Händen zurückzukommen, aber als ich mich zu Hause an den Computer setzte, hatte ich eine Nachricht von Amal, aus der ein E-Mail-Wechsel entstand, der mich in der Folge entschädigte.

Es kam für mich wenig überraschend, dass sie es war und nicht Naima, die noch einmal eine Verbindung mit Marwan herstellte, wenngleich keine direkte. Ihre erste E-Mail war noch

ANWESENDE ABWESENDE

eine Höflichkeitsadresse, wie schön es für sie gewesen sei, mich kennenzulernen, aber schon am Tag darauf klärte sie mich über den Grund für sein Nichterscheinen bei den geplanten Treffen in Hebron und Bethlehem auf. Es hatte nach dem Anschlag auf den israelischen Polizisten in der Gegend Dutzende von Verhaftungen gegeben, und er und sein Freund Issa hatten sich angeblich am folgenden Abend in einer verdächtigen Wohnung aufgehalten, die von Soldaten gestürmt wurde, und waren von ihnen mitgenommen und erst drei Tage später wieder freigelassen worden. Man hatte sie festgehalten, bis ihre Angaben überprüft waren, ohne dass sie telefonieren oder sonst auf ihre Situation aufmerksam machen konnten. Für die Tatzeit hatten sie beide ein Alibi, aber natürlich war in Hebron ein Alibi zu bekommen kein großes Problem, und entsprechend wenig war es wert.

Amal schrieb, dass sie Marwan dann gleich nach dem Osterwochenende in der Mensa sah, wo er aufgebracht agitierte. Nachdem er sich einen oder zwei Tage freigenommen hatte, war er wieder zu seinem Dienst erschienen. Er hatte eine ganze Runde um sich geschart, ein paar Wachmänner, aber vor allem Studenten, Jungen und Mädchen, denen er erzählte, wie man ihn verhört hatte. Als sie sich zu ihnen setzte, verstummte er einen Augenblick, als wäre er nicht sicher, ob sie sich das zumuten wollte, aber dann sprach er weiter. Er war drei Nächte in einem Kellerraum eingesperrt gewesen. Man hatte ihn nicht geschlagen, aber er hatte in dem Gebäude die Schreie von anderen gehört, und wie er das sagte, genügte, um bei den Zuhörern eine Gänsehaut zu erzeugen.

Bereits am Wochenende darauf nahm die Wandergruppe auf sein Betreiben ihre Ausflüge wieder auf. Sie hatten jetzt mehr Zulauf. Trotz der befürchteten Kontrollen waren es über zwan-

DRITTER TEIL

zig Teilnehmer, als sie sich wieder in die Hügel aufmachten, die
Träger mit der Sänfte von Abu Issa voraus. Sie überlegten, die
Stelle aufzusuchen, wo der Polizist erschossen worden war, aber
als sie abstimmten, waren die meisten dagegen. Es würde nur
als Provokation aufgenommen werden, und so wählten sie eine
andere Richtung, gingen nordwärts, lange parallel zur Straße
nach Bethlehem. Dabei kamen sie einer Siedlung so nahe, dass
jeder Schritt weiter Gefahr bedeutet hätte, und sie schlugen in
genau bemessenem Abstand ihr Lager auf und aßen dort zu
Mittag. Mit ihren Ferngläsern konnten sie keinen der Siedler
entdecken, aber sie wussten, dass sie von den Häusern auf der
Hügelkuppe ihnen gegenüber beobachtet wurden. Dann sahen
sie ein gepanzertes Fahrzeug auf der Straße anhalten und einen
Trupp Soldaten, der ausstieg, sich formierte und auf sie zuhielt.
Sie verteilten sich im Gelände und ließen die Sänfte mit Abu
Issa zurück, der nicht schnell fliehen konnte und stundenlang
ausgequetscht wurde. Das Tragegestell fanden sie am Tag da-
rauf nicht weit von dem Ort, an dem sie es verlassen hatten,
zerschmettert und unter Steinen begraben, ja, buchstäblich zu
Kleinholz geschlagen.

Amal schickte auch Fotos, und so hatte ich eine deutliche
Vorstellung von dieser Wandergruppe in den Hügeln von Hebron, junge Männer und junge Frauen in einer so früh im Jahr
schon ausgedörrt wirkenden Landschaft, die sich auf den ersten
Bildern noch um die Sänfte und dann um eine Leerstelle scharten. Der lachende Marwan, der ernste Marwan, Marwan vor
einer Schafherde, vor einem Wachturm irgendwo an der Sicher-
heitsmauer, Marwan auf einer Wiese mit Issa beim Essen, beim
Backgammon-Spielen, Marwan, der auf einer auseinandergefal-
teten Karte den Weg studierte. Er wirkte immer gutgelaunt, ob
er mit abwehrenden Händen einem Trupp Soldaten entgegen-

ANWESENDE ABWESENDE

trat, ob er einer Gruppe Mädchen zusah, die einen Drachen steigen ließ, oder ob er, einen Grashalm zwischen den Zähnen, die
Abendsonne im Gesicht, direkt in die Kamera sah. Auf einem
Bild saß er neben Amal und schaute sie mit einem eindeuti-
gen Blick an, während sie so tat, als würde sie es nicht merken,
und allem Anschein nach den Horizont absuchte. Sie schrieb
mir Ortsnamen auf, die mir nichts sagten, und ich versuchte, auf
Google Maps ihre Wanderungen nachzuvollziehen, die Adern
und Wege, die durch die Landschaft mäanderten und zusammen
ein dichtes Spinnennetz abgaben. Der Radius um Hebron war
nicht mehr als sieben oder acht Kilometer, aber Amal kündigte
an, dass sie auch Ausflüge nach Bethlehem und Jericho planten
und von dort zum Kloster Mar Saba gehen wollten oder nach
Nabi Musa, wo Moses begraben sein soll.

Ich musste annehmen, dass sie mir in Marwans Auftrag oder
zumindest mit seinem Wissen schrieb, und registrierte das alles mit einmal mehr, einmal weniger Neugier und einem Gefühl von zunehmender Bedrohung. Ich hatte akzeptiert, dass ich
über den *Gesichtslosen* von ihm nichts weiter erfahren würde.
Es gehörte zu seinem Spiel, dass er mich über den Status der
Erzählung im Ungewissen ließ, und ebenso gehörte es nun offenbar dazu, dass ich diese Depeschen von ihr bekam. Das war
sein halbklandestines Verhalten, und er bestimmte die Regeln.
Als einzige Erklärung dafür kam mir in den Sinn, dass ich Zeuge
sein sollte, nur dass nicht klarwurde, wofür, während ich gleichzeitig das unbestimmte Gefühl hatte, dass sich etwas Ungutes
aufbaute, und der April in den Mai überging und der Mai in den
Juni. Wenn ich zurückschrieb, vergaß ich nie Grüße an Marwan, aber ich wusste, dass alle Fragen, die ich nach ihm stellte,
ins Leere gingen und ich nur warten konnte, was Amal mir von
sich aus mitteilte.

DRITTER TEIL

Zwischendurch las ich den *Gesichtslosen* wieder, und jetzt interessierte ich mich weniger für die minuziöse Beschreibung von Johns letztem Lebenstag als für die Wege des in der Westbank und in Raum und Zeit herumirrenden lebenden Toten. Ich ging die einzelnen Stationen durch, als könnte ich darin einen Hinweis auf meine eigene Rolle finden und eine Erklärung, worauf das, was Amal mir schrieb, am Ende hinauslaufen würde. Die Wandergruppe in den Hügeln von Hebron schien wie der letzte Ausläufer einer langen Bewegung, die an einem klaren Tag irgendwo im Gazastreifen mit einem schwarzen Feuerball begonnen hatte, und ich konnte nur staunen, was Marwan in seiner Erzählung auf engstem Raum alles zusammenbrachte.

Da gab es eine vollbesetzte Moschee, auf die eine Granate geschossen wurde, ein Inferno, von dem er im nächsten Augenblick unter Maschinengewehrsalven auf eine endlose Kolonne von Flüchtlingen schwenkte, die nur mit dem Notwendigsten und kaum Wasser in der größten Hitze in die Einöde hinauszogen. Es waren Tausende und Abertausende, und sein Blick flog hin und her zwischen den am Wegrand unter den Bäumen von ihren Müttern zurückgelassenen Kindern, die vor Durst schrien, und den lautlos verendenden Alten. Dann war es ein Zeltlager, Planen, so weit das Auge reichte, Wind und Wetter ausgesetzt, für Jahre nur notdürftig ins Nirgendwo gestellt, irgendwo jenseits der Grenze, und aus dem Rauch von Explosionen tauchte das Bild einer Stadt auf. Sie lag am Meer und hatte französische Plätze mit französischen Namen und den närrischen Anspruch, das Paris des Ostens zu sein, der sie genausowenig vor der Zerstörung bewahrte wie ihre legendäre Schönheit. Denn schon flogen tief über dem Wasser die Flugzeuge heran. Im ersten Augenblick vor der untergehenden Sonne nicht sichtbar, war plötzlich ihr metallenes Glitzern und Funkeln am Himmel, bevor sie ihr Feuer und Eisen über der Strandpromenade und den Häusern abluden. Der Staub hatte sich noch nicht verzogen, als schon ein Bulldozer auf ein Gebäude zufuhr, das sich im Rohbau befand, und es dem Erdboden gleichmachte, und aus dem Schutt und der Asche erhob sich ein Junge, der Steine warf, schön wie eine griechische Statue und fast noch ein Kind, vierzehn oder fünfzehn Jahre alt, das Gesicht mit einem Schal vermummt, sein Oberkörper mit dem ausgestreckten Arm weit zurückgelehnt, und vor ihm ein Panzer, ein hässliches Tier, zum Aussterben verurteilt. Hinter ihm stand schon ein anderer Halbwüchsiger, dessen Vater versuchte, ihn zurückzuhalten, aber er sagte, er wolle so nicht leben, griff nach einem Gewehr, steckte sich zwei Handgranaten in den Gürtel und lief hinaus auf die Straße, wo ihn ein Blitz traf und er das Gefühl hatte, emporgehoben und in derselben Sekunde niedergedrückt zu werden und zusehen zu können, wie die Schwärze vor seinen Augen weiß wurde.

Ich wusste, dass Marwan Raum und Zeit verwischte, um dadurch ein andauerndes Jetzt zu erzeugen. Es wäre gar nicht schwer gewesen, die einzelnen Szenen zuzuordnen, ich hätte sagen können, was zum Unabhängigkeitskrieg gehörte, was zum Sechs-Tage-Krieg, was zum ersten Libanonkrieg und was zur ersten und zur zweiten Intifada, aber damit wäre die Wucht verloren gewesen. Es ging ja gerade darum, dass das alles nicht vorbei war, sondern immer noch gegenwärtig, und dass sich seit dem ersten Unrecht nichts geändert hatte. Ich sprach mit Christina darüber, und bei dieser Gelegenheit erklärte sie mir die ursprüngliche Bedeutung des Begriffes »Present Absentee«. Zwar hatte ich auch ihr den *Gesichtslosen* gleich geschickt, doch sie ging erst jetzt darauf ein. Wir trafen uns wieder im Café Museum, und kaum hatte ich ihr von meiner Reise und von meinen

DRITTER TEIL

Erlebnissen in Hebron berichtet, meinte sie, ich hätte mich verhalten wie der sprichwörtliche Idiot aus den Alpen.

»Du lässt dir Geschichten erzählen und bist nicht imstande, ihnen auf den Grund zu gehen. Eine Wandergruppe in den Hügeln von Hebron. Wenn ich dich davon reden höre, klingt es in einer Sekunde idyllisch und in der nächsten, als würde eine Horde von Zombies über das Land ziehen.«

»Aber genauso kommt es mir selbst vor.«

»Du vermischst es mit Marwans Geschichte. Wenn es nach deiner schwarzen Romantik ginge, wären sie lauter Gesichtslose, die dort herumstreunen. Denk einmal nach.«

»Ich weiß«, sagte ich. »Es ist verrückt.«

»Was schreibst du dieser Palästinenserin eigentlich, dass sie dich weiter über die Ereignisse auf dem laufenden hält?«

»Nichts Besonderes«, sagte ich. »Warum?«

»Sie bleibt doch nicht einfach nur so mit dir in Verbindung. Du musst zumindest Sympathien bekundet haben. So wie du mir von ihr erzählst, könnte sie die Muttergottes im himmelblauen Gewand aus deiner Ministrantenzeit sein. Nur weil eine Frau ein Kopftuch trägt, brauchst du sie nicht gleich für naiv und unschuldig zu halten.«

»Aber das tu' ich doch nicht.«

»Es wird auch nicht richtiger, wenn du es ins Gegenteil verkehrst«, sagte sie. »Du schwärmst von ihr, Hugo. Fällt dir das nicht auf? Vielleicht solltest du schauen, dass du in nächster Zeit ein bisschen zur Ruhe kommst.«

Ich hatte Christina seit unserem Gespräch über den ersten Artikel im *Standard* nicht mehr gesehen, und sie hatte gleich beim Hereinkommen gesagt, sie wolle über die neuerlichen Prügel vor fünf oder sechs Wochen in der Zeitung kein Wort verlieren, ich müsse das mit mir selbst abmachen, wenn ich eine junge Frau bedrohte, aber für den Auftritt eines Halbstarken sei ich ganz einfach zu alt. Es war ein sommerlich warmer Frühlingstag, und sie trug ein Kleid, was ungewöhnlich bei ihr war und was sie immer von neuem an sich heruntersehen ließ, als wäre etwas nicht in Ordnung mit ihr. Sie bestellte ein Bier und trank es in ein paar Schlucken aus, und ich dachte an ihr Faible für Bars und an die Zeit, in der sie mich manchmal mitten in der Nacht angerufen hatte, und im Hintergrund waren Musik und der Lärm von Stimmen zu hören. Dann hatte ich sie gefragt, wo sie sei, und sie hatte in den Hörer gelacht, ein helles, glückliches Lachen, und gesagt, in irgendeiner Spelunke, sie wisse den Namen nicht, und wir hatten eine halbe Stunde gesprochen. Sie hatte getrunken wie ein Mann, und das Trinken hatte bei ihr gut ausgesehen, und jetzt schien sie mich daran erinnern zu wollen.

»Du darfst das alles nicht so ernst nehmen«, sagte sie. »Wahrscheinlich ist es ganz harmlos. Beunruhigen könnte einen allenfalls, dass Marwan mit seinem eigenen Verschwinden zu kokettieren scheint. Aber auch das macht er ja in aller Öffentlichkeit.«

Ich hatte erst am Tag davor einen neuen Bericht von Amal über die Ausflüge der Wandergruppe bekommen, wieder mit Fotos, als müsste sie damit die Folgenlosigkeit ihrer Streifzüge beweisen. Das Tragegestell fehlte weiterhin, aber wie sie stolz vermerkte, waren es offensichtlich noch mehr Teilnehmer geworden. Marwan hatte an der Universität einen Lesezirkel gegründet, in dem sie die Gedichte von Mahmud Darwisch und die Geschichten von Ghassan Kanafani lasen, die sie mir empfahl, und als ich jetzt davon erzählte, kam mir meine Unruhe selbst übertrieben vor.

»Verstecken tut er sich jedenfalls nicht.«

»Du kannst ihm nur vorwerfen, dass er dir nicht antwortet.

Aber auch dafür gibt es sicher eine Erklärung. Vielleicht will er sich interessant machen.«

»Warum sollte er dafür einen solchen Aufwand treiben?«

»Das fragst du mich doch nicht im Ernst«, sagte sie. »Er ist Schriftsteller, oder? Dann versteht es sich von allein. Seit wann braucht ein Schriftsteller einen Grund für ein merkwürdiges Verhalten?«

Obwohl ich nicht überzeugt war, beließ ich es dabei. Ich erzählte ihr, dass ich nach unserem letzten Treffen die Stelle über Hagar und ihren Sohn Ismael in der Bibel nachgelesen hatte, und sie sah mich zuerst an, als wüsste sie nicht, wovon ich sprach, und sagte danach lachend, ich solle das bloß nicht auch noch mit der Wandergruppe in Zusammenhang bringen, sonst würde ich vollkommen paranoid. Wir wechselten das Thema und gingen bald auseinander, und als ich nach Hause kam, schickte ich eine Abbildung des *Self-Portrait as a Hated Jew* an Amal. Ich wäre vorher gar nicht auf die Idee gekommen und wusste nicht, was ich erwartete, aber es musste mit der Stimmung dieses Abends zu tun haben. Kaum hatte ich meine E-Mail abgesandt, bereute ich sie schon, und tatsächlich wunderte ich mich nicht, dass ihre Antwort dann prompt kam, »ein wunderbares Bild«, nur der Titel sei falsch, sie würde das »Hated« gern durch ein »Hating« ersetzt sehen und wäre glücklich damit.

Ich hatte das selbst provoziert und ärgerte mich, und obwohl ich Amal dann seltener antwortete, erhielt ich weiter ihre Berichte, die mich mehr und mehr wie eine Art Flaschenpost von einer Insel außerhalb von Raum und Zeit anmuteten. Zweimal in der Woche fuhr sie in ein Flüchtlingslager ein Stück weiter im Süden, wo sie einer Frau mit acht Kindern, deren Mann im Gefängnis saß, bei der Hausarbeit half, und sie ließ mich die kleinsten Details wissen. Das jüngste Kind war drei Jahre alt, das älteste vierzehn. Sie schrieb mir ihre Namen und erzählte mir Anekdoten von ihnen, welche Fußballer die Jungen am meisten liebten, welche Sängerinnen die Mädchen, was sie werden wollten, wenn sie groß wären, und wohin sie gehen würden. Meistens kochte sie für sie und spielte mit ihnen, badete die Kleinsten in einem Holzzuber und hielt die Größeren dazu an, ihre Hausaufgaben zu machen oder vorsichtig zu sein, wenn sie sich draußen herumtrieben. Sie erzählte ihnen Geschichten, und wenn sie am Abend zum Bus musste, liefen immer drei oder vier hinter ihr her, und sie schaute ihnen dann vom Heckfenster aus zu, wie sie im Gänsemarsch wieder zu ihrem Haus zurückgingen.

Manchmal schwankte sie jetzt zwischen Euphorie und Niedergeschlagenheit. Auf einen Augenblick der Hochgestimmtheit konnte unmittelbar die Katastrophe folgen, auf einen lyrisch verträumten Satz einer von finsterster Schwärze, übergangslos und brutal. Es schien alles in einer prekären Schwebe zu sein, aber kaum war es einmal gekippt, ging es dann schnell. An einem Morgen schwärmte sie, es seien wunderbare Frühlingstage, und auch wenn es ein schwieriges Leben sei, könne sie sich keinen besseren Ort auf der Welt vorstellen als Palästina, keinen schöneren als Hebron. Darauf folgte noch am selben Abend, dass bei einer Demonstration in der Nähe von Ramallah zwei Jugendliche erschossen worden seien, die angeblich niemanden bedroht hätten. Sie ließ mich wissen, dass sie anlässlich des Papstbesuchs in wenigen Tagen nach Bethlehem wolle, weil auch dort eine Kundgebung geplant sei. Darauf verstummte sie eine Weile, und als sie wieder schrieb, schrieb sie, was die Zeitungen auf der ganzen Welt schrieben. In der Nähe eines Siedlungsblocks an der Straße zwischen Bethlehem und Hebron waren drei Jeschiwa-Studenten entführt worden, und die israe-

DRITTER TEIL

lische Armee durchkämmte zu Fuß und in gepanzerten Fahrzeugen in vielen Hundertschaften die Gegend und ließ keinen Stein auf dem anderen. Tausende von Soldaten waren auf den Beinen, patrouillierten rund um die Uhr, riegelten palästinensische Dörfer und Städte ab und begannen mit systematischen Hausdurchsuchungen und Festnahmen in der ganzen Westbank.

Marwan wurde bereits am zweiten Tag wieder in Gewahrsam genommen. Er stand seit der letzten Inhaftierung auf einer Liste, und Amal schrieb, er werde diesmal wohl auf unabsehbare Zeit hinter Gittern verschwinden, man habe eine sogenannte Administrativhaft über ihn verhängt, die in der Regel für sechs Monate gelte, aber nach deren Ablauf leicht verlängert werden könne. Dafür brauchten nur Sicherheitsgründe geltend gemacht zu werden, und die fanden sich immer. Auch die anderen Mitglieder der Wandergruppe bekamen mit der Polizei zu tun. Ein Verbot, ihre Ausflüge wieder aufzunehmen, brauchte gar nicht ausgesprochen zu werden, weil sie wussten, was es geschlagen hatte, und sich kein Mensch auch nur einen halben Kilometer aus Hebron hinausbewegen konnte, ohne dass er von Bewaffneten angehalten und in ein peinigendes Verhör gezogen wurde, aus dem er bestenfalls mit einer Verwarnung davonkam. Ein falsches Wort konnte die Festnahme bedeuten, eine falsche Bewegung, dass geschossen wurde. Alle sollten sie genau angeben, wo sie in den letzten Wochen herumgelaufen waren und warum, und sie konnten von Glück reden, dass der Ort der Entführung außerhalb ihres üblichen Radius lag und sie sich wenigstens nicht verantworten mussten, was sie dort gemacht hatten, wenn nicht die Gegend ausgespäht. Naima war zweimal an einem mobilen Kontrollpunkt abgewiesen und nach Bethlehem zurückgeschickt worden, als sie zur Arbeit fahren wollte, und meldete sich dann krank. Die Stimmung an der Universität war

426

ANWESENDE ABWESENDE

wie kurz vor einer Explosion, weil auch viele von den Studenten schikaniert wurden oder jemanden in der Familie hatten, dem das passierte, und nach einem Weg suchten, ihrem Unmut Luft zu machen. Jeden Tag gab es auf dem Platz vor dem Hauptgebäude Kundgebungen, die immer mehr Leute anzogen, und wer bis dahin keine Steine geworfen hatte, warf sie jetzt oder hatte jedes Verständnis für diejenigen, die es taten. Es dauerte zweieinhalb Wochen, bis die drei Jeschiwa-Studenten auf einem Feld außerhalb von Hebron tot aufgefunden wurden. Man hatte längst schon geahnt, dass sie nicht mehr am Leben wären. Tatsächlich hatten die israelischen Sicherheitskräfte es bereits wenige Stunden nach der Entführung gewusst, weil das Fluchtauto entdeckt worden war und die Spuren ausgewertet werden konnten. Die Jugendlichen waren wahrscheinlich, unmittelbar nachdem man sie gekidnappt hatte, erschossen worden. Einer von ihnen hatte gerade noch einen Anruf tätigen und auf ihre Notlage aufmerksam machen können. Danach hatte es kein Lebenzeichen mehr von ihnen gegeben. Die Suchaktion, die den Namen »Meines Bruders Hüter« trug und die ganze Westbank und ganz Israel in Aufruhr versetzte, war weniger eine Suche als eine kollektive Strafe gewesen.

Der jüngste Gazakrieg begann nur eine Woche später. Zwei Tage nachdem man die Leichen der drei Jeschiwa-Studenten gefunden hatte, wurde in einem Wald bei Jerusalem der verkohlte Leichnam eines palästinensischen Jugendlichen entdeckt, der bei lebendigem Leib verbrannt worden war. Amal schrieb mir das, bevor ich es am nächsten Morgen in der Zeitung lesen konnte, und es war jetzt auch sie, die von einer dritten Intifada sprach. Straßenschlachten in Ostjerusalem, Unruhen in Bethlehem, in Ramallah, in Dschenin und Hebron, aber nicht nur in der Westbank, auch in Israel selbst, innerhalb sei-

DRITTER TEIL

ner ursprünglichen Grenzen, flogen überall die Steine, und ihre
E-Mails unterschieden sich zeitweise kaum von den offiziellen
Nachrichten, waren Rundbriefe an Freunde. Meine Erkundigungen nach Marwan hatten nicht mehr die gleiche Dringlichkeit
für sie. Sie ließ mich wissen, dass er in einem Gefängnis in der
Wüste eingesperrt sei, und ich schaute im Atlas nach und sah,
dass es nicht weit vom Makhtesh Ramon sein musste, und hatte eine Vorstellung von der Landschaft und der endlosen Leere von Raum und Zeit, die ihn dort umschloss. Angeblich waren die Gefangenen unter freiem Himmel untergebracht, und
man konnte ihn einmal im Monat für ein oder zwei Stunden
besuchen. Naima hatte gleich die Erlaubnis für ein erstes Mal
eingeholt, aber mit Beginn des Krieges wurde sie aufgehoben
und auf unbestimmte Zeit ausgesetzt, und man wusste nichts
weiter von ihm, außer dass er in den Händen der Feinde war.

Marwans Geschichte schien sich jetzt in einer viel größeren
Geschichte aufzulösen, und je entsetzlicher die Nachrichten waren, die aus dem Gazastreifen kamen, um so weniger wusste
ich Amal zu antworten, wenn sie mich in einer ihrer Rundmails
noch einmal darauf hinwies. Ich schrieb nur zaghaft zurück, weil
ich mich nicht von ihr vereinnahmen lassen wollte, und als ich
sie darauf aufmerksam machte, dass es nicht nur die Angriffe der israelischen Armee gebe, sondern auch Raketen auf Tel
Aviv und Jerusalem, um von den Orten weiter im Süden erst gar
nicht zu reden, von Sderot oder Aschkelon, Aschdod oder Beer
Sheva, wollte sie nur hören, ob dort jemandem etwas passiere,
ob nicht alle mit dem Schrecken davonkämen und ob das nicht
ein Unterschied sei. Sie übergoss mich mit Spott, dass ich mich
anhörte wie ein richtiger deutscher Feigling, der sich hinter seinen ewigen Schuldgefühlen verstecke und blind für die Wirklichkeit sei, und es half nichts, ihr zu sagen, dass es so einfach

428

nicht war. Sie forderte widerspruchslose Gefolgschaft, und die konnte ich nicht leisten. Wir hatten deshalb schon mehrfach Streit gehabt, als sie mir ein Video schickte, das schließlich den endgültigen Bruch herbeiführte. Sie verlangte, dass ich es verbreitete, es an meine Freunde und Bekannten weiterleitete, die es in einem Schneeballsystem ihrerseits verteilen sollten, bis es die ganze Welt erreicht hätte und alle sehen könnten, was in Palästina geschah, aber ich weigerte mich.

Das Video war nicht länger als zwanzig Sekunden, ein schrecklicher Vorfall in dem Flüchtlingslager südlich von Hebron, in das Amal seit einiger Zeit zweimal in der Woche zum Aushelfen fuhr. Die Bilder waren verwackelt, wahrscheinlich aufgenommen mit einem Smartphone und offensichtlich in zunehmender Erregung über das, was sie dokumentierten. Zuerst war nur ein Junge zu sehen, zehn oder elf Jahre alt, in einem weißen T-Shirt, der vor halbfertigen Häusern am Eingang zu einer Gasse stand und seinen Blick nach rechts gewandt hatte. Man konnte den Gesichtsausdruck nicht erkennen, aber so wie er die Straße hinunterschaute, schien er aufs äußerste angespannt zu sein. Plötzlich drehte er sich um und begann zu laufen, und fast im selben Augenblick tauchte am linken Bildrand ein Militärjeep auf, der sich in geringem Tempo näherte und hielt. Die Fahrertür ging auf, und man sah, wie der Fahrer sich in seinem Sitz zurücklehnte, während der Beifahrer, nicht deutlich wahrzunehmen, sich über ihn zu beugen schien. Ein Gewehrlauf schob sich ins Blickfeld, und schon, kaum zu hören, aber unmissverständlich, krachte ein Schuss. Der Junge war erst wenige Meter gelaufen und schlug hin. Er versuchte sich noch einmal zu erheben, fiel aber sofort wieder und kroch dann ein paar Schritte weiter, während sich auf seinem Rücken, oberhalb der rechten Hüfte, ein Blutfleck ausbreitete. Die Kamera

DRITTER TEIL

verharrte auf ihm, bis er reglos liegenblieb. Dann richtete sie sich noch einmal auf den Jeep, der Sekunde um Sekunde nur dastand, bevor er sich langsam wieder in Bewegung setzte und aus dem Bild fuhr.

Ich war entsetzt, aber ich schrieb Amal, wenn man das Video so unter die Leute bringe, sei es nichts als Propaganda, man müsse schon etwas über das Davor und Danach und das Drumherum mitteilen, wenn man nicht missverstanden werden wolle. Sie antwortete wütend, was es da zu sagen gebe, ob das, was ich vor Augen hätte, nicht reiche. Das sei keine akademische Diskursübung, das sei die Realität, die Wahrheit. Wenn ich zu verbrettert sei, die richtigen Worte zu finden, könne sie mir noch einmal erklären, was ich da sähe. Zwei israelische Soldaten, die im Vorbeifahren und ohne Vorwarnung einen palästinensischen Jungen von hinten erschießen würden. Ich solle ihr erklären, welches verdammte Davor das rechtfertige. Vielleicht habe er Steine geworfen, vielleicht habe er einen Vater, der mit dem Terror sympathisiere, vielleicht habe er den Uniformierten auch nur obszöne Worte zugerufen, und wahrscheinlich habe er in seinem kurzen Leben noch tausend andere Dinge getan, die er besser unterlassen hätte, aber das ändere nichts daran, dass er vor allem ein zehnjähriger Junge gewesen sei, der nirgendwo auf der Welt auf diese Weise sterben sollte, nicht einmal in Palästina. Ich könne mir mein jämmerliches Davor sonstwohin stecken oder mich ihretwegen gleich erschießen, wenn ich nicht mehr vorzubringen hätte als diesen Ausgewogenheits-Kitsch, der nichts als eine Lüge sei. Ich antwortete ihr ein wenig konsterniert, jedoch immer noch darauf bedacht, unsere Verbindung zu retten, aber sie erwiderte voll Hohn, ich möge in Zukunft davon absehen, sie mit meinen E-Mails zu beglücken, sie lebe in einer anderen Welt und nicht in einem Elfenbeinturm und sei meiner Gerechtigkeit und der Gerechtigkeit Europas und Amerikas ebenso unwürdig wie überdrüssig, ganz abgesehen davon, dass diese ein bisschen kuschelig und selbstgefällig sei und vor ihrem Gott ohnehin keinen Bestand habe. Darauf ließ ich ein paar Wochen verstreichen, und als ich es dann noch einmal versuchte, schickte sie mir unmissverständlich eine Art Todesanzeige zurück, meinen Namen mit einem Sterbedatum. Es war der 10. August 2014, der Tag, an dem der Junge in dem Flüchtlingslager südlich von Hebron erschossen worden war, und es erübrigte sich, darauf noch etwas zu sagen.

VI

Die Ausstellung von Johns Bildern in Tel Aviv fand Anfang Dezember statt. Jeremy hatte eine kleine Galerie nicht weit vom Dizengoff-Platz gefunden, die sich dafür interessierte und dann alles daransetzte, die Eröffnung möglichst noch in diesem Jahr zustande zu bringen. Das Kalkül dahinter war, dass es für Kunst, die sich offensiv als »Zionistische Kunst« anpries, keinen besseren Zeitpunkt geben konnte als möglichst bald nach dem jüngsten Gazakrieg. Das Land war seither nicht zur Ruhe gekommen, vor allem in Jerusalem war keine Woche ohne einen Anschlag vergangen, Attentäter hatten ihre Autos in Menschengruppen gesteuert oder Leute auf offener Straße mit dem Messer angefallen, und erst vor zwei Wochen hatten zwei Terroristen in einer Synagoge kaltblütig vier Betende umgebracht, drei davon Rabbis. Dazu war auch noch ein Polizist nach einem Schusswechsel mit den beiden Tätern seinen Verletzungen erlegen. Eine Demonstration der Stärke musste jetzt vielen willkommen sein, und ein ehemaliger Soldat, der verstörende Bilder gemalt hatte und selbst bei einem mysteriösen Angriff in San Francisco ums Leben gekommen war, würde weithin Interesse wecken.

Ich hatte Jeremy längst mitgeteilt, dass ich das *Self-Portrait as a Hated Jew* besaß, und als er mich Ende August anrief und mich bat, es zur Verfügung zu stellen, weil eine Schau von Johns Bildern auf schmerzhafte Weise unvollständig wäre, wenn es fehlte, sagte ich sofort zu. Obwohl ich ursprünglich nicht zur

Eröffnung hatte fliegen wollen, entschloss ich mich im allerletzten Augenblick, es doch zu tun. Ich versuchte sogar, Elaine zum Mitkommen zu bewegen, aber sie meinte, nach ihren letzten Erlebnissen mit der Polizei von San Francisco habe sie mit Johns Geschichte erst einmal abgeschlossen und möchte in kein neues Durcheinander hineingezogen werden.

Auf dem Flug hatte ich eine absurde Begegnung mit einer frühpensionierten Lehrerin aus Münster in Westfalen. Sie saß auf dem Mittelplatz, begann gleich ein Gespräch und hatte, bevor die Maschine auf die Startbahn hinausrollte, schon gesagt, sie sei *leider* keine Jüdin, fliege aber fast jedes Jahr einmal nach Israel, weil sie Land und Leute liebe, sich für die Geschichte interessiere und zwei Wochen am Toten Meer für sie die wirksamste Verjüngungskur seien. Sie sprach vom Prinzip *äußerer Verschlammung* bei gleichzeitiger *innerer Entschlackung*, und ich ahnte, dass sich die Worte in meinem Kopf selbständig machen und mich tagelang quälen würden. Ich versuchte mich auf mein Buch zu konzentrieren, aber ich wusste, dass ich um ihre Frage nicht umhinkommen würde, und wir waren immer noch auf dem Boden, als sie nachfasste, geradeso, als hätte ich eine Unhöflichkeit begangen, dass ich mich nicht von selbst erklärte.

»Und Sie?«

»Ich muss beruflich hin.«

»Sind Sie Jude?«

»Ich mache eine Geschäftsreise«, sagte ich, ohne darauf einzugehen. »Ich arbeite für eine Tiefkühlfirma. Die Israelis essen pro Kopf doppelt soviel Eis wie wir. *Nordland*. Vielleicht haben Sie den Namen schon einmal gehört. Wir möchten ihnen unsere Produkte in Lizenz anbieten.«

Ich wusste nicht, welcher Teufel mich ritt, außer dass ich mich auf kein ernsthaftes Gespräch mit ihr einlassen wollte.

DRITTER TEIL

»Ich soll herausfinden, ob sie die gleichen Geschmacksrich-
tungen bevorzugen. Allein mit ›Fürst Pückler‹ kommen Sie heute nicht mehr sehr weit. Sie brauchen schon raffiniertere Krea-
tionen als Erdbeere, Vanille und Schokolade.«
Sie ließ sich nicht beirren und fragte, welche.
»Na ja«, sagte ich. »Wahrscheinlich, was auf der ganzen Welt
gegessen wird. Maracuja-Pfirsich, Himbeere-Zitrone, Mango-
Birne. Solange Sie sich an das Prinzip halten und immer eine
Frucht mit der anderen veredeln, können Sie gar nicht viel falsch
machen.«
»Aber bei der Kühlung müssen Sie doch vor größeren Pro-
blemen stehen. Oder ist das einzig und allein eine Frage der
Energie? Bedenken Sie nur die Temperaturen in der Wüste.«
»Energie und Technik«, sagte ich. »Daran arbeiten wir. Wie
können wir unseren israelischen Partnern ein Eis der Premium-
klasse liefern, das einerseits schmeckt und ihnen andererseits
bei fünfundvierzig Grad im Schatten nicht sofort über die Finger
rinnt? Klingt banal, ist aber eine knifflige Sache.«
Mit einem schlechten Gewissen, dass ich es soweit getrieben hatte, wandte ich mich wieder meiner Lektüre zu. Vielleicht
war das ein allzu frivoles Spiel gewesen, aber wenigstens schien
sie fürs erste zufrieden. Ich sah, wie sie zu mir herüberschiel-
te und herauszufinden versuchte, was ich las, aber ich hatte es
mir zur Gewohnheit gemacht, bei Büchern den Umschlag umzudrehen, so dass die weiße Innenseite nach außen gekehrt war.
Gesehen hatte ich das bei einem Freund, der sagte, früher habe
man ein Pornomagazin in der Öffentlichkeit hinter ernsthaften
Titeln versteckt, heute müsse man sich fast schon das Gegenteil
überlegen, und auch wenn ich ihm nicht zustimmte, fand ich,
diese kleine Extravaganz hatte Stil. Das Buch, in das ich mich
jetzt vertiefte, war *Journal of an Ordinary Grief* von Mahmud

ANWESENDE ABWESENDE

Darwisch, auf den zuerst Amal mich hingewiesen hatte. Darin fand sich ein Text mit dem Titel »Silence for the Sake of Gaza«, vor über vierzig Jahren geschrieben und immer noch aktuell, eine paradox-pathetische Liebeserklärung an die schon damals wieder und wieder zusammengebombte Stadt, und ich begann einzelne Sätze dieses furchtbaren Gesangs der Niederlage zu unterstreichen, als meine Nachbarin noch einmal anfing.

»Das ist Ihr erstes Mal in Israel?«

»Ich war als Schüler schon dort«, sagte ich. »Mein Religionslehrer hat sich eingebildet, ich müsste Pfarrer werden, und mich auf eine Pilgerreise nach Galiläa eingeladen. Wir sind auf den Spuren Jesu am See Genezareth entlanggewandert. Singend und betend, versteht sich. Über das Wasser zu laufen ist uns zwar nicht gelungen, aber wir waren auch auf den Golanhöhen und sind ein Stück den Jordan hinuntergepaddelt.«

»Dann erübrigt sich meine Frage, ob Sie Jude sind.«

»Ich fürchte, ja.«

»Tiefkatholisch also?«

»Ich fürchte, ja«, sagte ich noch einmal. »Damit hat meine Laufbahn als Sünder begonnen. Meine paar Jahre als Ministrant haben wenig geholfen und die Sache wahrscheinlich nur schlimmer gemacht. Ein Ehrenplatz in der Hölle ist mir jedenfalls sicher.«

»Theologie studiert haben Sie aber nicht?«

»Ich habe damit angefangen, allerdings nur für wenige Semester. Die Himmelsleiter war schon aufgestellt, aber ich bin nach den ersten Stufen abgestürzt. Gefallen, ohne jemals ein Engel gewesen zu sein. Ich war sogar im Priesterseminar. Bevor man dort lernt, wie man Tote wieder zum Leben erweckt, bin ich leider hinausgeworfen worden.«

Sie lachte, sah mich aber gleichzeitig mit wachsendem Ent-

DRITTER TEIL

setzen an. Kein Wort stimmte, und wenn ich ihr jetzt noch eine Missbrauchsgeschichte erzählte, hatte ich sie endgültig am Hals. Ein Priesterkandidat, der von seinem Supervisor sexuell belästigt worden war und als Vertreter einer österreichischen Tiefkühlfirma ausgerechnet in Israel herumreiste, kaum dass er sich nach einer langjährigen Therapie wieder hochgerappelt hatte, das musste ihr zu Herzen gehen oder ihren Mutterinstinkt wecken. Das Nachmittagsfernsehen wäre sicher glücklich gewesen über einen solchen Plot, und während ich für meine Nachbarin eine möglichst salbungsvolle Miene aufsetzte, dachte ich einen Augenblick, vielleicht sollte ich es einmal mit einem Drehbuch versuchen. Ich war froh, dass mich die ersten Turbulenzen in die Realität zurückwackelten, und als es wieder ruhiger wurde, bat ich sie, mich durchzulassen. Sie hatte mit beiden Händen die Armlehnen umfasst, presste sich mit geschlossenen Augen starr in den Sitz und brauchte eine Weile, bis sie hochkam. Ich ließ mein Buch aufgeschlagen liegen, und als ich von der Toilette zurückkehrte, war ich sicher, dass sie einen Blick hineingeworfen hatte. Anders konnte ich mir ihre plötzliche Veränderung nicht erklären. Sie reagierte einsilbig auf eine Bemerkung, die ich machte, und wandte sich dann halb von mir ab, zeigte demonstrativ, dass sie an keinem weiteren Gespräch interessiert war. Dann schlief sie ein oder stellte sich schlafend, und ich hatte mein Ziel erreicht und konnte in Ruhe lesen.

Roy wollte gar nicht mehr aufhören zu lachen, als ich ihm die Geschichte erzählte. Er hatte es sich nicht nehmen lassen, mich am Flughafen abzuholen, und unser erstes Ziel war wieder das Café am Rabin-Platz. Die Lehrerin hatte mich bei der Passkontrolle keines Blicks mehr gewürdigt und war mit ihrem Rollkoffer davongerattert, als wäre der Teufel hinter ihr her. Ich sprach von ihr, während wir nach Tel Aviv hineinfuhren, und als wir

ANWESENDE ABWESENDE

dann an einem Tisch im Freien Platz gefunden hatten, kam Roy noch einmal auf sie zurück.

»Sie hält dich jetzt für einen Sympathisanten«, sagte er. »Wahrscheinlich kannst du von Glück reden, dass sie nicht die Einwanderungsbeamten auf dich aufmerksam gemacht hat. Dann säßen wir jetzt nicht hier. Du würdest irgendwo am Flughafen in einem kleinen Kämmerchen brüten und brav ihre Fragen nach deiner Tiefkühlfirma beantworten oder, wenn es die schon nicht gibt, ihnen wenigstens erklären, wie du auf ihren Namen gekommen bist.«

»*Nordland*?«

»Du behauptest doch nicht, das ist Zufall?«

»Warum nicht?«

»*Nordland*«, sagte er. »Schwingt da nichts für dich mit?«

Er sah mich misstrauisch an.

»Und dann noch das Buch eines palästinensischen Schriftstellers in der Tasche. Was glaubst du, wo du bist, Hugo? Sie hätten dich mit dem nächsten Flugzeug nach Österreich zurückschicken können.«

Während des jüngsten Krieges hatte er sich selbst über das Tun und Treiben einer Deutschen belustigt. Es war gleich in der ersten Woche der Auseinandersetzung gewesen, als er mich auf den Blog einer Hamburger Journalistin aufmerksam machte, die in Israel lebte. Sie schrieb über die Raketen auf Tel Aviv, und man musste den Eindruck gewinnen, sie sei beim ersten Alarm immer gerade unterwegs zu einem Sushi-Essen, zu ihrer Yoga-Gruppe oder zum Public Viewing am Strand, weil Fußballweltmeisterschaft war, und könne nicht verstehen, warum die Araber ausgerechnet ihr nach dem Leben trachteten. Dem Text beigefügt war meistens ein Foto, in der Regel in einem Schutzraum aufgenommen, das sie in wechselnden, oft schulterfrei-

DRITTER TEIL

en Sommerkleidern zeigte, ein bisschen verträumt, ein bisschen verschwommen, mit weit in die Zukunft gerichteten Augen. Es war eine Weichzeichnerei wie für eine Unterwäschewerbung, und Roy hatte geschrieben, unter seinen Freunden kursiere die Wette, sie würde sich irgendwann ganz ausziehen, wenn der Krieg noch lange dauere.

»Sie hätte eine Erfindung der Generäle sein können«, sagte er, als er jetzt noch einmal von ihr anfing. »So blond, so jung und schön und so viel Verständnis für unsere Angriffe auf Gaza. Auf ihre germanische Weise sexy wie sonst nur der Satan. Hat es jemals eine prächtigere Soldatenphantasie gegeben als diese Lili Marleen? Nur dass sie offenbar immer als erste in den Schutzräumen war. Stell dir die Schlagzeile vor: ›Deutsche nimmt Juden Platz in Bunker weg.‹«

Ich mochte ihn für seinen bösen Witz. Er war ganz der Alte und hatte natürlich recht. Ich hatte den Blog eher wie eine naive Abenteuergeschichte im Fünf-Freunde-Stil gelesen und konnte mich nicht darüber erregen, obwohl ich seine Einschätzung teilte.

»Halb so schlimm«, sagte ich. »Sie ist Anfang zwanzig.«

»Vielleicht hast du recht«, sagte er. »Aber diese Haltung. Als wären die Raketen nur dazu da, ihr ohnehin schon aufregendes Leben noch aufregender zu machen. Als wäre alles mit einem Selfie-Stick aufgenommen, und wenn es im Hintergrund von Zeit zu Zeit kracht, ist das nichts anderes als ein kleines Feuerwerk, das die schöne Welt, in der sie sich vergnügt, noch schöner macht.«

»Du beurteilst sie zu hart, Roy.«

»Und ihr überdrehtes Tel-Aviv-Geschwätz?«

»Ich weiß nicht, was du meinst.«

»Es ist ganz und gar lächerlich. ›Ich lebe in Tel Aviv. Ich bin

ANWESENDE ABWESENDE

jung. Ich habe einen jüdischen Freund.‹ Das ist es, wovon sie in Wirklichkeit in einem fort spricht, als wären es Trophäen, die sie ihren neiderfüllten Freundinnen vorführt. Der Krieg interessiert sie doch nicht.«

»Sie kann nichts dafür, dass sie jung ist.«

»Aber sie tut so, als wäre es sonst nie jemand gewesen.«

»Ich fürchte, das gehört einfach dazu«, sagte ich. »Klingt fast, als wärest du neidisch, Roy. Für manche Leute ist Tel Aviv nun einmal wie Berlin plus Raketen plus ein bisschen Silicon Valley plus ganzjährig der Strand. Lass sie doch.«

Wir hatten uns während des Krieges ein paar Mal geschrieben, und damals vor Monaten war klar gewesen, dass er den Ernst der Lage möglichst herunterzuspielen versuchte. In den ersten Tagen der Angriffe hatte er noch von Spielzeugraketen gesprochen, die niemand fürchten müsse, und geschwärmt, die Stadt endlich einmal für sich zu haben, weil die Touristen früher abreisten oder ihre Buchungen stornierten, aber nach einer Woche tagtäglichen Alarms klang er doch zermürbt. Zoe und ihre beiden Schwestern waren gerade erst in ihre Sommercamps in der Nähe von Beer Sheva gefahren und kamen jetzt zurück, und die Mädchen in der kleinen, juliheißen Wohnung zu wissen und sie nicht allein auf die Straße lassen zu können musste ihm zeigen, dass die Situation nicht so alltäglich war, wie er sie gern gehabt hätte. Immerhin verzichtete auch er auf seine Spaziergänge am Strand und wählte stattdessen Straßen, die in west-östlicher Richtung verliefen, die Frishman Street oder die Gordon Street, die er dann auf ihrer Südseite im Schatten der Häuser entlangging, um wenigstens vor einem direkten Einschlag sicher zu sein. Schutzräume suchte er ohnehin nur auf, wenn seine Töchter bei ihm waren. Er wollte ihnen mit gutem Beispiel vorangehen, aber sonst legte er Wert darauf, der

DRITTER TEIL

Gefahr unbeeindruckt zu trotzen. Sobald die Sirenen losheulten und die Passanten in die nächsten Gebäude stürzten, die Autos an Ort und Stelle anhielten, Fahrer und Beifahrer heraussprangen und sich hinter die Karosserien kauerten, blieb er aufrecht unter einem Hauseingang stehen und suchte den Himmel ab. Wenn eine Rakete abgeschossen wurde, gab es gleich darauf immer einen weiteren Knall, mit dem sich die zweite Abwehrrakete selbst in die Luft sprengte, und übrig blieben zwei weiße Wölkchen im endlosen Blau. Es brauchte schon mehr, dass er einknickte, solange die ganze Verrücktheit nur bis zum Schulbeginn im September wieder vorbei wäre, und ich stellte ihn mir in diesen Tagen als einsame Figur in den Straßen von Tel Aviv vor, die mit allen Mitteln versuchte, Haltung zu wahren, als wäre es schon ein Akt des Widerstands, die Realität einfach nicht zu akzeptieren. Dabei erschien er mir wie ein Kind, das die Augen schloss und glaubte, so die Gespenster verscheuchen zu können. Er hatte aber auch etwas von den verknöcherten Haudegen aus den Anfängen des Ersten Weltkriegs, die es für unter ihrer Würde hielten, den Kopf einzuziehen, und im Maschinengewehrfeuer starben.

»Wenn es schlimmer gekommen wäre, hätte ich mich zu dir nach Tirol abgesetzt und wäre Skilehrer geworden«, sagte er jetzt lachend. »Ein jüdischer Skilehrer in Tirol.«

»Die Deutschen wären verrückt nach dir gewesen.«

»Meinst du wirklich?«

»Na hör mal, Roy«, sagte ich. »Du hast es doch selbst gesagt. Ein jüdischer Skilehrer in Tirol, geboren in Südafrika. Exotischer geht es fast nicht.«

Er sagte, er habe sich nur zwei Tage lang wirklich Sorgen gemacht, als der internationale Flugbetrieb so gut wie eingestellt gewesen sei. Die amerikanischen und die europäischen

ANWESENDE ABWESENDE

Fluglinien hatten sich noch im Juli, zwei Wochen nach Beginn des Krieges, aus Sicherheitsgründen entschlossen, Ben Gurion nicht mehr anzufliegen, weil eine Rakete den Startbahnen zu nahe gekommen war, und obwohl El Al weiterflog, sei ihm klargeworden, wie wenig es brauchte, das kleine Staatsgebilde zu erschüttern. Auf dem Landweg konnte man als Jude von Israel aus über keine Grenze, also blieben nur die Luft und das Meer.

Ich erinnerte mich nicht, ob Roy das letzte Mal so viel geraucht hatte, aber jetzt zündete er eine Zigarette an der anderen an. Sein unaufhörliches Blinzeln war noch stärker geworden, als würde er aus der Nacht kommen und sich nicht an das Tageslicht gewöhnen können. Er hatte eine Sonnenbrille dabei, aber kaum dass er sie aufgesetzt hatte, sah er mich an und sagte, das sei lächerlich, und nahm sie wieder herunter. Seit unserem Treffen zu Pessach schien er abgenommen zu haben. Er war noch desillusionierter, was die Lage des Landes betraf, und hatte über die Ursachen des Krieges seine eigenen Vorstellungen.

»Der Grund sind doch nicht ihre Raketen aus dem Gazastreifen, wie wir jetzt wieder alle Welt glauben machen wollen, und der Grund sind auch nicht die drei ermordeten Jeschiwa-Studenten. Ein willkommener Anlass vielleicht, das ja, mehr aber auch nicht. Viel wichtiger ist, dass wir denen alle paar Monate einmal zeigen, was wir mit ihnen anstellen können, wenn sie sich nicht willfährig verhalten.«

Er hatte unter dem Titel *Wir mögen vielleicht Verbrecher sein, aber wir sind Juden* einen kritischen Artikel über die Regierung geschrieben und war deswegen von allen Seiten angefeindet worden. Man hatte ihn auf der Straße erkannt und bedroht, aber er versuchte es auf die leichte Schulter zu nehmen. Er war zu einem Abendessen eingeladen gewesen und vom Gastgeber

DRITTER TEIL

des Hauses verwiesen worden, als er ihm widersprach. Dieser hatte eine Begrüßungsrede gehalten und von den unprovozierten Raketen aus dem Gazastreifen gesprochen, und Roy hatte ihn ausreden lassen und war erst danach langsam aufgestanden und hatte gesagt, sie seien nicht unprovoziert, sie seien durch siebenundvierzig Jahre Besatzung provoziert und kein Mensch könne den Palästinensern vorschreiben, welche Form des Widerstands sie wählten, und es war zu einem Tumult gekommen. Dann war der Gastgeber mit ein paar schnellen Schritten um den Tisch herumgestürzt und hatte ihn bei den Jackenaufschlägen gepackt und nur »Raus!« gesagt, und Roy hatte sich davongestohlen wie ein Schwerverbrecher und war lange draußen auf der Straße stehengeblieben, als hätte er kein Zuhause mehr. Seither hielt er sich zurück, aber niemand konnte ihn von seiner Meinung abbringen, dass das Land sich eine Blindheit leiste, die verheerend sei.

»Dass sie mir dafür das Etikett ›Antisemit‹ aufkleben, ist geschenkt und kümmert mich auch nicht«, sagte er. »Damit können sie am besten von eigenen Fehlern ablenken. Für die Scharfmacher unter ihnen ist jeder ein Antisemit, der anders denkt als sie. Das ist längst unser größtes Problem. Die leben davon, dass sie die ganze Menschheit als Feind sehen.«

Er hatte wieder Cola und Espresso bestellt, schob jetzt aber beides beiseite, ohne es angerührt zu haben, und trank in großen Schlucken aus dem Wasserglas.

»Kannst du dir vorstellen, was für ein Spaß es für das Kabinett sein muss, wenn hier ein internationaler Bedenkenträger antanzt und sie zur Fortsetzung der Friedensgespräche auffordert? Die lachen sich hinter verschlossenen Türen doch krank, sobald jemand eine Zweistaatenlösung anmahnt. Allein die Worte sind nach Jahrzehnten der Vergeblichkeit so morsch,

ANWESENDE ABWESENDE

dass jeder intelligente Mensch einen Lach- oder Weinkrampf bekommt, wenn er sie nur hört. Glaubst du, der deutsche Außenminister ist mehr als eine Witzfigur für die?«

»Als Deutscher hat er ja auch keinen Spielraum.«

»Den sollte er aber nutzen. Es sind längst die Deutschen, die neben den Amerikanern von allen die größte Verantwortung für die Misere hier tragen. Wegschauen und den Mund halten oder sich verdruckst ein paar verquaste Floskeln abpressen reicht in Zukunft nicht mehr.«

»Aber was kann ein deutscher Außenminister schon tun?«

»Nichts natürlich außer freundlich nicken und ein paar schöne Sprüche für das Poesiealbum absondern und auf dem gemeinsamen Foto ein bisschen griesgrämig schauen und damit verschämt andeuten, dass er in Wirklichkeit womöglich doch nicht mit allem einverstanden ist.«

»Siehst du«, sagte ich. »Er kann nur den Hampelmann spielen.«

»Und das gereicht ihm auch noch zur Ehre«, sagte Roy. »Wenn er ihnen nicht weiter lästig fällt und sich ans Protokoll hält, veranlassen sie sogar vielleicht, dass ihm die Hebräische Universität in Jerusalem einen Doktor für Politische Theorie verpasst.«

»Warum nicht?« sagte ich. »Beinbruch ist das keiner.«

»Natürlich nicht«, sagte er. »Schließlich können sie ihn im Zweifelsfall immer noch diskret daran erinnern, dass er Deutscher ist und besser den Mund hält. Am nächsten Tag geben sie den Bau von zweitausend neuen Wohnungen für Siedler irgendwo in der Westbank bekannt. Überall sonst auf der Welt würde man Banditen einfach Banditen nennen, aber das hier ist ja Israel.«

Ich kannte Roy nicht anders, als dass er beim kleinsten An-

DRITTER TEIL

lass lospolitisierte. Nur klang er noch bitterer als sonst. Er sagte, er werde nicht zur Ausstellungseröffnung kommen. Selbstverständlich würde er Johns Andenken gern diese letzte Ehre erweisen, aber nachdem die Bilder überall als »Zionistische Kunst« angekündigt seien, befürchte er, dass sich in der Galerie Leute versammelten, die er lieber nicht in seiner Nähe habe. Er hatte sich die Leinwände bereits angesehen und zuckte ratlos mit den Schultern, als ich ihn fragte, was er davon halte. Dann erkundigte er sich, ob das *Self-Portrait as a Hated Jew* wirklich in meinem Besitz sei, und als ich ja sagte, wollte er wissen, wieviel ich dafür bezahlt hätte, und hörte dann nicht auf den Kopf zu schütteln.

Er war in den vergangenen Monaten kaum zum Schreiben gekommen. Alles, was er an Neuem vorzuweisen hatte, war das Jesus-Kapitel seines Buches *The Ingathering of the Exiles*, doch als ich ihn nach seinem Vorankommen fragte, war er wieder Feuer und Flamme. Er hatte lange keine richtige Idee für diesen Teil gehabt, aber eines Morgens war ihm plötzlich klargeworden, wie es gehen könnte.

»Bei archäologischen Ausgrabungen in der Nähe von Jerusalem wird in einer unterirdischen Grabkammer ein Lebender entdeckt. Er trägt langes Haar, einen Bart und eine merkwürdige Tunika und geht barfuß. Der Trupp, der auf ihn stößt, kann sich nicht erklären, wie er dorthin gekommen sein soll. Sie halten ihn für einen Obdachlosen oder einen Verrückten, aber weil kein Eingang zu dem winzigen Raum zu finden ist, stehen sie vor einem Rätsel. Der Fremde gibt indessen Sätze von sich, die es nicht einfacher machen. ›Ich bin schon seit zweitausend Jahren hier‹, sagt er auf ihre Fragen. ›Wer soll ich sein? Ich bin, der ich bin. Ich bin der Weg, die Wahrheit und das Leben, und ich bin gekommen, um euch den Frieden zu bringen.‹«

ANWESENDE ABWESENDE

Ich sah, welches Vergnügen es Roy machte, die Geschichte auszuschmücken. Er wurde entspannter, und wenn er davor kaum die Augen gehoben hatte, sah er sich jetzt blinzelnd auf der Terrasse des Cafés um. Sein Telefon hatte er vor sich auf dem Tisch liegen, und sooft es vibrierte, warf er einen kurzen Blick darauf und sah mich entschuldigend an. Er sagte, das sei eine Unart, die er sich während des Krieges angewöhnt habe und jetzt kaum mehr loswerde. Damals habe er sich eine App heruntergeladen, die einen über die Gefährdung durch Raketen informiere, und seither sei jedes Klingeln ein Alarm für ihn.

»Aber ich bin noch nicht fertig mit meiner Jesus-Geschichte.«

Routiniert nahm er den Faden wieder auf.

»Was glaubst du, was die Archäologen mit dem Fremden tun?«

»Keine Ahnung«, sagte ich. »Sperren sie ihn ins Irrenhaus?«

»Im Gegenteil«, sagte er. »Sie nehmen seine Angaben ernst und lassen ihn wissenschaftlich untersuchen. Es stellt sich heraus, dass er die Wahrheit sagt. Er ist tatsächlich zweitausend Jahre alt. Damit stehen sie vor einem Problem. Sie haben ihn auf palästinensischem Boden gefunden. Was machen sie mit ihm, wenn er kein Jude ist?«

»Trumpft er denn nicht damit auf, er sei der *König* der Juden?«

»Natürlich«, sagte er. »Das macht es nicht besser. Der König der Juden und vielleicht doch ein Palästinenser. Was eine archäologische Sensation hätte werden können, ist da längst eine Sache höchster Geheimhaltung. Das Oberrabbinat und der Inlandsgeheimdienst treten zusammen und beraten, was mit ihm geschehen soll.«

»Wahrscheinlich fragen sie ihn nach seiner Mutter.«

DRITTER TEIL

»Sie scheint Jüdin zu sein.«

»Nach seinem Vater?«

»Da antwortet er so unklar, dass sie all seine Aussagen gleich wieder anzweifeln. Er gibt nur an, sein Vater sei nicht von dieser Welt. Also entschließen sie sich, ihn lieber verschwinden zu lassen. Er landet im Gefängnis und wird bei einem Fluchtversuch erschossen.«

Ich hatte Roys Lachen noch in den Ohren, als ich schon im Bus nach Jerusalem saß. Er hatte gesagt, wenn man der israelischen Wirklichkeit überhaupt beikommen könne, dann nur mit phantastischen Geschichten, und jetzt schickte er mir noch eine SMS, was auch immer er sich ausdenke, die Realität bleibe die Realität und ich solle vorsichtig sein. Ich hatte überlegt, diesmal ein Hotel in Tel Aviv zu nehmen, aber dann hatte ich mich doch wieder im Österreichischen Hospiz eingemietet. Natürlich war Jerusalem unsicherer nach den Attentaten der letzten Wochen, von denen viele dort geschehen waren, aber als ich aus dem Busbahnhof trat und die Straßenbahnschienen entlang die Jaffa Street hinunter Richtung Altstadt ging, hatte ich nicht den Eindruck, es habe sich seit dem letzten Mal etwas geändert. Vielleicht waren weniger Leute unterwegs, doch das konnte an der Tageszeit liegen, vielleicht mehr Uniformierte, die den Finger vielleicht wirklich am Abzug hatten, wie ich mir einbildete, aber die Passanten schienen nicht weiter beunruhigt, noch drehten sie sich gar in einem fort um, weil sie von hinten angegriffen werden könnten. Am Tag davor hatte es in der Westbank eine Messerattacke einer Neunzehnjährigen gegeben, bei der ein Mann leicht verwundet worden war, aber Jerusalem wirkte nicht wie eine Stadt im Ausnahmezustand, sondern eher ruhig und beschaulich und ein bisschen provinziell, wie am Sabbat.

446

ANWESENDE ABWESENDE

Für den nächsten Tag war ich mit Naima in Ramallah verabredet. Ich hielt mich wieder an sie, weil Amal bei einem weiteren Kontaktversuch nicht mehr geantwortet hatte, aber auch Naima hatte ein paar Tage verstreichen lassen, bevor sie zusagte. Dass das mit dem Krieg zu tun hatte, wurde mir erst später klar. Als ich sie danach fragte, reagierte sie ganz offensichtlich mit Scham. Sie wollte nicht darüber reden, als wäre sie durch die Ereignisse doppelt gebrandmarkt. Es waren *ihre* Leute, die Raketen auf israelische Städte geschossen hatten, aber es waren auch ihre Leute, die dafür zu Hunderten und Tausenden gestorben waren, und sie konnte sich nicht aussuchen, ob sie zu ihnen gehörte oder nicht. Sie hatte seit unserem letzten Treffen wieder geheiratet, um dem Haus ihrer Eltern zu entkommen, und war zu ihrem Mann, einem Bekannten der Familie, nach Ramallah gezogen, von wo sie nur mehr einmal oder zweimal in der Woche nach Hebron an die Universität fuhr.

Ich nahm einen frühen Bus, weil ich Angst hatte, am Kontrollpunkt länger aufgehalten zu werden, und als ich ungehindert durchkam und noch Zeit hatte, spazierte ich in der Stadt herum. Obwohl ich einen Plan dabeihatte, ließ ich mich treiben. Ich schlenderte ein Stück die aus dem Zentrum hinausführenden Straßen entlang und kehrte dann wieder um. Egal, wo ich hinkam, an vielen Hauswänden hingen die schon ein bisschen ausgebleichten Plakate der beiden Attentäter, die vor nicht einmal drei Wochen in einer Synagoge in Jerusalem die vier Betenden und den Polizisten umgebracht hatten und die bei dem folgenden Schusswechsel dann selbst ums Leben gekommen waren. Ich konnte die arabische Aufschrift nicht lesen, aber natürlich mussten sie »Märtyrer« sein, und natürlich wurden sie gefeiert, wie auch viele der Straßen, durch die ich kam, nach Märtyrern benannt waren. Es war eine beklemmende At-

447

DRITTER TEIL

mosphäre, schwer zu sagen, ob die Leute freiwillig mitmachten
oder ob der Druck der anderen so groß war, sich zu bekennen,
aber dass diese Botschaften aus dem Mittelalter an Brautmode-
geschäften, an Shops, in denen Handys verkauft wurden, und
neben einer Werbung für Coca-Cola hingen, machte sie nur um
so finsterer. Ich überlegte, zum Grab von Mahmud Darwisch zu
gehen, und hatte mich schon halb durchgefragt, als ich mich entschied, es lieber doch nicht zu tun. Stattdessen setzte ich mich
in ein Café und schlug demonstrativ die *Jerusalem Post* auf, die
ich am Morgen gekauft hatte.

Naima hatte mich nicht vorbereitet, dass ihr Mann mitkommen würde. Wir hatten uns wieder an einer Straßenkreuzung
verabredet, und ich musste eine Weile herumlaufen, bis ich im
dichten Verkehr ihren Wagen entdeckte. Er saß vorn und ließ
mich hinten einsteigen, und während Naima aus der Stadt hi-
nausfuhr, einen Hügel hinauf, dann eine Weile einen Kamm mit
Blick auf Jerusalem in der Ferne entlang und einen anderen Hügel hinunter, redete und redete er. Sein Englisch entglitt ihm
manchmal, und er verhedderte sich ein paar Worte ins Arabische, bevor er es merkte und einen neuen Versuch unternahm.
Er trug einen blau-violett changierenden Anzug aus einem
künstlich wirkenden Material zu einem rosa Hemd mit weißem
Kragen und ließ sein Smartphone keinen Augenblick aus der
Hand, in das er von Zeit zu Zeit etwas eintippte, ohne sich beim
Sprechen zu unterbrechen. Sein Kopf war fast kahl, ein grauer
Haarkranz über den Ohren, und er nahm die Sonnenbrille nicht
ab. Er mochte um die sechzig sein, war in Beirut geboren, Jour-
nalist und nach dem ersten Libanonkrieg von dort nach Tunis
ins Exil gegangen und hatte dann in Ägypten und in Syrien gelebt, bevor er nach Ramallah gekommen war. Das erzählte er
alles in den ersten Minuten, während er zwischendurch Anwei-

ANWESENDE ABWESENDE

sungen gab, wo Naima abbiegen sollte, und sie von der Seite her auf eine Weise ansah, die ich nicht zu interpretieren vermochte. Das Gespräch, in das er mich dann hineinzog, kam mir wie ein Test vor. Er wischte meine Verwunderung über die in der ganzen Stadt prangenden Plakate der beiden Attentäter der Synagoge in Jerusalem mit der Bemerkung weg, das seien falsche Empfindlichkeiten. Ich tat so, als würde ich ihn nicht verstehen, aber er sagte nur, sie hätten ihren Angriff vielleicht nicht im Gebetsraum machen sollen. Was das bedeutete, war klar. Ich starrte auf seinen Hinterkopf und schwieg, während er auf seinem Smartphone herumtippte und es mir dann über seine Schulter hinweg reichte.

»Kennst du den?«

Das Display zeigte einen Mönch, der in der linken Hand das Kreuz hoch erhoben hatte und in der rechten einen Säbel hielt, während er offensichtlich voranstürmte. Es schien ein Ausschnitt aus einem Gemälde zu sein, und an der Kutte erkannte ich, dass es sich um einen Kapuziner handeln musste, aber worauf Naimas Mann hinauswollte, wusste ich nicht. Er drehte sich zu mir um und sah mich herausfordernd an.

»Sagt dir der Name Pater Haspinger etwas?«

Als ich immer noch nicht antwortete, ließ er ein paar Augenblicke verstreichen, die er sichtlich genoss.

»Scheint ein Tiroler Freiheitskämpfer gewesen zu sein«, sagte er dann. »Ich habe mich kundig gemacht. Naima hat mir erzählt, dass du in Tirol aufgewachsen bist. Es ist nicht schwer, das Bild im Internet zu finden.«

Mir wurde schwindlig. Ich war irgendwo am Rand von Ramallah mit einem palästinensischen Paar unterwegs und bekam von diesem zwielichtigen Gesellen das Bild eines Waffengefährten von Andreas Hofer präsentiert, als wären seither

DRITTER TEIL

nicht zweihundert Jahre vergangen. Ohne ein Wort gab ich ihm das Smartphone zurück, und er meinte lachend, das sei nur ein Scherz gewesen. Dabei zeigte er mir sein bis über das Zahnfleisch entblößtes Gebiss.

»Schon interessant, wen oder was das Wort ›Freiheitskämpfer‹ alles umfasst«, sagte er. »Kein Grund, sich deswegen in die Hosen zu machen.«

Wir kamen in einer Senke an, in der das Restaurant stand, in das sie mich führen wollten, ein Flachbau mit einem riesigen, gekiesten Parkplatz davor. Es wirkte vollkommen leer, hatte wahrscheinlich erst am Abend Betrieb, und der Besitzer trat uns am Eingang entgegen und begrüßte Naima und ihren Mann wie alte Bekannte, aber gleichzeitig mit einem fast unterwürfigen Respekt und, nachdem ich ihm vorgestellt worden war, auch mich mit einer Ehrerbietung, als handelte es sich um einen Besuch auf Ministerebene. Wir hatten uns in dem Saal kaum an einen der niedrigen Tische gesetzt, als schon Wasserpfeifen gebracht wurden und ich mich an einen Schlauch angehängt fand, aus dem ich in kurzen, schnellen Zügen paffend einen leicht grünlichen Rauch einatmete.

Ich hatte noch keine Gelegenheit gehabt, Naima nach Marwan zu fragen, und tat es jetzt. Er saß noch immer ohne Prozess im Gefängnis, und sie konnte ihn, wenn nicht Sicherheitsgründe dagegen standen, einmal im Monat besuchen. Seit seiner Inhaftierung hatte sie ihn ganze drei Mal gesehen, und als ich mich erkundigte, wie es ihm gehe, sah sie mich nur ausdruckslos an und sagte, er leide an der Ungewissheit, lasse sich aber nicht unterkriegen. Offenbar hatte er angefangen, aus dem Deutschen ins Arabische zu übersetzen, und sich mit *Der Tod des Vergil* von Hermann Broch ein Buch vorgenommen, das ihn möglichst lange beschäftigen sollte. Sie hatte es ihm bei einem ihrer Besuche auf seinen Wunsch mitgebracht. Es war bei seinen Büchern gewesen, die er noch von seinem Aufenthalt in Österreich hatte, und sie hatte es natürlich der Gefängnisverwaltung vorlegen müssen, die es auf seine Unbedenklichkeit hin prüfte.

»Keine Ahnung, ob sie ein Gutachten eingeholt haben oder ob es an der Trägheit des Apparats liegt«, sagte sie. »Er hat es jedenfalls drei Wochen später bekommen und hat seither eine Beschäftigung, die ihn ablenkt.«

Das klang auf eine Weise pragmatisch, die ich nicht erwartet hatte. In der Anwesenheit ihres neuen Mannes wirkte sie weniger selbstbewusst, als ich sie kannte. Sie ließ sich von ihm mitten im Satz unterbrechen, und wenn er einen seiner Witze machte, wie er es unweigerlich alle paar Minuten tat, lachte sie eilfertig, ohne sich etwas anmerken zu lassen. Ich konnte nur mutmaßen, dass sie darunter litt. Aus den Blicken, die sie mir von Zeit zu Zeit zuwarf, vermochte ich nichts zu schließen, außer dass sie nicht gegen die ihr zugewiesene Rolle aufbegehrte.

»Manchmal denke ich, dass es vielleicht gut ist, dass Marwan hinter Gittern sitzt«, sagte sie. »Wenigstens kann er so lange nichts anstellen. Wer weiß, was in Jerusalem noch alles geschieht. Es ist besser, wenn er bei seinen Phantastereien bleibt. Da soll er sich ausmalen, was er will.«

Ich wusste nicht, ob sie das als Anspielung auf den *Gesichtslosen* meinte, aber als ich sie danach fragte, reagierte sie unwirsch und schüttelte den Kopf, als wollte sie jeden Gedanken daran sofort wieder loswerden.

»Was willst du denn immer mit dieser Geschichte?«

»Das weißt du genau«, sagte ich. »Ich hätte Marwan gern ein paar Fragen nach den Details gestellt, auch wenn es jetzt nicht mehr wichtig ist.«

»Ach, die Details«, sagte sie. »Worum geht es schon darin?«

DRITTER TEIL

»Du hast sie doch gelesen.«

»Es geht um einen ermordeten Amerikaner. Sollen wir uns deswegen verrückt machen? Weißt du, wie viele Leute *hier* ermordet werden, ohne dass ein Hahn danach kräht? Du brauchst nicht zu antworten.«

»Das kann man doch nicht vergleichen.«

»Ich vergleiche es aber«, sagte sie, noch bevor ich richtig ausgesprochen hatte. »Was glaubst du, wie viele palästinensische Leben ein verdammtes amerikanisches Leben wert ist?«

Ich erwiderte nichts und sah sie nur an.

»Zehn?« sagte sie. »Klingt ein bisschen wenig, nicht?«

Dabei lachte sie und verschluckte sich an ihrem Lachen.

»Hundert? Was denkst du? Ein paar mehr, ein paar weniger?«

Sie schlug mit der Hand auf den Tisch.

»Es sind nicht zehn, und es sind nicht hundert. Ob du es wahrhaben willst oder nicht, es sind viel mehr. Es sind tausend, und vielleicht ist auch das noch zu niedrig angesetzt.«

Ich hatte diesen Ausbruch nicht erwartet und war froh, dass die Kellner uns unterbrachen, die den ganzen Tisch mit Platten voll Speisen bedeckten. Wenn es ohne Aufhebens gegangen wäre, hätte ich mich am liebsten davongestohlen. Wir waren irgendwo im Niemandsland, das Restaurant stand allein in der Senke, nur auf den Hügelkämmen rundum waren Häuser zu sehen, die wahrscheinlich zu jüdischen Siedlungen gehörten. Aber Naima hätte es nicht verstanden, wenn ich sie gebeten hätte, mich wegzubringen, und sie zu fragen, für mich ein Taxi zu rufen, sah mir allzusehr nach einem Staatsakt aus. Sie schaute ihren Mann an, der von meiner Verstimmung gar nichts mitbekommen hatte und mich aufforderte, nur ja von all den Köstlichkeiten zu nehmen, auf den Hummus, die Falafel, die verschiedenen

452

Salate wies und selbst mit zusammengefalteten Brotstücken in die Schüsselchen pickte und triefende Bissen zum Mund führte, während er in einem fort sprach. Dazwischen nuckelte er an seiner Wasserpfeife und zündete sich einmal sogar eine Zigarette an, die er rauchte, ohne mit dem Essen aufzuhören. Wir waren schon beim Kaffee, als er plötzlich nach der Serviette auf seinem Schoß griff, sich ausgiebig die Finger abwischte und das vor ihm liegende Smartphone in die Hand nahm, das zu vibrieren begonnen hatte. Ich sah, wie er darauf herumtippte und auf das Display starrte. Dabei zerkaute er seine Lippen, dass das Blut aus ihnen wich und sichtbar wieder zurückströmte.

Er sagte, er müsse sofort in sein Büro, es sei etwas passiert. Offenbar war in einem Supermarkt in der Nähe einer Siedlung ein Junge mit einem Messer auf zwei Männer losgegangen. Er hatte sie nur leicht verletzt und war selbst von einem Sicherheitsbeamten angeschossen worden, und aus der Nachricht ging nicht hervor, ob er noch lebte. Als ich das hörte, hatte ich das überwältigende Bedürfnis, die Augen zu schließen, mich in die Kissen sinken zu lassen und mich ganz der Wasserpfeife hinzugeben. Naima nahm ihrem Mann das Smartphone aus der Hand, aber sie warf nur einen kurzen Blick darauf, bevor sie es an mich weiterreichte und die Hände vor dem Gesicht zusammenschlug. Auf dem Display konnte ich die Beine des auf dem Boden liegenden Attentäters sehen, die zwischen zwei Regalen mit Lebensmitteln hervorragten. Das Bild war erst wenige Minuten alt, und ich registrierte, dass er Turnschuhe trug, als könnte ich später als Zeuge dazu befragt werden.

Ich merkte kaum, wie Naimas Mann mir das Smartphone wieder entwand. Wir hatten gerade noch über Attentate gesprochen, und jetzt waren wir bei einer wirklichen Attacke wie in einer Live-Schaltung dabei. Der Junge lag vielleicht nach wie

DRITTER TEIL

vor zwischen den Regalen in dem Supermarkt und blutete auf den Boden, während wir in einem Restaurant saßen und ihm dabei zuschauten und die beiden Verwundeten von Notärzten versorgt wurden. Ich konnte nicht daran denken, ohne dass mir augenblicklich schlecht wurde.

Naimas Mann telefonierte jetzt in einem fort. Kaum hatte er ein Gespräch beendet, begann er das nächste. Er sprach ein heiseres Arabisch und winkte gleichzeitig nach den Kellnern, und als der Besitzer selbst herbeieilte und kein Geld nehmen wollte, umarmte er ihn, ohne sich zu unterbrechen. Naima war mit ihm aufgesprungen, und im nächsten Augenblick befanden wir uns schon im Laufschritt Richtung Parkplatz. Sie fuhr wieder, und er wies ihr gestikulierend die Richtung. Ich konnte nicht sagen, ob sie die gleiche Strecke nahm wie bei der Herfahrt, aber das Auf und Ab der Hügel erschien mir jetzt noch abenteuerlicher. Sie hupte vor jeder Kurve und schnitt sie dann, und der Wagen rumpelte über den unebenen Asphalt. Wenn sie überholte, schaute ich nicht hin und war mit der Stimme ihres Mannes allein. Er trieb sie an, und Naima saß über das Lenkrad gebeugt, ihren Kopf fast an der Windschutzscheibe, und hatte die Augen weit aufgerissen, als müsste sie mit ihren Blicken den dichtesten Nebel durchdringen.

Als ein Lastwagen den Weg blockierte, bat ich sie, mich aussteigen zu lassen. Sie war darauf zugeschossen und hatte gerade noch zu bremsen vermocht und ging jetzt nicht von der Hupe. Ihren Vorschlag, mich zu einer Bushaltestelle zu bringen, lehnte ich ab. Ich sagte, ich würde mich durchfragen, und als ich endlich auf der Straße stand, atmete ich auf. Ohne sich beim Telefonieren zu unterbrechen, gab ihr Mann mir die Hand, und sie kündigte an, sich später zu melden. Ich hatte das Gefühl, einem Fluchtfahrzeug entkommen zu sein, als sie davonbrausten, und

ANWESENDE ABWESENDE

hätte mich nicht gewundert, wenn sie von einem ganzen Rudel Polizeiautos mit Blaulicht verfolgt worden wären. Ich machte mir erst gar nicht die Mühe, mich zu orientieren, winkte ein Taxi herbei und bat den Fahrer, mich zum Kontrollpunkt zu bringen. Schweigend steuerte er durch den Nachmittagsverkehr. Er hatte das Radio an, und obwohl ich kein Wort verstand, ahnte ich, wovon die Rede war.

Wir standen im Stau, als ich eine SMS von Naima bekam. Sie schrieb, der junge Messerstecher sei am Leben, und entschuldigte sich für ihren Mann. Ich antwortete ausweichend, bedankte mich für das Mittagessen und wünschte ihr alles Gute für die Zukunft. Dann fügte ich noch die Frage hinzu, wie es den beiden Männern gehe, aber obwohl sie innerhalb von wenigen Sekunden reagierte, ging sie nicht darauf ein und wiederholte nur meine Platitüden.

Der Gang durch die Viehschleuse dauerte diesmal. Am Drehkreuz, wo sonst immer drei oder vier Leute gleichzeitig durchkamen, ließen sie jetzt alle nur einzeln vorbei. Die jungen Männer, die vor mir in der Schlange standen, reagierten mit verächtlichen Blicken. Sie wussten, sie wurden als Sicherheitsrisiko betrachtet, und in ihrer Ohnmacht erfüllte sie das auch noch mit Stolz. Ich sah zu, Abstand zu ihnen zu halten, und als ich an der Reihe war und der Uniformierten meinen Pass unter dem Panzerglas hinschob, überkam mich zum ersten Mal die Panik, ich könnte nicht durchgelassen werden. Sicher hätte sie lückenlose Informationen darüber, wie und mit wem ich den Tag verbracht hatte, und würde mich ihren Kollegen zu einer eingehenden Befragung übergeben. Sie schaute aber nur auf das Foto im Ausweis, in mein Gesicht und wieder auf das Foto und sprach dann überdeutlich meinen Vornamen aus. Obwohl ich wusste, dass ich ihn nur bestätigen musste, kam ich in meiner Verwirrung

455

DRITTER TEIL

fast nicht gegen den Impuls an, nein zu sagen, ich sei ein anderer. Es war nur ein Augenblick der Irritation, aber sie reagierte auf mein Schweigen mit einem Lächeln, und schon war ich durch. Auch auf der anderen Seite bemühte ich mich nicht um einen Bus, sondern nahm ein Taxi, von dem ich mich am Damaskustor absetzen ließ. Von dort waren es nur zwei Minuten zum Österreichischen Hospiz, und als sich dann das Eingangstor hinter mir schloss und ich die Stufen hinaufstieg, hätte in meinem Rücken die Zugbrücke einer Kreuzritterburg hochgehen können. Ich war in einer anderen Welt. Obwohl es abends jetzt stark abkühlte, setzte ich mich auf das Dach und schaute zu, wie die Dunkelheit hereinbrach. Ich war allein, und die goldene Kuppel des Felsendoms, kaum mehr als einen Steinwurf oder vielleicht eher Pfeilflug entfernt, war nicht nur ein Postkartenmotiv, sondern die Realität vieler durcheinandergehender Jahrhunderte, die Realität aller Blicke, die auf sie gefallen waren und die sie zurückgeworfen hatte. Von der Straße drangen Stimmen herauf, und traumversunken stellte ich mir Reiter vor, die von den Schiffen kamen, einen Boten, der an das Tor klopfte, eingelassen wurde und eine monatealte, längst überholte Nachricht brachte. Später saß ich unten im Café und aß Wiener Schnitzel und Apfelstrudel in dieser ständigen Vertretung meiner Landsleute, die hier als Endstation zum Himmelreich in nächster Nachbarschaft zu einer Moschee in der Altstadt stand und einer Festung glich. Mitten im Heiligen Land behauptete sie sich wie eine allerletzte Bastion einstiger Größe. In ihren Gemäuern gab es das Kreuz noch, und wenn man sie ein paar Tage nicht verließ, konnte man sich einbilden, dass es auch den Kaiser noch gab, dessen schönster Titel König von Jerusalem gewesen war.

In der Nacht träumte ich von Joseph Roth. Er kam die Treppe herauf, setzte sich in eine Ecke des Cafés und lehnte den Wein

ANWESENDE ABWESENDE

ab, den man ihm in einer Ein-Liter-Karaffe servierte, ohne dass er zu bestellen brauchte. Er hatte den Zweiten Weltkrieg in einem Versteck ohne Nachrichten überlebt, und ich sollte ihm erzählen, was geschehen war. Natürlich wusste er alles, aber ich musste ihm die Details sagen, ich musste ihm die Zahlen sagen, ich musste ihm sagen, dass es nicht sechzigtausend und nicht sechshunderttausend, sondern dass es sechs Millionen gewesen waren, und hätte es ihm so gern erspart. Absurderweise fügte ich an, das reiche beinahe an die Gesamtbevölkerung des heutigen Österreich heran, nur dass die einen lebten und die anderen umgebracht worden waren. Er saß mit schiefgelegtem Kopf und wässrigen Augen da und gab keinen Ton von sich, bis ich geendet hatte. Dann stand er wortlos auf, nahm seinen Hut und ging, ohne mich anzusehen, auf den Ausgang zu, und ich wurde von seinen sich entfernenden, aber scheinbar immer lauter werdenden Schritten wach.

Den ganzen folgenden Tag verbrachte ich mit der Lektüre von Mahmud Darwisch. Ich hatte außer *Journal of an Ordinary Grief* noch seine beiden Bücher *In the Presence of Absence* und *Memory for Forgetfulness* dabei, und als ich am späten Nachmittag nach Tel Aviv fuhr, hatte ich mich schwindlig gelesen an seinen Gedanken über Liebe und Einsamkeit und Abwesenheit und Exil und war fahrig vor Sehnsucht danach. Es standen so viele Sätze darin, die mein eigenes Empfinden trafen, dass ich für jede Gesellschaft untauglich war, aber ich zwang mich, zu der Ausstellungseröffnung zu gehen. Als ich an der angegebenen Adresse ankam, strömten schon Leute hinein, obwohl noch Zeit bis zum Beginn war. Ich lief zweimal am Eingang vorbei, und bei meinem dritten Anlauf erkannte ich auf der anderen Straßenseite Johns Bruder und seine Frau, die mir zuwinkten.

Ich ging hinüber, und Jeremy, der offensichtlich schon den

DRITTER TEIL

einen oder anderen Schluck genommen hatte, begrüßte mich in einer Mischung aus breitbrüstiger Jovialität und nicht gerade feiner Ironie.

»Jacks kongenialer Biograf«, sagte er, indem er mir eine Hand auf die Schulter legte. »Willkommen in Eretz Israel. Ich habe mir schon gedacht, dass du dir die Eröffnung nicht entgehen lassen würdest. Habe ich nicht gesagt, dass Tel Aviv der richtige Ort für Jacks Bilder ist, Jenny?«

Er deutete mit Genugtuung auf die Eintretenden, die immer noch von beiden Seiten auf dem Gehsteig herandrängten. Dann sah er seine Frau an. Jennifer war nur mehr ein Schatten ihrer selbst. Seit wir uns vor einem Jahr gesehen hatten, hatte sie einen Hörsturz gehabt, und als hätte dieser auch ihr Sprachvermögen eingeschränkt, wagte sie anscheinend kaum mehr, etwas Eigenständiges von sich zu geben. Sie stimmte ihm zu und setzte ein sanftes Lächeln auf, das mich endgültig überzeugte, dass sie nicht mehr dieselbe war.

»Ja, Jerry«, sagte sie nur. »So wird es wohl sein.«

Es brauchte nicht viel, dass Amerikaner im Ausland wie Karikaturen ihrer selbst wirkten. Sie standen mit ihren Turnschuhen und zu kurzen Hosen wie irgendein Rentnerpaar auf seiner Weltreise vor dem Plakat, das mir jetzt erst auffiel. Die Ausstellung war tatsächlich unter dem Titel *Looking for the Terrorist* angekündigt, auf hebräisch und englisch, und das dafür verwendete Motiv erinnerte überdeutlich an Magrittes *Liebende*. Es zeigte zwei mit weißen Säcken bedeckte Köpfe, von denen man gerade noch die Formen von Nase und Mund erkennen konnte. Meines Wissens war es keines von Johns Bildern, und als ich Jeremy danach fragte, lachte er.

»Ob du es glaubst oder nicht, aber der große Künstler steht direkt vor dir«, sagte er dann. »Ich habe mir erlaubt, Jacks Se-

ANWESENDE ABWESENDE

rie ein bisschen zu erweitern, als ich mit der Galerie handelseins geworden bin. Du sagst es doch nicht weiter. Wie findest du das Bild?«

»Na ja«, sagte ich. »Als hätte John es gemalt.«

»Du bist doch nicht entsetzt darüber?«

»Nein«, sagte ich. »Keine Sorge.«

»Habe ich als sein Bruder nicht jedes Recht zu meinen eigenen Versuchen?« sagte er. »Ich wüsste nicht, von wem ich mir die Erlaubnis holen sollte. Jack hat mich auch nicht gefragt, wie mir seine *Zwillingsbilder* gefallen. Außerdem ist das Thema so erst richtig ausgeschöpft.«

Ich war froh, dass uns in diesem Augenblick eine junge, großgewachsene Frau unterbrach. Sie stieg aus einem Taxi, das direkt vor uns hielt, und ging auf Jeremy und Jenny zu. Die schwarzen Locken fielen ihr tief in die Stirn. Sie trug eine khakifarbene Hose und ein weißes T-Shirt und hatte einen weich federnden Gang. Ich schaute auf ihre Schuhe, und tatsächlich waren es Desert Boots. Es konnte nur Johns Tochter Zoe sein, und als ich ihr als Freund ihres Vaters vorgestellt wurde, traf mich ein finsterer Blick. Ich sagte ein paar Nettigkeiten über ihn, nichts weiter als dass er ein guter Mann und ein großartiger Schriftsteller gewesen sei, handelte mir damit aber nur eine Abfuhr ein. Sie fragte mich, ob ich vorhätte, ihn zu einem Heiligen zu machen, und gab unumwunden zu verstehen, dass sie nicht über ihn reden wolle und ich bloß keine Hoffnungen hegen solle, von ihr etwas über ihn zu erfahren. Dabei nannte sie ihn konsequent Jack, was in ihrer Aussprache klang, als würde sie von der Karikatur eines Bösewichts sprechen, und als ihr einmal ein »Dad« unterlief, korrigierte sie sich sofort und sah irritiert an mir vorbei.

Ihre Brüskheit hatte etwas Bezwingendes, und als wir schließlich hineingingen, ließ ich sie nicht aus den Augen. Es

DRITTER TEIL

war ein großer, hoher Raum mit hohen Fenstern und boden-langen, zugezogenen Vorhängen, ein Festsaal, dicht bestuhlt für sicher mehr als hundert Besucher. Die Bilder hingen an den beiden Seitenwänden, und vorn war ein Rednerpult aufgebaut, hinter dem an der Wand mein *Self-Portrait as a Hated Jew* einen prominenten Platz einnahm. Es war so angeleuchtet, dass es weniger etwas Furchterregendes ausstrahlte, als dass es erschreckt wirkte, was mir zum ersten Mal in Gegenwart von Cecilia aufgefallen war, eine geplagte Kreatur, die mit ihren Verwachsungen und Vermummungen an das Licht der Öffentlichkeit gezerrt wurde und sich mit ihrem Zyklopenauge vergeblich nach einem Versteck umsah. Deutlich nahm ich wieder wahr, dass es der ängstliche Blick eines von Gott und der Welt verlassenen Kindes war. Daneben hatte man eine Vergrößerung des Fotos von John als »Muskeljuden« aufgehängt, das ich schon kannte. Es war die Aufnahme, die während seiner Zeit in der israelischen Armee in der *Jerusalem Post* erschienen war und die auch bei dem Festival in Gmunden Verwendung gefunden hatte. Er stand mit seinem Helm auf dem Kopf, das Gewehr vor der Brust, schlank wie eine Kerze in der Landschaft und schaute über die Hereinkommenden hinweg. Die Leute hatten sich erst teilweise gesetzt. Manche schritten noch die eingerahmten Leinwände ab, andere standen in kleinen Gruppen zusammen, und als der Gitarrist, der die ganze Zeit schon seine drei oder vier stets gleichen Akkorde geklampft hatte, plötzlich anfing zu singen, hörten alle auf zu sprechen und lauschten. Es war *Viva la Vida* von Coldplay, und wer immer das ausgesucht hatte, der Mann auf der Bühne spielte schamlos mit der Rührung, die sich bei dem Refrain »Be my mirror, my sword and shield, my missionaries in a foreign field« allenthalben breitmachte. Nach einer Pause, in der er wie abwesend vor sich hin summte,

460

fing er immer noch einmal damit an, als wäre er erst zufrieden, wenn er überall feuchte Augen sah. Groß und fettleibig, wie er war, beugte er sich mit seinen langen Haaren schwitzend über sein Instrument und bearbeitete es wie in Trance. Sein Atmen war über die Lautsprecher zu hören, während er mit flatternder Hand gegen den Klangkörper trommelte. Er hatte die Stimme eines zwölfjährigen Mädchens, und sein »O oh, oh oh« klang hilflos wie das Heulen eines jungen Kojoten in der Prärie, der seine Mutter verloren hatte. Zoe hielt sich vor den vier *Zwillingsbildern* auf, die das Zentrum der Ausstellung bildeten. Sie schaute auf die beiden Köpfe, die sich gegenseitig die Gesichter herunterrissen, aber ich konnte ihren Ausdruck nicht sehen, weil sie mir den Rücken zugekehrt hatte. Sie ging immer wieder dazwischen auf und ab und blieb schließlich vor dem letzten stehen. Die beiden blutenden Stümpfe, die mit lebendigen Augen in die Innenseiten ihrer weit von sich gehaltenen Gesichter stierten, verfehlten auf niemanden ihre Wirkung, und auch sie schien jetzt wie erstarrt. Sie stand leicht schwankend davor, wie ich wahrzunehmen glaubte, und als sie sich plötzlich umdrehte, und ihr Blick über die Anwesenden hinwegging, ohne einen Halt zu finden, sah ich ihr Entsetzen.

Jeremy war der erste Redner. Nach wenigen hebräischen Worten, die selbst für mich ungelenk klangen, entschuldigte er sich und verfiel ins Englische, wobei er ein paar Mal heftig mit dem Kopf ruckte. Er hielt sich kurz, sagte nur, dass sich weder in San Francisco noch in New York ein Aussteller für die Bilder gefunden habe und wie dankbar er sei, dass sie jetzt genau dort ihren Ort bekämen, wo sie hingehörten. Zuerst las er vom Blatt, aber es gelang ihm, sich freizureden, als er damit loslegte, John habe Israel geliebt, nicht nur die Idee von Israel, sondern Israel,

DRITTER TEIL

wie es heute sei, mit all seinen Stärken, all seinen Fehlern und Schwächen, lebendig und jung und nicht unterzukriegen von seinen Feinden. Dann erzählte er die Geschichte ihrer Mutter, sprach von dem Koffer mit ihren Toten in einer heruntergekommenen Wohnung in der Bronx in den fünfziger Jahren des vergangenen Jahrhunderts und hatte sein Publikum im Bann. Es wurde still, als er abschließend sagte, es sei die Unwahrscheinlichkeit ihrer eigenen Existenz gewesen, die ihre ganze Kindheit begleitet habe und gegen die sie dann ein Leben lang angerannt seien, um zu guter Letzt doch hier anzukommen, im Land ihrer Väter, das ihnen von Gott geschenkt worden sei. Dabei wischte er sich mit einer fahrigen Bewegung über die Augen und suchte in der ersten Reihe den Blick seiner Frau.

Als er abging, erhoben sich alle. Der Applaus kam zögernd, schwappte dann aber über die Stille hinweg, und der nächste Redner betrat mit beschwichtigenden Handbewegungen die Bühne. Er sprach hebräisch, und ich verstand nichts mehr. Ungefähr in meinem Alter und ein beunruhigend schöner Mann, trug er Anzug und Krawatte, wodurch er unter den sonst eher leger Gekleideten doppelt auffiel. Für die Liebhaber solcher Kategorien war er mit seinem olivfarbenen Teint und seinen glänzend schwarzen Augen sicher von orientalischem Aussehen. Er machte lange Pausen zwischen den Sätzen, die er wie Salven in das Publikum feuerte. Es war offensichtlich, dass er keinen Widerspruch dulden oder ihn bei der kleinsten Regung zerschmettern würde. Zwischendurch schaute er abwechselnd auf den Boden und an die Decke des Saals, als suchte er dort zuerst seine Worte und später die Bestätigung dafür. Nach ihm sprachen noch andere, aber er war der einzige, bei dem ich den Eindruck hatte, dass er nicht nur Formelhaftes abspulte. Er schien mit dem Publikum zu spielen, schien immer von neuem Erwartung

aufzubauen, um sie entweder absichtlich zu enttäuschen oder
dann doch zu erfüllen. Dabei verausgabte er sich manchmal so
sehr, dass ich neugierig wurde und Jeremy als erstes nach ihm
fragte, als wir später wieder zusammenstanden und ich ihm zu
seiner Rede gratuliert hatte.

»Er ist mit Jack in der Armee gewesen«, sagte er. »Er hat ein
paar Anekdoten erzählt. Geschichten von ihrer gemeinsamen
Zeit. Dann hat er über den Krieg im Gazastreifen gesprochen.
Er hat gesagt, sie hätten damals schon die Nester auszuräuchern
versucht, aus denen heute Raketen auf Tel Aviv geschossen werden.«

»Die Leute haben ihn richtig bewundert, nicht?«

»Sie sind ihm zu Füßen gelegen.«

»Ist er bekannt?«

»Das kann man wohl sagen. Er scheint so etwas wie ein
Kriegsheld zu sein. Offenbar hat er damals ein Kommando geleitet, das einen Gefangenen im Libanon befreit hat. Heute führt
er eine Softwarefirma in Haifa und ist Gast in allen Talkshows
im Land. Man kennt ihn aus den Klatschspalten.«

Ich sah, dass der Mann nicht weit von uns stand und in ein
Gespräch mit zwei Frauen verwickelt war. Die eine hielt ihm
Stift und Schreibblock hin, als wollte sie ein Autogramm von
ihm, und er kritzelte etwas, während er mit der anderen sprach.
Dabei schaute er gar nicht hin. Sein Blick flog über die Köpfe der
Umstehenden hinweg, und als er auf mich fiel, ging ich einfach
zu ihm hin und stellte mich vor.

»Ein Freund von Jonathan?« sagte er. »Sie sind Deutscher.
Ich höre es. Wo haben Sie ihn kennengelernt?«

»In Kalifornien«, sagte ich. »Es ist eine Ewigkeit her.«

»Er muss eine schwere Zeit gehabt haben, als er nach Amerika zurück ist. Aber er war ja auch ein Verrückter. Wenn wir

DRITTER TEIL

den Auftrag hatten, irgendwo im Gazastreifen ein Haus zu stürmen, ist Jonathan immer als erster hinein. Er hat so getan, als wäre das nur ein Sport für ihn, eine Art Hindernislauf, und vor dem Ernst der Lage die Augen verschlossen, solange er konnte. Auf Dauer wirft das auch den Stärksten um.«

Dann sagte er halb an die beiden Frauen gewandt und kopfschüttelnd noch einmal »ein Deutscher«, und ich korrigierte ihn wieder nicht, während er räsonierte, die Deutschen seien bald die letzten Verbündeten, auf die Israel sich noch verlassen könne.

»Ganz schön pervers, nicht?«

Die beiden Frauen entschuldigten sich, und ich nickte nur, während er sich kaum die Zeit nahm, sich von ihnen zu verabschieden.

»Alle anderen fangen jetzt wieder mit ihrer Menschenrechts- und Kriegsverbrecher-Show an«, sagte er. »Können sich nicht genug hervortun mit ihrem Anerkennungswahn. Palästina ein Staat, dass ich nicht lache. Wollen uns wieder ihre Kommissionen schicken. Machen aus jedem Terroristen eine Frau oder ein Kind, das vor Unschuld nicht bis drei zählen kann. Werfen uns vor, dass wir Krankenhäuser, Moscheen und Schulen beschießen, als hätten sie noch nie etwas von Munitionslagern gehört. Und was heißt schon beschießen? Wir klopfen an. Wir warnen sie. Wir werfen Flugblätter ab. Wir warnen sie noch einmal, und wenn sie dann ihre verdammten Häuser immer noch nicht verlassen haben, ist das nicht unsere Schuld. Was meinen Sie?«

Es war schwer zu sagen, wieviel davon Schauspiel war und wieviel echte Empörung. Ich hatte ihm noch kein einziges Mal widersprochen, aber er redete auf mich ein, als würde ich es in einem fort tun, und so wie er jetzt vor meinem Gesicht herumfuchtelte, hatte es etwas eindeutig Theatralisches. Die Wahr-

heit war, er lechzte regelrecht nach Widerspruch, und wenn er
ihn nicht bekam, reagierte er wie ein Kind, das nach mehr Zu-
wendung schrie. Er hatte den Zeigefinger der einen Hand vorgestreckt und schlug ihn in die Innenfläche der anderen, umschloss ihn dann und zog ihn wie gegen schweren Widerstand
wieder heraus.

»Sollen die philanthropischen Besserwisser ihre Kriegsverbrecher doch woanders suchen und nicht in Israel. Ich könnte denen ein paar todsichere Tips geben, wo sie schnell fündig
würden. Glauben Sie, unsere Freunde im Süden haben seit der
Waffenruhe auch nur einen Tag verstreichen lassen, ohne zu
überlegen, wie sie uns ins Meer werfen könnten?«

Er sah mich so an, dass ich nicht anders konnte, als ihm endlich zuzustimmen, obwohl ich wusste, dass ich damit womöglich seine ganze Inszenierung zerstörte.

»Kaum vorstellbar«, sagte ich. »Nur kommen sie nicht weit.«

»Sehen Sie«, sagte er. »Was sage ich die ganze Zeit?«

»Das Geheimnis ist, dass sie nicht dazu imstande sind.«

»Ganz richtig«, sagte er. »Die kriegen es einfach nicht hin.
Aber sollen wir warten, bis sie ein bisschen mehr von elementa-
rer Physik begriffen haben? Sollen wir den Kameltreibern womöglich sogar Nachhilfe geben, weil sie so benachteiligt sind
mit ihrem zurückgebliebenen Allah? Oder sollen wir darauf
vertrauen, dass sie in hundert Jahren immer noch zu blöd sein
werden, richtige Raketen zu bauen? Das würde ihnen sicher
Freude machen.«

Längst hatten sich Leute um uns geschart, die seinen Auftritt
verfolgten. Auch Zoe war näher gekommen. Sie stand mit verschränkten Armen da, die Beine überkreuzt, und hörte zu, als
er wieder von John zu sprechen begann. Sie war ihm sofort aufgefallen, und im ersten Augenblick dachte ich sogar, sie kannten

DRITTER TEIL

sich, aber er versuchte nur aus ihrem prüfenden Blick schlau zu werden. Denn je heldenhafter das Bild war, das er von ihrem Vater zeichnete, um so schamloser grinste sie ihn an. Er sah an sich hinunter, als hätte es etwas mit seinem Äußeren zu tun, und als er sie schließlich fragte, was so lustig sei, sagte sie »nichts« und wandte sich ohne ein weiteres Wort ab. Sie ging ganz zur Bühne vor und blieb vor dem *Self-Portrait as a Hated Jew* stehen, während er dort fortzufahren versuchte, wo sie ihn unterbrochen hatte, aber nicht mehr richtig in Schwung kam und sich abrupt aus der Runde löste, um gleich darauf an einem anderen Ort im Saal ein neues Knäuel zu bilden.

Ich unterhielt mich eine Weile mit Jeremy und Jennifer, die glücklich waren über die Aufnahme der Ausstellung. Es gab schon mögliche Käufer, und für die beiden Bilder *In the Presence of YHWH* und *In the Absence of YHWH* ein konkretes Angebot. Ein Rabbi aus einer Siedlung am Rande von Jerusalem, der nicht selbst hier war, aber einen Vertreter geschickt hatte, wollte sie haben, und wenn sich kein neuer Interessent für den ganzen Zyklus meldete, ging es nur noch um den Preis. Während sie das erzählten, standen sie mit ihren Weingläsern da und lächelten selig. So wie sie jetzt von John sprachen, hätte er eher ihr Sohn sein können als der missratene Bruder und Schwager, als den sie ihn mir bei meinem Besuch in New York hingestellt hatten. Er hatte gewiss ein schweres Leben gehabt, aber das Beste daraus gemacht. Die Bilder waren nicht mehr »abartiges Zeug«, sondern mussten genauso sein, wie er sie gemalt hatte, nichts und niemandem verpflichtet außer der Wahrheit. Ich war der letzte, der an dem Schrein kratzen wollte, den sie sich von ihm schufen, und machte mich möglichst unauffällig und klein, damit sie sich nicht daran erinnern mussten, dass sie einmal so anders über ihn gesprochen hatten.

Zoe stand am Ausgang und rauchte, als ich aufbrach. Man hatte mich zu der kleinen Runde eingeladen, für die in einem Restaurant in der Nähe ein Tisch reserviert war, aber ich hatte gesagt, ich hätte etwas anderes vor, und war überrascht, dass sie mich jetzt auch darauf ansprach. Zuerst blickte sie nur zu Boden, als wollte sie vermeiden, dass ich das Wort an sie richtete, rief dann aber hinter mir her, kaum dass ich an ihr vorbei war. Sie hatte die Einladung genauso ausgeschlagen und sagte augenzwinkernd, dort gingen nur Halbtote und scheinlebendige alte Leute hin, die Angst hätten, in ihren Betten zu sterben, und die Reden und Schulterklopfereien, die man sich davon erwarten könne, würden ihr nur die Laune verderben.

»Der Schwätzer, der mit meinem Vater angeblich in der Armee war, hat doch gereicht. Ein widerlicher, selbstgefälliger Angeber, nicht? Mich würde nicht wundern, wenn er ihn gar nicht gekannt hätte und nur irgendwelche Märchen erzählt, die auf alle und jeden zutreffen könnten.«

Sie sagte jetzt nicht mehr Jack, und von ihrer anfänglichen Reserviertheit mir gegenüber war nur noch wenig zu spüren. Übergangslos bot sie mir eine Zigarette an, und als ich ablehnte, bestand sie darauf, es sei als Friedenspfeife gemeint, ich bräuchte ja nur zu paffen, und ich nahm eine. Sie zog ein pinkfarbenes Feuerzeug mit einem purpurnen Herzen hervor und hielt mir die Flamme hin.

»Ich höre, du schreibst ein Buch über meinen Vater«, sagte sie. »Vielleicht können wir gemeinsam ein paar Schritte gehen, und du erzählst mir, wie er war.«

Tel Aviv packte mich an diesem Abend. Zum ersten Mal liebte ich die Stadt und gab meinen kindischen Widerstand gegen die Liebe der anderen auf, die mir so lange einzureden versucht hatten, es gebe keinen vergleichbaren Ort auf der Welt. Es stimmte

DRITTER TEIL

ja, es war alles hinreißend schön, ein lauer Dezembertag in einer Stadt am Mittelmeer, die Leute aus aller Welt anzog. Man konnte für ein paar Stunden vergessen, zu welchem Zweck sie gegründet worden war und dass keine hundert Kilometer weiter im Süden offen auf ihre Vernichtung spekuliert wurde. Die Lichter in der Dizengoff Street waren schon an, und die Autos hatten in der einbrechenden Dunkelheit weiche Umrisse und bewegten sich wie in Zeitlupe durch eine Wirklichkeit, die körnig war wie im Kino und einen mit vager Sehnsucht erfüllte. Wir setzten uns in ein Eiscafé mit Tischen draußen auf der Straße, und ich beobachtete, welche Sorten sie wählte. Sie lachte, als ich sie danach fragte, Schoko und Vanille, das immerhin habe sie von ihrem Vater gelernt, nur das Einfachste, den Kaffee schwarz, nicht mehr als drei oder vier verschiedene Gerichte zum Essen, ein Leben lang die gleichen Schuhe, die gleichen Notizbücher, den gleichen Whiskey wahrscheinlich auch, solange er getrunken habe. John hatte auf solchen Kleinigkeiten bestanden, als wären sie Akte des Überlebens, ja, als ginge es darum, sich gegen einen besonders amoralischen Tierversuch mit Menschenaffen zu wehren, bei dem er nur verlieren konnte, wenn er sich in einem Café zwischen vierundzwanzig verschiedenen Möglichkeiten Ein-und-Desselben entscheiden sollte. Dann hatte er an einer Theke manchmal mich vorgeschickt und gesagt, er habe Angst, schnurstracks nach Hause zu laufen und mit seiner Knarre zurückzukommen, da die Kellnerin für eine läppische Bestellung allem Anschein nach zuerst überprüfen müsse, ob sein IQ unter oder über achtzig liege. Sonst würde sie nicht ihre dämlichen Fragen stellen, die er einfach nicht beantworten könne, ohne um sich zu schießen.

»Ehrlich gesagt habe ich keine Ahnung, wie er war«, sagte ich. »Wenn ich so etwas über ihn erzähle, ist das Bild, das du von ihm bekommen musst, vollkommen falsch.«

ANWESENDE ABWESENDE

»Ich weiß«, sagte sie. »Erzähl trotzdem.«

»Willst du hören, wie ich ihn kennengelernt habe?«

»Ja«, sagte sie. »Warum fängst du nicht mit dem Anfang an?«

Also erzählte ich ihr von meiner ersten Begegnung mit John in Stanford, nicht lange bevor er ihre Mutter getroffen hatte und sie auf die Welt gekommen war, und es fühlte sich an, als fielen alle Mosaikstücke auf den richtigen Platz.

»Ich war damals so alt, wie du jetzt bist«, sagte ich. »Du bist doch fünfundzwanzig oder sechsundzwanzig?«

»Ja«, sagte sie. »Und mein Vater war älter als du.«

»Er war knapp zehn Jahre älter. Wir haben später in San Francisco zusammengewohnt. Da warst du schon auf der Welt, aber ich habe lange nicht gewusst, dass es dich gibt.«

»Hat er mich verleugnet?«

»Das ist ein viel zu starkes Wort«, sagte ich. »Er hat nur nicht von dir gesprochen. Du warst mit deiner Mutter schon in Israel. Das war während des ersten Irakkriegs, und es hat auch damals Raketen auf Tel Aviv gegeben. Er hat Angst um dich gehabt. Deine Mutter ist nicht ans Telefon gegangen. Er hat den ganzen Tag die Nachrichten geschaut und ist vor Ungewissheit fast verrückt geworden, wenn etwas passiert ist.«

Ich wusste, dass es der richtige Anfang war. Dann erzählte ich ihr, wo überall auf der Welt ich ihren Vater über die Jahre getroffen hatte. Ich erwähnte unsere Wanderung im Makhtesh Ramon und sprach von unserem gemeinsamen Besuch in Mauthausen, was sie ohne sichtliche Rührung hinnahm. Wie sie dasaß, Arme und Beine verknotet, als würde sie frieren, und sich die Locken aus der Stirn blies, hatte sie etwas von einem viel jüngeren Mädchen. Sie hatte ihr Eis zu einem schmierigen, kakaobraunen Brei verrührt und vergaß, es zu essen, während sie zuhörte. Zuerst fragte sie manchmal noch oder warf etwas ein,

DRITTER TEIL

aber schließlich sah sie mich nur mit großen Augen an, wenn ich einen Augenblick nicht weiterwusste und wartete. Die Sonne war längst untergegangen, aber über dem Horizont hing noch ein schmutziges Abendrot, als wir vor an den Strand gingen und sie von ihrem Studium sprach, das sie unterbrochen hatte, um Geld für ein halbes Jahr in Amerika zu verdienen. Dann nahmen wir ein Taxi ins Florentiner Viertel. Dort hatte sie ihre Lieblingscafés, und sie zeigte mir, wo sie als Kind mit ihrer Mutter gewohnt hatte. Es war ein unscheinbares Gebäude in einer unscheinbaren Straße, vier Stockwerke hoch, viel Grau rundum, mit Wäsche und Satellitenschüsseln auf den Balkonen und zwischen Autos spielenden Kindern, die einen Ball gegen ein Garagentor schossen, dass es schepperte. Sie kaufte an einem Stand zwei Dosen Bier, und wir setzten uns auf die Stufen vor dem Eingang. Die ersten Nachtschwärmer kamen vorbei. Manche warfen uns ein paar Worte zu, und auf meine Frage sagte sie, sie wünschten uns einen schönen Abend. Ich spürte, wie die Zeit langsamer verging, ein Gefühl, als fehlten in den notwendigen achtzehn oder vierundzwanzig Bildern pro Sekunde, die einen reibungslosen Ablauf der Wirklichkeit garantierten, immer wieder einzelne und die Welt ruckte mit kaum merklichen Aussetzern von einem Augenblick in den anderen. Es blieb noch eine knappe Stunde, bis ich zum letzten Bus nach Jerusalem musste, und sie wollte mich hinbringen. Ich schwieg jetzt, und auch sie verlor kein Wort mehr. Sie hatte sich auf ihren Ellbogen weit zurückgelehnt und sah in den Nachthimmel. Dann schloss sie die Augen, und ich tat es ihr gleich.

Nach allem

DIE FARALLON
ISLANDS

Die Idee, dieses Buch zu schreiben, reifte endgültig in mir in den Monaten, nachdem ich wieder aus Israel zurückgekehrt war. Ich hatte nach dem unglücklichen Interview mit dem Kritiker Atzwanger und der Wendung »ein Jude als Täter«, die von ihm stammte, seither aber in Verbindung mit meinem Namen in der Welt war, jedes derartige Vorhaben in Abrede gestellt, und wenn ich jetzt davon erzählte, schlug mir nicht nur Begeisterung entgegen. Im *Standard* war noch einmal ein Artikel mit dem Titel *Die Feinde Israels* und dem deutlicheren Untertitel *Israelkritik und Antisemitismus* erschienen, in dem ich einen unrühmlichen Auftritt hatte, aber er stammte von Günther Feyersinger, und ich konnte getrost darüber hinwegsehen, weil die richtigen Leute das entsprechend einzuschätzen wussten. Christina stand unverbrüchlich hinter mir und sagte ironisch, was auch immer ich ausbrütete, ich solle unbedingt eine Handschrift anfertigen, dann könnte sie versuchen, für das Originalmanuskript ein paar tausend Euro in der Österreichischen Nationalbibliothek lockerzumachen, ich müsste nur zu den notwendigen Kratzfüßen vor dem Direktor bereit sein und möglichst jeden Schmierzettel aufbewahren, Entwürfe genauso wie Verworfenes, für die Eselsohren und Kaffeeflecken der Authentizität würde schon sie sorgen. Sie hatte es indessen geschafft, sich für Monate krank schreiben zu lassen, und würde endgültig nicht mehr ins Archiv zurückgehen, das sie in seiner Wirkung auf sie einmal mit einem Bordell, dann wieder mit einem

NACH ALLEM

Kloster verglich, lieber würde sie kellnern oder putzen, als in dem Staub all der ungelebten Leben zu ersticken, die kurz vor dem Ende noch einen irdischen Lohn abwerfen sollten. Die Arbeit dort war ihr immer stärker vorgekommen, als würde sie nur dafür bezahlt, sich ausdrücklich *nicht* gegen die Zudringlichkeiten alter Männer zu wehren, nur damit sie selbst einen kleinen Rentenanspruch erwarb. Damit meinte sie weniger die Grapschereien, die es auch gab, als die todtraurige Hoffnung auf Ewigkeit, die manchmal Manuskripte einlösen sollten, die man am besten am gleichen Tag noch vergaß. In ihren Worten war es ein Affentheater, nur dass Affen weniger eitel seien, und seit sie sich davon befreit hatte, strahlte sie wieder die gleiche Furchtlosigkeit aus, die ich an ihr geliebt hatte. Sie willigte ein, mir auf stündlicher Basis bei meinen Recherchen zu helfen, und überprüfte Daten und Fakten für mich. Es gab nichts, was ich sie über Israel und Palästina nicht hätte fragen können, entweder sie wusste es, oder sie fand Wege, es herauszufinden, und in besonders kniffligen Fällen konnte sie eine Facebook-Freundin fragen, die sie noch von ihren paar Semestern Judaistik kannte und die jetzt nicht nur Professorin für jüdische Geschichte an der Universität von Tel Aviv war, sondern eine Berühmtheit und Koryphäe in ihrem Fach.

Wenn ich in Wien war, verging keine Woche, in der wir uns nicht sahen. Meistens suchten wir ein Café auf, entweder das Museum oder das Anzengruber, oder wir trafen uns bei ihr in der Liechtensteinstraße oder in meiner Arbeitswohnung. Ich gab ihr die jeweils fertiggestellten Kapitel mit nach Hause, und kaum dass sie damit durch war, rief sie an und hatte Fragen, Vorschläge, Korrekturen. Später klingelte oft noch einmal das Telefon, manchmal mitten in der Nacht, und sie musste eine Idee loswerden, die nicht bis zum Morgen warten durfte. Dann

DIE FARALLON ISLANDS

konnte sie eine Stelle vortragen und mich fragen, ob ich etwas dazu zu sagen hatte, was allein ein vernichtendes Urteil war, oder sie übersetzte einen Dialog in den breitesten Dialekt, um mir zu zeigen, dass niemand so sprach, wie ich es mir in meinem Kämmerchen ausgemalt hatte. Sie kam mich in Opatija besuchen, als ich mich dort im Frühjahr für vier Wochen in einem Hotel mit Meerblick einmietete und in einer Sorglosigkeit Seite um Seite füllte, die ich nicht gekannt hatte und die geradezu selbstmörderisch war. Sanft wie einem gefährlichen Verrückten, den sie nicht reizen wollte, nahm sie mir die Blätter aus der Hand und setzte sich zum Lesen auf den Balkon, um am Ende nur hier oder dort einen Absatz stehenzulassen und den Rest mit einem Kopfschütteln als geschwätzig abzutun. Auch nach Paris folgte sie mir. Dorthin floh ich mehrfach für ein paar Tage, als mir alles über den Kopf wuchs und ich am Sinn des Ganzen zweifelte, und so geschah es, dass wir viele unserer Gespräche über mein Vorankommen im Jardin du Luxembourg oder bei unseren Spaziergängen die Seine entlang führten.

Wir fuhren nach Ostern gemeinsam nach Gmunden, weil im dortigen Stadttheater die Bühnenbearbeitung meines Karl-Hermanski-Buches Premiere hatte. Ich hatte Christina immer noch nicht erzählt, dass ich der Autor des Skandalwerks war, und genoss es, mit ihr anonym in einer der hinteren Reihen zu sitzen und das Publikum hereinkommen zu sehen. Ich erkannte den Bürgermeister, ich erkannte Edwin Ansfelder, der ganz vorn saß und mit einer Heftigkeit applaudierte, dass die neben im Sitzenden ihn pikiert ansahen und von ihm abrückten. Christina wies mich auf die Wirtsleute des Hotels hin, in dem wir bei dem Festival geschlafen hatten, beide ein wenig rustikal gekleidet, und außerdem war auch der Bergführer da, der John und Marwan an einem Seil auf den Traunstein geführt hatte. In der Pause wech-

selte ich ein paar Worte mit Cecilia, die für die Hauptrolle vor-
gesehen gewesen war, jedoch im letzten Moment abgesagt hatte
und jetzt die schauspielerische Leistung ihres Ersatzes mit zwei-
deutigem Lob bedachte. Schon wieder beim Hineingehen in den
Saal, glaubte ich einen Augenblick die Hermanskis zu sehen,
aber das konnte unmöglich sein, und dann deutete Christina auf
die lokal bekannte Lyrikerin und Malerin mit ihrem turbanartig
gewickelten Kopftuch in allen Friedensfarben und dem Gesicht
eines Totenkopfäffchens, die ich auch noch von damals kannte,
und der Abend nahm den Geschmack der Niederlage an.

Denn John hatte mir seinerzeit erzählt, dass sie ihn an dem
Tag nach seinem Auftritt in Gmunden noch einmal angesprochen hatte, und die Erinnerung an unser Gespräch ließ mich
jetzt schaudern vor dem offiziellen Kulturösterreich. Sie hatte zu
ihm gesagt, sie würde ihn gern nach Bad Ischl zu einer Lesung
einladen, aber sie halte an dem Prinzip fest, nur großen internationalen Autoren ein Podium zu bieten, und ein großer internationaler Autor sei er ja wohl nicht, auch wenn er es durchaus
noch werden könne. Damit hatte sie ihm eine Visitenkarte in
die Hand gedrückt und war zur Exekution einer ihrer berüchtig-
ten Ganzkörperumarmungen geschritten. Sie war weithin gefürchtet dafür, dass sie sich förmlich an einen klebte und dabei
zusah, dass sie möglichst viele Berührungs- und Presspunkte
erwischte und dann presste und presste und doch nichts als ihre
Verzweiflung hervorbrachte. John schwor mir, er habe seine
Arme hoch in die Luft gehoben wie ein Fußballspieler im Straf-
raum, nur um zu demonstrieren, dass für dieses Foul nicht *er*
verantwortlich war.

Offenbar hatte die Gute seit fünfundzwanzig Jahren vergeblich versucht, Philip Roth zu einer Lesung nach Österreich
einzuladen. Ich wusste nicht, warum sich mir das so eingeprägt

DIE FARALLON ISLANDS

hatte. Es hatte keine Bedeutung, aber als ich das Theater mit Christina verließ und wir noch in derselben Nacht nach Wien zurückfuhren, bekam ich es nicht aus dem Kopf und redete auf sie ein. Dabei war ich nur getrieben von der üblichen Flucht, dem üblichen Verlangen zu fahren, bis der Tank leer wäre, und dann im Morgengrauen von irgendwo außerhalb des Landes auf die Katastrophe zurückzublicken.

»Das ist es, was mich an den Österreichern immer am meisten beelendet«, sagte ich. »Sie glauben allen Ernstes, sie müssten den Leuten nur die Schönheit der Berge nahebringen und dann noch ein bisschen für das Kulinarische und die Gemütlichkeit sorgen und niemand könnte ihnen böse sein, dass sie es mit anderen Dingen nicht so genau nehmen, nicht einmal ›die Juden‹. Stell dir Philip Roth beim Punschkrapfenessen und Glühweintrinken in Bad Ischl vor, von dieser Kulturtante bemuttert und umtrutscht. Nimm noch das Bild des schon etwas tatterigen Kaisers auf Sommerfrische dazu, das sicher irgendwo hängt, dann weißt du, was das Grauen ist. Gleichzeitig verstehst du, warum man Amerika lieben kann. Was auch immer dort im argen liegen mag, eine solche Gemütsbesoffenheit und Puderzuckrigkeit wäre ganz und gar unmöglich.«

»Reg dich nicht auf, Hugo.«

»Diese Kuh erlaubt sich zu John zu sagen, sie lade nur große internationale Autoren ein, aber ihre Umarmung und ihre Gönnerhaftigkeit muss er über sich ergehen lassen.«

»Was hast du denn?« sagte Christina. »Das ist vielleicht unappetitlich, aber kein Grund, sich so zu echauffieren.«

»Nur dass daran besonders deutlich sichtbar wird, was immer noch falsch läuft«, sagte ich. »Es kann doch nicht so schwer zu begreifen sein, dass ein bisschen mehr Distanz angebracht wäre. Stell dir vor, diese Kulturtante umarmt Philip Roth, wie sie John umarmt hat. Sie umarmt den großen Schriftsteller, aber sie umarmt auch den Juden in ihm, und so wie sie das tut, ist es beklemmend, allein weil sie tatsächlich glaubt, sie könne kraft ihrer Liebe alles Böse aus der Welt schaffen. Sie bildet sich ein, auf der gleichen Seite zu stehen, nur weil sie seine Bücher gelesen hat und vielleicht Tierschützerin oder Vegetarierin ist oder bei den Wahlen ihr Kreuz zumindest nicht an der falschen Stelle gemacht hat. Dabei wird es noch in hundert Jahren einen unüberbrückbaren Abgrund zwischen ihnen geben.«

Ich wusste nicht, warum ich mich zu dieser Tirade aufschwang, aber wieder in Wien, dachte ich, dass das Bild, das ich schreibend von John entwarf, unter anderem dazu angetan sein sollte, ihn aus solchen Umarmungen zu befreien oder sie von vornherein unmöglich zu machen. Natürlich hatte er selbst ein Gespür für derartige Zwischentöne gehabt und nicht nur einmal gesagt, ihn beleidige am meisten, wenn er von irgendwelchen feinsinnigen Idioten behandelt werde wie ein Mensch, als wäre das nicht selbstverständlich, aber gleichzeitig ihr Demonstrationsobjekt sei, an dem sie der Welt ihre Liberalität vorführten. Das Mitgefühl, wenn er die Geschichte seiner Mutter erzählte, war für ihn fast nie ein Mitgefühl von der richtigen Seite und weckte in der Regel nur Skepsis in ihm. Es ging dann schnell, dass er sich wie ein Prachtexemplar einer vom Aussterben bedrohten Gattung in einem Menschenzoo fühlte, ein Überlebender einer unausdenkbaren Katastrophe, den die Besucher bestaunten, aber immer noch lieber im Gehege wussten, wo sie ihn gefahrlos streicheln konnten, als in der freien Wildbahn, wo er selbst bestimmte, was er wollte und was nicht, und sich im Zweifelsfall womöglich sogar herausnahm, ihnen die Zähne zu zeigen, wenn sie ihm zu nahe kamen. Er war Jude und, nachdem er als Jugendlicher nicht recht gewusst hatte, was er

DIE FARALLON ISLANDS

damit anfangen sollte, schließlich auch stolz, es zu sein, aber das berechtigte niemanden, ihn zum Juden zu machen oder ihn wie einen Juden zu behandeln. Dabei konnte er mit Feindschaft noch umgehen, weil er Leute, die sie ihm entgegenbrachten, bekämpfte oder ignorierte, während er es denen, die ihn mochten, manchmal so schwer wie nur möglich machen musste und sie verachtete und bloßstellte, wenn er zu merken glaubte, dass es aus den falschen Gründen geschah. Die Brüskierungen, die er sich leistete, dienten ihm dazu, sich zu beweisen, dass er keine Angst zu haben brauchte, wie auch immer er sich verhielt, was auch immer er tat, und selbst wenn er dafür seine dunkelsten Abgründe hervorkehrte und Freund wie Feind vor den Kopf stieß.

Zuletzt lief es fast immer darauf hinaus, dass er Leute, die er nahe an sich herangelassen hatte, wieder auf Distanz bringen musste. Das gelang ihm nur durch paradoxes Verhalten. Wenn er etwa bei Freunden zum Abendessen eingeladen war, suchte er danach eine Spelunke auf und verdämmerte Stunden unter Wildfremden, am liebsten unter Nachteulen, die nicht so aussahen, als ob sie ein Zuhause hätten. War er gerade noch von einem festlich gedeckten Tisch aufgestanden und hatte mit den Gastgebern am Hauseingang ein paar letzte Worte gewechselt, saß er wenig später inmitten lauter schweigenden Männern an einer Theke und starrte mit ihnen die Bardame an. Er traute der Sache nicht, wenn es ihm irgendwo gutging, und Teil einer Gesellschaft zu sein war für ihn immer mit dem reißenden Bedürfnis verbunden, nicht nur zu fliehen, sondern sich selbst buchstäblich daraus zu verstoßen. Dabei glaubte er nicht an eine wahrere oder gar bessere Welt, ein wahreres oder gar besseres Leben als dasjenige, das er bei seinen Freunden und Bekannten sah, die nicht auf der Straße lebten, die Arbeit hatten und

NACH ALLEM

eine Wohnung, im Gegenteil, es waren gerade das Glück und die Schönheit, die ihm Angst machten und ihm das Gefühl gaben, er würde die Welt, aus der er kam und in die er gehörte, verraten. Er hatte einmal zu mir gesagt, wenn er all die Paare mit ihren ausgeklügelten Menüabfolgen, den dazu passenden Weinen und ihren brav bestückten Bücherregalen beobachtete, dachte er immer, wie wenig sie auf das vorbereitet wären, was kommen würde. Zwar war er kein Apokalyptiker, aber mit den Erfahrungen, die er gemacht hatte, sah er auch das Ende und fühlte sich befreit nur unter Leuten, die gegen alles gefeit waren, weil sie die Katastrophe längst hinter sich hatten.

Tatsächlich habe ich ihn über niemanden warmherziger sprechen hören als über seine Kumpane bei den Anonymen Alkoholikern. Egal, wer sie waren oder woher sie kamen, mochten sie auch die gröbsten Klötze sein, Kerle ohne Umgangsformen oder im schlimmsten Fall Kriminelle, ohne Unterschied erzählte er von ihnen mit einer unerhörten Zärtlichkeit. Für ihn waren sie auf der anderen Seite gewesen, und das machte Leute, die mit vierzehn von der Schule abgegangen waren und danach ihr ganzes Leben kein Buch in die Hand genommen hatten, genauso zu seinen engsten Seelenverwandten wie andere, mit denen er vielleicht mehr gemeinsam hatte als eine Vergangenheit als Trinker. Er kannte Hunderte von Geschichten, alle haarscharf am Abgrund entlang, und jede einzelne berührte ihn, zerriss ihm das Herz, weil er genau wusste, wie es war, wenn jemand sich selbst verlorenging. Seine Augen bekamen einen seidigen Glanz, wenn er seinen eigenen Sponsor nur erwähnte, der ihn aus dem Suff herausgeführt hatte, und er nannte ihn einen Heiligen und war voller Verehrung und Liebe für ihn.

Es war in Irland gewesen, als er mir zum ersten Mal ausführlich von ihm erzählt hatte, in den Wochen, in denen wir zusam-

DIE FARALLON ISLANDS

men an der Westküste lebten. Wir hatten an dem Tag nach Belfast gewollt, waren aber von einer Autopanne gestoppt worden. John hatte in einem Pub gehört, dass dort in einem bestimmten Stadtviertel die gegnerischen Parteien israelische beziehungsweise palästinensische Flaggen über ihren Dächern gehisst hätten, um damit die Positionen ihres eigenen Konflikts zu markieren, und musste unbedingt hin, um sich das anzuschauen. Also fuhren wir früh am Morgen in der Dunkelheit los, nur kamen wir nicht weit. Ich hatte so lange gezögert, Öl nachzufüllen, dass schließlich die Zylinderkopfdichtung kaputtging und plötzlich weißer Rauch unter der Kühlerhaube hervorquoll. Wir stiegen aus und fanden uns lachend am Straßenrand wieder, nachdem wir sichergestellt hatten, dass der Wagen nicht in Brand geriet. Dann hielten wir einen Traktor an, ließen uns in die nächste Werkstatt schleppen und hatten zwei volle Tage Zeit, bis sich ein gebrauchter Motor finden würde und wir unsere Fahrt fortsetzen könnten.

Wir waren am Arsch der Welt gelandet, in einem kleinen Ort irgendwo am Shannon, und John wirkte überglücklich. Die Idee, nach Belfast zu fahren, schrieb er sofort ab. Er hatte ausgiebig einen Stadtplan studiert und sagte zwar noch, was für eine aufregende Verrücktheit es sei, dass es dort Straßen gab, die Palestine Street oder Damascus Street hießen, aber im Grunde hätte uns nichts Besseres passieren können, als von einem Motorschaden aufgehalten zu werden. Jedenfalls klang er begeistert bei seiner Frage, was wir jetzt anfangen wollten. Wir müssten uns nur hüten, eine Antwort zu finden. Sobald das erste Pub aufmachte, saßen wir drin, und obwohl er nicht mehr trank, war er selig unter den Trinkern, die sich nach und nach einfanden und wie eine eigene Spezies mit geröteten Gesichtern ihre Bier- oder Whiskeygläser anstierten.

»Eine solche Ansammlung von armen Tröpfen hätte meinem Sponsor damals gefallen«, sagte er. »Er hätte zu jedem von ihnen eine Geschichte gehabt. Mich hat er auch damit aus dem Schlamassel herausgeholt. Er hat mir Geschichten über mich erzählt.«

»Du meinst, er hat sie erfunden?«

»Erfunden oder nicht«, sagte er. »Sie waren alle möglich, wenn ich das Wichtigste beherzigte. Ich musste in seinen Geschichten nur am Leben bleiben, mehr nicht. Alles andere würde sich ergeben. Solange ich nicht starb, konnte jede Geschichte meine werden. Er hat mir gesagt, wer ich bin, indem er mir ausgemalt hat, wer ich sein könnte. Kannst du dir vorstellen, wie es ist, wenn dich jemand Kind Gottes nennt? Er hat mich auf eine Weise so genannt, die mir dann für eine Weile alle Zweifel genommen hat.«

»Kind Gottes?« sagte ich. »Nach der Bibel?«

»Nein«, sagte er. »Von der Bibel hat er nichts gewusst. Aber wenn er mich damit angesprochen hat, ist es wie ein sanfter Ruf weit zurück in die Zeit gewesen. Er hat behauptet, zu einer Seite hin indianischer Abstammung zu sein.«

»Was heißt behauptet?« fragte ich. »War er es denn nicht?«

»Das ist egal«, sagte er. »Er hat für mich den Schamanen und Medizinmann gespielt. Das Wichtigste war, dass er meine Ängste ernst genommen hat. Wenn ich ihm gesagt habe, ich traue mich nicht, unter mein Bett zu schauen, weil es dort von kleinen Tierchen wimmelt, hat er nicht entgegnet, das stimmt nicht, sondern selbst nachgesehen und meine Befürchtung bestätigt. Dann hat er sich ein Bärenfell umgehängt, das ganze Zimmer ausgeräuchert und seine Gebete und Zauberformeln gesprochen.«

»Aber das ist doch verrückt, John.«

»Es hat funktioniert. Wenn ich einen Rückfall gehabt habe,

DIE FARALLON ISLANDS

hat er sich seine Trommel um den Bauch geschnallt und ist
trommelnd vor mir die Haight Street zum Golden Gate Park
hinaufmarschiert, um die bösen Geister zu vertreiben. Ich musste ihm mit gesenktem Kopf folgen. Im Park hat er mich den Bäumen vorgestellt. Er hat gesagt, das ist euer Bruder John, kümmert
euch um ihn. Dann hat er mich aufgefordert, sie zu umarmen,
und ich habe ihre Kraft gespürt.«

»Du bist im Golden Gate Park gestanden und hast Bäume
umarmt? Was für ein wunderbarer Anblick, John. Die Touristen
werden sich gefreut haben.«

»Die Bäume waren meine Brüder, Hugo.«

»Natürlich«, sagte ich. »Du warst ja ihr Bruder John.«

»Da gibt es nichts zu lachen«, sagte er. »Ich gehe heute noch
manchmal hin. Sie haben alle Namen für mich, und wenn der
Wind vom Pazifik hereinkommt, brauche ich nur die Augen zu
schließen und zu lauschen. Dann werde ich ganz ruhig.«

Ich hatte keine andere Strategie, als ihn in seinem Schwärmen nicht ernst zu nehmen, und das tut mir heute leid. Es war so
leicht, sich darüber lustig zu machen, so leicht, ihn als Esoteriker
und Animisten abzutun, und doch war da im Kern etwas, das ihn
ausmachte und das ich von Anfang an hätte wahrnehmen müssen. Er sagte, sein Sponsor sei so vertraut mit der Natur gewesen, dass es vorgekommen sei, dass sich Vögel auf seine Schulter setzten und er mit ihnen sprach. Ich hatte schon davor an den
heiligen Franziskus gedacht, aber ihm war die Parallele nicht bewusst, und als ich ihn darauf hinwies, nickte er zufrieden.

»Ich erzähle dir keine Märchen, Hugo«, sagte er. »Es war
wirklich so. Er hat mit den Vögeln gesprochen, und sie haben
ihm wie ihrem Meister zugehört. Er hat sie gefragt, wie es ist
zu fliegen.«

»Ach, John«, sagte ich. »Du hältst mich zum besten.«

»Warum sollte ich, Hugo?«

»Ich nehme an, die Vögel haben ihm geantwortet, und ich weiß auch genau, was«, sagte ich. »Man muss nur Zutrauen haben. So einfach ist es, stimmt's, John? Man breitet seine Schwingen aus, hält den Atem an und stürzt sich mit geschlossenen Augen in die Luft.«

»So ungefähr«, sagte er. »Vor allem muss man sich erinnern, wie es war, als man es noch konnte. Unser Schicksal ist, dass wir das vergessen. Als Kind hat es jeder gekonnt.«

»Ach, John«, sagte ich. »Lieber John.«

»Du glaubst mir nicht?«

Ich wollte lachen, aber es gelang mir nicht.

»Lieber, lieber John«, sagte ich und spürte, dass mir Tränen in die Augen traten und ich mich an meiner plötzlichen Rührung verschlucken würde, wenn ich nicht achtgab. »Wie könnte ich dir nicht glauben?«

Danach war es nicht leicht, wieder festen Boden unter den Füßen zu finden, aber es beeindruckte mich, als John sagte, dass sein Sponsor mit den Geschichten, die er ihm erzählte, die Rolle eines Vaters eingenommen habe, der seinem Sohn vor dem Zubettgehen noch vorlas. Er hatte als Kind nie vorgelesen bekommen, hatte nur die Schreckensgeschichten seiner Mutter mit ihren Toten gehabt, in denen es keinen Platz für ihn gab oder nur einen, den er nicht haben wollte. Damit erklärte sich für ihn auch, warum er später, als er selber lesen konnte, Bücher regelrecht verschlungen habe, warum er süchtig gewesen sei danach, süchtig nach anderen Geschichten, in denen nicht nur gestorben wurde, und warum er zeit seines Lebens das Gefühl gehabt habe, es gebe ihn nicht, wenn er nicht las, er existiere nicht, wenn er sich seine Existenz nicht jeden Tag mit wenigstens ein paar Seiten neu zusammenbuchstabierte.

DIE FARALLON ISLANDS

Daran dachte ich immer, wenn ich mich an den Schreibtisch setzte. Er hatte mir den Auftrag gegeben, über ihn zu schreiben, aber er konnte natürlich unmöglich wissen, was dabei herauskam. Ich erinnerte mich, wie er gesagt hatte, ich solle bloß kein Opfer aus ihm machen, ich solle keine Hemmungen haben, ihn so darzustellen, wie ich ihn sah, und gar nicht erst versuchen, deutsche Literatur zu schreiben über das tausendste auf einem Dachboden entdeckte Manuskript mit einem Juden, der noch edler sei als die edelsten Indianer in den Indianerbüchern. Zwar kannte er fast nichts, was ihn zu dieser Ablehnung berechtigte, aber über die wenigen deutschsprachigen Autoren, die er gelesen hatte, urteilte er ungerecht und harsch. Ich hatte ihm von Winnetou erzählt, und er sagte, wenn sein Eindruck stimme, dann wimmle es in der deutschen Literatur nur so von jüdischen Winnetous, aber so einfach war es natürlich nicht. Plötzlich hatte ich seine Worte wieder im Ohr: »No fucking German novel with a stupid Jewish Winnetou, who doesn't dare to pee! Don't do that to me, Hugo! If you write about me, you have to write an American novel, a great American novel! Promise …«, und wie ich überrumpelt und naiv geantwortet hatte: »I promise, John, I'll try as well as I can, I promise.« Auch seine Ermunterung, ich bräuchte mir nur auszumalen, was *er* über *mich* schreiben würde, war nur richtig, solange wir beide am Leben waren, und verflüchtigte sich nach seinem Tod in etwas bloß Hypothetisches. Er hatte mir eine Kostprobe gegeben und mich einen verklemmten katholischen Exministranten genannt, der in ihm einen Stellvertreter gefunden habe, an dem er seine Phantasien ausleben könne, aber es war immer noch *ich*, der das jetzt hinschrieb, und es war *ich*, der es genauso gut wieder streichen konnte, wenn es mir nicht mehr gefiel. Er hatte gesagt, kein vernünftiger Mensch könne sich wünschen, in einem Buch zu enden, aber er wünsche es sich, und er wisse, dass ihm genau das passiere, wenn er einem Schriftsteller Einblick in sein Leben gewähre. Sein Beispiel war dann immer Saul Bellow gewesen, und was dieser aus Delmore Schwartz in *Humboldts Vermächtnis* gemacht hatte, sicher nicht jemanden, den man liebte, aber eine unsterbliche Figur.

Ich sprach mit Christina über meine Bedenken, und sie sagte, es bleibe immer ein Dilemma, dem ich nicht entkäme. Ich könne versuchen, in meiner Darstellung noch so wahrhaftig zu sein, das ändere nichts an der Tatsache, dass ich Österreicher sei und in eine Welt hineinschriebe, in der die Nachkommen derer, die vor siebzig oder achtzig Jahren geschrien hatten »Juden, raus aus Europa«, heute »Juden, raus aus Palästina« schrien. Damit seien alle Tore für Missverständnisse geöffnet, und ich könne mich noch so sehr dagegen zu wappnen versuchen, ich würde Sympathien von den falschen Leuten bekommen.

Wahrscheinlich hatte sie recht, und wäre nicht Roy gewesen, der mich bestärkte, hätte ich die Arbeit am Ende vielleicht aufgegeben. Sein Buch *The Ingathering of the Exiles*, dessen ausstehende Kapitel er in einem richtigen Arbeitsrausch zu Papier brachte, sollte im kommenden Jahr in den USA erscheinen, und er war von einer Großzügigkeit und Großherzigkeit, wie nur wenige andere Autoren sie ihren Kollegen entgegenbringen. Er hatte einen Verleger in New York gefunden, der ihm einen üppigen Vorschuss zahlte und die Veröffentlichung mit einer großen Werbekampagne begleiten wollte, und sagte, er würde ihm mein Manuskript vorlegen, wenn es den Deutschen zu heikel wäre und sie es wieder einmal vorzögen, ihre Hände in tausendjähriger Unschuld zu waschen. Seine Geschichte über Anne Frank wurde im *New Yorker*, die über Bugsy Siegel in *Vanity Fair* vorabgedruckt, und er nahm den Widerspruch mit kaum geringerem Stolz hin als die Zustimmung, die er insgesamt bekam. In Israel wurde er dadurch zum ersten Mal zu einer öffentlichen Person, die über die literarischen Zirkel von Tel Aviv hinaus wirkte, und er nutzte seine neue Popularität, um in einem Interview mit *Haaretz* das vollkommene Versagen der internationalen Gemeinschaft im israelisch-palästinensischen Konflikt zu brandmarken. Nach dem jüngsten Gazakrieg war gerade der UN-Menschenrechtsbericht erschienen, der beiden Seiten Kriegsverbrechen vorwarf, und er beklagte, solche Berichte seien vor fünfzig Jahren schon geschrieben worden und würden sicher so lange noch geschrieben werden, bis entweder alle Beteiligten tot wären oder der Messias käme, und bewirkten nicht nur nichts, sondern seien lächerlich und zynisch, wenn sie einmal mehr ohne die geringsten Folgen blieben. Er wählte eine möglichst derbe Ausdrucksweise, indem er sagte, es sei für die Verantwortlichen längst an der Zeit, entweder zu scheißen oder sich mit ihrer anhaltenden Verstopfung von der Schüssel zu machen und mit ihrem Herumgefurze aufzuhören, das allein ihnen Erleichterung verschaffe und gut nur für sie in ihrer Perversion rieche, im übrigen jedoch lediglich die Luft verpeste.

Von Marwan hatte ich keine Nachrichten, aber immer wenn ich in der Zeitung etwas über Palästina las oder im Fernsehen einen Beitrag sah, dachte ich an ihn. Natürlich hätte ich Naima schreiben und mich erkundigen können, wie es ihm ging, aber nach unserem letzten Treffen gemeinsam mit ihrem Mann widerstrebte mir das, und ich wunderte mich nicht, dass auch sie sich nicht meldete. In meiner Vorstellung war Marwan immer noch im Gefängnis, saß er irgendwo unter freiem Himmel in der Wüste. Vielleicht wurde er am Ende sogar in den Gazastreifen deportiert. Naima hatte das als eine Möglichkeit angedeutet und gesagt, dass es ihm vielleicht nicht einmal ungelegen käme.

NACH ALLEM

Zumindest hätte es ganz Marwans Denken entsprochen, nach dem er es vorziehen musste, dass ihm gründlich unrecht getan wurde und nicht nur ein bisschen, damit er sich nichts vormachen konnte und den Stachel nicht mehr loswurde.

Im Gazastreifen ging der Wiederaufbau nach den Zerstörungen des Krieges nur langsam voran. Die Berichterstattung darüber hatte etwas Mühsames und Pflichtschuldiges, und man brauchte kein Zyniker zu sein, wenn man dachte, die Gebäude, die da errichtet wurden, wären in ein paar Monaten womöglich ohnehin schon wieder Zielobjekte und zu grotesken Ruinen gebombt oder ganz dem Erdboden gleichgemacht. Die ersten Raketen, wenn auch nur vereinzelt, wurden auf jeden Fall bereits wieder von dort abgefeuert und prompt mit Vergeltungsangriffen beantwortet. Die israelischen Operationen der Vergangenheit hatten wunderbar poetische Namen gehabt, und irgendwo saß sicher ein begnadeter Kriegslyriker, der sich etwas Schönes ausdachte, das sich dann neben den »Regenbogen«, die »Tage der Buße«, den »Sommerregen«, die »Herbstwolken«, den »Heißen Winter« oder das »Gegossene Blei« stellen ließe, die alle wie Strafen Gottes über Gaza niedergegangen waren, ohne dass die Liste damit vollständig war.

Christina erzählte mir von einem palästinensischen Jungen, über den sie einen Bericht im Fernsehen gesehen hatte. Er hatte bei einem Bombenangriff ein Bein verloren und schwere Verwundungen an Armen und Händen davongetragen und war nach dem Krieg zur Behandlung nach Deutschland ausgeflogen worden. Jetzt sollte er nach Monaten der Rehabilitation wieder nach Hause zurückkehren, und er wusste angeblich noch nicht, dass bei demselben Angriff seine Mutter und vier seiner Geschwister ums Leben gekommen waren. Er war neun Jahre alt und sagte in die Kamera, wenn er eines Tages groß sei, wür-

DIE FARALLON ISLANDS

de er gern Arzt werden, und zwar in Deutschland. Natürlich spielte der Bericht mit der Rührung der Zuschauer, und Christina ärgerte sich, weil ohne weitere Erklärung nur zu leicht der Eindruck entstand, es sei eine Art Naturkatastrophe, wenn man im Gazastreifen von einer Bombe getroffen wurde, und es gäbe keine Verantwortlichen dafür.

Ich sah das längst selbst als Problem, Geschichten über Geschichten zu haben und vor der Wahl zu stehen, welche ich am Ende erzählte und welche ich wegließ. Das Erzählen rundete die Wirklichkeit ab und verfehlte sie mit seinen Abrundungen. Ich stellte mir zwanghaft vor, ich müsste das fertige Manuskript John übergeben und er würde es mir aus der Hand nehmen und es beiseite legen, ohne auch nur einen Blick darauf zu werfen. Alles darin konnte genausogut nicht geschehen sein, wenn er es leugnete. Er hatte mir einmal eine haarsträubende Anekdote von seiner Ausbildung in der israelischen Armee erzählt und sie später, als ich darauf zu sprechen gekommen war, in Abrede gestellt. Darin war es um einen Rekruten gegangen, der von einem Offizier buchstäblich zu Tode gehetzt worden war, und nachdem John das im Detail geschildert hatte, wollte er plötzlich nichts mehr davon wissen.

Die Geschichte war mir im Kopf geblieben. Angeblich sollte der Rekrut, ein dicklicher Junge mit Nickelbrille, der schon die ganze Zeit wegen seines unmilitärischen Habitus und seiner Weichlichkeit schikaniert worden war, hundert Meter in Weltrekordzeit laufen. Es war in der brütenden Hitze von Beer Sheva gewesen, und er hatte seinen Kampfanzug an und einen schweren Tornister auf dem Rücken, und weil er es natürlich nicht annähernd schaffen konnte und doppelt und dreimal so lange und länger brauchte, musste er es gleich noch einmal versuchen, und dabei blieb es nicht. Beim zwölften Versuch, bei dem er nur

mehr orientierungslos durch den Sand torkelte, brach er nach
Luft japsend mit einem Kreislaufkollaps zusammen, und der
herbeigerufene Arzt konnte nur noch seinen Tod feststellen.

Bis dahin war es ein perverser Vorfall, wie er vielleicht in allen Armeen der Welt vorkam, seine besondere Note bekam das
Ganze aber, als sich dann Freiwillige meldeten, die es auch versuchen wollten. John hatte gesagt, es entspreche dem Ethos der
Streitkräfte, dass man nichts für unmöglich hielt und, wenn sich
etwas als faktisch unmöglich erwies, nicht aufhörte, dagegen
anzurennen. Der beste Soldat von allen zeichnete sich nicht
nur dadurch aus, dass er am Leben blieb, sondern auch dadurch,
dass er noch dem unsinnigsten Befehl willig Folge leistete. Er
konnte alles hinnehmen, nur nicht das Eingeständnis eigener
Schwäche, und zog im Zweifelsfall paradoxes Verhalten der Vernunft allemal vor.

Am Ende entschied ich mich auch wegen Roy, diese Anekdote wegzulassen. Er sagte, sie könne stimmen oder nicht, ich
solle nur nicht den Mythos von der israelischen Armee als der
besten Armee der Welt in die Öffentlichkeit tragen, sie sei natürlich genauso wie alle anderen, höchstens vielleicht effizienter
in ihrer Brutalität. Die Moral der Geschichte sei doch nur, dass
für jemanden wie den Offizier, der daran glaubte, die Gesetze
der Physik außer Kraft setzen zu können, auch andere Gesetze nicht galten, von Gesetzen der Moral erst gar nicht zu reden. Wenn einer allen Ernstes versuchte, hundert Meter in voller Montur in zehn Sekunden zu laufen, dann war er bereit, auf
Befehl auch andere Dinge zu tun, ohne lange nachzufragen, ob
sie einen Sinn ergaben.

Roy schickte mir ein Foto, das John mit einer mir Unbekannten in Tel Aviv zeigte. Es war aus seiner Kibbuz-Zeit, und
mit der Bandana, die er trug, sah er aus wie ein Hippie. Er hat-

DIE FARALLON ISLANDS

te einen Arm um das Mädchen gelegt, ein Kind fast noch mit wasserhellen Augen und einer hohen Stirn unter dem zurückgekämmten Haar, und auf seinem nackten Oberarm konnte man die Tattoos sehen, die er sich gerade hatte stechen lassen. Es waren ein Davidstern, ein von einem Pfeil durchbohrtes, rotes Herz und die hebräischen Buchstaben für YHWH. Angeblich war er erst wenige Wochen davor aus Amerika gekommen, und er blickte mit einem solchen Zutrauen in die Kamera, dass man ihn am liebsten vor sich selbst gewarnt hätte. Ich hängte das Bild über meinen Wiener Schreibtisch und schrieb Roy zurück, dass John darauf glücklich wirke, wie ich ihn nie erlebt hätte, aber als ich wissen wollte, wer die Unbekannte sei, bekam ich keine Antwort.

Damit hatte es seine eigene Bewandtnis, als ich wenige Wochen später meine Lektorin traf und ihr von meinen Plänen erzählte. Der Verlag war seit meinem letzten Buch von Frankfurt nach Berlin gezogen, und ich hatte die Begegnung möglichst lange hinausgezögert. Wir sahen uns zum Abendessen in einem Restaurant in Schöneberg, und ich erwähnte das Foto nur zufällig, aber sie entdeckte darin sofort eine Liebesgeschichte nach ihrem Geschmack. Wenn sie bis dahin eher gelangweilt in ihrem Essen herumgestochert hatte und sogar anfing, unter dem Tisch ihre eingehenden SMS zu lesen und zu beantworten, schien sie auf einmal ganz in ihrem Element zu sein. Sie kam die längste Zeit nicht mehr davon los, und so wie sie sich für die Unbekannte ereiferte und sie mit einem Namen und einem Schicksal ausstattete, hatte ich mehr und mehr den Eindruck, sie sei froh, nicht länger über John und meine Freundschaft zu ihm und den Schlamassel, den ich daraus mit meinem Schreiben wieder einmal machte, sprechen zu müssen. Die Geschichte, die sie sich ausmalte, war die Geschichte einer Beduinentochter, die sich in einen israelischen Elitesoldaten verliebte und von ihrer Familie verstoßen wurde. Sie sagte, wenn ich das aus der Sicht einer Frau schriebe und wir ein blumiges arabisches Pseudonym wählten, würden die Buchhändlerinnen es uns aus der Hand reißen, und ich war mir nicht sicher, ob unter ihrem gutgelaunten Scherzen nicht eine Spur Ernst mitschwang. Vor Begeisterung hatte sie die Augen eines Kindes, und ich wehrte mich nicht und ließ sie reden. Dann fragte ich nach einem Vorschuss, und der Spaß hörte auf. Sie brachte mich zu meinem Hotel am Potsdamer Platz, und als ich danach noch einmal wegging, zog es mich zum Denkmal für die ermordeten Juden in der Nähe des Brandenburger Tores. Ich lief in der Dunkelheit zwischen den Stelen umher. Sonst war ich immer nur tagsüber dort gewesen, und erst jetzt in der Nacht wurde mir richtig bewusst, dass es sich bei den Betonklötzen um leere, tausendfach nicht besetzte Gräber handelte. Von der angrenzenden Straße war der Verkehrslärm zu hören, und über mir leuchtete der Himmel von den Lichtern der Stadt, so dass die Sterne kaum zu sehen waren. In den schmalen Gängen hatte sich noch ein Rest von der Hitze des Tages erhalten, und ich ging, bis ich den Eindruck hatte, mich genau in der Mitte zu befinden, und kam mir plötzlich so weit weg von allen Menschen vor, wie ich nur sein konnte.

Ich weiß nicht, ob John auch diese Phantasie hatte, als er sich wünschte, dass seine Asche vor den Farallon Islands verstreut wurde. In seinen nachgelassenen Papieren fand sich eine entsprechende Verfügung, und als ich den Namen zum ersten Mal hörte, missverstand ich ihn als eine Zusammensetzung von »far« und »alone«, also weit weg und allein. Dabei kommt das Wort aus dem Spanischen und bedeutet spitze, kleine Insel. Dahinter verbirgt sich eine bis auf die Küstenwache und eine Forschungsstation unbewohnte Gruppe von Klippen mit

DIE FARALLON ISLANDS

einem Leuchtturm keine fünfzig Kilometer vor der Bucht von San Francisco, zu denen Besucher keinen Zutritt haben. Bevor Alaska verkauft wurde, war dort einmal der südlichste Punkt von Russisch-Amerika gewesen, eine Station für Robbenjäger, die aus dem hohen Norden kamen, und die Indianer der Bay Area hatten in den Inseln immer schon die Inseln des Todes gesehen und sich geweigert, sie zu betreten. Es passte zu John, dass er sich diesen Ort ausgesucht hatte. Denn in der Vorstellung, die er sich als Kind vom Leben und vom Sterben machte, brauchte er nur immer weiter nach Westen zu gehen, um irgendwann in die Wolken und in den Himmel zu gelangen. Gäbe es einen Grabstein für ihn, müsste darauf ON THE RUN stehen, und die Übersetzung läge unscharf zwischen »unterwegs« und »auf der Flucht«. Seine Freunde waren mit einem Walbeobachtungsboot hinausgefahren und hatten die Urne vor den Augen der nichtsahnenden Touristen über die Bordwand gekippt und zugeschaut, wie der Wind in den Inhalt fuhr und ihn in der Luft zu nichts zerstäubte. Ich war selbst einmal draußen gewesen, schon Jahre davor, um Wale zu beobachten, und obwohl die Inseln bei Schönwetter vom Festland aus zu sehen sind, hatte ich das Gefühl, mitten auf dem Pazifik zu sein. Das Meer brandet wild gegen die Felsen, und die Dünung ist von einer Macht, als könnte sie sich so lange aufschaukeln, bis sie am Ende imstande wäre, die Erde aus ihrer Achse zu kippen. Es gibt dort nichts außer Schiffswracks, Vogelkolonien, Wale und Seehunde, und die weißen Haie, die zu Dutzenden in den Gewässern kreuzen, haben ihre Jagdgründe bis hinaus nach Hawaii.

Inhalt

Erster Teil

BEOBACHTER, ZEUGE
UND BEWUNDERER

11

Zweiter Teil

DIE GLÜCKLICHSTE ZEIT
MEINES LEBENS

125

Dritter Teil

ANWESENDE ABWESENDE

311

Nach allem

DIE FARALLON ISLANDS

471